U0932396

首届向全國推薦優秀古籍整理圖書

方苞集

〔清〕方苞 著
劉季高 校點

上

上海古籍出版社

圖書在版編目(CIP)數據

方苞集/(清)方苞著;劉季高校點.—2版—上海:上海古籍出版社,2008.3(2020.8重印)

(中國古典文學叢書)

ISBN 978-7-5325-4952-8

Ⅰ.方… Ⅱ.①方…②劉… Ⅲ.方苞—文集 Ⅳ.I214.92

中國版本圖書館CIP數據核字(2007)第190157號

中國古典文學叢書

方苞集

(全二册)

[清]方　苞　著

劉季高　校點

上海世紀出版股份有限公司
上　海　古　籍　出　版　社　出版、發行

(上海瑞金二路272號　郵政編碼200020)

(1)網址:www.guji.com.cn

(2)E-mail:gujil@guji.com.cn

(3)易文網網址:www.ewen.co

新華書店上海發行所發行經銷　常州市金壇古籍印刷廠有限公司印刷

1983年5月累計印數13,500册

開本850×1168　1/32　印張30.125　插頁10　字數573,000

2008年3月第2版　2020年8月第6次印刷

印數:4,451-5,050

ISBN 978-7-5325-4952-8

I·1978　平裝定價:120.00元

如有質量問題,請與承印公司聯繫

《中國古典文學叢書》編輯說明

我們偉大的祖國有悠久的歷史、燦爛的文化，流傳至今的古代典籍浩如烟海。批判地繼承這份珍貴的遺產，對于發展民族新文化和提高民族自信心是不可缺少的。我們編輯出版這套《中國古典文學叢書》，就是爲了給一般研究工作者、大中學校教師及有關文化工作者提供一套比較系統的中國古典文學基本資料，以便讀者分析研究，作爲發展和繁榮社會主義新文化的借鑒和參考。

《中國古典文學叢書》將有選擇地出版我國先秦以來較有代表性的優秀文學作品，其中以詩文別集爲主；少數著名的總集及影響較大的戲曲、小說也酌量收入。

《中國古典文學叢書》根據不同情況分別采用前人舊注或集注本，一般均作必要的校勘并加新式標點；有些品種也將采用今人新注的形式。

上海古籍出版社

一九七九年一月

前言

方苞字靈皋，晚年自號望溪，清江南安慶桐城人。生於康熙七年（一六六八），卒於乾隆十四年（一七四九），年八十二歲。曾祖象乾，明按察司副使，明末始還居江寧上元。祖幟，清蕪湖縣學訓導。父仲舒，國子監生，與遺民黄岡杜氏兄弟游，隱於詩酒。兄舟，廪貢生，以時文名於時。苞早慧，年未成童，已能背誦《五經》。二十二歲考取秀才，受知於學使高裔。二十三歲應鄉試未第，然文名已噪於一時。二十四歲從高裔北遊京師，李光地見其文，以爲「韓歐復出」，韓菼則認爲是「昌黎後第一人」。三十二歲領江南解元。三十九歲會試，中式進士第四名，榜後聞母病，不顧李光地等人的阻勸，未預殿試而歸。四十四歲，戴名世《南山集》文字獄事起，以曾爲《南山集》作序，被逮到北京，羈刑部獄十五个月，判了死刑。虧了他頗負時望的古文救了他，在李光地的善爲説辭下①，得到康熙帝的硃諭：「戴名世案內，方苞學問，天下莫不聞。」不但赦免了他，而且給他的學問以很高的評價。「以白衣入値南書房②」，開始了他的三十年仕宦生涯，經歷了康、雍、乾三朝。前十年是作皇帝的文學侍從，中間十年是充武英殿修書總裁，後十年是任翰林院侍講、內閣學士兼禮部侍郎等職，七十五歲才告老還鄉。他平生著作繁夥，如《周官集註》、《春秋通論》、《禮記析疑》等，都屬解經之作，可置勿論，論其古文。

綜觀方苞全集，其在對人民的態度上，較之並世或前輩古文家，確有值得稱道之處。他在其官海生涯之前一階段，往往憑藉其學術上與政治上的地位，對居高位的師友、作地方官的朋好或後輩，儘量施加他的影響，於吏治民瘼及用人方面，苟有所見，必盡言無隱。他對當時地方官吏所作的一些剖析，灼見情僞，入木三分。所提出的舉賢退不肖的用人主張，是繼承了春秋以來「內舉不避親、外舉不避讎」的優良傳統而加以發揮者。他還認爲「已民之疾」是作官者的職責。凡是不能盡到這一職責者，與殘民以逞的貪官墨吏，只是無形與有形之別。他斥責一些官吏的「先己而後民，枉下以逢上」，這勝過千百言的十个字，深刻地揭出封建社會一般官吏的醜惡心理，這在當時是要有一點勇氣的。

方苞任內閣學士後，上乾隆帝的奏章多數也是有關民生的重要問題。可以說，他的關心民間疾苦，是持之以恆，行之有素，非僅一時一事與到爲之的，這種兼善天下積極入世的精神，與他的所謂「學行繼程朱之後」的立身祈嚮，是相符合的。

桐城派頗以古文義法高自矜詡，其肇端則自方苞。他在《古文約選序例》裏說：「序事之文，義法備於《左》、《史》。」而在《又書〈貨殖傳〉後》裏，則作了解釋，並舉了例證：

《春秋》之制義法，自太史公發之，而後之深於文者亦具焉。「義」即《易》之所謂「言有物」也，「法」即《易》之所謂「言有序」也。「義」以爲經而「法」緯之，然後爲成體之文。是篇兩舉庶民經業之凡而中別之：前所稱農田樹畜，乃本富也；後所稱販鬻僦貸，則末富也。上能富國者，太公之教誨、管仲之整齊是也。下能富家者，朱公、子貢、白圭是也。計然則雜用富家之術以施於國，故別言之，而不得儕於太公、管仲也。然自白圭以上，皆各有方略，故以能試所長許之。猗頓以下，則商賈之事耳，故別言之，而不得儕於朱公、子貢、白圭也。是篇大義與《平準》相表裏，而前後注措又各有所當如此，是之謂言有序。

按《史記・十二諸侯年表序》：「孔子……西觀周室，論史記舊聞，興於魯而次《春秋》。上記隱，下至哀之獲麟，約其辭文，去其煩重，以制義法。」這就是方苞「《春秋》之制義法，自太史公發之」這兩句話的由來。「言有物」，《周易・家人》卦象辭；「言有序」，《周易・艮》卦爻辭。以「言有物」釋「義」，「言有序」釋「法」，思想內容與藝術形式並重，二百多年前有如此完整的文論，確實是難能可貴的。「是篇兩舉庶民經業之凡」以下，是方苞對「法」所舉的例證。從這裏可以看出他所謂的「法」，是包括文章的布局之先後與層次之啣接的。而「義」之內涵，到底是些什麼？「法」之內涵又還包括些什麼？則在他的一些書後及序文裏，有所闡明或詮釋。如《書〈史記〉十表後》：

遷序十表，惟《十二諸侯》、《六國》、《秦楚之際》、《惠景間侯者》，稱「太史公讀」，謂其父所欲論著也。故於《高祖功臣》稱「余讀」以別之。周之衰，禮樂征伐自諸侯出。事由五伯，而其微兆，則在共和之行政。秦併六國，以周東徙，乘其險固形勢，故僭端早見於始封。自虞、夏、殷、周及秦，代興皆甚難，而漢獨易，以秦之重而無基也。先王之制封建，本以安上而全下，故惟小弱乃能奉職效忠。此數義者，實能究天人之分，通古今之變，或遷所聞於父者。……其自序曰：「請悉論先人所次舊聞，不敢闕。」而本紀、八書、世家、列傳，無稱其父者，故揭其義於斯。則踵《春秋》

> 以及秦滅漢興文、景以前，凡所論述，皆其父所次舊聞具見矣。十篇之序，義並嚴密而辭微約，覽者或不能遽得其條貫，而義法之精變，必於是乎求之。

據此，方苞之所謂「義」，又是包括了見解或論斷、用意或寓意的，而這些「嚴密的義」，又往往是以「微約之辭」來表達，覽者不經過一番思索，是不能領會的。又如《書〈樂書·序〉後》：

> 夫《平準》著天變人禍，皆由興利之臣，故以「烹弘羊乃雨」終；而此書痛弘以讒佞陷其君，故以虞氏之君臣相勑始。是二書之義法也。

於此可見：方苞之所謂「義」，又是包括了褒貶美刺的。也可以說：褒貶美刺是「義」之主要內涵，不管它是明的暗的，旁敲側擊的，開門見山的，都可以歸納到「義」裏去，而他的所謂「法」，又是包括了章法的。又如《書〈漢書·霍光傳〉後》：

> 《春秋》之義，常事不書，而後之良史取法焉。古之良史，於千百事不書，而所書一二事，則必具其首尾，並所爲旁見側出者而悉著之。故千百世後，其事之表裏可按而如見其人。是《傳》於光事武帝，獨著其出入殿門下，止進不失尺寸，而性資風采可想見矣。其相昭帝，獨著增符璽郎秩、抑丁外人二事，而光所以秉國之鈞負天下之重者具此矣。其不學專汰，則於任宣發之，而證以參乘，則表裏具見矣。蓋其詳略虛實措注，各有義法如此。

「《春秋》之義，常事不書」，是「義」之內涵，又包括了例的意思。「所載之事，必具其首尾及其旁見側出者，使千百世後，其事之表裏可按而如見其人」，是「法」。則「法」之內涵，除布局、層次及章法外，又包括了對寫事、寫人的要求。

對「常事不書」之「義」，方苞在《與孫以寧書》內有詳盡的發揮：

> 古之晰於文律者，所載之事，必與其人之規模相稱。太史公傳陸賈，其分奴婢裝資瑣瑣者皆載焉。若蕭曹《世家》而條舉其治績，則文字雖增十倍，不可得而備矣。故嘗見義於《留侯世家》曰：留侯從容與上言天下事甚衆，非天下所以存亡，故不著。此明示後世綴文之士以虛實詳略之權度也。宋、元諸史若市肆簿籍，使覽者不能終篇，坐此義不講耳。

「《春秋》之義，常事不書。」然常與不常，由比較而得，須以人物之等次爲斷。方苞在這裏下了一條定義：「所載之事，必與其人之規模相稱。」大人物事跡多，記不勝記，只能記其重且大者，其小者則從略，舉了留侯、蕭、曹《世家》爲例。其次一等的人物，事跡少，可以記一些小事，舉了《陸賈列傳》爲例。「此明示後世綴文之士以虛實詳略之權度也」。方苞的這一提示，確是相當有價值的。他對宋、元諸史所作的批評，並指出其癥結所在，對後代的寫史者，也是十分有益的。

除了他所謂的「義法」外，還有值得注意的一段話：

> 韓愈有言：「文無難易，惟其是耳。」李翺又云：「創意造言，各不相師。」而其歸則一，即愈所謂是也。文之清眞者，惟其理之是而已，即翺所謂創意也。文之古雅者，惟其辭之是而已，即翺所謂造言也。而依於理以達乎其辭者，則存乎氣。氣也者，各稱其資材而視所學之淺深以爲充歉者也。（《進四書文選表》）

「序事之文，義法備於《左》《史》」，可見義法之說，是來源於記事文的。對於論說文來講，雖同樣可以應用，但總嫌有不足之處。他在《進四書文選表》裏，撇開「義法」不談，而談理、辭、氣。可能他是爲了維持古文的尊嚴，「義法」只能從屬於古文，不能移作别用，這一成見在作怪。而更重要的，是理、辭、氣這一傳統文論，一方面是可以適用於任何文體，另一方面，對論說文來講，却又顯得更爲切要，而時文固論說文之變種也。「理者，道也」③，又「條理也」④，《通鑑·赧王十七年》：「平原君謂公孫龍曰：『公無復與孔子高辯事也。其人理勝於辭，公辭勝於理。辭勝於理，終必受詘。』」理與辭與辯論的關係——也就是與論說文的關係，及其先後位置，在這裏已明白地被提了出來。《文心雕龍·論說》：「論也者，彌綸羣言，而研精一理者也。必使心與理合，彌縫莫見其隙；辭共心密，敵人不知所乘。」具體肯定了理、辭在論說文中的地位。至於「文以氣爲主」，是曹丕首先提出來的⑤。韓愈承其說，以爲「氣盛則言之長短與聲之高下者皆宜」。但他却加了一句：「(氣)不可不養也⑥。」這就對曹說作了重要的修正。因曹丕在「文以氣爲主」下面，還接着說了「氣有清濁，不可強而致」的話。這說明他所謂的氣，是指人的與生俱來，清則清，濁則濁，無法加以改變或助長的氣。韓愈則上續孟子之緒言，謂氣可以養而致。養氣的方法，是讀書與道德實踐。以人工代天然，具有積極意義。杜牧又對曹、韓之說，作了系統的補充：「凡爲文以意爲主，以氣爲輔，以辭采章句爲之兵衛⑦。」易「理」爲「意」，其用彌廣，不再帶有絲毫側重之嫌了，而言簡意賅，主次分明，固確當不易之論。方苞提出理、辭、氣，稍變杜牧之說，把「意」又恢復爲

「理」。當然這是爲了「理」這個字，更符合他的理學家的要求；但更大的可能，還是爲了換上「理」，便可有所側重，對議論文會比較適用些。至於把「氣」放在第三位，可能是他認爲「氣」是依於「理」而行，所謂理直則氣壯，而必通過「辭」，始能表達出來。這也許是他先「辭」後「氣」的理由。而他對於「氣」的理解，是「各稱其資材」——資質或稟賦，而視所學之淺深以爲充歉。這就把「氣」靠天賦及「氣」可以養而致合併起來了。後來居上，他的這一說法較其前輩，更爲完整了。不但此也，「文所以立，義與意也」⑧。他早已把「義法」與「意辭氣」給聯了宗了。這對於他所標榜的「義法」藩籬，是一個自我突破。在中國文論史上，也可說是一個十分有意思的事。

方苞好學深思，時有獨到之見。如釋《周易·渙》之六四⑨、《讀〈齊風〉》、《讀邶鄘魏檜四國風》、《書〈老子傳〉後》、《論漢以來每致大亂之由》⑩等篇段，皆前無古人，後啓來者。

他的《書孫文正傳後》、《書潘允慎家傳後》、《跋石齋黄公手札》、《高陽孫文正逸事》、《石齋黄公逸事》等篇，議論激昂，音調沈鬱，於明末君之不明，羣小之妒賢嫉能，有扶危定傾之才者，不得一展其用，終致覆亡之禍等史實，無限感慨。其歎息痛恨之聲，字裏行間，彷彿可聞。爲方苞文中最帶感情的篇章。

其自述幼年家庭概況的，如《先母行略》、《兄百川墓誌銘》、《弟椒塗墓誌銘》等篇，於其母之辛勞，兄弟間之友愛，瑣瑣敍來，讀之使人心惻，有歸有光同類文章的韻味，足以覘其淵源所自出。

他的少數遊記中的《遊雁蕩記》，板重絕倫。「獨完其太古之容色，壁立千仞」，名曰寫雁蕩，實爲自況。至其《左忠毅公逸事》、《獄中雜記》等篇，久爲人所共知，故不具論。

方苞爲學之態度，亦頗可取：

> 朋友講習之初，必彼此互異，抵隙攻瑕，相薄相持，而後真是出焉。故朱子於志合道同之友，如南軒、伯恭，往復論辯，齟齬者十七八。若好人之同乎己，則介甫所以自蔽也。（《王巽功詩說序》）

美哉此言！「莫把金針度與人」⑪，這是元好問狹隘之處。他可謂能以金針度與人了！而引王安石爲戒，其意若曰：不但爲學應如是，爲政也應如是。

方苞的文統，一傳爲劉大櫆，再傳至姚鼐而桐城派始形成⑫。在劉大櫆的間接影響下，產生了陽湖派⑬；在姚鼐的間接影響下，產生了湘鄉派⑭；其實都是桐城派的支流。曾國藩在政治上雖不可取，而對桐城派古文的發展，却起了振敝起衰的作用。在其政治地位的影響下，桐城派風靡一時，其餘波直至清末馬其昶以降而未已，雖嚴復、梁啓超亦不免受其熏染。桐城派自方苞至馬其昶，綿歷二百餘年，其傳世之久，除宋之江西詩派外，殆無堪與之頡頏者。

處於封建末世的方苞，其封建禮教思想却特別濃重，如在《家訓》裏，關照其子孫「凡來婦者，父母歿，則不得歸寧」，以免出亂子。因在他看來，「制男女之禮」，要「以禽獸爲防」。在《祠禁》裏，規定其子孫居喪須守古禮，視服之輕重，在不等的時間內，夫婦只許白天見面，違者撻四十或三十。其迂腐近乎頑固。

方苞在清代古文家中確有較高之地位，其所標舉的「義法」，於文章之內容及形式，雖同等齊觀而先後位置之間，不待言已可知其側重點所在，在中國文論史上，是有貢獻的。然其泥古太過，戒律太多⑮，文境太窄，語言古樸有餘，清新不足。語曰「瑕不掩瑜，瑜不掩瑕」，讀此集者，取其長而捨其短可也。

本書所據以分段標點的本子是上海涵芬樓景印咸豐元年刊本，由桐城戴鈞衡搜輯刊槧，較抗希堂、山淵閣、直介堂等前出諸本遠爲完備。間有明顯的誤植，已逕予改正，不另出校記。至原作有舛誤處，爲數不多，則於文下酌加案語，以供參考。未當之處，幸希讀者予以指正。

劉季高

一九八一年九月

注

①見《兩朝聖恩恭紀》及《集外文·安溪李相國逸事》。

②清康熙時設南書房，亦稱南齋，爲翰林在內廷供奉之地。詞臣之被選入直者，謂之「入直南書房」，又稱「南齋侍從」。

③見《玉篇》。

④見《易·繫辭》「俯以察於地理」疏。

⑤見《典論·論文》。

⑥ 見《韓昌黎集·答李翊書》。

⑦ 見《樊川集·答莊充書》。又《李文公集·答朱載言書》：「意遠則理辯，理辯則氣直，氣直則辭盛。」李翺早於杜牧約二三十年。牧詩云：「杜詩韓筆愁來讀，似倩麻姑癢處搔。」對韓之傾倒如此。李翺是韓門高弟，其文論可能爲杜牧所耳熟；在其基礎上，加以發展，是有其可能的。

⑧ 見《與吳東巖書》。

⑨ 見《答程起生書》。

⑩ 見《教忠祠規》「范文正公義田」條。

⑪ 見《遺山集·論詩》。

⑫ 姚鼐在其後半生的書院講席生活中，廣收門徒，名弟子有劉開、管同、梅曾亮等人。

⑬ 張惠言《書劉海峯文集後》：「余學爲古文，受法於摯友王明甫。明甫古文法，受之其師劉海峯。」

⑭ 薛福成《寄龕文存序》：「桐城派流衍益廣，不能無窳弱之病，曾國藩出而振之。」

⑮ 「豈惟佛說，即宋五子講學口語，亦不宜入散體文。」（見《答程夔州書》）「古文中不可入語錄中語，魏、晉、六朝人藻麗俳語，漢賦中板重字眼，詩歌中雋語，南北史佻巧語。」（見沈廷芳《望溪先生傳書後》引）

方苞集目錄

卷二

讀子史二十八首

卷三

論說十四首

卷四

序二十三首

卷五

書後題跋二十六首

卷六

書三十二首

卷七

卷八

卷九

卷十

卷十一

墓誌銘二十首

卷十二

墓表二十四首

卷十三

墓表二十首

卷十四

卷十五

卷十六

祭文八首

卷十七

家訓四首

家傳誌銘哀辭十五首

卷十八

雜文十二首

方苞集集外文目錄

卷一

奏劄九首

卷二

奏劄十一首

卷　三

議八首

卷　四

序二十一首

卷五

卷六

紀事十五首

卷七

墓表四首

墓誌銘十四首

卷八

論一首

卷九

卷十

方苞集集外文補遺目錄

卷一

書後五首

書六首

送序二首

墓誌銘四首

墓表二首

卷二

附錄一

附錄二

附錄三

方苞集卷一

讀經

讀古文尚書

先儒以古文尚書辭氣不類今文，而疑其僞者多矣。抑思能僞爲是者，誰與？夫自周以來，著書而各自名家者，其人可指數也。言之近道，莫若荀子、董子。取二子之精言，而措諸伊訓、大甲、説命之間，弗肖也；而謂左丘明、司馬遷、揚雄能爲之與？而況其下焉者與？

然則其辭氣不類今文何也？嘗觀史記所采尚書，於「肆覲東后」，則易之曰「遂見東方君長」；「太子朱季高案：「太子朱」據宋刊本尚書堯典應作「胤子朱」，因避清諱，改「胤」爲「太」。啓明」，則曰「嗣子丹朱開明」；「有能奮庸熙帝之載」，則曰「有能成季高案：黄善夫本及金陵局本史記五帝本紀均作「奮庸」，方氏改作「成」，不知何據。美堯之事者」；如此類，不可毛舉。因是疑古文易曉，必秦、漢間儒者得其書，苦其奧澀，而稍以顯易之辭更之，其大體則固經之本文也。無逸之篇，今文也。試易其一二奧澀之語，則與古文二十五篇之辭氣，其有異乎？

遷傳儒林曰：「孔氏有古文尚書，而安國以今文讀之，遂以起其家逸書。」而安國自序其書，謂「科斗書廢已久，時人無能知者。以所聞伏生之書，考論文義，定其可知者，增多二十五篇」。夫古文既不可知，僅就伏生之書以證而得之，則其本文缺漫及字體爲伏生之書所不具者，不得不稍爲增損，以足其辭，暢其指意。此增多二十五篇所以獨爲易曉，而與伏生之書異與？然則遷所云「以今文讀之」者，卽余所謂以顯易之辭通其奧澀，而非謂以隸書傳之也。

讀大誥

昔朱子讀大誥，謂：「周公當時欲以此聳動天下，而篇中大意，不過謂周家辛苦創業，後人不可不卒成之；且反覆歸之於卜，意思緩而不切，殊不可曉。」嗚呼！此聖人之心所以與天地相似，而無一言之過乎物也。蓋紂之罪，可列數以聳人聽，而武庚之罪則難爲言。所可言者，不過先王基業之不可棄，與吉卜既得，可徵天命之有歸而已。夫感人以誠不以僞，此二者，乃周人之實情，可與天下共白之者也。其於武庚，則直述其「鄙我周邦」之言，未嘗有一語文致其罪。其於友邦君，第勤以「友伐厥子」之私義，而不敢謂大義當與周同仇也。非聖人而能言不過物如是與？

不惟此也，周初之書，惟牧誓爲不雜。武王數紂之罪，惟用婦言、棄祀事，而剖心、斮脛、焚炙、刳剔諸大惡弗及焉。至於「暴虐」、「姦宄」，則歸獄於「多罪逋逃」之臣。故讀牧誓而知聖人之心之敬，雖致天之罰，誓師聲罪，而辭有所不敢盡也。讀大誥而知聖人之心之公，審己之義，察人之情，壹稟於天理，而修辭必立其誠也。

然大誥之書，自漢至宋千有餘年，讀者莫之或疑，至朱子而後得其閒焉。是又治經者所宜取法也夫！

讀尚書記

書說之謬悠，莫如君奭篇序稱「召公不悅」，及周公代成王作誥而弟康叔。自唐以後，衆以爲疑，朱子出，其論始定；然折之以理，而未得其情也。

余既辨周官，正戴記，然後悟曰：是二者，亦劉歆之爲耳。蓋歆承莽意作明堂記，奏定「居攝踐阼」之儀，而戴記所傳無是也。故豫徵天下有逸禮、古書、周官文字者，令記說於廷中，以示明堂記所自出，不徒購其書，而徵其人使記說，利其無稽也。故前後至者，以千數。而又多爲之徵，於文王世子之篇竄焉。周末諸子言禮者，莫篤於荀卿；而網羅舊聞，莫先於史記。故於荀氏、司馬氏之書亦竄焉。奏稱「周公踐阼，而召公不悅」。所以探漢大臣之心而多爲之變以擣之也；而於記無可附，故於君奭之序竄焉，而並竄魯、燕世家以爲之徵。

莽改元，稱康誥「王若曰：朕其弟，小子封」，以爲周公受命稱王之文。則當是時，尚無篇首周公作洛，衆會之文也。使此文前具，則必引爲明證，而不徒虚爲之說矣。歆知其說爲天下所心非，故復竄此以設疑於後世爾。蓋是篇乃伏生之書，博士弟子所循誦也，若早竄焉，則衆譁然而辨其非矣。

蘇氏謂：「康誥之首，乃洛誥錯簡，羣儒因之。」亦非也。其地其時，實與多士篇應，而「見士於周」，義亦近焉。蓋五服之國各登其民治而貢士於周，故公因而告之。然大義無存焉，雖存而不論可也。

余憫漢、唐諸儒爲歆所蔽，使聖人之經受其誣，而記禮者及荀氏、司馬氏亦爲歆而受惡。故辨其所由然，使後有考焉。

讀尚書又記

西伯受命稱王，而斷虞、芮之訟，及以是年改元。自歐陽氏辨其妄，羣儒昭然若發矇矣；然特謂司馬氏、孔氏、毛氏之妄耳。書之傳，詩之序，自前世多疑其僞，惟史記爲完書。遷知六藝必折衷於孔子。文王「服事殷」，「武王末受命，周公成文、武之德」而「追王」：孔子之言甚著，而敢妄爲異說乎？

蓋莽既稱康誥，以爲周公居攝稱王之文。故復爲此，以示居攝稱王而復臣節者，周公也。受命稱王而不復爲人臣者，文王也。紂君天下數十年；西伯斷二國之訟，諸侯鄉之，遂以是年改元，制正朔。況孺子襁抱，劉崇瀦，翟義滅，宗室王侯、公卿大夫、郡國吏士同心相推戴乎？緯書言：文王受命，有白魚負圖、赤雀銜書之瑞。亦莽受銅符、帛圖、金策，據以卽眞之符驗也。

詩書之文，曰「文王受命惟中身」，謂繼世而爲諸侯也；曰「文王受命，有此武功」，謂受命爲西伯而專征伐也。以受命爲稱王，自史記始，而後爲書傳、詩序者因之耳。史記宣、成間始少出而未顯，今所傳，乃歆所校錄，而可據爲信乎？周本紀「詩人蓋（季高按：據武英殿本史記周本紀，此「蓋」字衍。）道西伯，蓋受命之年稱王」，至「王瑞自太王興」，不獨與論語、中庸顯背，繩以文義，亦多駢旁枝。削之，前後語意正相承無間。

朱子謂：「史記之妄，歐陽氏所辨明矣。『惟九年，大統未集』，實爲痕瑕。」嗚呼！武成之篇，古文也。古文尚書、毛詩，皆自歆發。歆爲三統曆，考上世帝王，以爲文王受命九年而崩。則武成及周本紀之文，爲歆所增竄，尚何疑乎？嗚呼！歆之徧竄羣書，以曲爲彌縫，乃其姦之所以卒發於後世與！

讀君牙冏命呂刑文侯之命費誓秦誓

尚書自畢命以下，所存六篇，先儒多未達其義。余嘗考之：費誓，則事可傳也；君牙、冏命、秦誓，則言不可廢也；呂刑、文侯之命，則事不可沒也。三代之刑典，至穆王而始變；文、武之舊都，至平王而終棄：可無志乎？呂刑之言，雖或不可廢，而孔子錄之，則非以其言也。觀文侯之命，無一言之當物而弗删，則以著事變而非有取於其辭義審矣。司馬遷作史記，於費誓具詳焉，於秦誓删取焉，而文侯之命則沒之，蓋以其言無足存而不知事不可沒也。用此觀之，聖人删述之義，羣賢莫之能贊，豈獨春秋之筆削哉？

書存文侯之命，而宣王中興，用賢討叛，事列正雅者，其誓、誥、策、命之文，無一見焉。先儒以謂亡於幽王之亂，而余竊意所亡者，不惟宣王之書，自君牙以下六篇，皆孔子摭拾於亂亡之餘，非得之周室之史記也。

自唐、虞、夏、商，非關一代廢興之故，不以列於書。故周書自畢命以前，皆造周[illegible]殷、保世靖民之大政也。若專取辭意之善，則成、康之際，周、召共政，史逸作册，其命官之辭，遠過於君牙、冏命者必多矣。孔子乃舍彼而取此，義安處與？用此，知康王以前，策、命之大者，已與誓、誥並列於學官，而立爲四術；其餘内史所藏，孔子蓋未之見也。呂刑則布在四方，而有司籍之。若魯若晉若秦之書，則其國傳之。君牙、冏命，則其家守之。子嘗學禮，而病杞、宋之無徵。故於周書，惜其僅有存者，而錄之以垂法戒焉耳。使得諸周內史所藏，則豈宜闊希而不類如此哉？使內史之籍尚存，而孔子未之見，亦不宜竟以君牙以下六篇續備有周一代之書，而定以百篇之數。

抑觀君牙、冏命、秦誓，而又以歎世變之亟焉。文、武之政刑，皆變亂於穆王，而讀其書，彬彬乎去成、康不遠也。秦穆悔過思賢之言，可法於後世，而力逞其忿，以遂前愆，言與行顯背，而謂可塗民之耳目。夏、殷之末造，未嘗有是也。二帝、三王純一忠敬之風，其尙可復也哉？此又序書之隱義也。

讀二南

二南之序曰：「繫之周公，繫之召公。」余少受詩，反覆焉而不得於心。及觀朱子集傳云：「得之國中，而雜以南國之詩，謂之周南。得之南國者，直謂之召南。」然後心愜焉，而漢廣、汝墳所以獨列於周南，則其義未之前聞也。

夫周道興於西北，自北而南，地相直者，正江、漢也。風教遠烝於此，則周之西南，沿漢與江，庸、蜀、羌、髳、微、盧、彭、濮之怙冒，舉諸此矣。至於汝墳，則又自西而益東，自南而漸北，殷商國畿而外，皆周之宇下，所謂三分天下有其二也。且其辭義，以視召南諸篇，亦瑩然而出其類。方是時，被化之國，其上之風教，雖能應於關雎、麟趾，而下之禮俗，猶未盡淳。觀漢廣之愛慕流連，而知其不可求，則與行露、野有死麕悄乎其有懼心者異矣。草蟲、殷雷，自言其傷而已耳，汝墳則憂在王室，而勉其君子，於文王以服事殷之心，若或喻之。錄此二詩，而被化之先後，疆略之廣輪，觀感之淺深，一一可辨矣。十三國之風，其篇次列於周大師，或孔子更定，所不敢知；而二詩之在周南，則爲周公所手訂，決也。

惟何彼襛矣，其作於鎬、洛？若齊人爲之，皆不宜以入召南。豈秦火之後，詩多得之諷誦，漢之經師失其傳，而漫以附焉者與？

讀行露

行露之詩，世儒多引韓詩及劉向列女傳，以謂申人之女，許嫁於酆，夫家不備禮而欲迎之，雖致獄訟，女終不行。誣矣哉！嬰與向胡爲而傳此乎？蓋此詩既女子所自作，則失怙恃，且無兄弟之依可知矣。曰許嫁，則許之者，必父兄也。遭家之變，莫爲之主，雖自歸於舅姑，不得謂非義，況其夫就而迎之乎？既有獄訟，以召伯之明，則必開以大義，而官爲之配矣。其詩曰：「誰謂汝無家？」信如所傳，是故有室家之約也。以一禮未備，而終不肯行，則將轉而之他乎？此害義傷教，不近於人情，而可列正始之風，以爲教於閨門、鄉黨、邦國與？嬰、向之蔽，良由未達於「室家不足」之云，而以辭害義。不知設詐以求偶，卽此已不足爲人夫，此貞女所以疾之深而拒之決也。

以朱子之勤經，豈其未見嬰、向之書？蓋嚴而斥之，以無溷後人；而羣儒乃援集傳「禮或未備」一語，以曲證其誣辭，不亦悖乎！

讀邶鄘至曹檜十一國風

漢、唐諸儒於變風，傅會時代，各有主名，以入於美刺。朱子旣明辨之，而世儒猶嘵嘵。蓋謂一國之詩，數百年之久，所存必政教之尤大者，閭閻叢細之事，男女猥鄙之情，卽間錄以垂戒，不宜其多乃至於此；而不知刪詩之指要，卽於是焉存。蓋古者，自公卿至於列士，職以詩獻，而衰世之臣，孰是如大雅之舊人家父、凡伯者乎？故淇澳、緇衣而外，士大夫憂時閔己之詩，所存無幾，而叢細猥鄙之辭，則無一或遺。蓋民俗之眞，國政之變，數百年後廢興存亡昏明之由，皆於是可辨焉。

稽之春秋，中原建國，兵禍結連，莫劇於陳，鄭、衞次之，宋又次之，而淫詩惟三國爲多。樂記雖云：「宋音、燕女溺志。」然特論其音，且燕女非必淫奔也。以此知天惡淫人，不惟其君以此敗國亡身殞嗣；其民夫婦男女亦死亡危急，焦然無寧歲也。而淫詩之多寡，實與兵禍之疏數相符，則删詩之指要，居可知矣。

齊、晉、秦三國最強，而兩國無淫詩。齊襄災及其身，崔杼弑君，陳氏竊國，皆由女禍。故齊詩終於猗嗟、載馳、季高案：「馳」應爲「驅」。敝笱，始於鷄鳴。秦之亡，以親奄幸，疾師儒。故秦詩始於車鄰、駟鐵，季高案：「鐵」應爲「驖」。終於「夏屋」。唐俗勤儉，固其所以興也。然纖嗇筋力，則艷以利而易動。故其後趙盾、欒書皆爲國人所附，而晉卒分於三族，乃桓叔、武公爲之嚆矢耳。國以此始，亦必以終。玆非其明鑑與？

若魏，若曹，若檜，國小而鄰逼，故君民同憂，未敢淫逞；而君少偷惰，臣或貪愚，則國非其國矣。總而計之：邶、鄘無徵，魏、檜早滅，衞、鄭以下七國之亡徵，並於所存之詩見之。非聖人知周萬物，而百世莫之能違，其孰能與於此？

然則鄭之亡轉後於陳，而衞之亡又後於宋，何也？鄭之淫風盛於下，而未及其上。衞有康叔、武公之遺德，雖至季世，猶多君子。國於天地，必有與立，或同始而異終，或將傾而復植，豈可以一端盡哉！以是知天命無常，國之興亡，一以人事爲準也。

讀邶鄘魏檜四國風

魏、檜之詩，皆作於未并於晉、鄭之先，其辭其事，可按而知也。晉自桓叔以後，陰謀布德，以收晉民，而魏偪介焉。所任非人，賢者思隱，吏競於貪。此君子所以歎心憂之誰知，而小人則已望樂郊而思適也。檜風之作，蓋在厲王之世，有識者憂宗周之殞，爲將及焉。此萇楚、匪風所以作也。羣儒乃以比於邶、鄘，謂所言皆晉、鄭之事，而朱子亦承用焉。集傳謂魏詩爲晉作，檜詩爲鄭作。並引蘇氏檜詩之説，必出自他人，朱子誤記爲子由耳。夫晉至武、獻，思啓封疆，方欲用其民而撫輯之，豈復有碩鼠之號？而檜并於鄭，在東遷以後，武、莊強盛，王室再造，大難已夷，又何風駭車傾之懼乎？

邶、鄘舊國之詩，無一存焉何也？以諸國之風，比類以求其義，必其君有大美大惡，民心以動，國俗以移，而後風謠作焉。魯、宋望國，歷年久長，而詩無風；況蕞爾之邶、鄘，立國又日淺哉！魯、宋之君，有簒弒而無淫昏，簒弒之惡，宜載於册書，而國之臣民，則不忍作詩以刺也。其俗由舊而無大改更，故無風之可陳。觀魯爲吳公子札所歌風詩止十五篇，可知。孟子説詩，必以意逆志，而又在於論其世，其此類也與！

讀王風

世儒謂「讀王風而知周之不再興」，非深於詩者之言也。方是時，上之政教雖僨，而下之禮俗未改。其君子抱義而懷仁，其細民畏法而守分。以道興周，蓋視變魯、變齊而尤易焉。黍離、兔爰，憂時閔俗，百世以下，猶使人悱惻而流連。大車檻檻，師都猶能正其治也。君子陽陽，匿跡下僚，而不改其樂也。采葛憂良臣之見讒，丘中懼賢者之伏隱。觀其朝，有若榮公、皇父、師尹之敗類者乎？君子于役發乎情、止乎禮義者，無論矣。葛藟悲無兄弟，則宗子收族、大功同財之淳風猶未泯也。戍者懷其室家，而於君長無怨言。思奔之女自誓於所私，按其辭意，亦未嘗心非其大夫。觀其民，有若晉國之誣於欒氏，齊、魯之隱民心歸於陳、季者乎？十篇之中，淫志溺志、敖辟煩促之音，無一有焉。

蓋自周公師保萬民，君陳、畢公繼治於伊、洛；自上以下，莫不漸於教澤，愜於德心，而知禮義之大閑。故降至春秋，篡弒攘奪，接跡於諸夏之邦，而王室則無之，以衆心之不可搖奪也。子頹、子帶、子朝之亂，國民鄉順，官師守常；故侯、伯、公、卿倚是以定謀，而亂賊皆應時誅討。使當是時，上有宣王，下有方、召，則其興也勃矣，況能託國於周、孔乎？

然孔子志在東周，其於齊、衞之君猶⿰目曾⿰目曾焉，而適周，則未嘗一自通於共主及二三執政何也？蓋周之政在世卿久矣。以羇旅之士，一旦奉社稷以從，非聖如湯、文，安能蹈此？故必得大國而用之，踐桓、文之迹，然後能成周、召之功，此孔子之志事也。世儒以周不能興，遂謂王風氣象薾然，不可振起；是所謂見其影而不見其形者也。孟子言誦詩、讀書，道在知人論世，而自道其學曰「知言」，有以也夫！

讀齊風

余少讀著，疑與鄭之丰、衞之桑中爲類，而非譏不親迎；親迎之禮，壻本御輪三周，先俟於門外；且跬步之頃，而三易其瑱，不惟無此禮數，亦非事之情。及少長，見班固地理志，然後得其徵。蓋此女所奔者，非一人。東方之日，則奔之者，非一女也。齊自襄公鳥獸行，下令國中：長女不得嫁，爲家主祠，名曰巫兒。至東漢之初，俗猶未改。故當其時，奔者亦若無怍於父兄；受其奔者，亦可無愓於里黨。蓋惟聽其奔，然後可以安人情，別天屬也。顯言而公傳道之。是以鄭、衞之詩，按其辭，可知爲淫奔；而著與東方，其事其辭，與夫婦之唱隨者，幾無辨也。

國語稱襄公「田、狩、畢、弋，不聽國政，而惟女是崇」，則還與盧令亦同時所作耳。齊之立國能強，由其民習於武節；而其後篡弑竊國之釁，皆由女寵。其詩十一篇：二爲遊田，五爲男女之亂，而冠以古賢妃之警其君；蓋齊之所以始終者，具此矣。

孔子删詩，事有細而不遺，辭有汚而不削，以是乃廢興存亡之所自也。非然，則鄭、衞、齊、陳之淫聲、慢聲，胡爲而與雅頌並立與？

書周頌清廟詩後

舊說：此周公既成洛邑而朝諸侯，率之以祀文王之樂歌。蓋以四時祫祭皆於太廟，無獨祀文王之禮；然武王革殷之後，洛邑未作之前，不宜竟無祀文王之樂歌。尚書武成：「王來自商，至於豐。」則「邦甸侯衞，駿奔走，執豆籩」，尙在五廟中之稷廟。及武王遷鎬，乃立天子之七廟；而周公於是時特起大義，立廟於豐，獨祀文王。成王作洛，至於豐而發命，則豐廟作於遷鎬之初可知。凡爵命公、侯、卿、大夫，皆於豐廟。康王命畢公保釐東郊，則步自周至於豐；江漢之詩，召虎錫命，「告於文人」是也。

蓋祫祭先公、先王於后稷之廟，率諸侯以致孝享宜也；爵命當世之公、侯、卿、大夫，而臨以上古之侯伯，則義有未安。鎬京雖有文王之廟，然后稷及先公、先王皆式臨焉，而獨受命於文王之廟，非文王之心之所安也。郊祀后稷，而別立明堂以宗祀文王，亦此義也。

然則「載見辟王」，何以有獨祀武王之詩？曰：此其事與文王異；是乃成王免喪，初遇吉祭，奉武王之主以入王季之廟而特祀焉，儀禮所稱吉祭猶未配，謂此也。蓋事應祧之祖之終不可缺一時祭，故必祫於太廟，奉祧主以藏夾室，然後特祀新主於所入之廟。文王，侯伯也，吉祭於廟，不宜有樂歌。成、康以降，後王皆有吉祭，而不爲樂歌。古人事君親，要於誠信，不敢溢言虛美，以滋天下後世之口實也。

又書清廟詩後

或謂：「武成『丁未祀於周廟』，天子諸侯之出，歸告於祖禰之正禮也。卽事者，惟邦甸侯衞耳。『越三日庚戌，柴望，大告武成。』告至於前，所告者之正禮也。以順天革命，故特舉柴望耳。『旣生魄，庶邦冢君曁百工，受命於周。』乃庶邦君臣受命於周之始。古者爵命必於祭，安知非此時特祭於文王之廟而作是詩也？」然方是時，先公、先王之樂歌未作，不宜先薦文王之詩；五廟之舊制未更，樂章不宜首舉清廟爲義。且朱子旣據孔疏所推日曆，而升「旣生魄」三語於「丁未」之前，則未知孰爲定論也。

或謂：「據戴記：『天子犆礿，祫禘，祫嘗，祫烝。』則時祭亦有犆，安知此詩非用於犆祭時乎？」不知以禘爲時祭，乃漢儒約春秋所書魯禘，傅會而爲之說，前儒之辨明矣。雖夏、殷之世，禮文質略，事亦難舉；至周則前期卜日，卜尸，「散齋七日，致齋三日」。使日祭一廟，祭之明日，繹而賓尸；自致齋以至終事，兼旬中無一日之閒，人力則實不能勝，國事則一切廢置，加以天地、社稷、山川、百神之事，六服、羣辟、朝聘、會同之政，日不暇給矣。用此知時祭必無犆，而凡祀文王之樂歌，皆始作豐廟時所薦也。

讀周官

嗚呼！世儒之疑周官爲僞者，豈不甚蔽矣哉！中庸所謂盡人物之性，以贊天地之化育者，於是書具之矣。蓋惟公達於人事之始終，故所以教之、養之、任之、治之之道，無不盡也。惟公明於萬物之分數，故所以生之、取之、聚之、散之之道，無不盡也。運天下猶一身，視四海如奥阼，非聖人而能爲此乎？

然自漢何休、宋歐陽修、胡宏皆疑爲僞作。蓋休耳熟於新莽之亂，而修與宏近見夫熙寧之弊，故疑是書晚出，本非聖人之法，而不足以經世也。莽之事不足論矣，熙寧君臣所附會以爲新法者，察其本謀，蓋用爲富强之術，以視公之依乎天理以盡人物之性者，其根源較然異矣。就其善者，莫如保甲之法；然田不井授，民無定居，而責以相保相受，有罪奇邪相及，則已利害分半，而不能無拂乎人情矣。修與宏不能明辨安石所行，本非周官之法，而乃疑是書爲僞，是猶懲覆顛而廢輿馬也。

是書之出，千七百年矣。假而戰國、秦、漢之人能僞作，則冬官之缺，後之文儒有能補之者乎？不惟一官之全，小司馬之缺，有能依倣四官之意，以補之者乎？其所以不能補者，何也？則事之理有未達，而物之分有未明也。

嗚呼！三王致治之迹，其規模可見者，獨有是書；世變雖殊，其經綸天下之大體，卒不可易也。若修與宏者，皆世所稱顯學之儒，而智不足以及此，尚安望爲治者篤信而見諸行事哉？必此之疑，則惟安於苟道而已，此余所以尤痛疾乎後儒之浮說也。

周官辨僞一

凡疑周官爲僞作者，非道聽塗說而未嘗一用其心，即粗用其心而未能究乎事理之實者也。然其間決不可信者，實有數事焉：周官九職貢物之外，別無所取於民；而載師職則曰：「近郊十一，遠郊二十而三，甸、稍、縣、都皆無過十二。」市官所掌，惟廛布與罰布；而廛人之紋布、總布、質布，別增其三。夏、秋二官毆疫，禬蠱，攻貍蠹，去妖鳥，毆水蟲，所以除民害，安物生，肅禮事也；而以戈擊壙，以矢射神，以書方厭鳥，以牡橭、象齒殺神，則荒誕而不經。若是者，揆之於理則不宜，驗之於人心之同然則不順，而經有是文何也？則莽與歆所竄入也。

蓋莽誦六藝，以文姦言；而浚民之政，皆託於周官。其未篡也，既以「公田口井」布令，故既篡下書，不能遽變十一之說，而謂漢法名三十稅一，實十稅五，則其意居可知矣。故歆承其意而增竄閭師季高按：「閭師」據上下文及周禮地官載師，應作「載師」。之文，以示周官之田賦本不止於十一也。莽立山澤，六筦，榷酒，鑄器，稅衆物以窮工商；故歆增竄廛人之文，以示周官征布之目，本如是其多也。莽好厭勝，妖妄愚誣，爲天下訕笑；故歆增竄方相、壺涿、硩蔟、庭氏之文，以示聖人之法，固如是其多怪變也。夫歆頌莽之功，既曰「發得周禮，以明因監」，而公孫祿數歆之罪，又曰「顚倒五經，使學士疑惑」，則此數事者，乃莽與歆所竄入決矣。然猶幸數事之外，五官具完，聖人制作之意，昭如日星；其所僞託，按以經之本文，而白黑可辨也。

古者公田爲居，井竈場圃取具焉，國賦所入，實八十畝；孟子及春秋傳所謂十一，乃總計公私田數以爲言；若周之賦法，不過歲入公田之穀，並無所謂十一之名也；又安從有「二十而三」與「十二」之道哉？閭師季高按：「閭師」應作「載師」。之法通乎天下，又安有近郊、遠郊、甸、稍、縣、都之別哉？載師職所以特舉國宅、園廛、漆林，以田賦之外，地征惟此三者耳；今去「近郊十一」至「無過十二」之文，而載師職固辭備而義完矣。周官之田賦，更無可疑者矣。

周之先世關市無征；及公制六典，商則門征其貨，賈則關市征其廛；蓋以有職則宜有貢，又懼所獲過贏，而民爭逐末耳。肆長之斂總布，蓋總一肆買賒官物所入之布而斂之，非別有是征也。若質布則本職無是，絘布則通經無是也。今去「絘布、質布、總布」之文，而廛人職固辭備而義完矣。周官之市征，更無可疑者矣。

方相氏之索室毆疫也，庭氏之射妖鳥也，硩蔟氏之覆妖鳥之巢也，乃聖人明於幽明之故而善除民惑也。害氣時作，妖鳥夜鳴，人之所忌，其氣餒足以召疾殃，故立爲經常之法，俾王官帥衆而毆之，引弓而射之，則民志定，其氣揚而夭厲自息矣。夫疫可毆也；而「蒙熊皮，黃金四目」，與莽之遣使「負鷩」「持幢」何異乎？卜得吉兆，以安先王之體魄，而「入壙，戈擊四隅，以毆方良」，與莽之令「武士入高廟，拔劍四面提擊」何異乎？妖鳥之巢可覆也，而以方書日月星辰之號懸其巢；妖鳥之有形者可射也，不見其形而射其方，猶有說也；神之降，不以德承焉，不以其物享焉，而射之可乎？水蟲之怪可毆也，而其神可殺乎？神無形而有死，神死而淵可爲陵，其誑燿天下，與莽之「鑄威斗」，「鐫銅人膺文」，「桃湯、赭鞭，鞭灑屋壁」，異事而同情。今於方相氏去「蒙熊皮，黃金四目」及「大喪」以下之文，於硩蔟氏去「以方書」下之文，覆其巢，則鳥自去矣；以方書懸巢上，是不覆其巢也。與上文顯背。於壺涿氏，去「若欲殺其神」以下之文，於庭氏去「若神也」以下之文，則四職固辭備而義完矣。其他更無可疑者矣。凡世儒所疑於周官者，切究其義，皆聖人運用天理之實。惟此數事，揆以制作之意，顯然可辨其非眞，而於莽事，則皆若爲之前轍而開其端兆，然則非歆之竄入而誰乎？

昔程子出大學、中庸於戴記，數百年以來莫有異議。朱子斥詩小序，雖有妄者欲復開其喙，而信從者稀矣。惜乎！是經之大體，二子斷爲非聖人不能作，而此數事未得爲二子所薙芟也。雖然，理者，天下之公也；心者，百世所同也。然則姑存吾說，以俟後之君子，其可哉！

周官辨僞二

媒氏：「仲春之月，大會季高按：「大會」據周禮地官媒氏，應作「令會」。男女，奔者不禁。」近或爲之說曰：「是乃聖人之所以止佚淫而消鬭辯也。每見甿庶之家，嫠者改適，猜釁叢生，變詐百出，由是而成獄訟者十四三焉。豈若天子之吏以時會之，而聽其相從於有司之前，可以稱年材，使各得其分願哉！管子治齊，以掌媒合獨，猶師其意，則斯乃民治之所宜也審矣。」嗚呼！管子生政散民流之後，而姑爲一切之法，是不可知；若成周之世，則安用此哉？自文王后妃之躬化，遠蒸江、漢，至周公作洛，道洽政行，民知秉禮而度義也久矣；又況周官之法：冠昏之禮事，黨正教之；比戶之女功，酇長稽之；凡民之有邪惡者，雖未麗於法，而已「坐諸嘉石，役諸司空」，任諸州里，尚何怨曠陰私暴詐之敢作哉？管子合獨之政，乃取鰥寡而官配之；若會焉而聽其自奔，則雖亂國汚吏能布此爲憲令乎？蓋莽之法：私鑄者伍坐。沒入爲官奴婢，傳詣鍾官者，以十萬數；至則易其夫婦，民人駭痛。故歆增竄媒氏之文，以示周官之法官會男女而聽其相奔；則以罪沒而易其夫婦，猶未爲已甚也。莽之母死而不欲爲之服；歆與博士獻議：「周禮：王爲諸侯緦衰，弁而加環絰，同姓則麻，異姓則葛。」今周禮司服無「弁而加環絰」三語，則媒氏之文，爲歆所增竄也決矣。按：莽欲九錫，則增易左傳，謂周公「越九錫之檢」；莽欲稱假皇帝，則云：書逸嘉禾篇「周公奉鬯立於阼階，延登，贊曰：假王涖政，勤和天下」。其僞構經文，皆歆爲之謀主也。又以文義覈之，於「奔者不禁」下，承以「無故而不用令者罰之」。則所謂不用令，未知其何指也？既曰「大會（季高按：大應作令。）男女」，又曰「司男女之無夫家者而會之」，重見贅設，失言之序。必削去「仲春之月」以下三十七字，然後媒氏之文與義皆完善。

嗚呼！聖人之法，所以循天理而達之也；聖人之經，所以傳天心而播之也；乃爲悖理逆天之語所混淆，至於二千餘年而不可辨，則歆誠萬世之罪人也。余嘗病班史於莽之亂政姦言，纖悉不遺，於義爲疎，於文爲贅；然周官之爲歆所僞亂者，乃賴班史而備得其徵。豈非聖人之經，天心不欲其終晦，而既蝕復明，固有數存乎其間邪！或曰：「歆於司服職轉不竄入三語何也？」蓋他職所增，皆怪變不經，故必竄入，以惑人聽。司服職則本有「爲諸侯緦衰」及「其首服皆弁絰」之語，而「弁而加環絰，同姓則麻，異姓則葛」，乃禮家之常談，衆共知之。歆之姦心，以周官雖藏册府，而恐吏民或私有其書，故以莽之亂政竄入諸官，頒示天下；而於已所獻議，禮家之常談，轉不竄入；使人疑古書之傳有同異，以比於易、詩、書之文引用或有增損者。正所謂「顛倒五經，使學士疑惑」也。

書周官大司馬四時田法後

聖人之政，盡萬物之理而不過者，不惟其大，惟其細。聖人之文，盡萬事之情而無遺者，不以其詳，以其略。周公五官之典皆然，而大司馬四時田法，尤其顯著者也。蓋觀春與秋，而知冬夏之田，王及諸侯皆不與焉；春著王與諸侯所執之鼓，秋著所載之旗，冬夏則特標羣吏。盛暑隆寒，不宜以武事煩尊者，學士冬夏不習舞，亦此義。且官徒殷則勞費大也。觀虞人所萊之野，樹表者三百五十步，圍禁前後之屯百步，而知鄉遂、公邑、都家之車徒皆前期各習於其地，而赴禁圍者無幾焉。鄉師前期出田法於州里，大司馬前期命修戰法，茇舍，治兵，所辨號名旗物，譏以內毋漏焉，則前期而備教之可知矣。使徧陳於禁圍，則一鄉一遂之車徒有不能容矣，此所以事習而民不煩也。「魯人大蒐，自根牟至於商衞，革車千乘。」殆其遺教與？

戰法、田法之詳，至冬狩始見者，雖各修於其地，然必待築場納稼之後，乃可徧簡車徒，稽人畜、旗物、軍器；行於三時，則奪農功而無地以陳車馬。辨夜事於仲夏者，人可露處而衣裝約也。於「茇舍」特舉「辨軍之夜事」，則知「以教坐作、進退、疾徐、疏數之節」，通乎三時矣。於夏舉礿，於冬舉烝，則祠嘗視此矣。於春舉社，則秋報可知矣。於秋舉方，則春祈可知矣。小雅「以社以方」疏謂皆秋報也。大雅「方社不暮」承祈年之後，必春祈也。呂氏月令所述多周制，「孟春，命祀山林川澤」，邦畿四面皆有之，月令於春未及方祭，疑卽方也；「仲春，命民社」：二者正次祈穀之後，可與大雅相證。於秋冬曰致禽，則春夏獻禽之約可知矣。於冬特舉饁獸，則秋猶未敢備取，而不足以供四郊之饁可知矣。

田法、戰法，冬詳其目而春舉其綱：仲冬大閱，「司馬建旗於後表之中」至「不用命者斬之」，卽春蒐「以旗致民，平列陳，如戰之陳」也。「中軍以鼙令鼓」至「鳴鐃且卻，坐作如初」，卽春蒐所「敎坐作、進退、疾徐、疏數之節」也。「以旌爲左右和之門」至「車徒皆譟」，卽春蒐「表貉，誓民，鼓，遂圍禁」也。「前期修戰法」，四時所同，而於冬乃出之，則三時專辨其一，而大閱備舉其全具見矣。使以晚周、秦、漢人籍之，則倍其文尚不足以詳其事，經則略舉互備，括盡而無遺，是之謂聖人之文也。

讀儀禮

儀禮志繁而辭簡，義曲而體直，微周公手定，亦周人最初之文也。然其制惟施於成周爲宜；蓋自二帝、三王彰道教以明民，凡仁義忠敬之大體，雖甿隸曉然於心，故層累而精其義，密其文，用以磨礲德性而起敎於微眇，使之益深於人道焉耳。後世淳澆樸散，縱性情而安恣睢，其於人道之大防，且陰決顯潰而不能自禁矣；乃使戔戔於登降進反之儀，服物采色之辨，而相較於微忽之間，不亦末乎？吾知周公而生秦、漢以降，其用此必有變通矣。獨是三代之治象，與聖人彷徨周浹之意，可就其節文數度省想而得之。故昌黎韓子讀此，惜不得進退揖讓於其間。然其辭以類相從，其義以合而見，而韓子乃分剟而別著爲篇，則非吾之所能知矣。

書考定儀禮喪服後

余少讀儀禮喪服傳，即疑非卜氏所手訂，乃一再傳後門人記述而間雜以己意者；而於經文，則未敢置疑焉。惟尊同者不降，時憯然不得於余心。乃試取傳之云爾者剟而去之，而傳之文無復舛複支離而不可通曉者；更取經之云爾者剟而去之，而經之義無不即乎人心：然後知是亦歆所增竄也。蓋喪服之有厭降，見於子思、孟子之書；惟尊同不降，則秦、周以前載籍更無及此者。而於莽之過禮竭情以侍鳳疾，及稱供養太皇太后，義不得服功顯君事尤切近，故假是以爲比類焉。

嗚呼！先王制禮，有迹若相違而理歸於一者，以物之則各異，而所以爲則者，無不同也。尊同而不降，物之則無是也，曾是可厚誣先聖而終蔽人心之同然者乎？夫莽誦六藝，以文姦言，其於易、春秋間有稱引，皆自爲之說而謬其指：書之傳、詩之序雖有假託，而經文則未嘗增易焉。然則公孫祿所謂「顚倒五經，使學士疑惑」者，喪服經傳之文尤顯見於當時，而爲老師宿儒所指斥者歟？時周官始出，戴記尚未列於學官。

讀孟子

余讀儀禮，嘗以謂雖周公，生秦、漢以後，用此必有變通；及觀孟子，乃益信爲誠然。孟子之言養民也，曰制田里，教樹畜而已；其教民則「謹庠序之教，申之以孝弟之義」，凡昔之聖人所爲深微詳密者無及焉。豈不知其美善哉，誠勢有所不暇也。然由其道層累而精之，則終亦可以至焉。

其言性也亦然，所謂踐形養氣，事天立命，間一及之；而數舉以示人者，則無放其良心以自異於禽獸而已。既揭五性，復開以四端，使知其實不越乎事親從兄，而擴而充之，則自「無欲害人」、「無爲穿窬之心」始。蓋其憂世者深，而拯其陷溺也迫，皆昔之聖人所未發之覆也。

嗚呼！周公之治教備矣，然非因唐、虞、夏、殷之禮俗層累而精之，不能用也；而孟子之言，則更亂世，承汚俗，旋舉而立有效焉。有宋諸儒之興，所以治其心性者，信微且密矣；然非士君子莫能喻也；而孟子之言，則雖婦人小子，一旦反之於心而可信爲誠然。然則自事其心與治天下國家者，一以孟子之言爲始事可也。

辨明堂位

明堂位列戴記，先儒以爲誣，舊矣；而余尤疑是篇不知何爲而作也。謂周人記之，則於明堂方位度數、朝會禮儀宜詳；謂魯人自侈大，則宜先周公勳勞、法則以及山川、土田、附庸、殷民、周索、命誥、典册，而無一具焉。至魯君臣相弑，三傳無異辭，初誦經書者皆識焉；記者能詳四代之服、器、官而獨昧於此，豈不異哉？及讀前漢書，然後知此莽之意，而爲之者，劉歆之徒耳。

莽之篡，無事不託於周公：其居攝也，羣臣上奏，稱明堂位以定其儀。故記所稱，莫不與莽事相應。其稱「周公踐天子之位以治天下，朝諸侯於明堂」，以莽踐阼，背斧依，南面朝羣臣也。賊臣受九錫以爲篡徵，自莽始。故備舉魯所受服、器、官，以爲是猶行古之道耳。其稱魯君臣未嘗相弑，又以示傳聞不可盡信，若將爲平帝之弑設疑也。其篇首曰：「昔者周公朝諸侯於明堂之位，天子負斧依，南鄉而立。」易周公以天子，與當日羣臣所奏「周公始攝，則居天子之位，非乃六年然後踐阼」，隱相證也。莽贊稱假皇帝，則奏稱書逸嘉禾篇「周公奉鬯立於阼階，延登，贊曰：假王涖政，勤和天下」。書既逸矣，云云者，誰實爲之？又況漫無所稽之雜記哉?

或疑「周公踐阼,倍依以朝諸侯」,別見史記魯、燕世家,而荀卿儒效篇亦曰「以枝代主」,疑明堂記或有所授。不知古用簡册,秘府而外,藏書甚希。太史公書,宣、成間始少出。自向校遺書,歆卒父業,以序七略,東漢宗之;凡後世子、史之傳,皆歆所校錄也。歆既僞作明堂記,獨不能增竄太史公、荀子之文哉?詩、書而外,周人之書成體而不雜者,莫如左氏春秋傳;史克之頌,祝鮀之言,於魯先世事詳矣,無一語及此,而悖亂之說,皆見於歆以後始顯之書,則歆實僞亂增竄以文莽之姦也決矣。

嘗考魯世家削去「成王臨朝」至「匑匑如畏然」,燕世家削去「成王既幼」至「召公乃說」,前後文義,脗合無間;而周本紀所謂「周公攝行政當國」,與尙書「位冢宰正百工」義正相符,是則劉歆之徒所未及改更而尙存其舊者。且金縢乃伏生之書,始出卽列於學官,稱「王與大夫盡弁」。又云:「公爲詩以貽王,而王亦未敢誚公。」則年非甚少,斷可識矣。以是觀之,凡言成王幼者,皆莽、歆之誣妄也。蓋欲言周公踐阼,則不得不言成王幼不能踐阼耳。昔韓子論學,首在別古書之正僞。取其正者以相參伍而得其會通,則昭昭然如分黑白矣。

書考定文王世子後

余少讀世子記，怪其語多複沓枝贅；既長，益辨周公踐阼之誣，武王夢帝與九齡之妄，而未有以黜之。及觀前漢書，王莽居攝，羣臣獻議，稱明堂位周公踐阼以具其儀，然後知是篇誣妄語，亦當時所增竄也。是篇所記，教世子之禮也；而稱成王不能涖阼者再，周公踐阼者三。成王幼而孤，無由習世子之禮，非關不能踐阼也。周公抗世子之法於伯禽，豈必踐阼而後法可抗哉？其強而附之，增竄之跡，隱然可尋。莽將即眞，稱天公使者見夢於亭長曰：「攝皇帝當爲眞。」故僞附此記，以示年齒命於天，而夢中得以相與。昔周文武實見此兆，則亭長之夢，信乎其有徵矣。

嘗考周官顯悖於聖道者，實有數端，而察之莫不與莽事相應。故公孫祿謂歆「顚倒五經，使學士疑惑，其罪當誅」。意當其時，老師宿儒，必具見周官、禮記本文，而憤其僞亂，故祿亦疾焉。余於周官之不類者，既辨而削之；乃并芟薙是篇，稍移其節次，而發其所以然之義。孟子曰：「予豈好辨哉？予不得已也。」之數者，乃禮義之大閑，自前世或疑而未決，或習而不知其非，故不自揆，刊而正之，以俟後之君子。

莽之亂政，皆託於周官，而僭端逆節，一徵以禮記。其引他經，特遷其說，謬其指，而未敢易其本文。其受九錫奏稱：謹以六藝通義，經文所見，周官、禮記宜於今者，爲九命之錫。蓋他經則遷就其義，而周官、禮記則增竄其文之徵也。蓋武帝時，五經雖並列於學官，而易、詩、書、春秋傳誦者多，故説可遷，指可謬，其本文不可得而易也。儀禮孤學，自高堂生而外，學者徒習其容而不能通其義，故於喪服徵竄經文，附以傳語。至戴記則後出而未顯，周官自莽與歆發，故恣爲僞亂。然恐海內學士或間見周官之書，而傳儀禮、戴記者，能辨其所增竄；故特徵天下有逸禮、古書、毛詩、周官、爾雅、天文、圖讖、鍾律、月令、史篇文字者，並詣公車；至者以千數。皆令記説廷中，而又使歆卒父業，典校羣書而頒布之。使前見周官、儀禮、戴記之本文者，亦謂歆所增竄，雜出於廷中記説，而疑古書所傳，或有同異。其巧自蓋者，可謂曲備矣。

自班固志藝文，壹以歆所定七略爲宗，雖好古之士無所據以別其眞僞，而每至歆所增竄，則鮮不以爲疑。蓋書可僞亂，而此理之在人心者不可蔽也。

戴氏所述禮記，無明堂位，至東漢之初，馬融始入焉；其爲歆所僞作，無可疑者；而此記所稱周公踐阼及他誣妄語，莫不與莽事相應，一如莽之亂政，分竄於諸官。先聖之經，古賢之記，爲歆所僞亂者，轉賴其自蓋之迹，以參互而得之，豈惟人心之不可蔽哉？蓋若天所牖焉。後之人或以專罪余，則非余之所敢避也。

莽之求書：先逸禮，以戴氏所傳無明堂位及此記所增竄也。次古書，以稱周書逸嘉禾篇「假王涖政」也。次毛詩，以毛氏後出未顯，俾衆疑其引詩而遷其說謬其指者，或出於毛氏也。如謂「普天之下，莫非王土」，爲以天下養之類。次周官，其亂政皆分竄於諸官也。並及爾雅雜家，使衆莫測也。易、春秋無求焉，以莽事無所託，雖有稱引，而於本文無增竄也。

昔朱子謂「戴記所傳，或雜以衰世之禮」，然相提而論，其誣枉未有若周公踐阼，居天子之位者；其妖妄未有若武王夢帝與九齡，而文王復與以三者；其悖謬未有若「大夫爲其父母兄弟之未爲大夫者之喪服如士服」，及「士之子爲大夫，則其父母不能主」者：凡此皆先儒所深病，蒙士所心非也。莽爲其母功顯君服天子之弔服而不主其喪，則雜記之文，毋亦歆所增竄，以示大夫、士相去一間耳，而古者子爲大夫，於父母之服卽有變，況踐阼居天子之位乎？子爲大夫，父母之爲士者尚不敢主其喪，況居天子位與尊者爲體，而可私屈爲母喪主乎？

歆既邪惡，而文學乃足以濟其姦，凡所增竄，辭氣頗與戴記、周官爲近；故歷世以來，羣儒雖究察其非，終懷疑而未敢決焉。班史謂：「自書傳所載亂臣賊子無道之人，考其禍敗，未有如莽之甚者。」余攷自古承學之士，通經習禮，而爲妖爲孽，亦未有如歆之甚者也。然莽以六藝文姦言，當其時卽交訕焉；而歆蠹蝕經傳以誣聖人，亂先王之政，至於千七百餘年而莫敢薙芟，則歆之罪，其更浮於莽也與！

文王十三生伯邑考辨

余少閲大戴記，稱「文王十三生伯邑考」，卽辨其誣，而未得證驗。先兄曰：「『文王嘉止，大邦有子。』安有是？」然猶不能無疑。及考王莽傳，平帝年十有二，而莽欲以女配。故歆先竄此於大戴記，以示文王始婚，亦年十有二。然後莽請考論五經，以定天子之娶禮。又恐戴記出宣、元間，學者多見其書；故其後復徵羣士使記說逸禮於廷中，以欺惑學士。莽之篡，無事不託於文、武、周公。蓋夏、殷以前，先聖之事與言，所傳甚希，衆皆耳熟焉，難以鑿空構立；而經、傳、諸子，皆周人之書，遭秦火而始出於漢，故使歆典校，卒向之業，以售其姦。自東漢相傳，以至於今，皆歆所校錄也。學者可溺於前儒傳授之言，而不別其眞僞哉！

成王立在襁褓之中辨

武王崩，成王幼，在襁褓之中。說見家語，又見史記，又見賈誼保傅篇，而漢書亦云：武帝命畫周公負成王圖，以賜霍光。蓋莽與歆既曰成王不能踐阼，則年宜甚幼，而金縢之篇無是也。其書乃伏生所傳，舊列學官，不可譸張爲幻，故於戴記竄焉。又恐戴記出宣、元間，學者間有其書，故欲多爲之徵。而論語乃世儒所習誦，故又於家語竄焉；漢興，博學多聞，莫如賈生，繼春秋創史法，囊括載籍，爲世所宗，莫如太史公，故又於二書竄焉；至漢書所云，或武帝偶命作圖，以示立少子之意，或其事亦歆等構造，又或史官所記本周公輔成王圖，而歆易爲「負」，班固因之：皆不足據也。衆言樊亂，必折諸經。金縢之篇曰：「王與大夫盡弁。」則既冠明矣。「公以詩貽王，而王亦未敢誚公。」則已甚違於世事矣。以是知古書中言成王幼，不能踐阼者，皆妄也；而況云在襁褓之中哉？幸而金縢之篇尚存，不然，則歆之怪變，竟無從而得之矣。

或又以王自稱「沖子」，周、召稱王「孺子」爲疑。是惑也，盤庚之誥，自稱「沖人」；范文子爲大夫，贊軍謀，而武子呼爲「童子」：嗣君之自謂，師保之規箴，其稱言義當若此，不可以弗察也。

讀經解

此記中間所述多荀卿語，疑出於漢之中葉，而傳荀氏之學者爲之也。三代盛時，國不異政，家無殊俗，詩、書、禮、樂，布在庠序，以爲四術。降至春秋，王道雖微，而周禮未改；孔子贊易，作春秋，其徒守之。陵夷至於戰國，百家放紛，儒術大絀，焉有一國而專立一經以爲教者哉？遭秦滅學，至漢景、武之間，諸老師各抱一經以授其徒，於是齊、魯、燕、趙、鄒、梁之學興。而承其學者，復以教於鄉邑，各自爲方，不能相通；而其人之性質行能，亦漸摩於經説而别異焉。記者既列教之所由分，並其説之有所失；而又念一道德而同風俗，非羣儒之私教所可冀也。所以養君德，施政教，正俗化，莫急於禮，而禮非天子不能行。禮之興，然後君德可成，而百官得其宜，萬事得其序，和仁信義得其質，宗廟朝廷得其秩，室家鄉里得其情。禮之廢，則君臣、父子、夫婦、長幼，恩薄道苦，序失行惡，其亂百出，而不可禁禦。凡此，皆荀氏所謂原先王，本仁義，禮正其經緯蹊徑；不道禮憲，而求之於詩、書，不可以得之之本指也。

夫六經火於秦，並出於漢，而禮之廢，則自漢始。河間獻王獻古邦國禮五十六篇，武帝不用，而沿襲秦故，以定宗廟百官之儀。其士禮之僅存者，亦未布頒以爲民紀。自是以來，學者循誦易、詩、書、春秋之文，而虛言其義，有得有失，一如記所稱；而禮則湮沈殘缺，每至郊廟大議，衆皆冥昧而莫知其原，閭閻士庶，喪、祭、賓、婚，蕩然一無所守，而競於淫侈。記所云「以舊禮爲無所用而去之者」，意在斯乎！學者可習其讀而弗察歟？

書辨正周官戴記尚書後

余以王莽傳辨周官所僞亂，循是以考戴記、尚書及子、史、傳、注，然後知舍莽政之符驗，周官無可疵者。舍莽事之比類，古聖無見誣者；循是以討去之，然後諸經之賊蝕，一旦而廓然。

嗚呼！書更秦火，篇殘文缺而已耳；而歆所僞亂，則混淆於本文之中，伏闇而不可見，疊出互證，深固難搖。自程、朱二子出，然後能辨古書之正僞，而後之儒者知以理義爲衡，故凡周官、戴記、書傳、詩序之紕謬，雖未辨所從生，而鮮不以爲疑。疑之者衆，然後或得其間，而白黑可判焉。

漢儒之治經，莫勤於鄭氏；然以莽事訓周官，而於周公踐阼，文王受命稱王，皆篤信焉，而益漫其支流，況毛序、孔傳之僞雜乎？世俗之貿儒，倘或以經說惟漢儒爲有據，而詆程、朱爲憑臆，非所謂失其本心者與？

記王巽功周公居東說

涇陽王巽功臥疾連月，時往問之。一日，語余曰：「『周公居東』，惟集傳『居國之東』爲近，而未著其何地也。自我觀之，王欲親逆，卽駕而出郊；就令出舍以俟，公必信宿可至。古者大夫有罪，自投於私邑以待放，禮也。然則公所居，其近在郊關之內與？」

余曰：「子之言其信！畿內公卿之采地，當在縣畺；而有勳勞者，別有賞田。周官『載師以賞田任遠郊之地』，『司勳掌六鄉賞地之法以等其功』是也。春秋傳曰：『自陝以西，召公主之；自陝以東，周公主之。』公主東諸侯，則邑於國之東，宜矣。公之避，與禹、益之避異：禹、益之避，以遠爲宜；公之避，以近爲宜。其不之縣畺之采，而退就近君之小邑，理固宜然。然則公所居爲鎬東鄉郊之賞邑，決矣。」

巽功仕不廢學：其出爲監司，所領皆大藩，而返自江西，詩說成。其疾也，夜不能寐，輒思尙書疑義，及旦，伏枕而爲草，今文二十八篇將偏矣。氣雖困，見余輒蹷然興，問辨移時。嘗語河南李雨蒼曰：「吾見望溪，則曠然無憂，而身爲之輕，效速於藥物。」其好學求友之切如此。是日也，以疾動，不任筆墨；又間廁余言，乃屬余爲之記。

方苞集卷二

讀子史

書删定荀子後

昔昌黎韓子欲削荀氏之不合者，附於聖人之籍，惜其書不傳。余師其意，去其悖者、蔓者、複者、俚且佻者，得篇完者六，節取者六十有二。其篇完者，所芟薙幾半；然間取而誦之，辭意相承，未見其有闕也。夫四子之書，減一字，則義不著，辭不完；蓋無意於文，而乃臻其極也。荀氏之辭有枝葉如此，豈非其中有不足者邪？

抑吾觀周末諸子，雖學有醇駁，而言皆有物，漢、唐以降，無若其義藴之充實者。宋儒之書，義理則備矣，抑不若四子之旨遠而辭文，豈氣數使然邪？抑浸潤於先王之教澤者，源遠而流長，有不可強也。

讀管子

管子之用周禮也，體式之繁重，一變而爲徑捷焉；氣象之寬平，一變而爲嚴急焉：非故欲爲此也，勢也。蓋周公之時，四海一家，制禮於治定功成之後；故紀綱民物，可一循其自然之節，以俟其遲久而成。管子承亂，用區區之齊，將以合勢之散，正時之傾，非及其身不能用也，非及其君之身不能用也，而豈可俟哉？惟欲速而苦其難成，故其行之也，亦不得不嚴且急焉，是管子之不得已也。

然周官之作，依乎天理，以盡萬物之性；而管子之整齊其民也，則將時用以取所求，是則其根源之異也；而讀其書，尚知令行禁勝之必本於君身，聰明思慮，當付之衆人而不自用，則又非諸法家之所能及矣夫！

讀史記八書

禮、樂、律、曆四書，或曰，褚少孫所補；或曰，蓋子長爲之而未具：皆非也。其序禮、樂，用意尤深。蓋太初所定改正朔，易服色，已具曆書及封禪書；至宗廟百官之儀，則襲秦故，不合聖制者。漢之樂，自文、景以前，習常肄舊而已。武帝所作十九章，文雖爾雅，然自青陽、朱明、西皥、玄冥而外，多訣誕，且非雅聲。其甚者，如太乙馬歌，則汲黯所謂先帝、百姓不知其音者。故止序其大略，而不復排纂爲書。蓋傷漢之興，幾無所謂禮樂也。故於四時之歌明著其指曰：「世多有，故不論。」則非爲之而未具，明矣。其續以戴記、荀卿之文，或乃少孫所爲邪？

漢之樂既無可次，而律則往古成法，故獨著其通於兵事，以爲法戒。武帝改曆，雖由公孫卿札書，而洛下閎運算，日順夏正，於曆術則無可議者，故直述其事。凡此皆著書之義法，一定而不可易者，非故欲如此也。

其後四書，論繫於書後，亦各有義焉。蓋河渠、平準，非若禮、樂、律、曆，可前序其事，而以名物度數次列於後者。封禪書所載諸畤諸祠，雖有方色牲幣之數，而皆秦、漢間妖妄不經之制，且與封禪無與也。故其事並詳於書，而略見己意於後。惟天官宜與律、曆一例，特家世所掌，有獨傳其精義者；災異之變，有親得之見聞者；諸家之占，有考之而不合者；故列次衆法於前，而以己意詳論於後，所由與律、曆二書異也。七書皆通古今，而平準則漢一代之制，故獨以古事附論於後而志慨焉。

樂、律、天官三書之末及律書序前後各附贊一節，意義無可推者，或亦少孫所爲。然秦紀亦別載襄公後二百餘年事。豈子長摭拾舊聞，始將采用，後復置之，而錄者不知而妄附與？是未可知也。

書禮書序後

是篇之義，蓋痛古禮遭秦而廢，歷漢五世而終不能興也。蓋秦有天下，雜采六國禮儀，而盡棄三代之舊，本以自便其淫侈；而漢諸帝半挾私意，而安秦儀，故首揭其指。以謂先王制禮，所以宰制萬物，役使羣衆者，皆出於天理之自然，而非人力所强設也。其曰「至大行禮官，觀三代損益」，蓋歎古儀法之具存也。武帝時，河間獻王尙得邦國禮五十六篇；況漢之初，秦、周間老師宿儒猶在，使高帝有志復古，文獻非無徵者；而叔孫通希世度務，雖有損益，大抵皆襲秦故。厥後以文帝之躬化，而惑於道家之言。武帝雖好儒術，實不能用。太初所定，不過改正朔，易服色，以文封禪。其宗廟百官之儀，襲秦之故，不合聖制者，遂著爲典常，而垂之於後。過此以往，則去古愈遠，復之愈難矣。

當是時，所招儒術之士，非不能定儀也，恐陳古義以拂時君之欲，故遷延觀望至十餘年而不就耳。至或私議「古者太平，萬民和喜，瑞應辨至，乃采風俗，定制作」。是深知禮意者，而適與武帝時四海騷然，人民愁病，災異數見相反。故帝聞而惡之，觀制詔御史云云，則憚復古而樂秦儀，情不能自掩矣。

子長蓋深病乎此，而未敢斥言之，故傷其心於往事，而稱孔子以正名不合於衞，其徒卒以沈湎，而志痛焉。河間獻王所獻邦國禮五十六篇，至唐猶存，而唐以前無議復者，猶秦志也。嗚呼！子長其見之矣。

又書禮書序後

子長此序，非獨痛時事也；其於終古禮俗之變，盡之矣。蓋三代之禮，緣情依性，故能經緯人道，規矩無所不貫。上自宮寢、郊廟、朝廷之禮，既有以正君身，統百官；下逮黎庶、宮室、車服、飲食、嫁娶、喪祭，各授以節，而適其宜；所以宰制萬物，役使羣衆，而人力無所庸者，此也。禮之失自春秋始，極於戰國；至秦有天下，遂雜采六國之儀，而盡廢三代之禮。蓋將極情縱欲，凡勢力之所能逞則恣焉，而深惡夫古禮之大爲之防也。

夫人之生，莫不有耳目口體之欲，不爲之節，則日就淫侈，而民力將有所不堪；故先王不禁其欲，而必以禮爲防，所以救民之彫敝也。魯，秉禮之國也，而僭郊禘；管仲，賢大夫也，而備三歸；子夏，聖門之高弟也，而說紛華盛麗。故先王誘進以仁義，束縛以刑罰，猶懼民之踰其防也，況導以淫侈，而不爲之制乎？

太初所定，不過改正朔，易服色，封泰山以及宗廟百官之儀；凡宮室、車服、飲食、嫁娶、喪紀下逮黎庶者，無聞焉，而制辭乃曰：「百姓何望？」之數者雖盡善，與百姓何與？況其爲襲秦之故，不合聖制者乎？漢之諸帝無論矣，獨文帝之躬化，可以興禮，而溺於道家之學，以爲繁禮飾貌，無益於治，則於先王之緣情依性，經緯人道者，亦概乎其未之聞也。夫無躬化，則禮不虛行；然有躬化，而不興三代之禮，亦不足以化民成俗。

自周以前，上將納民於軌物，而身先之；自秦以後，身不能由，而於民亦蕩然不爲之制。其宗廟百官之儀僅有存者，亦虛器耳，而定爲典常，垂之於後者，自武帝始。自是天下遂安於秦儀，而不知三代所損益爲何物矣。「洋洋美德乎！」其尚可復見也哉？此子長所以痛也。

書樂書序後

武帝席文、景之盛，不能損滿持盈；極情縱欲，窮兵四遠；佚而不思其終，安而不惟其始。故首述虞氏君臣相勑，次及成王之恐懼善守，以爲非大德莫能如斯也。其曰「海內人道益深，其德益至，所樂者益異」，蓋謂不樂淫侈，而樂損減，與衆人之情異耳。君子能樂損減，以自節其所樂，然後民得沐浴膏澤，歌詠勤苦，此海內之人道所以益深，而君德以斯爲至也。其序律書終於文帝之「煙火萬里，可謂和樂」，用此義焉耳。

先王知助流政教，莫善於樂，而聲之邪正，其感各以類應，故制雅、頌之聲以導之，治定功成，禮樂乃興。故漢興，高、惠、文、景，皆未暇遑，武帝不能以此時興道致治，修禮正樂，而信方士，舉懕禮，寵孌倖，爲新聲，夜祠郊壇，男女雜歌，以流星爲瑞應，則與夫躬明堂，陳雅樂，而萬民咸蕩滌邪穢，以飾厥性者異矣。

夫六國及秦二世不過以鄭聲自爲娛，而武帝乃次馬歌薦於宗廟，汲黯所謂先帝、百姓豈知其音，蓋痛哉其言之也！然自仲尼不能與齊優並容於魯，黯言雖切，安能遏帝之侈心，而辨延年等之妄哉？嗚呼！秦之衰，李斯猶能直諫，而弘乃以黯爲當族，則視趙高而又甚矣。「股肱不良，萬事墮壞」，此可爲流涕者與！

序樂至此，則更無可言者矣，而少孫乃疑其辭事之未終而續焉。夫平準著天變人禍，皆由興利之臣，故以「烹弘羊乃雨」終；而此書痛弘以讒佞陷其君，故以虞氏之君臣相勅始；是二書之義法也，而少孫未之或知邪？

又書樂書序後

班史載武帝采詩夜誦，有趙、代、秦、楚之謳。河間獻王獻雅樂，俾樂官存肆，而不常御；所常御及郊廟，皆非雅聲；而內有掖庭材人，外有上林樂府，皆鄭聲。故是書於鄭聲之禍，獨寓意於春秋、六國及秦二世；而武帝所興新樂，僅載十九章，且稱其多爾雅之文。然於其中特舉四時之歌，則舍是無足論者矣。自鄭音之興，歷數百年，更三代，而時君世主，無不流沔於此。故曰：德至者，所樂益異。謂與春秋、六國、秦、漢之君異也。河間獻王所獻雅樂，弘嘗謂其音中正雅；乃不能輔帝薦之郊廟，反因論馬歌以陷直臣。方是時，凡帝過舉，皆弘以詇佞成之。「股肱不良，萬事墮壞」，所目擊而心痛也。不然，則有虞氏之賡歌，何爲讀之而流涕哉？

詁律書一則

「神生於無，形成於有，形然後數，形而成聲。故曰神使氣，氣就形，形理如類有可類。或未形而未類，或同形而同類。類而可班，類而可識。聖人從季高按：「從」據下文及武英殿本應作「知」。天地識之別，故從有以至未有，以得細若氣，微若聲。然聖人因神而存之，雖妙必效情句，核其華句，道者明矣。非其原注其當作具。季高按：據武英殿本及四部備要本，應作「有」。聖心，以乘聰明，孰能存天地之神，而成形之情哉？神者，物受之而不能知及季高按：及字或爲衍文。其去來，故聖人畏而欲存之；唯欲存之，神之亦存。其欲存之者，故莫貴焉。」

神者，樂之精華，所以動天地、感萬物之實理也。生於無形者，太虛之絪縕也。成於有形者，播於樂器，然後聲生而神寓也。數者，十二律三分損益之數也。播於有形之樂器，然後其自然之數一一形見，而成宮、商、角、徵、羽之聲也。神使氣者，以天地之神而運於人之氣也。氣就形者，以人之氣而就乎樂器也。凡音之高下疾徐，皆以人氣之大小緩急調劑而成，故曰就也。既播於有形之樂器，則其理如物類之羣分而有可別矣。方其未播於樂器，初無宮、商、清、濁之可別，所謂未形而未類也。既播於樂器，則鐘、磬、管、絃，凡同形者，音必相似，所謂同形而同類也。然雖同形同類，而一器之中，其音之清濁高下，又各自有別。類而可班者，制器而可別其度也。類而可識者，審音而可識其分也。凡此，皆天地陰陽之理，自然而有別者也。

聖人知天地之理，而識其所以別者，故能從有以至未有，而得細於氣微於聲者，所謂神也。有者，器數之既形也；未有者，器數之未形也。聲氣辨於既有器數之後，而神存於未有器數之先；故從有以至未有，然後可以探聲氣之本而得其神也。

然聖人雖識天地之神，而苟無以存之，衆人不能用也，故制爲器數以存之。則其理雖微妙，必因器數而各效其情矣。效者，呈也；情者，實也；華者，器數之形；道者，神理之運也。核其器數而無差忒，則神理之運，亦可得而明矣。

非天地之神，本具於聖人之心；而作律之聖人，又乘其聰明之獨擅，以核乎器數之分；豈能存天地之神，而使聲氣之實理，各効於器數之中哉？聖人辨器數以著聲音之實理，所謂成形之情也。

神者，天地之所以鼓物。故神之去來，物之衰旺視焉，而物常受之而不能知。如聞聲知勝負，而勝者、負者不自知也；審樂知興亡，而興者、亡者不自知也；而其情畢効於聲樂，故聖人畏而欲存之。唯欲存之，故設爲器數，而神亦於是乎存。其欲存之者，聖心聰明之所寓也，故莫貴焉。

書封禪書後

是書所譏武帝事，義皆顯著，獨雜引古事，則意各有指。武帝名爲敬鬼神之祀，而以封禪合不死，郊畤秘祝，不過與祠神君、竈鬼同意耳！蓋好神而實比於慢矣。故首載夏孔甲好神，三世而亡；殷武乙慢神，三世而亡；復大書始皇封禪，後十二歲秦亡；示無德而瀆於神爲亡徵也。殷二宗遇物變，懼而修德，國以興，歷年以永；示寶鼎、一角獸，不足爲符應也。

其詳秦先世事及史敦、史儋語，以雍之諸祠興於秦，而敦、儋妄稱符命，以啓二君之汰，爲方士怪迂語之徵兆也。萇弘欲以物怪致諸侯，無救於周之衰，而身爲僇；則以方祠詛匈奴、大宛者可知矣。秦穆公病瘖，而世傳爲上天；穆公死年有徵，則黃帝鼎湖之事，乃此類耳。管仲能設事以止桓公之欲，而漢公卿乃徇方士以從君於昏，是可歎也。

夫孔子論述六藝，無及封禪者，則非古帝王之典祀明矣。傳所言易姓而王，封禪者七十餘君。姑無論其有無，信曰有之，亦功至德洽，而告成於天，如成王乃近之耳。豈以是爲合不死之名，接僊人蓬萊士之術乎？所謂羣儒不能辨明封禪事者，此也。故其發端即曰：「自古受命帝王，曷嘗不封禪？」蓋謂非以是致怪物與神通耳。

天官書論曰：「自（季高按：「自」下應有「初」字。）生民以來，世主曷嘗不曆日月星辰？」蓋以太初改曆，乃以辛巳朔旦冬至，合公孫卿札書所云黃帝合而不死。故用此贊饗，而頒曆之詔復布告天下，使明知之。古之曆日月星辰者固如是乎？其義蓋與是書相發也。

又書封禪書後

是書義意尤隱深者，其稱「或問禘之說」；蓋謂禘雖典祀，然不知其義，禮不虛行，況以封禪致怪物與神通乎？禮之瀆，季氏嘗旅於泰山，孔子譏之，謂神弗享也。則以封禪合不死者，神其享之乎？

漢興六十餘年，「天下乂安，薦紳之屬，皆望天子封禪改正度」者，謂經禮雅樂宜以時興也，豈謂其中於方士之怪迂語哉！世言黃帝嘗用事於雍畤，以語不經見，搢紳者尙不道，況天子贊饗郊壇，制詔海內，而用「黄帝得寶鼎神策」合而不死之邪説乎？夫封禪之儀，雖湮滅不可詳，而事則可辨，以爲「合不死之名」，雖秦皇帝之世，未嘗有此。惜乎！諸儒不能辨明其事也。然猶幸其束於詩、書古文、孔子所論述，不至如方士之騁其誕耳。篇中著孔子論述六藝，不及封禪，又曰「維成王近之」。蓋謂傳所稱封禪者七十二君，本無稽之言，但以是致怪物與神通，則舉之不以其事，而上古封禪之有無，又不足辨矣。此子長之微指也。

書史記十表後

遷序十表，惟十二諸侯、六國、秦楚之際、惠景間侯者稱「太史公讀」，謂其父所欲論著也。故於高祖功臣稱「余讀」以别之。

周之衰，禮樂征伐自諸侯出，事由五伯，而其微兆，則在共和之行政。秦并六國，以周東徙，乘其險固形勢，故僭端早見於始封。自虞、夏、殷、周及秦，代興皆甚難，而漢獨易，以秦之重而無基也。先王之制封建，本以安上而全下，故惟小弱乃能奉職效忠。此數義者，實能究天人之分，通古今之變，或遷所聞於父者信如斯，或其父所未及，而以所學推本焉，要之皆義所弗害焉爾。

其自序曰：「請悉論先人所次舊聞，不敢闕。」而本紀、八書、世家、列傳，無稱其父者，故揭其義於斯，則踵春秋以及秦滅漢興，文、景以前，談語遷：「自獲麟以來，四百餘年，史記放絕，余甚懼焉。」凡所論述，皆其父所次舊聞具見矣。

十篇之序，義並嚴密，而辭微約，覽者或不能遽得其條貫，而義法之精變，必於是乎求之，始的然其有準焉。歐陽氏五代史志考序論，遵用其義法，而韓、柳書經子後語，氣韻亦近之，皆其淵源之所漸也。

書史記六國年表序後

篇中皆用秦事爲經緯，以諸侯史記及周室所藏，盡滅於秦火，所表見六國時事，皆得之秦記也。獨舉三晉、田齊，以是表踵春秋之後，燕、楚舊國，事具春秋，且亂臣竊國，晏然不討，而中原盡爲所據，此世變之極，天下所以競於謀詐，而棄德義如遺跡也。

秦之德義，無足比數，而卒并天下，乃前古所未有。故求其說而不得者，或本以地形，或歸諸天助，又或以物所成孰之方，宜收功實，而不知秦之得意，蓋因乎世變。是何也？以謀詐遇德義，則民之歸仁，沛然誰能禦之；以謀詐馭謀詐，則秦之權變，非六國所能敵，其成功非幸，此所謂世變之異也。世變異，則治法隨之，故漢之興多沿秦法。

昔三代受命，相繼相因，孔子推之，以爲百世可知。秦始變古，而傳乃曰「法後王」何也？孔子之所謂因者，禮也；天不變，道亦不變。遷之所謂法者，政也；政必逐乎情與勢而遷。「近己而俗變相類，論卑而易行」，乃情之不謀而同，勢之往而不反者也。故遷之言，亦聖人所不易也。其誚學者以不道秦事爲耳食，蓋深感世變，而詭其辭以志痛與！

書孟子荀卿傳後

騶衍以下十一人，錯出孟子荀卿傳，若無倫次，及推其意義，然後知其不苟然也。蓋戰國時，守孔子之道，而不志乎利者，孟子一人耳；其次惟荀卿，而少駁矣。故首論商鞅、吳起、田忌以及從横之徒，著仁義所由充塞也。自騶衍至騶奭，説猶近正，而著書以干世主爲志，則已騖於功利矣。其序荀卿於衍、奭諸人後者，非獨以時相次也，荀卿之學，雖不能無駁，而著書則非以干世，所以别之於衍、奭之倫也。自公孫龍至吁子，則舛雜鄙近，視衍、奭而又下矣。至篇之終，忽著墨子之地與時，而不一言其道術；蓋世以儒、墨並稱久矣，其傳已見於荀卿所序列，而不必更詳也。

夫自漢及唐，莊、列皆列於學官，而孟子猶未興。以韓子之明，始猶曰孔、墨必相爲用，而較孟子於荀、揚之間。子長獨以並孔子，一篇之中，其文四見。至荀卿受業於孔氏之門人，則弗之著也。老、莊、申、韓、衍、奭諸人皆有傳，而墨子則無之，蓋孟子拒而放之之義。然則子長於道，豈槩乎未有聞者哉！

書老子傳後

太史公傳老子，著其國焉，著其邑焉，著其鄉焉，著其里焉，外此無有也；著其氏焉，著其名焉，著其字焉，著其謚焉，著其官守焉，外此無有也；著其子焉，著其孫焉，著其孫之玄來焉；於其子孫玄來，仍著其爵焉，著其封焉，著其仕之時與國焉，著其家之地焉，外此無有也。蓋世傳老子，多幻奇荒怪之跡；故特詳之，以見其生也有國邑、鄉里、名字，其仕也有官守，其終有謚，其身雖隱而子孫世有封爵、里居，則衆說之誕，不辨而自熄矣。

世傳所以多幻怪者，蓋因老子見周之衰而隱去，莫知所終，故不詳其年壽所極，而同時有老萊子，言道家之用；後百餘年有周太史儋號爲能前知；儋聃同音，故其傳與老子相混，「世莫知其然否？」列序及此，然後正言以斷之曰：「老子，隱君子也。」則非有幻怪明矣。終之曰：「李耳無爲自化，清靜自正。」則著書言道德者乃李耳，而儋與老萊子別爲二人明矣。

始吾友崑繩實爲是解。微崑繩，不知太史公用意如此也；而崑繩既歿，其所述蓋無傳焉。由是言之，凡古書之存，而後人不得其意，與得之而其說無傳者，可勝道哉！

讀伍子胥傳

世人皆悲子胥以忠死，吾獨惜其所以處死者未得也。其諫夫差，語皆闊於事情。使員曰：吳之於越，非伐國而求其服也。王忘王之使人立於庭，出入呼王而告以先王之痛乎？匹夫含怨，猶必剸刃仇人之胸；況句踐親用戈於先王，傷未及舍而卒。非函句踐之首，以入先王之廟，則臣子之事不終。今力實能誅而縱焉，吾恐先王負恫於九原，而不歆王祀也！如是，則夫差雖慚忿以殺子胥，而必不釋句踐。句踐死，則越不爲沼，而吳亦不至大汦矣。子胥之智非不及此也，毋乃少歷閔凶，功見名立，而重犯忌諱以危身與？而竟不能保其終，惜哉！

書儒林傳後

子長序儒林曰：「余讀功令，至於廣厲學官之路，未嘗不廢書而歎。」蓋歎儒術自是而變也。古未有以文學爲官者；以德進，以事舉，以言揚，詩、書、六藝特用以通在物之理，而養其六德，成其六行焉耳。戰國、秦、漢所用，惟權謀材武；其以文學爲官，始於叔孫通弟子以定禮爲選首，成於公孫弘請試士於太常，而儒術之汙隆，自是而中判矣。

其意蓋曰：自周衰，「王路廢而邪道興」，孔子以儒術正之，道窮而不悔；其弟子繼承，雖陵遲至於戰國，儒學既絀焉，而孟子、荀卿獨遵其業；遭秦滅學，齊、魯諸儒講誦不絕。漢興七十餘年，自天子公卿皆不悅儒術，而諸老師尚守遺經；其並出於武帝之世者，皆秦、漢間摧傷擯棄，而不肯自貶其所學者也。蓋諸儒以是爲道術所託，勤而守之，故雖困而不悔，而弘之興儒術也，則誘以利祿，而曰「以文學禮義爲官」，使試於有司；以聖人之經爲藝，以多誦爲能通，而比於掌故。由是儒之道汙，禮義亡，而所號爲文學者，亦與古異矣。子長所讀功令，卽弘奏請之辭也。自孔子以來羣儒相承之統，經戰國、秦、漢，孤危而未嘗絕者，弘乃以一言敗之，而其名則曰：厲賢材，「悼道之鬱滯」，不甚可歎乎！

嗟夫！漢之文學雖非古，猶以多誦爲通經也；又其變遂濫於詞章，終沉冥而不返焉。然則子長之所慮，其遠矣哉！

又書儒林傳後

是書敍儒術至漢興，首曰「於是喟然歎『興於學』」，繼曰「天下之學士，靡然鄉風」，終曰「自此以來，公卿、季高按：「公卿」前應有「則」字。大夫、士、吏，斌斌多文學之士」。驟觀其辭，若近於贊美；故「廢書而歎」，皆以爲歎六藝之難興也。然其稱歎「興於學」也，承太常諸生之爲選首；稱「學士鄉風」，承公孫弘以白衣爲三公；稱「斌斌多文學之士」，承選擇備員：則遷之意居可知矣。其述諸經師，備及弟子、子孫之爲大官，而首於申公之門，别其治官民，能稱所學者，不過數人，而復正言以斷之曰：「學官弟子行雖不備，而至於大夫、郎中、掌故以百數。」其刺譏痛惜之意，不亦深切著明矣乎！

其於孔子之門獨舉五子，若曰：是於聖門，非殊絶也，而「大者爲師傅卿相，小者友教士大夫」；其受業於子夏之倫者，亦「爲王者師」。蓋儒者寧隱而不見，其出也，必不肯自輕其道如此。今乃以記誦比掌故，補卒史，此中尚有儒乎？由弘以前，儒之道雖鬱滯，而未嘗亡；由弘以後，儒之途通，而其道亡矣。此所以廢書而歎也！而習其讀者，乃以爲贊美之辭。噫，失之矣！

書刺客傳後

太史公裁割吏易尚書、左傳，或辭意不完，而於國策，有遠過本文者。其序聶政事曰：其姊嫈聞之，乃於邑曰：「是吾弟與？嗟乎！嚴仲子知吾弟。」蓋韓、衞懸隔，政又自刑以絶蹤，其姊非聞而駭且疑，無緣遂如韓市也。既見政屍，而列其名，並爲嚴仲子死，則他無可言者矣。故曰：「乃大呼天者三，卒於邑悲哀而死政之旁。」其本文一切不具，乃曰：「美哉！氣矜之隆，可以過賁、育，高成荆矣。季高按：據國策韓策，「美哉」爲「勇哉」，「可以過賁、育，高成荆矣」爲「是其軼賁、育而高成荆矣。」」世有乍見所親皮面、抉眼、屠腸，而從容贊美如途人者乎？觀太史公所增損，乃知本文之疎且拙也。

蓋國策本記言之書，中間序事多者不過數語，而亦未有殊絶者。余少讀燕策荆軻刺秦王篇，怪其序事類太史公，秦以前無此；及見刺客傳贊，乃知果太史公文也。彼自稱得之公孫季功、董生所口道，則非國策之舊文決矣。蓋荆軻之事雖奇，而於策則疏；意國策本無是文，或以史記之文入焉，而削高漸離後事，以事在六國既亡後耳。

楚世家載弋者說頃襄王，眞戰國之文也，而國策無之。蓋古書遭秦火，雜出於漢世，其本文散軼，與非其所有而誤入焉者多矣，不獨是篇爲然也。

書蕭相國世家後

蕭相國世家所敍實績僅四事，其定漢家律令及受遺命輔惠帝皆略焉。蓋收秦律令圖書，舉韓信，鎮撫關中，三者乃鄂君所謂萬世之功也。其終也，舉曹參以自代而無少芥蔕，則至忠體國可見矣。至其所以自免，皆自他人發之，非智不足也，使何自覺之，則於至忠體國之道有傷矣。故終載請上林空地，械繫廷尉。明何用諸客之謀，非得已耳。若定律令，則別見曹參、張蒼傳。何之終，惠帝臨問而舉參，則受遺命不待言矣。蓋是二者，於何爲順且易，非萬世之功之比也。

班史承用是篇，獨增漢王謀攻項羽，何諫止，勸入漢中一事，在固亦自謂識其大者，然其事有無未可知，信有之，亦謀臣策士所能及也，且語甚鄙淺，與何傳氣象規模不類。柳子厚稱太史公書曰潔，非謂辭無蕪累也，蓋明於體要，而所載之事不雜，其氣體爲最潔耳。以固之才識，猶未足與於此，故韓、柳列數文章家，皆不及班氏。噫，嚴矣哉！

書淮陰侯列傳後

太史公於漢興諸將，皆列數其成功，而不及其方略，以區區者，不足言也。惟於信，詳哉其言之。蓋信之戰，劉、項之興亡係焉，且其兵謀，足爲後世法也。然自井陘而外，陽夏、濰水之蹟蓋略矣。其擊楚破代，亦約舉其成功；至定三秦，則以一言蔽之，而其事反散見於他傳；蓋漢、楚之爭，惟定三秦爲易，雖信之部署，亦不足言也。左氏紀韓之戰，方及卜徒父之占，而承以「三敗及韓」。乍觀之，辭意似不相承，然使戰韓之前，具列兩國之將佐，三敗之時地，則重膇滯壅，其體尙能自舉乎？此紀事

季高按：「陽夏」據史記淮陰侯列傳，應作「夏陽」。

之文，所以左、史稱最也。

其詳載武涉、蒯通之言，則微文以志痛也。方信據全齊，軍鋒震楚、漢，不忍鄉利倍義，乃謀畔於天下既集之後乎？其始被誣，以「行縣，陳兵出入」耳；終則見紿被縛，斬於宮禁。未聞讞獄而明徵其辭，所據乃告變之誣耳。其與陳豨辟人挈手之語，孰聞之乎？列侯就第，無符璽節篆，而欲「與家臣夜詐詔，發諸官徒奴」，孰聽之乎？信之過，獨在請假王與約分地而後會兵垓下。然秦失其鹿，欲逐而得之者多矣。蒯通教信以反，罪尚可釋；況定齊而求自王，滅楚而利得地，乃不可末減乎？故以通之語終焉。

書貨殖傳後

桑弘羊以心計，置均輸、平準，陰與民爭利，所謂「塗民耳目，幾無行」者也，故因老子之言而連及之。然後推原本始，以爲中古而後，嗜欲漸開，勢不能閉民欲利之心，以返於太古之無事；故其善者，亦不過因之、利道之而已；其次教誨整齊，猶能導利而上下布之，未聞與民爭也。「農而食之，虞而出之，工而成之，商而通之」，所謂因之，利道之也；至於教誨整齊，則太公、管仲猶庶幾焉；獨不及最下者之爭，蓋其事已具於平準矣，故於此書，惟見義於羣下。

其稱患貧也，極於「百室之君，萬家之侯，千乘之王」而止，蓋不敢斥言也。其稱「賢人深謀廊廟」，謂趙綰、王臧之屬耳。世有「守信死節」，而志「歸於富厚」者乎？特論議朝廷時之訑語耳。「隱居巖穴之士，設爲名高」，謂公孫弘、倪寬之屬也，故儕之於「攻剽椎埋」、「趙女鄭姬」；而一篇之中，再致意於「素封」，謂以公卿大夫爲「歸於富厚」之徑塗，轉不若素封者之無可醜耳。

其正言斷辭，則皆於庶民之貨殖者發之。故曰：「居之一歲，種之以穀；十歲，樹之以木；百歲，來之以德。德者，人物之謂也。」又曰「本富最上，末富次之，姦富最下。」匹夫編戶，猶以姦富爲羞；況人物所託命，乃不務德，而用心計以與民爭，是不終日之計也，果可以塗民之耳目邪？

又書貨殖傳後

春秋之制義法，自太史公發之，而後之深於文者亦具焉。義卽易之所謂「言有物」也，法卽易之所謂「言有序」也。義以爲經而法緯之，然後爲成體之文。是篇兩舉天下地域之凡，而詳略異焉。其前獨舉地物，是衣食之源，古帝王所因而利道之者也；後乃備舉山川境壤之支湊，以及人民謠俗、性質、作業，則以漢興，海內爲一，而商賈無所不通，非此不足以徵萬貨之情，審則宜類而施政教也。兩舉庶民經業之凡，而中別之。前所稱農田樹畜，乃本富也；後所稱販鬻僦貸，則末富也。上能富國者，太公之教誨，管仲之整齊是也；下能富家者，朱公、子贛、白圭是也。計然則雜用富家之術以施於國，故別言之，而不得儕於太公、管仲也。然自白圭以上，皆各有方略，故以「能試所長」許之。猗頓以下，則商賈之事耳，故別言之，而不得儕於朱公、子贛、白圭也。是篇大義，與平準相表裏，而前後措注，又各有所當如此，是之謂「言有序」，所以至賾而不可惡也。

夫紀事之文成體者，莫如左氏；又其後，則昌黎韓子；然其義法，皆顯然可尋。惟太史公禮、樂、封禪三書及貨殖、儒林傳，則於其言之亂雜而無章者寓焉。豈所謂「定、哀之際多徵辭」者邪！

書太史公自序後

子長作封禪書，著武帝愚迷，而序其父之死，則曰：「是歲，天子方建漢家之封，而太史公留滯周南，不得與從事，故發憤且卒。」又記其言曰：「今天子接千歲之統，封泰山，而余不得從行，命也夫！」余少讀而疑焉。及讀封禪書，至「羣儒不能辨明封禪事」，然後得其意。蓋封禪用事雖希曠，其禮儀不可得而詳；然以是爲「合不死之名，致怪物，接僊人蓬萊士」

之術，則夫人而知其妄矣。子長恨羣儒不能辨明，爲天下笑，故寓其意於自序，以明其父未嘗與此；而所爲發憤以死者，蓋以天子建漢家之封，接千歲之統，乃重爲方士所愚迷，恨己不得從行，而辨明其事也。

所記羣祀，惟太畤、后土二祠自著其名，而寓其意於篇末曰「五寬舒之祠」，示太畤、后土二祠而外，皆寬舒成之，而己不與其議也。獨其自序曰：奉使適反，「見父於河、洛之間」。則是歲封禪，其父子皆未與明矣；而封禪書後論則自謂從行，豈所從者，乃其後五年一修之封與？

子長之言曰：「非好學深思，心知其意，難爲淺見寡聞者道。」然則讀子長之書者，不求其所以云之意可乎？

又書太史公自序後

史記世表曰「太史公讀」者，謂其父也；故於己所稱，曰「余讀」以別之。其他書、傳篇首及中間標以「太史公曰」，則褚少孫之妄耳；故凡篇中去此四字，文正相續。

惟是篇「先人有言」，與上不相承，蓋按之本二篇也。其前篇，遷之家傳也。其父欲論次史記，而遷爲太史令，紬石室金匱之書；其先世，世掌天官，而遷改天曆，「建於明堂」，則傳之辭事畢矣。後篇，則自述作書之指也。「自黃帝始」以上，通論其大體，猶詩之有大序也；百三十篇各繫數言，猶詩之有小序也；本紀十二曰「著」者，其父所科條也；餘書曰「作」者，己所論載也；總之曰「爲太史公書序」者，明是書乃其父之書，而己不敢專也。其本傳曰：「請悉論先人所次舊聞，不敢闕。」故序書既終，而特以是揭其義焉。其覆出「余述歷黃帝以來，至太初而訖，百三十篇。」蓋舉其凡計，綴於篇終，猶衞霍列傳，特標左方兩大將軍及諸裨將名耳。自少孫於首尾加「太史公曰」，而中荅壺遂及遭李陵之禍，並增「太史公」三字，漢書：「十年而遭李陵之禍。」遂使世表稱「太史公讀」者，幾不辨爲何人；而是篇所述，辭指曖昧，不可別白。夫是篇，遷之家傳也；故於其父始稱名，而繼則以爵易焉；乃復自稱爵，以混於其父可乎？此以知爲少孫所增易也。

古書篇帙既有僞亂，學者從百世下，憑臆以決之，所恃者，義意有可尋耳。然世士溺於所傳舊矣，知其解者，果可以旦暮遇之邪？

書漢書禮樂志後

甚哉，班史之疎於義法也！太史公序禮樂，而不條次爲書。蓋以漢興，禮儀皆仍秦故，不合聖制，無可陳者。郊廟樂章，並非雅聲。故獨舉馬歌，藉黯言以明己意，且以著弘之陰賊耳。其稱引古昔，皆與漢事相發，無泛設者。固乃漫原制作之義，則古禮樂及先聖賢之微言，可勝既乎？是以不貫不該，倜然而無所歸宿也。其於漢之禮儀則缺焉，而獨載房中、郊祀之歌及樂人員數。夫郊廟詩歌，乃固所稱體異雅頌，又不協於鍾律者也。既可備著於篇，則叔孫所撰，藏於理官者，胡爲不可條次，以姑存一家之典法乎？用此知韓、柳、歐、蘇、曾、王諸文家，敍列古作者，皆不及於固。卓矣哉！非膚學所能識也。

書漢書霍光傳後

春秋之義，常事不書，而後之良史取法焉。昌黎韓氏目春秋爲謹嚴，故撰順宗實錄削去常事，獨著其有關於治亂者。班史義法，視子長少漫矣，然尚能識其體要。其傳霍光也，事武帝二十餘年，蔽以「出入禁闥，小心謹愼」；相昭帝十三年，蔽以「百姓充實，四夷賓服」，而其事無傳焉。蓋不可勝書，故一裁以常事不書之義，而非略也。其詳焉者，則光之本末，霍氏禍敗之所由也。

古之良史，於千百事不書，而所書一二事，則必具其首尾，並所爲旁見側出者，而悉著之。故千百世後，其事之表裏可按，而如見其人。後人反是，是以蒙雜暗昧，使治亂賢姦之迹，並昏徵而不著也。

是傳於光事武帝，獨著其「出入殿門下，止進不失尺寸」，而性資風采可想見矣。其相昭帝，獨著增符璽郎秩、抑丁外人二事，而光所以秉國之鈞，負天下之重者，具此矣。其不學專汰，則於任宣發之，而證以參乘，則表裏具見矣。蓋其詳略虛實措注，各有義法如此。然尚有未盡合者，昌邑失道之奏不詳，不足以白光之志事。至光之葬具，顯及禹、山之奢縱，宣帝之易置其族姻，則可約言以蔽之者也；具詳焉，義無所當也。假而子長若退之爲之，必有以異此也夫！

書王莽傳後

此傳，尤班史所用心。其鉤抉幽隱，雕繪衆形，信可肩隨子長，而備載莽之事與言，則義焉取哉？莽之亂名改作，不必有徵於後也。其姦言雖依於典誥，猶唾溺耳，雖用文者無取也。徒以著其譸張爲幻，則舉其尤者以見義可矣；而喋喋不休以爲後人詼嘲之資，何異小說家駁雜之戲乎？漢之朝儀禮器一切闕焉，而具詳莽所易職官、地域之號名，不亦舛乎？

馮道事四姓十君，竊位固寵於簒弒武人之朝。其醜行穢言必多矣，歐公無一及焉，而轉載其直言美行及所自述，與「當時士無賢愚皆喜爲稱譽，至擬之於孔子」，是之謂妙遠而不測也！

書五代史安重誨傳後

記事之文，惟左傳、史記各有義法，一篇之中，脈相灌輸，而不可增損。然其前後相應，或隱或顯，或偏或全，變化隨宜，不主一道。

五代史安重誨傳總揭數義於前，而次第分疏於後；中間又凡舉四事，後乃詳書之；此書疏論策體，記事之文古無是也。

史記伯夷、孟荀、屈原傳，議論與敍事相間。蓋四君子之傳以道德節義，而事迹則無可列者。若據事直書，則不能排纂成篇。其精神心術所運，足以興起乎百世者，轉隱而不著。故於伯夷傳，歎天道之難知；於孟荀傳，見仁義之充塞；於屈原傳，感忠賢之蔽壅，而陰以寓己之悲憤。其他本紀、世家、列傳有事迹可編者，未嘗有是也。

重誨傳，乃雜以論斷語。夫法之變，蓋其義有不得不然者。歐公最爲得史記法，然猶未詳其義而漫傚焉。後之人又可不察而仍其誤邪！

方苞集卷三

論說

周公論

劉子古塘問於余曰：「周公不以東征屬二公，而親加刃於管叔何也？」余曰：「是乃所以爲周公也！明知管叔之當誅，而假手於二公，是飾於外以避其名也。觀後世亂臣賊子必假手於他人，或賫而誅之，以塞衆口，則周公之純乎天理可見矣。蓋天理不可以爲僞，且以昭萬世之人紀，使知大義滅親，雖弟可加刃於其兄，又以明居位而不能討亂，則與之同罪。孔子作春秋，於隱之大夫而臣於桓，桓之大夫而死於莊、閔之世者，皆不書其卒，以示皆有可誅之罪也。然觀鴟鴞之詩，早已歎『育子之閔斯』，則終公之身，長隱痛乎文考文母之恩勤，而惄然無以自解；蓋討賊之義，與哀兄之仁，固並行而不相悖也。」

古塘復問曰：「以周公之聖，暴師三年，而僅乃克奄何也？」曰：「此時也、勢也。武王『徵九牧之君，登豳阜以望商邑』，已憂未定天保，而夜不能寐。及三叔流言，武庚『誕紀其序』，凡羞行暴德逸德之人，皆乘時而思逞，雖有善類，亦追念殷先王之舊德而不能忘。當是時，非大動以威，不能革也，故滅國至於五十之多；非誠服其心，不能久而安也，故『破斧缺斨』之後，『袞衣繡裳』，駐大師於徐、兗之間，俾東夏無搖心；然後徐察其鄉順者而教告之，取其不迪者而戰要囚之，周防如兕虎，撫育如嬰兒；至班師之日，東人以公歸不復爲悲，則奄雖屈強，無與同惡矣。故討其君而罰不及民，分其族姓以隸兄弟之邦，遷其尤桀驁者於新邑，而身拊循焉，所以久安而無後患也。匪特此也，形勝者，守國之末務，而聖人亦不廢。當武王克商之初，卽定周居於洛邑，周、召卒營之，以爲蒐狩會同之地。良以雍州雖固，而遠於東夏，難以臨制諸侯；故宅土中，陳、杞、許、蔡國其南，虞、虢、韓、魏、晉、燕國其北，齊、魯國其東，宋、衞夾河而居，非王室之周親，卽三恪、大嶽之裔胄、開國之股肱；蓋懲於鬼方之叛殷，萊夷之爭齊，而早爲盤石苞桑之固也。故周之衰，卒賴四方諸侯艱難守禦，以延共主之虚名者垂六百年。蓋時勢不可以私智矯，形勝不必以武力爭，惟聖人能以道揆，而不失其時義，以安宗社，以奠生民，則仍天理所運用也。」

古塘曰：「旨哉！由前之說，則知聖人一循乎天理，而無不可處之事變；由後之說，則知聖人深察乎世變，而所以御之者，仍不越於道揆。前世之尚論者，未嘗及此，後之君子，宜有聞焉。」退而正於吾兄百川，亦曰「然」，乃敍而錄之。

漢高帝論

二帝、三王之治，盪滅而無遺，雖秦首惡，亦漢高帝之過也。方是時，古法雖廢而易興也，俗變猶近而易返也，文獻雖微而未盡亡也，天下若熬若焦，同心以苦秦法，則教易行、政易革也，而高帝乃一仍秦故，漢氏之子孫，循而習之，垂四百年，不獨君狃其政，民亦安其俗矣，而後此復何望哉！

古聖人之有天下也，若承重負行畏途，而懼於不勝，至於秦則用天下以恣睢，而專務自慊於上。秦皇帝縱觀，高帝曰：「大丈夫當如此矣。」及叔孫通定朝儀，乃曰：「吾今而知皇帝之貴。」則其所見去秦皇帝蓋一間耳！

傳曰：「古之欲明明德於天下者，必先格物致知，正心誠意，以修其身。」是乃二帝、三王之學，孔氏之徒由詩、書所稱，推尋而得之者也。總而計之，惟有虞氏以元德升聞，而登天位，其餘非天子之子，則繼世之侯伯，生有聖德，童而預教，而學之爲君師者且數十年，故其所以治天下國家者，能一循乎天理之自然而無所矯拂也。後世開創之君，大抵奮迹干戈擾攘之中，任威權，騁謀詐，以得其志，雖有聖賢者出，驟而語之以二帝、三王之道，亦安能一旦盡棄其所知所能，而由其所不習哉？

自漢高以後，比次諸君，其性資可與復古者，惟光武爲近，而下無名世；諸葛亮之才幾矣，乃崎嶇於亂亡之餘。使亮與光武，並世而相遭，庶乎其猶有望也與！

漢文帝論

三王以降，論君德者，必首漢文，非其治功有不可及也；自魏、晉及五季，雖亂臣盜賊，闇奸天位，皆泰然自任而不疑，故用天下以恣睢而無所畏忌；文帝則幽隱之中，常若不足以當此，而懼於不終，此卽大禹「一夫勝予」、成湯「慄慄危懼」之心也。世徒見其奉身之儉，接下之恭，臨民之簡，以爲黃、老之學則然，不知正自視缺然之心之所發耳。

然文帝用此治術，亦安於淺近，苟可以爲而止。其聞張季之論，猶曰「卑之毋高」，蓋謂興先王之道以明民，非己所能任也。孔子曰：「子產猶衆人之母也，能食之而不能教也。」書曰：「周公師保萬民。」若文帝者，能保之而不能師也。夫是，乃雜於黃、老之病矣夫！

蜀漢後主論

昔成湯之世，伐夏救民，皆伊尹主之，而湯若無所事也。周武王之世，戡亂致治，皆周公主之，而武王若無所事也。蓋大有爲之君，苟得其人，常以國事推之，而己不與，故無牽制之患，而功可成。大有爲之臣，必度其君之能是，而後以身任焉，故無拂志之行，而言可復。亡國之君若劉後主者，其爲世詬厲也久矣，而有合於聖人之道一焉，則「任賢勿貳」是也。其奉先主之遺命也，一以國事推之孔明，而己不與。世猶曰：以師保受寄託，威望信於國人，故不敢貳也。然孔明既歿，而奉其遺言以任蔣琬、董允者，一如受命於先主。及琬與允歿，然後以軍事屬姜維，而維亦孔明所識任也。夫孔明之歿，其年乃五十有四耳。使天假之年，而得乘司馬氏君臣之瑕釁，雖北定中原可也。即琬與允不相繼以歿，亦長保蜀漢可也。然則蜀之亡，會漢祚之當終耳，豈後主有必亡之道哉！

抑觀先主之敗於吳也，孔明曰：「法孝直若在，必能制主上東行。」是孔明之志，有不能行於先主也；而於後主，則無不可行。嗚呼！使置後主之他行，而獨舉其任孔明者以衡君德，則太甲、成王當之有愧色矣。

灌嬰論

漢之再世，諸呂作難，定天下安劉氏者嬰也，而議者推功於平、勃，誤矣。平爲丞相，聽邪謀以南北軍屬產、祿，使勃有將之名而無其實久矣；一旦變起倉卒，而勃不得入於軍，則平已智盡而能索矣。鄉使紿說不行，矯節而謀洩，平、勃有相牽而就縛耳，如產、祿何？

前古用此以敗國殄身者衆矣。平、勃之事幸而集，則嬰爲之權藉也。呂氏雖三王，懸國千里外，無一夫之援，而諸侯合從西鄉，空國兵以授嬰。當是時，呂氏所恃者，嬰耳，而嬰頓兵滎陽，與諸侯連和，以待其變，是猶孤豚局於圈檻，而虎扼其外也。呂氏心孤，故酈寄之謀得入，而公卿吏士曉然知產、祿之將傾，同心於踣之，故矯節閉殿，莫敢齟齬，以生得失，譬之於射，勃矢而嬰弦機也。鄉使呂祿自出以當齊、楚，而產兼將南北軍，以自定或不足；以倡亂賊諸大臣有餘力矣。呂氏本謀，欲待嬰與齊合兵而後發，故雖聽酈寄之言，尚猶豫未有所決也。及賈壽自齊來，知嬰謀，然後以印屬典客。蓋自知無以待嬰，而欲改圖以緩死。故得因其瑕釁而乘之。由是觀之，定天下安劉氏者嬰也審矣！其推功於平、勃誤也。

抑吾有感焉！三代以下，漢治爲近古，其大臣謀國，若家人然。嬰之功雖掩於平、勃，受封猶次之。至平陽侯窋屢發產謀，以鬬平、勃，折其機牙，功不在嬰下。及事平，以不與誅諸呂奪官，而無一言以自列。嗚呼！何其厚與！韓、富，賢人也。其相宋也，以不共撤簾之謀生怨。豈人心之變，隨世以降，而終不可返於古邪？抑上所以導之者異邪？此有國家者所宜長慮也。

宋武帝論

裕之銳於取秦而拙於禦夏也，世多議之，而獨未察其隱情也。以王鎮惡之才，兼秦人之思猛，使重其權，一以關中委之，必能拒夏。裕之智非不及此也，而計不出此者，蓋自漢、魏之衰，乘危竊國者皆強臣，非鄰敵也。王敦、桓温以後，方鎮稱兵者接踵，故計以秦資鎮惡，不若棄之於夏爲安耳。裕之將終，幸檀道濟無遠志，非若兄韶難御，而慮謝晦之有異同，況鎮惡哉！故並留諸將，使互相牽制，謂能同心以禦敵，而使義眞安受之，固所願也；卽自相翦除，如鄧艾、鍾會之已事，亦吾利也。

嗚呼！裕之志憯矣！曹氏、司馬氏之篡也，無敢加刃於故君者，而裕忍爲萬世之首惡。原其心亦謂丕、炎之篡也，其基厚，年盛強，民無異望；已則起匹夫，垂暮而得之，故不能無後嗣之憂耳。然裕之子孫，轉而相屠，過於讐敵，齊氏乘之，無少長殲焉。自古亡國之子孫，未有如裕之無遺類者也。夫夏、殷之亡也，失其位、喪其軀者，不過末孫之桀、紂而已，其位上公、修禮樂而承世祀者，如故也。至於周，則降爲小侯，而封延於魏、晉。嗚呼！人心之陷溺久矣。三王奉天之道，有天下而不與者，雖語之而不能信也；卽欲爲子孫計，智詐漸毒，亦豈可以意逞哉！

于忠肅論

孔子曰：「可與立，未可與權。」易之道，正或有過，而中則無之。中非權不得，而遭事之變，則尤難。明景泰中，于忠肅公不爭易儲。爲之解者曰：「公陰爭之而不敢暴也。」或曰：「景泰有定國之功，有天下者，宜其子孫。」是皆未得公之心也。宋太宗挾傳子之私，而光美、德昭不得良死。季桓子有疾，命正常曰：「南孺子之子，男也，則以告而立之；女也，則肥也可。」桓子卒，康子卽位。既葬，康子在朝。南氏生男，正常載以如朝，曰：「夫子有遺言：『南氏生男，則以告於君大夫而立之。』」康子請退。公使共劉視之，則或殺之矣。方景泰帝決志易儲，爭者雖盈廷不足忌，而公則其身之所由以立也，勳在社稷，中外之人心繫焉，公有言，則心孤而慮變矣。帝之度量未必遠過宋太宗，而威權則十百於康子，是乃公之所心悸也。南城高樹之伐，殆哉！岌岌乎而敢輕試哉？

魯昭公之出也，叔孫婼自祈死而不誅其司馬鬷戾，先儒病焉，不知婼之心亦猶是也。春秋時，強家脅權而相滅者，無國無之。季氏之惡稔矣，其不動於惡，以國制於己，而昭公在外爲不足忌耳。若婼誅鬷戾，則季氏之慮變矣，非獨叔孫氏之憂，吾恐圉人犖、卜齮之賊復興，而公衍、公爲不得復安於魯也。爲叔孫計，必力能誅季氏、定昭公，而後可加刃於鬷戾，故不得已而以死自明，此叔孫之明於權也。

吾因正常而得于公之義，又因于公而得叔孫婼之心，故並論之，使遭變而處中者，有以權焉。

原人上

孔子曰：「天地之性，人爲貴。」董子曰：「人受命於天，固超然異於羣生。」非於聖人賢人徵之，於塗之人徵之也；非於塗之人徵之，於至愚極惡之人徵之也。何以謂？聖人賢人爲人子，而能盡其道於親也；爲人臣，而能盡其道於君也；而比俗之人，徇妻子則能竭其力，縱嗜欲則能致其身，此塗之人能爲堯、舜之驗也。婦人之淫，男子之市竊，非失其本心者，莫肯爲也；而有或訐之，則怍於色，怒於言。故禽獸之一其性，有人所不及者矣，而偏且塞者不移也。人之失其性，有禽獸之不若者矣，而正且通者具在也。宋元兇劭之誅也，謂臧質曰：「覆載所不容，丈人何爲見哭？」唐柳燦臨刑，自詈曰：「負國賊死其宜矣！」由是觀之，劭之爲子，燦之爲臣，未嘗不明於父子君臣之道也；惟知之而動於惡，故人之罪視禽獸爲有加；惟動於惡而猶知之，故人之性，視禽獸爲可反。孟子曰：「人之所以異於禽獸者，幾希！」痛哉言乎！非明於天性，豈能自反於人道哉！

原人下

自黃帝、堯、舜至周之中葉，僅二千年，其民繁祉老壽，恆數百年不見兵革，雖更姓易代，而禍不延於民。降及春秋，脊脊大亂，尙賴先王之遺澤以相維持，會盟討伐，徵辭執禮；且其時戰必以車，而長兵不過弓矢，所謂敗績，師徒奔潰而已，其俘獲至千百人，則傳必特書以爲大酷焉。自戰國至元、明，亦二千年，無數十年而無小變、百年二百年而不馴至於大亂者；兵禍之連，動數十百年，殺人之多，每數十百萬。歷稽前史所載民數，或十而遺其四三焉，或十而遺其一二焉。何天之甚愛前古之民，而大不念後世之民也！

傳曰：「人之於天也，以道受命，不若於道者，天絕之也。」三代以前，教化行而民生厚，舍刑戮放流之民，皆不遠於人道者也，是天地之心之所寄，五行之秀之所鍾，而可多殺哉！人道之失，自戰國始。當其時，簒弒之人列爲侯王，暴詐之徒比肩將相，而民之耳目心志移焉，所尙者機變，所急者嗜欲，薄人紀，悖理義，安之若固然；人之道既無以自別於禽獸，而爲天所絕，故不復以人道待之，草薙禽獮而莫之憫痛也。秦、漢以還，中更衰亂，或有數十百年之安，則其時政事必少修明焉，人風必少淳實焉；而大亂之興，必在政法與禮俗盡失之後，蓋人之道幾無以自立，非芟夷蕩滌不可以更新；至於禍亂之成，則無罪而死者，亦不知其幾矣！然其間得自脫於瘡痍之餘，剝盡而復生者，必於人道未盡失者也。

嗚呼！古之人日夜勞來其民，大懼其失所，受於天耳；失所受而不自知，任其失而不爲之所，其積也，遂足以干天禍而幾盡其類，此三王之德所以侔於天地也與！

原過

君子之過，值人事之變而無以自解免者，十之七；觀理而不審者，十之三。衆人之過，無心而蹈之者十之三；自知而不能勝其欲者，十之七。故君子之過，誠所謂過也，蓋仁義之過中者爾。衆人之過，非所謂過也，其惡之小者爾。

上乎君子而爲聖人者，其得過也，必以人事之變，觀理而不審者則鮮矣。下乎衆人而爲小人者，皆不勝其欲而動於惡，其無心而蹈之者亦鮮矣。衆人之於大惡，常畏而不敢爲，而小者，則不勝其欲而姑自恕焉。聖賢視過之小，猶衆人視惡之大也，故凛然而不敢犯；小人視惡之大，猶衆人視過之小也，故悍然而不能顧。

服物之初御也，常恐其污且毁也，既污且毁，則不復惜之矣。苟以細過自恕而輕蹈之，則不至於大惡不止。故斷一樹，殺一獸，不以其時，孔子以爲非孝。微矣哉！亦危矣哉！

先天後天圖說

宋邵氏所傳八卦二圖，與說卦傳合。朱子謂「先天圖方位無可疑者，而後天圖多不可曉。至卦位所以易置之故，則自昔無聞焉」。

按之經文，一則以八卦之實象明其體，一則以四時之常運著其用，合此二者，而後圖相變之義可見矣。火之精爲日，日生於東而明盛在晝；水之精爲月，月生於西而明盛在夜；雷藏地中，伏氣於東北，而發聲起蟄，應春始作；澤匯東南，而水潦盛昌，百谷滿盈，其候惟秋；又土膏發於春夏，而成功亦在秋，此四正之位所以易也。風陰氣，位西南，而蘇息長養，發用於春夏之交；山起西北，而脊脈皆東北行，其中鳥獸胎育，樹木甹蘖，多在冬春之交，蓋山氣之萌養也；南者，乾之正位，而戰於西北，盛陰相薄，終不滅息，而爲復生之始，於此見「於穆不已」之命焉；北者，坤之正位，而卦辭則利西南，蓋土盛於夏秋之交，萬物皆致養焉，此四隅之位所以易也。以天、地、水、火、雷、風、山、澤之實體，合四時五方以徵其實用，則二圖相爲表裏，而不可缺一明矣。

邵氏及朱子以先天圖爲伏羲所作，後天圖爲文王所作，而經、傳、百家之言無可證者；攻之者遂謂此雜家之術，不足道也。不知二圖雖後人創作，其理固不可廢，況與說卦合哉？

然必謂羲、文已有是圖，而孔子以說卦解之，則鑿矣。其諸宋之儒先因說卦以作圖，而邵氏傳其學與？

謚法

謚之作也，人心之不知其然而然者也。遂古帝者之號，多不知其義所取。烈山氏始爲農師，而民神之，故因而號焉。堯、舜之聖，民無能名。禹平洪水，相與震而驚之，故稱大焉。至於湯，則或嘉其功而稱成，或象其德而稱武，此周公所以因之而作謚也。

有祖而又有宗，亦人心之不知其然而然者也。商之世嘗衰矣，至帝戊而中興，故尊之而因以號焉；其後屢衰，武丁振而興之，功最高，故尊之而因以號焉。漢之太宗、世宗用此義也。

至東漢，而祖宗謚號之義皆失矣。祖者，始也；故宗無定數，祖一而已。以光武之復有天下而稱祖，是二始也。謚以易名，因以爲廟號，春秋所書桓宮、武宮是也。廟別有號，是再謚也。主是議者，必以祖有功而宗有德，又祖一而宗無定數，以爲祖賢於宗。不知殷人宗湯，周宗武王，乃二代始受命之君，不聞湯、武之賢，以不稱祖而貶於稷、契也。其廟別爲號，蓋緣文帝稱太宗、武帝稱世宗而然；不知曰「太」曰「世」，非謚也，非「顯」與「明」、「肅」

與「章」之比也。至於唐而歷世並稱宗，至於明而繼世並稱祖，傷名[illegible]義，實自東漢始。東漢之經學，後世莫並焉，而若此類乃不能辨，惜夫！

異姓爲後

神不歆非類，民不祀非族，以其氣之不相屬也，故古無以異姓爲後者。春秋書莒人滅鄫，而傳者謂立異姓以涖祀。於經則疎，然足徵自周以前，未嘗有是也。漢、魏以降，其流益漫，自王公及士庶，蹈此者跡相疊。蓋俗之衰，人多不明於天性，而骨肉之恩薄；謂後其有父母者，將各親其父母，無父母而自知其所出，猶有外心焉，故常舍其兄弟之子與其族子，而求不知誰何之人，取之襁褓之中，以自欺而欺人。嗚呼！是謂不有其祖也。其爲之後者，苟自知其繫姓，則俟養己者歿，求其族以後之，反其田宅，而脫身以復其宗，禮也。不自知其繫姓，而養己者之族，亦無可承，則廟祭其先，而祭養己者於其墓，祭者稱名，所祭舉姓字，奕世不廢焉。古之有天下國家者，祀九皇六十四氏，以及因國之無主後者，有道有德者，祭於瞽宗，皆以義屬耳，而況取諸襁褓，或收育於孤稚流離之日乎？然以恩與義屬而世祀焉，則誠也；以氣屬而命之曰爲後，則僞也。禮不可以爲僞，故曰：「名之必可言也。」

繫姓之不知，則其祭也如之何？曰：「是特與生而喪其父母、生而不及其大父母者，同實耳。致愛而導之以哀，致慤而加之以痛，胡爲其不可以承祀也。姓無所受則逮子若孫而氏以己之字可也。」其於養己者之祭，則不可以及其祖宗，是何也？義止於其身，而及其祖宗，是以氣屬而爲僞也，此謂誣於祭。若舍是而求順比俗之情，則非吾之所敢知也。

轅馬說

余行塞上，乘任載之車，見馬之負轅者而感焉。古之車，獨輈加衡而服兩馬。今則一馬夾轅而駕，領局於枙，背承乎韅，靳前而靽後。其登阤也，氣盡喘汗，而後能引其輪之卻也。其下阤也，股蹷蹄攢，而後能抗其轅之伏也。鞭策以勸其登，棰棘以起其陷，乘危而顚，折筋絶骨，無所避之，而衆馬之前導而旁驅者不與焉。其渴飲於溪，脫駕而就槽櫪，則常在衆馬之後。噫！馬之任孰有艱於此者乎？

然其德與力，非試之轅下不可辨。其或所服之不稱，則雖善御者不能調也。駑蹇者力不能勝，狡憤者易懼而變，有行坦途驚蹶而僨其車者矣。其登也若跛，其下也若崩，濘旋淖陷，常自頓於轅中，而衆馬皆爲所掣。嗚呼！將車者，其愼哉！

方苞集卷四

序

禮記析疑序

自明以來，傳註列於學官者，於禮則陳氏集説，學者弗心饜也。壬辰、癸巳間，余在獄，篋中惟此本，因悉心焉。始視之，若皆可通，及切究其義，則多未審者，因就所疑而辨析焉。蓋禮經之散亡久矣，羣儒各記所聞，記者非一時之人，所記非一代之制，必欲會其説於一，其道無由；第於所指之事、所措之言無失焉，斯已矣。然其事多略，舉一端而始末不具，無可稽尋；其言或本不當義，或簡脱而字遺，解者於千百載後意測而懸衡焉，其焉能以無失乎？

注疏之學，莫善於三禮，其參伍倫類，彼此互證，用心與力，可謂艱矣。宋、元諸儒因其説而紬繹焉，其於辭義之顯然者，亦既無可疑矣，而隱深者，則多未及焉。用此知古書之藴，非一士之智、一代之學所能盡也。然惟前之人既闢其徑涂而言有端緒，然後繼事者得由其間而入焉。乃或以己所得，瑕疵前人，而忘其用力之艱，過矣！余之爲是學也，義得於記之本文者十五六，因辨陳說而審詳焉者十三四，是固陳氏之有以發余也。既出獄，校以衞正叔集解，去其同於舊說者，而他書則未暇徧檢。蓋治經者，求其義之明而已，豈必說之自己出哉？後之學者，有欲匯衆說而整齊之，則次以時代，而錄其先出者，可矣。

周官析疑序

周官一書，豈獨運量萬物，本末兼貫，非聖人不能作哉？卽按其文辭，舍易、春秋、文、武、周、召以前之詩、書，無與之並者矣。蓋道不足者，其言必有枝葉，而是書指事命物，未嘗有一辭之溢焉，常以一字二字，盡事物之理，而達其所難顯，非學士文人所能措注也。

凡義理必載於文字，惟春秋、周官，則文字所不載，而義理寓焉。蓋二書乃聖人一心所營度，故其條理精密如此也。嘗考諸職所列，有彼此互見，而偏載其一端者，有一事而每職必詳者，有略舉而不更及者，有舉其大以該細者，有卽其細以見大者，有事同辭同而倒其文者，始視之若樊然淆亂，而空曲交會之中義理寓焉。聖人豈有意爲如此之文哉？是猶化工生物，其巧曲至，而不知其所以然，皆元氣之所旁暢也。觀其言之無徵不盡而曲得所謂如此，況夫運量萬物而一以貫之者乎？

余初爲是學，所見皆可疑者，及其久也，義理之得，恆出於所疑。因録示生徒，使知世之以周官爲僞者，豈獨於道無聞哉，卽言亦未之能辨焉耳。

周官集注序

朱子旣稱：「周官徧布周密，乃周公運用天理熟爛之書。」又謂：「頗有不見其端緒者。」學者疑焉，是殆非一時之言也。蓋公之「兼三王以施四事」者，具在是書。其於人事之始終，百物之聚散，思之至精，而不疑於所行，然後以禮、樂、兵、刑、食貨之政，散布六官，而聯爲一體。其筆之於書也，或一事而諸職各載其一節以互相備，或舉下以該上，或因彼以見此。其設官分職之精意，半寓於空曲交會之中，而爲文字所不載。迫而求之，誠有茫然不見其端緒者，及久而相說以解，然後知其首尾皆備而脈絡自相灌輸，故歎其徧布而周密也。

余嘗析其疑義以示生徒，猶苦舊說難自別擇，乃並纂録合爲一編。大恉在發其端緒，使學者易求，故凡名物之纖，悉推說之，衍蔓者槪無取焉。

蓋是經之作，非若後世雜記制度之書也，其經緯萬端，以盡人物之性，乃周公夜以繼日窮思而後得之者。學者必探其根原，知制可更而道不可異。有或異此，必蔽虧於天理，而人事將有所窮。然後能神而明之，隨在可濟於實用。其然，則是編所爲發其端緒者，特治經者所假道，而又豈病其過略也哉？

春秋通論序

記曰："屬辭比事，春秋教也。"凡先儒之說，就其一節，非不持之有故，言之成理也，而比以異事而同形者，則不可通者，十八九矣。惟程子心知其意，故曰："春秋不可每事必求異義，但一字異，則義必異焉。"然經之異文，有裁自聖心而特立者，如魯夫人入各異書之類是也。有沿舊史而不能革者，稱人、稱爵、稱字、稱名、或氏、或不氏之類是也。其間毫芒之辨，乍言之，若無可稽尋；及通前後而考其義類，則表裏具見，固無可疑者。

抑嘗考詩、書之文，作者非一，而篇自爲首尾，雖有不通，無害乎其可通者。若春秋則孔子所自作，而義貫於全經，譬諸人身，引其毛髮，則心必覺焉。苟其說有一節之未安，則知全經之義俱未貫也。又凡諸經之義，可依文以求，而春秋之義，則隱寓於文之所不載，或筆或削，或詳或略，或同或異，參互相抵，而義出於其間。所以考世變之流極，測聖心之裁制，具在於此，非通全經而論之，末由得其間也。

余竊不自忖，謹師戴記與程子之意，別其類爲三十有六，而通論其大體凡九十章，又通例七章，使學者知所從入。至盡其義類，與聖心同揆，而無一節之不安，則願後之君子繼事焉耳。

春秋直解序

自程、朱二子不敢以春秋自任，而是經爲絶學矣。夫他書猶孔子所删述，而是經則手定也。今以常人自爲一書，其指意端緒必有可尋，況聖人之不得已而有言者乎？

蓋屈撂經義，以附傳事者，諸儒之蔽也。執舊史之文，爲春秋之法者，傳者之蔽也。聖人作經，豈豫知後之必有傳哉？使去傳而經之義遂不可求，則作經之志荒矣。舊史所載事之煩細，及立文不當者，孔子削而正之可也。其月、日、爵次、名氏，或略或詳，或同或異，策書既定，雖欲更之，其道無由，而乃用此爲襃貶乎？於是脱去傳者諸儒之説，必義具於經文始用焉，而可通者十四五矣。然後以義理爲權衡，辨其孰爲舊史之文，孰爲孔子所筆削，而可通者十六七矣。

余之始爲是學也，求之傳注，而樊然殽亂；按之經文，而參互相抵；蓋心殫力屈，幾廢者屢焉。及其久也，然後知經文參互，及衆説殽亂而不安者，筆削之精義每出於其間。所得積多，因取傳注之當者，并己所見，合爲一書，以俟後之君子。其功與罪，則非蒙者所能自定也。

删定荀子管子序

自周以前，上明其道，而下守之以爲學，舍故府之禮籍，史臣之記載，太師所陳之風謠，無家自爲書者。周衰道散，然後諸子各以其學鳴。惟荀氏之書，略述先王之禮教；管氏之書，掇拾近古之政法；雖不徧不該，以視諸子之背而馳者，則有間矣。而其義之駁，辭之蔓，學者病焉。切而究之，荀氏之疵累，乃其書所自具；而管氏則衆法家所附綴而成，且雜以道家之説，齊東野人之語，此則就其辭氣可識别者也。

余少時嘗妄爲删定，兹復審詳，凡辭之繁而塞、詭而俚者悉去之，而義之大駁者則存而不削。蓋使學者知二子之智乃以此自瑕，而爲知道者所深擯，亦所以正其趨向也。管氏之書，其本眞蓋無幾，以其學既離道而趨於術，則凡近似而有所開闡者，皆得以類相從，而無暇深辨焉耳。

重訂禮記纂言序

元儒臨川吴氏三禮之學，惟戴記纂言爲當；高安朱公可亭重訂焉，辨析開闡自爲之説者，其多與吳氏等，而精密則過之。其書行世久矣，而必欲余爲之序，蓋公抱疾數年，惟經學爲孜孜，時與余商論，而見微有知也。

余嘗怪詩、書所傳，出於唐、虞、三代之卿相者十八九，而漢、唐以後，以經學相承者，皆憔悴專家之儒，卿相則無一有焉，其能者不過於詩賦辭章得其崖略而已。蓋古之人必德之盛，學之優，然後任此位；後世或以勳勞，或以地勢，又其次則科舉之士累日積久以致之，則其心不能專，而日有不暇給，固其宜也。惟本朝安溪李文貞公周易通論、尚書洪範傳所見有進於前儒者，而近復見公此書及儀禮節略。蓋二公於諸經，皆沉潛反覆，務究其所以云之意，而二書尤平生精力所專注，宜其可以逾遠而存也。李公早歲登甲科，五十以後，始開府於畿南，其在中朝，皆文學侍從之官，其於講學治經，固宜寬然有餘；而公自翰林出爲縣令，徧歷煩劇，以晉大府，使衆人當之，宜無晷刻之暇，而能深探乎禮意若此。蓋公自承親事君以及治家交友，皆應乎禮經，「惟其有之，是以似之」，故所得不可以恆情測也。

抑吾因此有感焉，自聖祖仁皇帝篤好周易、尚書，竟世講誦不輟。聖上繼序，郊廟禮器，冠服差等，多依古禮經。制詔所頒，常引周官之法度，而二公各應期而以經學鳴。記有之。「天降時雨，山川出雲。」是以「生甫及申」，推本以爲文、武之德。故余因序是書而并發斯義，俾後公而生者，益慨乎有志於諸經未發之覆也。

孫徵君年譜序

容城孫徵君既歿三十有七年，其曾孫用楨以舊所編年譜屬余删定，既卒事而爲之序曰：

自古豪傑才人以至義俠忠烈之士不得其死者衆矣，而傳經守道之儒無是也，極其患至於擯斥流放胥靡而止耳。其或會天道人事之窮而至於授命，則必時義宜然，而與俠烈者異焉。

世皆謂儒者察於安危，謹於去就，故藏身也固，近矣而未盡也。蓋人之於天也，以道受命，三才萬物之理全而賦之，乃昏焉不知其所以生而自殺於物者，天下皆是也。記曰：「人者，天地之心。」惟聖賢足以當之；降此則謹守而不失，惟儒者殆庶幾耳。彼自有生以至於死，屋漏之中，終食之頃，懔懔然惟恐失其所受之理而無以爲人。其操心之危，用力之艱，較之奮死於卒然者有十百矣。此天地所寄以爲心，而藉之紀綱乎人道者也。豈忍自戕賊哉？孔子於道，常歉然若不足，而死生之際，則援天以自信，蓋示學者以行身之方，而使知其極也。

先生生明季，知天下將亡，而不可強以仕，此固其所以爲明且哲也。然楊、左諸賢之難，若火燎原，而出身以當其鋒；及涉亂離，屢聚義勇，以保鄉里；既老，屏跡耕桑，猶以胥人幾構禍殃。迹其生平，阽於危死者數矣！在先生自計，固將坦然授命而不疑，而卒之身名泰然，蓋若有陰相者。今譜厥始終，其行事或近於俠烈，而治身與心則粹乎一準於先儒。學者考其立身之本末，而因以究觀天人之際，可以知命而不惑矣。

學案序

昔先王以道明民，範其耳目百體，以養所受之中，故精之可至於命，而粗亦不失爲寡過；又使人漸而致之，積久而通焉，故入德也易而造道深。程、朱之學所祖述者，蓋此也。自陽明王氏出，天下聰明秀傑之士，無慮皆棄程、朱之說而從之。蓋苦其內之嚴且密，而樂王氏之疎也；苦其外之拘且詳，而樂王氏之簡也。凡世所稱奇節偉行非常之功，皆可勉強奮發，一旦而成之。若夫自事其心，自有生之日以至於死，無一息不依乎天理而無或少便其私，非聖者不能也，而程、朱必以是爲宗。由是耳目百體一式於儀則，而無須臾之縱焉。豈好爲苟難哉？不如此，終不足以踐吾之形而復其性也。自功利辭章之習成，學者之身心蕩然而無所守也久矣，而驟欲從事於此，則其心轉若臬兀而不安，其耳目百體轉若崎嶇而無措，而或招之曰：「由吾之說，塗之人可一旦而有悟焉，任其所爲，而與道大適，惡用是戔淺者哉？」則其決而趨之也，不待頃矣。然由其道，醇者可以蹈道之大體，而不能盡其精微，而駁者遂至於猖狂而無忌憚。此朱子與象山辨難時，即深用爲憂，而豫料其末流之至于斯極也。

金沙王無量輯學案，以白鹿洞規爲宗，而溯源于洙、泗，下逮饒仲元、眞西山所定之條目，以及高、顧東林之會約。蓋無量生明之季世，王氏之飈流方盛，故發憤而爲此也。此所謂信道篤而自待厚者與！惜乎！其學不顯於時，無或能從之而果有立也。今其孫澍將表而出之，學者果由是而之焉，則知吾之心必依于理而後實，耳目百體必式于儀則而後安，而馴而致之，亦非強人以所難。既志于學，胡復樂其疎且簡，以爲自欺之術哉？

畿輔名宦志序

名不可以虛作，況守官治民，其尊顯者，大節必有徵於朝野，其卑散者，遺愛必有被于閭閻，宜乎公論彰明而不可以爲僞矣。然取諸舊史者，得其實爲易；而取諸郡州縣志者，得其實爲難。蓋非名實顯見，末由登於國史，而史作於異代，其心平，故其事信。若郡州縣志則並世有司之所爲耳。其識之明，未必能辨是非之正，而恩怨勢利請託，又雜出於其間，則虛構疑似之迹，增飾無徵之言，以欺人於冥昧者不少矣。

高邑趙忠毅公，有明一代可計數之君子也。同時宦於畿輔，風節治行見於公文而確乎有據者凡二十餘人，而郡縣舊志無一及焉。觀其所不載，則載者可盡信乎？欲削其所疑，則非小善必錄之義，且無以辨其非眞；欲別求其可信，則不與公同時，及同時而未見於公文者，又絕無可考。以是推之，欲賢者之不遺，而無實者不得冒濫，豈易言哉。

雖然，愚而不可欺者，民也。宦必有跡，每見一州一邑三數百年中，吏之仁暴汚潔智愚，士大夫皆能口道焉。又其近者，山農野老能指名焉。中人之冒濫，或久而莫辨，若顯悖於所聞，衆必譁然而摘其實，此傳所稱「有所有名而不如其無者也」。故余志名宦，自元以前，一以舊史爲斷；自明以後，姑仍郡州縣志，而見於忠毅之集者，轉不以著於是編。蓋一人之文，一郡一時之事，特千百之十一耳，載之則所漏實多。故具列其所以然，俾他日有司之爲志者，知怵然爲戒，詳酌於民言，而達於史官。又以見忠直循良之實，必博求之君子之言信而有徵者，毋專據有司之方志；而仕宦者之子孫，愼毋虛美其先人而轉以自播揚也。

教忠祠祭田條目序

憶康熙辛卯，余以南山集序牽連赴詔獄。部檄至，日方中，知江寧縣事蘇君偕余入白老母，稱：「相國安溪李公特薦，有旨召入南書房，即日登程。」吾母噭然而哭。是夕，下江寧縣獄，二三同學急求護心柔骨之藥以行。安知尚有生還之日，支體無傷，子孫親戚盡在左右哉！此乃三聖如天之德，世世子孫毀家忘身，而未足以報者也。獄辭上，蒙恩免死，繫籍漢軍。己亥夏，以疾困自危，作書示宗子道希，命次第歸贖高莊出賣之田，以其半供祭掃。自忖不得復見先人之墳墓，安知衰殘之軀延至八十，親見宗祠祭田之粗具哉！

滇遊紀聞案，吏議方宗人無疏戚，皆罪在大辟。安知聖祖矜憫，并免放流；世宗肆赦，各還鄉里；祠成之日會祀於金陵者五十有七人哉？此又吾祖宗陰相，哀籲於皇穹，而得自天之佑也。余乃使子孫私蓮池及吾所自置之田，而棄先人之遺命，忘祖宗之享祀，敢乎哉？

吾兄弟三人，少忍饑寒，勤學問，皆咯血。弟早夭。吾與兄時抱疾而遠遊。每戒行，吾母隱慼，背人掩涕，必涉月連時；良辰令節對女婦，每當食而哽噎。兄歸自燕、齊，疾遂不振。乙亥，余在涿鹿，幾死者屢焉。計所以贖蓮池，置桐廬、高淳之田，皆吾與兄心力之所殫，吾母涕淚之所寓也。子孫而以纖毫自私，忍乎哉？凡茲條目，尚其世守之！

教忠祠規序

宗法祭禮之廢久矣！唐、宋諸賢所討論，當其身不能盡行，而欲世爲天下法，得乎？禮雖先王未嘗有可以義起者，以協諸人心而衆以爲安也。古者建國始得立五廟，北宋以前猶有四廟、三廟、二廟之制。自程子謂人本乎祖，服制以高曾相屬，則時祀宜及高曾，冬至宜祀始祖遠祖。自是以後，學士大夫及庶民皆遵用，而功令亦不復爲之程，以人情所安，不可強抑耳，而朱子於始祖遠祖則不敢祭，非獨疑於僭也，蓋內反於身，覺哀敬思慕之誠達於高曾，已覺分之難滿，又進而推之遠祖始祖，恐薄於德而於禮爲虛。孔子曰：「誦詩三百，不足以一獻；一獻之禮，不足以大饗；大饗之禮，不足以大旅；大旅具矣，不足以饗帝；毋輕議禮。」此物此志也。蓋程子以己之心量人，覺高曾始祖之祭闕一，而情不能安；朱子則以禮之實自繩，覺始祖遠祖之祭備舉，而誠不能貫；義各有當，並行而不相悖也。

苞性頑薄，少壯遠游，祭多不與；雖後涉公事，朝夕促促，有祭而無齋，撫躬自思，惟父母兄弟忌日，必爲愴然耳。春秋秩祀，布几筵，奉薦而進，雖吾父吾母，亦未嘗如見乎位，如聞乎容聲，況王父母以上未逮事者乎？用此將祭之先，既祭之後，以臨尸不怍及愛其所親之義內訟，乃知無怍於祖、無怍於高曾之難，爲之怵然，而因此見朱子之心焉。又思若竟廢高曾之祭，則愧怍亦無由而生，是又程子使中人以上，各致其情，自勉於禮之意也。

茲酌定祭禮，兼立祠規，皆以愚心所安，依古禮經，而準以衆人所能行。吾子孫能恪守之，則於古者立宗收族之義，猶有什一之存焉。其或愈於蕩然不爲之制也與？

吴宥函文稿序

自余客金陵，朋齒中以文學著稱於庠序者，多不利於科舉，而吴君宥函爲最。歲甲申，總其課試古今文爲二集，而屬余序之。

余觀自明以來，取士之功令，施於學校之試者猶寬，而直省禮部之試特嚴。惟其少寬也，故士之聲實雖未得備知，而歷試之册籍可稽也，其鄉之士大夫可訪也；惟其特嚴也，故不肖者由苟道以營其私，而所號爲賢者，亦自任一時之見，而無由考其信。故學校之試，以中智司之，而不當者十之一；直省禮部之試，以明者主之，而當者十之五。朱子有言：「恃法以禁私者，非良法也。可以爲私而不私，然後民受其利。」

余嘗謂鄉舉里選之制復，則衆議不得不出於公，而或恐士皆飾情以亂俗。嗚呼！是不達於先王所以牖民之道也。凡物矯之久，則性可移，而況人性所固有之善乎？東漢之興，士大夫之厲廉隅而尚奇節者，其初豈不出於矯也哉？然其究，至於毁家亡身而不貳，則亦非人情所能僞矣。揉木以爲輪，雖蔽暴而不復挺者，矯之久以成性也。懸法以驅民於死，其勢甚逆，然秦人行之數世，則其民之冒白刃而捐要領也，若性然。況乎教化之行，其顯者漸民於耳目心志之間，而其微者足以贊化育而密移於性命之際，董子所謂「陶冶而成之者」是也，而反疑其長僞以亂俗，過矣！夫教化既行，其取之也，求以可據之實行，而論之以少長相習之人，猶未必其皆得焉。乃用章句無補之學，試於猝然，而決以一人無憑之見，欲其無失也，能乎哉？

宥函學老而行醇，上之所求於士者，宜此等也，而數擯於有司。故余序其文而有感於教人與取之之得失如此。至其文則皆出於課試，流傳四方而衆載其言久矣，蓋不以余文爲輕重也。

儲禮執文稿序

昔余從先兄百川學爲時文，訓之曰：「儒者之學，其施於世者，求以濟用，而文非所尙也。時文尤術之淺者，而既已爲之，則其道亦不可苟焉。今之人亦知理之有所宗矣，乃雜述先儒之陳言而無所闡也；亦知辭之尙於古矣，乃規摹古人之形貌而非其眞也。理正而皆心得，辭古而必己出，兼是二者，昔人所難，而今之所當置力也。」先兄素不爲時文，以課余，時時爲之，期年而見者盡駭，以試於有司無不擯也。余曰：「時文之學，非可以濟用也，何必求其至，而使一世之人不好哉？」先兄曰：「非世之人不能好也，其端倪初見，而習於故者未之察也。且一世之中，而既有一二人爲之，則後必有應者，而其道不終晦。故曰：『人者，天地之心也。』昔朱子之學，嘗不用於宋矣，及明之興，而用者十四五。當天地閉塞，萬物洶洶之日，以一老師率其徒以講明此理於深山窮谷之中，不可謂非無用者矣；乃功見於異代，而民物賴以開濟者，且數百年。故君子之學，苟旣成而不用於其身，則其用必更有遠且大者。此與時文之顯晦，大小不類，而理則一也。」

自先兄不幸早世，其所講明於事物之理而求以濟用者，旣未嘗筆之於書；獨其時文爲二三同好所推，遂浸尋流播於世；至於今，而海內之學者，幾於家有其書矣。夫時文者，科舉之士所用以牟榮利也，而世之登高科致膴仕者，出其所業，衆或棄擲而不陳，而先兄以諸生之文，一旦橫被於六合，沒世而宗者不衰。好奇嗜古之士，至甘戾於時，以由其道。夫以學中之淺術，而能使人有所興起如此，況其可以濟用者而適與時會乎。然用此亦可知儒者之學，雖小而不可以苟也。

先兄之文雖爲世所宗，而得其意者實寡。今儲君禮執殆所謂應之者與？窺其所以爲文之意，而按其理與辭，何與先兄之所言者相似也？自先兄之亡，余困於貧病，非獨其學之大者不能承，而時文之說亦鹵莽而未盡其蘊焉。觀禮執所見之能同，未嘗不驚喜而繼之以悲也。

熊偕呂遺文序

余客游四方，與當世士大夫往還日久，始知歐陽公所云：「勤一世以盡心於文字者，於世毫無損益，而不足爲有無。」洵足悲也。故中歲以後，常陰求行身不苟，而有濟於實用者。

雍正元年，川陝總督年羹堯入覲，所至院、司、提、鎮皆過禮以崇敬。一時爭傳山西壽陽令供具一守驛站故常，傳呼紛至，則獨身前往。羹堯亦異之，問其姓名，則江西安義熊應璜偕呂也。是年，始以進士出試用，到官，卽象八卦區境内爲九宫，各計廣輪，擇走集支湊之地，設社倉一，義學一，中央倍之。凶荒賦粟，不遠其居，少長相師，以親以睦。區中聯伍，相保相糾，盜賊奇邪之民，居無所容，竄無所匿。期月政行，鄉郊無犬吠之警。嗚呼！此周官比、閭、族、黨、州、鄉之法，朱子所謂合學校、教養、德行、道藝、選舉、爵祿、宿衛、征伐、師旅、田獵而共爲一事者。此法行，則人人安其居，宿其業，守其分，承其事，而天下平矣。乃君踰年而卒於官。

余難後，先祖及亡兄弟再卜葬，再以陰流入壙起厝。乾隆七年，告歸。余生叚至自江西，爲余求兆域。八年秋，又因吾友魏方伯愼齋而得熊秀才又昌，叩之，則壽陽君之子也。

因是具悉君之生平：其進退取與，必以古義自繩，久困公車，房師某畀數百金，使由捷徑，君固辭不受。及當官，則爲前令任宿負，以毀其家。其家居，倡復盧溪堰，潤三十餘里，垂五十年不困於旱潦。噫！行身不苟，而才濟於實用，君其庶幾乎！惜乎吾與生同時，而不得一見其人，罄其胸中所蘊蓄也。

又昌倜儻有父風，爲余涉三江、彭蠡之險，往反四千餘里，連歲再至，而後有成事；將歸，出君制義請序。發而視之，其源出於其鄉先生陳、章諸公，而小變其格調。蓋君久於場屋，不得不參用歐公所謂順時者，而性質之耿介，智識之閎深，時躍露於辭氣之外，則其積於中者不可掩也。然以君之篤志經、史、古文，皆未克成書，而所存惟制藝。以君高望，遠志於周官之治教，而不獲成政於一邑之間。序其文，未嘗不掩卷而三歎也！

余東木時文序

乾隆八年冬十月，余生熲以余先兆未卜，復至自宜黃，出其尊人東木先生時文請序。余正告之曰：「子之尊人與余共事書館，無間晨夕，後雖各有典司，而旬月中未有不再三見者。其所志所學，所爲詩、古文，無不與余商論，而未嘗及于時文，今鋟版行世有年，而有是請，殆子之意，非尊人之命也。余自序宜興儲禮執之文，爲其本師所點竄，以序爲戒者已數十年，雖相知如慕廬韓公、蓮山廖公不能強，而今爲此，則義有虧。且余雖立戒，而恃游好自爲序而標余名，及不知誰何之人詒託以誑書賈者，數數然矣，而未嘗一爲別白，以吾之戒素明也，而今爲此，毋乃使人疑夫詒託者之皆眞乎！」

㸅作而言曰：「吾父獲交久長而不敢請，以先生之戒明也，而私嘗命㸅曰：『汝能使先生序吾文，則孝莫大焉。吾非欲以時文爭名於時也，先生老矣，吾所祈嚮，與所以交於先生，不可使沒於後世耳。』願先生即取茲所以命㸅者，而筆之書，則不惟可明戒于前，且可以辨僞於後矣。」㸅之請也有辭，而持之有故，乃發其父之文而觀之，蓋久困於舉場，故擇義遣辭，不敢過爲艱深怪特，而中所藴涵，則非順時取譽者所能貌似，此好古積學之自然而流露者也。西江士友並稱安義熊偕呂之文，其子及衍亦以序請，而未以其文來。會余感㸅言，歷爲戒之顛末，使報其尊人，故幷及之。

左華露遺文序

丙午秋，吾族叔父諾夫至京師，相問勞畢，即出一編曰：「此吾妹夫左君華露遺文也。華露爲忠毅公之弟侍御曾孫，年十二，能倍誦五經，遊庠序有聞，未三十而夭。吾妹不食經旬，既而以姑老，義不得死，隱憫至今十餘年，纍然麻衣；近始爲定嗣，且刻其遺文，謂能使其夫之名字不沒於後者，惟子之一言。子惡能已於言哉？」

往者邑子何景桓垂死，以文屬所親，必得余序，死乃瞑。余既哀而序之，又以歎夫爲科舉之學者，天地之大，萬物之多，而惟時文之知，至於既死而不能忘，蓋習尙之漸人若此。今華露之文，非自欲刻之，則無病也，而吾族姑念無可以致厚於其夫者，而圖名字之不沒於後，則與尋常女婦之所見異矣。

華露之文，實淸新可喜。惜乎天奪其年，而不克終其業也。諸夫夙精於文律，故余爲敍其大略，而論定之詳則轉以相屬云。

楊黄在時文序

自明以四書文設科，用此發名者凡數十家。其文之平奇淺深、厚薄强弱，多與其人性行規模相類。或以浮華炫燿一時，而行則汚邪者，亦就其文可辨，而久之亦必銷委焉。蓋言本心之聲，而以代聖人賢人之言，必其心志有與之流通者，而後能卓然有立也。

丙午、丁未間，閩喜楊黄在守選京師，與余交，間出其時文，能曲暢所欲言，以顯事物之理；又能抽繹先儒之書，而發其端緒之未竟者。余親爲點定，凡數十篇。觀其文，意其人必能自樹立，常欲開之，使得展布。其後高安朱可亭入爲御史大夫，叩以江西良吏，則以君爲首。時君令建昌，尋以部推，知廣西賓州，未赴任，丁外艱，及服闋，補廣東德慶州。則高安既沒，余亦罷官。君以伉直忤監司，巧法相中。其在江西，事二守二監司，皆苦相擠，而大府持之，以君爲高安所重耳。君既削職，士民醵金爲道齋，三日而具，送者布路，二百里不絕。

乾隆十二年冬，博野尹元孚督學江蘇，欲得正直有學行者相助正文體，磨礱羣士，余謂非君不可。元孚通書，使者再返，以次年五月望後五日至崑山，而元孚以七月望日卒於松江使院。君適遘瘧寒疾，就余於金陵，將與余縱覽江介川邑洞壑，而疾久未瘳。其子雲松重刻其時文，余覆閱之，益信文之於人，譬諸草木，枝葉必類本也。君治法不愧古循吏，士民誠服，獨所至必見惡於長官；元孚思用其文學以廣敎思，涉月而有變；欲少從容山水間，而疾困之，不可謂非所遇之窮也。然余戒爲時人作序四十餘年，至君之文，則不請而有言，覽是編者，可慨然想見其爲人矣。

青要集序

青要山在新安東北隅，澗樵呂公讀書其中，因以名詩集。公之子耀曾，余同年友也，而公尤善余，屬序其詩有年所矣。余夙有戒，屢固辭焉。公將歸，謂余曰：「子之戒，苦衆人之擾擾耳。吾兩人皆衰老，姑序以慰吾心，而出之於身後，若何？」公至家三日而歿。其孫肅高來告喪：在途有遺命，諄諄及此；耀曾以書速，至再三。余卒卒無餘閒，又念誌公之墓已及公詩，無爲復序也。

雍正八年十有一月朔後三日，夜過中，夢公持青要集刻本，手繙余夙所心愜，使更視之，坐移時，作而曰：「茲爲永訣矣！」俄而若將遠行，公使人來噦。覺而公之音容凄然在吾目也。嗚呼！豈公旣歿，而猶拳拳於此乎？抑余負諾，責心有歉焉，乃周官之所謂思夢乎？公之靈果在天壤，所不可知，然用此知力所不給，不宜漫應以病吾心，而古賢之無宿諾，惟其始之嚴且確也。

公詩格調不襲宋以後，吟咏性情，卽境指事，惻惻感人，實得古者詩敎之本義。乃備敍始末，俾耀曾以告公墓，而毋刊布焉，是乃公與余之成言也。

鷗青山人詩序

苞童時，侍先君子與錢飲光、杜于皇諸先生，以詩相唱和，慕其鏗鏘，欲竊效焉。先君子戒曰：「毋以爲也！是雖小道，然其本於性質，別於遭遇，而達以學誦者，非盡志以終世，不能企其成；及其成也，則高下淺深純駁，各肖其人，而不可以相易；豈惟陶、謝、李、杜嶢然於古昔者哉！卽吾所及見宗老塗山及錢、杜諸公，千里之外，或口誦其詩，而可知作者必某也。外此，則此人之詩，可以爲彼，以偏於人人，雖合堂同席，分韻聯句，掩其姓字，卽不辨其誰何，漫爲不知何人之詩，而耗少壯有用之心力，非躬自薄乎？」

苞用是遂絕意於詩，而自餬口四方，歷吳、越、齊、魯以至都下，海內以詩自鳴者多聚焉。就其能者，或偏得古人之氣韻，苦橅其格調，視衆人亦若有異焉，然雜置其倫輩中，亦莫辨爲誰何。其門戶可別者，僅兩三人。至晚歲乃得鷹青。鷹青，山人也。余往來京師四十餘年，未有道其詩與名字者。蓋余方混混塵俗中，所見多衣冠馳騖之士，而鷹青匿跡於窮山，其聲光自莫由而達也。

乾隆二年杪冬，余自武英殿出居西華門隅，子姪輩多稱東村石君之詩。東村以詩投，果蕭灑無世俗人語，遂因東村以得鷹青。其後鷹青以詩來，不待終篇，而知非他人作也。又二年，或鋟其詩於版，乞言於余。東村之門人聞之，亦刻其山居詩二十首。東村一旦悉焚平生所作，誓不更爲，而謀去家以從鷹青於山中。噫！鷹青，非山人也，其家世勳舊，方聖祖仁皇帝西征澤旺，嘗自請赴絕塞開墾，以給屯軍；在軍中踰年，莫有知者，遂歸，絕人事，閉關於盤山；蓋天實限以詩人之遭遇，而使之盡志於斯術也。

東村齒未艾，其子仕進方得路，而欲從鷹青於山中，且焚詩而不爲，與先君子所以戒苞者，似有合焉，其志可量也哉！

王巽功詩說序

易、春秋而外，經之難治者，莫如詩。禮各有所指之事；書之事可知也，人可知也，世可知也。詩則事之有徵及辭意顯而可辨者無幾，而得其人與世者尤稀。學者惟就其辭以意逆之，故其說終古而不可一。必欲得其事，必欲得其人，必欲得其世，而附會以成之者，小序也。自朱子以理爲衡，辨而斥之，然後詩之大體，有可稽尋。然以惡序說之深，或並其猶可以通者而斥之；或於詩之辭意可以兩行者，而一斷之。故自是以後，學者雖知序說之非，而於朱子之說，亦尙有不能愜者。語曰：「三代之際，非一士之知也。」蓋聖人之經之難治也，亦若此已矣。

涇陽王巽功以詩說國風示余，其所疑於序說之可存，與朱子之說之未盡者，同余者十六七焉；其自爲說同余者十二三焉。余嘗謂：經者，天地之心，說之而當，必合於人心之不言而同然者；用此嘉巽功之篤學而又自喜用心之不謬也。

然吾聞君子之爲學也，至於辨之明，思之審，以致於理之一，然後合於人心之不言而同然者。若夫朋友講習之初，必彼此互異，抵隙攻瑕，相薄相持，而後眞是出焉。故朱子於志合道同之友如南軒、伯恭，往復論辨，齟齬者十七八。若好人之同乎己，則介甫之所以自蔽也。余之說既多與巽功同，恐不足以益巽功。巽功其更求異己者，而與之講議可也。

巽功將更定其書之體例，而索序於余，乃爲述古人共學之義，俾知其難，毋好同而惡異，以致於理之一，而余亦得因之以自鏡焉。

巖鎮曹氏女婦貞烈傳序

歙縣曹晉袁傳其高曾以下，遠近宗婦貞烈者四十有五人，曹氏之女許嫁而守貞，終世爲嫠，遭變而死義者十有三人。余觀婦人以節完者，六經所著，衞共姜、紀叔姬兩人而已。蓋自周以前，婦人不以改適爲非，男子亦不以再嫁者爲恥。齊桓怒少姬，未絕之也，而蔡人嫁之。郤犫求婚，魯人爲奪施氏婦。公侯卿族如此，則他可知矣。李斯頌秦，始有「有子而嫁，倍死不貞」；妻爲逃嫁，子不得母」之文，蓋前此非教禁之所及也。

嘗考正史及天下郡縣志，婦人守節死義者，秦、周前可指計，自漢及唐，亦寥寥焉。北宋以降，則悉數之不可更僕矣。蓋夫婦之義，至程子然後大明。前此以范文正公之賢，猶推國恩於朱氏，而程子則以娶其子婦者，爲其孫之仇。其論娶失節之婦也，以爲己亦失節，而「餓死事小，失節事大」之言，則村農市兒皆耳熟焉。自是以後，爲男子者，率以婦人之失節爲羞而憎且賤之，此婦人之所以自矜奮與！嗚呼！自秦皇帝設禁令，歷代守之，而所化尚希；程子一言，乃震動乎宇宙，而有關於百世以下之人紀若此。此孔、孟、程、朱立言之功，所以與天地參，而直承乎堯、舜、湯、文之統與！

黔、越有猺民焉，女子許嫁，則去其家而適野，有身然後歸，匪是，則父母不收，夫家不迎也。豈其性殊與？亦習所蔽耳。使嚴申國禁，而開以聖賢之教，安知其不可終革乎？吾因晉袁所述，有感於古今禮俗之變，其發有端，其成有漸，而備論之如此。又以見晉袁之爲此，亦將有輔於世教，而非徒爲曹氏之光榮也。

李穆堂文集序

余與穆堂始相見，卽相與議所處。康熙庚寅杪冬，穆堂以庶吉士覲省歸里，道長干，停船過余。余時以老母衰病，不敢遠行，而守土吏及族姻皆謂：「誤殿試期至再三，懼物議。」穆堂獨正議以排之。余因謂穆堂：「子必大爲世用，不及今肆力於學，則無其時矣。」

逾年而余以南山集牽連，兼罹宗禍，荷先帝赦除，召入內廷編校，而穆堂宦益達，各以職事拘綴，惟一見於故相國安溪李公所。及先帝登遐，穆堂自北河入臨，朝夕聚喪次，始知其學益老，識益堅，氣益厲，而可任公卿之位。無何，果起家爲吏部侍郎，巡漕運，開府粵西，總督直隸，不通問者，復四三年。

其後穆堂亦掛吏議，荷聖上赦除，典司別館編校，暇日過從，出其已刻散體文示余，則已數十萬言矣。又踰年，總其前後所作，別爲三集，各五十卷，而屬序其正集。其考辨之文，貫穿經史，而能決前人之所疑；章奏之文，則鑿然有當於實用；記、序、書、傳、狀、誌、表、誄，因事設辭，必有槩於義理，使覽者有所感興而考鏡焉。其平生所志，及已見於設施者，卽是編以求之，抑可以得其崖略矣。

穆堂自始進卽得顯仕，出入中外，近二十年，任重而事殷，其於誦數講習，宜未暇遑，而竟能以文章振發於世，豈非其材有兼人者與？余終世未嘗一日離文墨，而智淺力分，其於諸經，雖粗見其樊，未有若古人之言而無棄者，而文章之境，亦心知而力弗能踐焉。觀穆堂所編，未嘗不躊躇滿志，而又以自疚也。

方苞集卷五

書後題跋

書韓退之學生代齋郎議後

異哉！韓子之議薦享，以爲齋郎之事，而學生不得兼也。夫離道德與事物而二之者，末學之失也。古之教者、學者，精粗本末，未嘗不相貫，雖灑掃應對，皆以順性命之理，而況薦享以交於神明乎？稽之尚書、周官、禮記，割牲制祭，天子實躬親之，其得與於薦享者，非顯諸侯，則達官之長與貳；乃以爲賤者之役，而學生不得爲。嗚呼！其亦不思之甚矣！動作禮義威儀之節，君子所以定命也，反不得與能文通字書比重；用事於宗廟社稷之地，至於「思慮之不固，容貌之不莊」，則其人頽惰委靡不能有立可知矣。乃見謂「通經」而冀其「有贊於教化」，是何本末名實之交眩與？曰：慮其不習也。嗚呼！使學者舍其所當習，而攻其所不必習，末世之政，禍民者非一端，而此其本也。射御戰陳之不習，而以付於悍卒武夫，理財決獄之不習，而以委之胥吏，皆齋郎薦享之類也。姦與亂循生，斯人惴惴而莫必其命，實由於此，而韓子猶未之悟與？

夫古者學有大小，而道不分於精粗；任有大小，而人不分於貴賤。故於學無遺理，於人無抑材。自魏、晉以還，尙浮言，别流品，而隋、唐益厲之以科舉，於是乎學者舍其所當習，而騖於無實之文詞。習於此者，斯以爲賢；得於此者，斯以爲貴；而先王之道鬱不行者，越數百年。夫所貴乎豪傑之士者，謂能識道之歸，而不溺於所習也。以韓子之智，而猶蔽於此，況以中材處晻世，而能無眩哉？是故先王愼所以導民者，誠畏其習也。

又書學生代齋郎議後

或曰：「子之言辨矣。然語云『籩豆之事，則有司存』，何謂也？」曰：「此爲孟敬子言之也。古之爲教也，童而習禮，少長則執事於賓祭，至於四十而仕，五十爲大夫，禮樂之器，豈尙有操之而不習者乎？悼公之喪，季孫尙以喪食爲疑，而揵公爲鄙倍之言，悍然而不顧；則其無忠信之心，而容貌顏色無一不遠於禮可知矣；乃沾沾焉詳於末數而以自喜，不亦悖乎？故曰：爲敬子言之也。若學生，則宜習焉以備他日之用者也。夫俎豆之事，孔子嘗以對衞君矣。自孔子言之，則所以爲東周者，卽此而在矣；而自孟敬子言之，則直有司之事耳。動作禮義威儀之節，君子所以定命也。魯侯不違禮，而女叔以爲亡徵，則言固各有所當也夫！」

書韓退之平淮西碑後

碑記墓誌之有銘，猶史有贊論，義法創自太史公，其指意辭事必取之本文之外。班史以下，有括終始事跡以爲贊論者，則於本文爲複矣。此意惟韓子識之，故其銘辭未有義具於碑誌者。或體製所宜，事有覆舉，則必以補本文之間缺。如此篇兵謀戰功詳於序，而既平後情事，則以銘出之，其大指然也。前幅蓋隱括序文，然序述比數世亂，而銘原亂之所生；序言官怠，而銘兼民困；序載戰降之數，銘具出兵之數；序標洄曲、文城收功之由，而銘備時曲、陵雲、邵陵、郾城、新城比勝之迹。至於師道之刺，元衡之傷，兵頓於久屯，相度之後至，皆前序所未及也。歐陽公號爲入韓子之奧窔，而以此類裁之，頗有不盡合者。介甫近之矣，而氣象則過隘。

夫秦、周以前，學者未嘗言文，而文之義法無一之不備焉。唐、宋以後，步趨繩尺，猶不能無過差。東鄉艾氏乃謂文之法，至宋而始備。所謂「強不知以爲知」者邪？

書祭裴太常文後

韓公自言所學，先在辨古書之正僞。周、秦諸子如管、莊、荀、韓，可謂顯著者矣，而案之皆有僞亂。余嘗欲削其不類者，以無溷後人，而未暇也。韓公之文，一語出，則真氣動人。其辭鎔冶於周人之書，而秦漢間取者，僅十一焉。今集中乃載祭薛中丞、裴太常二篇，意淺直，多俗韻，在唐雜家中，尚不爲好，而謂公爲之與？二篇乃同官聯祭之文，意者他人所爲，公名載焉。公文重於時，故二家子姓矜爲公作，而編集者莫能辨耳。公省試文明白曲暢，無甚可愧者，猶自謂近於俳優者之辭，則二篇決知非公作也。

夫文之高下雅俗，判若黑白，學者猶安於習見，而莫知别擇，况聖人之經，其微辭隱義，辨在毫芒，蔽晦於前儒承授之説，而不察不著者與？此未可爲不知者道也。

書柳文後

子厚自述爲文，皆取原於六經，甚哉，其自知之不能審也！彼言涉於道，多膚末支離而無所歸宿，且承用諸經字義，尚有未當者。蓋其根源雜出周、秦、漢、魏、六朝諸文家，而於諸經，特用爲采色聲音之助爾。故凡所作效古而自汩其體者，引喻凡猥者，辭繁而蕪句佻且稚者，記、序、書、説、雜文皆有之，不獨碑、誌仍六朝、初唐餘習也。其雄厲悽清醲郁之文，世多好者；然辭雖工，尚有町畦，非其至也。惟讀魯論、辨諸子、記柳州近治山水諸篇，縱心獨往，一無所依藉，乃信可肩隨退之而嶢然於北宋諸家之上，惜乎其不多見耳。

退之稱子厚文必傳無疑，乃以其久斥之後爲斷；然則諸篇，蓋其晚作與？子厚之斥也年長矣，乃能變舊體以進於古；假而其始學時，卽知取道之原，而終也天假之年，其所至可量也哉！

書柳子厚辨亢桑子後

亢桑子之僞，柳子厚辨之。晁氏謂唐天寶中，詔求其書不得，而襄陽王士元乃假託焉。士元年世先後於柳，雖不可知，然果詔求不得，而僞者晚出，則辨宜及之。且是書剽劉戴記、諸子語甚衆，而子厚第云「首篇出莊子而益以庸言」，又「以文章取士」及「被青紫章服」，爲唐以後人語明甚；不據是斥之，而獨以劉向、班固無其錄爲疑。然則今所傳者，又可謂卽子厚之所斥邪？

書李習之平賦書後

吾少讀孟子，至「周公思兼三王，以施四事，其有不合者，仰而思之，夜以繼日，幸而得之，坐以待旦。」求其解而不得也。及治周官，然後知周公之心，惟孟子知之。蓋萬物之理難盡也，人事之變無窮也，一間未達，則末流之弊且四出而不可弭；惟周公之聖，乃有以知其不合，而思之如此其深，得之如此其難耳。故後王代興，其政法之大者，必暗與周官之意合十有二三，然後上下安，歷年永；既其後侵尋變易，舉其合者而盡亡焉，而國非其國矣。此無他，是乃天理之盡，王道之極，而舍是則無以紀綱乎民物也。

唐李翺作平賦書，後儒多稱焉。其爲說亦捃摭春秋傳、周官注疏以爲端緒，而其歸宿則大謬於聖人。謂：「一畝之收，無水旱以一石爲下則；而百里之賦，粟至三十四萬五千石有奇，帛至十一萬五千四有奇。」雖吳、越上腴，横征暴斂，亦豈能歲得此於民哉？

周官辨五地，規井牧，既斥其餘以爲藪牧園圃，則所井皆沃衍也；而同井之田猶有不易、一易、再易之辨；然後土力均、人功稱而賦法平。今以畝一石爲下，則沙磧斥鹵之區，有大穫而不及所料之半者矣。此其弊非隱深難見，而翺乃懵然自以爲得，曰：「是復古而爲十一之征。」猶幸其人微，其言輕，自唐以後，無取而施用者，而瞀儒耳食，猶嚾嚾焉以爲經世之良圖，豈不甚蔽矣哉！

書李習之盧坦傳後

文士不得私爲達官立傳；李習之與退之游，此義宜夙講，而集有東川節度使盧坦傳，事迹平敍，無杼軸經緯，後無論贊。豈習之嘗欲筆削國史，故於所聞見，偶錄以備取材，其後史卒未成，而編者誤以入集邪？

吾觀周、秦間諸子，其傳顯著者，尙多爲後人僞亂。太史公作史記，藏之名山，副在京師，然中間多駢旁枝：如秦紀後覆出襄公至二世六百一十年事；田單傳別載君王后、王蠋語。蓋當日摭拾羣言以備採擇而未用者，不知者乃取而附綴焉。故退之自言所學，首在辨古書之正僞。然則文之義法，不獨作者宜知之也。

書邵子觀物篇後

余讀邵子觀物篇，不能究知其義，問諸朋儕，則曰：「子好之，則能知之，是書之祕，可心喻而不可言傳也。」夫聖言之精者，具易與春秋，學者雖不能極其隱深，而大體固昭然明白也。世乃有理之至者，而不可以言傳乎？

邵子自謂：「因春秋以通易。」今觀其書，以秦穆首四伯，謂其有功於周，伐鄭而敗，悔過自誓，幾於王道；以晉文侯遷平王於洛，而進其裔孫於齊桓。其於春秋所書事迹顯著者如此，則夫天造物化之絪緼於無形者，其盡可詰邪？

余於是書，固未能窺其樊，然世之自謂知者，其果能好之邪？抑韓子所云「惟怪之欲聞」，而利其不可稽尋者邪？

書朱註楚辭後

朱子定楚辭，删七諫、九懷、九歎、九思，以爲類無疾而呻吟者，卓矣；而極詆反騷，則於其詞指若未詳也。弔屈子之文，無若反騷之工者；其隱病幽憤，微獨東方、劉、王不及也，視賈、嚴猶若過焉。今人遘疾罹禍殃，其汎交相慰勞，必曰：「此無妄之災也。」戚屬至，則將咎其平時起居之無節，作事之失中，所謂「垂涕泣而道之」也。雄之斯文，亦若是而已矣。知七諫、九懷、九歎、九思之雖正而不悲，則知雄之言雖反而實痛也。然雄之末路請張茍免，未必非痛屈子之心所伏積而成，文雖工，其所以爲文之意則悖矣。豈朱子惡其爲文之意，於詞指遂忽焉而未暇以詳與？

書陳氏集說補正後

余少治戴記，見陳氏集說於記之本指，時有未達而反以蔽晦之者；及得崑山徐司寇所刻集說補正，而惑之解者過半。念此必吳中老儒勤一世以爲之，恨子孫不能守而流傳勢家；又怪司寇聽其假託而不辨也。既而思秦、周以前，作者名不概見；蓋胸中所知見，不能自已，而欲傳之其人，豈以爭名於沒世邪？

厥後見嘉定張樸村叩之，曰：「此吾鄉陸翼王先生所述也。先生於諸經多開闡，玆其僅存者耳。」夫秦、周以前，作者雖不知其誰何，而無有假託者；呂不韋、劉安名以書傳，然衆知其非不韋、安作也。若陸氏此書，非樸村爲徵，則他人據而有之矣。以是知無實而掠美者，必有物焉以敗之也。

無錫顧隆吉嘗以其鄉先進華氏宗旦儀禮喪服或問示余，明白純正，可與陸氏此書比並。華氏於三禮皆有述，而學者一無聞焉。然則司寇聽其假託而不辨，亦未可厚非也。

書歸震川文集後

昔吾友王崑繩目震川文爲膚庸，而張彝歎則曰：「是直破八家之樊，而據司馬氏之奧矣。」二君皆知言者，蓋各有見而特未盡也。震川之文，鄉曲應酬者十六七，而又徇請者之意，襲常綴瑣，雖欲大遠於俗言，其道無由。其發於親舊及人微而語無忌者，蓋多近古之文。至事關天屬，其尤善者，不俟修飾，而情辭并得，使覽者惻然有隱，其氣韻蓋得之子長，故能取法於歐、曾，而少更其形貌耳。

孔子於艮五爻辭，釋之曰：「言有序。」家人之象，系之曰：「言有物。」凡文之愈久而傳，未有越此者也。震川之文於所謂有序者，蓋庶幾矣，而有物者，則寡焉。又其辭號雅潔，仍有近俚而傷於繁者。豈於時文既竭其心力，故不能兩而精與？抑所學專主於爲文，故其文亦至是而止與？此自漢以前之書所以有駁有純，而要非後世文士所能及也。

書孫文正傳後

當明之將亡，其事最傎者，莫若殺袁崇煥與置公閒地。然間諜之言，當其時，迹猶難辨也。莊烈愍帝嗣位之二年，公自家起，受命危難中，復已失之畿甸，定將傾之宗社；其才不世出，而憂國忘身，帝所親見也。及關門靖，寧前收，屯營立軍，民始有固志，而內蔽於姦僉，緩餉愆期，以掣公之手足；外則政權不一，分操割裂，以亂公之成謀。至大淩覆敗，按其末，則失律喪師者，丘禾嘉也；循其本，則敗謀速禍，乃撤班軍，改成命，主議之廷臣。不明徵罪之有無，乃以無識者追咎築城，而聽公引退，廢棄八年，不咨一語，卒使巷戰力屈，闔門就死。此天下所歎息痛恨，不能爲帝解者。

蓋方是時周延儒、温體仁已深結帝知而得事柄矣。二人皆忠賢餘黨也，自忠賢時，已誣公欲興晉陽之甲，而公之再用再罷，以至於死，實與二人之秉國相始終。延儒之獨對，體仁之密揭，所以構公於冥昧之中者，豈可測哉？觀公始至，召對平臺，帝親以京城相屬，越日而出公於通。則羣邪之側目於公而攜公於帝者，其術蓋多變矣。公既死，帝嗟悼，命優乃憂勤恭儉明察之君。嗚呼！此立政所以畏憸人也。

恤。當國者猶忌其義烈而多方以格之，況生時懼公功成而位居己上者乎？而爲所蔽壅者，

書盧象晉傳後

宜興盧豪然備録家傳，乞言於余。余告之曰：「正史既具，外此皆贅言矣。」及觀其祖象晉請效死邊外，而當軸者始欲致罰，卒擯絶之。竊歎鄙夫之階禍多端，而娼嫉其尤烈者也。不惟才德勳庸出己之上，必不能容；即未達之士少見鋒穎，即防其異日之難馴而豫遏焉。不惟國之安危、民之死生、萬世之詬厲，絶不以槩於心；即情見勢屈而身罹禍殃，亦有所不暇計也。

明之亡，始於孫高陽之退休，成於盧忠烈之死敗。沮高陽者，惟知高陽不退，己不能爲之下；而不思高陽既退，邊闕社稷之事已不能支。擠忠烈者，惟知置之死地援絶身亡，然後私議可行；而不思忠烈既亡，中原土崩之勢已莫能馭。當是時，邊事孔急，凡求自試於師中者，無不立應，而獨於象晉難之，徒以忠烈之故耳。

嗚呼！方莊烈愍帝嗣位之初，首誅逆奄，非不欲廣求忠良破姦憸之結習，而所委心者，則周延儒、温體仁，每摧抑忠良以曲庇之。逮延儒誅，體仁罷，國勢已不可爲矣，而繼起者

復祖其故智，嫉賢庇黨，以覆邦家。鄙夫之轍迹，自古皆然，無足深怪。所可惜者，以聰明剛毅之君，獨蔽惑於娼嫉之臣，身死國亡而不寤，豈非天哉！嗟乎！不平其心者，師尹也，而家父「以究王訩」，傳者推之曰：「辟則爲天下僇。」有國者可不愼乎！

書楊維斗先生傳後

辛未、壬申間，余在京師，時四明萬季野爲橫雲山人草創明史，凡魏忠賢餘黨齮齕東林、復社諸君子者，雖有小善，必摘發其心術，使不能掩大惡。一時馳逐聲氣之士雜然曰：「東林始於高、顧，忠憲無遺議矣；涇陽退居鄉里，而遙執朝柄，進退海內士大夫，豈君子所爲？復社始於張、楊，海內朋從者萬餘人。楊以鄉貢士里居，而逐顧秉謙於吳門，屏呂純如、錢裔肅，使士大夫不得與之齒。自古處士橫議，其氣燄未有至於斯極者。」一時吳門汪武曹、何屺瞻亦好持清議，爲之氣噎；而吾友北平王崑繩惡鄒南皋主議殺熊廷弼，亦謂「迂儒豈知天下大計」，宣城梅定九、西江梁質人、慈谿姜西溟，各有論辨，以質於余。余正告之曰：「凡所謂清議者，皆忠於君利於民之言也；而忠於君利於民，未有不害於小人之私計者。故小人不約而同仇，卽用其言以擠之，以爲是乃心非巷議誇主以爲名者也。由是忠良危死於非罪，而無道可以自明。故君子之有清議，不獨在位之小人嫉之，卽未進之小人亦嫉之；蓋自度異日所爲，必不能當夫人之意也。不惟當時之小人惡之，卽後世之小人亦惡之，以爲吾君一旦而有鑒於前言，則吾儕之術不可以復騁也。」三君子頗誦吾言，由是倡爲是說者多病之。

嗟乎！顧、楊二先生之事，誠少過於中，然當是時，宗社之滅亡無日矣，人主孤立無輔於上，小民困死無告於下，而羣姦盤結於中，故不得已而呼號憤發，置其身於死地，以冀君之一寤，卽古忠臣孝子枕干之義也。如謂諸君子以清議賈怨於小人，則宋之程、朱，未聞遙執朝柄與姦人相角。等而上之，則孔子之温良恭儉，言不過物，而當其時，已不免伐檀季高按：「伐檀」據史記孔子世家作「伐樹」。削迹之怒矣。凡羣小所指爲誹謗以陷忠良者，乃黃帝之明堂，唐堯之衢室，有虞氏之旌，夏后氏之鼓，殷湯之總街，周武之靈臺，所側席以求之，虛中以聽之，舍己以從之者也。漢、唐、宋、明舍二三誼主而外，亂政涼德，姦人敗類，無世無之；惟禍延於清議，誅及於清流，則其亡也忽焉。蓋必如是，然後忠良凋盡，百度皆昏，而國無與立也。

秀水朱竹垞曾於吳江吳扶九所，得復社姓名錄，以其後事徵之，死於布褐而無聞焉者十之三，當官不苟、學行顯於四方者十之六，自毁其名行者特十一耳。明福王時，阮大鋮上言：「孔子之門人三千，而楊氏聚徒有萬，不反何待？」御史王實鼎繼上復社渠魁一疏，必欲置先生死地。自古善人以氣類相感召，未有若復社之盛；小人誣善之辭，亦未有若魏黨之可駭詫者。而易代以後，猶有謂先生爲已甚者，人心之陷溺若此，君臣朋友之道蓋幾乎息矣。

康熙己未，睢州湯文正自監司復入翰林，充明史纂修官，奏：「順治九年世祖章皇帝特旌明臣范景文、倪元璐、劉理順等從莊烈愍帝死社稷者。請元年、二年以前抗拒本朝、臨危致命諸臣，據事直書，無庸瞻顧。」聖祖仁皇帝嘉與，頒之史館，以爲成命。由是明季諸賢義烈皆得顯見。乾隆六年，明史成。先生之孫繩武以本傳辭事太略，請余別爲文以識之。余曰：「無以爲也。萬氏所定史稿，以先生與徐公汧合傳，謂並死於水；今欽定之史已正其誤矣。『臨刑不屈，首已墜而聲從項出』，既大書特書，則小者不足道矣。」惟逐秉謙、屏呂、錢之義，與涇陽之顯明臧否，至今爲淫辭所蔽晦，故表而出之。九原可作，當以余爲知言，而暢然於鄙夫貿儒五藏之癥結，可一朝而盪滌也。

書涇陽王僉事家傳後

國之將興，其時非無姦憸陰賊之臣也，政教方明，而賢者持其樞柄，則務自矯革，以取所求，或伏抑而不敢逞。國之將亡，姦憸陰賊之臣，必巧遘機會以當主心，而賢人君子少得事任，常有物焉以敗之。若是者，豈人之所能爲哉。

涇陽王僉事徵，當明崇禎朝，以邊才由司理擢按察司僉事，監登萊軍。未閲月軍變，落職歸田里。甲申三月，聞莊烈愍帝殉社稷，七日不食死。公少時卽慕諸葛武侯，演八陣圖，倣木牛流馬，制械器，皆可試用。其家居見流賊猖獗，倡築魯橋城以保涇原，鄉人賴之。曩令監軍登、萊，得期月之暇，撫循士大夫，則兇弁無從煽亂，而公之才實可顯見矣。乃方起遽踣，持國論者，不信罪之有無而輕棄之，此可爲流涕者矣。

然公之功能猶未著也，孫高陽久鎭邊關，功在社稷，而廢棄八年，卒使城破巷戰，闔門就死。其所遇乃憂勤恭儉之君，親見其困於逆閹，又賴其力以收畿疆、紓國難，而終奪於姦憸，豈非天哉！少師爲諸生時，卽徒步歷諸邊，以天下爲己任。蓋其始也，不以事任之不屬而弛其憂；其終也，不以事任之不屬而讓其死。是則諸君子所自爲正，而不聽命於天者夫！

書潘允愼家傳後

辛未九月二十一日，日將暮，檢架上散帙，見濟寧諸生潘允愼家傳，載其衝擊流寇，脱祖母死地，奮身蹈火，出兄於燔薪。匝屋長吁，夜參半不能寐。蓋惟明之亡，事與古異，君非有涼德也，朝非有暴政也，衆非有離心也，無食無兵，池湮城圮，梟張之賊勢如猛火，而守令學官奮死守禦，殺身殘家而不悔者，無地無之。薦紳士民廟哭巷戰，戶號人厲，併命於鋒鏑者，無地無之。其如允慎之保身與親，泰然而無患者，千百中無十一也。

蓋至莊烈愍帝嗣位，而累世之忠良已盡於逆閹之斲喪矣。其未罹門戶之禍，如孫高陽、盧宜興、孫雁門諸公，復危死於姦儉之擠陷。故自周延儒、温體仁得君以後，凡内服大僚、外秉節鉞、久安而無患者，皆巧佞姦欺、庸鄙忍心之人也。社稷之傾危，生民之禍亂，漠然不以關其慮，而朋謀私計，諂附權要，惟恐失意於幾微。武夫則無小無大，皆痛心於文臣之節制，言路之紛糾，轉以養賊脅上爲自安之計。是以人主孤立於上，蒸黎糜沸於下，土崩魚爛，一潰而不可收。豈非天命遐終，故多生亡國之材使恣於民上，而剛正憂勤恭儉之君，亦陰奪其鑒，使嗜姦人之疾味，以至於敗國殞身而不寤與？嗚呼！此又自古亡國轍迹之一變也。

書熊氏家傳後

周官之法，國有大事，諸子「帥國子而致於太子」以守王宮。掌固頒守政於士庶子以帥衆庶。蓋惟士明於義理，能爲衆庶之倡，雖至危死而志不可奪也。明之末造，流賊橫發於中原，延蔓海隅；其以諸生捍衛鄉里，而破家亡身、殘其支體者，荒陬小邑必有數人焉。蓋不經亂亡變故，不知古聖人制法之心，凡事皆然，而茲尤其顯見者矣。

余遊四方，所至長老各有述，而語在搢紳間者，惟睢州湯潛庵先生之母，流賊破睢州。罵賊。賊怒，支解之。閩中鄭侍郎重之父。父字華振，聞變，自山莊挈其妻入城守禦；城破，登樓舉火，並自焚死。然鄭父之義，不若湯母之遠聞。因是歎死者之義聲，又以子孫爲顯晦。然於視死如歸之義，則固無加損也。

自張獻忠出沒楚、蜀，江西寇亂，至國初未已；每有警，城邑士民爭竄山澤。熊孔敷者，新昌諸生也，城將陷，獨不肯避。其子迎龍使家人以母出而獨身侍父。俄而賊至，孔敷端坐不起，賊怒，手刃之。迎龍以身蔽，左額受刃，目睛綴眶外，仆地，告哀不已。乃免其父。南豐梁質人作傳，以傳其事。其曾孫暉吉於余爲道義交，以余衰病，必欲其祖見於余文。乃告之曰：「吾聞善人必有後，今子之志行端直，是乃祖之義心孝德有以開之也。然書傳所記，祖若父之令名，每賴後之人而章徹。子果能比跡於湯公，則奕世以下，猶將溯源於高曾而有所興起焉！又何藉於余言？」既以語之，因爲書於傳後。

書曹太學傳後

歙縣曹晉袁持其祖太學君家傳索余文。其傳，亡友王崑繩所作也。太學君以義俠著於鄉，而尤爲薦紳所傳述者，則其邑給事中方有度、浮梁御史黃龍光忤逆奄魏忠賢被逮，君厚賂緹騎，邀至家留一日，爲經紀家事。方逆奄之熾也，在位諸賢既以身殉國，而一時士君子及閭閻之義民，號呼感憤，與諸賢相攀援而不避其禍者，大不異於東漢之末也。當是時，上之政刑雖傎，而下之禮俗可不謂盛矣哉！

蓋一代之風教，常視乎開國之君。漢光武不敢以仕屈嚴光；而明祖之歸蔡子英於擴廓也，縱敵國之謀臣而不忍傷其義。卽是二者，固足以振一代之士氣，而使之不苟於自待矣。然二君之能此，則有本焉。光武微時，嘗從師受經；而明祖所致諸儒，實承朱子之學，所以啓沃其心，而使知風教之爲重也素矣。是以經師之傳，莫盛於東漢；而朱子之傳注專行於明。其漸摩既深，故及其衰也，政亂於上而義明於下，士氣之奮揚，雖鈇鉞鼎鑊之威莫之能奪也。

嗚呼！所以致此者，豈易言哉！有國者之厲其士民，與有家者之化其子姓一也。晉袁之交余，經患難而彌篤，而其父右軍急兄弟之難，有古烈士風，吾見太學君之澤被於再世矣。其行誼之詳，則見於崑繩之文而無爲更舉也。

書王氏三烈女傳後

三烈女傳，金壇王若霖志其世父之女二及族姊同時死土賊倪文炳事也。明將亡，中原、楚、蜀已盡燬於流寇；及愍皇帝殉社稷，東南盜賊蜂起，長老所傳女子自投於水火及駡賊而斃於鋒刃者，不可勝數。女教之盛，前古所未有也。蓋自高皇帝定六宫之禮，盡革前代昭儀、充華、美人諸號，而皆以德命。帝室之女不得再適，著於令典，而愍皇帝之殉社稷也，后實先之。禮教之所漸摩，志氣之所感動，蓋有不知其然而然者矣。

竊嘗歎自古亂亡之釁，不過數端，或以權姦，或以女寵，或以宦寺。其造亂者，不過數人，或竟得保其首領以歿，而使天下忠臣、義士、孝子、悌弟、貞婦、烈女，無罪而併命於水火盜賊之間，且身死而名傳者，千百中無十一焉，豈非造物之不能無憾者哉。

雖然，人之生也，莫不有死。其能順性命之理而死者，是得全其所受於天者也。若晉羊皇后之富貴康寧，雖愚夫豎子皆知爲不幸；則如三烈女者，雖謂之考終可也。用此言之，雖與三烈女之死同，而泯滅無聞者，亦可以無恨；而有或知之，則不忍聽其無傳者，吾黨之義也。

書孝婦魏氏詩後

古者，婦於舅姑服期。先王稱情以立文，所以責其實也。婦之愛舅姑，不若子之愛其父母，天也。苟致愛之實，婦常得子之半，不失爲孝婦。古之時，女教修明，婦於舅姑，內誠則存乎其人，而無敢顯爲悖者。蓋入室而盥饋，以明婦順；三月而後反馬，示不當於舅姑而遂逐也。終其身榮辱去留，皆視其事舅姑之善否，而夫之宜不宜不與焉。惟大爲之坊，此其所以犯者少也。近世士大夫百行不怍，而獨以出妻爲醜，閭閻化之，由是婦行放佚而無所忌，其於舅姑以貌相承而無勃谿之聲者，十室無二三焉，況責以誠孝與？婦以類己者多而自證，子以習非者衆而相安，百行之衰，人道之所以不立，皆由於此。

廣昌何某妻魏氏刲肱求療其姑，幾死。其事雖人子爲之，亦爲過禮，而非篤於愛者不能。以天下婦順之不修，非絕特之行不足以振之，則魏氏之事豈可使無傳與？抑吾觀節孝之過中者，自漢以降始有之，三代之盛未之前聞也。豈至性反不若後人之篤與？蓋道教明而人皆知夫義之所止也。後世人道衰薄，天地之性有所壅遏不流，其鬱而鍾於一二人者，往往發爲絕特之行而不必軌於中道，然用以矯枉扶衰，則固不可得而議也。魏氏之舅官京師，士大夫多爲詩歌以美之，余因發此義以質後之人。

書直隸新安張烈婦荆氏行實後

往年或以烈婦荆氏行實視余，其兄公張侍御天池所述也。義烈動家人，衆視其雉經，不敢曲止。及見侍御，叩烈婦平生，則其佐夫以養母也凡八年，而家人不聞其聲，諸嫂皆愛焉。其死也，嗣子灼幼孩，號踊如不欲生。

嗚呼！柔順者，婦人之正也，而昔者聖人之繫易也，以陽剛爲女德之賢。余嘗見將死而信其婦之必身殉者，曰：「婦性剛，既有成言矣。」余前知其戾忍而非剛也，既而晚節末路，乃有不可道者。蓋剛者，天德也。天地之氣，藹然而温和者爲陽，慘然而凛慄者爲陰。凡婦人之順於舅姑，宜於家人，慈於子姓者，皆陽明之發也；故其變也，激而爲義烈。其勃谿於舅姑，傲佷於娣姒，殘刻於僕婢者，皆陰慝之作也；故其變也，忍爲邪惡而不慚。夫坤，陰之純也，順極而健涵焉。故其象爲馬，其用爲「永貞」，而象傳揭之曰「大終」。

余始入京師，見宛平張氏女，未嫁而死其夫。又其後則長白官爾佳氏，飲藥與夫同命。聞之審者，則清澗白氏，夫死，夜自經，有氣起室中，白如長虹，與荆氏而四矣。婦之殉夫，辭事多同，故於白氏無紀焉。茲以與侍御交，具得荆氏之性行，而因以悟聖人繫易之由，故總所聞見而並論之，以明彰女教，且使爲人夫者，監此以考婦德，而無所蔽焉。

書烈婦東鄂氏事略後

康熙癸巳，余自南書房移蒙養齋，修樂、律、曆、算書凡十年，始知滿洲禮俗：兄弟姻親相依相恤，婦人勤女職，事舅姑，於古禮爲近。同好二三君子之家，能盡爲嫡之禮，使妾不能忘置所生之子而乳其遺孤者，曰撒克達氏，禮部侍郎兼掌院學士留保之母也；乳之者郭氏也。盡事繼姑之禮以格於姑而式其家者曰李氏，洮岷道按察司副使赫璺之母也。守爲嫠之禮，母家貴盛，欲奪其志，獨身逃歸，依其夫之養母以育其孤，無食無衣而誓死不還母家者曰佟氏，御史大夫敦青巖之兄所棄妾子羅音代之妻也。盛年過禮而從夫以死者曰官爾佳氏，留侍郎從兄完顏保之妻也。余嘗謂本朝勃興，衆皆以爲武威無敵於天下，自君子觀之，則王業之本，受命之符，蓋於是乎在矣。

乾隆九年，余臥病北山，故人子吳殷南至自吳門，致太守雅公兄子隆德之妻東鄂氏事略乞余文。隆德之父倫君與余共事蒙養齋，嘗屬余擇師以教隆德兄弟。太守風節著中朝，惟侯膏澤溥吳郡，余義不得辭。惟是婦殉其夫，事跡多同。隆德之妻所異於官爾佳氏者，惟俟間自經，彼則飲藥而衆不能遏耳。欲獨爲傳，非衍以膚語，不能成章。竊念人紀者，政教之本也；閨門者，人紀之源也。二三同好家人之淳德異烈可傳者已得數人，則不接於余之耳目者可知矣。遭變而著名者如此，則安常履順、篤厚於人紀、周浹於禮意者可知矣。隆德繫近天潢，故東鄂氏得荷國恩旌表。其餘皆故家卿族，能致高賢名輩之表誌，以發揚於遠邇，則窮巷蓽門、艱貞苦恨而湮滅於無聞者，更不知其幾矣。故凡數所知見而備論之，以昭國家風教之盛，俾達於史官，得據爲列女傳之總序焉。

書高密單生追述考妣遺事後

乾隆六年季春，余以兄子之喪，病不能興，單生作哲緘致其所述考妣遺事，起視之，氣結不能終篇。念幼隨先君子播遷隱閔，先兄呰余曰：「此二親之窮於命也，而於我與若之身心，則大有造焉。在昔堯、舜、禹、湯、文、武、周公，皆遭父子君臣兄弟之變，而孔、孟亦少孤。蓋惟遭變，然後可以見其極，故使聖人身之，以爲萬世之標準焉。」

當吾之世，志行越衆者三人：睢州湯潛庵之母，爲流賊所膊；關西李中孚之父，糜爛於戰場；博野顏習齋，父流亡，母改適，匍匐萬里，始得父墓，見異母之妹，招魂而歸。蓋功利嗜欲薰鑠流毒於人心者深且固矣，非猛藥惡石不足以攻除，故三君子以此各成其艱苦傑特之行。

生之考妣，羈窮不異於吾親，而皆早世，則視余更酷矣。生無兄弟，自今以往，卽速致要津，贏資聚，以爲妻子之光榮，可矣；欲雞豚之逮親，可再得乎？惟德惟義，是謂顯揚。然則生之所以自處，於兹可早定矣。君子之爲學也，深其功，識猶患淺；抗其志，行猶患卑。必能志七聖人之道，然後可繼三君子之行。毋若余之負所命於兄，而混混以沒世也。

題黄玉圃夢歸圖

癸亥秋，玉圃過潭上，出此圖索題，別後不忍更展，故底滯。踰年，以書來速。嗟乎！臣之事君，義也，無所逃於天地之間，而古稱倍親而仕；蓋既承國事，則此身非親所獨有，故有四牡之詩，有奉使聞喪之禮，皆人子所不忍言，故曾、閔之徒，必不可强以仕也。玉圃家京師，仕不離親。其復起也，觀察河南，故思歸之切，形於夢，志以圖。若余則弱冠飢驅幾二十年，難後蒙恩供奉内廷，每歲首夏，辭老母出塞，迫冬始歸。玉圃之夢，乃余旬月中數見，而不可以數計者也，尚忍題斯圖哉？玉圃終其身常依二親，適守官在外而不得視太夫人含殮。余則竟世栖栖，依親日甚少，而老母之終，會當反役，蓋所遭各有幸不幸焉。

然余惟塞上之行，爲承公事；回思少壯，徒以奔走衣食，孤行遠游，爲父母憂，歲時伏臘，春秋佳日，奉觴御食而親色笑者，蓋無幾焉，撫心更何以自解邪？故書之以志余恨，而弛玉圃之悲。乾隆九年孟秋朔後三日，望溪方苞撰。

跋石齋黃公手札

公與寶應喬侍御手札十有四。其十有二皆短札，乃崇禎十五年，自戍所復召入都，晨夕往復語也。長言者二，時則引疾南還，越中諸賢築學舍，留公講問，而侍御適爲巡按，一答其始至通問之書，一將以使事反命而特致之。

考公之事莊烈愍帝，陳言對命，無一不與帝心相違。二三執政祖魏忠賢故知，力排異己。公三進三逐，廷杖八十，移獄鎮撫司，考掠者四，一朝而脱四籍，則於政事之得失，君子小人之消長，凡有見聞，無不與同心者思所以挽正；及引身以退，匿迹於巇巖深谷之中，而民生之苦病，吏治之煩苛，軍事之失圖，柄臣之誤主，身在局外，猶責其友以必言，而冀君之一寤。蓋君子所性根於心，而不能自已者如此。

嗚呼！莊烈愍帝嗣位於國勢傾危之日，一時忠良雖觸忤憎惡，偶有感發，未嘗不幡然易慮而親之任之也。然卒之如公，如念臺劉公，志在竭忠，而窮於効忠之無路；如孫文正，如盧忠烈，志在奮死，而扼於投死之非時。皆由媢嫉之臣，相繼而居腹心之地，其術百變，能使東西易面，人主自爲轉移而不覺耳。如而夫者不能放流，乃與之朝夕深言於帷幄，雖當平世，猶不能無生亂階，況屯難已成之後乎？聖人繫易，謂難之解，驗在小人之退，而於五發之。位乎天位者，可不服念哉！

方苞集卷六

書

與閻百詩書

昨所論「孔子歿，子張欲師有若；而記載『子張死，曾子有母之喪』，則曾子問一篇，皆母在時所講問」，可正子瞻所譏於程子之誤，宜筆於書。至病「程、朱删易經字」，則不敢不多爲反覆。蓋專易經字者，漢儒之病也。程、朱所删易甚少，而皆依於理。

僕每見周、秦以前古書，字形與聲近，則衆書所傳多異，即一書諸本中亦有增損改易。竊歎古書不可通者，多以字訛而人莫能辨也。如商書「自周有終」，酒誥「爾尚季高按：「尚」應爲「大」字。克羞耇惟君」，解者支離牽合，終不可通，若「君」與「周」互易，則其義不待詁而明矣，蓋篆體二字本形似也。

韓退之羅池廟詩乃「此方之人，惟侯是非」。按其前後辭意，昭然明白，而「此」以形訛「北」，「惟」以聲訛「爲」，子瞻不能辨，又自爲之説，而大書深刻焉，則其讀書觀理之不詳可見矣。莊子外篇「舜將死，眞泠禹曰」，不易爲「遺令」得乎？史記封禪書「至梁父矣，而德不洽」，謂「梁父」非衍可乎？

僕嘗自恨寡陋，見古書字訛，無所證據，而不敢擅易，願得博極羣書者以正之。故欲化足下之成心而求助焉，非敢以辯翹明，惟足下鑒之！

與孫以寧書

昔歸震川嘗自恨足跡不出里閈，所見聞無奇節偉行可紀。承命爲徵君作傳，此吾文所託以增重也，敢不竭其愚心。所示羣賢論述，皆未得體要。蓋其大致，不越三端：或詳講學宗指及師友淵源，或條舉平生義俠之迹，或盛稱門牆廣大，海内嚮仰者多，此三者皆徵君之末迹也；三者詳而徵君之志事隱矣。

古之晰於文律者，所載之事，必與其人之規模相稱。太史公傳陸賈，其分奴婢裝資，瑣瑣者皆載焉。若蕭曹世家而條舉其治績，則文字雖增十倍，不可得而備矣。故嘗見義於留侯世家曰：「留侯所從容與上言天下事甚衆，非天下所以存亡，故不著。」此明示後世綴文之士以虛實詳略之權度也。宋、元諸史若市肆簿籍，使覽者不能終篇，坐此義不講耳。

徵君義俠，舍楊、左之事，皆鄉曲自好者所能勉也；其門牆廣大，乃度時揣己，不敢如孔、孟之拒孺悲、夷之，非得已也；至論學，則爲書甚具；故並弗採著於傳上，而虛言其大略。昔歐陽公作尹師魯墓誌，至以文自辨，而退之之誌李元賓，至今有疑其太略者。夫元賓年不及三十，其德未成，業未著，而銘辭有曰：「才高乎當世，而行出乎古人。」則外此尚安有可言者乎？

僕此傳出，必有病其太略者。不知往者羣賢所述，惟務徵實，故事愈詳，而義愈陋；今詳者略，實者虛，而徵君所蘊蓄，轉似可得之意言之外；他日載之家乘，達於史官，愼毋以彼而易此。惟足下的然昭晰，無惑於羣言，是徵君之所賴也；於僕之文無加損焉。如別有欲商論者，則明以喻之。

答喬介夫書

原集題書答友，起數行不明書開海口及車邏河事，蓋刻文時有顧忌也。先生曾孫傳貴刊集外文，重出此篇，題作答喬介夫書。今從彼本，而仍編於此。鈞衡識。

蒙諭：爲賢尊侍講公作表誌或家傳。以鄙意裁之，第可記開海口始末，而以侍講公奏對車邏河事及四不可之議附焉，傳誌非所宜也。蓋諸體之文，各有義法，表誌尺幅甚狹，而詳載本議，則擁腫而不中繩墨；若約略翦截，俾情事不詳，則後之人無所取鑒，而當日忘身家以排廷議之義，亦不可得而見矣。國語載齊姜語晉公子重耳凡數百言，而春秋傳以兩言代之；蓋一國之語可詳也，傳春秋總重耳出亡之迹，而獨詳於此，則義無取；今試以姜語備入傳中，其前後尚能自運掉乎？世傳國語亦丘明所述，觀此可得其營度爲文之意也。家傳非古也，必阨窮隱約，國史所不列，文章之士乃私錄而傳之。獨宋范文正公、范蜀公有家傳，而爲之者張唐英、司馬温公耳；此兩人故非文家，於文律或未審；若八家則無爲達官私立傳者。韓退之傳陸贄、陽城，載順宗實錄；順宗在位未踰年，而以贄與城之傳附焉，非所安也，而退之以附焉者，以附實錄之不安，尚不若入私集之必不可也。

以是裁之，車邏河議必附載開海口語中，以俟史氏之採擇，於義法乃安。凡此類，唐、宋雜家多不講，有明諸公亦習而不察。足下審思而詳論之，則知非僕之臆說也。

與翁止園書

苞白，止園足下：僕晚交得吾子，心目間未嘗敢以今人相視；及遘禍，所以憫其顚危，開以理義者，皆不背於所期，是吾子所以交僕之道已至也。有疑焉而不以問，則於吾子之交爲不稱，故敢暴其愚心。

近聞吾子與親戚以錐刀生隙，嘖有煩言，布流朋齒，雖告者同辭，僕堅然信其無有。然蘇子有言：「人必貪財也，而後人疑其盜；必好色也，而後人疑其淫。」毋吾子之夙昔，尚有不能大信於彼人者乎？僕往在京師，見時輩有公爲媟嫚者。靑陽徐詒孫曰：「若無害，彼不知其不善而爲之也。吾儕有此，則天厭之矣。昔叔孫豹以庚宗之宿致餒死，叔向娶於巫臣氏而滅其宗。蓋修飭之君子，不獨人責之，天亦責之。」詒孫之言，可謂究知天人之故者也。

僕自遘禍，永思前愆，其惡之形於聲、動於事者無幾也，而遂至此極者，既將以士君子爲祈嚮，而幽獨中時不能自灑濯，故爲鬼神所不宥。吾子高行清德，豈惟信於朋友，雖鄉里閭愚無知者猶歎羨焉，然則子之行身其慎矣哉！

僕又聞古人之有朋友，其患難而相急，通顯而相致，皆末務也；察其本義，蓋以勸善規過爲先。僕自與人交，雖素相親信者，苟一行此，必造怒而逢尤；僕每以自傷，然未敢以忖吾子。於前所聞，既信吾子之必不然；於後所陳，又信吾子必心知其然，是以敢悉布之。

與李剛主書

九月中，自塞上歸，附書相問，而息耗久不至。仲冬望後二日，或致函封，發之則太夫人行述也，呼兒章讀之，篇終而郎君長人之狀附焉，驚痛不能夕食。太夫人耄而考終，在仁孝者猶難爲懷，况重以長人之夭枉乎？此子天民之秀，非獨李氏所恃賴也。僕不能自解，豈能爲吾兄解；然有區區而欲言者，言之則非其時，而重傷吾兄之意；不言，則於交友之道爲不忠，是以敢終布之。

易曰：「洊雷震，君子以恐懼修省。」僕平生所遭骨肉閔凶，殆人理所無，悲憂危蹙中，每自念性資迫隘，語言輕肆，與不祥之氣，實有相感召之理；以吾兄之德行醇懿，而衰暮罹此，語天之道，有不當然者。竊疑吾兄承習齋顏氏之學，著書多訾謷朱子。習齋之自異於朱子者，不過諸經義疏與設教之條目耳，性命倫常之大原，豈有二哉？此如張、夏論交，曾言議禮，各持所見，而不害其並爲孔子之徒也，安用相詆訾哉？記曰：「人者，天地之心。」孔、孟以後，心與天地相似，而足稱斯言者，舍程、朱而誰與？若毀其道，是謂戕天地之心。其爲天之所不祐決矣。故自陽明以來，凡極詆朱子者，多絶世不祀。僕所見聞，具可指數，若習齋、西河，又吾兄所目擊也。

僕自今年來，食飲益衰，塞外早寒，得上氣疾，幾死者再焉，恐一旦委溝壑，則終無以此聞於左右者，是僕負吾兄夙昔相愛重之誼而死有餘責也。昔泰伯無子，伯魚早喪，況吾兄子姓甚殷，固知所陳理弱情鄙，不足移有道者之慮。然君子省身不厭其詳，論古不嫌其恕。儻鑒愚誠，取平生所述訾謷朱子之語，一切薙芟，而直抒己見，以共明孔子之道，則僕之言雖不當，而在吾兄爲德盛而禮恭，所補豈淺小哉。

聞太夫人既祔葬，僕身拘絷，兒章疹後不可以風，將使獻歲赴弔，先此代唁，并呈長人哀辭。其遺腹若天幸男也，則速以報我！臨簡哽咽，不盡欲言。

與安徽李方伯書

得來敎，忻悚合幷。執事服官有年，聲績顯布中外，尙恐民治有缺，越二千里而詢於愚儒，今而知所至稱賢，不苟然也。安徽諸郡吏民所公患，莫若採鐵；初額僅七萬觔有奇，大府上言：「宜撥移產鐵之地。」部議駁責，轉加三倍。自是無敢及此者。儻能與有司詳議，白大府密箚奏聞，而陰有以慰戶部及內府諸郎吏之心，然後露章以請，則無蠹者壅遏之患矣。

又凡害之已見者，人知憂之；而伏積於無形者，則昧焉。往者遂寧張公子爲懷寧縣令，謂周官「荒政，弛山澤之禁」，令民得縱漁樵。自是以後，歲小祲，邪惡民千百爲羣，決隄防，毀墳禁，莫可禦止。古者山澤隸於官，故弛其禁以利民；今則民力所自營而租賦之所從出也，可任其相劫奪乎？用此二十年中，臯陸陂池少遠於宅舍者，民皆棄置而不務孳息；薪材魚鼈，價踴三倍，使常利坐失於伏闇之中，而亂心生於理平之日，非早遏其流，異日必爲亂本。昔宓子治單父，齊師將至。父老請曰：「麥已熟矣，請使邑人出自刈傅郭者。」三請，宓子不許，曰：「寧使齊人刈之，令吾民有自取之心，其創必數年不息。」此仲尼之徒深明於先王以道立民之意也。

其他法久弊生而宜革者，如鋪設總甲以稽竊賊，而爲賊謀主；江置汛地以防大盜，而爲盜窟；宅里立鄉約保正以息爭察訟，而鬪辨繁、壅蔽生。執事久官南中，聞此必熟矣；若能與所司詳議而改紀之，俾良有司奉行有成效，則下其法於諸郡，非一時之利也。

凡兹所陳，或關於大府，或責之有司，或議於同官，執事皆可爲之樞紐。若官中之事，以執事之仁明，必曲得其次序久矣，無待於某之瀆告也。

與安溪李相國書

老母數日痰氣襲逆，倍甚於前，晝夜無寧晷。某於此時尚何心及外事，而有不得不爲閣下言者：昨聞某官虧空一疏，遠近爭駭；果用其議，則旬月中，故吏誅戮者數千人，械繫而流者數千家；期年之內，天下郡縣承追之吏，奪官者十八九。凡今之吏，孰是畏名義而輕去其官者？操之太蹙，必巧法別取以求自脫；恐繼自今，愚民得安其生者鮮矣。聞大司寇韓城張公止其議至再三，彼於同官尚不忍其動於惡，況閣下日與天子議政於廟堂，而可使國立謗政，民滋其毒哉？

又聞在事者多云：「天子不嗜殺人，將從末減，放流而止耳。」嗚呼！刑罰之施，惟其當否耳。使所虧庫金，果羣吏侵欺以便其身家，雖誅戮之不爲厲；而陷此者，多困於公事探辦與大吏之誅求，其坐驕奢不節者，十無一二焉。故數十年來，執法者明知其弊而姑寬假之。若以放流爲輕罰而可亟施，則未知其去死刑一間耳。卽以某身言之，聖上赦其死罪，又免放流；而老母之北行也，家人以赴任爲言，舟車之適，與無罪者等，徒以巽水土思鄉井而遘此篤疾。今諸公不昌言某議之非，而徒恃天子之寬仁；萬一果如所料，用其議而從末減，則此數千家老弱無罪而死者，不知其幾矣。

閤下嘗語余曰：「聖人之心，卽吾人之心也。今使吾人殺一無罪而得爲王侯，必不爲也；則聖人之不以天下易此，無疑也。」某嘗誦之，以爲明道之言。然則閤下宜用此言於今日矣！以去就爭之可也。荀子曰：「馬駭輿，則君子不安輿；庶人駭政，則君子不安位。」體國之義，當重以爲憂，非徒望閤下爲盛德事。伏惟鑒察！不宣。

與徐司空蝶園書

河北諸路旱荒，聖主減膳弛縣，詔廷臣言事，而羣公未聞進嘉謨以佐百姓之急者。夫備災宜豫，非倉卒所能舉。今野荒民散，而新穀不生，所可爲者，惟無使舊穀妄耗耳。古之治天下，至纖至悉也，故蓄積足恃。周官：凡酒皆公造，民得飲酒，獨黨正族師歲時蜡酺耳。漢制：「三人無故共飲，罰金一鍰。」三國時，家有酒具，行罪不宥。誠知耗嘉穀於無形，而衆忽不察者，惟酒爲甚也。

今天下自通都大邑以及窮鄉小聚，皆有酤者；沃饒人聚之區，飲酒者常十人而五；與瘠土貧民相校，約六人而飲者居其一。中人之飲，必耗二日所食之穀；若能堅明酒禁，是三年所積，可通給天下一年之食也。其藏富於民，與古者耕九餘三之數等。孟子曰：「聖人治天下，使有菽粟如水火。」豈窕言以欺世哉？凡民間用酒，莫宜於祭祀婚姻，然周公制法：「不耕者無盛，不績者不衰。」祭無盛猶可，況以歲凶而去酒乎？至公家之事，不過歲祭孔子廟及賓興鄉飲，有司自可及時以釀，周官所謂事酒是也。

今功令通禁燒秫爲酒，而他酒及酒肆無禁；故衆視爲具文，而官吏反得因緣以爲姦利。宜著令：凡酒皆禁絶。令到之日，有司巡視鄉城，已成之酒皆輸公所，俾其人自賣而官監之，盡而止；過此以往，有犯禁者，其店房什器官沒之。若私釀於家，則紳衿褫服，白衣決杖。罰用漢法，凡境內有酒肆而有司不能禁察者，奪其官；首舉者，賞五十千。夫周公當重熙累洽、年穀順成之日，而使天下有祭無盛、喪無衰者，非故欲拂人之情也，不如此，不足以齊衆阜財而使長得其樂利也。俟數年之後，穀粟陳陳相因，然後用漢法變而通之，間歲官賜民酒戶三斗，俾儲以共祭祀婚姻養老疾；有非常之澤，然後賜酺。如此，則政有常經，且可以正民之禮俗矣。

世人樂因循偷苟，有述古事陳古義者，輒目爲迂闊；然自公卿大夫吏士務適時宜而羞爲迂闊者，蓋數十年於兹矣，則其效可睹矣。太夫人春秋高，不敢告公以難行事，如此類，言之者無過，而實良圖。望宿留聽言。

與徐司空蝶園書

公體中尚未霍然，不宜以外事相撓，而有不敢緩告者：近聞漕船膠凍濟寧以北者，七千七百有奇，沿途剽劫，百十爲羣。計每船篙工不下十數人，皆奇民無家，獷悍酗博；平時回空，官督晝夜兼行，暫時停泊，附近村落客船必遭竊攘；況聚十餘萬飢寒之人，連屯數百里內，又承東土凶饑盜賊之後，設有猾桀者乘此瑕釁，恐不獨沿途居民之害也。公宜密箚奏聞，乞上察訪，早爲區畫。

又聞湖撫以兑漕期悮，請改雇民船。議下九卿，各省將用爲式。夫漕船官具，衞丁本有秩廩，故量給資糧，以募篙工；然猶私載民貨，多方補苴，始能訾給。若雇民船，其費數倍，官不能具，必抑派里民，則賦法不可問矣。七月間，楊君千木自河上以書來，言聞通倉陳米充溢，宜停運一年；歲祲之地，其糧聽有司出糶，俟秋成仍糴滿原額，分兩年帶運。如此，則民食可充，漕船可修，河道可治。此利之顯見者，尚未知中有伏害否？幸與練事者詳議之！

又自今年來，各省報荒，不約而同辭，不請賑，不請蠲，但乞減價糶常平倉粟，事後仍率屬蠲補。夫常平倉粟之空十餘年矣，此天下所明見也。此議行，則糶粟之價，補倉之粟，必有所出；不識有司皆自其家篋金輦粟而至乎？抑粟與金天降而地出乎？是被災之地，轉應苛斂庫金數十萬；秋成之後，加徵倉粟數十萬。繼自今，災民惟恐有司之報荒，而主計者且利荒報之踵至矣。

公位正卿，年七十，宜日夜求民之疾，詢國之疵，而上言之。上方鄉公，又閔公衰疾，僕任其無大咎。若因此失官，則亦可以暴平生之志，謝衆口之責矣。惟公熟計而審處之！

答某公書

自得手教，沖惕累日，以公知某之深，而猶未達愚心，不可以默而止也。比者，浮說日滋，故謂公宜怵然爲戒。在某自能聞流言而不信，而公則不宜謂自反無是而忽之也。聖人繫易，於乾之九三曰：「君子以季高案：周易乾之九三爻辭無「以」字，方氏引此誤衍。終日乾乾，夕惕若厲，无咎。」又曰：「二多譽，四多懼。」三猶惕也，四則懼矣。豈止於怵然爲戒乎？

戒之云何：苟非道義之交，必多方限隔，俾不得親附是也。孟子所謂三自反者，君子處貧賤而遭横逆則然耳；若遭時行志，則不惟自反，必將使實德實事，有以大服天下之心，而誠無不動，古人軌迹，昭然可睹。其然，則尚安用戒哉？然其初則必自能戒始。往年宵人妄言，能自通於左右；某以告，公益嚴毖。二三同志不避怨嫌，而昌言於衆，至於今，則寂然矣。此無稽之言亦宜怵然爲戒之明效也。然浮言難息，較甚於影射；蓋影射有迹，而浮言無迹也；息之難，則所以絶其根源而避其疑似者，宜尤力焉。

來示又云：「相信相知」如某，「而猶惑於僉邪之言」；得某書，「憮然者久之」。則未察愚心，而於事之理，亦未達也。公於某患難相拯，情好久長，而數以無稽之言瀆告，過當之語相規，非相知相信之深，而能如是乎？然公位極公相，而惟恐布衣窮交不相信、不相知，即此見公之自待也厚，而視某亦不輕，此某所以於無稽之談，自覺不以告而心不能安，義不可止也。以富鄭公之賢，而蘇洵憂其無成。伊川程子謂「於國家大事，知而不言，爲名教罪人」。蓋古之君子於夙所愛敬，則責之倍嚴，忠之至，厚之至也。若某所云，不過憂讒畏譏，世俗之淺意耳。然自某而外，恐亦無用此數數於左右者矣！公試思：聞知舊被謗，而置若不聞者難乎？抑崎嶇而必以達，規切而一無隱者難乎？審此，則可知鄙人之心矣。

更有請者，我皇上德政日新，若因水災延問大臣，急宜開陳者，約有數事；若盡獲施行，功在社稷；即措注一二，亦澤被羣生。謹條列別簡，惟宿留瞀言！何日得暇？倘當就公面議之。

與常熟蔣相國論征澤望事宜書

僕聞古之制戎狄者，欲大創之，則必堅壁以示之弱，僞縮佯敗以驕之，委之畜產財物車甲以中之，使狃於屢勝，深入逐利；然後設伏要擊，一舉而撲滅之，李牧之守趙邊是也。漢武設謀馬邑，蓋用牧之遺教，不幸爲單于所覺，故不得已而與之毒逐於沙場。然其行師，近者不過數百里，遠者千里。惟絕幕之師，衞、霍並出，窮戰比勝，爲千古所震耀。然師之所極，不過二千里，臨翰海而止耳。自是匈奴遠遁，幕南無王庭，則漢亦不復追躡矣。蓋道里可計，日月有期，饋餉相踵，芻牧以時，吾之士氣未衰而馬力未竭也，然後長技可用，而敵不能支。

其成功於絕域，惟貳師之服大宛，陳湯之滅郅支，常惠之折龜茲，而是三者，皆非行國也。其城郭邑聚、人民產業不可移徙，則其心有所繫，力有所極，而吾之計謀有所施。是皆循數推理而知其必然，非幸勝也。蓋郅支畏漢遠徙，依康居以國，而不禮其君，殺其女，偏虐其國人，則先自敗而瑕釁可乘矣。漢自武、昭立都護，治烏壘，據西域之中，屯田積粟，厲兵撫衆者四世，則地利得，形勢強，道路悉矣。烏孫諸國皆承漢節，同時而發其兵者十五王；則郅支之羽翼盡矣。入其境，呼康居貴人與定謀，傳其城；康居以萬騎環城而備其逸，郅支單于聞漢兵至，欲去，疑康居怨己，爲漢內應。又聞烏孫諸國兵皆發，自以無所之，已出復還。則計慮周矣。郅支既滅，計其戰死生虜及降者不過三千人，而漢以十五倍之衆壓之，是謂步師衽席之上，取敵囊檻之中，必克而無疑者也。至於龜茲，則國尤小，道尤近，故不戰而自屈。惟大宛之師鑿空創始，用力甚艱。然自衞、霍屢出，斬馘動數萬，單于懾伏，威震百蠻，而甲卒之屯酒泉以北者十八萬。故貳師再行，當道小國，莫不迎軍給食，遂屠侖頭，平行至宛，則所憑之勢厚矣。然天下騷動，傳相奉伐宛漢兵之出燉煌者六萬，負載私從者不與焉，而終不能入其中城。軍入玉門者萬餘人，故自前世皆以爲得不償失也。然前世之藩籬在邊塞，而我朝之藩籬在四十八家；故謂澤望跳梁，可置而不問，皆未知聖祖皇帝之廟謨與我皇上之遠慮者也。但其地絕遠，非旬月可到；又逐水草移徙，無城郭可指。其鄰近之國，雖仰我威德，至於臨敵決機，恐未能實心効命。萬一我師既至，而彼復遷徙鳥舉，則前勞盡棄，後策益艱。專制閫外者非不知此也，徒以造謀未審，暴師踰年，勞費已深，而無尺寸之效，恐聖主責言，無辭以對。故堅持前畫，謂賊有可平之道，遷延歲月，以緩譴訶，而不暇爲國長計耳。

以今之勢，莫若先爲不可犯，以待賊之瑕釁；相度山川面勢，道里走集，擇可耕可牧之地，宿兵屯田；召募邊民習苦耐寒者，塹壕築壘，據其中央，臨制四旁，俾近西內屬諸部有恃以無恐。賊至則併心一力，彼此相援，乘機阻隘，必使大創；賊不至，則深耕廣蓄，牧馬練士，以揚軍聲。然後以本朝威信，漸披其與國；嚴邊市之禁，使王侯貴人非邀恩賜予，無由得錦繡、采繒；部人非通邊市，無由得茶布絮蘗、養生送死之具。使其鄰近部落，一如漢時西域諸國，兵可發，君長可呼。然後明暴孽賊之罪，布告諸部：有與交通者，永絕互市；有能破其軍擒其將者，以功小大，厚立賞格，使上下欣羨；有能連兵合謀執其君以獻者，卽分其土地人民以予之，賜金百萬，他物稱焉。使孽賊孤立恫疑，而與四鄰相猜；然後可俟其瑕釁，一舉而撲滅之也。

僕荷兩朝聖主如天之仁，斷脰刳心，不足爲報；而辱公以古義相取，幾三十年。顧僕獨對之頃，剴切直陳，雖不能遽奪衆議；而聖明天縱，一二載後必重思公言，而審定國家之本計矣。望毋以爲老儒之常談而忽之！

與孫司寇書

朔後一日薄暮，書吏送秋審册到。僕以討論三禮及閱庶常課藝事方殷，未得到班。次日薄暮，書吏持審單至。見雲南絞犯吳友柏改緩決。隨繙供招：釁自友柏起，既迫殺親兄之子，并傷寡嫂左右手及族弟。窮兇極惡，萬無可原。夫聖人不得已而有刑戮，豈惟大義，實由至仁。蓋致天討於有罪，則不敢不殺；哀民彝之泯絕，則不忍不殺。所謂「刑期無刑」，「辟以止辟」也。

自古典刑之官，皆以刻深爲戒；故宅心仁厚者，不覺流於姑息。又其下則謂脫人於死，可積陰德以遺子孫。不知縱釋兇人，豈惟無以服見殺者之心；而醜類惡物由此益無所忌，轉開閭閻忍戾之風。是謂引惡，是謂養亂，非所謂邁種德也。

昔虞舜「刑故無小」，其命官曰「怙終賊刑」，而皋陶稱之曰：「好生之德，洽于民心。」周公東征，破斧缺斨。東人歌思，以爲「哀我人斯，亦孔之將」。執事以儒者操事柄，望布大德，勿以小惠爲仁；即改前議，仍所讞爲情眞。若有人禍天刑，皆歸於僕，死者亦於公無怨也。望勿以爲過言而棄之！

與顧用方論治渾河事宜書

康熙三十七年，直隸巡撫于成龍以渾河衝半壁店，近其祖墓，奏改河道迤東入淀。安溪李相國繼撫直隸時，僕屢爲切言：「奏復故道，當如救焚拯溺，少遼緩之，即不可爲謀，後三十年近畿之地，無罪而死者不可數計矣。」今不幸而所言已驗。昨見吾友與直督李合奏但不識更改河身河道事宜，源流利病，鑿鑿有據，且欲爲永久計，具見賢者忠實惻怛之心。若仍入淀，則可免淀外之衝決奔騰，而終不能免淀中廣拓遙隄之後，渾流遂不入於淀邪？之淤塞，其患正方興而未艾也。蓋直隷之有二淀二泊，乃天心仁愛斯民，於大地凝結時，設此大壑，以受塞北畿南之衆流，以免多方之昏墊；而于成龍乃以私心一舉而敗之，至今已成錮疾。若更不能原始要終，定其規模而底績焉，則終潰敗而不可收拾矣。

竊思所奏，謂「故道已爲旗民田廬所占，復之甚難」，是也；而僕之愚心，則謂復於安溪作撫時，則有利而無害；至於今，雖不畏難不惜費以復之，止可少獲數年之安，而終無救於十數年以後之大患；審形察勢，決然無疑。

吾友試思：自改故道未四十年，而二淀已填淤過半；而自前明以至康熙三十七年，渾河之水未嘗不由淀以達運河，而絶無填淤，其故果安在哉？議者謂故道南入會通河，流清而甚駛，故無停淤。此得其一，而未知其二也。河流雖駛，能盪刷泥沙使不停耳，能使泥沙別出於兩淀之外哉？蓋緣夏水未起之前，秋汛既落之後，渾河經流，本不甚大，其挾衆壑之泥沙而沛然莫禦者，惟伏秋之漲爲然；而河行固安、霸州時，其故道本無隄岸，故散漫於二邑一二百里之間，旬日水退，而土人謂之鋪金地者，皆泥沙之所停也。停於二邑之平地者多，則會於清河而入淀者少，而又以數百里之深淀容之，故三百餘年雖少淤淀底，而不見其形。自故道既改，則渾河之泥沙，無纖微不入于淀，故三十餘年而填淤過半。淀既半淤，則故道雖復，而由會通河入淀之道及西淀之中必所在淤塞矣。雖歲加挑濬，人力有限，十年之後，終不能免全淀之盡淤。淀既盡淤，則子牙河挾畿南諸水以入淀者，勢無所容，必横穿南運河；渾河挾塞門諸水以入淀者，勢無所容，必横穿北運河；更遇伏秋異漲，則近河之地，城郭人民皆一朝而化爲巨浸矣，尚忍言哉！

今欲爲河道民生永久之計，必别開河道，俾濁流不入淀池，直達於淀河下流之丁字沽，而留東西二淀未盡填淤者以受會通、清河及子牙河伏秋之漲，然後可得數十年之安。苟得數十年之安，而時時修築挑濬不失其宜，則亦可永久而無患矣。

僕之愚心，欲循三角淀之外，迤邐而南，别開一河，廣三十丈，深五六丈。河成，乃於春水未起，秋汛既過之後，引注濁流於其中，而閉其入淀之道。河形磬折而斜入於丁字沽，去三岔口、海河不過十餘里。但於十餘里間，開拓運河西岸之隄，使河身寬闊足以容納衆流；而增培運河東岸之隄，廣厚一倍，以防其震撼，則可保無虞矣。且於新開渾河二十里之外，順河身延築遥隄，使伏秋汛漲有所遊盪，則不致更有衝決矣。

僕未嘗身經其地，惟按圖籍循數推理而建此議，不若吾友躬臨目見昭晰無疑。望審其形勢，揭其情狀，以開愚蒙。如或可行，即改前議而懇陳之。古之君子功不必自己成，謀不必自己出，惟期分國之憂，除民之患耳。況茲事體大，實億萬人生死所關，而非一世之利害哉。

昔世宗皇帝命怡賢親王總理河道營田，首命別求一道，俾渾河直達海口而不入淀。聖謨洋洋，一言而盡京畿之地勢，究河道之源流矣。若能奉先帝之遺意，除蒸民之劇憂，定此遠謨，萬世永賴。在皇上則爲輔相天地之實事，在吾友則爲保障億兆之奇功；而僕四十年胸中之痞塊一旦消釋，亦可以死不恨矣。若大綱既定，其餘節目，當續布之。

與鄂少保論修三禮書

三禮自注、疏而外，羣儒解說無多。所難者，辨注之誤，芟疏之繁，抉經記所以云之意，以發前儒未發之覆耳。故僕始議人删三經注疏各一篇；擇其用功深者各一人，主删一經注疏，一人佐之，餘人分採各家之說，交錯以徧；然後衆說無匿美，而去取詳略可通貫於全經。爾時，公卽手書以示諸君子，而應者甚稀。

其後王學士分主儀禮，甘司馬主戴記，更立條例，計人數，俾各纂數篇。僕爲言：「人之意見各殊，所學淺深亦異，分操割裂，則一經中脈絡且不能流通，而況三經之參互相抵者乎？去取詳略之大凡且不能畫一，而況別擇之精粗，删刻之當否乎？」衆皆默然。僕曾以告公，未見宣布。退而思曰：「豈謂吾不宜越畔而耘哉？」用是不敢固爭。今更以儀禮相屬，雖已成之例，難以改更，而後此規模豈可更不早定。夫周官注疏及訂義、刪翼諸本，皆僕所點定也；其未定者，獨永樂大典中所錄取耳。分纂二三君子皆用功多年，私心竊謂：庶幾乎可畫一矣。及各成數册，比類而參校之，雖大體不失，而去取詳略，意見多殊；分剟屬聯，措注亦異。僕與鍾君晼反覆討論，以求其貫通，所費日力，幾與特著一書等。觀此，則儀禮、戴記注疏及各家之說，樊然殽亂，而宿無定本者，其端緒之難理，殆有甚於斯矣。

李侍講南還，既以潘進士嗣事，則未竟之書，宜以相付。但僕見士友間留心於是經者甚少，望公面詢潘君暨姚徵士，擇定一人，俾速就功役。俟稿本既就，僕當手訂一篇，並作按語，就中擇能者一二人，依式討論，俾彼此不相抵。若周官卒業，衰病之身尚留人世，自當與諸君子早夜孜孜，不敢畏難而志怠也。

與鄂少保論喪服注疏之誤書

河間獻王所得邦國禮，自漢不能用，至唐而亡。孔、賈作疏，惟宗鄭注，後儒遵守，於喪禮之大經，承誤而不知其非者，約有數端；猶幸其綱領尚存於春官司服，而散見諸官者，一一可徵，參以儀禮、戴記，其謬悠可得而正也。

一則以儀禮喪服齊衰三月章曰「庶人爲國君」，遂謂：圻外之民，爲天子無服。不知曰國君者，以明大夫君，則其臣有服而民無服耳。溥天之下，皆天子之民也。諸侯爲天子牧民，則民爲之服，而況天子乎？康成旣誤謂無服，故注檀弓篇，遂云「三月天下服」，專指侯國大夫服緦衰而言。獨不思文承「國中男女服」之後，則謂天下之民明矣。使服者惟侯國之大夫，則宜特文以見之，而漫曰「天下服」，使習其讀者，第知天下之民皆服，而不知服者惟侯國之大夫，記禮者不宜若是之憒憒也。喪期之變，自漢文帝始，詔曰：「令到，出臨三日，皆釋服。毋禁娶婦、嫁女、祠祀、飲酒、食肉。」則漢文帝以前，天下之民，皆齊衰三月，不得嫁娶、祠祀、飲酒、食肉無疑矣。

一則謂公卿、大夫、士之妻爲王齊衰期，於后無服。侯國之命婦於夫人亦然。蓋因喪服無明文，黄氏榦臣爲君服圖，亦未敍列耳。然司服職曰：「爲天王斬衰，爲后齊衰。」而昏義申之曰：「服父之義也，服母之義也。」公卿、大夫、士視后猶母，爲后服母之服，而其妻則無服可乎？古者嫂叔無服，而於娣姒則以同室而「生小功之親」。外命婦爲王服，而於后轉無服可乎？周官凡稱大喪，皆謂王后也。內宰，「凡喪事佐后治外內命婦，正其服位」；肆師，「大喪令外內命婦序哭」；春官世婦，「大喪比外內命婦之朝暮哭」者。內司服於九嬪世婦外，別共凡命婦之喪衰，正謂公卿、大夫之妻耳。可以後儒無稽之言，而廢周公之典法哉？儀禮不杖期章曰：「爲夫之君。」蓋以婦人爲君且有服，則后夫人不待言耳。禮經中文略而義該者，如此類甚多，則外命婦於后夫人並不杖期無疑也。

一則據儀禮「繐衰七月」，謂「諸侯之大夫以時接見於天子」，故有服，而士無服。不知繐衰在大功之下，小功之上，大夫服此，則士正服小功無疑矣。即如此職於大夫曰：「其喪服加以大功小功。」於士曰：「亦如之。」遂據此謂士無緦服可乎？若以接見天子爲義，則諸侯之大夫，固有未達於王朝者，有雖聘頫而不得接見天子者，小行人職「大客則儐，小客則受其幣而聽其辭」是也。諸侯之士有從君而達於王朝且任之以事者，掌客職，凡「介行人宰史皆有牢」；象胥職，「王之大事諸侯，次事卿，次事大夫，次事上士，下事庶子」是也。且使從君朝覲，適遭大喪，卿大夫皆繐衰，庶人縞素，而士獨服吉可乎？程、朱治經，多盡屏漢儒之說者，以折衷義理而決不可通故也。

羣儒曲護舊說，亦約有數端：一則謂庶人爲國君齊衰，又爲天子齊衰，則爲二統，而例以爲人後者，爲其本生父母。不知爲人後者，服雖有降，而無絶也；若圻外之民無服，則竟絶之於天子矣。況民爲國君，非爲人後之比。太宰職：「以九兩繫邦國之民，一曰牧，以地得民。」則雖諸侯不過爲天子繫屬此民，與師長主友之屬等耳。故侯國有災，「移民通財，舍禁弛力，薄征緩刑」，必待大司徒之令。大宗伯「以荒禮哀凶札，以弔禮哀禍烖，以禬禮哀圍敗，以恤禮哀寇亂」；小行人所至之國，「札喪則令賻補，凶荒則令賙委，師役則令槁禬」，皆所以救民之死病也。天子保民如子，而民戴之如父母，一旦天崩地坼，而不爲數月之服，不惟義不可以苟止，而情亦不能苟安。如以二統爲嫌，則男子爲父斬衰，又爲君斬衰；婦人爲夫三年，而夫在又爲長子三年，亦爲二統矣。毋乃害義傷教而不即於人心乎？

一則謂婦人之從服必降於夫，夫爲后齊衰期，妻不宜同。獨不思父在爲母期，而婦爲姑亦期；婦爲舅姑同服期，而不問子之斬與齊。則外命婦爲王后、君夫人同服期，而不問夫之斬與齊。王后之喪，外命婦之喪衰哭位，備見於諸官，而可以臆說亂之乎？

一則謂諸侯之大夫既降爲緦衰，不宜庶人轉承以齊衰。不知服之輕重，義各有當；大夫之降爲緦衰，以不得上比於王臣耳，若民則天子之民，義無所嫌，故期以三月，而齊衰不降；猶旁服有大功小功，而世適之於高、曾，並齊衰三月也。禮以義起而緣人情，學者反求其本，則於一曲之說，昭然若發矇矣。

與來學圃書

吾友舉用方自代，朋友之交，君臣之義，並見於斯，可以風世砥俗；但大臣爲國求賢，尤貴得之山林草野、疎遠卑冗中，以其登進之道甚難，而眞賢往往伏匿於此也；若惟求之於平生久故、聲績夙著之人，則其塗隘矣。萬一聖主命以旁招俊乂，列於庶位，將何以應哉？抑又聞當官守道，固貴於堅；而察言服善，尤貴於勇。前世正直君子自謂無私，固執己見，或偏聽小人先入之言，雖有灼見事理以正議相規者，反視爲浮言，而聽之藐藐，其後情見勢屈，誤國事，犯淸議，而百口無以自明者多矣。必如季路之聞過則喜，諸葛亮之諄戒屬吏，勤攻己過，然後能用天下之耳目以爲聰明，盡天下之材力以恢功業。吾友此時正宜用力於此，且與二三同志者，交相勖，時相警也！餘不贅。

與呂宗華書

仲春使歸，一札想已徹。僕曩者妄删崑山徐氏所刻宋元經解，嘗爲吾兄略言之而未悉也。是書卷帙既多，非數十金不可購。遠方寒士有終其身不得一寓目者矣；有或致之，觀之不能徧也；有或徧之，茫洋而未知所擇也。僕幸童稚時，先君子口授經文；少長，先兄爲講注疏大全，擇其是而辨其疑。凡易之體象，春秋之義例，詩之諷喩，尙書、周官、禮記之訓詁，先儒所已云者，皆粗能記憶。藉是爲基，故是編之删，雖不敢確然自信；然大醇而不收，甚駁而妄取者，則鮮矣。

僕始從事於斯，以爲一家之說未徧，則理或有遺而心弗能饜也，雖至膚庸，甚者支離謬悠，而一語未詳，終不敢決棄焉。及徧一經，然後知三數大儒而外，學有條理者，不過數家，而就此數家之中，實能脱去舊説，而與聖人之心相接者，蓋亦無幾。因復自惜，假而用此日力，以玩索經之本文，其所得必有過此者；然積疑之義，未安之詁，發書終卷，必一二得焉，則又治經者所不可廢也。自惟取道之艱，思竭不肖之心力，以爲後學資藉，俾得參伍衆說，而深探其本源，遂過不自量而妄删焉。矻矻於車船奔迫、人事叢雜中，蓋二十餘年，而後諸經之說粗畢。惜方删取時，計此生不能更周覽，凡可有可無之說，多過而存之。又宋、元諸儒，文字繁委，頗有數語可盡，而散漫至千百言者，皆未暇汵汰。兩年以來，衰病日深，大懼此業不卒，將抱終古之恨。欲於南中招學子數人，編而錄之，次第郵致，更加討論，排纂成書；而量其程期，役必浹歲，計所訾給，歲必百金。朋游間近有一二人爲倡，而苦無繼之者。是書之成，豈惟蒙者二十餘年日力所耗竭哉？實數百年儒先精神所併注也。果能卒業，異日遇有力者傳而布之，俾承學之士，苦於崑山原刻之難致，與觀之而難徧者，一旦饜足其心，而省其功力之十八，其爲踴躍當何如？又況支離謬悠之說，始學無主，多見謂新奇，或棄周行，趨邪徑，以自投於荆棘，賊經侮聖，日蔓以延，廓而淸之，以爲斯道之閑，所關豈淺小哉！此僕區區所以重惜其無傳也。

然是書不難於異日之傳布，而難於目前之編錄，衰疾之身，懼且不能待矣。吾兄家故貧，洗手奉職，自無力以及此。然此宇宙間一公事也，凡辨書名，有心有目者，皆與有責焉。惟宿留斯言，苟遇其人，則誠告之，或有自遠而相應者與？僕與吾兄，非世俗之好也，餘生之事，惟茲爲急，是以敢切布之。

答楊星亭書

雜記：「父爲長子杖，則其子不以杖卽位。」小記：「父不主庶子之喪，則孫以杖卽位可也。」庶子有對適以爲義者，「冢子未食而見適子，庶子已食而見」是也。若爲喪主及主子之喪，則衆、適皆稱庶子；小記「庶子不繼祖禰，庶子不爲長子三年」是也。父宗子也，而主長子之喪，則義起於祖若父之正體者也；父衆子也，而主長子之喪，則義起於子與孫之傳重者也。若以衆子之貴而主焉，則輕正體傳重之義，而傷衆子未貴者之恩。

或以奔喪記所云，而謂衆子之喪，皆父主之；則未知所云乃衆子之成人而未室，受室而無子者，禮以窮而變耳。記曰：「凡喪，父在，父爲主；父沒，兄弟同居，各主其喪。親同，長者主之；不同，親者主之。」衆子無子，而尊行異爵之弔賓至，非父主之而誰主邪？父沒矣，無子者之喪，非兄弟主之而誰主邪？其特制同居爲主之禮者，蓋慮兄弟衆多，或徙家於異國，或同國而異居，或遠出而不返，必待異居之長適來主其喪，則事有不舉而時不可待，故以權制，俾同居者主之，所以便人情而達禮事耳。如鄭氏所詁，鄭注：「各爲其妻子之喪爲主也。」則曰：父沒，各主其私喪可矣；「兄弟同居」之文，不亦贅乎？「各主其喪」之文，不亦曖昧而不可別白矣乎？孔氏不知以有子無子爲別，而以同宮異宮爲斷，益誤矣。衆子而有子，雖父在，固其子主之矣；又何「親同，長者主之；不同，親者主之」之云邪？如無子也，雖異宮，非父爲之主而誰屬邪？

幼季衆子也，而有子，父不宜主其喪；望以此正告之！訃辭與式，則詢諸其鄉之長老君子。行禮不求變俗，大體既正，則細者姑從其國故可也。

答尹元孚書

九月十月之交，舊疾復作，寒戰喘急，守氣幾不能自存，不期望後漸平，手札到日，已能倚牀而坐。今食飲有加，憑几觀書，可至十數頁。自矢必嗣事於儀禮，未審能卒業否？

太夫人葬祭之禮，酌今古而取其中，甚愜予心。惟虞後更有卒哭之祭，尙仍舊說。又於謝賓引四禮疑、儀禮節略語，顯與經背，不知新吾、高安何疎忽至此？宜究切而辨正之。

令嗣長君秀偉，始相見，卽告以英華果鋭有用之日力，不宜虛費於時文。今居大母之喪，自達其情而應乎禮經，乃聞見中所寡有，又欲置科舉之學而學禮。偉哉！能如此設心，卽聖人之徒也。北方之學者，近有孫、湯，遠則張、程，不過終其身不違於禮而已。孔子之告顏淵，惟以非禮自克。蓋一事或違於禮，一時之心或不在於禮，則吾性之信智義仁皆虧，而無以自別於禽獸。長君信能設誠而致行之，天下後世將推原於賢父之倡正學，大母之集天休，於世俗所謂功名，洵可以視之如敝屣矣；而賢欲使從學於某，則不敢自匿其情。戴記七教，分朋友而爲三，朋友之長者卽師也，其幼者卽弟子也。師之道，周官復分而爲二：以賢得民之師，乃大司樂職所謂有德者也；以道得民之儒，卽大司樂職所謂有道者也。曩者賢通書于某，辭意類孔、石二公之於孫明復。固辭至再三，而意益誠，語益切，遂不敢終辭。蓋以師儒之義，不明於天下久矣；使時人得聞孔、石二公之義，實有關於世道人心，而孫氏之說春秋，某自忖省，亦可以無愧焉。今長君欲學孔、顏之學，非兼道德而有之如程、朱者，不可以爲師。某章句陋儒，雖粗知禮經之訓詁，於外行疏節，亦似無瑕疵，而清夜自思父母兄弟，無一不負疚於心，所謂薄於德、於禮虛者也，何足以爲長君師？而賢又擬之西山父子之於考亭，則於賢亦爲過言矣。管子曰：「任之重者莫如身，塗之畏者莫如口，期而遠者莫如年；以重任，行畏塗，至遠期，惟君子乃能矣。」古之以禮成其身者，類如此，而世尤近，事尤詳，莫如朱子。長君果有志焉，一以朱子爲師足矣。必欲受業於愚，則講其節文，而導之先路，竊比于胡、李、二劉而已耳，所以自成，必於管子所云，日自循省焉。望更以此申告之！

答申謙居書

李渭占至京師。見足下所爲聖木行狀，無世俗蕪濁之氣；因謂如此人當益勸學，俾治古文。適得來示，乃復記憶丙戌之春，聖木爲言生徒中有秀出者，即足下也。僕聞諸父兄：藝術莫難於古文。自周以來，各自名家者，僅十數人，則其艱可知矣。苟無其材，雖務學不可強而能也；苟無其學，雖有材不能驟而達也；有其材，有其學，而非其人，猶不能以有立焉。蓋古文之傳，與詩賦異道。魏、晉以後，姦僉汚邪之人而詩賦爲衆所稱者有矣，以彼瞑瞞於聲色之中，而曲得其情狀，亦所謂誠而形者也。故言之工而爲流俗所不棄。若古文則本經術而依於事物之理，非中有所得不可以爲僞。故自劉歆承父之學，議禮稽經而外，未聞姦僉汚邪之人而古文爲世所傳述者。韓子有言：「行之乎仁義之途，游之乎詩書之源。」茲乃所以能約六經之旨以成文，而非前後文士所可比並也。姑以世所稱唐、宋八家言之，韓及曾、王並篤於經學，而淺深廣狹醇駁等差各異矣。柳子厚自謂取原於經，而掇拾於文字間者，尚或不詳。歐陽永叔粗見諸經之大意，而未通其奧賾。蘇氏父子則概乎其未有聞焉。此核其文而平生所學不能自掩者也。韓、歐、蘇、曾之文，氣象各肖其爲人。子厚則大節有虧，而餘行可述。介甫則學術雖誤，而內行無頗。其他雜家小能以文自襮者，必其行能少異於衆人者也。非然，則一事一言偶中於道而不可廢，如劉歆是也。然若歆者，亦僅矣。以是觀之，苟志乎古文，必先定其祈嚮，然後所學有以爲基，匪是，則勤而無所。若夫左、史以來相承之義法，各出之徑塗，則期月之間可講而明也。

來示云三至京師，聞僕避客，次且而不進。僕敢自侈大哉？凡叩吾之廬，多汲汲於名稱，而欲僕爲之羽翼者也；如是，則務學之根源絕矣。僕疾病衰疲，安能舍己所務，與之佔佔而喋喋乎？若足下資材既有可藉，而渭占又極言內行之修，固所願見而重以此事相勖者也。

八家集，僕無暇點定。足下所知識有在京師而能任此者，當以舊本付之。是不可得，則俟會面而講以所聞。僕嘗爲儀禮喪服或問，戴記附焉；此人道之根源，以足下方讀禮，錄其易忽者數條以質，惟切究之。餘不贅。

答程夔州書

散體文惟記難撰結，論、辨、書、疏有所言之事，誌、傳、表、狀則行誼顯然，惟記無質榦可立，徒具工築興作之程期，殿觀樓臺之位置，雷同鋪序，使覽者厭倦，甚無謂也。故昌黎作記，多緣情事爲波瀾。永叔、介甫則別求義理以寓襟抱。柳子厚惟記山水，刻雕衆形，能移人之情；至監察使、四門助教、武功縣丞廳壁諸記，則皆世俗人語言意思，援古證今，指事措語，每題皆有見成文字一篇，不假思索。是以北宋文家於唐多稱韓、李，而不及柳氏也。

凡爲學佛者傳記，用佛氏語則不雅，子厚、子瞻皆以兹自瑕，至明錢謙益則如涕唾之令人嗀矣。豈惟佛說，即宋五子講學口語亦不宜入散體文，司馬氏所謂言不雅馴也。

寄來二作皆不苟，所薙芟數語，乃時人所謂大好者，他日當面析之。此雖小術，失其傳者七百年，吾衰甚矣，兒章粗知其體要，不幸中道殂。賢其勖哉！

答程起生書

足下以周易要論相質數年矣，而未敢爲序，非故難之也。余成童爲科舉之學，即治周易，自漢、唐至元、明，言理、言象數之書，未有不經於目者。就其近正者，不過據聖人所繫之辭，隨文解意，而謂其理如是，其取象如是。至所以取是象，繫是辭，確乎能見其根源者，百不一二得焉。故學之幾二十年，於前儒所已言，一一皆能記憶，而反之於心，則概乎未有所明。乃舍是而治春秋、周官。以春秋比事屬辭，五官各有倫序，可依類以求，而互相證也。其後與安溪李文貞公論易，至乾坤之二爻，歸妹之初九、六五，始灼見聖人繫辭取象之本義，確乎其不可易，見周易觀彖。而余於朱子所疑於渙之六四，亦若微有得焉。卦自否來，下三陰爲小人之朋。六上居四而成渙，則小人之羣散矣。當否之時，國疵民病，蘊積如丘山。一旦小人之羣散，則凡此者，皆渙然冰釋，其功效非尋常思議所及也。故諸爻惟此爲大吉，正象傳所謂剛來而不窮，柔得位乎外而上同也。故四爲渙主爻。乃知卦爻之辭，皆有確乎不可易者，特後儒之心知弗能貫徹焉耳。

足下嘗言：「學易者，果明於陰陽剛柔德位之當否，而協諸本卦之時義，則亦可以得其比例。」文貞易通論已略見此義，而要論中所開闡，又多通論所未及，惜乎不得使文貞見之也。昔余以易叩文貞，輒有以開余，而余不能有開於文貞。文貞以春秋、周官叩余，亦時有以開文貞，而文貞之開余者則少。假而足下得與文貞面相質，覆之所發必更多。惜乎並世以生而不得一遇也。若天假余年而於易終有所明，當爲足下序之。

與陳密旃書

數年前與公始相見，窺其意象，卽不類於時人。自是每見滇、黔人士至京師者，必問當官實政，稱循良者不約而同；又徵於同官南中者，果不悖於所聞。故客多方呻吟枕席間，聞公至，蹶然而興，再過寓齋，不覺其言之長也。

適接來示，知所云果刻著於心，而力言於大府。不惟喜宇宙間又得一實心體國之人，足爲民依。且自喜於天下賢人君子，每一見而得其崖略，欣暢如何！

監司之體，在辨屬吏之清濁，而邇來廉辨敏肅者，尤當觀其所由。以爲義之所宜，心之所不安而然者，必能明政恤民，久而不變；其怵於功令，謹身寡過者次之；别有文深躁競之吏，假此以速進取，則其終，不至於寇虐詭隨而忍爲大惡不止。凡善伺上官指意，而操下如束溼薪者，皆此類也。

位者天位，職者天職。其賢者能者，雖有憎怨，必釋吾憾而任舉之。其不爲民所賴者，雖吾近親尊屬，必斥而去之。壹以官爲準，壹以人爲衡，吾之愛憎喜怒無幾微可雜於其間，而況親故之請屬、長官同僚之意鄉乎？

往者安溪李文貞巡撫畿内，僕有親故爲屬吏，公將擢之，僕力言其非人。河間王振聲曰：「子與夫人終不相見乎？」僕曰：「何爲其然？使無播惡於衆而自驅於罟擭陷阱之中，乃所安全而愛厚之。」其後果大刻於民，不終其官。乃謂僕無妄言。足下久練世事，無可効於左右者，故偶及此，想賢者所見固然，亦無俟僕之瀆告也。

建昌果廉能，宜早思所以處之。恐足下驟遷他省，雖知其善，不可如何。惟審察之！

與吳見山書

抵京見某公，詰以「兗州性資洞朗，其出牧、政教浹於民，而或云子若不滿何也」，某公愕然曰：「往年吾與商有無而不能應，然未嘗以聞於人，子獨惡乎聞之？是必兗州疑余有憾而先自標白也。若用此有違言，則余之生平盡棄矣，非兗州之病也。子視余豈淺之乎爲丈夫者哉？」觀其意色，似出中心之誠然。吾兄幸察之，恐傳言者乃有憾於某公，而搆之於吾兄也。

僕道經兗境凡數百里，民皆曰：「太守信寬靜易良，獨未察吏胥情僞，輕出牒票，假以作威漁利。」沿河小吏亦曰：「凡督公事，文書可驛致者，往往差役，食飲道齎之外，求索百端。太守豈知此哉？」僕平生於得意之友，不敢以私干，而政令之不即人心者必以告。蓋朋友之交，道在輔仁，而莫先於規過。每見今之爲交者，多面相悅而退有後言。其聞他人詆訾，則漠然不概於心，而匿不以聞。凡此皆務容悅，將私便其求者也。是爲薄於友，而苟賤其身，故常用爲戒。然亦有所聞非眞，勇於責善，爲朋好所苦，至見疎而齎怒者。以吾兄性資洞朗，與僕非一日之好，故不敢以俗情隱度，而道其所聞。記曰：「上酌民言，則下天上施。」惟速更而糾察之！即別有所見，亦明以告我，俾得究切往復，務理之得，事之當，而無容心焉。古之爲交者，蓋如是耳。

與某公書

接來示：「自分此生，恐無緣更畢志於經學。」此嗜學者之衷言也。然古之人得行其志，則無所爲書。聖人作經，亦望學者實體諸身，循而達之，以與民同患耳。一命之吏，苟能職思其居，天德王道，將於是乎寄焉。矧膺古牧伯之任，環地數千里，視其注措以爲休戚者乎？

僕竊觀近代所號爲鉅人長者，大率以生人爲仁，而不知生其所不當生，則仁於生者，而大不仁於死者。以有容爲德，而不知容其所不可容，則德於有罪者，而大不德於無辜者。傳曰：「惡人在位，弗去不祥。」惡在他人，而引爲己之不祥何也？力能去之，而任其播惡於衆，則惡非其惡也。是謂拂天地之性，而虧本心之明，無不祥大焉。

抑又聞君子之行，必嚴於終。往者環極魏公踐履淳實，立朝諤諤，爲勢家所憚。造辟之言，天下矜誦，以爲無愧古賢，而論定之後，竟不得與湯、陸齊稱，徒以巡察畿輔，不復有特操耳。孝先張公天資渾厚，可欺以方。其撫江蘇，間有過舉，未愜衆心。一旦奮不顧利害，排擊憸壬，然後平生志事，昭然若揭日月而行。吾子歷令、守、監司，漸登大府，仁聲義問，所至翕然，惜無由著直節於中朝。然就今所居之地而言，其職之所當言，則視張爲易，視魏則尤易矣。信能舉邦人所重足而望，海內士大夫所傾耳以聽者，揚於王庭。使天下知儒者之學，剛柔無常，應物而動，皆可以爲後世標準，其有功於聖道爲何如？又安用口吟手披，爲處隱就閒者之經學哉？

僕晚交得吾子，道義之合，視平生昵好，殆有過焉。故所以致相愛重之道者，惟兼魏、張之直節，而比肩於湯、陸。幸無以爲妄言而漫聽之！

與李覺菴書

適聞足下改官巡撫山東。足下門望資格，得此非過，而僕若有意外之幸者，以舊遊齊、魯間，私心所蓄，欲藉手於足下以發其端緒也。

僕嘗謂今居古岳牧之任者，不在飾小仁著小義，惟當建設長利，廣厲風教，爲國家厚根本。僕嘗自濟寧赴清河，道經馬闌屯，彌望不見邊際，地沃衍而無居人，窮日之力始抵逆旅。茅屋數區，舍後麥高六七尺，其莖不足以任其穟。問何以無耕者，曰：「每水至高丈餘，則廬舍沒矣。」僕生長山澤，習農事，凡下地利圩田，築隄障水而人耕其中，時蓄洩，歲入倍平壤。江介故有大澤，南宋時，土人獻策，開永豐、太平諸圩，六七百年以來，宣、歙諸州皆仰食焉。永豐、太平之隄，有高至三丈者，今馬闌屯水深才丈餘耳。苟訊之土人，校三十年內，水最大時高幾許，其土之粘埴而便爲隄者何所，域其地之三四以爲圩，歲得穀當數百萬斛，而東南之漕可減半矣。

僕又嘗客淮、揚間，見河壖棄地多肥美，問何以然，曰：「恐歲祲而責稅急也，或既墾而原占者來爭也。」往者聖上免各省歲賦，動數十百萬。儻能上聞：當豐年存山東歲賦之半，俟荒祲募民興築，相地勢所宜，爲大圩數區。起其土以爲隄，而環隄爲大川，通溝澮相輸灌以利船舟。官治廬舍，給牛種，募民耕之，此上策也。其次，則先使富民試之，豫爲奏請，堅明約束：有能開地爲圩者，便與爲世業，可私買賣，敢以故籍爭者，重罰之。土熟二十年，而後薄征其租賦。苟一人得其利，則繼者不召而麇至矣。夫長利所以不舉者，以衆不能見其端而憚於作始也。使永豐、太平之圩不築，則至今爲巨浸耳。聞徐、豫、兗、冀間棄地，與馬闌屯相類者甚衆，使次第修舉，雖東南之漕可全罷也。古之聖人能使菽粟如水火者無他焉，務博民於生穀而土無遺利，所謂善富天下者取之於天地也。

又僕曾經孟廟，旁殿塑像爲老婦，曰：孟母也。後殿爲少婦，美容飾，曰：此夫人也。古者虞祭而外，春秋常祀，皆有男尸無女尸，惡其褻也。子孫於先妣，猶不爲尸，況設少婦之容於宮牆瞻仰之地哉？不意孟氏後裔愚蒙至此！宜即開諭，使易爲木主。又聞齊、魯間，盛興三教祠，雖闕里亦有之。宜令有司奉至聖先師塑像，瘞之學宮。其祠仍聽合祀釋迦、老子。凡此皆世人所目爲迂闊不急之務也，而教化之興，實由於此。

抑又聞郡守縣令，民之師帥，所使承流而宣化也。乃今守令以諸生爲蟊賊，諸生視之如仇，上下交相疾，而望教化之行也得乎？往者長沙陳公滄洲守江寧，始至卽論：「諸生有行誼修飾而進見以求益者，吾與之爲賓主之禮。其毁廉隅證爭訟者不禁，但檄諸縣簿載其名，歲終報府，俟督學按試時上之。」終公之任，諸生無證訟者。及公在理，士民號泣而從，如急父兄之難。然則謂士不可以教諭者，妄也。

俗之敝，民之疵，蓋非一端。茲政教之尤大者，足下果能信而行之，當悉所聞，繼以進。

與萬季野先生書

僕性資愚鈍，不篤於時，抱章句無用之學，佪強塵埃中，是以言拙而衆疑，身屯而道塞。獨足下觀其文章，察其志趣，以謂並世中，明道覺民之事將有賴焉。此古豪傑賢人不敢以自任者，昧劣如某，力豈足以赴其所志邪？某於世士所好聲華，棄猶泥滓，然辱足下之相推，則非唯自幸而又加怵焉。蓋有道君子，重其人則責之倍嚴，使僕學不殖而落，行不植而敧，足下將有不得於心者，此僕所以每誦知己之言而忻與惕幷也。

蓋嘗以古人之道默自忖省，其無所待而能自必者，獨先明諸心爲善不爲惡而已。至欲體道以得其身，非極學問思辨之功所謂篤行者，終無本統。僕先世雖世宦達，以亂離焚剽，去其鄉縣，轉徙六棠荒谷之間，生而飢寒，雜牧豎朝夕蘇茅汲井，以治饔飧，未能專一幼學，優游浸潤於先王之遺經。及少長，則已操筆墨，奔走四方，以謀衣食。或與童蒙鉤章畫句，嗷譟嚘嚶；或應事與俗下人語言，終日昏昏，憊精苦神。其得掃除塵事，發書翻覆者，日不及一二時。古之謀道者，雖所得於天至厚，然其爲學，必專且勤，久而後成；故子曰「發憤忘食」，其學易也，曰「假我數年」。今僕智識下古人千百，而用功乃不得十一，如乘敝車罷牛，道長塗，曲艱絕險，又值樛枝盤根，絓其轂而闗其軸，不亦難乎？以此知士有志於古人之道，不獨既成而行，有命；其成與否，亦天所命也。然行之以不息，要之以至死，其有得於身與有得於後，則吾不敢知！南歸後蹤迹，具與崑繩書。幸索觀，時賜音耗，以當講問，吾之望也。

再與劉拙修書

前承命辨別某氏詩說，倉卒奉答，姑就所云，略爲剖析，而私心所蓄，未能盡吐，謹續布之。僕少所交，多楚、越遺民，重文藻，喜事功，視宋儒爲腐爛，用此年二十，目未嘗涉宋儒書。及至京師，交言潔與吾兄，勸以講索，始寓目焉。其淺者，皆吾心所欲言，而深者則吾智力所不能逮也，乃深嗜而力探焉。然尚謂自漢、唐以來，以明道著書爲己任者衆矣，豈遂無出宋五子之右者乎？二十年來，於先儒解經之書，自元以前所見者十七八。然後知生乎五子之前者，其窮理之學未有如五子者也；生乎五子之後者，推其緒而廣之，乃稍有得焉。其背而馳者，皆妄鑿牆垣而殖蓬蒿，乃學之蠹也。

夫學之廢久矣，而自明之衰，則尤甚焉。某不足言也，浙以東，則黄君蔾洲壞之；燕、趙間，則顔君習齋壞之。蓋緣治俗學者，懵然不見古人之樊，稍能誦經書承學治古文，則皆有翹然自喜之心，而二君以高名耆舊爲之倡，立程、朱爲鵠的，同心於破之，浮夸之士皆醉心焉。夫儒者之學，所以深擯異端，非貴其説之同也。學不明，則性命之理不順。漢代儒者所得於經甚淺，而行身皆有法度，遭變抵節，百折而其志必伸。魏、晉以後，工文章垂聲於世者衆矣；然叩其私行不若臧獲之庸謹者，少遇變故，背君父而棄名節，若唾溺然。由是觀之，不出於聖人之經，皆非學也。乃昔之蠹學者，顯出於六經之外，而今之蠹學者，陰託於六經之中，則可憂彌甚矣。如二君者，幸而其身枯槁以死，使其學果用，則爲害於斯世斯民，豈淺小哉！

僕於朱子詩説所以妄爲補正者，乃用朱子説詩之意義，以補其所未及，正其所未安，非敢背馳而求以自異也。程子之說，朱子所更定多矣。然所承用，謂非程子之意義可乎？

吾兄謂小序亦不可盡廢，最爲平允。然其無據而未甚害義者，朱子已過存之。其已删而猶可用者，以鄙意測之，不過風雨、伐檀、蒹葭數篇耳。其所已辯，則終不可易也。有不當者，仍望反覆之！

答禮館諸君子書

殷同饗燕之說，二三君子重以爲疑，旁引互證，懼來者之瑕疵，誠意感人，而終有未帖於愚心者；蓋辨其所從生，而推之以至於所終極，則前儒所云，胥無當於事理之實也。夫殷同所施者何政哉？卽巡守殷國削黜流討加地進律之政耳。六典既施，每歲正月又和而布之於邦國，舍巡守，別無特施於天下之政。唐、虞五載一巡守，至周而易以十有二年，六服再朝，更不親巡，以考其所述之職，則時過人亡，有無所施其黜陟誅賞而遺憾於民心者矣。先王卜征五年而歲習其祥，祥習則行，不習則增修德而改卜，是雖以十有二年爲期，而是年不行，次年可更卜也。既可改卜，無爲徧徵天下之諸侯。如謂六服殷同，可又遲十有二年而後巡守，則更無是理。其或王既篤老，若嗣王沖幼，又或大親寖疾，不可久離，必酌徵州伯、卒正、連帥之忠誠可倚、威德夙彰者，州各數人，以諮謀而發命焉；如舜攝位，而咨十有二牧；武王克商，徵九牧之君，登豳阜以望商邑；其事蓋曠世一見，而禮必絕殊。若一歲而徧徵六服之諸侯，一時而盡空一方之君長，則決知其無是也。

由是言之，殷同於方嶽而施其政，乃巡守之常經；其間舉於王都，則循用祀方明、將幣、禮賓、發命於壇宮之禮節耳。若饗必於廟，燕必於寢，則朝覲宗遇之禮宜然，而於會同勢不能行。姑就時會言之，方各數州，州分五等，所徵各四三人，而廟堂已不能容矣，又況殷同徧徵九州之侯伯乎？且饗於廟中，獻酬各有數，以次相及，日不過四三人，蓋兼旬而莫之能徧焉。凡禮賓客在野在外則殺禮。司儀之職，「爲壇三成」，「公於上等，侯伯於中等，子男於下等，其將幣亦如之，其禮亦如之」。則所謂禮者，祼酢饗燕無不該也，昭昭然矣。大行人職，上公將幣，「王禮再祼而酢，饗禮九獻，食禮九舉，出入五積，三問三勞」，則王禮備包衆禮明矣。注於此經禮亦如之，獨舉祼酢，不知何據？後儒疑將幣祼酢在壇，饗燕仍反國中而於廟於寢。其蔽實由於此。祼可壇，則饗亦可壇；祼各於其等，可同時而卒事；則饗各於其等，亦可終日而卒事；野外殺禮，茲其尤著者也。饗則各於其壇之等，燕則幷升於壇之堂，胡爲其不可與？

二三君子堅持舊說，不過謂饗燕乃宮室中事，不宜行於野外耳。夫祼酢之禮重於饗燕，而或可或不可，不識其所以異者何也，抑謂饗燕則有牲俎而異於祼酢乎？然牲俎可於壇薦方明，而獨不可以獻賓客，又不識其所以異者何也，況掌舍之職，專主會同，其設「壇壝」之等，以待將幣祼酢，則設「帷宮」以待饗燕明矣。幕人之「共帷幕」，掌次之「張大次小次」，皆曰會同，又其明徵也。帷四周以爲宮，幕其上以爲蔽；張大次使羣聚以待事，張小次使各就以暫休；將幣及祼酢時，無所用之。見於春秋傳者，襄王饗晉侯於衡雍，猶可云既作王宮；宋公享晉侯於楚丘，晉侯宴魯侯於河上，鄭伯享趙孟于垂隴，不於壇壝帷宮，安所得廟寢哉？

至於「犧象不出門，嘉樂不野合」，則有爲而云然也；周公舊典，本無諸侯私爲會盟，而饗燕於國外之禮，故假是以沮齊侯耳。天子巡守殷國，首舉柴望；征伐所至，則有「類造上帝，封於大神，祭兵於山川」之禮。禮樂之器，或具於方嶽之明堂，或載於主車之前後，必然而無疑者也。淮水之詩，鼓鐘瑟琴笙磬俱備；宋公道享晉侯，而舞桑林；況天子之巡守、軍旅、會同乎？蒙者所見如此，而未敢備載於承修之書，以二三君子尚不能無疑，安望衆人之咸喻哉！

禮經殘缺久矣，申之會，子產、向戌獻合諸侯之禮六，而楚人無一見焉，則會同之禮與朝覲絶殊者多矣。河間獻王所得邦國禮五十六篇盡亡，而諸君子專據侯國僅存之聘、燕，漢儒臆決之說，傳記雜出之言，而曰：若者必禮之所無，壇宮不可饗燕，禮器不出門，野外不合樂之類是也。若者必禮之所有，十有二年王不巡守，則徧召六服之諸侯，受幣祼酢於郊壇，仍反國中而饗於廟，燕於寢是也。不亦汏乎？願諸君子一以事理之實求之，而毋梏於舊說也。

答禮館纂修書

禮文殘缺，國喪尤甚，宜僕之有言而不信也。然先王緣人情而制禮，心所不安，不可以前儒既有是說，而溺於所聞也；不可以經傳本無是文，而遂謂古無是禮也。前辨已詳，今更以人情驗之：「放勳殂落，三年，四海遏密八音。」文王之化始行江漢，而南國之詩曰：「父母孔邇。」猶曰聖人之感人心，神化而不可測也。周室衰微，王澤既竭，而衞風曰：「伯也執殳，爲王前驅。」秦風曰：「王于興師，與子同仇。」宋仁宗之崩，史稱「深山窮谷，莫不悲號」，而況周室盛時，以「四海爲一家，中國爲一人」，政教流行，烝民樂利，有終身之戴，而無一日之喪，民之心忍乎？本國之君臣，亦聽其民之晏然無變，尙何以作其親上死長之誠，而敵王所愾乎？

至婦人爲夫之君，喪服有明文。外命婦爲王后哭位喪衰，周官可考。某所推衍，不過諸侯之士，宜從大夫之繐衰而期以五月耳。外命婦之爲王后、爲君夫人服，極於齊衰期，而不論其夫之斬與齊。以婦爲舅姑準之，而知其不可以有異也。侯國大夫士之妻之於王后，服與喪期並同。其夫以庶人男女齊衰三月準之，而知其不可以無差也。

與一統志館諸翰林書

苞頓首白：僕未受事時，舊志勿論。既立條例後，新纂一郡稿成，隨命學子校勘，次山再之，僕三之，始發謄錄，及觀清本，而罅漏又自見矣。班覆之而更寫焉，自視若無遺憾，及各府州志畢萃，而叉牙相抵者且百出矣。諸公勿謂此文事之淺者，心與目畢至焉，而後知其曲艱也。

明統志爲世所詬病久矣，然覗其書，尚似一人所條次；譬爲巨室，千門萬戶，各執斧斤任其目巧，而無規矩繩墨以一之可乎？是書所難，莫若建置沿革，山川古蹟；振奇矜能者，大率博引以爲富，又不能辨其出入離合，而有所折衷，是以重複訛舛牴牾之病紛然而難理。不知辭尙體要，地志非類書之比也，所尙者簡明，而雜宂則愈晦。然簡明非可強而能，必識之明，心之專，徧於奧賾之中，曲得其次序，而後辭可約焉。其博引而無所折衷，乃無識而畏難，苟且以自便之術耳。故體例不一，猶農之無畔也；博引以爲富，而無所折衷，猶耕而弗耨也。且或博焉，或約焉，卽各致其美，而於體例已不一矣。望諸公以公心酌人言，以實心集公事，而毋師其成心，僕敢不虛己以聽乎？

與程若韓書

來示欲於誌有所增，此未達於文之義法也。昔王介甫誌錢公輔母，以公輔登甲科爲不足道，況瑣瑣者乎？此文乃用歐公法，若參以退之、介甫法，尚可損三之一，假而周、秦人爲之，則存者十二三耳。此中出入離合，足下當能辨之。足下喜誦歐公文，試思所熟者，王武恭、杜祁公諸誌乎？抑黄夢升、張子野諸誌乎？然則在文言文，雖功德之崇，不若情辭之動人心目也，而況職事族姻之纖悉乎？

夫文未有繁而能工者，如煎金錫，麤礦去，然後黑濁之氣竭而光潤生。史記、漢書長篇，乃事之體本大，非按節而分寸之不遺也。前文曾更削減，所謂參用介甫法者，以通體近北宋人，不能更進於古。今并附覽，幸以解其蔽。必欲增之，則置此而別求能者可也。

方苞集卷七

贈送序

送徐亮直册封琉球序

皇帝御極之五十有七年，册封琉球國嗣孫尙敬爲中山王。故事：以部郎儀狀端偉蓄文學者，假一品服，奉册以行。天子命擇詞臣，衆皆隱度徐編修亮直爲宜。及命下，果爲介。自秦、漢以後，中國有事於四夷，其爲將，則効命力於鋒鏑；其爲使，則折衝口舌之間，以求得其要領：故承命者多以爲難。今天子德威遐暢，方外鄉風，小夷喁喁，企瞻使節。承命者有將事之榮，而無失得之恤，故人爭羨之，遭遇異時，亦物情之不足怪者也。

吾聞古之贈行者，必告以所處。今亮直之行也，雖折衝口舌之勞無事焉。又其地，絕海萬里，政教所不經，卽詩人所謂諮詢諏度者，亦無庸以告也。亮直夙以文學知名；茲其行也，其耳目震駭乎乾坤之廣大，而精神澡雪於海山之蒼茫，吾知其文章必有載之而出者矣。

送王篛林南歸序

余與篛林交益篤，在辛卯、壬辰間。前此篛林家金壇，余居江寧，率歷歲始得一會合。至是，余以南山集牽連繫刑部獄，而篛林赴公車，間一二日必入視余。每朝餐罷，負手步階除，則篛林推戶而入矣。至則解衣盤薄，諸經諏史，旁若無人。同繫者或厭苦，諷余曰：「君縱忘此地爲圜土，身負死刑，奈旁觀者姍笑何？」然篛林至，則不能遽歸，余亦不能畏訾讋而閉所欲言也。

余出獄，編旗籍，寓居海淀。篛林官翰林。每以事入城，則館其家。海淀距城往返近六十里，而使問朝夕通，事無細大必以關，憂喜相聞，每閱月踰時，檢篛林手書必寸餘。戊戌春，忽告余歸有日矣。余乍聞，心忡惕，若瞑行駐乎虛空之逕，四望而無所歸也。篛林曰：「子毋然！吾非不知吾歸，子無所向，而今不能復顧子。且子爲吾計，亦豈宜阻吾行哉？」篛林之歸也，秋以爲期，而余仲夏出塞門，數附書問息耗而未得也。今茲其果歸乎？吾知篛林抵舊鄉，春秋佳日與親懿游好徜徉山水間，酣嬉自適，忽念平生故人，有褭疾遠隔幽、燕者，必爲北鄉惆然而不樂也。

送劉函三序

道之不明久矣，士欲言中庸之言，行中庸之行而不牽於俗，亦難矣哉！蘇子瞻曰：「古之所謂中庸者，盡萬物之理而不過。今之所謂中庸者，循循焉爲衆人之所爲。」夫能爲衆人之所爲，雖謂之中庸可也。自吾有知識，見世之苟賤不廉、姦欺而病於物者，皆自謂中庸，世亦以中庸目之。其不然者，果自桎焉，而衆皆持中庸之論，以議其後。

燕人劉君函三令池陽，困長官誅求，棄而授徒江、淮間，嘗語余曰：「吾始不知吏之不可一日以居也。吾百有四十日而去官，食知甘而寢成寐，若昏夜涉江浮海而見其涯，若沈疴之霍然去吾體也。」夫古之君子，不以道徇人，不使不仁加乎其身。劉君所行，豈非甚庸無奇之道哉？而其鄉人往往謂君迂怪不合於中庸。與親暱者，則太息深矉，若哀其行之迷惑不可振救者。雖然，吾願君之力行而不惑也！無耳無目之人，貿貿然適於鬱棲坑阱之中，有耳目者，當其前援之不克而從以俱入焉，則其可駭詫也加甚矣。凡務爲撓君之言者，自以爲智，天下之極愚也。奈何乎不畏古之聖人賢人，而畏今之愚人哉？劉君幸藏吾言於心，而勿以示鄉之人，彼且以爲譸張傾僻，背於中庸之言也。

贈魏方甸序

余窮於世久矣，而所得獨豐於友朋。寓金陵，則有同里劉古塘，高淳張彝歎；至京師，則有青陽徐詒孫，無錫劉言潔，北平王或菴及邑子左未生、劉北固，而吳、越、淮、揚間暫遊而志相得者又三數人。雖貧賤羈旅，未嘗一日而無友朋之樂也。惟乙亥客涿鹿，自春徂冬，漠然無所向。課章句畢，輒登城西南隅，坐譙樓，望太行西山，至暝而不能歸，雖風雨之夕亦然。自生徒及僕隸、居人皆怪詫，不知余爾時心最悲，思念平時所與遊處者，意愴怳不能自克也。踰歲東歸，將遂農力以事父兄，而家窮空，又時爲近地之遊。

戊寅冬，督學滏陽張公招至使院，賓從雜然，酣嬉聒謔，而余孤孑無與，不異客涿鹿時。有魏生者，居常嘿嘿，而意獨向余。問其世，則明天啓中，給事吏科，忤逆奄而死廠獄者，其曾王父也。次年春，滏陽公按試諸郡，惟余與生留舍署之西偏，庭空無人，時蔭高樹，俯清池，徘徊草露間。回憶曩者客涿鹿時，與生寂寞相慰，轉若有以自得者。

余倦遊，計以匝歲爲止，將就一二故人謀所以歸隱者，果竟得之，終老不出矣。然余縱得歸，而平生故交，自彝歎、未生外，皆飄零分散，無得安居而從己所務者，用此常以自恨而爲諸君子憂，而魏生言：自給事時，家無舊業，其父兄伯叔父十數人，皆仰食於生。生之孤行遠遊，蓋自此始而未知其所終也。然則生之別，又遺余憂者矣。

送余西麓序

昔公羊氏之說經也，其謬戾多矣，然猶幸顯悖於道不足以惑人，而習而不察者，莫如母弟之說。故程子辨之，以謂母弟者，所以別嫡庶，嫡死則母弟以次立，非謂有疎戚於其間也。夫春秋之以兄弟書者，以其未有爵列，故以其屬稱，用別於公子之爲大夫者耳，曷由知其母之同異哉？程子所以不深辨者，徒以解時俗之所惑，而於經之本義有不暇詳焉耳。

自吾有聞見，凡前子之於母，後母之於子，一視如所生者，十不二三得焉。異母之兄弟，篤愛而無間疑者，十不二三得焉。自子言之，則爲不有其父；自母言之，則爲不有其夫，豈非人道之極變哉？而相習爲故常，甚矣其不思也。

吾友余西麓，博學有文，名稱蓋州部，而少壯未嘗一至京師，近六十忽來游。叩之。曰：「昔吾有弟，能服賈以養吾親，吾是以能不離親於外也。吾弟死而家落，父不能葬，母無以養，故顛頓至此。」館於余踰年，凡春秋霜露，未嘗不痛其弟也。風雨寒暑，未嘗不念其母也。一日，告余將南歸，曰：「吾女弟之夫死，吾不歸，吾母疾將作矣。」因叩其家事，始知西麓少失母，母撫之不異於所生，而西麓之於弟妹，亦終其身無間疑。夫古稱孝者，多以後母之不慈而彰，而西麓之孝，乃以母之慈而隱，是其母子皆可風也。於其行也，遂見於文，兼著「母弟曰弟」，乃公羊氏之過言，而春秋本無此義，以補程子之所不及云。

贈潘幼石序

余數奇，獨幸不爲海內士大夫所棄，而有友朋之樂。然每怪平生故舊，其道同志相得者，所遇之窮，必與余類。交淺者其困亦淺，交深者其困亦深。或始相得，中道而棄余，與余迹漸遠，而其遇亦漸通。或當世名貴人，無故與余相慕用，而屯蹇輒隨之。吾不識其何以然。既而悟曰：「凡物之腐臭者，有或近之，則臭必移焉；是何怪其然。」或曰：「非此之謂也。物無知，人強合之，故其臭移焉。人有知，其臭味之不同者，孰能強之合也？蓋必其氣之本衰，或時之已去，而後乃與子相得焉。子惡用自引咎哉？」

潘先生幼石，余童子時以師友之禮交，而先生常弟畜余。先生文行重江表，方其壯盛，未嘗一至京師，老而來遊，閉一室。諸公貴人有索交者，一謝不通，而獨暱就余。先生以貧故客遊，至欲乏家事不問，而爲余教子。嗚呼！先生之趨舍，可謂與衆異心者矣。夫昔之不余棄者，尚或未知余之腐臭也，今則夫人而知之矣，而先生乃好之加篤焉。豈臭味之同，雖先生亦有不能自主者邪！先生之歸也，余在塞上。留書索余言贈所處，因書此質之，吾知先生必憮然而歎余言之鄙也。

送左未生南歸序

左君未生與余未相見，而其精神志趨、形貌辭氣，早熟悉於劉北固、古塘及宋潛虛；既定交，潛虛、北固各分散。余在京師，及歸故鄉，惟與未生游處爲久長。北固客死江夏。余每戒潛虛：當棄聲利，與未生歸老浮山，而潛虛不能用，余甚恨之。

辛卯之秋，未生自燕南附漕船東下，至淮陰始知南山集禍作，而余已北發。居常自懟曰：「亡者則已矣！其存者遂相望而永隔乎？」己亥四月，余將赴塞上，而未生至自桐。濬陽范恆菴高其義，爲言於駙馬孫公，俾偕行以就余。既至上營，八日而孫死，祁君學圃館焉。每薄暮公事畢，輒與未生執手谿梁間。因念此地出塞門二百里，自今上北巡建行宮始，二十年前此蓋人迹所罕至也。余生長東南，及暮齒而每歲至此涉三時，其山川物色久與吾精神相憑依，異矣；而未生復與余數晨夕於此，尤異矣。蓋天假之緣，使余與未生爲數月之聚，而孫之死，又所以警未生而速其歸也。

夫古未有生而不死者，亦未有聚而不散者。然常觀子美之詩及退之、永叔之文，一時所與遊好，其人之精神志趨、形貌辭氣若近在耳目間，是其人未嘗亡，而其交亦未嘗散也。

余衰病多事，不可自敦率。未生歸，與古塘各修行著書，以自見於後世，則余所以死而不亡者有賴矣，又何必以別離爲戚戚哉？

贈淳安方文輈序

文章之傳，代降而卑，以爲古必不可復者，惑也。百物技巧，至後世而益精，竭心焉以求其善耳。然則道德文術之所以衰者，其故可知矣。

周時，人無不達於文，見於傳者，隸卒厮輿亦能雍容辭令。蘇秦既遂，代、厲始脱市籍，馳説諸侯，而文辭之雄，後世之宿學不能逮也。蓋三代盛時，無人而不知學，雖農工商賈，其少也，固嘗與於塾師里門之教矣。至秀民之能爲士者，則聚之庠序學校，授以詩書六藝，使究切於三才萬物之理，而漸摩於師友者常數十年。故深者能自得其性命，而颷流餘餤之發於文辭者，亦充實光輝，而非後世所能及也。

漢之文終武帝之世而衰，雖有能者，氣象薾然。蓋周人遺學，老師宿儒之所傳，至是而掃地盡矣。自是以降，古文之學每數百年而一興，唐、宋所傳諸家是也。漢之東，宋之南，其學者專爲訓詁，故義理明而文章則不能兼勝焉，而其尤衰，則在有明之世。蓋唐、宋之學者，雖逐於詩賦論策之末，然所取尚博，故一旦去爲古文，而力猶可藉也。明之世，一於五經、四子之書，其號則正矣，而人占一經，自少而壯，英華果鋭之氣皆敝於時文，而後用其餘以涉於古，則其不能自樹立也宜矣。由是觀之，文章之盛衰，一視乎上之所以教，下之所以學，各有由然，而非以時代爲升降也。

夫自周之衰以至於唐，學蕪而道塞近千歲矣。及昌黎韓子出，遂以掩迹秦、漢而繼武於周人。其務學屬文之方，具於其書者可按驗也。然則今之人苟能學韓子之學，安在不能爲韓子之文哉！

吾同姓在淳安者曰文輈，以時文名天下。其於三代、兩漢之書，童而習焉。及成進士，則一以爲古文。其仕也，始出而顛。人皆惜其年力之盛强，吾獨謂天將開之，而使有得於古也。其前之學有可藉，而後之爲時也寬，聞吾言，可以速歸而從所務矣。

贈李立侯序

書傳所記，奮迹自己而立功名者衆矣，而德與言則常有祖若父淵源之自焉。其無可徵者，或緒遠而迹微，於世無傳焉耳，而可徵者十常六七。非獨道術之所漸然也，其得於天，清明秀傑之氣，實有以類相衍，而非衆人所得同者。

余游好中，資材可與學古而望其有立於德與言者，僅得數人，而幾於成者蓋寡。其語人皆曰：「吾爲境困也，時相迫也。」而悔而自責，未嘗不曰：「志之不固焉。」夫功必有所待而後成，若德與言，則根於心達於學而與時偕行者也，何境之能奪哉！

吾晚交得李君立侯，相國安溪公之孫也，氣清而識明，甫踰冠，於古人之學已見其端倪。相國德業於時爲卓，而經義則爭先於前儒。立侯實朝夕承學，又其時則寬然也，其境則泰然也，然則天之所厚，而所就終遠過於吾儕者，舍立侯其誰望與？

抑余昔所交數君子，其資材與學所已至，皆概乎能有立者也。彼年如立侯時，自命何如哉！而或終以無成，或少有得而不能盡其才，即余亦未嘗不爲之惜也。故於立侯之歸也，爲道諸君子之所悔，以贈其行。

送李雨蒼序

永城李雨蒼力學治古文，自諸經而外，徧觀周、秦以來之作者而愼取焉。凡無益於世教人心政法者，文雖工弗列也；言當矣，猶必其人之可。故雖揚雄氏無所錄，而過以余之文次焉。余故與雨蒼之弟畏蒼交，雨蒼私論並世之文，舍余無所可，而守選踰年，不因其弟以通也。

雍正六年，以建寧守承事來京師，又踰年終不相聞。余因是意其爲人必篤自信而不苟以悅人者，乃不介而過之，一見如故舊。得余周官之說，時輟其所事而手錄焉。以行之速，繼見之難，固乞余言。余惟古之爲交也，將以求益也。雨蒼欲余之有以益也，其何以益余乎？古之治道術者，所學異，則相爲蔽而不見其是；所學同，則相爲蔽而不見其非。吾願雨蒼好余文而毋匿其非也。古之人得行其志，則無所爲書。雨蒼服官，雖歷歷著聲績，然爲天子守大邦，疆域千里，昧爽盥沐，質明而涖事臨民，一動一言，皆世教人心政法所由興壞也。一念之不周，一物之不應，則所學爲之虧矣。君其併心於所事，而於文則暫輟可也。

送鍾勵暇寧親宿遷序

古之爲交也，粗者責善，而精者輔仁；至於爵位之相先，患難之相死，抑末也。鍾君勵暇始冠，余見之其師所，其後時往還，而徒視以衆人。舒君子展者，勵暇之友，亦余所善也。雍正丙午，子展有憂，勵暇急之，遂視其病，因治其喪，自杪冬涉三月上旬，迫試期不輟。是年成進士，以家事留京師；會選期不就，衆以爲疑。曰：「吾二親皆近六十，假而官蜀、粵、滇、黔，將若之何？」噫！勵暇之情，人人之情也；然吾未見人之數數然也。叩其所學，則誦易、詩、書，治三傳，旁及屈氏、莊氏之文有年所矣。嗚呼！其前行蓋基於此乎？因與考三禮而講以所聞。其家事畢，以未竟余說，留者復數月。

庚戌九月，將寧親於宿遷。乃正告之曰：「君子之爲學也，將以成身而備天下國家之用也，匪是則先王之敎不及焉。若以載籍自潤澤，而號爲文儒，則秦、漢以降始有之，是謂好文，非務學也。君子之立身也，非比類不足以成其行，一出焉，一入焉，塗巷之人也。學也者，務一之也。其事必始於愼獨，而終於獨立不懼，遯世無悶，匪是而能一之者鮮矣。凡子之所已能，皆學者之疏節也。繼自今，其事乃日起，而蹈之益難。子往矣！繼自今，不學之友日誑誘於外，而妻子交訌於中，吾懼子之有基而復壞也。吾病且衰，將不復見子矣。願子時誦吾言，而勿自墮其力也！」

送張又渠守揚州序

儀封張淸恪公廉察江蘇，始至，未受印篆，謁制府，卽迴車過余。余固辭不獲命。公入曰：「吾聞子有年，迫欲相見一論學耳。」余謝曰：「某未知學，但聞守官之大戒二：其一義利也。公於此旣皭然而不滓矣。進乎此則利害；非知命而不惑者，不能毋搖。」公喜曰：「吾固知子之論學必篤也。」

及公自閩移撫江蘇，首劾制府噶禮；人皆爲公危，而先帝卒直公而黜制府。方公與制府相持，會余以南山集牽連赴詔獄。制府遂劾公久閉余於官舍，不知所著何書，而先帝之矜余，實自此始。用此知人生稟命，各有所錯。其惑於利害者，徒自毁其德義，而於利害之定分，實無毫末加損也。及余蒙恩赦宥，而公亦内召，相見於京師，述前言，爲忻暢者久之。

公有良子曰又渠，余未得見，已聞其名字於鄉人。及爲戶部員外，未數月，粤東援恩詔，請免宿逋數萬，同官皆難之，君力争，自復於長官，獲免；粤西、四川、滇、黔皆賴焉。由是知名，尋擢正郎，踰年特簡出守揚州。將行，乞言於余。余謂君於兹行，有所易亦有所難。昔武侯之德在蜀，子瞻嗣焉。蜀有善政，衆必歸美於瞻。今君所治，即先公所撫之士民也；未言而民先信之，令出而民争趨之，事半而功倍，此其所以易也。然少不如公，則邦人之責望，必過於他守。君早歲見知聖天子，公卿交薦，異日名位之與先公並，不足爲君期也。所難者，德義之繼承耳。義利之介，余知君必無愧焉。其進乎此，亦惟前所以告公者而已。君既有意於余言，則余將拭目而觀君之始政矣。

送黄玉圃巡按臺灣序

康熙六十年夏四月，朱一桂構亂臺灣，殺總兵官，據其城，監司、郡、縣吏並逃散；賴天子廟算，秋七月，叛者悉得，臺灣平。其冬，命擇臺臣廉静有才識者往巡視，而余同年友黄君玉圃實承命以行。

余聞臺灣之將有反側也，閩人及宦遊、行賈者，知之垂二十年矣。蓋其地踔絶海中，民不火食，自混闢未通外人。明亡，鄭芝龍季高按：「鄭芝龍」應作「鄭成功」，或下脫「子成功」三字。始入據之，入國朝四十年，然後鄭氏歸命。置郡遣吏，農桑肇興，沃壤千里，百産豐饒；而土人愚惷恇悸，浮寓姦民因得巧法承賦於有司，而私其土，役其人，農收畜産，毫髮不得自專，甚者猱雜其妻子；而吏陰利姦民之奉，漫不訾省。思亂者，十室而九。故一二姦民煽數十百人，遂戕大帥，謀拒王師。蓋陰恃土人深怨，以爲一旦可竊據也。初鄭氏既覆，有謂此土宜棄而不守者，不知方其未闢於中國，誠不足爲有無。今則民衆百萬，粟支十年，屹然爲海疆重地。與閩、浙、江南沿海諸鎮相應接，則島夷洋盜不敢萌窺伺，内地逋亡者，無所伏隱，而菽粟百貨，歲溢於泉、漳。苟不能守，則害亦視此。故天子加意撫循，凡監司、守、令，必使大府任舉屬吏才實顯著者，始調移之；而大府所任，率平時善事其左右，興作採辦爭先於羣吏者。是以民重困而上不知，不至於爲國生患不止也。

夫粵東、閩、滇，今之吏所號爲沃區也，而民困於無告，視瘠土有甚焉。又功令：凡邊塞山海要地，吏雖已除，大府得易置。其所任舉，果有異於臺灣之羣吏乎？由是觀之，法雖良，付之非人，其不能究宣天子之德意，而毒民以病國者，可勝道哉！君廉能夙著於吏部及臺中，其能綏靖此邦，已爲衆所豫信。然詩有之，「周爰諮諏」、「周爰諮謀」，凡此類，皆可因使事而歸告也。於其行也，言以要之。

再送佘西麓南歸序

雍正八年，議開博學鴻辭科，詔：閣、部、院、司、府、寺三品以上暨直省督、撫、學臣，舉學與行兼者。諸公多叩余以所舉，余應之曰：「稱此者實難，而辨所應舉則易。夫行必有迹，學與辭尤藝之外襮而與衆共之者，非若德蘊於心，或深潛而不易識也。然必鄉國莫不知，天下莫不聞，然後舉者無怍，在人不疑，是則匪易耳。」因自計執友之存者，惟南昌龔纓孝水，歙縣佘華瑞西麓；遊好之久者，則嘉善柯煜南陔，淳安方黎如文輈。乃以四人者，汜詢於羣公。皆曰：「是誠無怍矣。」或曰：「其學與行信稱矣，而舉者則非宜。文輈前挂吏議，例不得與於斯。其三人皆就耄矣，徵之不能至，至矣能入試哉？」余曰：「雖然，使士知實至而名必附，無求而志自通，於風教亦小補焉。」

及檄下，則南陔疾已亟矣，喟然曰：「方君此舉，使海內窮士聞之，一嗚咽耳！」孝水亦病不能行，而西麓以乾隆元年孟秋至。余曰：「子尚能卽事邪？」曰：「吾腕不勝書數年矣，固以請，而有地治者難之，戚友致道齎，念明天子方興聖治，吾扶杖天衢以觀德教，且得與衰殘執友講問，逾時而歸，此行豈虛也哉！」

衆試畢，余告二相國：將舉君爲太學六館師兼纂一統志。二相國以爲宜，而西麓決意治行，曰：「吾始願已畢矣。子視吾年力，尚能有立邪？將以爲名乎，抑有所利之也？」西麓孝友文學，爲鄉國所衆信久矣；兹行也，又以見君臣朋友之義，進退辭受之衡，故詳敍之以贈其行。

贈宋西珏序

雍正壬子春，余道逢相識人，甫下車，適有過而與言者，叩之，則亡友之子宋華金西珏也。接其語，觀其詩，久而益有意於其人。西珏大父冢宰公及父山言，再世以詩名。余爲諸生，冢宰巡撫江蘇，降爵齒而禮先焉。山言年較長，而視余若其所嚴事者。觀西珏之詩與其爲人，雖得之性資，抑祖若父淵源之所漸也。

余夙有作序之戒，而西珏以爲請，乃誦其所聞，而使自擇焉。先君子有言：「自晚周、秦、漢以來，治文術者，代降而卑，皆以爲氣數使然，非也。古之以文傳者，未或見其詩，以詩鳴者亦然。唐之中葉，始有兼營而並善者，然較其所能，則懸衡而不無俯仰矣。自宋以降，學者之於文術，必徧爲之；夫是以各涉其流，無一能窮源而竟委也。如曰氣數實然，則建安以後之綺麗，有陶潛者出，而渾然元古矣。李白、杜甫興於唐，而六朝雜家盡爲所掩。」

今子於詩，既得其徑塗，苟日進而不已，豈惟接武於先人，安知不遂與古人相角逐乎？

曩子欲兼治古文，自今以往無庸也！子之年長矣，少壯之心知既役於時文，而今有官守，日力之留餘者，雖壹併於詩，猶恐其術之難竟也，而又可兼務乎？若夫植志行身之義，守官制事之方，苟欲稍異於衆人，而自儕於古人，其事更有艱且大者，即文術可置而勿事也。若尚能兼，則又詩之所藉以增重也。西〔犭工〕能篤信吾言，他日宦與學皆成，而出其詩以質於世，即以是弁於簡端可矣。

送雷惕廬歸閩序

余嘗與漳浦蔡聞之，太息生才之難，計數平生朋好如賓實、滄洲，後生中尚未見堅然可信其幾及者，而況古之人乎？聞之曰：「吾門雷生，即後起之賓實也。」始生見余於聞之齋中，即命請業於余。余固辭，而答以儕輩之稱者凡四三年，至是始受而不辭。

乾隆四年冬，其父惕廬至京師。生以告曰：「吾父茲來，蓋以察鋐守官之志行；又念漳浦師歿，未知所學於先生者何似也？」翼日，君過余，氣肅而容安，語無枝葉。自是益有意於其人。將歸，鋐請曰：「吾父願得贈言以不虛此行，惟鋐亦望先生爲揭父師勖厲之心，以爲此生之銜勒也。」昔曾子論大孝尊親，其實在國人稱願，以爲君子之子，是謂成其親之名。

以俗觀之，則君之所以教，與鋐之所以承者，已足爲鄉人所稱願矣。然欲得此於海內之士君子，則必重自砥礪，要以終身，而後可定焉。至百世以下，使人推原於所生，必曠世一見之人，振古以來，可指數也。由是言之，鋐將無負於余與聞之之所期，則如賓實諸君子而可矣。欲盡尊親之道，而遠希曾子之所云，則其事蓋未有終極也。

君家閩、粵，竟世爲諸生，潛德隱行，余無從而得之。凡爲人子者，莫不欲歸美於其親；鋐所稱，亦未可徵引。第君之來也，將以察鋐守官之志行，則所以自檢其身者必嚴矣。以余爲羣士所背馳，而獨信予言之無棄，則其胸中必確乎有主，而不隨時爲俯仰，即此可以定鋐之所嚮矣。故於其歸也，遂見於文，俾其鄉人及海內士君子，異日皆有考於余言。

送官庶常覲省序

始子叩吾廬欲爲弟子，而吾辭之堅，非相外也。計將爲講誦之師，則衰疾多事，無日力以副所求；將有進於是者，則吾身之無有，而又何師焉。及再三云，則不復辭。以窺子之心神，若誠有志於謀道者，吾身雖不逮，儻誦其所聞而得能者，吾志猶有寄焉。

古人之教且學也，內以事其身心，而外以備天下國家之用，二者皆人道之實也。自記誦詞章之學興，而二者爲之虛矣。自科舉之學興，而記誦詞章亦益陋矣。蓋自束髮受書，固曰徵科舉，吾無事於學也。故天地之大，萬物之多，而惟科舉之知。及其既得，則以爲學之事終，而自是可以慰吾學之勤，享吾學之報矣。嗚呼！學至於此，而世安得不以儒爲詬病乎？

今子得館選，未數月而告歸省母，是子知學以得身，而識所祈嚮也。雖然，所以務學之根源，辨之尤不可以不審。將以爲名，則自致於父母兄弟者，皆以見美於人，而賊吾之本心；將以既其實，則所以備天下國家之用者，皆吾性命之理，而不可以苟遺也。自省自克於二者之間，而防其心之偷，乃百行之源，學者之始事也。子之歸也，果能專篤以厲所學，深固以植其行，俾泉、漳之間後起者以爲表的，則吾與子之爲師爲弟子，所關不細。若曰吾既有所得以爲親榮，可以優游而卒歲矣，則皇皇焉欲自得師，義焉取哉！

吾平生非久故相親者，未嘗假以文，懼吾言之不實也，而特表子王父之墓，蓋粗得其略於所治武強之士民，又將慊子之志，而因以相砥淬耳。然記不云乎，「大孝尊親」，使國人稱願然曰：幸哉！有子如此，是乃君子之所謂孝也。子能用吾之言以成其身，則所以樂其親而榮其祖者大矣。於其歸也，申以勖之。

送吴東巖序

康熙乙未仲春，吾友東巖南歸，過余爲别，將行，曰：「子不能歸，吾不能復來，兹爲永訣矣。」因相持，噭然而哭，不能自抑也。

憶癸酉、丙子間，余試京兆，則聞世胄以學行重朋齒者三人：曰歙縣吴東巖，山陽劉紫函，寶應喬介于，而三人者皆與余一見如舊識。紫函、介于號爲能時文，而東巖兼治古文。或謂古之道不宜於時，東巖弗顧也。每榜後，羣士舉積學而上躋者與苟得者相提而論，以病有司之枉，此三人必在所計數。然其後二十餘年，更八九舉，而卒無一得者焉。

丙子後，介于招余授經於寶應，因往來淮揚間，而東巖適授經於廣陵，故余中歲與三人者相見日爲多。自余遘難，介于省余於金陵，及出刑部獄，復再至京師，而東巖亦至。回思少壯游從燕市時，不獨二君子以憐余，而余亦以憐二君子。

介于之歸也，余爣然若無所依，而今東巖復長往，將何以處余乎？東巖歸，將道淮以至於揚。其以余之狀語紫函，而爲叩介于，尚能北來以慰余之索居否也？

贈石仲子序

東村山人幼遘疾，弱足而志甚偉。有二子並英特：其長子爲諸生，余見其試牘，謂當早遇，尋成進士，入翰林有聲。仲子八歲，能舉巨石重三鈞；將冠，與虎士搏，可仆四三人。山人欲余爲文以勖之，而未暇也。余南歸踰年，以書來告曰：「次兒得沒人之術，能舍舟楫而越江河矣。」又踰年來告曰：「近使受書，補幼學。」蓋山人自大父以來，皆官禁闥，階崇祿厚，故身雖不仕，常望其子輸力竭忠，而赫然有所樹立也。

往者余以衰殘，荷世宗憲皇帝暨今上搜揚，俾贊閣部教習庶常，竊慮辭章聲律未足以陶鑄人材，轉跼其志氣，使日趨於卑小；欲倣朱子學校貢舉議，分詩、書、易、春秋、三禮爲三科，而以通鑑、通考、大學衍義附之，詩、書、易附以大學衍義。春秋附以通鑑綱目。三禮附以文獻通考。以疑義課試。當路者多見謂迂遠不近於人情；惟高安朱可亭、江陰楊賓實所見與余同。久之，亦以違衆難行止余。余猶欲發其端，乃奏：「河北五路及邊方人，不諳聲律，宜專治經史。」果格於衆議。乃私擇其有所祈嚮者，喻以宜取幼所熟四書語，反之於身，以驗其然否？三分日力，以其一討論通鑑中古事。每相見，必舉古人處變而得機宜，遭危而必伸其志者，以警發之。山人之長子爲庶常時，聞之有素矣。今仲子學書，舍此亦無可置力者。

夫陸行不避兕虎，水行不避蛟鼉，極所能不過偏裨之壯猛者耳。具大將之才識，而一歸於忠孝，非深究古今事物之變，而概乎有聞於道者不能。果能不誤於所趨，庶其終有立乎！若專恃藝勇，或假學誦爲進取之資，則山人本所以教者，豈爲此哉？遂序之，以報山人，當有味於余言。

贈介菴上人序

佛之徒而儒行者曰介菴，雲南昆明人，從其本師蘭谷至京師。蘭谷閉門學易，絕人事者十餘年，獨時就余講問經義，介菴侍側，其意所向，無纖微不先得者。余嘗就其溷匽，修潔如小齋。叩所以，則下通水流，躬盪滌，日日而新之。

蘭谷之卒也，以腹疾困牀褥，無晷刻之寧，凡五旬有七日。介菴面若非人，期年之後，深墨之色始少變，而未復其常。余自反所以奉吾親，不能如是之誠壹也。蘭谷之書，歲時必易稿。介菴隨手錄所增芟，皆能默識。鷄鳴而起，端誦尙書、毛詩、莊、屈、左、馬之文，夜分不輟，而拚掃炊烹以事其師者，細大無遺。余學於父兄，未嘗有師，而承師務學，如是其篤專者，所見亦甚罕也。

嘗勸介菴，宜畜髮反爲儒。喟然曰：「吾師早見及此矣。某始冠，予千金，命之淮南，定居於其鄉，蘭谷如皋人，薙髮于雲南。立室家，爲視先人冢墓。曰：『吾已自誤，不可更誤人。』時某以師年已至，不忍離。今長矣，懼以家自累，而學與行終無所成，爲天下笑。且某幸有兄弟之子，以續吾宗。此身得寬然天壤間，百事不問，而獨從所好。苟再誤，悔其可追？」介菴楷隸書，數十年少倫比，鐫篆爲時所珍。其持身交友，遠於流俗者非一端，而余獨標其志行，以覺吾子姓，兼示儒衣冠號爲孔氏之徒而行則背之者。

壽序

高素侯先生四十壽序

苞聞古之學術道者，將以成其身也。孔子語曾子所謂「大孝尊親」者，使國人稱願，皆曰君子之子也。自科舉之法行，士登甲科，則父母、國人皆曰：「其名成矣。所謂顯揚莫大於是矣。」人心蔽陷於此者，蓋千有餘年。

吾師宛平高公，少時遭家震惡，太公倅某縣，以事戍黑龍江。世父命公守市肆，公且市且讀書，卒成進士，入翰林。上書求代戍，詣通政司、都察院，皆不能達。會贖罪例開，乃涕泣告請於師友，卒贖太公以歸。祖母段太孺人年九十，母子重見，又六年，始考終。及公視學江南，太公、太母猶逮養，都人士莫不歎羨。自世俗言之，則公之名既成；卽君子觀之，事父母亦可謂能竭其力者矣。

然余觀北宋丞相富公，節義功烈，與韓魏公相匹，而眉山蘇洵上書，謂「古之君子，愛其人也，則憂其無成」；今公爲文學侍從之官，嘗主鄉試，視學政，不失士心，亦守官者之常。余居門下數年，竊懼公循致高位，而碌碌無所成也。康熙壬申，公自翰林改官京卿，會強仕之期，故舉蘇洵告富公者以爲壽。

張母吳孺人七十壽序

以文爲壽，明之人始有之。然其知體要者，尙能擇其人之可而不妄爲；而壽其親者，亦必擇其人之可而後往求。今之人則不然，其所求必時之顯人，而其文則傭之村師幕賓無擇也；其所稱則男女之美行皆備而不可缺一焉，而族姻子姓之瑣瑣者並著於篇。夫古之良史，其紀事也，直而辨，簡而不汙，雖帝王、將相、豪傑、賢人，所著多者不過數事，而況鄉曲之人，閨中之女婦乎？言孝者稱舜與曾、閔，非他聖賢之不必然也，人之行或遭變以抵其極，而稱人者必舉其尤以見異也。且古人之事其親，可以致隆者，無弗致也，而善與惡則不敢誣。惡之可掩者，掩之而已；其身所絕無之善，則不敢虛加焉。古人之於友，求無不應也，而稱其善以著於後，則不敢過；蓋以善之未有者虛加於親，則爲不誠於其親。稱人之善而過其實，則其文無以信今而傳後。非知道之深，豈能無惑於此與？

張君自超，余所兄事也。太夫人七十，命予以文。叩所以爲文者，而張君曰：「吾母之壯也，事皆聽於吾父，既老而吾長焉，皆女婦之常耳，獨不喜吾應舉求仕，此吾所以無汲汲干進之心也。」噫！張君非事親之誠，知道之深，而能爲是言與？即夫人之賢可知矣。古之遭變而見稱者，非其人之願也。當其常，則務道之盡而無爲名焉。周之初，后夫人之德著於詩者，皆女婦之常也。其所以傳者，蓋將用之閨門、鄉黨、邦國以化天下而爲聲教焉。虞、夏以前，女婦之賢聖者衆矣，豈是之不能盡與？而無傳焉者，務道之盡而無爲名也。夫人處常而不務爲名，即道之盡可知矣。所不喜於張君者，以道之盡責張君也。張君歸，誦吾言以稱觴於堂，吾知夫人必忻然而樂也。

李母馬孺人八十壽序

自周以前，女婦之傳者多以德。秦、漢以後，多以節與才，而最幸者，莫若以子之賢。古之時，女教修明，婦人之有德者衆矣，而易、詩、書、春秋所稱，非后夫人，則帝王公侯之女婦也。然則有德而無聞焉者多矣。其以節與才顯，必所遭有大不幸者。然自北宋以後，十室之邑，著貞烈者，必有數人焉。其鄉里之人，有稍遠而不知其名氏者矣，而以子之賢傳者，炳然可計數也。然則爲人子而能以其母傳，尤孝之大者與！

抑吾觀自古才知功名之士，其父母不必盡賢者有之矣，而學士眞儒，不獨父多賢，母亦多賢。以世所聞，類所不聞，概乎其不爽也。豈非氣稟之相承，實與夫雜糅者異與！燕之南有賢人焉，曰李塨剛主。其父孝慤先生與博野顏習齋號北方之學者。其生母馬孺人，孝慤之側室也，事嫡如母。嫡馬孺人愛之如同生。孝慤之母，倚之過於羣子婦。始吾見塨之賢，而幸其能以孺人顯也。及悉於孺人之事，而後知孺人之賢，實有以啓塨焉。塨所學，非一世之業也。孺人之賢，蓋將歷久彌彰，而爲後世所計數焉，以視夫凡婦人之壽耇者異矣。

歲秋八月，孺人八十，塨來乞言。因稱此爲孺人壽，而又以使塨益自厲也。

胡母潘夫人七十壽序

吾友胡君錫參於其母潘夫人六十時，請余文述其志節與教諸孤者以壽。余曰：「非古也，有暇則傳以詳之。」丁酉春，錫參北試京兆，曰：「以吾母教余兄弟之勤，終不能不惓惓於此，故承命以來。」其秋，果得舉。冬十有二月，請余曰：「獻歲正月，吾母七十矣，將使仲弟西章歸爲壽。子姑以一言先之可乎？」

余觀書傳所記富貴顯榮之人，其生也，不擇其世者有之矣。若賢人君子，則非獨其世隆也，亦兼稟於母德焉。自吾與錫參遊，而意其將爲賢人也。及詳其先世及母夫人之志節，而益信其終有立也。然錫參近五十矣，其學與行，置之衆人之中，雖有異焉，而迫於羈窮，不能直推而前，以躪古人之迹者多矣。夫人之以科目望錫參，蓋父若祖及胡氏之先皆自於此，故結於習見而不能不以此爲重也。今錫參既有得焉，以慰其親，斯足矣。若假道於此，以求爲富貴顯榮之人，則夫人前之所以教者，豈其然哉？繼自今，錫參舍是而務其遠者大者，則其無曠先緒，而顯夫人之志節，有什百於此者矣。西章歸，其稱是以爲壽。

蔣母七十壽序

康熙五十二年七月，余在塞垣。友人蔣錫震自京師以書來，曰：「吾母七十矣。吾少孤家貧，母撫且教，以至於今，艱難可無述而知也。子爲文以壽可乎？」余少讀戴記，見先王制禮，所以致厚于妻者，視諸父昆弟而每隆焉，疑而不解也。既長受室，然後知父母之安否，家人之睽睦實由之。又見戚黨間或遭大故，遺孤繦褓，其宗祀與家聲，皆係于女子之一身，而諸父昆弟有不可如何者。然後知先王制禮，乃述天理以示人，而非世俗之淺意所可測也。

曾子曰：「可以託六尺之孤，可以寄百里之命，臨大節而不可奪也。」是三者，賢人君子之所難，乃委巷之女子，一入室而義當以此責之。其責之也專以嚴，則禮之敢不重歟？夫婦人尙志節固已，而立孤尤難，能食之而不能教，非所謂可託也。又或煢獨無依，則紀衣食，持門戶，其難有過于寄百里之命者。若太夫人於蔣氏，信可謂艱貞而無負於寄託矣。以余所見婦人著志節者，賦命多蹇，子姓成立者希。蓋造物者旣以節顯其身，他福祥或不能兼與！而太夫人獲天佑，康寧壽考；錫震成進士，從容色養，鄉里傳爲美談。閨門之內，聞而興感，於女教所關不細。因書遺錫震以慰其親，且使衆著于先王之禮意焉。

汪孺人六十壽序

昔聖人之制夫婦之禮也，其合離厚薄，一視其所以事父母，而己之私不與焉，故婦順成，內和而家理。以衆人觀之，事淺而情暱，莫如夫婦之居室矣，而婚禮之樂歌曰「德音來括」，又曰「令德來敎」，其卒章曰「高山仰止，景行行止」。此君子所望于賢師友而不可必得者，而以責于始入室之婦人，詩人豈故迂其義哉？蓋不如此，不足以盡夫婦之理，而爲人倫之極也。杕杜之三章曰：「王事靡盬，憂我父母。」男女暌隔，不自言其傷，而獨以憂其舅姑爲大感。女子之志行若此，豈非所謂高山之可仰景行之可行者與？

吾友曹晉袁少孤貧，客遊授經，以養其母，近三十年。其妻汪孺人能喩其志，曲折致忠養，不異于晉袁，而太夫人以忘其憂。晉袁兄弟七人皆同居，有得于外，孤者、嫠者先取足焉，孺人布衣糲食常不充。晉袁間語孺人曰：「吾久客，雖以養，顧亦使嫠知有夫者常獨居，無憾恨耳。」孺人自是恩禮有加，而嫠者以忘其苦。太夫人之終也，晉袁適遠遊，孺人久弱足，匍匐在視。太夫人執其手，大號痛，哀動左右。晉袁性剛直，治家素嚴，于妻子淡如也。至是，感孺人誠孝，相敬愛，老而彌篤。蓋晉袁之刑于妻，與孺人之順于姑而宜其家人者，按之古者夫婦之禮，可謂合矣。

己亥季夏，孺人六十。其子恆占將請余文歸壽其母，而晉袁數止之。蓋知余之艱于文，尤病以文爲壽之非古也，而其子卒固以請。余嘉孺人之行，幾近于詩人之所云，而傳其事，將有裨于女教，于是乎書。

方苞集卷八

傳

孫徵君傳

孫奇逢字啓泰，號鍾元，北直容城人也。少倜儻好奇節，而内行篤修，負經世之略，常欲赫然著功烈而不可強以仕。年十七，舉萬曆二十八年順天鄉試。

先是高攀龍、顧憲成講學東林，海内士大夫立名義者多附焉。及天啓初，逆奄魏忠賢得政，叨穢者爭出其門，而目東林諸君子爲黨。由是楊漣、左光斗、魏大中、周順昌、繆昌期次第死廠獄，禍及親黨，而奇逢獨與定興鹿正、張果中傾身爲之，諸公卒賴以歸骨，世所傳范陽三烈士也。

方是時，孫承宗以大學士兼兵部尚書，經略薊、遼，奇逢之友歸安茅元儀及鹿正之子善繼皆在幕府。奇逢密上書承宗，承宗以軍事疏請入見，忠賢大懼，繞御牀而泣，以嚴旨遏承宗於中途，而世以此益高奇逢之義。臺垣及巡撫交薦，屢徵不起。承宗欲疏請以職方起贊軍事，使元儀先之，奇逢亦不應也。其後畿内盜賊數駭，容城危困，乃攜家入易州五公山。

門生親故從而相保者數百家。奇逢爲教條，部署守禦，而絃歌不輟。入國朝，以國子祭酒徵，有司敦趣，卒固辭。移居新安，既而渡河，止蘇門、百泉。水部郎馬光裕奉以夏峯田廬，遂率子弟躬耕，四方來學願留者，亦授田使耕，所居遂成聚。

奇逢始與鹿善繼講學，以象山、陽明爲宗，及晚年，乃更和通朱子之說。其治身務自刻砥，執親之喪，率兄弟廬墓側凡六年。人無賢愚，苟問學，必開以性之所近，使自力於庸行。其與人無町畦，雖武夫悍卒、工商隸圉、野夫牧竪，必以誠意接之，用此名在天下，而人無忌嫉者。方楊、左在難，衆皆爲奇逢危，而忠賢左右皆近畿人，夙重奇逢質行，無不陰爲之地者。

鼎革後，諸公必欲强起奇逢，平涼胡廷佐曰：「人各有志，彼自樂處隱就閒，何故必令與吾儕一轍乎？」居夏峯二十有五年卒，年九十有二。河南北學者歲時奉祀百泉書院，而容城與劉因、楊繼盛同祀，保定與孫文正承宗、鹿忠節善繼並祀學宫。天下無知與不知，皆稱曰夏峯先生。

贊曰：先兄百川聞之夏峯之學者，徵君嘗語人曰：「吾始自分與楊、左諸賢同命，及涉亂離，可以犯死者數矣，而終無恙，是以學貴知命而不惑也。」徵君論學之書甚具，其質行學者譜焉，兹故不論，而獨著其犖犖大者。方高陽孫少師以軍事相屬，先生力辭不就，衆皆惜之，而少師再用再黜，訖無成功。易所謂「介于石，不終日」者，其殆庶幾邪！

白雲先生傳

張怡字瑤星，初名鹿徵，上元人也。父可大，明季總兵登萊，會毛文龍將卒反，誘執巡撫孫元化，可大死之。事聞，怡以諸生授錦衣衛千戶。甲申，流賊陷京師。遇賊將不屈，械繫將肆掠，其黨或義而逸之，久之始歸故里。其妻已前死，獨身寄攝山僧舍，不入城市，鄉人稱白雲先生。

當是時，三楚、吳、越耆舊多立名義，以文術相高。惟吳中徐昭發、宣城沈眉生躬耕窮鄉，雖賢士大夫不得一見其面，然尚有楮墨流傳人間。先生則躬樵汲，口不言詩、書，學士詞人無所求取，四方冠蓋往來，日至茲山，而不知山中有是人也。

先君子與余處士公佩歲時問起居，入其室，架上書數十百卷，皆所著經說及論述史事。請貳之，弗許，曰：「吾以盡吾年耳。已市二甕，下棺則并藏焉。」卒年八十有八。平生親故夙市良材，爲具棺槨。疾將革，聞而泣曰：「昔先將軍致命危城，無親屬視含殮，雖改葬，親身之椑弗能易也。吾忍乎？」顧視從孫某，趣易棺，定附身衾衣，乃卒。時先君子適歸皖桐，反則已渴葬矣。或曰：「書已入壙。」或曰：「經說有貳，尚存其家。」

乾隆三年，詔修三禮，求遺書。其從孫某以書詣郡，太守命學官集諸生繕寫，久之未就。先生之書，余心嚮之，而懼其無傳也久矣，幸其家人自出之，而終不得一寓目焉。故并著於篇，俾鄉之後進有所感發，守藏而傳布之，毋使遂沈沒也。

四君子傳 并序

余弱冠，從先兄百川求友，得邑子同寓金陵者曰劉古塘，於高淳得張彝歎；歸試於皖，得古塘之兄北固，於宿松得朱字綠。辛未遊京師，得四人季高按：「四人」應作「三人」。曰：宛平王崑繩，無錫劉言潔，青陽徐詒孫。其志趣之近者，則古塘、彝歎、言潔、詒孫也；術業之近者，則崑繩、字綠、北固也。余平生昵好，志趣術業之近，與諸君子比者有矣。然其年或先後生於余，而自有其儕；或年相若，而交期則後。惟諸君子同時並出，而爲交皆久且深，故世莫不聞。

癸巳春，余出刑部獄，信宿金壇王若霖寓齋。若霖曰：「吾與諸公每私議：南士之相引爲曹而發名於世者，其朋有三焉。行修而學殖者，莫如子之徒；其遇之窮，而無一得其所者，亦莫如子之徒也。」因屈指死者七人，皆賫志也；存者三人，則余罹於罰，古塘中歲遘无妄之災，病且聾，彝歎老而無子。相與痛惜者久之。

後四年丁酉秋，偶憶其言，作四君子傳。先兄之歿也，余既爲誌銘，詒孫、北固有哀辭，字綠有墓表，故弗更著焉。

王源字崑繩，世爲直隸宛平人。父某，明錦衣衞指揮；明亡，流轉江、淮，寓高郵。源少從其父，喜任俠言兵；少長，從寧都魏叔子學古文。性豪邁不可羈束，於並世人視之蔑如也，雖古人亦然。所心慕，獨漢諸葛武侯、明王文成。於文章，自謂左丘明、太史公、韓退之外，無肯北面者。

年四十餘，以家貧父老，始遊京師，傭筆墨。貴人富家多病其不習時文。笑曰：「是尙需學而能乎？」因就有司求試，舉京兆第四人。曰：「吾寄焉，以爲不知己者詬厲也。」源以貧無資，不能不託跡諸公間，而常以自鄙，未肯降辭色。或極飲大醉，嘲詼駡譏，中其所忌諱；諸公用此陽體貌之而陰擯焉。源雖好氣，與世參商，然內行篤修，其兄死，旬歲中貌若非人。以余所見，居兄弟之喪，顔色稱其情者，獨源與山陽劉永禎兩人而已。其於人果有善，未嘗不降心。晚年與蠡縣李塨遊，大悅之，遂與師事博野顔習齋學禮，終日正衣冠，對僕隸必肅恭。然自負經世之略益堅，每曰：「吾所學乃今始可見之行事，非虛言也。」

始源慨不快意，五十後葬其親，遂棄妻子，爲汗漫之遊，至名山廣壑，輒淹留踰時，忽復他往，見人不自道姓名；逾六十復歸，往來金陵、淮、揚間，客死山陽，惟兄之甥蔣衡視含殮。卒之夕，神色傲然，無一語及家事。

其古文既刻者，世多有。所著易傳十卷，平書二卷，兵論二卷，及未刻古文藏於家。

劉齊字言潔，無錫人。康熙丙寅，以選貢入太學。方是時，崑山徐尚書乾學方以收召後進爲己任，而爲祭酒、司業者，多出其門。海內之士有爲尚書所可者，其名輒重於太學；有爲太學所推者，則舉京兆，進於禮部，猶歷階而升，鮮有不至者。惟齊與其友三數人，閉門修業，孤立行己意，躓而不悔。其後石門吳涵爲司業，重其學，延致於家，聲譽赫然公卿間。太學嘗取高第教習官學生，齊與焉；期滿，例錄敍於吏部，授縣令者十之八，爲正途；授州佐者十之二，爲冗雜，且底滯無選期。自徐尚書罷歸，公卿多欲以收召後進爲名者，而某爲少宰，自謂起荒陬至大僚，尤欲擅風雅之譽，使人禮先於齊曰：「吾久知君，可來見，必爲選首。」齊謝不往。某銜之，係籍州佐。某由是叢詬訕而齊望益高。或曰：「將飛者縮翼，君自是舉京兆，升禮部，益可必矣。」齊聞，即日趣裝歸，歸數年竟卒，年四十有七。

齊性沈毅，與人居，終日温温，而退皆嚴憚之；偃臥一室，天下士常想望其風采。既卒數年，江東十郡之士上言督學使者：士有無爵與年而學行可爲表儀者二人，宜祀於鄉；其一齊，其一余亡兄百川也。

始徐尚書執權，藉以收召天下士，士爭湊之；惟齊與其友數人執節不移，久之，此數人爲淸議所從出，士之蹇拙自負而務立名義者皆宗之，雖布衣，其重若與公卿相埒。自齊歸，其友亦次第歸，太學生雖有潔己自好者，而氣概不足動人，淸議遂由是消委云。

張自超字彝歎，高淳人，世居蒼溪。少孤，課耕奉其母。其族故不繁而親屬凋盡，高祖以下惟一身，常自惴，視人世所歆羡，泊如也。爲諸生，試必冠其曹，困舉場幾三十年，未嘗有愠色。治古文及詩，所得皆驚邁而未嘗爭名。於時近五十，始登甲科而不肯試爲吏。性明決，所不爲，衆莫能奪；所欲爲，雖困不以自悔。

其既升於禮部也，宗伯韓公菼昌言於朝：「某宜在上甲。」自超踵門曰：「某有母，病且衰，登上甲，必以館職留，公當愛人以德。」試畢歸，其母果以是秋歿。母疾篤，爲買妾，命入側室。泣曰：「兒方寸亂矣，雖入室不能歡合，戕子姓；天果不絕張氏，兒何患無子？」其後終母喪數年，妾終不孕，衆乃歎其知命而不惑也。

高淳故湖壖，以圩障水於外而耕其中，歲大潦，隄潰，居人議撤屋材以塞之；自超有船直百金，曰：「速毀船，以板築。」隄完，大有年，衆歸其直，終不受。平生未嘗入縣治，歲連祲，死者相籍，一日造縣令，具陳方略；令夙重之，爲設飲，盡召邑富人。富人曰：「張君，吾邑之望，所蠲助，則吾儕視焉。」自超遂注籍二百金，諸富人相視大駭，次第注籍，然私料不能猝具也。越數日，自超首納金，諸富人大屈，盡出金爲部署，活邑人幾半。自超有田二百畝，畝六七金，披其半，索直三之一，衆爭購之，故得金速也。晚歲家日落，每取菽麥雜稊稗食之，或遺之財，終不受。鄉人有不善，常畏其知。年逾六十，尚無子，鄉人每聚言，必以爲大慼，如凶害之迫於己焉。

劉捷字古塘，先世懷寧人，遷於桐，既而流寓金陵。其爲行篤，自信而不牽於衆，文亦然。始入江寧縣學，課試必壓其儕，名日起，獨自謂所業弗善也。中歲發憤，究討經史諸子，久之出所爲文，衆弗善，以進於有司，則擯焉，而私自喜。

有與同姓名者，爲江寧學武生，大患鄉里，督學邵嗣堯聞其名而未察也；捷入試，忽命榜笞數十，已而知其誤，乃置其文四等，比郡皆譁。無何，邵以暴疾卒，人皆爲捷快，而捷前後無幾微動於詞色。

家甚貧，僦屋窮巷，無一畝之田，以名在天下，諸大府常不遠數千里以厚幣招之，一語不合，則駕而歸，無能留者。遂寧張公鵬翮督學江南，招入使院；有故人以夜詣捷，出千金爲其姻家請事。捷曰：「吾不意君以此等人視余！」其自遠方歸，解裝常得數十百金，族姻故舊環至，視其所急而分給之，隨手盡，俄而窘空，日旰不得食，晏如也。

捷故名家子，其祖若宰，明崇禎辛未及第第一人，季高案：據明清進士題名碑錄索引，「辛未」應作「戊辰」。同產兄輝祖，康熙庚午鄉試舉第一，及辛卯，捷復舉第一。衆議皆謂：「宋、明科目有三試皆一者，今獨無有，惟捷可當之。」而爲禮部者，獨不喜捷所爲文，磨勘停一科。癸巳秋特行會試，將赴公車；會其友方苞以戴名世文集牽連編旗伍，檄有司解送妻子北上；捷曰：「吾義不可不偕行。」至京師，試期已過。其後病且衰，竟未得一與禮部之試。

左仁傳

戊子冬十月，望後七日，余在桐城，夜坐左秀起齋中，叩其先忠毅公逸事，因歎自古忠臣義士遭變底節，載在史策不可勝數，而發揚震動於後人之耳目者，代不數人。蓋其名之顯晦，一視所遇之事大小以爲差別，而有不可強者焉。至於草野閭巷之人，或志與事幾於聖賢之徒，竟以居下處幽，爲衆人所忽，而其迹遂泯者，蓋不可勝道也。

秀起因歎息，作而言曰：「吾家世居東鄉，某嘗至先人居，就其長老，求吾宗之賢而世莫之知者。所稱皆豪有力人。某曰：『非此之謂也。』曰：『然則孰爲賢？』曰：『凡篤於父母兄弟、化於妻子、信於朋友者，皆是也。』衆曰：『其然，則鄉有愚者；其祖遘惡疾，家人畏其染也，進食飲者皆難之。冬夜足苦寒，愚者曰：我燠之。時年十五，家人不能奪也。如是者六年，果染疾，繼其祖以歿。』某徧問之，僅得其世系，蓋忠毅曾孫行而於某遠兄弟也，幼名仁，字與生，卒無聞焉。」

嗚呼！當明將亡而逆閹之熾也，如遘惡疾，近者必染焉。忠毅與同難諸君子皆明知爲身災，獨不忍君父之寒而甘爲燠足者也。世多以仁之類爲愚，此振古以來，國之所以有瘳者，鮮與！因書以付秀起，俾列家乘，以示邑之人。

三山林湛傳

國初以嶺表險遠，建三藩王以鎭之。有識者方隱憂，而貧士失職者附之，則高可以釣祿位，次亦不失温飽，耀重於鄉閭，故爭湊之；而三藩王以前明降將叛卒暴起，乘非所據，貴極富溢，又思以好士樂施誑誘遠人而陰以自固。

耿精忠襲封靖南王，大以金帛招致文學士；時閩士相推號七才子者，多爲所羅，而尤欲得三山林湛，以精忠母族周中書舍梅與湛久故，稱之尤亟也。屢招不至，一日忽造門，精忠喜，體貌而延問焉，所對皆不省何語。審問之，再三自申列，終不可通。退而咨相稱引者，曰：「如斯人，雖富文術，將焉用之？」康熙甲寅，吳三桂反。粵、閩相應和，精忠閉嶺拒朝命，閩中薦紳里居及知名士多汚焉。有不至者，幽囚困辱，終無所逭。湛族子鄉貢士煥迫僞命，薰兩目，僅而得免，而湛脩然授徒山中，以衆知精忠久不屑意也。

湛久困諸生，亂既平，行遊浙東西，踰齊、魯，客燕、趙，無所合而歸。平生忼慷好施，雖竟世窮居，而親族孤貧喪葬婚嫁多倚焉。與弟成之友愛尤篤，及成之爲靈臺令，使人相迎，則寢疾數月矣；口授次子書，報曰：「吾平生爲弟分憂，今弟當分我憂。」時問疾者遶牀，謂將以家累屬成之也。既而曰：「治民事上，雖竭精殫慮，猶懼不免。今不事事，而爲人所愚，實遺垂死之兄憂。」其後成之卒以此敗。

湛嘗爲水晶宮賦，指斥五代時僞閩竊據事，將以潛折精忠逆萌，故不惜往見。及見，則口吃，語不可通，而口素未嘗吃也。衆皆不識其何以然，及事定，乃知禍之閉在不失言，而歎其能決幾於俄頃焉。

二山人傳

鷹青山人李鍇，遼東鐵嶺人。曾大父如梓，明寧遠伯成梁兄子也，萬曆己未，鐵嶺城陷，死其官。入國朝，三世皆盛貴，伯叔父兄弟或嗣封爵，都統禁軍；或開府建鉞，布列中外。

康熙四十一年，父少司寇蒲陽公卒。時西事方起，議絕漠屯極邊。山人既練，自請興屯黑河，踰年歸，母卒。再使南河，賜七品冠帶。乃盡以先世產業屬二昆，移家潞河，潛心經史，凡六七年，鄰里未得一識其面。嘗遊盤山，樂其土風，買田鷹峯下，構草舍，雜山甿以耕。其尤貧者，授之田而無所取，疏材果實，與衆共之。其聲遠聞，邦工每採山石，過鷹峯，獨無擾焉。暇時行遊四山，必挈爐炭瓶罌，樵蘇者遥望而知所在，曰：「此李山人茶煙也。」白山石東村聞其風而慕之。

東村石永寧世饒於財。祖都圖爲聖祖親臣，每議公事，不撓於權貴。山人少豪舉，好聲色狗馬，年三十，始折節讀書。會家事屯邅，時伯兄既歿，而諸弟皆幼，獨出身當之。家既落，奉母居郭東，墾墓田以養。盎無斗儲，遇無食者即罄之。久之，里中有奇邪，咸懼其聞。母、兄歿，移家盤山，與鷹青遊，每嚴冬大雪，攜手步西潭，以杖叩冰，相視愉怡，見者咸詫而不知其何以然。會功令：禁内府人出居近畿。復挈妻子入城，僦屋授經自活。乾隆元年，舉孝廉方正。詣有司力言弱足難爲儀，衆莫能奪也。鷹青舉博學宏詞，及試亦被絀。

鷹青之詩，不丐於古，而必求與之並。東村則即事抒指，翛然有眞意。或刻其山居五言律二十首，遂誓不爲詩，盡焚舊稿，曰：「吾幼學難補，雖殫心力，所進適至是而止耳。吾幸以悲憂窮感，悔曩者之冥行；今老矣，可更以詹詹者擾吾心曲乎？」

鷹青中年後，以急兄之急，益窶艱；老而無子，自爲生壙；日典衣節食，以養戚屬之窮孤。又以所著含中集、尙史稿未定，矻矻不自休，而東村長子及弟之子，同登甲科，其僚友爲營室廬。少司馬德濟齋延東村教其兄子輔國公。衆皆謂東村自是可安居。東村曰：「吾終不以妻子故，使鳶青犖犖，行當獨身留盤山，俾有所資以待老也。」

孫積生傳

孫永慶字積生，北直容城人。其大父，徵君鍾元同産也。徵君遷河南，兄弟之子多從之。永慶大父及父皆諸生，童稚曾受小學。及從父於河南，躬耒耨，農作甚力。少失母，既受室，或耕淇源，或耕夏峯，凡五十年。所以養生送死，皆身耕、妻陳氏紡績之所致也。

古者秀民皆聚於庠序學校，而周公復設司諫之官，巡問觀察，以辨甿庶之能而可任於國事者。漢氏之隆，孝弟力田與方正賢良相次，其風蓋依古以來。方徵君講學夏峯，自野夫牧豎以及鄉曲俠客胥商之族，有就見者，必誘進之。良以天下無不可以學可以不學之人，而農工胥商苟能用力於人紀，而盡其職之所當爲，卽是，可以謂之學也。

永慶晚而生子曰用果，既長，間叩生平所爲，永慶曰：「汝欲爲他日狀誌地邪！汝視吾面，黧也而傅以白，奈觀者笑何？吾老農也，少廢學，碣於墓，存姓字，子孫不迷而已耳。」嗚呼！孰謂君而不學也者？斯言也，可以知所蓄矣。用果務學行，其容斂然，與余善，故受其請而錄之。

金陵近支二節婦傳

吾家自五世祖伯通爲有明四川都使司斷事，死建文之難，爲邑中忠烈之首；鄭太君暨川貞姑爲節婦貞女之首。三百年宗婦內宗多尚志節，或附譜牒，或載桐懿。明善公所記邑中孝弟節烈事。余嘗欲錄所聞見以續之，而苦無暇日。及難後，則聞近支在金陵者有二節婦：一曰王氏，太僕曾孫雲顧之妻，於余爲再從叔母，安義令王君才鼎季女也。年十九，歸於方，夫亡數月，世傳載育，時年二十有二。其明年，宗禍作。一曰鄧氏，侍御曾孫求晟之妻，於余爲再從族兄之子婦，其父元基，邑諸生。年二十有四始嫁，四年邉衢生，是冬夫卒。邉衢生於禍作後。乾隆二年，世傳成進士，官戶部主事。叔母就養於京師，予始得見，性方嚴，出語卽斬然。世傳少時，教督甚厲，及成立，侍側猶如畏然。乾隆七年，余告歸，邉衢之母時至吾家。家人云：「終日溫溫，寡言語，對之使人靜以和。」叔母以世傳扈從謁祖陵，覃恩誥封宜人。世傳尋入臺，掌河南道，而邉衢栖遲里巷間。鄉人多謂二節婦高行略同，而所遇有豐有嗇。然邉衢頗知砥名行，楷書及繪畫得侍御遺法，窶艱而志在作善，其世嗣當有能續祖者。凡天之命或速或淹，而終必同軌，乃道之不變者也。

余因念吾宗當震蕩播越時，盡族北徙，或散在遠方。二節母無一隴之植，近支無緦、小功之親，母家亦窶艱，卽執德能堅而才不足以紀衣食、持門戶，遺孤不知作何狀矣。居常者不覺，遭危變然後知婦人擔荷之重如此。先王制禮，妻之喪，居處飮食視伯叔父昆弟而加隆焉，有以也夫！又自余有聞見，凡入鄉賢，必貴人之父也；舉節孝，必富人之母也。自聖主明章風教，申諭督撫有司，然後山陬海聚、貧窶孤微之節孝不遺，用此二母同時得旌。故因二子請表其母，而並闡先王制禮之意，與今功令之可法後王，匪直於吾宗有耀也。至其拮据以苦身，艱辛以課子，乃婺而貧者之所同，故弗敍列云。

廬江宋氏二貞婦傳

余長女許嫁宋學士嵩南長子嗣羡，甫納徵，余以南山集序牽連被逮，宗禍方興，倉皇危難中，泣涕而歸於宋氏。越二年癸巳，余蒙聖祖仁皇帝鑒宥，召入南書房。其明年，嗣羡舉於鄉，而學士以督學修城，羈燕南，使嗣羡告丐於戚友，客死江西，年二十有五，時康熙五十八年也。

學士子二人，次嗣熙，側室汪氏出也，先嗣羡夭亡。所聘李氏，翰林院編修丹壑之季女、大學士文定公女孫也。聞夫亡，不欲生。父母知不可奪，許成其志，始納食飮，屏居小樓，凡十有四年。雍正五年，白其母曰：「兒前以年少，恐舅姑不能信，今逾三十，可歸矣。」

母乃將女至學士家，既見舅姑，從容拜夫，次主前，默無聲。其母悲不自禁。貞女曰：「兒賴父母明大義，得全餘生，今志已遂，復何憾。」宋氏內外宗來觀及內御者，莫不嗚咽掩涕。其母因病不能興；少間，貞女請於舅姑，送母還河南，母終，既葬，遂歸宋氏。

文定先世居永城，寄籍江南。余始至京師，即禮先焉。丹壑亦暱就余，家有慶事，必固請共歡燕。其子女，余皆於姆褓中見之，時貞女尚未生。其後文定薨，丹壑中道脆促，家人還河南，子姓衰微，名字無聞於士大夫者，而五十年後，乃有貞女爲祖考光。

余女在父室，多苦其性執拗，既嫁，則能順於舅姑，致忠養。學士歿，以冢婦持門戶，遇事多斷行。其鄉人皆曰：「方氏非忼直，不能立孤。」吾女與貞女相親若同氣。乾隆戊午，吾女歸寧，兼送子鄉試，遘疾死吾家。又數年，其子輝祖暴疾死。學士以後四世，止七歲之孤。貞女復以從祖母撫孤以養嗣炎母曹氏。

邑人公言於有司，申大府題請，並得旌建坊。學士兄子曙涵、從孫學山請籍之，乃合傳而特詳於貞女，其事爲難也。女也而並曰貞婦，達其志也。

光節婦傳

馮氏，余女甥也，適光御寵，亦族姊所出。余歸故鄉，喜其學誦之敏，以女甥繼室。光年少氣盛，謂高科膴仕，可探手得，頗以風流豪儁自處，而女甥性慤貌莊，寡言笑。雖爲夫婦，視之漠然也。生一子，尋遠遊，遂客死都門。

始光甥入贅於馮氏，女甥尚未見舅姑，聞喪請歸代夫供子職。姊夫綏萬憐其少失母，早寡，光甥無一隴之殖，恐轉累其舅姑。兄子道希欲成其義，約次女長成，以妻其子裕；請於余，以八十金爲紀米薪，乃以康熙己亥歸桐，時裕方十歲。終舅姑喪，挈子來金陵，入贅於余家。昆孫女亦少失母，婦姑相憐如母子，十年中涕淚差減少，而昆孫女復早夭，無子女。甥復挈子歸桐，依兄公以居。

憶吾姊病涉三時，姊夫遠出，女甥年始十有八，家無婢嫗，獨身扶持治湯藥。姊夫歸，告余曰：「空室中惟老母幼子弱女，幸長女勤力，雖稚齒，已能代母爲老幼所依。」姊夫終年在外。甥榮成童或嬉遊怠學，女甥必請余至其家予杖。余以雍正元年得假營葬，見女甥於桐。又十有九年告歸，相見於金陵，每見余，悲啼不自禁。蓋其父及同母弟妹無一存者，故念母而不勝其痛也。乾隆六年，公舉節孝得旌，子裕有聲庠序。族姻曁邦人咸曰：「微節婦，遺孤不知作何狀矣！」其兄公紹元以書來，列序其孝德懿行孚於門內者，皆婦順之常，故略之。

女甥名荇，年今五十有九。昆孫女亦篤孝，抱病連年，矻矻爲家計，逮其死，家漸成，衣食無憂，而身不克一日享。女甥尤爲之悲噎，請附録焉。

二貞婦傳

康熙乙亥，余客涿州，館於滕氏，見僮某，獨自異於羣奴，怪之。主人曰：「其母方氏，歙人也，美姿容。自入吾家，即涕泣請於主婦曰：『某良家子，不幸夫無藉，凡役之賤且勞者，不敢避也。但使與男子雜居同役，則不能一日以生。』會孺子疾，使在視，兼旬睫不交；所養孺子凡六人，忠勤如始至。自其夫自鬻，即誓不與同寢處，而夫死，疏食終其身。家人重其義，故於其子亦體貌焉。」

戊戌秋，天津朱乾御言：「里中節婦任氏，年十七，歸符鍾奇。踰歲而鍾奇死。姑楊氏，故孀也，閱六月又死。時任氏僅遺腹一女子，而鍾奇弟妹四人皆孩提。任氏保抱攜持，爲之母，爲之師。又以其間修業而息之，凡二十年，各授室有家，而節婦死。族姻皆曰：『亡者而有知也，楊氏可無懟於其死，鍾奇可無憾於其親矣。』」

夫嫠之苦身以勤家，多爲其子也，自有任氏，而承夫之義始備焉。婦人委身於夫，而方氏非生絶其夫，不能守其身以芘其子。是皆遭事之變而曲得其時義，雖聖賢處此，其道亦無以加焉者也。凡士之安常履順而自檢其身，與所以施於家者，其事未若二婦人之艱難也，而乃苟於自恕，非所謂失其本心者與？

高烈婦傳

烈婦魏氏，天津縣產灘人。雍正十一年，年十七，歸縣民高爾信。高僦屋官廄東，與宋某同宮，庭宇相望。某妻與烈婦有違言，數構之於其姑。十二年六月，烈婦將歸寧，其母遣從子自銑迎，適高嫗及爾信皆出，某妻走告其姑曰：「汝婦與人通，入戶卽探囊金與之。」復嗾東西家無籍者數人，闖入交鬨，強解自銑衣，脅立借券，不則共證之。烈婦呼銑曰：「亟鳴之官！若書券，我卽死。」銑暗弱，急求脫，執筆欲書。烈婦望見，卽引刀自剄。衆嚇自銑，且誘之，卒書券。烈婦死，因以劵爲徵。有司莫辨也，既當自銑大辟，而後知其冤，以矜疑繫獄，乾隆元年赦免。邑之學儒者朱紹夏、孫坦爲文以標白之，而致於余。嗚呼！烈婦遭怪變，謂惟死可自明，而卽用其死以成獄辭，徒以銑之劵耳。人心之抏敝至此，吁，可畏哉！傳其事，以志烈婦之隱慼，且使爲吏者鑑焉。

論曰：古之聽訟獄者，必悉其聰明致其忠愛以盡之；疑獄汜與衆共之。世有鳥獸行而能殺身以自明者乎？自古婦人之義皆以死而彰，魏氏則既死而猶暗鬱。易曰：「日中見沬。」又曰：「載鬼一車。」聖人繫辭以爲世戒，有以也夫！

高節婦傳

節婦段氏，宛平民高位妻也。京師俗早嫁娶，位之死，節婦年十七，有二子矣。高氏無宗親，依兄以居。喪期畢，數喻以更嫁。節婦曰：「吾不識兄意何居？吾非難死也，無如二子何？」其兄曰：「我正無如二子何也。我力食，能長爲妹贍二甥乎？」節婦曰：「易耳！自今日即無累兄。但望毋羞我貧，暇則頻過我，使人知我尚有兄足矣。」

方是時，節婦嫁時物，僅餘一箱，直二千，取置門外，索半直，立售，即日移居小市板屋中。京師地貴，或作板屋於中衢，婦人貧無依者多僦居，爲市人縫紉。節婦以此爲生，幾二十年，二子長，始能僦屋以居。二子幼時，節婦艱衣食，不能使就學。長子市販，中年歿。次子爲小吏，以罪謫遼左。節婦復撫諸孫，又十餘年，孫裔發憤成進士，贖其父以歸，而節婦年九十矣。

節婦性嚴毅，常早起。子婦雖老，終日侍立，不命不敢坐。裔之母谷氏，性篤孝，雞初鳴，起灑掃，奉匜侍盥，就竈下作饔食，親上之，食畢，然後退，率以爲常。及貴盛，姻黨皆曰：「世有太夫人年七十，而執僕婢之役者乎？」將公爲節婦言之。谷氏曰：「若毋言，吾與姑故寒苦，姑習我，非我供事，姑終不適。吾皤然白髮，身無疾，灑掃盥饋，以事吾姑，此日可多得邪？」

節婦以康熙戊辰卒，年九十六，距位之死七十有九年。始節婦所僦板屋在珠市西，及孫貴，卜居正當其地，家僮數十，出入呼擁，節婦時指示子孫姻黨。京師之人，亦以爲美談云。

贊曰：吾里中某氏子，兄弟各傭身。兄老，請於主人，求舍之，節衣食以奉焉；而兄卞急，小失意，卽數罵，或奮梃以抶，終無恚色。余嘗謂非獨其弟賢也，而兄固無鄙心也。京師人多以谷氏之事爲難，然以節婦之風義，則子婦之承而化也，曷足異乎？

釋蘭谷傳

釋蘭谷，江南如皋顧氏子也。父國藩，字醉隱，九歲授以學、庸、語、孟，十三授易及太極圖。尋遘疾類癲者，捨爲僧，有瘳。冒巢民集諸名士爲詩社，蘭谷與焉，時年十八。平生足迹幾遍天下，東觀滄海，歷齊、魯、幽、燕；南遊吳、會，溯江踰嶺，周粤東西，抵昆明；北上太行，遵秦、隴，入棧道，下峽，窮蜀徼。所至必訪耆舊，過名山大川及古聖賢豪傑高人遺蹟，輒淹留久之。愛昆明山水，諸大府爲建法界寺，遂定居焉。其父母未歿時，遊必有方，聞喪歸殯葬，卽廬墓側。

少時曾隨師某入見聖祖仁皇帝。其後再至京師，特召見，賜詩及御書。遂侍輦下，注楞嚴、金剛、心經進呈。命大學士陳廷敬校勘，雲貴總督貝和諾鋟版，工訖，遂請還山。既至，念其父所授易學未通，乃稱疾，絶人事而爲之，言理數必根於象，挹取羣言，貫以己意，凡十有二年，成易說二十卷。

康熙六十一年冬，入賀萬壽節，既至而聖祖皇帝已登遐。乃於城東偏構精舍，貯所注經版而以易授其徒，數年迹不出戶。入其室，少長三數人，坐立應對進退皆比於禮。余素不解浮屠言，未識蘭谷之於佛何如也？觀其志行術業氣象，則儒衣冠者多愧矣！故傳其事以告吾儕，又以識先帝陶冶衆萬，一善不遺，作人之化，蓋及於方外焉。蘭谷名溥畹，今雍正六年，年六十有七。

沛天上人傳

沛天上人名海寬，俗姓崔氏，直隸易州人，爲京師講經大師，住持靜默寺。寺近宮城，聖祖仁皇帝勅建，皇子數卽事焉。衆以爲榮觀，冠蓋往來，晨夕無頃暇，而上人處之若無事者，雖叱隸必使各得其意以去，而於王公貴人無加禮。余嘗託宿寺中，見而異之，遂假館，淹留數月。每人事歇息，輒邀余坐庭階，玩景光，間及民生利病、並世人物。其胸中炯然，語皆有稱量。竊歎如此人若爲士大夫，於世非無所損益者，而惜乎其遊方之外也。

性至孝，作室寺之左方，迎其母而養焉。居母與兄之喪，一遵儒書，服既終，顏色戚容尙有異於衆人。喪其本師，誠敬亦如之。好士友，羈旅者投之如歸，久而不怠。每聞忠良正士剝喪摧傷，輒悄然不樂，語或及之，則氣結淚欲下。雍正某年，內府有疑獄，大小司寇會寺中待事。或叩佛氏天堂地獄之說，上人曰：「在公等一念公私忍恕間耳！」中有以深刻爲能者，面赤而色愠，曰：「方外人何難爲此言，居官者能自主乎？」上人曰：「能視祿位少輕，則無難矣。」衆皆默然。時禁婦女入廟，胥吏因緣設詐搆陷以嚇衆而取所求。上人首議，發其姦於政府。營田之興，吏強建閘於安肅之瀑河，村落數十，仍歲流漂。上人見往來寺中人，即指畫地勢及民庶飢殍狀。久之，語聞於河督，奏復其初。

十有二年，重刻藏經，詔簡積學沙門四十餘人開館校勘，命上人執其總。量材授事，立法程工，有條而不紊。

觀上人之篤於人紀，不忘斯世斯民，而才足以立事如此，皆先聖先賢所諄復而有望於後儒者也，而儒之徒未數數然也。朱子嘗憂吾道之衰，以爲「性質剛明者，多不能屈心以蒙世俗之塵垢，而藏身於二氏」。斯言也，蓋信而有徵矣。故專錄其儒行，而推闡佛說以張其師教者，概不著於篇，蓋其徒某某之所譜，具矣。

方苞集卷九

紀事

左忠毅公逸事

先君子嘗言：鄉先輩左忠毅公視學京畿，一日風雪嚴寒，從數騎出，微行入古寺；廡下一生伏案臥，文方成草，公閱畢，卽解貂覆生，爲掩戶。叩之寺僧，則史公可法也。及試，吏呼名至史公，公瞿然注視；呈卷，卽面署第一，召入使拜夫人，曰：「吾諸兒碌碌，他日繼吾志事，惟此生耳。」

及左公下廠獄，史朝夕獄門外，逆閹防伺甚嚴，雖家僕不得近。久之，聞左公被炮烙，旦夕且死；持五十金，涕泣謀於禁卒，卒感焉。一日使史更敝衣，草屨背筐，手長鑱，爲除不潔者。引入，微指左公處，則席地倚牆而坐，面額焦爛不可辨，左膝以下，筋骨盡脫矣。史前跪抱公膝而嗚咽。公辨其聲而目不可開，乃奮臂以指撥眥，目光如炬，怒曰：「庸奴！此何地也？而汝來前。國家之事，糜爛至此。老夫已矣！汝復輕身而昧大義，天下事誰可支拄者？不速去，無俟姦人構陷，吾今卽撲殺汝！」因摸地上刑械，作投擊勢。史噤不敢發聲，趨而出。後常流涕述其事以語人曰：「吾師肺肝，皆鐵石所鑄造也。」

崇禎末，流賊張獻忠出沒蘄、黃、潛、桐間，史公以鳳廬道奉檄守禦；每有警，輒數月不就寢，使將士更休，而自坐幄幕外，擇健卒十人，令二人蹲踞而背倚之，漏鼓移則番代。每寒夜起立，振衣裳，甲上冰霜迸落，鏗然有聲。或勸以少休，公曰：「吾上恐負朝廷，下恐愧吾師也。」史公治兵，往來桐城，必躬造左公第，候太公太母起居，拜夫人於堂上。

余宗老塗山，左公甥也，與先君子善，謂獄中語乃親得之於史公云。

高陽孫文正公逸事

杜先生岕嘗言：歸安茅止生習於高陽孫少師，道公天啓二年，以大學士經略薊、遼，置酒別親賓，會者百人。有客中坐，前席而言曰：「公之出，始吾爲國慶，而今重有憂。封疆社稷，寄公一身，公能堪，備物自奉，人莫之非；如不能，雖毁身家，責難逭，況儉觳乎？吾見客食皆鑿，而公獨飯粗，飾小名以鎮物，非所以負天下之重也。」公揖而謝曰：「先生誨我甚當，然非敢以爲名也。好衣甘食，吾爲秀才時，固不厭。自成進士，釋褐而歸，念此身已不爲己有，而朝廷多故，邊關日駭，恐一旦肩事任，非忍饑勞，不能以身率衆。自是不敢適口體，強自勖厲，以至於今，十有九年矣。」

嗚呼！公之氣折逆奄，明周萬事，合智謀忠勇之士以盡其材，用危困瘡痍之卒以致其武，唐、宋名賢中猶有倫比；至於誠能動物，所糾所斥，退無怨言，叛將遠人咸喻其志，而革心無貳，則自漢諸葛武侯而後，規模氣象，惟公有焉。是乃克己省身憂民體國之實心自然而愾乎天下者，非躬豪傑之才，而概乎有聞於聖人之道，孰能與於此？然惟二三執政與中樞邊境事同一體之人實不能容；易曰：「信及豚魚。」娼嫉之臣乃不若豚魚之可格，可不懼哉！

石齋黃公逸事

黃岡杜蒼略先生客金陵，習明季諸前輩遺事，嘗言：崇禎某年，余中丞集生與譚友夏結社金陵，適石齋黃公來遊，與訂交，意頗洽。黃公造次必於禮法，諸公心嚮之而苦其拘也，思試之。妓顧氏，國色也，聰慧通書史，撫節安歌，見者莫不心醉。一日大雨雪，觴黃公於余氏園，使顧佐酒，公意色無忤，諸公更勸酬，劇飲大醉。送公臥特室；榻上枕衾茵各一，使顧盡弛褻衣，隨鍵戶，諸公伺焉。公驚起，索衣不得，因引衾自覆薦而命顧以茵臥；茵厚且狹，不可轉，乃使就寢。顧遂暱近公，公徐曰：「無用爾！」側身內向，息數十轉，即酣寢，漏下四鼓覺，轉面向外；顧佯寐無覺，而以體傍公，俄頃，公酣寢如初。詰旦顧出，具言其狀，且曰：「公等爲名士，賦詩飲酒，是樂而已矣！爲聖爲佛，成忠成孝，終歸黄公。」

及明亡，公縶於金陵，在獄日誦尚書、周易，數月貌加豐。正命之前夕，有老僕持鍼線向公而泣，曰：「是我侍主之終事也。」公曰：「吾正而斃，是爲考終，汝何哀？」故人持酒肉與訣，飲啖如平時，酣寢達旦，起盥漱更衣，謂僕某曰：「曩某以卷索書，吾既許之，言不可曠也。」和墨伸紙作小楷，次行書，幅甚長，乃以大字竟之，加印章，始出就刑。其卷藏金陵某家。

顧氏自接公，時自懟。無何，歸某官。李自成破京師，謂其夫：「能死，我先就縊。」夫不能用。語在搢紳間，一時以爲美談焉。

明禹州兵備道李公城守死事狀

崇禎十四年冬十有二月，流賊寇禹州，兵備道李公乘雲到官始二十四日，按籍閲軍伍半虚，守禦具一無藉。知州事某請迎降，公怒斥之曰：「此吾死所也。」召士民激以大義，共登陴，賊死傷甚衆。城破，公率衆巷戰，猶手刃十數人，力屈被執。

方是時，河南守令多望風降伏，獨禹州士民殊死戰。賊入，下令屠城。公奮呼謂賊曰：「城守，吾事也。吾令衆守城，不敢不守；猶汝令衆攻城，不敢不攻。民何罪？獨吾一身當，任汝殘殺耳！」賊意解，收屠城令，因欲屈公。公憤罵不屈，乃立公爲質而聚射之，徵死猶寸磔焉。

公初至禹時，徵王支屬在禹者凡十七家，公議徵土人訓練而資餉於宗藩。知州事某持之，宗藩莫應。及城破，十七家無一脫者。知州事某叩首乞哀於賊，公忽奮起以足蹴其面，曰：「汝負國勦民，尚思向狗彘求活邪？」

賊既去，士民收骸骨棺斂建祠，私謚忠烈，春秋時祀。與公同難者，駐防千總張某，吏目周某，州人候選州同知余全生，遙授訓導趙日躋，太學生侯九韶，庠生周鳴岐、李儀化、田種玉、陳懋能皆配享。

公磔於州城外西南隅大路旁槐樹下，其樹至今存，故老過之，猶或爲欷歔流涕云。公既歿八十年，夏峯孫徵君曾孫用禎爲州學正，徵於禹人，而屬余爲之狀。

記李默齋實行

余將受室，先兄命之曰：「人之大倫五，以吾所聞見，惟婦死其夫及守貞終世者爲多，子之能孝者差少焉，臣之能忠者差少焉，友之能信者差少焉，而實盡乎弟道者，則未見其人。其所以然，特由私其妻子及貨財耳。」余行四方，竊以兄所言，陰求之士友間，其疏節不違者，蓋無幾人。

蔚州李□□，余同年友也，嘗道其兄默齋及嫂氏之賢：其事父母，夫婦帥先而盡瘁焉。□□有急，傾貲產以佐之，化於其妻無難色。嘗遘家禍，獨身當之，流離毒痛幾死而不忍累羣弟。難既解，益勤家事，督課子弟。□□令高密，以運餉出塞，爲攝縣事者所誤；默齋之卒也，□□尚留滯山東。家人懼其憂勞中，不能復勝哀慟，大功衰將脫，尚不敢以告。用此觀之，默齋之仁恩所以愜乎門內者可知矣。

先兄所願見而不可得者，越數十年而幸有其人，乃傳所聞以式吾子姓焉。

書萬烈婦某氏事

烈婦某氏，江東巨室婢也，妻僕萬某，早寡，守貞二十年，年四十餘。會其主以事當與妻謫戍，妻泣而謂烈婦曰：「汝無子女，單獨一身，能充解脫我，俾幼稚有依，吾子孫當世祀汝。且汝少長吾家，主父年七十矣，猶汝父也，汝何嫌？」烈婦曰：「雖然，非禮也。」固請。既而曰：「吾之生贅也，亦無不可。但自當官充解後，陸行必異車，水行必異舟，逆旅必異室，抵戍之日，吾有以自處矣。」

既行至中途，其主忽戲曰：「汝爲吾妻，官作之合矣，而不同寢處可乎？」烈婦曰：「吾以主爲父，父何所不得老婦人，而忍出此言？」察其主意不悛，越日，夜中自經死。聞者莫不流涕，皆曰：「烈婦之志足悲矣，而其初之義則未審焉，其諸荀文若之儔與？」

方子曰：「操之心，塗之人皆知之，文若爲之謀主，以固其操柄。文若死而操之惡已成矣，是猶共剽而終以不取分爲義也。若烈婦之主，身在縲紲，垂死之年而忍爲大惡，則豈烈婦所及料哉？烈婦之行也，早以死自處矣，不得已乃中道而潔其身，蓋自信其泥而不滓者也。豈可使與文若同名而不辨哉？」

西鄰愍烈女

愍烈女失姓氏，余西鄰某家婢也。主父行賈，妻某氏與豎通，烈女數切諫。謀并汚之，以死拒，連衣裳，申固縫紝。某氏有母同居，一夕陽怒，以綿裹昵物置烈女口，因築入喉間，以杖抉其陰而死。被短布單衣，襲敝葛，蒲蔽首及膝，投東鄰宅後方塘中。賄隸胥報縣：有寒女自沈，莫知其誰何。三日命掩埋。既而迹頗著，鄰里皆知之而無以詰也。

烈女之死也，尸不可舉，或助之，易衣負以出。久之，求索不應，怒而爭，乘醉詣郡言狀。衆皆曰：「此天也。」及對案，某氏言婢出惡言詈其母，怒而鞭之，夜自經。時烈女尸已焚棄絕蹤，而律文：主父主母以罪杖僕婢至死，無抵法。遂釋不推。時鄰某適歸自遠方，過姻家，聞故掉臂而去。某氏聞之，遂因其貲，挾豎遷居，又踰年，合爲夫婦。

昔先王知民性之不可枉也，故獄之疑者，訊之羣臣，訊之羣吏，訊之萬民，而又議事以制，不徵於書。其典獄者，又能悉其聰明致其忠愛以盡之，所以下無遁情而罰必中也。自三季以後，民抏敝以巧法，吏昏瞑以決事，貞良者枉死於無告，淫慝者安利而無殃，求其所以然者而不得也。此佛之徒所以因民之惑而爲之說與！

吕九儀妻夏氏

婦人居常而早寡者，無死道也。夫不以良死，則義可死；而堂有舅姑，室有子，或已之父母篤老而無兄弟，則其死也，雖當於義而傷於恩。

蕪湖吕九儀死於仇。其妻夏氏將死之，姑止之。踰年，仇抵死如法。夏氏遂修舊業，持門戶，於今二十年，姑既歿，二子受室而成家矣。其始之欲就死也義，終則不愆於義亦不傷於恩。故夏氏之生也，賢其死也。

逆旅小子

戊戌秋九月，余歸自塞上，宿石槽。逆旅小子形苦羸，敝布單衣，不襪不履，而主人撻擊之甚猛，泣甚悲。叩之東西家，曰：「是其兄之孤也，有田一區，畜產什器粗具。恐孺子長而與之分，故不恤其寒饑而苦役之，夜則閉之戶外，嚴風起弗活矣。」余至京師，再書告京兆尹：「宜檄縣捕詰，俾鄉鄰保任而後釋之。」

逾歲四月，復過此，里人曰：「孺子果以是冬死，而某亦暴死，其妻子田宅畜物皆爲他人有矣。」叩以吏曾呵詰乎？則未也。

昔先王以道明民，猶恐頑者不喻，故以「鄉八刑糾萬民」，其不孝、不弟、不睦、不婣、不任、不恤者，則刑隨之，而五家相保，有罪奇邪則相及；所以閉其塗，使民無由動於邪惡也。管子之法，則自鄉師以至什伍之長，轉相督察而罪皆及於所司。蓋周公所慮者，民俗之偷而已；至管子而又患吏情之遁焉。此可以觀世變矣。

方苞集卷十

墓誌銘

李剛主墓誌銘

李塨字剛主，直隸蠡縣人。其父孝慤先生與博野顏習齋爲執友，剛主自束髮即從之遊。

習齋之學，其本在忍嗜欲，苦筋力，以勤家而養親，而以其餘習六藝，講世務，以備天下國家之用，以是爲孔子之學，而自别於程、朱，其徒皆篤信之。余嘗謂剛主：「程、朱之學，未嘗不有事於此，但凡此乃道之法迹耳；使不由敬靜以探其根源，則於性命之理知之不真，而發於身心施於天下國家者，不能曲得其次序。」剛主色變，爲默然者久之。

吾友王源崑繩，恢奇人也，所慕惟漢諸葛武侯、明王文成，而目程、朱爲迂闊。見剛主而大説，因與共師事習齋，時年將六十矣。余詰之，曰：「衆謂我目空並世人，非也。果有人，敢自侈大乎？」

剛主嘗爲其友治劇邑，期年，政教大行，用此名動公卿間。諸王延經師、主閫外者爭欲致之，堅不就。康熙庚午，嘗舉乙科；晚歲，授通州學正，浹月，以母老告歸，長官不能奪也。

崑繩慨不快意，既葬二親，遂漫遊，將求名山大壑而隱身焉，雖妻子不知其所之。余與剛主每鬯然長懷而無從迹之。數年，忽至余家，曰：「吾求天下士四十年，得子與剛主，而子篤信程、朱之學，恨終不能化子，爲是以來。」留兼旬，盡發程、朱之所以失，習齋之所以得者。余未嘗與之爭。將行，憮然曰：「子終守迷，吾從此逝矣。使百世以下聰明傑魁之士沈溺於無用之學而不返，是卽程、朱之罪也。」余作而言曰：「子之言盡矣，吾可以言乎？子毋視程、朱爲氣息奄奄人！觀朱子上孝宗書，雖晚明楊、左之直節，無以過也；其備荒浙東，安撫荆湖，西漢趙、張之吏治，無以過也；而世不以此稱者，以道德崇閎，稱此轉渺乎其小耳。吾姑以淺事喻子，非其義也，雖三公之貴，避之若浼，子之所能信於程、朱也。今中朝如某某，子夙所賤惡；倘一旦揚子於朝，以學士或御史中丞徵，子將亡命山海而義不反顧乎？抑猶躊躕不能自決也！吾願子歸視妻孥，流行坎止，歸潔其身而已矣。」崑繩自是終其身，口未嘗非程、朱。

其後余出刑部獄，剛主來唁。以語崑繩者語之，剛主立起自責，取不滿程、朱語載經說中已鐫版者，削之過半。因舉習齋存治、存學二編未愜余心者告之。隨更定，曰：「吾師始教，卽以改過爲大。子之言然，吾敢留之爲口實哉！」習齋無子，剛主中歲遷博野，爲葺祠堂，以收召學者。博野去京師三百里，剛主自來唁後，復三至余家：一問吾母之疾，再弔喪，終則自計衰疲，恐不能更出而就別余。驅柴車，長子習仁御，往返芻秣皆載車中，知余時窶且艱也。嗚呼！卽是而剛主之勤於身，式於家，施於人，而措注於事物者，居可知矣。

剛主言語温然，終日危坐，肅敬而安和，近之者不覺自斂抑。以崑繩之氣，既老而爲剛主屈；以剛主之篤信師學，以余一言而翻然改。其志之不欺，與勇於從善，皆可以爲學者法，故備詳之，而餘行則不具焉。

剛主卒於雍正某年某月，年七十有□。父諱某君，母馬氏。生母馬氏，明錦衣衞指揮斌女，明亡家落，歸孝慤，生剛主兄弟。妻某氏。子三人：長習仁，早夭；次習禮，次習中，皆邑庠生。以某年某月某日葬於某鄉某原。銘曰：

習齋矢言，檢身不力，口非程、朱，難免鬼責。信斯言也，趨本無歧，各從所務，安用詆娸？君承師學，固守樊垣，老而大覺，異流同源，不師咸心，乃見大原。改過爲大，前聞是尊，琢瑕葆瑜，有耀師門，九原相見，宜無間言。

杜蒼略先生墓誌銘

先生姓杜氏，諱岕，字蒼略，號些山，湖廣黄岡人。明季爲諸生，與兄濬避亂居金陵，即世所稱茶村先生也。二先生行身略同而趣各異：茶村先生峻廉隅，孤特自遂，遇名貴人，必以氣折之；於衆人，未嘗接語言，用此叢忌嫉；然名在天下，詩每出，遠近爭傳誦之。先生則退然一同於衆人，所著詩歌古文，雖子弟弗示也。方壯喪妻，遂不復娶。所居室漏且穿，木榻敝帷，數十年未嘗易，室中終歲不掃除；有子教授里巷間。窶艱，每日中不得食，男女啼號，客至無水漿，意色間無幾微不自適者。間過戚友，坐有盛衣冠者，即默默去之。行於途常避人，不中道與人語，雖兒童廝輿惟恐有傷也。

初余大父與先生善，先君子嗣從遊，苞與兄百川亦獲侍焉。先生中歲道仆，遂跛，而好遊，非雨雪常獨行，徘徊墟莽間。先君子暨苞兄弟暇則追隨，尋花蒔，玩景光，藉草而坐，相視而嘻，沖然若有以自得，而忘身世之有係牽也。辛未、壬申間，苞兄弟客遊燕、齊，先生悄然不怡，每語先君子曰：「吾思二子，亦爲君惜之。」

先生生於明萬曆丁巳四月初九日，卒於康熙癸酉七月十九日，年七十有七。後茶村先生凡七年，而得年同。所著些山集藏於家。其子掞以某年月日卜葬某鄉某原，來徵辭。銘曰：

蔽其光，中不息也。虛而委蛇，與時適也。古之人與！此其的也。

劉古塘墓誌銘

雍正四年五月望後二日，兒子道希書至，告古塘之喪。昔余成童，從先兄求友閭巷間得古塘。其後之近邑，歸故鄉，客京師，學同而志相近者，復得數人，而惟古塘爲本交。古塘少以雄豪自處，短衣厲飾，惟恐見者知爲儒生，而先兄獨義之；余少好氣，數以氣蓋余，心不能平，久之乃見謂直諒。古塘早喪母，家貧，母家給田數十畝；少長，覓食自活，以田歸庶弟。既爲諸生，得時譽，學使者、大府常以重幣延。歲時歸家，解裝，遇親交，隨手盡，俄而乏絕，飢不得餐，晏如也。年羹堯巡撫四川，固請與偕，議加賦，力爭而止。遂以他故行，曰：「其心神外我矣！能守吾言以期月邪？」及督川陝，復固請以往，再三見，浹月而歸。

古塘貌精悍；有與同姓名者，大恚鄉里，督學邵嗣堯聞之而未察也，按試呼名，忽注視馮怒，榜笞數十。衆皆譁，羣聚而詬之。嗣堯愧恨，發疾死。古塘始無慍色，既無寬容。嘗語余曰：「士之大閑二：其一義利也，其一利害也。君子懷刑，設子遘禍殃而我退避，以爲明哲，可乎？」及余以南山集被逮，冒危險以急余，如所言。辛卯鄉試爲舉首，以隨部檄，挈余妻子北上，失會試期，後遂絕意進取，年六十有九，終於家。

始余出刑部獄，傳客諸公間。諸公計數余兄弟早歲諸同好，數之奇，彼此如一轍。時存者惟彝歎、古塘，因譜其行及歿而未見余文者，作四君子傳。無何彝歎亦歿，至於今無一存者矣，而余乃獨留其衰疾之軀，其尚足控揣邪？然吾聞古之爲交者，其有失言過行，則相引以爲羞；今諸君子各以身名完，未爲不幸，獨後死者滋懼耳。

古塘子幼，道希與翁君止園紀其喪，余恐不宿，乃豫爲誌銘以待事焉。古塘姓劉氏，名捷，懷寧人，流寓江寧。祖若宰，明崇禎辛未季高按：「辛未」應作「戊辰」。見前按。殿試第一。父璜，桐城縣庠生。母張氏。兄輝祖，康熙庚午鄉試第一，並有聞，亦余早歲同好之一也。妻王氏，早卒。繼室姚氏。子四人：長敏，次敦，次敭，次敔，女一未字，並姚氏出。其卒以四月廿五日。某年月日葬於某鄉某原。銘曰：

孑孑以居，蹇蹇以行，身之困而道之亨。死乎由是，信無悔於其生。

左未生墓誌銘

君姓左氏，諱待，字未生，桐城人，明贈太子少保忠毅公之季孫也。少好老、莊，其學以遺物自遂爲宗，其文章要渺閎放不知其所從來。性畏俗，非戚屬，雖問疾弔喪不出；出則登城循雉堞而行，不欲見衢肆中人；惟宋潛虛、劉北固慕而與之友。

乙亥丙子間，潛虛、北固客京師，未生繼至，與余一見如故交；與之語，觸物比類，日新而無窮，與之居，久而不厭，然竟不能窺其際也。未生雖與世齟齬，而重氣類，善鑒別人物，常稱邑中胡嘉及兄子廉，其後二君子學行果異於衆人。

余之在難也，未生適自燕南附漕船南下，至淮陰遇盜，折其二齒，衣裝盡失；入郡城，始知余已被逮北上，搏膺而呼；歸至家，時自懟曰：「吾不一視方子，天下士其謂我何？」己亥四月至京師，因偕余赴塞上。秋七月南還，道京師，而宜興儲六雅止之，一時少俊爭慕與之遊，遂留踰歲。今年四月余將出塞，趣之歸。未生曰：「子憂吾老乎？吾策蹇行數十里，腰脊不異少時。今已向暑，秋風起，吾當歸，築室白雲、浮渡間，手種松千株、竹萬竿。又明年歲在析木，吾年七十，當復來視子，然後歸而待老焉。」自余抵塞上，每旬月必通書，入秋無息耗，心謂未生已歸，而凶問忽至。

嗚呼！自未生言之，死於家，與死於朋友之手等耳！獨余於人紀，無不負疚而陰自恨者；惟朋友，則爲德於余者雖多，而余之愧於心者亦鮮焉。今未生乃爲余羇死，以遺恨於余心，則豈非余之命也邪？未生卒以八月二十六日，余以九月望後一日聞之，而其喪已附漕船南下矣。嗚呼！未生其謂余何哉？泣而銘以歸其孤。銘曰：

生浮而死休，惟子信之尤。浮山之陽，是爲子之丘。歸與，歸與！永與造物者遊。

王生墓誌銘

雍正元年冬十有二月，余病不能興，聞王生兆符蹙而蘇，輿疾往視，與之語，神氣若未動，越三日而死。嗚呼！是吾友崑繩之子也。王氏自明初以軍功爲宦族，至崑繩之父中齋公而五服親屬無一人。中齋二子：長汲公，無子。崑繩以兆符後小宗。今兆符僅一子，以繼祖，則崑繩無主後矣。

兆符從余遊，在丙子之春。余在京師，館於汪氏。崑繩館於王氏，使兆符來學，次汪氏馬隊旁，危坐默誦，闃若無人。方盛暑，日三至三返，不納汪氏勺飲。其後崑繩棄家漫遊，兆符自天津遷金壇，復從余於白下。崑繩嘗語余曰：「兆符視子猶父也。吾執友惟子及剛主，吾使事剛主。」曰：『符於方子之學，未之能竟也。』」

弱冠爲諸生，南遷遂棄去，逾四十，以餬口至京師，或勸以應舉，庚子舉京兆，明年成進士。或餽之金，使速仕以養母。余曰：「用此買田而耕，則母可養，學可殖，而先人之緒論可終竟矣。」兆符蹙然，趣余爲書扺餽金者，及報諸而死已彌月矣。

方兆符之南遷也，以稚齒獨身將母及女兄弟陸行水涉三千里。及崑繩既歿，奔走四方，未嘗旬月寧居，而其母老病，暴怒不時，常恐妻女僕婢久不能堪，而在視不盡其誠，故身在外，憂常在家。又慮年日長，學不殖，而矻矻於人事叢雜中，是以心力耗竭，形神瘀傷，一發而不可救藥也。余與崑繩交最先，既而得剛主。三人者所學不同而志相得，其遊如家人。剛主之長子習仁亦從余遊。辛丑秋，剛主使卜居於江南而道死。自習仁之死，三人子姓中質行無可望者矣！今又重以兆符，而文學義理可與深言者亦鮮矣。余羸老，德既隳，學亦難補，所恃者後生，而天意若此，余所痛，豈獨崑繩之無主後邪！

兆符性孤特，不能容物，雖其父故交，既宦達，察其意色少異於前，即不肯再見；而行身端直，又以文學知名，故其疾也，聞者皆憂之，其死也，皆惜之。兆符渴葬先世兆域，而母及妻子在江南。葬事畢，士友南還者，爲紀其家；留京師者，分年而主墓祭。雖兆符意氣所感召，抑其祖若父節槩風聲宿留於人心者，不可泯也。兆符年四十有五。所排纂周官及詩文若干卷，蔣君湘帆爲編錄而藏之，以俟其孤之長而授焉。銘曰：

無所施於世，而行能已著於家。將道之探，而學焉已得其英華。並垂成而中毀，曷以泯吾儕之怨嗟！

巡撫福建都察院右副都御史黃公墓誌銘

右副都御史黃公既歿之逾年，其子廷桂因李君枚臣來請銘。余聞公名在丁亥、戊子間。時江、浙大饑，天子並命發粟以賑，而吾鄉有司失方略，骼胔布路，姦民朋聚，正晝剽掠。於時則聞浙之祲尤大，而民不阻飢，惟黃公之功。其後訊之浙士大夫，多曰：「公功豈獨在飢者？吾浙有二中丞：國初起瘡痍，致生聚者，曰范忠貞公；其後備荒政，遏亂萌者，則黃公，是吾民所尸祝也。」蓋公之撫浙也，在戊子之冬。承大嵐山案後，浙東西郡縣皆蕩恐，而杭、湖二州連饑，民心搖搖。前中丞出則羣譟，憂惶引疾。時公以內閣學士賑湖歸報，至中途，就命撫浙，雖浙人亦不知公計所出也。公至，則懸禁不得抑米價，陰偵旁郡閉糴者而重懲之，爲書告羅鄰省；散庫金於典肆，約逾歲歸其本；勸富民分災而禁貧民之羣聚要索者。會溫、台二郡大穰，復奏開內洋，遠商總至。浙人皆曰：「吾父母妻子得保聚矣。」公始至湖，即以便宜截留漕糧十萬石。時常平倉粟皆虛，巡撫將具劾羣吏。公曰：「吏盡黜，何與飢者？彼官存粟猶易致耳。」因設方略，俾多方補苴，卒賴以濟。浙民既蘇，公方設政教而移鎮八閩。時海賊鄭盡心聚黨出沒，上命會勦，制府、提督各以事諉。公刻日獨進，而懸賞格得其魁者千金。抵廈門，厲氣巡軍；忽轅門鼓三驌，鄭盡心已爲其黨所密首捕得之矣，時康熙五十二年正月十日也。方公之未至閩也，鄭盡心既嘯聚海隅，而山賊陳五顯亦相應和。盡心既獲，五顯亦就撫，而公官罷。聞命卽送符篆，俾他人上之，而不有其功。

先是湖、杭二郡綴征康熙四十七年漕糧，部議幷於次年補運。公疏請分年帶徵，三請始得命。及次年，復奉部檄帶運。時二郡米價猶踴，又已過開兌期，督糧道請折價分授運弁，沿途採糴，部署已定，而公去浙。運弁乾沒，糧額缺，遂挂吏議。公既罷歸，上惜其才，復命督理子牙河，給原階，而公竟卒。

其始知黔西州，嘗單騎入黎平瑤洞，折其酋，使受約束。始入臺，有所陳，會上以他事震怒，宰執目公使下，而公直前，必申所請。居臺中五年，所條奏皆關大體，而謂：御史司彈劾，不宜兼任保舉；中人捧綠頭牌傳旨，宜關內閣，登籍以便稽核；改逃旗人連坐法，尤人所難言者。

公自內擢，所居皆清要，卒秉節鉞，兩鎮大藩，可謂遇且顯矣。其卒也，年六十有五，而浙、閩之民及海內士大夫知公者，莫不相聚太息，恨公之無年，而惜其才有未盡試焉。

公諱秉中，字惟一，家世瀋陽人。祖諱憲隆，父諱道明，俱贈如公官。妻孫氏，誥封宜人，先公卒。子六人：廷鑑，候選知縣。廷鈺，戊子鄉試副榜，陝西平涼府靜寧州知州。廷鉞早亡。廷桂，三等侍衞。廷鏌、廷銑，太學生。女二人。公卒於康熙五十七年正月十五日，以某月某日葬於某鄉某原，孫宜人祔。銘曰：

公起蔭子，厲學聞顯，未壯出宰，厥猷已遠。入吏二曹，陳義不苟，悚其長官，與相可否。遂躋中臺，屢正邦鈞。承使備祲，羸黎無呻。就加顯命，開鎮南服，爲父爲母，是鞠是育。衆心有依，孽萌弗孕，如器將傾，得公而定。公按閩疆，劇盜就梏。海波不驚，山無莽伏。蹇罷僨躓，萬口同咨！惟民之故，匪公之私。帝眷有終，民不能忘。徵此銘文，久而益光。

王大來墓誌銘

康熙五十二年四月，同年王蒼平至京師詣余，服齊而貌若枲，戚然曰：「吾季弟大來又死，吾今單獨惟一身矣。昔吾兄弟三人，吾父命某學書，仲弟治家，而大來行賈。仲弟卒，內外事皆屬焉，凡可以適吾親者，無不盡也。其家居，戚黨之窶艱者皆賴焉。父執某無子，奉以終其身。其客京師，鄉人底滯而無歸者，無不資也，而未嘗有私財。嘗盛服入肆，傭保誤以羹汁汚之。慰以温言，色無忤。大來雖未涉書史，聞古今人懿行，必低徊久之。入其闥，牕壁戶牖，皆所書格言也。其名雖不彰，實無愧士君子。其爲我誌之！」余於蒼平所，時見大來，其貌恂恂然，不知其質行若此。

余聞古之有學，將以明道而美其身。三代盛時，家有塾，黨有庠，師朝夕坐里門，所謂小學，人皆受焉。故其後雖去爲農、工、商、賈，而終不忘學問之意。此人紀所以修，賢者所以不擇地而出也。漢、唐後，以記誦詞章爲學。所號爲學者，既徇末而忘其本，而不學者未嘗一遊其樊，質雖美，無所藉以成。如大來之資材，使開以學，鄉道必力。惜乎其生之時，余徒以爲行賈之人而失之也。

蒼平居斬齊之喪，容貌顏色，幾於禮之所謂「稱其情、稱其服」者，而自謂不及大來。又所稱質而不誇，當無溢言，乃爲之銘。大來諱某，卒於康熙壬辰十一月，年三十有七。妻某氏。子某。以某年月日葬於某鄉某原。銘曰：

彼不令者，交相瘉以至老。此相依爲命，而顧不可保。君之歿也其寧！生無憾於兄考。

禮部侍郎蔡公墓誌銘

雍正十年冬十有一月，禮部侍郎蔡公病不能興，皇子日使人問視，天子賜醫，士大夫羣聚必詢公疾增減云何。踰年正月朔後八日薨。天子震悼，自賢公卿以及廱庠之士重志節者，無知與不知，皆儻然若失其所倚。余屢困於衰疾，嘗屬公必銘余。及公疾篤，執余手而愴然曰：「子年先於吾，吾亦自謂終當銘子，而子今銘余！」其喪之歸，子弟生徒合辭以請。嗚呼！余安忍銘公？雖然，義不可讓也。

始余與公相見於相國安溪李文貞公所，文貞引公之袂以屬余曰：「是吾閩所謂蔡世遠聞之者也。」遂定交。及癸巳春，余出刑部獄，而公以是冬服闋至京師。會新令：「翰林科道在假者，並休致。」而公之請假也，旋丁父艱。或謂宜自列於吏部。公曰：「吾聞古者受爵而讓，未聞投牒以自申也。」時文貞公承編御纂性理精義，薦公分校。踰歲書成，造余謀所處，余曰：「天果不廢子之學，何患無周行坦步而出？以編書復官，去牒請一間耳！」遂固請於相國以歸。先是儀封張清恪公撫閩，延公父主鰲峯書院而招公入使院，共訂先儒遺書。至是大府復以鰲峯屬公。公夙尚氣節，敦行孝弟，好語經濟，而一本於誠信。由是閩士慨然感興於正學，而知記誦辭章之爲末也。其家居設族規，置大小宗祭田，孤嫠老疾月有餼。鄉人化焉，環所居三百餘家，二十年無博戲者。

今皇帝嗣位，特召入都，命侍皇子講讀，授編修，五轉而至禮部侍郎。公侍皇子，凡進講四書五經及宋五子之書，必近而引之身心，發言處事，所宜設誠而致行者；觀諸史及歷代文士所述造，則於興亡治亂，君子小人消長，心迹異同，反覆陳列，三致意焉。當是時，兼保傅之任者，皆執政大臣，政事方殷，不得朝夕在側，惟公奉事十年，晨入夜歸，無風雨之間。諸公背面多語余曰：「聞之忠信正直，學足以達其言，誠足以致其志，或過於闊疎而無近慮，洵書所謂『惟其人』者也。」

公議論慷慨，自爲諸生，卽以民物爲己任。及從淸恪公遊，吏疵民病，言無不盡，政行衆服而莫知其自公。辛丑夏，臺灣蠢動。公大會鄉人，聯伍團練，助官兵聲勢。平生好善樂施，出於天性，故人皆信嚮。既貴，士有志行及文藝之優，必躬禮先焉；知其賢，則思隨地而開通之，汲汲如有所負然。余每以公事至圓明園，必宿公池館。公薄暮歸，常挽余步空林，坐石磯，至昏暝或達夜中，雖子弟莫知云何。而所諏度，皆民生之利病，吏治之得失，百物之息耗，士類之邪正，無一語及身家淺事者。嗚呼！以公之志在竭忠，天子知人善任，使得竟其志業，未知所就於古人何似？而扼以無年，嗚呼惜哉！

公性淡泊，所得祿賜，半棄之族姻知舊，妻子僅免寒飢，敝衣粗食，視窶人或甚焉。其居外寢設一榻一帷，余至則以讓余而卧後夾室；方夏秋，蚊虻噆膚，竟夕不安，而惟恐余之不淹留信宿也。嗚呼！此公之志氣所以懍乎海內之士君子歟！

雍正四年，公列爲九卿，以侍皇子，廷議多不與。八年秋，以族人事牽連，吏議：降一級調補。及上特命復故職，而公疾已不可振矣！卒年五十有二。所著二希堂文集十五卷，鼇峯學約、朱子家禮輯要、合族家規各一卷。所編性理精要、歷代名臣言行錄，論定古文雅正、漢魏六朝四唐詩各若干卷。惟學約、家禮、古文雅正及與高安朱相國共訂歷代名臣名儒循吏傳已刻行於世。蔡氏世居漳浦之深山，故學者稱梁村先生。始祖元鼎以講學名鄉里。五世祖宗禹登明萬曆辛丑甲科，益著稱，行蹟見道南原委。曾祖諱一橙，萬曆丙午舉人。祖諱煜，郡庠生；父諱璧，以拔貢生爲羅源敎諭，皆誥贈如公官。曾祖母某氏，祖母某氏，前母某氏，母吳氏，並贈夫人。妻劉氏有賢聲，先公一年卒。喪歸踰嶺，士友弔祭，數百里不絕。子六人：長長漢，己酉舉人。次長澐，郡庠生。次觀瀾，太學生。次長瀜，太學生。次長浩，次長注。長注夙孝慧，先劉夫人半月而殤，方十齡。女三人。孫男二人。以雍正某年某月某日葬於某鄉某原。銘曰：

其材天植，其學不迷，其志不欺，其數非奇，而不竟其所施。匪予之私，衆心所悽！

禮部尙書贈太子太傅楊公墓誌銘

雍正十有三年秋九月，皇帝宅憂，甫旬日，卽起楊公名時於滇南，士大夫知與不知，皆驚喜相告。乾隆元年二月，公至自滇，時年七十有七，以禮部尙書入敎皇子，侍直南書房兼國子監祭酒而不領部事。上與諸王大臣議政之暇，時召公入見。公自薦士七人爲助敎外，未見其所言議施爲，而天下士皆曰：「楊公時獨對，忠言讜論，不知其幾矣！」公體素強，而是秋七月上旬遘末疾，浹月而薨。是日，士友奔唁，暨國子生聚哭於庭階者凡數百人。蓋公自童稚以至篤老，居鄉立朝，莅官撫衆，無一言一事，不出於中心之誠，故其感於人者，如此其至也。

康熙辛未，李文貞與主禮部試，見公文而異之。及入翰林，遂朝夕相從問學。其充日講官，視學京畿，皆特擢，不由階資。始聖祖仁皇帝悼學政廢弛，以九卿督學，自文貞始，而公繼之，校士一遵文貞成法，士雖擯棄無怨言。其主試陝西亦然。乙酉，偕衆督學出防南河。踰年丁父艱，繼丁母艱。

癸巳，聖壽六十，廷臣慶賀。上問：「翰林中有楊名時否？」遂特召入京，侍直南書房。丁酉夏，出爲北直巡道，曰：「吾欲試以民事也。」國初沿明制，直隸不設三司，而以巡道主刑獄兼驛傳，政充事劇，吏因緣爲姦蠹。公細大必親，無留獄，無匿情，至今爲民所思，曰：「百年中無與比也。」

己亥，遷貴州布政司。數月就命巡撫雲南。會征西藏，大師駐省城。爲營館舍，數宴犒，而約束堅明，無敢叫囂。餉遞轉，民無咨。七年中，凡軍民疾苦，大者奏請，小者更易科條，事無遺梗，恩信浹於蠻髳。公天性和易，雖馭僕隸，無厲色疾言，而是非可否，則守其所見，固植而不搖。自始入南書房，聖祖叩以易説中旁及象數者，公正對無所瞻顧。世宗憲皇帝卽位，手諭褒嘉。三年，擢兵部尙書，總督雲貴。四年，晉吏部尙書，仍管雲南巡撫事。公益自奮厲，思竭忠誠，於人之邪正，事之得失，風氣淳薄之相倚，盡言無隱。五年，以奏豁鹽課敘入密諭，削尙書職，仍署巡撫事。六年，遣少司寇黃炳與新撫朱綱訊公以六事，獄辭成，罪在大辟。衆皆曰：「禍無振矣。」公於三朝皆受特達之知，而有識者則謂先帝保公之始終，德尤大，事尤難。蓋聖祖知公，實由文貞推輓；而公旣得罪，務進取者，爭欲實公之罪以自爲忠；雖雅知公者，亦難遽爲公言，而聖心自定，特旨赦原，凡有司文致之罪，一切置而不問；俾得從容偃息，聚徒講學於滇南者且七八年。非重公之素行，諒其無他，而能如是乎？嗣天子大孝親賢，特頒明諭，然後知先帝本欲徵公。此萬邦黎獻所以追思盛德於無窮而歎爲至明之極也。

公平生介節義事，美行嘉言，不可勝紀，而孝德尤著，年踰強仕，父母摩拊如嬰兒。其防南河，同出者多以爲難，而公獨以近奉二親爲喜。數年中生養死藏，毫髮無憾，然後以身許國，夷險一節，而無所係牽，蓋若神者實陰相焉。

余始於督學宛平高公使院見公試藝，闔郡無與儔，因有意於其人，而束於禁防，雖時往來江陰，而無因緣會合。辛未，再至京師，乃見公於文貞公所。余與文貞辨析經義，常自日昃至夜中。公端坐如植，言不及，終已無言。用此益信公之爲學能內自檢攝，而未暇叩其所藏。及往年，余再入南書房，公繼至。始知公於文貞所講授，篤信力行，而凡古昔聖哲相傳性命道教之指要，異人異世而更相表裏互爲發明者，皆能探取而抉其所以然。嗚呼！公之用無不宜，忠誠耿著而人無間言，蓋有以也夫！

公疾未作，方奏對，天子見其徵。既疾，數使人問視。既歿，大痛悼。發帑金使國有司治喪，散秩大臣領侍衞十人奠爵。特諭稱公學問醇正，人品端方。贈太子太傅，入賢良祠，賜謚文定。

楊氏系出關西，明初以軍功世襲鳳陽勳衞，家懷遠。自諱元吉者始遷江陰，逮公五世矣。祖諱起鯤，父諱履泰，並贈資政大夫、巡撫雲南都察院右副都御史。祖妣任氏，前母陳氏，母許氏，並贈夫人。公字賓實，號凝齋，生於順治十七年十二月二十四日，卒於乾隆元年九月朔日。初聘趙氏，未娶卒；娶劉氏，誥封夫人。以弟之子應詢嗣。應詢暨公門生王君文震、夏君宗灝以銘幽之文請。余雖病衰，義無可辭。銘曰：

古有其德，事不待施。志之得行，書亦無爲。公承師說，篤信固執，探其本根，焉用枝葉。惟公惟平，政出民諧；惟誠惟信，頑姦無猜。我言無溢，來者之式。

廣東副都統陳公墓誌銘

公姓陳氏，諱昂，泉州人。世居高浦，國初遷濱海居民，徙灌口。父兄相繼沒，以母寡，艱生計，遂廢書，賈海上，屢瀕死；往來東西洋，盡識其風潮土俗，地形險易。

康熙癸亥，上命浙閩總督姚啓聖經略臺灣。遣靖海伯施琅統諸軍進戰，求習於海道者，公入見。時制府以水戰宜乘上風，公獨謂：「北風剽勁，非人力可挽，船不得成綜，不若南風解散，可按隊而進。」施意合，遂參機密。將至澎湖，北風大厲，氛霧冥冥，晝面不相覿三日，軍中恫疑。公進曰：「此殺氣也！將軍毋以父兄之仇，欲效楚伍員倒行而逆施乎？」將軍曰：「然則吾誓天。」公手案以進。誓畢，風反日暉，遂克澎湖，歸疾病痍傷者於臺灣。其吏卒大喜，鄭氏遂歸命，兵不血刃。策勳，授蘇州城守。一調再遷而至碣石總兵官，擢廣東副都統，皆濱海地也。嘗奏請：「西洋治象數者，宜定員選，毋多留；其留者，勿使布其教於四方。」

自開海洋，登、萊、江、淮間，海舶至，菽、粟、布、帛卽騰踊。僉曰內地年登而穀貴，職此之由。久之，語上聞。命盡閉海洋。公聞之，獨曰：「南洋，非此倫也。吾少歷諸番，皆習耕稼，無資於中國。或海壖毁饑，商舶倘以諸番之米至。今概絶之，則土貨滯積，而濱海之民半失作業。」欲上言，會疾作；將終，命其子以遺疏進。衆皆疑焉，叩之閩人，則曰：「斯言也其信。」

公之子倫熌介吾友楊君千木請銘。余既奇公之迹，又其言宜考信於後，乃受其請而譜之。公歷官皆能其職，有遺施在人，卒年六十有八。父諱健。前母許氏，母王氏。自曾祖以下，皆受一品錫命。夫人林氏。子三人：長倫熌，次芳，次倫焜。以某年月日葬公於某鄉某原。銘曰：

迫爲生，海之涯，備諸艱危，榮遇亦由茲。志願無餘，安以反其居。

知寧國府調補部員黄君墓誌銘

君諱叔琪，字果齋。自其父芳洲公始入籍京兆。君兄弟五人，皆登甲乙科，三人出入中外爲顯仕。康熙乙酉，君舉於鄉，以中書倅雲南景東府，土官實掌郡事。始至，甿寮時駭，乃嚴武守，勤偵緝，閭里宴眠。又以其暇，廓學宫，建橋梁。報政，擢知江南寧國府事。雍正二年，余請假歸葬，以視執友之孤，道宣城，時君治郡已四年矣。入其境，民氣和樂，士勸於塾庠。有司胥吏則戴其寬簡，而知不可犯。用此，大府之賢者，皆誠信而禮貌之；其或臭味不同，亦無從得其過端。嘗以承追官民積負後期被劾，世宗憲皇帝特原，俾留任。莅兹土者凡十有四年，中间兼摄徽郡及太平。既久，民犹有述焉。

癸丑，改调入京，以伯仲及季同时而罢也。君在任採铜，为商人所乾没，未尽入；寄家累於张秋。乾隆丁巳仲夏，太夫人九十，偕妻入拜庆。妻遘病，卒於京师。其冬，君亲赴吴门，趣入铜；体素羸，抱感伤，又辞老亲，至张秋，病不能兴，逾岁二月朔後八日卒，年六十有一。

余与君兄弟皆久故，惟君踪跡较疎。其服在大僚者，所至皆有名绩，而余得君於闻见尤详。又念君兄弟虽中跲，数年中复次第光亨，而君竟长逝矣。以铭请，余岂忍辞？

君父讳华蕃，廪贡生，顺天府大城县教谕，以长子叔琳诰赠资政大夫吏部左侍郎。母吴氏，诰封太夫人。妻李氏，诰封恭人，甚有妇道；其卒也，太夫人深痛之。子六人：长子元畴，丙午举人。次德铸、畴焘，皆郡庠生。次鹤龄，丁巳进士。次崧年，业儒。女三人，並适士族。乾隆五年某月某日，葬於先兆之次。李恭人祔。其先世繫姓，余既为赠公外碑，故不复详。铭曰：

兄考既敷菑，子孙能耨之。宦非不遂，而年已耆。於众为无憾，而在君犹积而未施。吾是以为之谘！

沈編修墓誌銘

常熟沈立夫與余同給事武英殿書館。雍正四年秋，揖余曰：「吾告歸，行有日矣！吾母安吾鄉；古之人耕且養，三年而窮一經，四十而仕。吾齒與學皆未也。吾少好柳文，自先生別其瑕瑜，然後粗見古人之義法；及聞周官之說，而又知此其可後者也。故奉吾母以歸，將畢其餘力於斯。」

立夫歸，自南方來者，爭傳其務學之勤。八年三月，有來告者曰：「立夫死矣。」余自童稚從先君子後，具見百年中魁壘士，其志趨尤上者，誦經書、講學、治古文而止耳，而察其隱私，猶或以震耀愚俗，而私便其身圖；故其所得，終未有若古人之可久者。其誠心欲有立於後，惟吾友崑繩之子兆符，而既夭死；又其後則立夫。豈區區之文學，亦天心所重而靳其成邪？而古之人有言曰：「人皆可以爲堯舜。」豈求在我者，可稱其大小遠近而必有得，而與竭心於文學者異道邪？

立夫諱淑，雍正癸卯進士，翰林院編修，卒年二十有九。父某，太學生。母某氏。妻蔣氏，有子始三歲，未能訃。乃誌而銘之，以郵致於其家。立夫之祖育，以孝聞。其歸也，請誌其墓。余因舉立夫之志行，決其終有立，以爲孝德徵，而今乃銘立夫。嗚呼！悲矣。

銘曰：始謂斯人，若爲天所牖，而善爲承。豈惟無成，速殞其生，何數之難測，而理亦未可憑？

李抑亭墓誌銘

雍正十年冬十月朔後九日，過吾友抑亭，遂赴海淀。次日歸，聞抑亭蹷而瘖，日再往視，越六日而死。

始余見君於其世父文貞公所，終日温温，非有問不言。及供事蒙養齋，始習而慕焉。期月而後，無貴賤老少，背面皆曰：「李君，君子人也。」其後，余移武英殿，領修書事，首舉君自助。殿中無貴賤老少，稱之如蒙養齋。君自入翰林，再充順天鄉試同考官，典試雲南，士論翕然。視學江西，高安朱相國每曰：「百年中無或並也。」按察使李蘭以咨革諸生，君常難之，劾君牽制有司之法，而彈章亦具列其廉明。余自獲交文貞，習於李氏族婣，及泉、漳間士大夫。其私論鄉人各有嚮背，而信君無異辭。君被劾，當降補國子監丞，羣士日夜望君之至；既受職，長官相慶，而涖事未彌月。用此六館之士尤深痛焉。

往者歲在戊申，君弟鍾旺蹷而瘖，卒於君寓，余既哭而銘之。君在江西，喪其良子清江，又爲之銘，以塞君悲，而今復見君之死。古者親舊相與宴樂，而樂歌之辭乃曰：「死喪無日，無幾相見。」有以也！君在蒙養齋及殿中，與余共晨夕各一二年；返自江西，無兼旬不再三見者。辛亥春，余益病衰，凡公事必私引君自助，無旬日不再三見者。一日不見而君疾，一言不接而君死，故每欲銘君，則愴然不能舉其辭。喪歸有日矣，乃力疾而就之。

君諱鍾僑，字世邠，福建泉州安溪縣人，康熙壬午舉於鄉，壬辰成進士，年五十有四。所著論語孟子講蒙十卷，詩經測義十卷，易解八卷藏於家，尚書、周官皆有說未就。父諱鼎徵，康熙庚申舉人，戶部主事，誥授奉直大夫。母莊氏，贈宜人。兄弟五人，四舉甲乙科。兄天寵自入翰林，十餘年與君相依，皆不取室人自隨；痛兩弟羇死，乃引疾送君之喪以歸。君娶黃氏，勅封孺人。子五人，四舉甲乙科：長清載，庚戌進士，兵部武選司額外主事。次清芳，癸卯舉人，揀選知縣。次清江，癸卯舉人，揀選知縣。次清愷，壬子副榜貢生。次清時，壬子舉人，世父撫爲己子。女一，適士族。以某年月日葬於某鄉某原。銘曰：

蓄之也深而施者微，將踵武於儒先而年命摧。悼余生之無成，猶有望者，夫人而今誰與歸？

中議大夫知廣州府事張君墓誌銘

君姓張氏，諱錞，字子容，山西蒲州人也。少異敏，博聞強記而不諧於俗，州部皆號曰狂生。既成進士，師友間亦見謂不覊。及余與供事武英殿，始知君樸質人也。嘗舉其鄉百年中立名義者，而叩以所自處，君曰：「子他日視吾所爲。」

今皇帝嗣位，大臣將以史才薦，訪於余。余曰：「是足爲民依，不宜使泯沈於藝文。」乃舍之。君始聞，不能無愠，既而知由余言，則大喜。因請外補，試湖廣應山縣。踰月，湖南北士人、商旅至都下者，爭傳其治教如自矜所得。時鄭任鑰以布政使入覲，余詰之曰：「有吏如應山而不特舉，有說乎？」曰：「是貌不颺，言拙，將以計典列薦，俾循階以升。」朱相國聞之曰：「此過言也。彼人遭遇與國之得賢，固有天焉。以人事君者，惡用爲計較哉？」

雍正四年冬，上特召，五年春，引見，命知廣州府。抵任，首自陳於大府曰：「郡治劇，當坐署理民事，上官非傳呼不至。」由是監司以上皆患君骨鯁，而督撫方相構，陰樹附己者，君柴立其中央。久之，制府以民望所歸，加體貌焉。父老皆私歎曰：「我公自是側身無所矣。」君在廣州，治加嚴毅，諸生有患鄉里，榜其罪，使曲跽於交衢，而不能私出怨言。忌者雖多，無可瑕疵。七年春，始以屬縣囚逸罷。功令：四獲則復官。士民爲君懸賞格以購之，踰歲果得焉。君以書來告曰：「吾官可復，但羞與羣子傾側勢要間，枉道行私以負聖天子；頗思與子稽諏文史，浩然有以自得也。」時京師諸公聞君脫吏議，多躍喜，將俟前事奏結特舉焉，而君遘疾死矣。

君之官不挈妻子，既罷，居廣州三年，士民日致薪米果蔬用物，不可抑止；及卒，無親屬在側。時大府皆已更易，羣吏憫傷，共棺斂。士民驚呼，羣聚而哭之。君家故窮空，其子聞喪，久不能奔。自大府羣吏及士民咸出力以御君柩歸其鄉，而以賻之餘屬守土吏買田以給其妻子。

君將赴廣州，走別余。余謂君：「治法宜條記以式爲吏者。」君曰：「其能者豈恃故方？非其人，雖灼知不能用也。吾已棄此如遺跡矣。」君治應山僅踰兩年，廣州年餘，美政不可勝紀。其子以狀來，雜舉條目而首尾不具。其精神之運，方略所施，俱不可得而見，家事亦然，故概弗採列，而獨著其志節之耿然者。

君先世平陽府小南關人，元末遷蒲州，世居東關爲儒家。高祖諱杲明，天啓中舉乙科，官戶部郎中。父諱含璵。母王氏，生四子，君其仲也，康熙甲午舉人，乙未進士，享年五十有六。妻任氏。子士瀹。以某年某月某日葬於某鄉某原。銘曰：

操行不迷，懷文抱質，而衆反以爲咍。官守無虧，主知民載，而終爲人所摧。惟直道之不亡，志愈遠而彌光。

白玫玉墓誌銘

康熙癸巳春，余出刑部獄，郎通書吾友清澗白君玫玉；玫玉以書報曰：「必來視子。」庚子，其弟玖玉以守選至京師，曰：「吾兄歲爲裝，而喪荒滯之，今行有日矣！」踰歲絶音耗而凶問至。余自童稚從先君子見楚、越耆舊，長遊四方，海內知名士十識八九，聰明博達愿謹耿介者，時時有之；獨未見才識足以立事，確然可信，如古豪傑之士者；及得玫玉，始驚喜出望外。

辛卯冬，余以南山集牽連被逮；時制府噶禮、廉使焦映漢俱夙憎余，欲因事以螫；會玫玉客安徽布政使馬公逸姿所，竟賴其力以免困辱。玫玉文學重鄉里，以拔貢生授高陵縣教諭，稱疾不就，而客遊諸公間。于中丞準其舊交也，巡撫江蘇，以重幣招至。則與要言曰：「君以蔭起，富貴至此，豈君之能？以乃祖清端公風節著朝野耳。今爲大府而泣其遺民，果能繼前人之廉公，恢張教治，以大庇民，則某不敢辭。若苟焉爲衆人所爲，又安用余？」越數日，假他事以行。

白氏五世不離居異財，玫玉終世客遊，齎裝皆盡之族姻朋友。幼工書，得魏、晉人遺意。中歲爲詩，雄直過人，或欲鋟諸版，曰：「士乃以茲自名邪？」余在難，同學二三君子，時就縣獄中，多欷歔流涕，惟玫玉毅然無別離矜憫之色。

玫玉諱斑，以順治丁酉生，享年六十有六。曾祖諱宗舜，明萬曆丁酉舉人，知山西蒲州。祖諱慧元，崇禎甲戌進士，直隸任丘縣令，以忤宦官落職，會亂城危，士民扳援留守，死之，贈河南按察司僉事。父諱補宸，順治己酉舉人，三原縣教諭。妻郝氏，無子，以伯兄之子子正嗣。女四人，皆適士族。以某年月日葬於某鄉某原。銘曰：

夫人之生也，而無以爲。吁嗟乎！古其有斯。

翰林院編修查君墓誌銘

君諱嗣瑮，字夏重，後更名愼行，浙江海寧人也。季高案：更名應爲國喪未除參與演長生殿傳奇案斥革；其登進士第且更籍錢唐。余始入京師，查氏負才名者數人，而君尤獲重語。朋齒中以詩名者，皆若爲君屈。君少聞吾邑錢先生飲光深於詩，卽泝江，繫舟樅陽，造田間講問，逾時而歸。錢先生數爲余道之。及與交久長，見其於時賢中微若自矜異，然猶以詩人目之。及余脫刑部籍，聖祖仁皇帝召入南書房。中貴人氣焰赫然者朝夕至，必命事專及於余，乃敢應唯敬對，外此不交一言。又夙畏風欬，常著緇布小冠。諸內侍多竊笑，或曰：「往時查翰林慎行性質頗類此，而冠飾亦同。」嘻，異哉！余用是益有意於君之爲人，而君尋告歸。及篤老，以其弟嗣庭得罪，牽連被逮。同產弟姪並謫戍，而君獨見原。蓋先帝公聽並觀，君恬淡寡營，久信於士大夫，故在事者閔焉而以情達也。

君既歿，其子克念以狀請銘數年矣。乾隆元年十有二月，余臥病直廬，或告曰：「君之彌甥沈庶常廷芳屬爲通言，速君銘，且告克念之喪。」是夜，夢與君問勞如平生。晨起，命家人檢故狀不得，乃就所獨知於君者以誌焉。覽者卽是以求之，其所狀事迹雖不具可也。其詩已行於世者，凡四千六百餘篇，各以時地次爲五十四集。君卒於雍正五年，年七十有八。父諱遺，字逸遠，爲浙西耆舊。母鍾氏。兄弟四人，皆成進士。妻陸氏。子三人：克建，丁丑進士，鳳翔知府，克承，國子生，俱先君卒；克念，甲辰舉人。以某年月日葬於某鄉某原。銘曰：

所嚮所祈，詎止於斯？而終已無施，惟以弸於詩。

禮部侍郎魏公墓誌銘

公姓魏氏，諱方泰，字日乾，江西廣昌人也。康熙甲子，舉於鄉，爲選首；庚辰成進士，選庶常。韓公慕廬掌院事，數爲余道公學行；時諸翰林以韓公故，多索交於余。間與公相見稠人中，未嘗以言語顏色相親，因是心重公。

及乙未西事興，領軍餉者四人而公與焉。衆皆詫公文儒，沙場萬里，行宿鮮人煙，數攻剽，言者皆爲色懼，而公恬然。及出塞，結隊安營，號令明肅，撫循徒旅，人忘其勞；反役，人畜鮮傷耗，什器無遺亡。自是以後，領運者六，事集而人皆便之。蓋公自散館後，即召入南書房，旋命侍淳親王講誦，聖祖已審知公之爲人，故自翰林改官通政司，蓋信公可屬以事久矣。於是天下士始謂公之底蘊不可窺尋，而歎聖祖之知人善任使也。

公爲檢討，主山東鄉試，視學滇南；擢侍讀，改通政司參議，復主試閩中，教習壬辰科進士。士聞公誨喻，多勵學自檢於躬行。其在滇南，與撫軍劉公蔭樞善，還中朝，大農趙公申喬數稱其廉公。世宗憲皇帝登極，擢太常卿，遷正詹事；乙巳夏，以本職攝內閣學士，尋遷禮部右侍郎；嘗正告廷臣曰：「如朱軾、張廷玉、沈近思、魏方泰，朕保其終無二心。」人皆意公將繼武於朱公，而公以年滿七十，力陳衰疾重聽，秩宗典禮雖虔恭將事，終憂隕越。温旨許之。嗚呼！公之不敢賴寵，先帝之篤信忠良，又能曲體其情而不強以仕，皆可以感人心，砥維風教，使奕世聞而興起者也。

公襁褓失母，終身哀慕，序譜牒，建宗祠，置祭田，恤族屬孤貧，延及朋友，鄉人式之。好讀書，造次不釋，往還絕漠，每至挈轡令舍，馬瘏僕吁；公部署既定，即端坐吟誦，神氣洒然，同行者皆心服焉。

公得告時，子定國爲直隸按察使，就養於保定。其沒也，會定國以同官罣誤繫獄，尋謫黑龍江，窀穸猶未營。及今皇帝嗣位，特召還京，起署陝西西安按察使，而夫人李氏亦沒矣；請歸葬然後之官，詔許之。乾隆三年冬，以狀來請銘，余與定國，同年友也，謫而歸，始相見於旅舍，然以道義相許有素矣，乃爲譜其世家。魏氏蓋了翁後也。元初，卜居南城之魏坊，繼遷於廣昌。支分爲三：長居甘竹，季居寧都，次居株橋，公其裔孫也。累世素豐，鼎革初，鄉里山賊數起，邑中善良避賊保水斗山。守將利其有，將屠之。公之父明之素與相識，馳見之。給令箭曰：「保爾家無虞。」泣曰：「某居別山，非爲吾家來也。此砦中皆良善，不忍其荼毒耳。」守將拒以強詞，色甚厲。乃括家財，持千金爲壽，曰：「砦中父老所有盡此矣！必破砦，勿淫勿殺。」又以五百金賂其左右，於是兵入，衆皆安堵。及公既貴，定國繼之，子姓繩繩。鄉人皆曰：「此乃祖乃父積善之慶也。」曾祖諱沆，國學生，鄉飲大賓。承嗣祖諱復禧，父諱菁，誥贈通議大夫。祖妣孫氏，妣何氏，生妣陳氏俱贈淑人。本生祖諱復禮，妣李氏，以定國及妻封貤贈如其官階。

公卒於雍正六年四月，年七十有二。配李氏，卒於雍正十一年三月，年七十有九，誥封淑人，以乾隆二年贈夫人。庚午，公在京師，贈公卒於家，夫人備禮致哀，族姻皆爲感動。

以乾隆元年四月二十六日合葬於南城魏坊。子三人：長定國，康熙丙戌進士。次寶國，康熙甲午舉人，雲南永平縣知縣。次安國，早殤。女四人，皆適士族。孫七人，舉於鄉者三。銘曰：

美仕榮祿，遭遇適然，惟賢惟德，其兆必先。魏宗三支，寧都學顯，公務質行，身依文典，望比於鄉，勤施於國，衆信其誠，士馨其德。象賢有人，忠貞世宣，是父是子，帝有明言。明之澤近，華父光遠，於萬子孫，先型毋靦。

潘函三墓誌銘

君諱藴洪，字函三，湖州人。康熙五十二年，與余俱供事蒙養齋。性孤特自遂，意所欲爲，雖重得困，不悔也；所欲言，聽者色倦，語而不舍，用此衆指笑爲愚惑。吾母之喪，卜權厝近郊，與君行度地，會日暮，余留宿而君堅欲歸，歸則陷積水中，終夜匍匐，臥疾累日；及相期再行，欣然無難色。

君在湖籍博士弟子第一，至京師，御試入修書館復第一，以未入太學，例不得試京兆，上特命内閣下其名禮部，逡棘闈，羣士皆驚。君自負才望，謂科名可垂手得，及數試不克而同館士强半舉甲乙科，忽忽减食飲。余謂君：「士果自負，當與百代人絜短長。今直省鄉貢，閒三歲必千餘人。君乃以不得與於千人者而發憤以死邪？」其疾也，聞方藥輒試。余憂之曰：「子非死疾也，而漫試百藥，子必死。」君感焉，淚漬於眶，然竟不能止也。戊戌夏四月晦前三日，余赴熱河，走別君。相視而嘻，曰：「吾疾已愈矣。」越四日而死。

君近歲益窘空，數典衣，道逢廢疾窶人，卽使持去。嘗遊江西，鄰舟覆，挈其夫婦子女，行千里而致其家。授經齊、魯閒，積百金將歸，會大祲，死者相望，惻然出傭力瘞埋，罄其裝。余意其尙有瘳，而竟止於此。

既卒，踰年，館中士友咸出其力，乃得以某月日歸君之喪，而屬余爲銘以畀其孤。妻某氏。子某。以某年月日葬於某鄉某原。銘曰：

一之不施，而信其積者誰？旣歸骨於而宗，尙其無悕！

顧友訓墓誌銘

君姓顧氏，諱同根，字友訓，江都大橋人，書宣先生長子也。其居鄉閭，名在州部；居庠序，名在京師。諸公多欲資入太學，以母老諸弟幼，恆家居，雖教授，不出百里。康熙六十年，選高等諸生入太學，學使者注意於君，君避不入試。

始吾師以督學卒於楚，喪過金陵，余弔於舟次，始識君。其後歲時至君家，季方孩，君與讓訓、歆和朝夕講誦，怡怡如也。及余難後，聞歆和之喪，誌而銘之。又十餘年，余得假歸葬，再過君，君適以是日持仲之喪至自泰興，相視飲泣，意緒促促。及君之卒，則家不能計，踰二時始得之傳聞。嗚呼！自吾師之卒也，海內士大夫已嘆其積而不施；至君則強志博學而未嘗一見其鋒穎，故聞者莫不痛惜發於中情，不獨親知久故然也。

君以雍正四年冬赴弔姻家，夜中體不適，旦而歸，未至家而卒，年四十有五。妻王氏，無子。以某年月日葬於某鄉某原。季以太夫人命來徵銘，銘曰：

孤與嫠，遑顧思？母之煢，恨無涯。惟數之奇，一至於斯！

陸以言墓誌銘

君諱詩，字以言，江寧人。家世農田，秀者學藝。君始以習宋字入蒙養齋書局，敬敏有聲，有旨得從羣士校錄敍用。君既拔起，稍自振飭，與羣士抗禮，衆深心嫉之。及議敍，皆得美仕，君獨以後期數月不與，發憤成疾，踰年竟死。

君在書局凡八九年，始爲衆所排，常憤湧。余開之曰：「毋以爲也！若欲以聲勢與衆爭衡，何道以相勝？苟能修身強學，則自知不足懟介矣。」君大感動，務自刻苦，念家貧，父母老不得養；或饋之品味，必轉遺他人而不自食。學柳書，晝夜矻矻，點畫無毫髮不似。將死，泣而語其人曰：「我無子，無用歸我喪，重父母感傷。」以雍正元年某月日權葬京東江寧義塚。

又四年夏，其叔父琢之至京師，來告曰：「吾兄子之婦，守節養舅姑，志歸其夫喪，吾不忍棄言。」余既悲君崎嶇以死，又感其妻與叔父之意，乃述所目見於君者，而爲之銘。君年三十有四，以監生考授州同知。父如珍。母劉氏。妻王氏。以某年月日葬於某鄉某原。銘曰：

婦能貞，子職率，諸父良，歸爾骨，死有知，億無鬱。

光祿卿呂公墓誌銘

雍正五年冬，詔公卿舉賢才。光祿卿呂公具箚不合儀式，天子夙知公謹愼，年篤老，許以原官歸休。余與公子耀曾爲同年友，而公於余尤志相得。將行，朝夕過從，要言書問必時通。俄而訃至，則至家之三日，晨興沐浴，飯罷而終。

公年四十有一，始舉於鄉，又十有七年成進士，由翰林改御史，轉給事中，遷鴻臚、大理至光祿寺卿，所歷必張其職。三主鄉試，再充會試同考官，士論翕然。其爲御史巡城，會南郊，奏以「薙草徵役，胥吏因緣病民」，又奏「夏秋之交，洞庭瀧濤壯猛，湖南士赴鄉試，苦遭覆溺，宜分設棘闈」，天子皆爲更舊制。公名位非甚盛，而以渾厚方直爲衆所推；其沒也，凡與交接者，皆曰薦紳中，典刑又失其一矣！

自容城孫徵君講學淇源，湯司空、耿詹事名節在天壤。由是中州士大夫多好言理學，而公兄弟則尙質行，以文學知名。公兄少司農坦菴公與吾亡友崑繩治古文而旁及於詩，公則以詩名而兼治古文。余嘗以古文義法繩班史、柳文，尙多瑕疵；世士駭詫，雖安溪李文貞不能無疑，惟公篤信焉。

公至性過人，喪父母，壹稟禮經。自少至老，未嘗與司農久離。戊戌春，司農罷歸。次年五月，公忽搏膺而呼曰：「不得與兄見矣！」數日，訃果至。司農之歸也，思公爲樂府一章，時命耀曾之子肅高相和而歌，歌竟而哭。厥後，公展視，輒掩涕呑聲，耀曾乃竊而藏之。公貌端嚴，生平坐立無偏倚，讀書靑要山凡數十年，所居特室，臨牕設几，坐下二足跡深寸許，幾穿其磚。

呂氏繫出宋丞相文穆公第六子居簡，其後自洪洞遷新安，至明季大司馬忠節公始光顯。自是五世，衣冠甚盛，家法爲士大夫宗。耀曾嘗臥病內寢，余入視，帷帳茵褥，爲寒士所不堪，肅高捧盤承飮而進。叩之，則已舉於鄉矣。雖呂氏家法，抑亦公之身敎也。

余許序公靑要集，久而未就。公欲爲古詩數章贈余，曰：「吾歸以詩來，則子之序毋更遲之又久矣！」肅高告終，稱公在途，諄諄及此。耀曾至自西川，來乞銘。余於公既負諾責矣，今忍不銘？

公諱謙恆，字潤樵，以雍正六年四月二十一日卒於孝慈莊，年七十有六。考諱兆琳，福建道監察御史，以司農贈都察院僉都御史。妣王氏，孟津王文安公女，勅封孺人，誥贈恭人。妻王氏，太常寺少卿諱無咎女，文安公女孫。子三人：承曾，雍正甲辰舉人，揀選知縣。光曾，康熙戊子舉人，陳留縣儒學教諭。耀曾，康熙丙戌科進士，四川按察使。孫五人。女孫九人。以某年月日葬於某鄉某原。其世系具忠節公傳，誌故不著。銘曰：

望其貌而心可知，敦於行而文副之，祖德克儀，以爲世裔師。

安徽布政使李公墓誌銘

乾隆十年六月朔，余臥病北山，閉關而外鍵之。安徽布政使李公屛騶從過余，謂門者曰：「卽廬館，必啓鑰。」冭戶而入，曰：「吾固知先生避客之深也！吾自獲見於先生，始知所以爲人之道，備官中外幾二十年，自省尙無負於君國，無憝於吏民，皆先生之教也。所懼民隱壅蔽，有過而不自知。今荷聖恩，位邦伯，而適在先生之鄉，故甫入城，未受印篆，而願聞緒論，望先生知無不言！」越三日而余遘危疾，不辨人事者浹月；及杪秋，少蘇。醫者曰：

「子無他，昨視方伯李公，心脈已枯，恐無可久之道。」余瞿然，急通問。復書曰：「某陳臬於蘇，幾三載，即笞杖，必設身以求其情，積勞傷氣；又胃痛，醫人投藥物過猛，故一發不可支。如有瘳，即敬以聞。」未十日，則其子以棺斂事來諏，且乞銘矣。公所生三子皆幼，其弟之子承嗣者，雖少長從宦遊，而方從師務帖括，外事無聞焉；幕中皆新知，故狀所述，惟歷官及蒙恩遇，而政迹無敍列者，銘辭難舉；雖然，義不可卻也。

公洛陽人，雍正五年進士，選庶吉士；不介而造余，形貌偉然，所爲詩及書法皆拔俗。時余掌武英殿修書事，因奏請共編纂。見公小心畏義，好賢樂善，出於至誠，勖之曰：「子公輔之器也，貴仕不足道，能如鄉先輩劉洛陽，更進之爲本朝湯睢州，乃無愧於爲人。」公竦然。及散館，授檢討。九年，改山東道御史。十年，巡察直隸順、廣、大三府。十一年，監會試內簾，巡視西城，轉兵科給事中，稽察倉場，充武會試同考。十二年，奉使策封安南，賜正一品服。十三年，授刑科掌印給事中，轉四川建昌道按察司副使。公出在外，歲時必通書。余見其地士大夫商旅，必詢公操行及所注措，故知公爲深，而欲籍之，則事實不能詳也。其巡三郡，官吏凜凜，雖大府亦嚴憚焉。在建昌，自打箭鑪至西藏，民寮威懷，治行甲兩川。金川諸土司相仇殺，公會諸將巡視開諭，皆駢首革心。

乾隆四年，大計卓異。五年，引見，天顏甚喜，賜蟒服，回任俟後命。七年，調江蘇糧道，弊絶民憙。會淮揚水災，制軍德公、撫軍陳公於要地多委公拯濟。其冬，遷江蘇按察使，明允無留獄。富商大豪姦私暴露，欲巧法彌縫，卽私計曰：「惟法司大府，三關無道可通，奈何！」其遷藩司，蘇人皆曰：「吾民薄祜，雅太守遷閩嶺，李公復移調，誰其嗣之？」不謂公之不數月而奄忽也。

公處心平恕，終日温温，而不可強以非義。屬吏幕友於簿書或舛誤，未嘗動聲色，惟默思所以正之；而官中蠹胥時因事懲革，衆心感服而不知其所由然。痛少失怙，始舉於鄉，而太夫人卽世，愛弟學峻如一身，甫踰三十，連喪耦，卽以弟子焕爲己子。

公始見余，執後進禮。余入翰林後公，故事禮辭當卑遜，而公終以後進自處；及莅安徽，通書忽用師弟子之稱，余固辭。公曰：「先生每以睢州勖我，睢州旣爲監司，始受業於夏峯，某獨不可繼武乎？」余告以「自明萬曆末，徵君卽爲海內儒宗，而睢州乃鄉之後進也。今公爲邦伯，而余以薄劣爲部人，敢以徵君自處哉」，而公終不易稱。卽此一節，非誠以古人爲準的而能如是乎？惜乎余之所望於公者，始少見其端倪；聖天子累日積久以灼見其賢，而不獲竟其用也！然數年來，余夙所心許，如江西熊梅亭、濟寧黃訓昭、安溪李立侯，皆以壯年受知於聖主，始列九卿，而倏如影滅，則又不若封疆大吏尚有實德之及民也。然則有心者，當爲國惜，爲民悲，而公則差可以無恨矣。

公卒於乾隆十年十月望後五日，享年五十有五。祖諱士傑，父諱本質，乾隆元年，誥贈如公官。祖妣楊氏、佾氏，妣曹氏，俱贈恭人。公諱學裕，字餘三。元配劉氏，繼室佾氏，以貤封，未受錫命。子四人：長煥，學峻次子，乾隆甲子舉人。次照，側室張氏出。次燕，次焜，繼室呂氏出。前夫人並葬洛陽城東十里鋪某原。公以某年某月某日卜兆於某岡某原。銘曰：

曰仁曰恭，宜得其壽。德載於民，其聲遠聞，而施則不究。俛焉日有孜孜，道固宜然，其淹其速，則惟命之自天。

莊復齋墓誌銘

余與安溪李文貞公久故，其門下士相從問學者十識八九，而獨未見莊君復齋；叩之，則初授山東濰縣令，母就養，卒於塗，歸而廬墓三年，自是不忍一日離其父。父既沒，隱居教授，若將終焉。今上元年，楊文定公以大宗伯掌成均，薦授國子助教，始與余相見。西林鄂公、海寧陳公問士於余，余首言君，次某某，非禮先焉，不可得而見也。海寧偏往拜。西林使君同官達意至再三，君曰：「吾往見，是慕勢也。相國何用見此等人？」將命者以告，西林瞿然曰：「吾非敢安坐而相招也。顧吾非公事，未嘗一出內城，恐時人以爲疑。吾平生惡市交，莊君以老諸生視我，則不妨顧我矣。」君始入見，志相得，而自是未再至。君自助教遷吏部主事，每執稿與長官爭是非，或齟齬，侃侃言無懼色。君咸進士，出少京兆余甸、御史謝濟世門。二君夙以抗違勢要著聲，由是凡良士皆望君行所志，而好權利者則陰憚之。十月，六年夏，或薦君學行宜居言路，引見，上意甚相屬，越日命赴湖廣，以同知題補。授德安府同知。逾月擢知江南徐州府。徐仍歲水災，君以七年四月至，相川澤，諮耆民，具方略，請「廣開上游水道，以洩異漲，且告石林可危」。未及注措，而石林決。沛縣城將潰，民竄逃；君立起駕輕舠行，告父老：「太守來，與爾民同難，爾民何往！」親率衆堵築，七日夜城完。在徐三年，兩遇大荒，勤賑事，飢不暇食，困不得眠。

九年，遷按察司副使，分巡淮安、徐州、海州。道至金陵，過余北山，曰：「吾再擢，俱聖天子特恩，而徐屬水災，乃數十年所未有，心殫力竭，終不能救斯民之饑溺。及爲監司，而淮、海承屢祲，凋敝多不異於徐，命也夫！吾聞古循吏，精誠能反風滅火。每對饑羸遺民，中心愧畏，夢寐中時摽辟呼嗟。今與先生一握爲笑，以海州歲歲苦病得脫耳。州有鹽河，蓄水通商運，故障塞海口，雖異漲，非徧告大府監司，不敢開洩；及文書畢下，而田苗沈沒者，已不可救矣。陳於制府，已定議：『遇水漲，守土吏先開洩而後報聞。』故數年來未有如今日之樂者。」冬杪得手書，言：「巡行視災核賑，十二月始回徐，舊疾復作。」浹月而其孤使人告喪，以遺命徵銘矣。云卒之朝，猶强起視事。嗚呼！以君之孝，而恨於母者終其身；以君之仁，而民之顚連，與君之牧民相終始，不可謂非命之窮矣。然抱痛於母，而孝乃無虧於父；急民之病，勤事以死，而無負於君；凡君之生不怍於人，死不愧於天，實由於此，豈非易所謂「益之用凶事」者邪？

君學行爲賢士大夫所重，後進多宗之。將冠，鄉先輩戴麥村鑑識妻以族姑。泰安趙公撫閩，請主鰲峯書院，以持父喪辭。其家居，來學者歲以百計。在太學，六堂之士少有祈嚮者，多願爲弟子。九年京察，上命大僚各舉一人自代。內閣學士李清植舉君，公論大服。其卒也，士民啼號，聞者罔不痛惜。所著秋水堂集、河防算法書藏於家。

君諱亨陽，世居漳州靖南縣之龜山，辛卯舉人，戊戌進士，卒以乾隆十一年正月十六日，年六十有一。父諱某，母某氏。妻戴氏，孝於舅姑，與君之友於弟亨德並有聞。長子修，次撰。孫三人。以某年月日葬於某鄉某原。銘曰：

自大理熊君絕世，歲始四新。余方冀其有爲，而忽焉隕墜者五人，而今復銘君。實德之遺，視災黎之涕洟。

教授胡君墓誌銘

君諱禹冀，字載川，太平府儒學教授。自余有知識，見朋齒中背面皆稱胡先生。嘗至姑孰，憩君亭館，君適他出。往來嬉遊者皆曰：「胡公，賢者也。」雖兒童女婦亦然。夫天下之最難饜者人情，而細人又甚焉，而君之所得於衆人者如此，異矣！余遊四方，未得時見君，曾以事接談嬉，無甚異人。厥後亡兄百川授經姑孰，踰年歸曰：「胡公，賢者也。口未嘗言學，而叩以六經、子、史奥賾，衆人所難明者，能記辯之。因就習於君者而考其行，乃知君自成童以後，黽勉於人道六十餘年，未嘗有出入也。」

君以順治乙酉舉於鄉，至康熙乙酉始自姑孰告歸，重見鄉後進之歌鹿鳴者；人爭羨之，以謂前輩登科後甲子復一周者，獨嘉靖中石城許公，而君即許公彌甥也。

君之生也，未嘗有疾病憂患，終日熙熙，踰八十，食飲行步如平時。君生於明天啓丙寅，余每見與君同時人，其形貌辭氣必篤於後生，遭遇多坦夷康樂。蓋方是時，明運雖衰，而太祖立國之規模遠迹三代，其教化之通乎陰陽而凝聚於萬物者厚矣。董子所謂陶冶而成之者是也。

君先世蘇州人，洪武初遷金陵，世多潛德。考諱某，妣某氏。兄弟六人，君伯也。壽八十有二，卒以大清康熙丁亥十二月。妻某氏。子某。以某年某月某日葬於某鄉某原，銘曰：

謂俗蓋陂，而遇君則甚平。謂天不可知，而賦君者獨貞。先民有躅，於君猶徵。

張樸村墓誌銘

君諱雲章，字漢瞻，號樸村，江南嘉定人也。曩者崑山徐司寇好文術，以得士爲名，自海內耆舊以及鄉里樸學、雍庠才俊有不能致，則心恥之，而士亦以此附焉。余初至京師，所見司寇之客十八九；其務進取者，多矜文藻，馳逐聲氣；即二三老宿亦爭立崖岸，相鎮以名；惟君處其間，斂然靜默，體恭而氣和。余心異之，而君亦暱就余。

君始以校勘宋元經解客司寇家，其後諸公貴人考訂文史，必以相屬，而君嘗就陸稼書先生問學，獨陰以名義自砥。方稼書先生爲當路所排，君上書崑山相國；其後儀封張中丞與江督噶禮互劾奏，讞久未決，君上書安溪相國。在君見謂義不可以苟止，而以言之不與爲衆所咍。君在舉場數十年，所與比肩游好次第登要津，司貢舉，每欲引手，君輒曲避，以是終無所遇。

康熙五十二年，聖祖皇帝詔求巖穴之士，九卿公舉九人；下江蘇巡撫徵君，君既至，而首輔安溪公適告歸，事暫寢。華亭王司空承修尙書，奏君參校；書既成，而君淹留逾時，衆以爲疑。余間詰其所以然？君曰：「假予急功利，乃佹傺到今邪？顧竊自念，生逢明聖，平生所志，具上殿箚子，欲進見時一自列之耳。」既出京，會儀封公總督倉場，留主潞河書院；又逾年，然後歸。今皇帝嗣位，詔舉孝廉方正，江蘇布政使鄂公以君爲舉首，君老不能行，再書辭。大江以南，遂無列薦者。君內行飭修，遭母喪，既禫，子孫請少進肉湆，君固不肯，時年六十矣。將終，語不及私，慨然曰：「吾生獨君臣義缺，命也夫！」

君父諱某，邑庠生。母李氏妊君，得夢祥。以順治戊子九月十四日生，卒以雍正丙午七月朔後三日，享年七十有九，有樸村集二十卷行世；乙未以後文集若干卷、南北史摘要、詠南北史詩藏於家。妻李氏與君同庚，姑歿，羣叔皆幼，撫育有恩，以康熙辛丑九月卒，葬今寶山縣横港。君以雍正丁未十二月朔後二日合葬。男四人：體方，太學生；直方未冠，好學工書，從君卒於京師，余親弔哭；靖方業儒；揆方，康熙丁酉舉人。女一人。孫四人。銘曰：

斂其容，志則強。居雖蔽，聞既彰。身壽耇，嗣衍昌，歸幽墟，宜樂康。

劉紫函墓誌銘

康熙丁酉冬十有一月，余自塞上返，聞山陽劉紫函歿以正月望後九日，踰九月矣。丁卯、戊辰間，公卿中有以收召後進爲名者，於是諸生皆尙聲華，急干謁。其務質行學修聞彰而閉戶絶交遊者二人：一無錫劉齊言潔，一紫函也。太學嘗取高等生教習官學生，二人並與焉。期滿試吏部，皆見絀。於時吏部主此者負惡聲，而二人名重士友間。

余至京師與言潔善，因以得紫函；歸過淮陰，館其家。時紫函之父行人、叔父吏部皆歸休。長者肅客，紫函率羣季更侍左右；冠者、成童、總角誦讀聲鏗然；僮僕執事，皆暇以恭；一室之內薰然成和，無一事不得其理者。劉氏大功不異財，自行人、吏部當官及退休，家事一任紫函；其親屬子姓男婦內外宗近百人，數十年無間言。余嘗私叩羣季，皆曰：「此吾伯兄誠意所貫注也。」

紫函貌魁傑，精魄盛強，自喪季弟，未數月而頹如老翁。以余所見，居兄弟之喪，色稱情、貌稱服者，惟北平王源崑繩，而崑繩時客遊，起居飲食，多不得自遂。紫函家居，一如禮經。再期後，辭氣戚容，尙有異於人人。乙未之冬，其弟長籍復卒於長寧。余聞之，卽爲紫函憂；無何以書來，使其子代書，而手注其後，則臥疾已數月矣，蓋自是未少間也。

憶辛未余在京師，共學者數人，惟余最少。十餘年來，次第凋喪，至紫函歿，而兄事肩隨者幾盡矣，乃流涕爲銘，以歸其孤。其世繫、享年、葬地、月日，俾自舉之。銘曰：

自閉於時衆所愕，安步周行志卓踔！我最其行辭不怍，所得孰多試省度！

陳依宣墓誌銘

昔吾友新安程若韓流寓邗上，余往來淮南必過焉。數稱陳君依宣，偕過余。與之交，泊如也。久之，命子夢文從余遊。及余遘難，吾友古塘隨部檄將余妻子北徙，至邗，資用絕。君曲爲營畫，俾得達淮、泗，自是歲時必通書致服用物，十餘年不倦。

雍正二年，余得假歸葬，杪冬及春兩過君。君老而弱足，久閉特室，不接賓客。聞余至甚喜，命夢文引入促坐，語不能任其聲，而固止余，淹留竟日。余既悲君衰疲，又喜君得自休息，從容養怡，可以永年也。及余返京師，踰年而得君之凶問，又數日古塘之訃繼至。

嗚呼！古塘沒，而余少小同志趣之友，無一存者矣。君沒，而中歲以質行相取者，亦幾盡矣！乃因唐編修範山通書以弔夢文。既而夢文以狀來，曰：「先子之行，有狀不能載者，吾舅範山先生當口之。」蓋君之事其親，於古禮經所云，幾可以無愧；而自致於其兄，尤有爲俗情所難者。噫！觀君之所以交於余者，則若韓、範山之所稱其信。

君諱新楷，揚州江都人，世爲儒，家教授數十年，生徒半庠序，多登甲乙科，而君卒不第。享年七十有一。妻唐氏。子夢文，雍正元年舉於鄉。女三人，皆歸士族。以某年月日葬於某鄉某原。銘曰：

學以得其朋，行無恨於躬，爭時者呲其遇，而知德者見爲豐。我言無飾，以奠幽宮。

陳馭虛墓誌銘

君諱典，字馭虛，京師人。性豪宕，喜聲色狗馬，爲富貴容而不樂仕宦。少好方，無所不通，而獨以治疫爲名。疫者聞君來視，卽自慶不死。京師每歲大疫，自春之暮，至於秋不已。康熙辛未，余遊京師，僕某遘疫。君命市冰以大罌貯之，使縱飲，須臾盡；及夕，和藥下之，汗雨注，遂愈。余問之，君曰：「是非醫者所知也。此地人畜駢闐，食腥羶，家無溷匽，汙濮瀰溝衢，而城河久堙，無廣川大壑以流其惡。方春時，地氣憤盈上達，淫雨汎溢，炎陽蒸之，中人膈臆，困懣忿蓄而爲厲疫。冰氣厲而下滲，非此不足以殺其惡。故古者藏冰用於賓食喪祭，而老疾亦受之，民無厲疾。吾師其遺意也。」

余嘗造君，見諸勢家敦迫之使麇至。使者稽首階下，君伏几呻吟固卻之；退而嘻曰：「若生有害於人，死有益於人，吾何視爲？」君與貴人交，必狎侮出嫚語相訾警。諸公意不堪，然獨良其方，無可如何。余得交於君，因大理高公。公親疾，召君不時至；獨余召之，夕聞未嘗至以朝也。

君家日饒益，每出從騎十餘，飲酒歌舞，旬月費千金。或勸君謀仕，君曰：「吾日活數十百人，若以官廢醫，是吾日殺數十百人也。」諸勢家積怨日久，謀曰：「陳君樂縱逸，當以官爲維婁，可時呼而至也。」因使太醫院檄取爲醫士，君遂稱疾篤，飲酒近女，數月竟死。

君之杜門不出也，余將東歸，走別君。君曰：「吾踰歲當死，不復見公矣！公知吾謹事公意乎？吾非醫者，惟公能傳之，幸爲我德。」乙亥，余復至京師，君櫬果殯，遺命必得余文以葬。余應之而未暇以爲。又踰年客淮南，始爲文以歸其孤。君生於順治某年某月某日，卒於康熙某年某月某日。妻某氏。子某。銘曰：

義從古，迹戾世，隱於方，尙其志。一憤以死避權勢，胡君之心與人異？

鄭友白墓誌銘

有客手一帙，不介而造余，入自賓階。揖而告之曰：「凡抱其業而叩吾廬者，皆雷同炫燿，欲余爲諛佞之言以助之者也。其果能取名致官者蓋鮮，而奔走疲亡者接跡焉。願君毋效也！」客曰：「先生之言良是，而吾非爲此來也。吾叔父獲教於先生而以道自繩削，方得其階而願進也，而今死矣！其親隱焉，願得先生之文以奠幽宮。某所持者，某與同學哀之之辭也。」問其名居，則涇縣鄭生友白之族子天一也。

初友白亦不介而造余，告之如所以告天一者。曰：「吾非爲此來也，吾居深山，見先生之文類有道者，以爲近其人將有得焉。」余聞其親老，責而歸之。踰歲復至，將見王君崑繩於京師，曰：「是吾親之志也。」至京師數月竟歸，歸踰年而卒。

嗟乎！友白其果能有立與否？雖不可知。然其齒甚少，乃能以謀道爲先而汲汲於師與友，可不謂之有志者與？自功利之學漸於人心之幽隱，凡汲汲於利與名者，其父兄師友皆以爲道之當然；舍此而學與道之是謀，鮮不以爲怪民而料其無成者；而果爲不祥若此！無惑乎其去於此者決，而信於彼者堅也。

吾觀東漢、北宋士之有志行者，隨其才分之小大，莫不各有所就以顯於時，而余耳目所及，志稍異於衆人，往往鬱不得伸，甚者不終其天年而中道夭。豈造物乃與庸庸者同心，而不樂成人之美與？而汲汲於利與名者，又往往所欲而必從，所求而必遂；豈各有所乘之氣而不可強與？遂書之以慰其親，兼示崑繩，其有以發我也！

友白名青蓮，卒於康熙某年某月某日，年二十有五。妻某氏。子某。葬於某鄉某原。銘曰：

學中道而未殖，志殖地而長賫，君毋悔於過計！使昏庸而夭札，豈復留吾人之涕洟。

胡右鄰墓誌銘

胡生蛟齡自成進士問學於余，卽以其父右鄰誌銘爲請。生自翰林出爲縣令，其兄蜚往來京師及歲時通書，必以爲言。按君之狀，蓋自檢飭不苟於言動人也，而竟世爲諸生，教授宗族里黨間，無傑特之行可紀述者。余平生非親懿久故，未嘗爲銘幽之文。蓋銘者，諡誄之遺也。古者，必貴而賢始有誄，而諡則雖君父不敢有私焉。若於素不相識之人而與之銘，設實悖於所稱，是奮言也，於吾爲贅行矣。故常以爲戒，而於生徒朋好不可以終卻者，則必多方以求其徵。

胡氏自元、明以來，爲涇縣大族，入國朝科名尤盛，而宣、歙間士友語力學敦行者，必及右鄰。其窶艱而篤於友行族婣，所述尤詳。余嘗歎人紀之衰，所尤薄者莫如兄弟。其能無間於妻子貨財而終保恩義者，聞見中蓋可指計，而蜚與蛟齡殆庶幾焉。及聞君之篤於同氣，乃知其平生不務爲傑特，乃所以不疚於庸行，而二子之友恭，抑君之徵也！是於法宜銘。

君諱一倫。祖諱尚衡，順治壬辰進士，工部虞衡司郎中。父諱懋績，縣學生，暨君皆以雍正元年贈翰林院庶吉士。母鄭氏、妻鄭氏並贈孺人。君卒於康熙乙未九月朔後六日，年六十有二。鄭孺人卒於康熙戊辰十月望後四日。時君年甫壯，獨居者凡三十年。子二人。女一人，適士族。孫男六人。以某年月日，合葬於東鄉上林沖之原。銘曰：

學顯於邦人，行儀其後昆，我奠茲銘，久而不湮！

方苞集卷十一

墓誌銘

尹元孚墓誌銘

蠡吾李塨剛主嘗言：「北方少俊不肯自混於俗者，博野有尹元孚。」余心識之，而無因緣會合。乾隆二年春，元孚自淮南入覲，再過吾廬，終未得面。以聖天子大孝，實行三年之喪，余時領武英殿修書事，請於二親王，就直廬持服，時未再期，余不出，元孚無公事不得入也。

五年春，自河南入爲副都御史，始得相見。方是時，元孚通籍已十餘年，顯功名於襄、漢、兩淮，開府河南，海内賢士大夫計數大府中人物，指再三屈，則必及焉；而元孚深愧不能有所樹立，以負天子特達之知。蓋少孤貧，太夫人口授論語，即知孔子之言不可違悖。既長，篤信程、朱之書，謂：「治法不本於三代，皆苟道。」故自服官，日取漢、唐以來代不數見之人以自律，故自視若粥粥無能者。一旦入長御史，爲耳目之司，竊幸得自展布，而太夫人老疾不能就養京師，未數月即以終養告歸。居五年，太夫人考終，服未闋，天子豫虛少司空職以待之。及赴闕，未踰旬，特命視學江南。

十二年秋，涖金陵。八月望前六日，諸生既入棘闈。質明，操几席杖屨，徒步造清涼山下潭亭，余尚未起，童奴白：「有客徑入。」不知其爲大人也。及相見，北面再拜，曰：「曩在京師，母命依門牆，先生固執不宜使衆駭遽。今里居無嫌，且身未及門，心爲弟子久矣。蒙授喪服或問，吾母之終，寢處食飲言語得無大悖，成身之德，豈有既乎！」時余治儀禮，因以相屬，欲共成一書。作而曰：「生未暇及此也。往者巡撫河南，會凶饑，未遑教治。居臺四涉月而聞母病。今使事畢，歸則九卿，陪奉廷議，非忘身忘家不足以答主知。若不能自樹立，徒附先生經學以垂名，抑微矣。必衰老，或以不職罷歸，然後可卒先生之業。」越日，又獨身前來，從者一人。余畏邦人疑詫，乃掃墓繁昌，入九華山以避之，而私心竊幸吾君求賢若渴，又得一支柱名教之人也。未幾有旨，復掌江南學政。逾歲七月，按試至松江，遘瘧寒疾，卒於官。前是月特晉少宰，人皆曰：「上之信用益切矣！」嗚呼惜哉！

元孚始以吏部郎中出守襄陽，漢水暴上，壞護城石堤。修建萬山至長門近十里，分植巡功，民忘其勞。已調揚州，適荆州都統西征，取道漢江，飭造浮橋，吏民惶急。乃竭誠修禮，卒改令以船濟。凡利害切民，未有聞而不諮，知而不行者，所屬皆羣聚而禱祠焉。其治揚州亦然。就遷鹽運使，尋擢巡鹽御史，晉中丞，積弊一清，導商民以節儉而身先之。及開府河南、開、歸諸郡大水，上章自劾，列賑恤之宜，天子一切報可。約法十六條，兼用北宋富公弼、趙公抃救災事宜，而令離鄉求食者，有司隨在廩給，開以作業，俟改歲東作，資送還鄉，則古法所未備也，以是災民無一出河南境內者。

元孚性淳白坦易，遇事必行其心之所安。少時授經祁州，語生徒，假館於張氏以奉母，凡七年不忍一日離也。其居官，每夕必以所措施詳告太夫人。意或未愜。則跪而請罪，不命之起不敢起。官中祿賜，出入壹稟於母，非請命，妻子不得取尺布錙金，日用之外，多布之治所。爲揚州兩營、河南撫標，置舉本各二千金，曰：「凡卒伍，必使衣食得自適，乃可以法繩。」完城，濬河，建橋梁，設津渡，修學校，立書院，創蜡祠，表前賢舊蹟，賜高年布帛，寒者衣之，疾者藥之。故民皆感興，政教信從。其在鄉，則族人皆授以田，使自耕以食而執其契。立義倉、義學，拯危濟困，不可勝紀。用此仁聲義聞，播流海內。顧公用方久任督府，再舉以自代。高公東軒以宗程、朱，志相得，總督畿輔，嘗以公事過博野，登堂拜母。孝德上聞，乾隆八年冬十有一月，天子特賜太夫人御製詩及楹聯，天下傳爲美談。最其生平，以與衆人絜度，則行既成，名既立，功業亦有所表見矣，而每爲余言，其胸中所蘊蓄，尙未見其端倪。此余所以心孤氣結，涉月踰時而不能自克也。

其入覲，初命巡撫廣東，陛見，陳母老不能遠行，故有河南之命。禦災捍患，日不暇給，尙於其隙，布周官溝樹之法，編甲戶以詰盜。命州、縣皆分四鄉，立社學，簡有德行者爲社長。朔月月半，書其孝弟敬敏任恤者，與其放逸奇邪爲患於鄉里者，有司巡問觀察，因事而勸懲之。行之數月，罷民竦惕，禮俗烝變，而尋內召。始入臺，卽奏：「人主一言，天下屬耳目焉。今方甄別年老不勝任之員，而知饒州府事張鍾，又以年老命改部司。旬日間前後頓殊，恐羣下無所法守。」上嘉納之。其在河南，嘗奏：「睢州湯文正公宜從祀孔廟。」視學三吳，首謁東林道南祠。舉舊典，答諸生再拜。凡試畢，士旅見，皆然。頒小學以明程、朱本意。聞隱士是鏡廬墓三年，親訪於舜山，薦舉以礪士行。旣遘疾，自知不起，草遺疏，言任賢納諫，始終一意，以立誠爲本。旬日中，無一語及家事。卒之日，晨興，盥漱，扶杖至東齋；郡守入見，子嘉銓侍，尙爲辨人心道心；汗出霑衣，請解衣少偃息，不可；扶翊入寢，移時危坐而逝，時年五十有八。所述君鑑、臣鑑、士鑑、女鑑、增定洛學編、北學編已鋟版。居憂讀禮，作從宜錄。侍養五年，讀三禮筆記及與師友論學語藏於家。季高按：「讀三禮筆記」上疑脫「作」字。「居憂讀禮，作從宜錄」八字，似應在「讀三禮筆記」下。

嘉銓承父學，欲繼其志事，水漿不入於口者三日，朝夕米飲不過一溢。淮商致五千金，曰：「大人生不取一錢，今以此賻。」堅拒之，曰：「受一錢，何以對大人之靈？」聞者莫不感動，以爲君子有子。

元孚名會一，雍正癸卯進士。先世山西洪洞人，遷保定。至曾祖諱先知，始爲儒，祖諱澤，皆邑庠生；父諱公弼，早世，並贈河南巡撫。母李氏，庠生諱宗白女，旌節孝，累封太夫人。祖妣某氏，曾祖妣某氏，贈夫人。妻蘇氏，處士昂女，以貤贈未受巡撫時封，而前巡鹽用御史中丞所加級，封一品夫人。子二人：長嘉銓，雍正乙卯科舉人。次永銓，早殤。次啓銓，承蔭。女二人。以某年月日。葬於某鄉某原。銘曰：

以人視子，所受於天，實厚且全；而子自視，則終其身而缺然。子志方盛，道若可達，而不假以年。有子象賢，尚無恨於幽埏！

沈孝子墓誌銘

沈編修淑請假歸，踰年以書來曰：「先大父誌銘，先生前則諾矣，卜十月上旬，兆從，敢請。」又曰：「淑逮事尚幼，事迹不敢妄述，所據旌孝錄及鄉里之公言也。」

按孝子之行尤著者：鼎革時，負母而行於野，遇盜奪其糒，母固不與，盜怒將殺之，泣而求代，並舍之。鄰失火，延母寢。母疾方劇，不可以變。孝子號痛呼天，風反火息。母八十餘，疾危篤，醫者皆曰：「法不可治。」刲股以進，弗瘳。夢神緋衣告曰：「疾非五藥所治。醫淩某在雙林，速致之！」淩至，以針達之，脫然愈。余嘗怪書傳所記以孝感鬼神而得異徵者，大抵皆獨行之士，而聖賢則無之。蓋聖賢之學至於知命而不惑；雖事父母，亦盡其心與力之當然而止耳。獨行之士悲憂感發，若焦若熬，常欲殉以身命；故精氣之積，而鬼神爲之通，理或然也。

余生平非所識，不見於文；惟節與孝，則無分於聞見。然人之情務崇其親，而不度於義；則事有傅會增加，而非其實者矣。故必得其所徵，始傳信焉。古之能以學行自振者，其先世必有潛德隱行。淑年少氣銳，乃能不篤於聲利，而以養母治經爲事，其志固與衆人異矣。淑之終有立也，吾於孝子之行信之；孝子之行之非虛構也，吾卽於淑徵之。

孝子諱育，年九十有四，卒於康熙四十九年。先世居浙之苕溪，十世祖秀，明初以平吳功，授侍駕親軍都指揮使、特進榮祿大夫。子永卿承嗣，五傳至挍，嘉靖中爲江南常熟縣福山營遊擊，卒於官，遂家焉。子繁，繁生玠，玠生文瀧，配周氏，子二人，孝子其長也。娶吳氏，子六人：錫裕，庠生。錫祚，康熙己酉舉人。錫祉、錫某，並太學生。錫祜，歲貢生。錫禧，早卒。女二人，俱適士族。淑，錫某出也。以雍正五年葬於先兆慶安阡側。銘曰：

歷艱危，終坦夷，母及身，皆耄期。名廣揚，後蕃昌，所受於天，茲乃得其正而常。

廣文陳君墓誌銘

君姓陳氏，諱鶴齡，字鳴九，直隸安州人。父諱洮，從容城孫徵君講學河、漳，義俠著州部。君既冠，亦好陽明氏及其鄉鹿忠節公論學之書而踐行之。父歿，故舊巧奪其產，弗與爭。高陽李相國嘗延至京師，一日，念母謝歸，設教於家塾，從者數十人。每秋冬，生徒夜誦，燈火相聯，聲滿里巷。母歿，以鄉舉次選正定縣教諭。設條約，教諸生孝弟力田，治經史，暇則習射。屬府三十二城之士，多聞風而至。君精制舉業，其爲教，雖以力行爲宗，而常因文術以誘進之。凡經君指畫，輒籍于庠序，升京兆、禮部者相踵，故士爭湊焉。其在正定，嘗奉檄視蕭家營水災，在事者陰授意以未成災報，不爲奪。太守命督隆平、寧晉諸邑民捕蝗，歸報曰：「民不畏蝗，捕蝗令屢下，官屢至，則苗盡矣。」一時士民咸載其言。

余聞古之學術道者，將以得身也。陽明氏爲世詬病久矣！然北方之學者如忠節、徵君，皆以陽明氏爲宗。其立身既各有本末，而一時從之遊者，多重質行，立名義，當官則守節不阿，如君又私淑焉而有立者也。用此觀之，學者苟能以陽明氏之說治其身，雖程、朱復起，必引而進之以爲吾徒。若嚾嚾焉按飾程、朱之言而不反諸身，程、朱其與之乎？然則尚君之行者，蓋不必以其學爲疑也。忠節之後人多與余往還，故余習知君之爲人。君歿踰年，次子惪華奉冢子惪榮命來請銘，固辭不獲，乃述而志焉。

君康熙甲子舉人，官止順天府武學教授，以雍正四年六月卒於京邸，年六十有五。母某氏，世儒家。妻鹿氏，忠節公其曾大父也。子三：憓榮，康熙壬辰進士，黔西州知州。憓華，雍正甲辰一甲進士，翰林院修撰。季憓正，雍正甲辰舉人。女三，皆適士人。以某年月日葬於某鄉某原。銘曰：

聞之尊，行無愧；教之行，學亦顯。惟用不施，後昆之遺。

程贈君墓誌銘

君諱增，字維高，徽州府歙縣人也。程氏自晉、梁爲歙名族，譜牒具存，衣冠甚盛。至明中葉，河南道御史材以名節顯，而御史之子孫爲淸門。御史當武宗時，劾劉瑾不法，奏留中；巡按浙江，卒於官。瑾誣以九庫贓，追論，合家徙海南；瑾敗，始歸鄉里。子二人，曰默，曰然，先後以禮經舉乙科。

君爲默五世孫。君父自歙遷淮之漣邑。歸展墓，遘疾厲。君方與二弟從師受書，聞之冒惡風渡江，舟幾覆，相去千五百里，六日夜而至，而父已歿。未逾月，母唐孺人疾作，遄歸不及含斂，自是遂絕意進取。漣地窪下，母柩在堂，水驟漲，倉卒號呼，與僕一人升柩于木案，既而下之，非多人莫能勝。既營兆域，合葬於休寧之蕬田山。乃移家山陽，使二弟學儒而身懋遷，家遂饒。父族四，母族三，死而無歸者畢葬焉。餘皆定其居，使有常業。設義田、義學，以養疏族人而聚教之。鄉人叩門告請，未嘗有難色。或急難，以千金脫之；後更相背，造怨騰謗；窮而自解，則待之如初。由是名著江、淮間。

康熙□十□年，淮、黃氾溢，數百里內，民皆露處隄上。君出家財，修邗溝兩岸險工十里，總督河道張公鵬翮以聞。康熙四十四年，聖祖仁皇帝南巡，閱芒稻河；召見，御書「旌勞」二字以賜。先是于清端公總制兩江時，微服潛行，察疑獄，求民隱；姦人因造言散布，以傾怨家，或因之失入，屬吏雖灼知而不敢言。君進見，直陳其弊，且指目擊一二事爲徵。公悚然曰：「微子言，吾安知人心抏敝至此！」君以布衣得近天顏者三。長子溎爲浙江糧道，攝布政使，每以公事道淮、揚覲省，夾道聚觀，人皆以是爲美談。詎知君之忼直不欺，言人所不能言，而不爲威愓如此。

君嘗因吾友吳東巖見余于河干野寺，樸質如老諸生。厥後東巖總其門生所爲文，隱其名，俾余甲乙，所取二篇，皆君叔子崟作也。東巖乃詳述君之生平而使崟從學於金陵。及余以南山集牽連赴詔獄，親故蕩恐不敢通問，惟崟以計偕入獄視余，即此可徵義方之教，而御史之風規所漸摩者遠矣。

君既卒三十有一年，余告歸。崟始以君詩請序，格韻甚老。余夙有戒，不能爲生破也。又五年，卜宅始定，葬有期，來乞銘。嗚呼！君才足以立事而不求仕，詩足以達情而不以爲名，其用心爲不苟矣，是宜銘。

君父諱朝聘，祖諱必忠，皆□□□□□。君卒於康熙四十九年十月某日，年□十有□，以溎誥封工部虞衡清吏司主事，以崟誥贈奉政大夫兵部郎中。元配唐氏贈恭人。繼室童氏封恭人。溎，唐恭人出。次振箕，候選知州，次崟，次鍾，庠生，並童恭人出。孫三人：長揚宗，次春浩，次某。以乾隆十一年五月某日，葬君於歙縣之某鄉某原。二恭人祔。銘曰：

義正大府，乃夙昔之悖誠；聞正言而不怒，惟聽者之賢明。使君而謀仕，安能詭隨屈諂以自毁其操行。

通議大夫江南布政使陳公墓誌銘

公姓陳氏，先世浙江秀水人，明永樂初遷安州。五世祖始爲儒官，遂世其業。祖若父皆舉乙科，教授鄉邑，連州比郡秀傑之士多從遊。公成童補博士弟子，䍐然出儕輩，甫弱冠，即佐父爲諸弟師。學使者課試，壓其曹者必公兄弟也，而公自視缺然，陰與博野尹元孚思古處務、檢身、制事之學。壬辰登進士，年二十四。座師爲趙公松五、徐公蝶園，皆器公。榜下，即充武英殿纂修。時滄洲陳公掌殿中修書事，常語余後進有守有爲者，以公爲首。故公詣余，一見如舊識。初授湖北枝江令，鄰省大府卽思得公守巖州劇郡；旣典郡，卽思得公爲監司，故論薦者如爭。其以黔西州服闋引見，世宗憲皇帝卽命赴貴陽以牧守補用；其守大定，以江西巡撫薦，遂命補道府，皆前此所罕見也。

公任官二十餘年，皆在西南，而勳績尤著於滇、黔。其爲政，急民之病如其私，而務以殖其衣食爲本。始令枝江，修百里洲隄，除解餉入川雜派。攝饒九道，剗去潯陽、大孤兩關錮弊；辨誣獄，出無辜者七人。未數月，經略張公以貴州按察使保奏。方是時，羣苗交煽，軍旅四出，古州姑盧、朱洪文諸叛案，以爲非公莫定也。公至，出入重輕，咸稱其情，衆心始安。逾年春，攝布政使。黔地多山磵，少穀土，兵餉半移調於鄰省，民尤貧瘠。公奏給工木，築壩堰，引山泉以治水田，導以含洩涉揚之法。貴筑、貴陽、開州、威寧、餘慶、施秉間，不數年報墾升科者三萬六千餘畝。課種桑，募蠶師教蠶；出署內所登繭於大興寺繅絲織作，使釐其利；開野蠶山場百餘所，比戶機杼聲相聞。又以其間大修城郭、廟壇、學舍；廣置栖流所，以收行旅之疾病者。益四食。方冬寒，恤老疾煢孤之無衣者。親課諸生，開以立志爲己之學。立義學二十四於苗疆。蓋惟公志廣而才足以達之，故於艱難倥傯中，庶政並興，而曲得其次序也。

其尤爲遠近所傳述者，公始至貴陽，委署威寧府。踰年，威寧改州，大定改府。會烏蒙土司謀叛，東川、鎮雄附之。威寧爲夷倮出入要綰地，仍命公馳赴威寧，督州牧完守。公至，城西陴頹，舉步可踰；乃聚民間米桶，實土石，層累丈餘，然後比次甃築，墉堞屹然。羣夷縱火牛街鎮，去城三十餘里，火光燭天。公言笑自如，日夜爲守戰計，賊不敢逼。會哈元生兵至，賊敗。時鄂少保總制滇、黔，公其所舉任也，常以此自喜知人之明。張經略引公自助，亦職此之由，而余與尹元孚平生重公，則在志行之不苟。方威寧危急，公慮賊兵趨大理，屬州牧陳嘉會分守大理，執其手曰：「吾死於此，分也。但遺老母憂，賚志窮泉矣。」及公陳臬於黔，苗疆初定，方興屯以蹙扼之。將吏多欲以刻急見其能，謂：「此異類，勦絶不足惜也。」丁巳正月望，省城大火。公入見張經略曰：「天意如此，當設誠修省，雖羣苗，亦人類也。」張公大爲感動，以申戒承事者。公之一於義理，而不雜以世情如此。昔滄洲政績，惟著於郡縣與攝江蘇方伯時，及踐大府，河決武陟，以死勤事，而功不成，海内惜之。公之才識與滄洲相近，而遭遇亦略同，自爲三司，天下皆望爲大府近十年矣。大府多舉以自代，而竟終於此。然滄洲攝監司日淺，又不若公之久於其任而實德及人，良法垂於後世。然則在公亦可以無恨矣。

公自黔調移安徽未一年，會徐、鳳水災，民流於金陵，地非公治也，而竭俸賜，編棚、苫蓋，布席以栖災黎。重建陽明書院，以實學開羣士。其卒也，官吏士民皆爲嗚咽。生平孝親友弟，睦婣任恤，仁於故舊僚友，不可備書，書其志事之卓卓者。

公諱德榮，字廷彥，號密山，康熙辛卯科舉人，誥授通議大夫。生於康熙二十八年正月十六日，卒於乾隆十二年八月二十七日，年五十有九。曾祖諱所聞，歲貢生；祖諱㳫，順治庚子舉人；父諱鶴齡，康熙甲子舉人，以公及仲弟德華累贈通奉大夫。曾祖妣潘氏、姜氏、張氏，祖妣王氏、吳氏，妣鹿氏，並贈夫人。娶辛氏，浙江分水縣令禹奕女，誥封淑人。子四人：長策，乾隆丙辰進士，江南宜興縣知縣，次筠，雍正乙卯舉人，候補內閣中書，次筌，乾隆甲子舉人，皆辛夫人出；次籓，側室黃氏出。女四人。孫四人。以某年月日葬於某鄉某原。銘曰：

古賢之生，各有志事。雖遇於時，難滿其器。與其遇隆，而施則匱。孰若中閼，用有未致。公如金玉，韞則有輝。爭先欲覩，衆心所希。蹇然當官，藹然近人，雨膏霑被，物象皆新。事至立剖，光融如煜。表裏洞然，蠹祛姦伏。中經畏塗，進退維谷。國爾忘身，如行平陸。誰謂文儒，絀於武守？持危濟變，左宜右有。信道不移，行身無倚。諤諤危言，以報知己。獲上以誠，師中有喜。異類同仁，德施無比。海隅蒼生，望公秉鉞。中朝良士，佇眙北闕。謂承天休，如枹與鼓。年未及耆，忽焉終古。愛已遺民，迹當見史。無爲公悲，公長不死！

葛君墓誌銘

江都顧友于兩歲四通書於余，皆以葛氏誌銘爲言。丁酉七月，余在塞上，同里胡襲參復自京師以友于之書并葛氏子宏文之狀來，且曰：「子之師書宣先生蓋受宏文之贄，因與友于有連，而某亦嘗定交焉。其乞銘辭甚衷，且所狀皆近事，實可知矣，願子勿卻也。」

據狀：君諱士巽，字大生，揚之邵埭人。少學書，少長，慨然曰：「吾見爲士者，不遇則羸其躬以及其親；幸而第，浮客遠宦，長離親側，非吾志也。」因棄書，行賈淮南、吳、楚間，果大贏；承親之志，姊妹諸甥無不資給也。兄早卒，撫其子猶子；兄之子又卒，愛其子有加於孫。君家既饒，因大治塋墓，經田疇，建廬舍，而求名師以課諸子甚嚴，曰：「吾廢學以養吾親。今吾無仰於若！若甘食美衣而不幅以學，且生邪心。」其所狀大略若此。實其言，亦近於古者閭胥族師所書孝弟敬敏者矣。

予平生非親懿故舊，未嘗一與之銘。蓋銘者，諡誄之遺也。古者非貴而有功德不爲誄，而諡則雖君父不敢有私焉。今於素所不識之人而與之銘，設實背於所稱，是奮言也，於吾爲贅行矣。用此謝不爲銘而生怨嫌者，蓋累累焉。今乃爲葛君創爲之，蓋念胡、顧二君子誼不宜欺余，且以其素行爲質而非徒重其請也。

君卒於康熙乙未四月，享年七十。元配姚氏，繼配蔣氏。子三：長宏文，歲貢生；次宏友，國子生；次宏毅，郡學生。女子三。以某年某月葬於某鄉某原，姚氏祔。銘曰：

維君之行，不求顯於俗，而自得其情。二賢爲徵，吾與之銘。

劉篤甫墓誌銘

君姓劉氏，諱德培，字篤甫，河南商丘人也。劉氏世有聞人，君之父諱伯愚，以學行顯。君既沒之明年，其子韋來省其從父上元邑侯某，而介侯以乞銘於余。韋之言曰：「吾父事親以孝，而與朋友以誠，其處身也儉以勤，其嗜學也老而不衰；少孤，所以事吾王母者，細大無違；先王父之遺文得復出於患難兵火之後者，吾父好學求友之力也。自鄰州比郡以及齊、魯、吳、越有道而文之士，無不交也。於書無不好，尤篤於詩、騷，鷄初鳴，起漱盥，端坐誦吟，至日夕不倦，數十年如一日也。故吾父之終也，里中士友皆驚悼，以爲典型之失焉。」

田君簣山者，中州之賢者也。其序君之詩曰：「篤甫之詩，至性之所結也。自吾與篤甫交而半生爲梁園之遊，夷險悲愉無不共也。」

夫道之不明久矣，士非有瑰怪非常之行，則不爲世俗所稱道，而不知是皆緣所遇之變以生。自君子觀之，則循循於父母兄弟朋友之間，而久不失道者，其難倍於偶然之所發也。

吾聞明之衰也，士大夫雖行過乎中，或不能盡出於中心之誠然，而無不知氣節之可貴者。當江右、吳中以文章角立爲社，而君之父亦起於北方以應之，雅爲艾南英、楊廷樞諸公所推。其後明亡，艾、楊諸公致命以成其仁，而君之父亦捍鄉里之患以死。蓋其一時因教化而成習尙者如此。然則君之近文章而重氣類，其來有自也。

君卒於康熙壬午十月二十日，以癸未十一月朔葬於某鄉某原。娶侯氏。子三人：長韋，拔貢生。次韞，太學生。次韓，邑庠生。女子三，皆適士人子。銘曰：

前爲良子後壽耇，行比於鄉學信友，事則未施道可久。

龔君墓誌銘

君諱聲振，字以成，先世江西進賢人，遷金陵。余里居，友其世父孝水；至京師與其父于路遊。君總角，余過孝水，見之門塾中。其後余行四方，孝水客大名，而于路官京師，不見君者十餘年矣。

余遘患，吾母北上，載槥以從，爲關吏所扼，置天津踰歲，而吾母疾大劇，槥不可致，計其費當三十千。南昌彭尹作曰：「于路使粵西，其子在是；吾爲子語之，其半可任也。」越日，君具以來，事遂集；旣而聞之，乃貸於金陵賈人也。余多年不見君，叩曰：「猶務學乎？」

曰：「未廢也。」曰：「會試於有司乎？」曰：「爲是北來。」「其不遇柰何？」曰：「已舉於京兆矣。」其貌愨而辭質，不異在門塾時。

余閲世久，見齒與余若者，其設心及容貌辭氣已不若長老之篤，而後於余者則少異焉，又其後則又異焉，每以爲非世教之細憂。君稚齒而聞父之友之急，無難辭；其將之也，無德色；少而得舉，無寬容。其性資有大過人者，而竟夭死。嗚呼！是豈獨龔氏之慼邪？

君卒於金陵，家人秘之。余與于路屢見而不敢言。訃既至，乃唁而爲誌以歸焉。君卒於康熙丁酉某月某日，年二十有三。以某月某日葬於某鄉某原。銘曰：

胡混叢衆萬，而獨秉其英？芒乎芴乎！遽返乎幽冥。吾求之播物者，而不得其情。

余君墓誌銘

君諱兆鼎，字季重，世爲歙西巖鎮人。父及伯兄行賈，母遘厲疾，仲出求醫藥，君獨在側。疾中言動異常，人不敢近。或叩曰：「爾懼乎？」對曰：「病者吾母也，何懼？」弱冠後爲人賈宣城，每三歲一歸省。一日心動，遽馳歸，則母臥疾已三日矣。時伯客金陵，後二日不期而至。叩之，其心動就道之日同也。其後伯病於金陵，君馳視，求醫於揚州，跪泣於其庭三日，始肯偕，然終不能療也。

少廢書，讀大學未半。行賈後，益好書，日疏古人格言善事而躬行之。其在宣城，有畢某負百金，所居與君夾河。一日，託賈事迎至其家，將夕，命其女靚妝出拜，曰：「君旅居，願以女奉箕帚，償宿負。」君奪戶而出，則河無舟，其人尾而至。喻以理，且要言所負終不收。乃感泣，具舟以渡。明末，鄉里阻饑；君十歲與羣兒樵蘇山中，籬間有果爭取啗，獨君不給視。

有子華瑞，以文學知名，與予爲執友。康熙丁酉來京師，館余家，述其事以乞銘，距君之卒十有三年矣。蓋徽俗葬地難購而華瑞貧，故久而不能舉也。君卒於康熙乙酉，享年七十有三。娶汪氏，繼娶方氏。子二：長華瑞；次關瑞，早卒。以某年月日葬於某鄉某原。銘曰：

嗟嗞乎！君抱儒之質，以美其身，獨留其文，以遺後之人。

尹太夫人李氏墓誌銘

太夫人姓李氏，博野儒生諱宗白季女也。少時聞父夜讀書，即能暗誦。年十九歸贈公，七年而嫠。子會一經書，皆太夫人口授。自贈公之沒逮會一未遇，家窶艱，舅姑老，父母衰疾無子，養生送死，不惟心瘁力殫，資用半手所拮据。自會一出守襄陽至開府河南，所以忠國利民，濟艱銷萌，拯凶饑，正禮俗，不惟朝夕訓誨，且多出於太夫人之規畫。會一之守襄陽也，三攝荆州，九赴鄂城。每遇水旱，太夫人必跪烈日甚雨中。家衆恐致疾，羅跪挽掖，終不起，常應時而得所求。雍正九年，荆州都統將兵西征，命造浮橋，吏民惶急。太夫人曰：「凡人必曲致其情，而後可以理喻。」會一從之。乃次第以舟渡。時又調綠旗兵馬，會集襄陽。供具夙辦，軍需而民不擾。未幾移守揚州。襄陽、樊城、宜城並建賢母祠，不可抑止。乾隆四年，開、歸諸郡大水，會一懇陳民瘼。流民所至，命有司隨地廪給而籍之；踰歲，資送還鄉，無一流亡於他省者。民皆曰：「豈獨大府之明，太夫人爲吾民廢寢與餐，大府安得不竭心與力乎？」

始會一入覲，已命攝廣東巡撫，以母老不能赴任辭，遂改河南；及自河南内召，授副都御史；未數月，聞太夫人疾，乞終養，得俞旨，皆數十年中大臣所未有也。八年春，特賜太夫人御製五言律詩一章、堂額一、楹聯一，時爭傳謂前古邀此異數者亦罕云。

會一雖洗手奉職，而自遷兩淮鹽運司，季高案：「鹽運司」應作「鹽運使」。晉巡鹽御史，秩賜皆豐。太夫人節儉，治家嚴，子婦非請命，銖金尺帛，不得專取，並蓄以待大用。其在官中救水火之災，給師旅，立營倉，置舉本以恤卒伍；建禮祠，修橋梁津渡，施濟窮民，見治所德政碑。家居睦婣任恤，分田贍族，立義倉義學，以及道路倉卒拯救急難，具載會一所編年譜。余前已入聞見錄賢母類中，而太夫人卒，會一復以狀介余族子觀承請銘，余苦辭之，難更設也。既而思之：古稱女士，謂女子而有士行也。不爲一身之謀，而有天下之慮，今之士實抱此志者幾人哉？而太夫人，則志與事皆有焉。故更摭前錄所未及而敍論之，俾吾儕有所愧恥而興起焉。

太夫人雖通文史，而不爲詩辭。其在廣陵，憫民俗怙侈縱逸，由近鹽多商，作女訓質言十二章以劫毖之。每閱邸報，至聖制惇大，必三拜稽首以慶；羣下有讜論訏謨，亦再拜稽首。偉哉淵乎其宅心也！用此觀之，則所見於行事，抑又其淺焉者矣。

始贈公沒，將卜於祖兆，族人隘之。太夫人泫然曰：「宅東有田，孤嫠便祭掃。」遂定窆，是爲東章新阡。越五十有一年而太夫人祔焉。贈公諱公弼，卒於康熙三十二年六月朔日，年二十有七。乾隆二年誥贈資政大夫河南巡撫。太夫人卒於乾隆九年七月朔後一日，享年七十有八，誥封夫人，祔以十一月十一日。孫男三人：長嘉銓，雍正乙卯舉人。次永銓，殤。次啓銓，承蔭。女孫二人。銘曰：

古之貞婦，守節閨房，夫人義事，實播家邦。古之賢母，義方是帥，夫人德心，曲成民物。克己裕人，恩周六親，禳災弭患，誠動鬼神。九重褒嘉，萬衆稱美，福德之全，在古無比。天實光啓，以昭女儀，豈惟女儀，志士之師。

大司寇韓城張公繼室王夫人墓誌銘

夫人姓王氏，宛平人，大司寇韓城先生繼室，中允兼翰林院編修縉之母也。夫人之卒，苞以門生即事喪所，讀先生所述夫人之行，衋然增哀敬。先是夫人遘疾類痹痿，及先生得末疾，夫人舍其疾而惟先生之疾是憂，遂浸加至不可療。苞居先生之門最久，而親族姻黨道夫人之賢如一口，蓋不獨家事治，其輔成先生之德義，有爲行述所未及者。夫人既卒數月，而先生病不能興。苞每往視疾，未嘗不傷先生之衰困，而不獲夫人相左右也。及先生歸田，逾歲而疾漸平，視聽不衰，喜過余望，而又痛夫人不獲與先生偕老而從容於林泉也。丙午秋，縉以書來徵銘。乃質言而係以辭。夫人卒於雍正元年正月，享年六十有二。長子縯，元配李夫人出，與縉同登癸巳甲科。女一，適士人。孫四：長祗公，早殤；次民先，嗣縯；次立先，次因先，俱縉子。於某年月日葬於某鄉某原。銘曰：

起家編展，惟福之綏；作嬪賢達，惟德之宜。生有令聞，女婦所儀；沒有遺施，君子所悕。年逾六甲，子姓茲茲。兆云孔安，庶無顧思。

工部尚書熊公繼室李淑人墓誌銘

淑人江西南昌人，明兵部侍郎元鼎之女，清故禮部尚書諱振裕之妹，工部尚書熊公諱一瀟之妻，翰林院編修本之母也。母朱氏，號遠山夫人，以詩名。淑人幼稟母教，好讀書，識大義，而不事吟詠。其繼室於熊，熊公已貳夏官矣，尋遷大司空。會淮、黄間議有興作，奉命往視。既行數日，或因戚屬以重貲叩門，曰：「中途既與公成言，囑家人驗受。」淑人曰：「此詐也。速持去！少延，當執送法司。」蓋公素方嚴，中立不可脅持，故操事構門戶者，欲假是以相傾也。其後公卒以視河罷官。久之，聖祖仁皇帝具見其表裏，復召用公，再長冬官，以疾告休。時人皆多公能勇退，而意之決半由淑人。

余與本爲同年友；公歸，流寓金陵，特重余。余時過從，淑人使人進飲，必會余寒；進食，必會余飢。余遘難，在獄踰年。本自天津再至京師，候於獄門外，曰：「子毋憂！天子仁聖，子之罪及遠投而止耳！吾母已罄衣裘，使持而來，爲子道齎矣。」用此觀之，凡本所稱淑人以大義佐公，及幼事父母，治家教子，曲得其次序，皆無溢美可知矣。

淑人之沒也，本適遊秦中，而淑人留京師；余嘗拜於北堂，既彌留，入視於寢，迫公事未得與殯斂。越十有一年，本自金陵以書來速銘，曰：「葬有日矣。」嗚呼！余忍不銘？

淑人卒於康熙壬寅年七月望後三日，享年六十有三。長子大彬及女四人，皆前淑人魏氏出。淑人視之，不異於本。大彬子學熹、學烈，本子學鵬皆登甲乙科。公及魏淑人先葬異壠，各有誌。淑人以雍正某年某月某日葬於某鄉某原。銘曰：

淑人之生，顯光尊遂，乃遇則榮，而躬實瘁。少罹閔凶，心摧考妣，歸妹愆期，年踰再紀。翼翼熊公，共恪表著；淑人櫛縰，鷄鳴戒曙。公在林泉，士友時式；淑人治具，夜分莫息。每視公疾，無昏與晨，巾帶不弛，涉月兼旬。既艾而嫠，且屯且邅，有子早達，方陟而顚。惟是仁賢，履艱益著，茲銘不磨，終古有譽。

謝母王孺人墓誌銘

康熙五十七年夏四月，余將行塞上，妹夫謝天寵聞其生母王孺人之喪，泣而言，必得誌銘乃歸。孺人之歸謝氏也，年十有八，其卒也，六十有一，而爲嫠者三十有六年。始新津縣令謝君仁趾聘孺人爲側室，踰年而嫡死，遂攝內事。自孺人始歸，新津君已遘心疾，惑易無常，孺人與生三子一女，皆在憂懼中。自新津君沒，家益落，諸子皆窶艱；孺人有弟，客死於非命；積軫鬱，癰發於乳，醫者求索不稱意，投惡石以反之，遂成錮疾，二十餘年不瘳。計孺人之在謝氏，自少而壯而老，未嘗有一日恬安，其恂愁自苦不獨以爲嫠也。

往歲孺人六十，天寵歸爲壽，舊所患良減。其家人之訃云：「乃者孺人時自寬，食飲有加，其疾以卒，旬日間事耳。」嗚呼！此昔之仁人所以不肯一夕離親而宿於外也。天寵之依余於北也，以余北遷，女弟御吾母以行，乃用此不得親母之含斂。以余之恨於天寵，固不能已於言，況重以孺人之節乎？

王氏江寧故家，其先世有官指揮使者。孺人卒於二月十日，以某月某日祔於新津君之兆，在江寧縣某鄉某原。銘曰：

命之惸，節以亨，載此貞名，尙何憫於其生？

少司農呂公繼室王夫人墓誌銘

呂氏自明大司馬忠節公，家法爲中州士大夫宗，而奕世多賢婦人。少司農坦菴公未與余相見，卽因吾友崑繩通問以索交；及余與宗華同會試榜，光祿好余尤篤；由是兩支子弟往來京師，鮮不過從而意相鄉者。

乾隆二年春，岳池令憲曾以母王夫人狀因宗華以求銘。夫人，司農繼室也。始歸，憲曾將冠，而宣曾生五齡，新喪其母，女子子五人；未逾旬而司農之官寧鄉。夫人居守，撫慰勤恤，男女長幼咸安焉。其後憲曾再喪偶，遺子女數人，夫人鞠育一如宣曾及諸女弟，而兩女早出室者皆寡，外孫窮無依，爲紀衣食，月要旬致，延及支庶。

夫人隨司農仕宦數十年，諸子皆通籍，而夫人所出守曾尤早達，顯榮爲奕，乃世所謂難逢而可羡者；然其拮据勞瘁，視貧家婦有甚焉。守曾爲宣化太守，憲曾令岳池，每戒之曰：「汝父常語家人：『居官而求便於身，則不便於民者多矣。』」又曰：「吾私親兄弟，各食力無憂寒飢，毋以我故餽遺；惟妹適陳氏者及憲曾舅氏甚窶覲，勤周䘏可也。」買婢而還其家，不責以值者凡三人。其一大父爲諸生，立遣之。父母不受，曰：「還則孳矣。」乃善養視，歲熟而歸之。嗚呼！信如憲曾所述，古之所謂婦順者，其備乎？詢於宗華，曰：「是吾先人家法，世母敬帥而行之者也。惟始至吾家，曲藹隱慼，有人情所尤難者，狀蓋未之能具焉。」嗚呼！若是，則銘其可辭？

王氏，河南新安人。父養林，鄉里稱長者。母牛氏，夫人其仲女也。司農爲僉都御史，誥封恭人，今上御極，覃恩自齒朝以上均得以父職官所極品階請封，遂晉夫人，以乾隆元年正月疾卒，享年五十有五。長子憲曾，前夫人徐氏出，康熙戊子舉人。次宣曾，王氏出，康熙甲午舉人。次守曾，雍正癸卯舉人，甲辰進士，授四川驛鹽道按察司副使，以夫人疾革，未赴任。孫男八人。以某年月日葬於某鄉某原。銘曰：

女教之明，嫡媵恩隆，同氣之愛，下型於所生。及俗之傾，繼室有涼德，而父子兄弟咸不得其情。有碩夫人，秉德之貞，盡室和寧，有孚以光亨，及而雲仍，家則是承。

光祿卿呂公宜人王氏墓誌銘

宜人姓王氏，孟津王文安公諱鐸之孫，太常寺少卿諱無咎之女，明大司馬忠節公之孫婦，監察御史贈僉都御史諱兆琳之子婦，光祿卿諱謙恆之妻，承曾、光曾、耀曾之母也。年十五，歸於呂。幼稟母教，通詩、禮。其爲婦，宗婦之長者皆羡焉；其爲母，宗婦之少者皆師焉；與光祿相愛敬以成厥家，族姻鄉黨有述焉。余爲耀曾同年友，而光祿信余最篤，以文學禮義相正，嘗語余曰：「吾生平無媵侍，或疑吾妻不能容，非也。家事治，子孫成行，吾自謂可無此耳。」

宜人與光祿生同年，卒後一歲，爲夫婦者六十有一年。逮事舅姑，並越二紀。子三人：伯仲舉乙科，耀曾歷官四川按察使，所至獲民譽。孫曾繩繩，耳目髮齒至耄不衰；卒之日，言動如平時。以余所聞見，婦人之德與福兼，蔑與宜人匹者。宜人生於順治十年六月，卒於雍正七年十月。余既誌光祿矣，故子姓戚屬不具。銘曰：

曰豫曰豐，民生所善，布列六位，憂虞過半。有碩宜人，得天獨贏，美合令終，爲咸爲恆。族姓素貴，夫家世隆，所儀則賢，盡室融融。上學舅姑，下儀子婦，有孫有曾，康強壽者。在生疇榮，考終相次，噲此幽宮，永蔭世嗣。

趙孺人翟氏墓誌銘

孺人姓翟氏，涇縣趙贈君濬之繼室，御史青藜之母也。少歸贈君，順於姑，宜其家人。家素封，執婦事如寒素；其後中落，處之泰然。前孺人左氏子一，女三，孺人子女各二，數十年無間言。姑既歿，迎姑之女兄於家，忠養久而不怠。贈君歿，盡蓄藏以付長子預，俾秉家政。預爲縣令浙東。青藜入翰林，迎養於京師。乾隆八年夏，孺人思歸，少子希文侍，五月朔日於潞河登舟，是月晦前二日遘微疾，卒於德州舟次。青藜悔痛，再以書請銘，述孺人勤家教子，語甚詳，兼及贈君義事。余按銘者，誄之遺也。非於德於功於言有立，或有奇節義烈，無以舉其辭。據狀：孺人乃履順而持家有法度者，贈君則富而好行其德，於法尚未可以銘。然及吾門者，有所祈嚮而可信其操行之終不迷，青藜其一焉。古之人善，善及其子孫，況父母乎？故援斯義而爲之銘，使青藜知成親之名，在自敬其身，而後此所宜自奮厲者甚重且遠也。

贈君貢生，候選訓導。預，邑庠生，以薦舉知浙江餘姚、嘉興二縣。青藜壬子中順天鄉試，丙辰舉進士第一，季高按：據明清進士題名碑錄索引，應爲二甲第七名進士。且一甲一名例授翰林院修撰，下文作「編修」，亦不符。青藜蓋會試舉貢士第一名耳。授翰林院編修，改江西道御史，著直聲。希文丙辰中本省鄉試。女五人，皆適士族。孫八人。翟氏，邑舊族。孺人生於康熙二十三年，卒年五十有九。以某年月日祔於贈君之兆，在某鄉某原。銘曰：

爲婦爲母，可富可貧，以睦以婣，內和外親；貴而思約，老而益勤，德言諄諄，孫曾永循。

王孺人墓誌銘

康熙五十八年冬，吾友朱君履安嬰疾沈痼，動息不自由，余心憂之，而竊幸其有良妻。余里居時，過履安食飲，盤匜杯斝必潔修，而家無女奴。今履安疾雖困，孺人左右焉，必能自苦以適履安。踰歲而履安以書來，曰：「吾妻死矣！吾憫其生之勤也，欲丐子文以列幽墟。且子在難，吾妻能與吾同憂。其垂死時，吾謂必得此於子矣。」

昔辛卯之冬，余以南山集牽連被逮，下江寧縣獄。同學二三君子，朝夕會履安所。履安或以事出，諸君子頻去來，孺人必先爲具，以時候問，無使渴飢。方是時，大府命吏迹與余往來者甚嚴。一日縣令以他事入履安門巷，或告曰：「履安亦相隨入獄矣。」孺人驚悸成疾，久而不瘳。今其死，猶緣故疾動也。嗚呼！余以昏愚，不能自敬戒以即於罪戾，而累於朋友一至此乎！非孺人既死，而履安自言之，余不知也。履安徵銘之書一歲六七至，既而曰：「速爲之，及吾之見也！」余心隱焉，夜不能寐，晨起而志之。孺人姓王氏，江寧縣人，享年五十有五。子三人。女二人。以某年月日葬於某鄉某原。銘曰：

長子老身，苦辛以有年，疾則莫養，而死獨先。命乎！命乎！永賚志於窮泉。

許昌禎妻吳氏墓誌銘

康熙辛卯九月，歙縣許起昆持其母行狀，因吾友吳君東巖來乞銘。東巖於其母爲族子，而狀卽東巖所作也。余既許諾，踰月而被逮，又二年出獄。東巖適在京師，復以爲言，余曰：「吾非敢負諾責也，恐爲僇人，其言不足以列幽墟。」曰：「子淺之乎視許生也。」因復以狀來。諦觀之，辭達而事信，余無以易焉。因撫其語而係以銘。

狀曰：爲人婦而以衰絰終其世者，惟吾族姑許節母。節母幼時，父客死，輿櫬歸，衣衰泣血，哀動族黨。年十六，歸同邑許昌禎。入門，姑寢疾已六月餘矣。厥明，卽解妝侍湯藥，動息扶將。姑將瞑，泣曰：「吾生不與若久處，吾魂魄猶相依。」居姑喪，與祖姑臥起。祥禫畢，踰歲生男，未彌月，夫驟病。強起在視，足弱，常匍匐戶榻間。夫不起，卽絕食飲。祖姑泣納兒懷中，久之乃乳兒。居無何，祖姑卒。依繼姑，繼姑又卒。其生而忠養，死喪以禮，一視姑。節母疊遭閔凶，及繼姑死，益自傷，嘔血，寖疾數歲而卒，年四十有三。其歸許近三十年，爲嫠凡二十三四年，而服苴菅及羣喪不下二十年，艱貞苦恨，自節母而外，蓋未之見也。卒之後，家人啓篋笥，嫁時衣物如新，蓋終其身未御云。起昆爲邑諸生，以文藝稱於時儕，行身謹飭。東巖云：皆節母之教也。以某年月日奉母柩合葬父墓某鄉某原。銘曰：

煢煢三世嫠仔肩，病姑呻吟兒孌孌，死之不得生憂纏，天以百罹褫貞賢，蜕此短晷何恨焉！

高善登妻方氏墓誌銘

四川夔州府學增廣生梁山高善登妻方氏，工部主事諱登嶧之女，己丑進士式濟之妹也，於余爲妹之無移服而未遠者。工部居近吾家，式濟童稚，視余如嚴師。至其家，必從問經書古文，妹常在旁。高氏故華族，流寓金陵，甚貧，妹歸不逮舅姑，能忠養祖姑兼奉尊嫜之嫠。

自工部父子以家禍謫戍黑龍江，族衆北徙。善登餬口四方，妹獨持門戶，忍飢寒課子。

吾宗在金陵者，或窶艱自顧不暇，或不相往來。惟歲時一返余家，視道希兄弟如近親，喜憂必告，時通有無，然逾時閱歲，必歸之以爲信，不可曲止。其後年餘，絕無假貸。道希兄弟時候問，門者每以他出辭。入視，戶果外鍵。

雍正己酉秋，疾既亟，道希始聞，奔視。臥荊席，別無覆薦，惟少子在側。急購衾茵，進藥物。越二日而卒。老婢曰：「年來以假貸不能歸，衣敝履穿。戒姪輩至，即鍵戶堅辭，曰：『無爲使忡忡也。』」時長子允從父歸西川，應鄉試。道希、道永、道章親含斂，以書來告。嗚呼！先王制禮：小功皆在他邦，加一等。其此故也夫！余與道希兄弟悔痛不可追矣。然其性行之艱貞，不可使終泯也，故質言之，俾異日以奠於幽宮。

妹諱敷，年五十有一。子二人：允，乾隆元年恩科舉人；暉，縣庠生。銘曰：

假而非女，士遭變砥節，志事當如何？吁，悕乎！隱慼而莫之恤，惟生者之瘥。

贈孺人鄒氏墓誌銘

孺人姓鄒氏，友人余東木之妻，學子煛之母也。世儒族，家宜黃之潭溪，幼通詩、書，流覽傳記。東木垂髫，以試事過潭溪，孺人之父偉其容貌，請於親，字焉。及嫁，宮事無違，娣姒皆宜之。暇時喜吟詠，姑止之，遂不復爲。煛稚齒，經書皆孺人所授。東木爲諸生，歲授經鄰邑。孺人紡績，苦辛勤養。及成進士館選，入上書房課讀，而孺人卒於家。

始㑃之從余遊也，能倍誦十三經，絕意進取，思力踐古人之學；既而以族人陵侮，就有司求試，舉於鄉。及母歿，痛生養未致，請余爲銘幽之文。余告之曰：「非文之難，而義無以立之難。姑卑之毋高論，曩子能定心廣志，而學有所成，則亦如曾氏犖銘其母者，得據以爲辭矣。雷同敍次，婦事之常，覽者欲臥，將焉用此？」孺人既歿且十年，㑃以余卜宅改葬先祖暨亡兄弟，自京師跋涉來承事，必得余文然後歸。乃舉其崖略，并述前言，使㑃怵然於往不可追而來者猶可自奮厲也。

孺人卒於雍正癸丑十有一月，年四十有二，以乾隆元年覃恩贈孺人。祖闓，鄉貢士，湖廣臨武縣令。父用揆，國學生。子二：㑃，壬子舉人；光，縣學生。女二，俱幼。以某年月日葬於某鄉某原。銘曰：

夫之榮，命不延，名彰徹，在子賢。銘爲德輿，使國人稱願：是爲君子之母。㑃與！光與！

方苞集卷十二

墓表

季瑞臣墓表

先生季姓，諱熙，字瑞臣，上元人，明季諸生，教授里巷間，卒年七十有五。有子咸若，與余爲兄弟交。庚午春，余弟椒塗疾革，余體氣忽變常，先君子命避居野寺。咸若有弟早夭，與余相憐也，招至其家，館余于門側小室，而先生授經南堂，家無僕婢。傭農家子未成童，每質明，先生起，視童子埽除室堂庭階，捧盥，設酏粥，賓爲賓焉，主爲主焉，傭者亦自得其爲僕焉。頃間，學子至，受業以次，師爲師焉，弟子爲弟子焉。薄暮，移坐階下，延客語。咸若授徒歸，進果蔬酒漿，漏鼓移乃罷，父爲父焉，子爲子焉。咸若之妻常侍姑至余家，左右扶將，姑爲姑焉，婦爲婦焉。昔程子嘗歎天下君臣、父子、兄弟、夫婦不盡其分者之多，而余觀詩、書所稱以及周官、戴記所陳述，每思古者教化備而禮俗型，無貧富貴賤，男女少長各得其分而性命之情安。當其時甿庶之家法，後世士大夫有不能守者矣。因欲爲文，著所見于先生父子間者以示鄉人，而未就也。越三十年至今庚子，咸若來徵銘，乃揭前事以表于墓。

先生于書無不究覽，尤深于易數，而未嘗與人言；嘗以思子詩視先君子，然後知所得於詩，亦有過人者。楊先生鹿園，金陵奇士也，於時人概不快意，獨與先生爲寂寞交。先生寡語言，終日溫溫，獨時與楊先生扶杖矯首郊野，則劇飲縱談大樂，或樂未畢而繼之以哀。先生咸若云：先生卒于康熙壬申。妻某氏卒于康熙壬辰。以某年月日合葬安德鄉獨樹山之陽。桐城方某述。

萬季野墓表

季野姓萬氏，諱斯同，浙江四明人也。其本師曰念臺劉公。公既歿，有弟子曰黃宗羲黎洲，浙人聞公之風而興起者，多師事之，而季野與兄充宗最知名。季野少異敏，自束髮未嘗爲時文，故其學博通，而尤熟于有明一代之事。年近六十，諸公以修明史，延致京師。士之遊學京師者，爭相從問古儀法，月再三會，錄所聞共講肄。惟余不與，而季野獨降齒德而與余交，每曰：「子於古文，信有得矣。然願子勿溺也！唐、宋號爲文家者八人：其於道粗有明者，韓愈氏而止耳；其餘則資學者以愛玩而已，于世非果有益也。」余輟古文之學而求經義自此始。

丙子秋，余將南歸，要余信宿其寓齋，曰：「吾老矣，子東西促促，吾身後之事豫以屬子，是吾之私也。抑猶有大者：史之難爲久矣，非事信而言文，其傳不顯。李翺、曾鞏所譏魏、晉以後賢姦事迹並暗昧而不明，由無遷、固之文是也，而在今則事之信尤難。蓋俗之偷久矣，好惡因心，而毀譽隨之，一室之事，言者三人，而其傳各異矣，況數百年之久乎？故言語可曲附而成，事迹可鑿空而構；其傳而播之者，未必皆直道之行也；其聞而書之者，未必有裁別之識也；非論其世、知其人而具見其表裏，則吾以爲信而人受其枉者多矣。吾少館于某氏，其家有列朝實錄，吾默識暗誦，未敢有一言一事之遺也。長遊四方，就故家長老求遺書考問往事，旁及郡志、邑乘、雜家誌傳之文，靡不網羅參伍，而要以實錄爲指歸；蓋實錄者，直載其事與言而無可增飾者也。因其世以考其事，覈其言而平心以察之，則其人之本末可八九得矣。然言之發或有所由，事之端或有所起，而其流或有所激，則非他書不能具也；凡實錄之難詳者，吾以他書證之；他書之誣且濫者，吾以所得于實錄者裁之，雖不敢具謂可信，而是非之枉於人者蓋鮮矣。昔人于宋史已病其繁蕪，而吾所述將倍焉，非不知簡之爲貴也，吾恐後之人務博而不知所裁，故先爲之極，使知吾所取者有可損，而所不取者必非其事與言之眞而不可益也。子誠欲以古文爲事，則願一意于斯，就吾所述，約以義法，而經緯其文，他日書成，記其後曰：『此四明萬氏所草創也。』則吾死不恨矣。」因指四壁架上書曰：「是吾四十年所收集也，踰歲吾書成，當並歸于子矣。」又曰：「昔遷、固才既傑出，又承父學，故事信而言文。其後專家之書，才雖不逮，猶未至如官修者之雜亂也。譬如入人之室，始而周其堂寢匽湢焉，繼而知其蓄產禮俗焉，久之其男女少長性質剛柔輕重賢愚無不習察，然後可制其家之事也。官修之史，倉卒而成於衆人，不暇擇其材之宜與事之習，是猶招市人而與謀室中之事耳。吾欲子之爲此，非徒自惜其心力，吾恐衆人分操割裂，使一代治亂賢姦之迹暗昧而不明。子若不能，則他日爲吾更擇能者而授之。」季野自志學，即以明史自任。其至京師，蓋以羣書有不能自致者，必資有力者以成之，欲竟其事然後歸。及余歸踰年而季野竟客死，無子弟在側，其史藁及羣書遂不知所歸。余沌邅轗軻，於所屬史事之大者，既未獲從事，而傳誌之文亦久而未就。戊戌夏六月，臥疾塞上，追思前言，始表而誌之，距其歿蓋二十有一年矣。

季野行清而氣和，與人交，久而益可愛敬。其歿也，家人未嘗訃余，余每欲赴其家弔問而未得也，故於平生行迹莫由敍列，而獨著其所闡明于史法者。季野所撰本紀、列傳凡四百六十卷，惟諸志未就。其書具存華亭王氏。淮陰劉永禎錄之過半而未全。後有作者可取正焉。

梅徵君墓表

徵君姓梅氏，諱文鼎，字定九，江南宣城人也。康熙辛未，余再至京師，時諸公方以收召後學爲名，天下士負時譽者皆聚於京師，而君與四明萬季野亦至。季野，浙之隱君子也，君亦不事科舉有年矣，余詫焉。皆曰：「吾懼獨學無友，而蔑以成所業也。」季野承念臺劉公之學，自少以明史自任，而兼辨古禮儀節，士之欲以學古自鳴及爲科舉之學者皆輳焉，旬講月會，從者數十百人，而君所抱曆、算之說，好者甚希，惟安溪李文貞及其徒三數人從問焉。君常閉戶殫思，與吾友崑繩、北固遊，時偕來就余，而余亦數相過，乃知君博覽羣書，於天文、地理莫不究切，得其所以云之意。所爲記、序、書、論，亦有異於人人。北固嘗與同舍館，告余曰：「吾每寐覺，漏鼓四五下，梅君猶篝燈夜誦，昧爽則已興矣；吾乃今知吾之玩日而愒時也。」

其後李文貞以君曆、算書進呈。聖祖仁皇帝南巡，召見於德州行在所，命坐賜食，三接皆彌日，御書「積學參微」以賜。於時公卿、大夫、羣士皆延跂願交，而君亟告歸，營祠廟，定宗禁。又數年壬辰，詔開蒙養齋，修樂、律、曆、算書，下江南制府，徵其孫瑴成入侍。律呂正義成，驛致命校勘。辛丑夏，曆、算書成，瑴成請假歸省，逾月而君卒，時年八十有九。上聞，特命有地治者紀其喪，爲營窀穸。由是世士皆榮君之遇而嘆季野獨任明史而蔑由上聞。丙子之秋，余與季野別於京師，即豫以誌銘屬余；及余北徙，而季野卒於浙東，季高案：「季野卒於浙東」，與萬季野墓表「竟客死」互歧。按季野行實，當以墓表爲是。過時乃聞其喪，爲文將以歸其子姓。叩之鄉人，莫有知者。而轂成與余供事蒙養齋爲昵好，自徵君之歿，閱月踰時相見，必以銘幽之文爲言，而衰疲日以底滯，既不逮事，乃略敍以列外碑。

梅氏自北宋家宛陵，徵君之先，與聖俞同祖別支，世有聞人。自徵君爲族長，梅氏無公庭獄訟幾三十年，族屬數千人無敢博戲者。或侮其父兄，辟宗祠，扑擊之甚痛。君歿，赴弔，哭失聲。父士昌，隱居治易、春秋。母胡氏。子以燕，癸酉舉人。君及妻陳氏以轂成貴，誥贈如其官階。所著曆算叢書八十六種，勿菴文集若干卷，筆記若干卷。惟平三角舉要、弧三角舉要、環中黍尺、塹堵測量、筆算、曆學駢枝、交食蒙求七種、曆學疑問三卷，李文貞鋟版行于世。

田間先生墓表

先生姓錢氏，諱澄之，字飲光，苞大父行也。苞未冠，先君子攜持應試於皖，反過樅陽，宿家僕草舍中。晨光始通，先生扶杖叩門而入，先君子驚問。曰：「聞君二子皆吾輩人，欲一觀所祈嚮，恐交臂而失之耳！」先君子呼余出拜，先生答拜，先君子跪而相支柱，爲不寧者久之。因從先生過陳山人觀頤，信宿其石巖。自是先生遊吳、越，必維舟江干，招余兄弟晤語，連夕乃去。

先生生明季世，弱冠時，有御史某，逆閹餘黨也，巡按至皖，盛威儀謁孔子廟，觀者如堵。諸生方出迎，先生忽前扳車而攬其帷，衆莫知所爲，御史大駭，命停車，而溲溺已濺其衣矣。先生徐正衣冠，植立昌言以詆之。騶從數十百人皆相視莫敢動，而御史方自幸脱於逆案，懼其聲之著也，漫以爲病顚而舍之。先生由是名聞四方。當是時，幾社、復社始興，比郡中主壇坫與相望者，宣城則沈眉生，池陽則吳次尾，吾邑則先生與吾宗塗山及密之、職之，而先生與陳臥子、夏彝仲交最善，遂爲雲龍社以聯吳淞，冀接武於東林。

先生形貌偉然，以經濟自負，常思冒危難以立功名。及歸自閩中，遂杜足田間，治諸經，課耕以自給，年八十有二而終。所著田間詩學、田間易學、莊屈合詁及文集行於世。

先君子閒居，每好言諸前輩志節之盛以示苞兄弟，然所及見，惟先生及黄岡二杜公耳。杜公流寓金陵，朝夕至吾家；自爲兒童捧盤盂以侍漱滌，卽教以屏俗學，專治經書古文，與先生所勖不約而同。爾時雖心慕焉，而未之能篤信也。及先兄翻然有志於斯，而諸公皆歿，每恨獨學無所取衷，而先兄復中道而棄余，每思父兄長老之言，未嘗不自疚夙心之負也。

二杜公之歿也，苞皆有述焉，而先生之世嗣，遠隔舊鄉，平生潛德隱行，無從而得之；而今不肖之軀，亦老死無日矣，乃姑志其大略，俾兄子道希以告於先生之墓，力能鐫之，必終碣焉。乾隆二年十有二月望前五日，後學方苞表。杜先生蒼略每言：「自楊、左罹禍，范陽三烈士聲震海內，一時才士爭思奮死以立名義。」因道錢先生爲衆所（季高案：「所」字疑誤。）摧挫巡按，其始事也，余以巡按終不作難爲疑，杜先生亦未知其詳。間叩之白麓先生，云：「御史移文咨革，督學難之曰：『必欲甘心焉，則入告具言其所以。』乃止。」因歎：「諸生無禮，而巡按不敢自治，督學畏清議以忤同官，一代風教所積，於斯可見。然鄭人游於鄉校以議執政，而子產以爲師管仲立嘖室之議，則其氣象不可復見矣。」白麓，職之之子也，諱中發，於余爲諸父之無移服者，繼塗山以詩名吾鄉，孝謹寬厚，其言信而有徵，故并記之。

同知紹興府事吳公墓表

公諱勉，字素裘，先世閩之莆田人，明季避倭亂，移家京師，入國朝，以拔貢生知同州，又知光州，遷紹興郡丞，官罷，流滯江南，僑寓棠邑留稼村，往來金陵，與吾宗故老塗山及黄岡二杜公遊；見先君子詩，許以吾母繼室，及先君入贅，公客死踰年矣。苞兄弟三人、馮氏姊、鮑氏妹皆生於外家。

苞幼多疾，吾母中夜爲摩腹及足，時道古記及外祖父母舊事以移其心，苞耳熟焉。公少窶艱，歲祲不食者二日矣，中貴人或以文請，餽十金；不應，故人聞而義之，羣繼粟焉，由是知名。保定總兵賀某以禮致幕下，嘗爲賀單騎入山寨諭寇出降；代治兵，凡麾下將吏皆聽部勒；爲紹興司馬，遏海寇；攝蕭山令，平天台山賊，功不得御，而以忤勢家罷官。崇禎末，公父以展墓，懸隔閩中，絕音耗。公在同州，聞閩邦歸順，卽具文大府、監司，乞解官求父，數月中固請至再三，會訃至乃止。其他庸行，不可殫記。外祖母林宜人，苞猶及焉，篤老浣濯縫紉不自休，旬日必燂湯沐苞兄弟。苞疾，摩腹及足，與吾母遞代。宜人卒，苞四歲矣，葬以昧旦，墓距村一里而近，盡室皆往；苞忽驚寤，裸跣而趨葬所，大驚吾父吾母及會葬人，猶昨日事也。

自先君子歸金陵，余奔走四方，惟弔叔舅之喪，一至外家。其後叔舅之子、伯舅之孫並移家金陵，各餬口四方，封樹無主。常思爲買墓田數畝，屬耕者以守之；顧自念大父、叔父母、兄弟皆既葬而起攢，妻、嫂暴露，近者數年，遠者數十年，何暇及外家之丘隴乎？今衰病日劇，感念往事，不容於心，乃略敍吾母所口道以歸叔舅之子以誠使碣焉。據行狀及德政碑載公質行宦績甚具，而概弗採著，不敢傳疑以溢美於所尊禮也。伯舅聖穆以奔喪卒於光，叔舅敬儀客死於淮，術者皆曰「葬地則然」。嗚呼悕矣！

吏部侍郎姜公墓表

公諱橚，字崑麓，山西太原府保德州人。祖諱名武，明崇禎末，流賊寇開封，力戰死之，贈右都督。父諱宗呂，順治壬辰進士。公性沈毅，忼慨有大志，少孤貧，致勤于文學，而不欲以文士自名。既成進士久之，授麻城令，年五十餘矣。自縣令六遷而至吏部侍郎。其令麻城也，未三年而入爲行人；踰年擢戶科給事，充己卯江南鄉試副主考；未返命，遷鴻臚寺少卿，提督浙江學政；既事赴闕，擢都察院右僉都御史；六日遷左副都御史，踰年遷工部右侍郎兼攝刑部右侍郎事，尋改吏部右侍郎。時天子嚮公甚殷，天下士皆想望風采，而公遽以疾卒。

公始之官，以車一乘，僕二人。麻城故壯縣，訟獄紛綸，盜賊數起。公至，逾月不出一令，邑人大驚。其老姦宿豪皆曰：「令如虎方病，未可測也。」平時訴縣庭者，日數十百人。公爲期五日一收告：令訟者立堂下，次第傳訊，每就單辭，摘發其隱私，立責而遣之。自是訟期求直者乃數人耳。功令：凡劫盜不時獲，守土者奪官。用此吏皆諱盜而苛責被劫者，誣汚拷掠，困辱過于失財。由是被劫者例以竊報，雖捕獲，終無死法；苟置之死，監司以上轉得持短長。由是盜益逞，民益蹩。公始至，盜發，即持卷詣大府曰：「此劇盜也，雖以竊聞，獲必殲焉。」大府許諾。獲九人，卽日杖殺其七，餘斃獄中。自是終公任，境內皆宴眠。

公之按試兩浙也，舟行過北新關，關吏難之。公怒，使告曰：「吾行裝具在，果有私財，速揭報！不者，吾奉天子命，按試諸生；而若以賄要，商民困可知矣。吾止此，今拜疏入告。」司關者大窘，躬至舟次謝罪請行。自是所至有司貪縱者，畏公如大府。

公自戊午舉于鄉，卽以文名京師，至乙丑始成進士，待選又十餘年，學使者爭迎致。嘗偕山左劉公木齋至江南刮除舊習，南士爭先學古；己卯榜揭，不遇者皆頌公之明。浙東西建督學祠，春秋時祀，至今不廢者，惟公及顏編修光斆耳。公平生雅不欲以文學知名，而所表禩，大抵皆文事。其給事戶科，未數月而有江南之命。返自浙，始列于九卿，而疾作矣，所欲自見於世者，槪不得設施。此余所以深惜於公而又不獨爲公惜也。

余始見公于督學宛平高公使院，高以國士遇余，公實啓之。及公主試而余適爲選首，例執弟子之禮以見，公三辭曰：「此世俗之淺意也。子不見顧涇陽、孫柏潭已事乎？」余對曰：「吾不敢爲世俗之所驚也。且始見時，公年長以倍矣！」然公每接余，周旋談笑，必雜以朋友之禮與辭。癸未仲夏，見余于廣陵，一夕酒半，自述中歲蹇剝，血氣早衰，而憂後嗣之弱。余愴然心動，蓋自是不獲與公再見矣。余聞公喪，以老母衰疾，未克赴弔，無何而身及于難，忽忽至今，念此生終不獲哭公于墓道，乃述所親得于公者以爲表而歸其孤。其行身處家涖官之詳無所考驗，故信以傳信而不敢有溢美之言。然卽余所知之一二，亦足想見公之爲人矣。

公卒於康熙甲申十月，年五十有八，以丙戌十月朔後二日葬于州西理賢陵，前夫人李氏祔。後夫人呂氏。子宏焯。康熙己亥秋九月朔後四日，江東門人方苞表。

工科給事中暢公墓表

故工科給事中素菴暢公與故戶部侍郞將樂廖公蓮山同爲縣令江南，所治鄰接，志相得。康熙庚午，爲鄕試同考官，文皆互閱。廖公於公房見苞文，大異之，公亦稱善，交論力薦，雖卒無成，而一時以爲美談。廖公官江南及京師久，苞時得從游，而公終身僅再三接。雍正六年秋，公之孫俊以父中掄命請表墓，距公之歿十有七年矣。

公始令祁門，詰豪蠹，卻水碓私餽，禁里下雜共。及補稷山，値介䦨塞。會大師征噶爾丹，有司按地徵餉；及凱旋，議給散；少需緩，民大鬨。前令惶急，公出諭：「卽以充正賦。」乃安堵。辨死獄既成者二，革積弊十六條。邑故荒殘，蔡村、陽平、東西衞逃亡尤衆，公招徠給牛種而緩其徵，歸者相踵。鄕鎭水道及市集爲鄰邑豪奪者，盡復之。稷人里爲祠，歲時聚拜。

康熙四十二年，行取補禮部主事，尋擢工科給事中，方欲有所設張，忽中風痺，遂告休。公友弟聞于鄉，事繼母誠孝，奔喪慟絶；數日後始知次子新喪。嗚呼！觀公之質行吏治，信可謂修飭之君子矣！然非俊求表而以鄉人崇祀之籍來，雖久故如苞，亦未之前聞也。昔李翺、曾鞏嘗歎魏、晉以後，文字曖昧，雖有殊功偉德非常之跡，亦闇鬱而不章；而余考韓、歐諸誌，銘其親知故舊，或以小善見録，而衆載其言；用此知没世之稱，亦有幸有不幸焉。廖公治休寧及居臺中、列九卿皆有聲，惜余從遊時未叩其詳，後各分散，道里逴遠，喪紀莫通，獨居私念，未嘗不以自咎也。以余恨于廖公之無述，則俊之請又惡可得而辭？

公諱泰兆，河南新鄉人，康熙乙卯舉人，己未進士，卒於康熙五十年三月十七日，年七十有五。祖諱四肢，庠生。父諱策，順治丙戌舉人，通經，喪祭一遵朱子家禮。母王氏。繼母王氏。妻某氏。子三人：中振、中擢，附學生，早卒；中掄及俊皆學生。次孫于熊，雍正甲辰進士。以某年月日葬于某鄉某原，孺人某氏祔。

刑部右侍郎王公墓表

雍正六年春，江西布政使涇陽王公以左副都御史徵，秋八月，至京師。進見首言：「巡撫某治尚刻深，數語屬吏：『方今時勢，譬諸醫藥，安調榮衛，古方無所用之，壹以猛毒攻，勿問何證。』儻吏皆遵信，恐爲赤子憂。」天子感焉，立檄某廷訊，而擢公工部右侍郎，尋改刑部。某至，曰：「臣在江西，事從嚴，律從重，欲恩出自上耳。」天子震怒，曰：「朕何自知爾用心若此？且如爾所不奏而施行者何？」聞斯言，使我戰慄，汗流浹背。」立落某職，而諭戒內外臣工。當是時，自公卿大夫以至士庶，自畿甸達山陬海隅，莫不抃蹈相慶，誦天子聖明。公亦以此名聞天下，而自入臺府卽病痁，寖深寖劇，竟卒於逾歲之冬。

公始爲庶常，貧不能舉火，閉戶誦經書，不習課試文字；用此散館復留教習三年，衆以爲咍，而余獨意其有以爲。及雍正元年，改御史巡城，有大豪殺人，巧脫而以他人抵，獄成於九門提督隆科多；諸法司相視莫敢異同，公抗言以爭，卒免之。轉吏科都給事，出爲湖北督糧道，遷江西布政使。所涖必詰姦蠹，除弊政。其在江西，大府方以威嚴率下，百城蕩恐；公獨諤諤支柱其間，吏庇而民依焉。

公疾旣篤，嘗語余曰：「吾自計莫如死宜。吾晚而通籍，碌碌翰林中又十餘年，及出爲監司，動制於長官，齟齬掣曳；今驟叨恩遇，列九卿，而天抗我，不能旬月供職，舉生平所學，少自達於明天子；欲告歸，則非其時，賴寵懷祿，以負宿心，覥靦淸議，吾身一日而生，則吾心一日而死，不若身死爲安。惟子知我，非貌言也。」

公嘗與王徵君爾緝講學澧川，自少至老，未嘗一日去書。癸卯以前，有日省錄；反自江西，詩說成；既遘疾，夜不能寐，輒思尚書疑義，且伏枕爲草，竟今文二十八篇。平生祿賜，必於官中盡之，以賑凶饑，修城垣、學舍，家無一椽一畝之殖，死無以歸其喪。先卒之三月，自爲挽歌，而以誌銘屬余。余爲文不可以期，恐不逮事，與其子穆議，更請於高安朱相國。既成葬，乃表於其墓之阡。

公諱承烈，字巽功。康熙乙酉鄉試，以五經爲舉首，己丑成進士。年六十有四。其葬地及先世名跡、考妣、妻子、戚屬，誌具矣。

朱字綠墓表

余之交，未有先於字綠者。康熙丙寅，歸試于皖，先君子攜持以行，儕輩間籍籍言宿松朱生；因從先君子訪字綠於逆旅，辭氣果不類世俗人；將返金陵，遂定交；字綠父事先君子，而余兄事字綠。

是歲字綠以選貢入太學，海內知名士皆聚于京師，以風華相標置；獨字綠褐衣布履，行行稠人中。時語古文推宋潛虛；語時文推劉無垢。字綠見所業，遂歸，讀書杜溪。及壬午，再至京師，聲譽一日赫然公卿間，二君若爲小屈焉。遂連舉甲乙科，入翰林，館中先達皆嚴憚之。

歲丙子，余有事故鄉，而字綠適客于皖；丁丑、戊寅，歸休于家，而字綠適授經金陵；癸未、丙戌，再赴公車，而字綠皆在京師；故平生執友相聚之久且密，未有若字綠者。字綠強記，文章雄健，尤熟于有明遺事，抵掌論述，不遺名地。其客金陵，先君子每不自適，輒曰：「爲我召朱生。」字綠體有臭，夏月尤甚，然每與先君子酣嬉終日，解衣盤薄；余兄弟左右其間，不覺其難近也。

始字綠歸自京師，築室其邑之西山，名曰杜溪，將著書以終老焉。其再出也，以家貧多累，又自恃體素強，齒猶未也，雖遲之數年未爲晚，而竟死於羇。既遘疾，半歲中四以書抵余，未嘗不自恨也。

字綠諱書，以康熙某年月日卒于京師，年五十有一，以某年月日歸葬于某鄉某原。子二：長曉，淳樸能家事；次曙，志承其父學。辛卯八月朔日，方苞表。

汪武曹墓表

君姓汪氏，諱份，字武曹，長洲人也。康熙丁卯、戊辰間，吳中以文學知名者，君與常熟陶元淳子師、同邑何焯屺瞻皆與余遊。當是時，崑山徐司寇、常熟翁司成方收召後進。其所善，名稱立起，舉甲乙科第如持券然。三君皆吳人，素遊其門，而自矜持，不求親昵。子師成進士，名蓋其曹，不與館選；君及岠瞻屢躓于舉場，天下士益以此重之。其後岠瞻交絕於二家，而徐尤甚，至辯訟於大府；子師與翁亦忤，惟君無違言。

君容氣靜以和，而性實伉直，遊太學時，嘗與益都趙贊善執信會廣坐中；趙年少志得，負名稱，傲倪一世，自公卿以下，皆畏其口；坐人或爲所陵，不能堪；君忽憤發，面斥數罵，趙雖交訌，而氣實爲之奪。平生遇要人常避遠，而時出正議，以繩公卿負民譽者，用此薦紳士類頗隱憚之。

余初至京師，見時輩言古文，多稱虞山錢受之；嘗私語君：「其文穢惡藏於骨髓，一如其人；有或效之，終不可滌濯。」子師聞而規余，岠瞻爭之強，辯之數，惟君亦弗心愜也。既老，乃曰：「吾今而知子非過言。」

君與余相知爲深，而合聚亦最久；疾既困，執余手而言曰：「吾夙與子期：孰後死，爲誌其墓。吾今先子矣！」君喪既歸，其子未以葬告，余衰疾多事，忽忽踰十年；會故人子宋華金請表其父墓甚力，顧義不得先於君；乃述君行身之大略而志前言以授其弟之子連芳而歸其子。

君所訂四書大全及唐宋八家古文、明以來時文行於世。晚歲辨春秋書爵非褒，書人非貶，爲書三卷，義多儒先所未發；又爲河防考十卷，歿時子不在側，以付弟士鉉，而士鉉尋卒，叩其家，無聞焉。他年二書若出，學者宜知爲君作。

君己卯舉于鄉，癸未成進士，館選；以繼母憂，歸築室城東隅，家居近十年。癸巳散館，授編修。甲午主廣東鄉試，辛丑冬奉命提督雲南學政，未之官竟卒，享年六十有七。父諱元絅，陝西鞏昌府同知。母申氏。繼母湯氏。弟侃，壬午舉人；士鉉，丁丑會試第一，皆以君故知名。妻嵇氏。子坤，早卒。培，國學生。以某年月日葬鄧尉山某原。雍正十年三月，桐城方苞表。

黄際飛墓表

君姓黄氏，諱越，字際飛，江寧府上元人也。未入庠序，即爲督學使者所知，名稱壓其長老。或相詆娸曰：「吾姻也，是窶人子。父母皆嚴急，小失意，榜笞數十。其授徒客游所獲，一錢不得隨身，妻子凍餒，虚名何益？」余因是心賤詆之者，而甚重際飛。始際飛所與游，或非人。余嘗於二三君子前面詰之曰：「君何所爲而與夫人交？如白沙之在泥矣！」忌者緣此益增飾交構其間，而際飛遇余益敬以和；遂閉特室，潛心宋五子書，而以餘力評選制舉之文，盛行於時。自入國朝，排纂四書義疏、紬繹先儒之緒論爲世所稱者，僅三數家，而際飛其一焉。

余與際飛中歲各奔走四方，會聚日稀。及余遘難，出刑部獄，里中舊好官京師者，惟際飛一人；無幾何，際飛告歸，余惘惘然也。際飛諸弟皆不事詩、書，少時或有違言，際飛一待以誠。其歸也，出裝齎并微薄舊產推予弟妹，而獨行郊野，求上祖丘隴，悉得其徵而封樹焉。雅好地理書，嘗過先兄墓下，曰：「陰流已盈壙矣！」探之果然。雍正二年，余得請歸葬。際飛爲余行營風雪中，并日夜而不爲疲；間語余曰：「吾與子皆老矣！念此生幸不爲海內士君子所遐棄，而無恨於吾身，惟子直諒之功，茲所以報也。」

際飛之歿也，已勒誌銘，歷其質行、文學、科名、職事、世繫、戚屬、生卒、葬地詳矣，而子白麟復固以表請。感念平生離合之迹，始終之義，乃著其所獨知于際飛者，而繫其後曰：墓之有誌以納于壙，義主于識其人之實，其道宜一而已。唐柳宗元以哀其姊而貳之，非古也。外碑之表，依表之者以重。緣孝子之心，所以光揚其親者不一而足；則受其請者，各以其意爲之可也。余既爲表以歸白麟，因發斯義，使後之人有則焉。

李世得墓表

君諱鍾倫，字世得，安溪人，相國文貞公之冢子也。公巡撫直隸，余過保定，留院中兼旬。君朝夕就余，言簡而禮恭。河間王振聲曰：「公子性孤特，視世士蔑如，此曲體公心以下子耳！」

君幼異敏，甫十歲，即知孝敬，親視藥物。公宦於朝，太夫人春秋高，留閩。君侍母以養大母，生養死藏，君常在側。公守制京邸，服闋，視學京畿，乃相從於使院。公篤志經學，以官中事劇，自治易、詩、書，而以三禮屬君。君所治皆有端緒，不數年，五官之說成。故君之卒也，文貞公水漿不入於口者幾三日。蓋不惟子之痛，痛其足以承學繼志，而爲人世惜此材也。

君既歿二十有二年，子清藻以文貞公所爲誌銘及祭告之文求表墓，且曰：「某困公車久，將遂歸，卒先人業。」嗚呼！古之學，父子相繼而後成者多矣。君其端有得於後邪？

君以康熙癸酉舉於鄉，丙戌三月卒於保定官署，年四十有四。妻黃氏。繼室何氏。清藻，丁酉舉人。清馥質厚安雅，余嘗謂其氣度於文貞爲近，承蔭由郎官出守大名，以廉正著聲。清泰，邑庠生。以某年月日葬君於本里成道院前。桐城方苞撰。

宋山言墓表

君諱至，字山言，河南商丘人，吏部尚書諱犖之子也。尚書負詩名，所交皆一時名輩。君五六歲，客至，輒摳衣趨坐側，聽長者言論；成童後，所游從皆父行，遂繼以詩名，而困於舉場餘二十年。自長洲韓公以文學爲海內宗，羣士壇坫莫盛于吳中，而尙書開府江蘇，尤體貌文士。方是時，吳中知名士汪份武曹、張大受日容、吳士玉荆山數輩皆家居，生徒各數十百人。天下士以文術自命者，過吳中必進謁尙書，而退從諸君子游。會君覲省，則吳中文士之會，君必與焉，而韓公長子祖語亦家居，凡衆會，二公子所在，鄉之者如環。康熙己卯，余與武曹、祖語舉于鄉，而祖語之弟祖昭與君舉京兆。余赴禮部試，始見君于韓公所。韓公賓燕，數與君與焉。君接朋齒，皆肅以和，而於余及武曹，尤若所嚴憚者。自尙書內召，吳中諸君子宦學各分散，而韓公尋卒，尙書亦告歸。天下士之過吳中至京師者，皆漠然無所向。及余難後，則曩時游好留京師及家居而尙存者，十不二三矣。

君既歿八年，其子華金持狀及緯蕭堂詩請表碣。按其狀，首載君遺命毋求誌銘；發其詩，余與武曹無見焉，而卽境卽事，雖碌碌者必目其人；用此見君與人之厚，出言之誠，而與世士之務爲聲華者異矣。君守官事親，動合禮度，狀所載甚具，而皆人事之常也。其詩久行于世，故概弗敍論，而備述數十年中朋游盛衰離合之迹，以志余悲，而君之爲人，卽是可想見矣。

君癸未成進士，改庶吉士，入武英殿纂修佩文韻府，散館授編修。辛卯主貴州鄉試，壬辰督學浙江。丁尙書憂，服闋，遂家居，日與親故酣嬉泉石間。卒於雍正三年十月，享年七十。安人劉氏，有賢行，善治家，後君四年卒。君以雍正五年三月葬尚書兆域，劉安人以七年十二月祔。華金辛丑進士，候選主事。女一，適士人。

潮州知府張君墓表

三晉士大夫語其鄉人立名義而多文者，必曰張潮州拗齋。絳人楊黃在並稱其子亦堪。亦堪嘗至京師，會余疾，遂觀滄海，息足於天津，再逾時以俟余瘳；既相見，僦屋閉門，手錄余經說及論定子、史。將行，請以小妹妻余少子，時雍正九年季秋也。

又十有一年，其妹來婦，生二子矣，始進一册，曰：「吾兄客死江介，病中書此，遺命俟順於舅姑而後出之。」發之，則拗齋行略也。道興之親迎也，沃、絳間父老多稱拗齋質行經學，而亦堪所述，惟當官數事。其自庶常改刑部員外郎，有獄連執政族人，諸司莫敢任，君請獨任之。內務府以其人出使爲辭，君鉤提益急，牒問奉使何地，歸何期，至再三，不答。力請於長官：宜入告。事雖格，聞者爲肅然。尋出守廣西平樂府，猺僮雜居，盜不可詰。君至浹月，以信義服苗酋，獲巨盜二人；斃其一，宥其一，責以偵緝。終君之任，盜不敢窺。改知潮州，屬縣賊蜂起，或稱明裔，聚衆千餘人。君聞，卽日馳至其地，命吏士速據白葉、祁山，設疑嚴守而揚軍聲，賊不敢逼。會夜半大風起，簡卒二百斫其營，呼曰：「大軍至！」城中鼓譟出兵以助之，賊奔祁山，要擊斬其渠魁三人，衆散降。巡撫將奏功，君曰：「此盜耳，而稱明裔，興大獄，株連多，恐轉生變。」乃以盜案結。潮有大豪，戕親迎者於路而奪其妻，拒捕經年。君徼迹而得之，獄成，當大辟。監司銜大府命爲之請，且曰：「稍遲緩之，當以黄金四百鎰潛致君家。」君曰：「吾官可罷，獄辭不可更也。」卒行法。或假親王命以開礦，大府不敢詰，君命縛執。出龍牌，衆色然駭，君命繫獄，以牌申大府。情既得，立杖殺之。丁父憂，遂不出，曰：「吾性拗，幸而歸，畏途可復即乎？」

亦堪朝夕近余凡踰年，而不自言求表其父；其所述皆當官實事不可詒託者，蓋知余慎於文而難以情假也。其别余也，曰：「堪少不樂爲時人之學，無明師友，勤而無所，年今五十有四矣，兄弟三人，惟堪也存，而皆無子，將南浮江、湘，就二三同好謀，挈家累以從先生游，以北以南，庶所學粗有所成；俟先生之閒，一訂先人遺書，死不恨矣。」亦堪以仲冬歸，次年四月，適江西至楊黄在所，遂死建昌；而其家失火，累世藏書暨平生集古金石刻、近世名賢手蹟、古器奇石皆燼焉，而君及亦堪所述造遂無一存者。

君諱克嶷，字偉公。先世直隸眞定人，元末徙居山西聞喜縣之夏莊。祖諱忻，父諱根樸，並邑諸生。君戊午舉於鄉，己未成進士。妻楊氏。子三人：長亦良，季亦常。女七人，皆適士族。粤東許日熾，君在潮州所得士也，時知絳州，閔師門剝喪，爲亦堪取其親同姓木忠爲嗣；閔君側室范氏少寡守貞，據爲庶母立後之禮，取君族昦弟之子亦安以嗣。君卒於康熙辛丑六月，年七十有六，葬於夏莊先兆之次。江東方苞表。

兵部尚書法公墓表

康熙癸巳，詔修樂、律、曆、算書，特開蒙養齋，命皇子董事。余與徐公蝶園承修樂、律，間叩同官及勳戚中志在君國，而氣足以舉之、學足以濟之者，首推法公淵若，且曰：「上爲諸王擇傅，吾對：法某雖以侍皇子得過，而臣愚心竊謂舍某無堪此者。」

乙未夏，公復侍皇子。始見余，即曰：「吾與子未面而心傾久矣！然子頗知並世有法某否？」時中貴人有氣餤者，朝夕傳旨，非命事專及於余，不敢交一言，而公則視之蔑如，辭色間無幾微假借，乃與公爲友。逾歲，公巡撫廣東，旋奉命巡察海疆，歷粵、閩、兩浙、江南，以使事歸報，懇請削職赴西邊敵愾。越八年，雍正甲辰，余請假歸葬，而公督學江南，時叩吾廬，出所爲詩以心腑相示。始知公忠孝發於至誠，體國憂民，常恨未得同志合道人相與輔成治教，而深患時人惟知以虛僞比周，自便其身圖。

公自爲庶常，即荷聖祖仁皇帝特達之知，以檢討擢侍講學士；及中廢復起，驟越班行，開府廣東。及聖祖登遐，公自西邊入臨，世宗憲皇帝旋命校士江南，移撫浙江，入爲大司得者。

時寓居古寺，終歲不還私室。余數過從，見公疏布羊裘，從者老僕一人，翛然若有以自

憲皇帝亦徹見其然，以公爲勳戚故舊，聽公閒居，衆謂實相保全以待異日之大用也。公

馬。天下士皆想望風采，而公益以國事爲己任。然居津要者多畏公伉直，深心嫉之；世宗

今皇帝嗣位，大司空來公學圃掌教咸安宫官學生，引公與故大司空赫公自助。時余以

先帝之喪，入宿武英殿直房，踰再期。公與赫公時冒風雪扶杖過余，講問移時。余陰喜二

公雖老，天或留之而尚有以爲，而赫公旋以疾乞休。公臥疾不起，病既深，余往問。俯仰平

生，毅然也！已而相視泫然。

公之歿也，命家人毋作狀誌，故出秉節鉞，入爲九卿，訏謨美政，胥無傳焉。惟在廣東

特參大吏，更鹽政，粤人至今思之；而蝶園言：「公爲近臣，上時巡齊、魯、秦、晉、吴、越，朝

夕扈從。侍皇子講誦十年，直辭正色。聖祖嘉與，謂獨能不欺。」又自西邊歸者言：「公偃

臥土室，枯寂如老僧，而見王公大帥，時以大義相責，皆人所不敢言。」嗚呼！公之誠心義

氣，動於君、信於友朋者，豈偶然哉！

公諱海，元舅忠勇公諱國綱之次子也，癸酉舉京兆，甲戌成進士。母他他拉氏，誥封一

品夫人。生母徐氏，妻崔氏，封贈如公階。卒年六十有七。無子，以兄子介禄嗣。後九年，

兄子介福督學江南、安徽諸郡，以叔父慶上公選刻公詩請表。嗚呼！根於忠孝剛正之氣不可屈撓者，公之學也，詩豈足以傳公之學哉？然讀其詩，足以發人忠孝之心，則亦其學之誠而形者，乃流涕而爲之書。乾隆十年春正月，江東同學方苞表。

吴宥函墓表

吴啓昆字宥函，江寧人。先兄及余始入庠序，與劉古塘、張彝歎數君子以義相然信，而宥函近亞之。自爲諸生，歷科第，選庶常，課試文出，同列爭傳誦，而未嘗以此自多，惟閉門勤經訓。其與人交，不可得而親疏。既通籍，常徒步，賃從者一人，守舍炊者一人。兼旬不肉食，而勤營近郊高敞地，葬鄉人客死者。倡建金陵會館於京城西南隅，罄其數十年授徒資聚。

始太守長沙陳公鵬年謂君才可立事。及改官御史，巡視北城，所部肅然。會先世墓界爲土人所侵，告歸訟之，遂卒於家。諸子因吾子弟以請銘，歲時無虚，至今九年，而未克就，以宥函之學行已再見於余文也。

冬十有一月，聞寶應王懋竑予中之喪，其子姓及淮南故舊皆謂銘幽之文余義不容辭。追思自辛亥以前，交疏善微而假以誌、表、哀辭者有之矣；其後公事日殷，雖故舊親知多闕焉。感念平生游好，乖隔凋残，欲總而籍之，略舉行能，兼存名字州里，而自揣年力，恐終無其期。乃表宥函之墓，而附論江介士友與余兄弟齒相後先者繫于篇終。庶幾九原有知，衆鑒余事與心違，而非于友道之厚薄淺深失其倫序云。

宥函癸巳舉于鄉，辛丑成進士，卒于雍正癸丑某月，年七十有四。所著春秋周易臆說行於世。妻某氏。子三人：長鏡源，雍正丙午舉人；次雲垙，雍正甲辰舉人，太倉州學正；次某，太學生。以某年月日葬于某鄉某原。乾隆六年季冬，桐城方苞表。

系曰：余先世家皖桐，曾大父遷金陵百有餘年矣。自成童隨先兄與朋齒遊樂，其風尚坦夷，多修飭之君子。劉、張二子外；交近焉者：曰龔纓孝水，季咸若宏紓；而比於宥函者：曰程士馨若韓，郭長春蔚瞻；十年以長者：曰蔡擎念詒，徐佩子遂，黃瑞輯五；長以倍者：曰杜掞亮生，朱圻次郊；往來江介信余尤篤者：故鄉則吳御柳寬，楊周監二，懷寧則潘介幼石，歙縣則吳瞻泰東巖，祁門則汪鴻瑞獻其，盱眙則李沛霖岱雲。

余爲羈終世，而諸君子各凋喪於舊鄉，雖喪紀亦不能通。每念諸君子質行文學，雖未能並迹古賢，而已行著於鄉國，聲聞於四方；徒以居下處幽，泯焉將與草木同腐。故凡數而次列之，俾海內篤古而達於辭者，略知其名字；或經過州部，叩其行跡於子孫鄉人而論述焉。其登甲科致顯仕，及交疎而知之未審，生而存，歿而已見余文者不在列。蓋茲以志余心之內疚，而非敢謂見於余文，遂足爲諸君子輕重也。

陳西臺墓表

嘗考明史，自流賊橫發於秦、隴，毒痛冀北、河南、荆、益、庸、蜀、滇、黔、兩粵之間；凡破州屠邑，必有諸生數輩號召族姻，奮死守戰，以衛鄉里，而甘以身殉。蓋由太祖立國之初，每下一路，必延聘耆儒，講論治體。終明之世，所以愛養庠序學校之士，而厲之以禮教者，實非兩漢、唐、宋所能幾；故逮其亡，而義勇忠誠之氣激發於士類者，尤衆且烈也。武宣陳世珮生於明末，國初諸生也。康熙甲寅，吳三桂反，據廣西，役充斂重，有田者執契以畀人，而莫之敢承。君以諸生爲里長，竭家財代應徭賦，及平定，悉反其田。有廖姓世以豪暴患邑中，當明之亡，嶺表盜賊蜂起，廖姓奪人土田婦女，邑令莫能制，避逃境外。君之父糾合温、黎二族，三路掩襲，殲其渠魁，反所侵掠，而一無私焉，大府遂委署縣事。及吳逆之變，廖姓亂心復萌，君密聞於當事，以計擒其豪，官杖殺之。再世爲邑人除大憝，衆皆倚焉，而吏之貪冒者，或欲取所求。君弱冠時，遠姻范姓以事逃；吏誣君父隱匿，置之獄。君號泣求代，不可。摽資產以賂，始得脫。叔父某又爲仇家扳連，將以金木訊，君請代受刑。由是仁孝信於邦人。

君有才略，家屢落復起；兄弟、兄弟之子蕩棄先業，數分予之。置祭田，歲入千石，聚教族姻子弟之不能從師者，束脩、食飲、膏火皆取足焉。歲饑，空囷倉減糶，稱貸者度不能償，即還以券。或得吉地，私以效於君。君曰：「子客於楊氏，爲營兆域，吾安得而奪之？楊不能購，代爲成之可也。」

君既歿三十餘年，其孫仁始以狀求表。仁及吾門十年，自翰林改官臺中，頗知慕古賢節概。余因君父子義勇，歎有明士氣之盛，沿及昭代而其流不衰。又因仁也行身之不苟，而知子孫之性質多類其祖宗，乃不辭而爲之表。

君先世廣東連平州人，遷廣西，至君始三世。父諱明廉。母蘇氏、胡氏。君卒於康熙四十八年，年七十有九。有子九人，並諸生，四爲儒官。女七人。孫三十人，成進士者二，舉於鄉者一。曾孫二十二人。鄉人多以爲積善之慶。君以仁勅贈文林郎、翰林院庶吉士。妻王氏，繼室周氏、張氏，並贈孺人。以乾隆元年某月某日合葬於茲山之陽。仁，君次子先睿出也。乾隆七年孟夏，桐城方苞表。

贈通奉大夫刑部侍郎黄公墓表

贈通奉大夫刑部侍郎黄公，江南徽州歙縣程氏子也。父諱伯起，以妻柳氏女弟歸大興黄中丞。國初，黄巡撫寧夏，往依焉，署郿縣令。柳氏歿，黄以妹繼室。罷官，與中丞同歸京師。復有事於陝，歸至潼關，舟人利其齎，夜半戕而沈諸河。時公九歲，黄氏尋卒。中丞之弟殿中宿衞諱爾悟無子，因撫焉，教育不異所生。

公少爲名諸生，不遇，就教職垂三十年，告歸又十餘年，卒於康熙四十四年十月，年六十有一。有子五人，皆舉甲乙科。其告歸也，今吏部侍郎叔琳已登上甲。諸子繩繩露鋒穎，朝夕講誦，雍容如也，而公常蒿目兀坐呻吟，諸子憂疑，私問於母，乃知其故。春秋佳日，每獨身出，家人莫知所之；既而迹之，始知常徘徊城東鐵山寺及魚藻池荒墟蔓草間，欷歔掩涕。蓋相傳母柳氏厝於寺，葬於池旁，而迷其兆域也。

殿中君病革，嘗顧諸孫稱公之孝。公悚息有頃而言曰：「兒一身，孫今五人矣！程宗宜有續者。」殿中君無言。及公將卒，諸子請命，公亦無言。蓋古未有以異姓而相繼者，神不歆非祀，民不祀非族，故傳稱鄫立異姓，春秋書滅。禮以義起，當盡歸其宗，而以異姓之禮世祀所繼，以比於因國而無主後者。公之請於殿中君也，以一子續程宗，蓋恐傷垂死者之心，而非禮之經式也。至諸子，則可繼父志而一斷以義矣。此公不言之意與？

公工制義，屢躓於舉場，無覺容；至老常誦經書爲人講説，而無著述。蓋自顧無足以釋其隱痛也。嗚呼！是遭變而得其時義者，宜有述焉以示後之人。公諱華耆，字澗采，號芳洲。配吳氏，浙江仁和人，誥封夫人。長子叔琳，辛未進士，吏部右侍郎。次叔琬，己丑進士，太僕寺少卿。叔琪，乙酉舉人，知江南寧國府事。叔瓛，己丑進士，監察御史，巡視臺灣內陞。叔瑄，癸巳舉人，行唐縣教諭。女三人，並適宦族。孫男十有四人。以康熙五十六年十月，葬於郭西新阡。雍正元年十有二月，桐城方苞表。

詹事府少詹事兼翰林院侍講學士查公墓表

余嘗感於夢，以沈生廷芳言，爲海寧查夏重銘幽之文。生因請表其外祖聲山墓曰：「吾母謂：『芳能爲母之從祖言，曷不爲母之父言？』」余謝以無暇。又十年，生巡漕山東，以書來言：「吾母老矣！外祖，先生故舊也。非有言，無以慰吾母之心。」

始余在京師，海寧諸查皆索交。丙子，館於汪氏，與聲山寓同巷，數過從。時聲山始爲翰林，甚貧窶而盤飧潔以旨；叩之，皆其內子所手治也。余再至京師，則聲山入南書房，爲時所崇；居內城，或寓海淀，扈從塞上，屢言欲就余，而終未得一見。及余難後，則其歿久矣。時論皆曰：「南書房，爭地也。未有共事此間，而不生猜嫌懷媢嫉者。」當長洲韓公既歿，長南書房爲聖心所注者，無如聲山，而聲山推挽後進，無嫉心，然終爲爭者所困。聲山以詩、詞、書法、四六名，然古之人弗重也，故爲揭時論。嗚呼！其可表也已。

聲山諱昇，字仲韋，康熙丁卯舉人，戊辰進士，選庶吉士，除編修。己卯，主江西鄉試，充日講官，由諭德、庶子至少詹事。祖繼序，父嗣琪，俱諸生，贈通奉大夫。大母某氏、母某氏、妻陳氏，並贈夫人。子二：廣，貢生，早卒；昌洵承蔭，知廣東長寧縣。女一，適仁和沈元滄，知廣東文昌縣，即廷芳父也。乾隆十一年正月，桐城方苞撰。

高仲芝墓表

君姓高氏，諱廷芳，諸城韓村人也，自身以上至高祖，五世爲諸生。年十一，遭亂離被掠，去鄉千餘里，獨身脱歸鋒鏑中，父兄族姻鄉人皆奇其智能，而君更務學，敦質行；既長，家人皆恃賴焉。

康熙戊申地震，棟宇將傾，君號呼入，負母出戶，室盡頽。母老而喪明，常自悲悶瞀不知身所在，君負而行憩羣室，庭階則告焉，如是者十年。君兄弟七人，父授田各三十畝；及卒，幼者一人無分，乃以所受田給之，而躬授經客遊以自活。

君善治生，久之家大饒，喪父母及同產之孤嫠，皆獨任焉，有餘則以潤其鄉人。近村小戶有以田售者，受其奇零而使留園廬，曰：「他日易復也。」甲申歲大祲，以子女求鬻者，收養近百口；逾年麥熟，悉召其父母而歸之。退而曰：「曩吾卻之，則塡溝壑，或陷豪家爲人奴終世矣。」國初重逃人之罰，或匿君族兄村舍；會君入城，吏倉卒指君名對簿，竭貲得解免，竟事無一語及兄，人尤以爲難。

君既沒十有餘年，其子璿成進士，官庶常，始就余求表墓，而以膠州張謙宜舊所表爲徵。謙宜，故齊、魯間立名義者；其表君也，偏刺薦紳學士操行之多僞，而歸重於君。余懼其溢美也，詢諸鄉人，知君有詳略，而要之無瑕疵焉。嗚呼！君之能自砥飭，即是可知矣。璿之請也，余與要：必所聞無悖而後敢序列焉；幸鄉人無後言，故删取舊表而易其言之序以歸之。

君卒於康熙某年月日，年八十有五。父諱曉，歲貢生，某學教諭，以長子封奉政大夫。母楊氏，封安人。妻李氏。子璿，側室楊氏出也。

王處士墓表

苞踰壯歲所得之友，以禮義堅然相信者，莫如金壇王澍。嘗叩所由，曰：「自吾大父篤學，當陽明氏氣燄方張，而堅持程、朱之説以擯之，先子承焉。守道固窮，非其義，絲粟不取。性木訥，與人無畛域，而事涉名義，則爭之侃侃然。澍自十歲，先子授徒游學，即攜持以行。及澍長，而先子常家居，未嘗去左右，耳目擩染，幾三十年，雖欲自非薄，而無以安於心。澍少羸，家無僕婢。先妣出入操作必腹之，而呵禁甚嚴；嘗苦索餅餌，痛予杖，曰：『汝幼而貪食，長更何如？』自先考妣即世，澍之檢身，日怠以疎矣。」又曰：「澍孤貧，考妣葬故未備，子爲我表於阡。」

先是澍以其大父所輯學案視苞，苞既受而序之；故於所屬墓碣，日延月滯，而未暇以爲。雍正三年冬，苞以先父母墓表屬澍書，澍責諾於苞益切。踰年春，澍告歸，必得余文以行，乃譜以授之。

君諱式金，字度疑，少承父學，誦古書，不治時文。以澍贈奉直大夫，卒於康熙戊子七月，年七十有四。妻潘氏，贈宜人，卒於康熙庚辰二月，年六十有五，生兩子兩女，惟澍存。墓在某岡某原。

余處士墓表

處士諱鉦，字震娫，其先江西臨川人也，元末遷宜黃。明初，再世以軍功顯，爵第二品，佐郡爲縣令丞者以十數，至處士之祖若父爲諸生。

處士十歲能爲詩，既長，益博覽，好山水。父縱使遊學，嘗登羅浮，東抵武夷，求朱子遺蹟；再至匡廬，淹留濂溪、鹿洞，過柴桑，輒低回久之。所交南昌彭達生、朱用霖，寧都魏和公，臨川傅平叔、黄元胎、李剩水，皆恢奇士也。晚而篤信宋儒之書，每曰：「士不知聲律文章之外有學，是忘其身也。」所著對洲集四十二卷，庸行編三卷，藏於家。其侍母疾，連年不入私室。屢急人難，盎有斗儲衣有代，乞假者應之無緩辭。其鄉人既遠，猶哀悼之。

子濈，亦務質行。至孫棟，始舉甲科，官翰林，有子曰煚，年十七，俾專誦諸經，而請業於余，曰：「將使繼吾祖之志，學於聲律文章外也。」棟以父命請表其祖墓再歲矣，將歸省，語益迫。乃就所稱而序列之，且使煚也無忘父命。

處士卒於康熙己巳六月，年四十有七。大父諱嘉績。父諱墀，子六人，處士其仲也。妻劉氏。子一人。女二人。孫男三人：長棟，次松，次楷。曾孫男五人。

武商平墓表

先兄百川所與爲朋友凡三數人，而商平武君其一焉。君文學無絶殊者，貌苍而言謰，雖二三君子與久故者，時用爲嘲謔，而先兄獨重之。自先兄歿，余不敢爲四方之行，始與君習；每風雨之夕，愁思無聊，輒相呼共語，或春秋佳日，與徘徊川巖墟莽間。

君與物無町畦，然内行潔修；授徒多人，歲入不過三十金，冬常寒，衣冠敝履穿，而力孝養親無違志。其父老矣，不事詩、書，非博塞，終日焦然。每失負，從親交丐貸，君隨而私償之，率以爲常，父大安，以爲於家無累也。君性耿介，非其義，一毫不取，坐困甚。有子將娶而夭，其婦誓死歸夫家。衆皆曰：「毋重自困也！」君獨毅然整衣冠，至女家，叩其父母。知志決，命出拜。越日，以禮迎而歸。

少爲諸生，攻舉業，及交先兄，始發憤，篤專於經、史，近六十，益刻苦，晝夜危坐，鑽礪不自休。余謂：「君非親學時矣！」君曰：「吾乃今知學之意，豈可以老棄哉！」始君以貧不能養，欲客遊四方。余戒以養未必遂，徒爲父母憂。君用此忍凍餒，未嘗一日離其親。

君父年九十餘。君之歿，後其父七閱月。君歿而家散，後妻二嫠婦各就食母家。一子幼，煢無依。自衆人觀之，天之於君，可謂酷矣！而自君言之，則於親無愧心，于身無恨事，抑豈爲不得于天者哉？余雖後隔舊鄉，力不克振其孤，乃揮涕爲文以歸之。俾他年碣於丘壟，用表君之行雖不顯于時，而足以取貴于後世。又以志先兄取友之不苟也。

君諱文衡，溧水縣歲貢生，以康熙五十四年十一月某日卒。子某以某月某日葬於某鄉某原。

朱履安墓表

君姓朱氏，諱文鑣，字履安，江寧人也。余始入庠序，數相見廣衆中；及北遊數歲歸，而吾友劉君古塘與履安交甚洽，余因習焉。又數年而海內士流語金陵有聞望者，必及履安。履安愼威儀，語默坐起，皆有法度；性遲鈍而務學，能自刻苦，其行身亦然；家素豐，至其父毀之，而父母皆衰老，于其時，尤自力于子道。

辛卯冬，余被逮，繫江寧縣獄。履安日與古塘諸君子左右其間。時制府飭獄吏，與余往來者，具籍之，而諸君子不爲止。事平，履安嘗語余曰：「爾時吾出入縣門，或值縣令及南北捕呼聲過吾門巷，未嘗不股栗也。」中歲以授經客遊自活，學使者爭迎致。及自江西遘溼疾，坐卧痛苦，歷四五年，而講學教子不怠。饔飧乏絶，屢以書抵京師告余，其族姻富家弗使聞也。

余往者歸自遠方，二三昵好必羣引相過談讌或傳客，譁樂連晨夕；自赴詔獄，及今蒙恩歸營葬，僅十有四年，而余所兄事，惟古塘獨存。履安之齒未也，乃用厲疾殞其生，是以余與古塘尤痛之。其葬也，古塘既銘諸幽，故表于其墓，而以余之歸告焉。

方苞集卷十三

墓表

雷氏先墓表

雷生鋐道其上祖兄弟八人，葬同丘，請表墓，口述再四，而繼以書曰：「先生非親懿久故，不爲表誌，蓋懼行迹之虚構而無徵也，而吾上祖之事，則不待有徵而信。雷氏自陝西遷豫章，一世祖甫，自豫章遷寧化。甫生詳，爲唐進士，而卒於昭宗之世。有子八人，生相愛，約葬同丘。塚以次平列，墓碑巋然，子孫世承祀，無所容其僞。僻在閩徼，少文獻，世久迹湮，故他行無聞焉，而生當五代干戈之際，無一出而仕者。又兄弟八人之卒，相去或數年，或一二十年，子孫共守遺命而莫之違，則其修於身而型於家者可見矣。」在昔先兄百川有言：「人之生也，受於天而有五性，附於身而有五倫。人於五性或蔽於一，則四者必皆有虧焉。人於五倫能篤於一，則其他必皆不遠於禮。」鋐所云，不獨可徵其上祖之行；而所以推原祖德者，又可與先兄之言相發也。

余兄弟三人，弟椒塗早夭，而兄復中道棄余，臨終命「三人必同丘，不得以婦附」，族姻士友嘖嘖焉，雖子姓不能無疑也。其後聞寧都魏禧兄弟嘗行此，而今復得雷氏上祖事。用此知是乃篤於兄弟者之恆情，雖異於俗，而非有過於義也。

昔唐陽城兄弟，懼友衰於妻子，而終身不娶。此於禮爲非，而先儒皆存而不論。蓋以行必稽其所敝；俗之衰，能爲城兄弟之行者亦罕矣，無慮其或滋之敝也。況自周以前，本無婦必附夫之禮，而曷以兄弟同丘爲怪詫哉！乃約鉉言，而具詳其義類，爲表以歸之。俾雷氏後裔務敦睦以率祖，而亦以解吾子姓之疑焉。八人：長伯泰，次立，次馴，次強，次郡，次御，次邵，次均，皆以名繫伯。其墓在寧化縣之下沙村。雍正十年冬，江東方苞撰。

兵部尚書范公墓表

公諱承勳，字蘇公，瀋陽人，大學士太傅文肅公第三子也。文肅公既爲國宗臣，而公伯兄爲都統，仲兄忠貞公總督浙閩，並以賢能早歲秉節鉞，上益材范氏子弟。公年二十四，以廕補工部都水司員外郎，凡再轉五遷而至兵部尚書。

吳三桂反，公以吏部郎中督譚宏進征軍，兼轉楚餉。宏死，監鎮安將軍噶爾漢軍。及滇平，常在軍間，還補文選司郎中，擢內閣學士。尋以都察院右副都御史巡撫廣西。踰年遷兵部左侍郎，總督雲南、貴州。三藩播亂，吳三桂勢尤猖獗。王師入討，常與賊相持黔、粤閒，首尾八年，公私凋敝，而賊窟穴南中歲久，雖撲滅，脅從反側多竄居山澤，故上於方面之任，尤重且難之。先是忠貞公在閩，既死耿精忠之難，都統開復褒、樊，復以疾卒于軍，而兩江總督于成龍之卒也，上諭九卿：「更有如成龍者，具以聞。」僉舉陸隴其等七人，而公與焉。故公至粤西未期月，而有滇黔之命，以爲非公莫屬也。

公至，首裁六衞五所，併歸州縣，逃亡漸復。時起發賊標下親軍入旗，衆多偶語。公請就本地安插，拜疏卽官其一二著姓，餘編籍補伍。命下，數千人環泣曰：「吾子孫世保故土，皆公賜也。」湖北裁兵，夏逢龍叛，聲連六詔。時滇以鼓鑄壅積錢給兵餉之三，衆不便。會左協移鎮尋甸之兵鼓譟，縱焚剽，省兵欲乘釁而起。公偵知其謀，夜捕百餘人；晨出，奉天子賜節，斬十三人。越日，尋甸縛始禍者以獻，鞫斬八人，事遂定。疏入，天子詔諭褒嘉，公因請罷鼓鑄。魯魁山賊二百年爲環境害，至是就撫。官斥藩莊，核其價，省民間溢費二十餘萬金。在滇九年，所祛蠹弊甚多，而清鹽筴，不得按戶抑派，酌道里遠近，定支撥軍餉條例，吏不得巧法扼民，至今賴之。

康熙三十三年，遷都察院左都御史。行至貴陽，改命總督江南、江西。公治滇、黔，興利除弊，若日不暇給，發姦糾暴，法立誅必。及移兩江，則專務清靜，以與民休息。其爲政識大體，不爲小廉曲謹以釣聲譽，而設心措意，一以厚下恤民爲本。歷三鎮，奏免民賦者五，豁陷賊州縣所失資儲無算，駁正漕督誤題入額徵者一。歲祲，奏發米穀九十三萬石有奇。賑餉有先發後聞，議有格而復奏至再三。天子鑒公之誠，無不特允所請者。其鎮滇、黔入覲，密陳六事：其一「土苗不宜縱逞」。時黔撫衞既齊以捕黎平苗謫戍。上悟，尋赦還。衞素廉直，士論尤以此韙公。

三十九年秋九月，以母憂回籍。既葬，奉命督修華家口運河。未幾，授兵部尚書。固辭不獲，乃就職。私居持服如常。又七年，以疾乞骸骨。又十年終於家。

公年譜載公行身涖官迹甚詳。然余嘗客遊淮、揚，士大夫多稱鹽城令某貪橫，以與要人有連，大府不敢呵。公下車，寡婦某訟之，隨斥罷。然則公之善政，雖其家人有不盡知者矣。茲故不具，而獨著其措施見於章奏，利澤顯播于軍民者。

公卒于康熙五十三年二月朔，年七十有四。始娶穆奇覺羅氏，贈夫人，再娶沈氏，封淑人，皆早亡；再娶趙氏，封夫人。子時繹，承襲本旗佐領。以公卒之次年秋八月二十二日，葬於密雲縣之青甸。桐城方苞撰。

趙處士墓表

處士姓趙氏，諱瑗，字臨若。其先江南山陽人也，明洪武時以軍功顯。高祖清始遷浙江之瀝海所，地介會稽、上虞二縣。家世儒書，處士生萬曆末年，弱冠騰文譽。崇禎之季，山賊海寇疊起，田宅蕩然。鼎革後，聚教蒙童於墟里間。及老，獨身行遊。有子廢學，以醫方流寓泰安州。處士倦游，乃就養焉。

學佛者古翁，淮安通州人也，開圃泰山之麓，名曰石堂，與其儕二人及州之老生四人遊。聞處士至，願相與爲友。暇則聚石堂，課灌溉，蒔瓜蔬，終日危坐，講誦經史。野人樵牧過者望見皆肅恭，四方耆舊多傾嚮焉；而處士居常忽忽念墳墓，懼松楸毀傷。其子方促促治饔飧，終不得返先人居。年七十有八，竟死岱下，葬州西南三十里天平山。妻徐氏，久祔祖塋，不敢遷葬，禮也。

處士學識過人，能辨賢姦，知事勢數變以後之利害，久皆徵驗而未嘗爲書。先卒之二年，疾篤，作遺訓以示子孫，皆家人語也。間爲詩歌，不以示人。惟手錄春秋內外傳、史記、漢書及唐、宋八家文各數百篇，授其孫國麟曰：「北方艱購書，守此，文義可粗明；愼行其身，毋忘瀝海而已。」

其後國麟舉於鄉，及將仕，再歸瀝海展墓，以寧其祖妣。雍正六年，擢福建布政使。至京師，與余造次相遇於鄭御史宅，述祖德，請撰外碑。國麟與余會試同榜，至是始覿面，而其學行治法，在聞見中爲可計數人。遂不辭而爲之表，且系以辭曰：

國麟與余相見，年近五十矣。起縣令至監司，而言語氣象，尙似講學於深山野外者。叩其師友淵源所漸，泫然曰：「吾祖至岱之歲，麟始生。家窘空，保抱攜持，數歲即隨臥起，授章句，未嘗有師也。」苞少從先君子後，見三楚、吳、越耆儒，多抱獨以銷其聲。又其次乃好議論，著氣節，爲文章。尙矣哉，其風教之所積乎！

翰林院檢討竇君墓表

自容城孫徵君遷河南，中州士大夫多興於學，及其門者，潛菴湯公、逸菴耿公爲最；而聞二公之風而興起者復四三人，柘城竇遯齋其一也。幼異敏，讀書每過夜中；父懼其確也，禁之；乃以衣蔽戶牖，篝燈默誦；少長，徧治諸經。時徵君既歿，耿公講學於嵩陽。往就之，六年五至，非父召不歸。既舉於鄉，見湯公於京師，學益進。湯公悼師道廢日久，勸就教職，得泌陽。及主朱陽書院，從學者皆勸興。故河南北，夏峯、嵩陽而外，惟朱陽之學者爲多。戊辰成進士，館選；丁母憂，服除，授翰林院檢討。尋告歸，父趣之入，踰歲竟歸。蓋痛母之深，不忍久離其父，且與朱陽之學者離逖也。聖祖仁皇帝嘗命諸翰林作楷書，君書「治法堯、舜，學遵孔、孟，其要在主敬謹獨」以進，上深器之。

其家居，大府、監司、守令多重其行。衆所苦病，每賴以更除，枉橈者得直。故其歿也，士友深痛，知與不知，莫不惻傷。邑之頑人，或匍匐赴弔，哭盡哀而去。君素無疾，方侍父食，痰氣上，有頃，端坐而逝，時康熙戊子閏三月二十五日也。孺人王氏執舅之喪，年六十有四矣，終祥禫，不飲酒茹葷。

君諱克勤，字敏修，卒年五十有六。大父諱如珠，縣學生。父諱大任，敕封徵仕郎、翰林院庶吉士。子三人：長容端，增廣生，前卒；次容莊，癸巳舉人；次容邃，乙酉舉人，候選知縣，志承其父學，以狀誌求表。余既熟聞君之學行，且與容邃一見而志相得，乃譜焉，俾鋟諸外碑。雍正十一年正月，江左方苞撰。

刁贈君墓表

君諱再濂，字靜之，直隸祁州人也。余少聞燕南耆舊：一爲博野顏習齋，一爲君之父蒙吉，平生皆尚質行，稽經道古。習齋無子，其論性、論學、論治之說，賴其徒李塨、王源，發揚震動於時；而刁氏之書惟用六集及斯文正統始行於北方。

贈君自入庠序，卽弛置舉子業，日從父之友五公山人王某及習齋游，訂父遺書，手錄藏於家，又貳之以質四方之學者。年逾六十，復手錄付諸子，且告曰：「昔蔚州魏公持節巡京畿，余以故人子獨被渥洽。鄰邑人或齎金而請事，余掩耳而走，菑然若穢汚之及吾體也。

汝曹他日若登仕籍，以官富家，吾生不受其養，死不享其祭。惟先人遺書未刻者，尚百餘萬言，必約身而次第布之。」其後仲子承祖果宦達，使其弟顯祖持所刻易酌、潛室箚記及君狀誌，乞余文以列外碑，距君之歿二十有二年矣。

夫名，非君子之所務也，而沒世之稱，則聖人亦重之。習齋遭人倫之變，其艱苦卓絕之行，實衆人所難能，而李、王二君子，力足以張其師，惜其本指欲外程、朱而自立一宗，故知道者病焉。君之父則隱迹衡巷，推闡先儒之緒言。故當其時名聞四方，轉未若習齋之盛，而卒得良子以傳其書，身名完好無可瑕疵。故余因表贈君之墓而并著之，以示志古而有所祈嚮者，亦君恪守父書之志也夫！

君卒於康熙乙未九月，年七十有二。父諱包，天啓丁卯舉人。母某氏。君及妻杜氏並以承祖貴，誥贈如其官階。子四人：長繼祖，州學生；次承祖，乙未進士，由縣令累官監司，所至著聲績，今爲江西布政使司；次顯祖，己酉舉人，樸直尚名義；次興祖，早世。以某年月日，葬於某鄉某原。乾隆元年十月，江南方苞表。

東昌鄧嶧亭墓表

雍正十三年夏，東昌鄧鍾岳將告歸，以曩所述贈君及田安人行略示余，曰：「吾故知子於誌表之文，雖親故無假；非敢以私請也，將以入宗譜，惟子討論焉！」發而觀之，皆庸行所宜。然有難焉者，瞻君十歲喪母，嗣喪繼母至再；父歿，承重喪大父母，衰麻不絕於身者，近二十年，皆能稱情以赴於禮。其爲國子監學錄，年未及三十，丁內艱，念大父官閩南，父官代北，代父服勤侍大父，遂不復補官。余嘗過東昌，無老少皆稱鍾岳孝悌修飭，具言其家法。雖未指目君之爲人，而鍾岳所述之無虛溢可知矣。

昔余大父爲學官於蕪湖，君之大父參議公適司蕪關，降爵列而爲友。余於鍾岳，未見而相知，既訂交，果不悖於所聞。其家法之善，又親得之於其鄉人，故特表而出之。使天下知爲人祖父者，宜慎行其身以開其子孫；而子孫能賢，亦以徵信其祖若父之善行。又鍾岳不以誌表屬余，乃所以重其親，信於友，而余之不能已於言，端由於是焉。

田安人與君比意同力，以事親長。歲庚午，君侍大父母於家，聞父疾，赴山右，而參議忽遘疾甚危，邢宜人篤老。安人承凶，臨於別室，易衣奉姑而侍舅疾。比參議之終，邢宜人未知有子之喪也。嗚呼！是可則也已。

君諱基哲，字騫之，號嶧亭，以太學生授鄒縣教諭，遷國子監學錄，生於順治乙未年二月，卒於康熙辛巳年十月，享年四十有一，以雍正元年覃恩勅贈承德郎、翰林院修撰。田氏爲同郡名族。安人，歲貢生諱官芳次女，生於順治丙申年三月，卒於雍正癸卯年三月，享年六十有八，勅封安人。子男四人：鍾岳，康熙辛丑進士一甲第一名，授翰林院修撰，歷官禮部侍郎，雍正十一年以奏對失辭，降一級調用；次鍾音，雍正丙午舉人，揀選知縣；鍾敍；鍾一，雍正己酉同榜舉人。女五人，並適士族。孫男六人。雍正乙巳十一月合葬參議公墓右第一穴。桐城方苞表。

內閣中書劉君墓表

襄城劉青蓮狀其先人之行，不介而以書通，曰：「吾父之歿七年矣，而銘幽之文闕焉以至於今，蓋難其人也。吾惡夫爲人子孫者，以所未有之善隆其親，而實誣之也。故所舉無溢言，願子察其情也。」余故聞中州之賢者數人，而劉氏恭叔其一焉。恭叔之兄子青藜，爲余同年友；而青蓮之請銘也有辭，余無以卻焉。

謹按：君諱宗泗，字讓一，先世多潛德。明季流賊之亂，父漢臣以諸生佐督師汪公喬年城守，署贊畫。君兄弟三人皆好義，伯仲任俠，而君獨爲儒。其學無所不涉，而卒歸於洛、閩。其游皆畸人節士，而共學之久者，則關中李顒中孚。

余觀自明之衰，東林、復社諸君子摧剝無遺，而天下幾不知有學矣。其後燕南、河北、關西之學者，往往振起於一鄉，以收召其徒，而中州爲最盛。就其傑出者，其指意雖不能盡合於古聖賢人，而皆能以力行爲宗。故其處者，常矜名義，飭內行；而出者亦確然不失其官守。蓋學雖粗涉其樊，其爲說不能無弊，而已有輔于世教如此。君之質行，既足以錯於其鄉之賢者；而又能知道術之所宗，雖與中孚李氏共學之久，而自守其徑塗，終其身不易也。嗚呼！君可謂篤於自信者矣。

君中歲學古文辭，晚所著中州道學錄、恕齋語錄尤著士友間。其行之式於家而化及鄉人者，青蓮述之甚備，而茲獨揭其所學之大指。蓋以自修者言之，必纖悉於庸行，而後爲完人；而立言者舉之，以示於後，則義無取也。青蓮於虛美其親者，既前知其非義矣，則於茲所以云者，何惑焉？

君以康熙庚午舉於鄉，例授內閣中書，未仕，以庚寅六月二十四日卒於家，年七十有四。冬十有二月某日，葬於邑西東岡先兆之次。孺人周氏。子二人：長青蓮，縣學生；次青芝，乙酉舉人。女二，皆適士人。康熙丁酉三月朔後二日，江東方苞撰。

秦仲高墓表

高氏仲女適秦，故曰秦仲高。仿春秋紀伯姬、紀季姜、鄫季姬、蕩伯姬之例也。先刻誤改高貞女，今正之。壬子十月，鈞衡識。

貞女，吾師大理卿宛平高公同產弟章侯次女也。少，余見之，心異其德容，謂福澤必過人。許嫁秦氏子文照。雍正五年，文照死。貞女請代夫承重奉祖姑，父母隘之，不可，遂歸秦氏。大理兄弟三人，惟季有子，而留滯遠方。章侯歿，貞女族姻中一無依，余往視之，時仲冬，短布單衣。乃與諸公醵金爲舉本以給之。乾隆元年，余居直廬。五月中旬，家人告：「貞女遘疾日篤。」秋七月朔後三日死。問故，曰「積勞成瘵」，卒之日，命「衣衾完者勿以殮，迫冬進之祖姑」。

在昔明季，李自成陷北京。宛陵沈壽民時山居，或告曰：「某罵賊不屈死。」壽民立起自責曰：「夫人而載此大福以終，嗞，咄哉！」既而前聞非眞。復問焉，曰：「子何以知之？」曰：「是吾故人也。娶之日，吾客遊適至其家。若俯首，巡步階除不已。叩之，曰：『吾屬有所思，甫冠，登上甲而婚，生人之榮，有逾此者乎？吾何修而得此？』此以知其所受之薄也。」嗟乎！如貞女之閔凶夭札，乃壽民之所謂福也夫！

貞女年三十有二，卒後十日，與文照合葬秦氏先兆之側。其買棺也，匠師語其徒曰：「予良材，價從其柢。」聞者多爲流涕。桐城方苞表。

完顏保及妻官爾佳氏墓表

君姓完顏氏，諱保，字岳申。余供事蒙養齋，君爲皇子詹御，數就余問學。君貌甚文，苦羸，氣不能任其聲。自恨時過而學，雖疾，矻矻不自休。余始開以學，久之，惟戒束書不覿，以息心神，而不能從。疾遂不振。君既歿且踰年，余啓篋，見其病中所擬秋風辭，音旨悽愴。其諸衰氣之先見者與？君疾亟，妻官爾佳氏誓死。及期，母與姑號泣而止之，曰：「汝有子，義不當然！」答曰：「吾非不知此。顧吾年少，儻異日，中有不自得者。不若早自決，於吾心爲安。」其藥物久置粉帨中，命取水至，則一飲而絕。母與姑亦不之禁也。

嗚呼！君之嗜學，與其妻之取義，皆過於中。然以人情之習於偷苟，不可謂非有志者矣，而造物者必使至於斯，其又可詰邪？

君卒於康熙丁酉四月十九日酉時，年三十。官爾佳氏與君同庚生，而月日先於君，卒同時。以某月某日合葬北郭先人之兆。桐城方苞表。

羅烈婦李氏墓表

烈婦姓李氏，浙江龍游人，江都羅經甫妻也。幼通詩、書，繼室於羅。前子曰都，六歲。女曰宧姑，年十有二。烈婦生女，始期。揚州圍急，烈婦謂經甫曰：「君上有母，下有稚子都，妾生而存，則慮有所牽，吾自擇死所矣。」乃積薪樓下。未幾城破，市人驚呼曰：「兵入矣！」烈婦上堂，泣且拜曰：「吾不能復事姑。」乃別其姒劉氏及經甫妾梅氏、李氏。時烈婦有身八月矣，抱幼女，持宦姑而語衆曰：「吾多見古書中，婦人遭亂而求生者，忍以身試乎？」衆皆哭，從而登樓者凡十人。命一婢下舉火，火發，亦奮身躍入。兵定後，衆骨藉藉，惟婢一足尚存。

始經甫計猶豫未有所決，俄而烟塵蔽天，樓中聲如亂鼓。乃搏膺而呼，負母挈子以奔，卒皆免，家復起，子孫盛昌。

都之弟國桓，有子曰檁，行四方，遇文儒，輒流涕述烈婦事而求籍焉。同命者凡十有一人：劉氏、梅氏、李氏外，惟婢得其名曰藾華；其六人者無聞焉。焚宅在新城廣儲門內樊家園。合家在隋西華門故城址。康熙六十一年冬十一月，望溪方苞表。

劉烈婦唐氏墓表

烈婦唐氏，襄城劉庶常青藜繼室也。先世浙江會稽人，遷河南新鄉。其家單微轉徙，少失父母，有兄窶艱，而婦好書史，陳義甚高。庶常失偶，聞其賢，以禮聘焉，年二十有九矣。

既成婚，三旬有八日，而庶常疾作，遂不起。烈婦將死之，叔姒請曰：「聞嫂有身，今死非其所也。」居無何，謂其姒曰：「無望矣！」越翼日，晨起，辭於殯，入寢室，閉戶自經死，時康熙戊子十有二月晦前四日也。去庶常之死，蓋四旬有七日。

烈婦少時，嘗刲股療其父。及庶常疾，復釁臂以羹，血淋漓衣袖間，面色似非人，而神氣自如。庶常之歿也，其母年八十有五，臥病經年矣。烈婦秘不以聞，戒寢門內無哭聲。自經之晨，猶親盥饋，然後退。

烈婦家故貧，其兄以醫自活，流轉四方，僦居多窮巷短垣。烈婦時時佩利刃以備非常。郟富人嘗假館，且貲給之甚殷。烈婦曰：「此傳所謂無故之利也。」會富人從其兄飲。覘焉，曰：「是可久與處邪？」立促其兄他徙。

庶常每言烈婦能文，工詩歌，既死，篋笥間無遺蹟。庶常夙以文學知名，二十年間，河南北爲首稱。唐氏賢而愆期，卒歸庶常，聞者皆以爲宜，而月未四終，夫婦各賚志以歿。鄉人莫不嗚咽，道路皆載其言。

越十年戊戌，余始得其實於庶常之從弟青蓮，而表於其墓之阡。桐城方苞撰。

謝孺人葉氏墓表

孺人諱球，姓葉氏，父諱汝楝，閩縣人。庚午鄉試副貢士謝君諱宣之妻，編修道承之母也。謝氏故儒家，而鄉貢以俠重於鄉，信義著於師友，孺人實左右之；孝於親，友於兄弟，惟孺人曲當其心。鄉貢未中壽而歿，兄公一以家政屬孺人，大事必諏焉。幼隨母依舅氏，授論語、孝經、毛詩；及長，博觀經、史。諸孤就傅夜歸，則爲辨句讀，考音義，兼授樂府古辭及詩；既成立，督敎不衰。母也而秉父道焉。孺人生二歲而孤，母家四世生養，死藏，廟祭，皆身任之。女也而承男事焉。及篤老，道承歸養，會修省志，中丞趙公以相屬。百年中大吏所設施，鄉先生長老之質行，孺人能備詳之，道承用以徵信於志、傳、牒、記，而辨其譌。嫠也而有裨於文獻焉。

始余與同年鄭任鑰魚門善，孺人之長女壻也。道承繼因魚門以索交於余，孺人七十，求文以壽。余曰：「非古也。子少安！吾當別志以達子之情。」又十有四年，孺人歿。道承使來告終，以狀請銘。氾詢其鄉人，皆曰：「信然。」乃爲表以歸之，而釋諾責焉。其生卒，子姓宜具於誌銘，故弗著。乾隆元年八月晦前二日，江左方苞表。

劉中翰孺人周氏墓表

康熙五十五年，襄城劉青蓮及弟青芝不介而通書，請表其父中翰君墓。余既夙聞劉氏家法及中翰之賢，又重青蓮有辭，表而歸之。越三年庚子，復以母之狀請銘。余惟古者婦人祔葬，無特銘。又孺人處境順，雖有婦行，而無以過禮之中制，久而未報也。

雍正五年，青芝之計偕至京師，請益堅。且曰：「自庚寅先君子歿，吾母老，朝夕不忍違，不赴禮部之試者十有七年矣。今來適與子值而獲見，願終有述焉。」

余因念丙戌計偕：自余出，吾母内熱，語不休，雖隆寒，中夜啓牕牖；或挾老婢立中庭，北向而望，凡百有三日；至余抵家之夕，而後寢成寐。凡欲其子遊學，取名致官，父或有之，而母必無是也。無貴賤貧富賢愚，惟願求之即在側耳。余兄弟喪亡，乃違禮遠遊，以憂吾母。青芝有兄以承養，而不忍一日離。其請不可虚也。孺人處境雖順，無以過禮之中制；然以劉氏之家法，而孺人順焉；恭叔之賢，而孺人儀焉；以宜其家，以式其子姓，而化於族姻，其可風也已！

孺人姓周氏。父諱卜曆，襄城縣學生。母王氏。年十六，歸於劉，卒年八十有六，與中翰合葬縣西先兆之次。雍正五年夏五月，江東方苞表。

贈淑人尤氏墓表

皇帝嗣位之始年，搜揚遺賢，命大臣各舉所知。於時，今吏部侍郎沈近思，以郡丞就其家起吏部文選司郎中。既任官，特命兼太僕寺卿。逾年四月，拜疏歷其曾祖母尤氏守節，撫嗣子，教孤孫，艱而有成；暨其父將終，自傷家世田農，不能爲大母請旌，而有望於後。

願以元年覃恩，身及妻應得之封，移贈尤氏。天子既賢近思，感其意，詔以侍郎階資贈其曾祖父母。又二年二月，介吾友王君盧舟乞表墓之文。余考禮經「爲人後者，服如所生」，傳曰：「受重者，必以尊服服之。」蓋恩以義隆，而不敢忘其祖也。然恆婦人之情，視爲後之子，多異於所出，是謂不有其夫也；而爲之後者，自視亦或異于所生，是謂不有其祖也。今尤氏重其夫以及其嗣子，可以教天下之爲人妻者矣。近思念其父、以及其祖所嗣之大母，可以教天下之爲子孫者矣。天子優賢厲節，推恩于功令之外，而褒崇踰所應得，可以教天下之爲臣者矣。禮達義昭，不可以勿籍也。

謹按：沈氏自遷仁和，七世至贈公諱學顔，於近思爲曾祖，卒年二十。淑人時年二十有二。距其歿三十有四年，與贈公合葬西涇口百浪塢先塋之次。嗣子時吉娶俞氏，甚有婦道。遺孤大震，生五子，近思其季也。淑人高行載郡、縣志。沈氏三世生卒爵列，墓各有誌，家有譜，故弗著，著其維繫於風教者。

曾孺人楊氏墓表

孺人姓楊氏，江寧人，邑諸生曾榮之妻，余姊夫沂之母也。姊性鈍直，嫁之日，吾父母戒行，常以宮事不逮爲憂，久之薰然成和；及孺人歿，乃時與姊夫不相中，然後知孺人之德，能甄陶子婦，而諭其志也。姊夫少孤，季父遠遊，委以家事，二十年内外帖帖；及孺人殁，姊夫始見惡於季父，違言日彰。然後知孺人之才，能調劑叔姒，而使之無間也。始曾君爲諸生，甚有名，館富室，常屏滋味，甘蔬食，而平生不聞信奉佛法。沂既長，有舉以叩者，歸問母。孺人曰：「爾父歲時伏臘，御食於先姑，未嘗厭甘毳，而居外則然。竊其意，以母老艱苦食淡，不忍自饜飫耳。」用此又知孺人之賢，能探其夫之微志，而襮之於身後也。

姊夫及姊屬余表孺人墓，已踰再紀。雍正三年春，余假滿北上。姊夫走送於河干，復出其父狀求合表。且曰：「更遲之，吾不及見矣。」又二年，余益病衰，恐終負前諾，乃敍而錄之。

曾君早世，行未著，按其狀，皆瑣語，故獨取孺人所稱而附見焉。孺人卒於康熙某年，年六十有七，距曾君之卒，三十有四年。以某年月日，祔葬於某鄉某原。曾氏族故不繁，沂無子，再從無可嗣者。有女適林氏子元。

吴處士妻傅氏墓表

孺人姓傅氏，江西南昌人，余叔舅之妻也。先君子出贅，寄寓外家凡十年，時惟叔舅也存，而叔舅恆客遊。余生六年，先君子歸金陵，計此生與舅凡五會耳。惟辛未壬申間，同客京師，聚獨久，寒苦相依。

丙子冬，自京師南歸，水宿淮關，夢舅立河壖，瞪目無聲。心詫之，至眞江，急捨船陸行，至舅家，則葬已數月矣。問故，果死於此。余噭然而哭，孺人微泣於房。哭止。闔門而語，送不下堂堦。時孺人尚少，動作有儀，語皆中節。余黯然傷，又肅然敬也。

孺人幼喪母，無兄弟，獨身隨父客淮南，吾舅亦客焉，遂約婚，歸十年而吾舅死。舅生常遠遊，相見日稀。有子曰以誠，冠後亦授徒遠方，或歲歸，或間歲、三歲一歸。孺人之卒也遽，誠在山東，奔喪。報葬至京師，每見余，必吞聲掩涕，以求表墓之文，而孺人苦節清行，實宜有傳于後，乃爲之書。

孺人卒於雍正六年七月，年六十有五。舅諱敬儀，字平一，從先兆葬六合劉家營棗樹墩，孺人祔焉。

誠幼時無資就外傅，及次子以訥，小學皆孺人口授。孺人之喪，誠雖客在外，泣血三年，喪食一如禮經。

中憲大夫鄂公夫人撒克達氏墓表

夫人姓撒克達氏，故愼刑司郎中鄂素之妻，今通政司通政使兼詹事府詹事攝翰林院掌院學士留保之母也。

保之言曰：「保三歲而喪吾母，踰年喪吾父，庶母郭氏舍己所出而乳焉。每語人曰：『無若女君之德何！』保不及見吾母之事大父母，而大父母之安吾母，衆載其言。保不能知吾母之相吾父，而吾父榷税時，舅氏或爲保謀，宜少治生產，吾母抑以大義，衆載其言。吾母既歿且十年，諸母、諸姑及族姻老婢及見吾母者，見保莫不垂涕，追思不已。」

嗚呼！信斯言也，古陰禮所謂婦德，幾盡之矣。家之乖恆由婦人，而嫡、妾則有甚焉。故二南之風，皆始於不妒。蓋婦德莫難於斯，此之能然，而餘行可無徧述矣。春秋傳曰：「娣姪者，不孤子之意也。一人有子，三人緩帶。」在禮「妾爲女君、君之長子三年」，所以重其恩義，同其憂喜，而潛消其妒嫉也。然人之恆情，亦惟君及女君之存，不敢不勉耳。夫人既歿，而郭氏舍所出以字其孤，守信砥節，沒齒爲期。則夫人之德之在郭氏，必有過越於恆情者矣，而況奉舅姑、成內治、宜家人之疏節與！

夫人父某，某官。年十□，歸郎中，卒年二十有□。女二，皆保姊也。郭氏年今五十有九，所生子早殤。雍正六年冬十有一月，桐城方苞撰。

陳太夫人王氏墓表

夫人姓王氏，陳贈公諱健之繼室，廣東右翼漢軍副都統昂之母，浙江通省提督倫炯之大母也。

陳氏世爲閩人，自長樂遷泉州之高浦。明末海寇滋蔓，遷濱海居民徙灌口，贈公時年六十餘矣，生計一倚長子光。光死，贈公大慟，尋卒。昂年始十有一，含斂皆夫人手之。虚室中惟雞一栅，母子號泣與雞鳴之聲相應，哀動鄰里。凶饑寇亂相乘，米至石八千。夫人拮据，日作糜半釜，漉厚者飼子，次及女，自啜水漿，饑不可忍，則更急束要帶。昂既貴，每念兒時備見太夫人之艱辛，而不獲一日致鼎養，恨不欲生。方流離轉徙，夫人常抱木主以行，雖遇寇迫險不釋。用此數世前生卒葬地，子孫猶得籍記。

閩人相傳：戚繼光禦倭寇，駐軍高浦，與僚屬遍閱山川形勢，指贈公舊居曰：「是家必有興者。」以爲此再世節鉞之兆也。然陳氏之遷高浦，亦近耳，前此廬其所居之地者衆矣，而陳氏熾昌，又在徙灌口之後，則非宅地之所爲，決也。豈其先世故有潛德隱行，及贈公之身而胚胎已兆，故光潤先見於門閭與？嗚呼！此可卽太夫人之節行以徵之矣。

倫炯始通籍備宿衞，階甚卑；余一見卽決其必拔起爲大將。未數年，果建節，歷七鎮，軍民威懷，粤、閩、江、浙，咸載其言。乾隆八年，以太夫人遺事請表墓，故並著閩人所傳語。使衆知家之興必由其人，而謂宅地能有助者，妄也。

太夫人父諱公榮，母某氏。女適太學生蕭湄。太夫人卒於康熙辛未年，享年七十有八，後贈公之卒凡三十一年。前夫人許氏，父諱浦，母某氏。卒年二十有七，葬於高浦之杏林社。界禁限隔，亂後坵隴不可復辨，昂及倫烱每以爲恨。贈公葬於某鄉某原。太夫人以癸酉年四月二十八日葬於苧溪山之原。江左方苞表。

林母鄭孺人墓表

孺人姓鄭氏，福州侯官人，三山林贈君諱邦楨之妻，編修枝春之母也。生鄭氏熾昌後，其卒也林氏方興，而伶俜艱辛，視甿庶貧女有甚焉。

母黄氏，鄭贈君繼室也，生孺人，踰歲而殂。鄭翁付外家鞠育，及疾革，始命以歸。父黨内外宗尚未識面，時十齡，悲號雀踊，見者莫不心惻。及歸林氏，家甚貧，而贈君羸疾，授經在外。孺人餔糜，日或不繼。

歲戊子，贈君卒，遺一女、二小男。老姑在堂，而盎無儲，桁無完衣。仲兄鄭諭德幾庭計口致米。薪蔬百物皆自孺人及女手指中出。身甘穅秕，而遇時物，必多方購易以進。或母家以餉孺子，必奉姑。姑心知之，而不忍卻也。

孺人自居父喪，卽依諭德之妻王宜人，佐治家事。因教以閨訓、女史。及贈君卒，孺人命枝春就殯帷，躬教督。誦讀聲洋洋，比鄰及親交到門者，莫不歎息。大母衰疾中，亦用以自慰焉。及姑終，女有歸，二子受室。枝春舉於鄉，爲內閣中書，而孺人嘔血，遂不起。

孺人疾作於雍正辛亥之春，戒勿使枝春得聞。其秋枝春感噩夢，請急，航海而歸，孺人驚喜，疾少間，卒於冬十二月晦前六日，年五十有八。子二：枝春翰林院侍講，督學河南；夢彩戊午科舉人。女適庠生葉球。以癸丑十月祔贈君之墓，在郭北五鳳山。

乾隆七年春，枝春以狀求爲傳。余考孺人雖艱辛，而未遭變故，所述皆婦順之常，於文律不宜立傳。既而思孺人處境略與吾母同。吾母之遭遇視孺人尤順，而艱辛苦恨則有甚焉，惟不肖子知之。宜乎枝春之不能自克也。抑又思朱子之母安常履順，其貧約亦未甚也；二程子之母，則顯榮福祥以終世矣，而百世以下無不知二母之賢，則惟其子之故耳。以苞之無似，不足以顯吾母。故因林母發此義以勖枝春，以志吾疚，兼告天下後世爲人子者。乾隆八年十一月，江左方苞表。

方曰崑妻李氏墓表

孺人姓李氏，揚州府興化縣人，吾宗知孝豐縣事諱將之子婦，邑諸生曰崑繼室也。於苞爲共五世祖斷事公之諸母行。

比俗之人謂：劀股肱可療疾，雖子女行之於父母，亦爲過禮；而以吾所聞：廣昌何某妻魏氏刲肱求療其姑。一時名輩，爭爲傳、記、詩、歌以紀之。又二十餘年而有孺人之事。乾隆壬戌，余蒙恩歸里，孺人之柩適至自閩中，長子杭以狀求誌銘，始聞其詳。

孝豐府君病膈噎，長子曰岱割股以進，少間。數日疾反，曰崑欲踵行之。孺人曰：「子疾初愈，甚羸，如重傷，大人病必臻。」夜半，侍婢皆臥。登樓禱於宗祏，引刃自劀，昏仆，久而蘇，強自纏縛。味爽作羹，府君食之，病又小愈者閱月。及將終，乃知孺人事，呼而至，曰：「死生，命也。然汝必育賢子孫。」

曰崑兄弟十三人，惟伯兄及四弟曰岳爲適出，而曰崑、曰岳生同胎，曰岱宦遊。曰崑欲與曰岳同爨，謂孺人曰：「爾能自必，終世無生異同否？」孺人曰：「子能自必，何問婦人！」孺人處宛若間，如弟妹之事兄姊。門以內，少壯男女皆相親。

曰岱初任閩之沙縣，改調泰寧。曰岳卒於沙，曰崑從至泰寧。孺人以俗言：「生同者，死期亦近。」時杭館於閩之榕城。孺人挈子女及杭之妻女，間關赴泰寧。未一年，曰崑果卒。孺人親視含斂。

杭述孺人淑德甚詳。然舉是三者，則仁孝明知之見於他行者視此矣。銘以藏幽，孺人之事宜使觀者感興，故爲表於外碑。

孺人享年五十有五。父𧦬，浙江湖州府衛守備，與孝豐君善，故爲昏媾。祖嗣京，明河南道御史。曾祖春芳，大學士。子三人。女四人。系曰：

茲事之義類，余於廣昌魏氏論之詳矣。孺人求療其舅，其事尤希，而持之則有故。蓋大懼夫或重傷，以駭慟垂盡之親，故不得已而自劙，以塞其意也。往者亡妻蔡氏亦嘗刲肱求療其姊。及來歸，余告以三從不二天之義，乃自知無謂。故備列之，俾慕爲仁孝者，得自鏡而審所處焉。

碑碣

禮部尚書陳公神道碑

公諱詵，字叔大，號實齋。系出渤海，爲宋太尉高瓊裔。明永樂初，上祖東園公自臨安出贅海寧陳氏，遂著籍，蒙其氏。高祖諱中漸，隱居好德，有子二人，並登萬曆丁丑會試榜，成進士，累官貴州參政諱與相者，公之曾祖也。參政之子五人，其季曰元成，早世，有子三人：長之問，公本生父也；季之闇，所承嗣也。明季，陳氏衣冠日盛，子弟皆治舉業，務進取，而公之本生父獨承學於念臺劉公。劉公沒，黃宗羲梨洲傳師說以教浙東西，而公復從梨洲游。

自入國朝，公伯叔父兄弟、兄弟之子登上甲、宅政府、長六官、出秉節鉞者林立，惟公第舉乙科。然自補中書，三遷而副長御史、開府貴州、湖南，入爲尙書，皆特擢不由階資。其給事吏科轉刑科都給事，言多施用，而以稽貴州土司承襲，劾罷大吏；請復天妃閘，以奠黃、淮，其語尤著薦紳間。自鴻臚寺卿倅大理，領臺中，屢決疑獄。及巡撫貴州，民艱於食。行視山坂，皆可耕，諮於介衆。僉曰：「收穫不可期，入稅籍，終難脫矣。」遂奏免升科。踰年，斗米錢三十。因教以蠶桑，蒔果樹。卽王文成謫戍講學處建書院，聚教羣士，延及苗童。黔民久而慕思。移鎭湖南，尋晉司空，轉宗伯，官中事無不釐飭。

當聖祖中年，直省大吏員缺，必咨臺垣九卿。舉者多陰奉要人指意，或自援親故，而公所舉惟三人：高安朱相國始令潛江，以讞疑獄，公記其名，前後凡四薦。沈公近思未遇，資給誘進，既通籍，揚於朝。淮、黃決溢，舉陳公鵬年爲河督。

公性沈靜，其治事，勾稽文簿，終日不倦；事畢，卽閉閤下簾，手一編，未嘗一日去書。謂四子之書，諸經膏液也，近體諸身，然後知須臾不可離，作四書述。嘗慨酷吏深文擊斷，曰律者，聖人以不忍人之心而著之，爲精義之學者也，作讀律述。謂孔子學易，期於寡過，人事萬變，包於六位，隨時隨事，必有合焉，作玩辭述。手披司馬氏通鑑、朱子綱目，以朱墨雜色識之凡五周，多獨見，作通鑑述一卷。晚年，將次第排纂而業未終。

公既沒十有四年，其子世倌自山東以遺書及行狀抵苞，請列外碑。且曰：「倌自始仕，以至於今，戰戰慄慄，惟懼或蹈於非義，以不敢忘先人之志事耳。」苞以衰疲久，而底滯又數年。世倌爲御史大夫，其規模略與念臺劉公相類。乃竊歎公之教型於家，而劉公之風，能使異世聞而興起也夫！比俗之人，以講學爲詬病久矣；故爲譜其世家，並傳再世師友淵源之漸，俾學者無惑於俗言而識所祈嚮，是亦公之志也夫！

公卒於康熙六十一年，享年八十，壬子科舉人。曾祖，累贈光祿大夫、文淵閣大學士。祖考以公贈光祿大夫、禮部尚書。祖妣、妣，並贈一品夫人。本生考妣，貤贈亦如之。夫人查氏，初封淑人，晉封一品夫人。子六人：長世儁，丙戌進士，知江西建昌府。次世儼，辛卯舉人，揀選知縣。次世仁，乙未進士，翰林院檢討。次世倌，癸未進士，工部尚書。次世侃，癸巳進士，翰林院檢討。次潮，幼殤。女七人。孫男二十四人。銘曰：

經有明訓，不學面牆，冥行無嚮，爲惑爲狂。翼翼陳公，學優而仕，寅亮中外，官常有紀。善政善教，奠乂遐荒，氓賨歌思，愈久不忘。入長二官，禮寅事嚴，如握尋常，引以繩墨。譜公之行，按公之書，所言多應，終始不渝。遠尊師聞，近守父學，有子能承，風規尤卓。豐碑峩峩，用表功施。不説學者，視此銘辭！

理藩院員外郎贈資政大夫席公神道碑

公諱席爾泰，系出舒穆祿氏，世居盛京東之渾渚。大父郎住，力能出車馬於淖陷。父吳巴泰，十六從軍，破隊徇城，常推季高案：「推」疑作「摧」。鋒；抑於上官，功不得御，終不自列；非臨陣，未嘗妄殺一人。公初試惜薪司筆帖式，轉倅刑科。麻勒吉總督江南、江西，檄自隨。歸補吏部主事，遷理藩院員外郎。奉檄行塞，墜馬，傷肩臂，遂引疾，卒年六十有八。

公在江南，制府以事詢，必竭情無隱。江西巡撫以法中某郡守。制府叩公，公曰：「吏獲罪，多由不善事上官耳！」卽遣公廉其實，守得免，而衆莫知其由。江蘇布政使被劾，命公勾稽簿書。使恐懼道謁，公曰：「歸理案牘，無他求也。」麻公嘗被逮，院中佐吏皆號呶慢易，惟公不失禮。代任者益重公，固留以自佐，而公篤念父母，竟告歸。其在吏部，有武弁爲尙書所厚，軍功不及格而敍。公力爭曰：「三藩蕩平，論功者衆；成法一亂，則冒進者人人得引爲辭。」會理藩院增置員外郎，上命部院各舉所屬賢能。首以公應，蓋不欲公在吏曹也。公內行飭修，事繼母誠孝。母素嚴，久而感悟。母沒，撫季弟勤於己子，凡衣食必先取足焉。

公階奉直大夫，以子元夢貴，贈資政大夫。娶同系別屬女，仁厚識大義。公所以感繼母，及與厤公始終，夫人之助爲多。夫人以公封宜人，以元夢進封夫人。其卒也，距公之卒二十有二年。始公退休，家甚貧，而元夢以事譴，季子入翰林，尋亦罷，居常鬱鬱。及公卒逾年，而元夢復收用，漸被顧遇，開府兩浙，入爲司空。夫人屢覲皇太后於寧壽宮，天子親書堂額、壁聯以嘉母德。是以元夢每荷恩榮爲太夫人慶，即隱痛公之不及見。然元夢能推太公之德業，慎行其身，而有令聞，俾國人稱願，以爲君子之子，則公亦可以無恨矣。公及夫人生卒年月日，子姓男女，既詳於幽堂之誌；葬事畢，外碑宜刻文，以屬余，乃敍而銘之。銘曰：

維國之興，材必世生；維家之隆，德必世崇。公先再世，淳德未漓；暨公稍達，仍鬱不施。以昌厥嗣，爲帝股肱，恪居官次，令聞有融。衆人所矜，錫命之顯；君子所感，嗣德無覥。我列茲銘，信而有徵。

贈右副都御史趙公神道碑

贈公諱良，字維林，浙江紹興府瀝海所人，吾友趙國麟之父，處士臨若公之子也。生有明崇禎丁丑，時寇賊交鬨。未成童陷賊，匿舟底三日，勺飲不入。既脫歸，廬舍已空。國初東南未靖，人民流離，多餬口於北方。遂棄儒學醫，至幽、燕，東遊齊、魯，遇族父於泰安州以醫自活，因廬旅焉。時淮陰江翁亦寓岱下，以女妻之，而臨若公倦遊無所合，困而歸。聞其子既立室家，附舟北上，至則國麟之生已數月矣，時康熙癸丑年也。

臨若公入抱孫，出則與石堂諸散人遊。贈公既左右無違，而江夫人力致魚菽瓜蔬以忠養，久而安焉。雖居窮巷，遠方畸人老宿多造門。豫章吳愼庵嘗嘆曰：「臨若之室僅容膝，可旋身，而入其中，則曠如也。」臨若公以康熙二十三年卒於泰安，贈公及江夫人相繼沒。國麟貧不能葬。豫章戴君知地理，得吉兆以告，且探囊篋，助營窀穸。

又二十餘年，國麟巡撫安徽。入謁世宗憲皇帝山陵，請假歸里祭告。因葬故有缺，以書抵余，求補碑銘，以列祠堂。觀國麟所述，贈公自定家於岱，父歸就養，一室之中，父父、子子、夫夫、婦婦者，凡二十年。富貴不足道，國麟之得列於君子之林也，豈偶然哉！臨若公二弟卒於南中。老不能奔喪，命贈公歸葬。獨身冒風雪往還。其治疾者，如疾在身，無貧富貴賤，必竭心力。享年五十有八，以乾隆元年覃恩，誥贈如國麟官，江氏爲夫人。夫人之生，後贈公二十年，而卒以康熙辛未，先公一年。次子國經。女四人。以某年月日合葬於州西天平山。銘曰：

族以亂而散，家以旅而成，行以艱而篤，志以沒而亨。岱畎有碑，瀝海有田，恩綸孔赫，世祀其縣。有開自天，其兆必先。

杜茶村先生墓碣

先生姓杜氏，諱濬，字于皇，號茶村，湖廣黄岡人。明季爲諸生，避流賊張獻忠之亂，流轉至金陵，遂久客焉。少倜儻，常欲赫然著奇節，既不得有所試，遂一意於詩，以此聞天下，然雅不欲以詩人自名也。於並世人，獨重宣城沈眉生，吳中徐昭發，自愧不如。其在金陵，與先君子善，客維揚，則主蔣前民。金陵爲四方冠蓋往來之衝，諸公貴人求詩名者湊至，先生謝不與通。惟故舊或守土吏迫欲見，徒步到門，亦偶接焉。門內爲竹關，先生午睡或治事，則外鍵之。關外設坐，約：客至視鍵閉，則坐而待，不得叩關，雖大府至亦然。及功令有排門之役，有司注籍優免。先生曰：「是吾所服也。」躬雜廝輿，夜巡綽，衆莫能止。

先生居北山，去先君子居五里而近，以詩相得，旦晚過從，非甚雨疾風無間。先君子構特室，從横不及尋丈，置牀衽几硯。先生至，則嘯咏其中，苞與兄百川奉壺觴。常提攜開以問學。先生偶致雞豚魚菽，必召先君子率苞兄弟往會食，其接如家人。

丙寅春，先生年七十有七，攜襆被叩門，語先君子曰：「吾老矣！將一視前民，歸而窆室蔣山之陽，死即葬焉。」是日渡江，數月竟死維揚，喪歸，寄長干僧舍。一二故人謀卜兆，子世濟曰：「吾有親而以葬事辱二三君子，是謂我非人也。」無何，世濟亦卒。先生故三子，一子幼迷失，一爲僧遠方，衆莫敢主。

又數年，長沙陳公滄洲來守金陵，謂先生其鄉人之能立名義者。哀其志，爲買小丘蔣山北梅花村，召先生從孫揚文及故人會葬。先君子執紼，視窆𡨋。時苞客燕南歸，而命之曰：「先生吾所尊事，汝兄弟親炙，可無誌乎？」苞重其事，將俟學之有成而措意焉。自先君子歿，患難流離，今衰且老矣。自恨學之無成猶昔，而舊鄉限隔，恐終墮先人之命，乃姑述其大略，使人往碣於墓之阡。

先生詩，世所傳不及十一。平生著述，手定凡四十七册。世濟歿，勢家購得之，弗善，仍歸其從孫某。先生生於明萬曆辛亥年正月十六日，卒於康熙丁卯年六月某日，葬以康熙丙戌年二月十六日。銘曰：

死而不亡，光於世，嗣逢長！

大理卿高公墓碣

吾師宛平高公之歿也，以康熙庚辰仲春。余在京師，衆議以誌銘屬余。視喪畢，東歸，爲銘歸公二弟。丙戌再至，拜公墓，石已磨未勒也，而余以事遄歸。又六年冬十二月，以鄉人戴名世文集牽連被逮。發歲，使僕某祭掃，還。訊之，墓垣盡頹，而磨石尚仆於道。

公仁孝聞天下，然世所稱者，太公以吏事謫遼左，公發憤成進士，伏闕上書求代，已而逢恩例贖歸。余竊謂父兄在難，凡力所逮，中人以下，猶將勉焉，不足爲公異也。

自公視學江南，余從遊近十年，公家事細大畢聞。太公少豪宕，不可羈束，而太夫人謹禮法，不相中。太公之歸也，公以爲難後天屬復完，又二親皆篤老，當更歡洽，而居常漠然，遇事仍嗃嗃。公用此雖富貴，恆蹙蹙如窮人無所歸，終公身。公退食，恆居於內。余怪焉，叩之御者，則常在太夫人側，嬉戲如嬰兒。其侍太公，所以承意觀色，或古禮經所未嘗云而自公出之，乃知其當然而不可易也。公疾篤，余入視，公曰：「子毋憂！某雖無祿，尚當終事吾母。」乃竟先太夫人卒。嗚呼酷矣！

余所犯尚未決，雖天子明聖，而吏議余罪至重，死生未敢自卜，恐公之仁孝，余獨聞知者，遂就湮滅，而心氣瘀傷，不能營度爲文，前銘又不復記憶，乃質言其大略，俾公故人會君啓起磨石而碣焉，時康熙壬辰八月也。

公諱畬，字素侯，卒於康熙庚辰二月十有二日，年五十有四。由翰林官至大理卿，仕績應列於史氏。銘曰：

謂公不得於天，胡濟屯以亨，而天屬之復連？謂公能得於天，胡將母之不終，而壽命不得以少延？豈彼蒼之無知，抑將留終古之恨以暴其仁賢！

兵部主事龔君墓碣

君姓龔氏，諱健陽，號惕齋，湖廣天門縣人也。初因其弟巽陽索交於余。余時衰疾，趨走內廷，終歲僅一再見。君每以不能親近從問經書爲言。

厥後聞君以陳漕弊爲重人所齕，部議降調，乃考其行於所習者。始知君自司工部，即勇任公事。及入臺，奏「砌馳道，核門禁，糶倉粟以平市價」，並愜衆心；而尤爲時所稱者，巡視南城，有主母殺婢，勢家也。君奏請自治，不送刑部。屬託百方，卒持法不移。雍正九年旱，詔諭科道聯名直陳時政。君首議「在任守制，當急停」，同僚相視，不敢署名。君遂具疏獨奏，付通政司，會掛部議，不得上。調行人司，方需次，特旨授兵部主事。以在臺中數言事，其名猶簡在聖心也。君益自奮勵，將有所設張，而未數月，遽以疾卒。始巽陽及吾門，試春官不第，將盡棄所學而專心於三禮，及歸亦遽卒。

龔氏世居福建，至南唐，越國公之子順爲江西節度使，遂留江西，既而遷於竟陵，近千年無顯者，至君之祖，始舉乙科。及君兄弟五人，而登甲科者二，乙科者一。衆皆謂「龔氏其昌矣」，而仕者、學者皆不遂而無年，理數有不可詰者，獨其志行猶不沒於士大夫之口。

君於諸經四書皆有編纂，尤好春秋，作胡傳辨十餘篇。惜乎！君生時，余未得與面講也。

君之祖仲鄂，順治甲午舉人。父諱松，廩貢生，以長子廷飈勅封文林郎。妻程氏，封孺人。君以子學海遇乾隆三年覃恩，贈奉政大夫。妻譚氏，贈宜人。子三：長光海，嗣世父；次學海，次文海。女二。君以甲寅十二月合葬譚宜人之墓，在本縣利涉鋪先兆，未有銘幽之文。君卒後四年，學海以庶吉士屬余教習，請銘。余多事未暇，及歸里檢篋笥，失君行狀。乾隆九年秋九月，復以狀來，乃敍而銘之，以列外碑。銘曰：

職方張而柄移，志甚盛而身萎，惟天造之難測，幸素履之無虧。

王彥孝妻金氏墓碣

徽郡在羣山中，土利不足以贍其人，故好賈而輕去其鄉，自通都大邑以及山陬海聚，凡便賈之地即家焉。其俗男子受室後，尊者即督令行賈，無贏折皆不得速歸，久者數十年，近亦踰紀。用此居必聚族，而嚴閨門之禮，故婦人以節著者，比戶多有之，蓋禮俗之所漸然也。

金氏爲休寧王彥孝妻，生子宜民，六月而寡。會國初，天下猶未靖，而休、歙間土賊假以攻剽。金氏集兄公彥忠、叔彥節謀曰：「吾三門惟孺子存。聞淮、揚已定，先人舊業在焉。

伯居守，叔衞我抵江都，一綫可延也。」從之。宜民少長，卽教以賈，曰：「汝毋慕爲儒。」彥節死，命宜民歸葬；彥忠死，亦然。兩人終以無子，而其鄉鄰居者，多爲賊所殘，皆曰：「微節婦，王氏不祀矣。」

夫擇地權時以定其身家，男子所不易也，而金氏以婦人任之。且決計於干戈擾攘之間，動乎險中而得亨貞，豈獨其志節足爲女子之準的哉！

節婦自始寡，卽不茹葷，飯疏虀菜凡五十年，卒年七十有二。以某年月日祔於彥孝之兆某鄉某原。後二十年，其孫宗華儒而治，方客京師，請銘於余，始碣其墓之阡。銘曰：

兒呱呱，莽伏戎，嫠也怖，走煢煢，既定遷，延宗祊，終首丘，辟兆從。

族子根穎壙銘

明善先生之後，能世其學者，惟中丞之子孫。諸父行皆先君子所善，而十五弟弢采尤與先兄相得。先兄既歿且數年，余遇弢采丹陽道中，相持而哭失聲。自是聚則相歡，離居則相念也。

雍正三年季春，余至京師，其秋，弢采亦至，心疾累月不瘳。踰年而其三子根穎至自桐，左右就養，藥物無違。弢采稍自寬，疾漸愈。根穎年雖少，好古書，日輯左傳義疏，弢采暇則爲講畫。余方喜其旅中得良子以忘其憂，而根穎尋抱疾。其冬，道希館通州。根穎從，踰年春夏益羸。余再使往問，未得報，而道希至自通，根穎以五月晦前一日死矣。叩所由，則始至時，父疾方劇，憂思咯血，隱而不言，至垂死，乃得其狀。昔先兄及余避事吳中，弟林偕，咯血不言，循至大疾。用此見父兄於子弟仁孝者，察其形神以求其疾痛，尤不可以不悉也。

嗚呼！民之壽夭皆曰命於天，然仁孝者每以戕其生，則何以勸哉！道希既自爲哀辭，屬余銘其壙，乃垂涕而爲之書。

根穎生於康熙壬午，卒年二十有六，未娶。銘曰：

爾父疾無滋，以爾歸，祔食於爾宗，靈其億而！

鮑氏女球壙銘

康熙庚寅夏五月，余妹適鮑氏者，臥疾甚憊；而余有故鄉之行，往視之，其長女球侍。戒以在視食飲寢興之節，球淚應聲落。踰月，余在皖，家僕至。叩之，則妹疾少蘇，而球遘癘疾死矣。

金陵俗浮惰，而女教尤不修，甘食美服嬉遊而外，爲女爲婦之道胥無聞焉。其富女以此相高，貧者不得，則以懟其父母，賤其夫而外其舅姑。余每侍老母側，見内外宗女，爲陳古女婦儀法。羣女往往心病余言，稍稍自引去；獨球承聽，久而益恭。

鮑氏故富饒，至球父甚窶，又多子女，而家無僕婢。球自十歲，卽佐其母汲爨，縫紉浣濯，攜持弟妹，凡成人之艱辛，實備嘗焉；而自有生以至於歿，其饔飧未嘗一節適也，被服未嘗一完善也。故余與其父母，用此尤不能爲懷。然世之福祥壽考而缺於人道，以愧負其所受於天者多矣，而球無愧也。然則余與其父母亦可以無恨也。

球以康熙庚寅七月二十三日殤，年十有六，未字。葬於某鄉某原。銘曰：

而已反其初，生人之患，而今其免夫！而母疾其蘇，而安而居！

方苞集卷十四

記

別建曾子祠記

雍正三年春，苞赴京師，道濟寧。諸暨楊三炯以兖郡丞督漕駐此，云：「始到官，寓署之西偏，蓋曾子故居也。聽事處，即正廟。前吏者遷主於西城樓而宅之，又於隙地治燕私之齋。余將就其址，構數楹，迎主歸，定祀。且延師召諸生講誦於此，俾衆著於先賢之遺蹟，而不敢廢焉。舍故廟而別祠，恐後之人狃於前事而不能保也。」秋九月，以書來請記，曰：「工訖矣。」

余嘗謂道一而已，而聖賢代興。其操行之要，與所示學者入德之方，則必有爲前聖所未發者。詩、書、易、禮深微奥博，非積學者不能偏觀而驟入也。至孔子，則所言皆平近顯易，夫人可知，而六經之旨備焉。至曾子傳大學，揭慎獨之義。俾學者隨事觸物而不容自欺，所以直指人心道心之分，而開孟子所謂幾希之端緒，乃前之聖人所未發也。其自稱曰：「吾日三省吾身。」即慎獨之見於操行之實者耳。

夫見廟而思敬，過墓而知哀，苟有人心者，莫不然。況入先賢之宮，而有漠然無所興起者乎？諸生誠切究夫省身慎獨之義，則知功利之溺心，詞章之蠹學，而慨然有志於遠且大者；而後之吏者，自惟燕私之居，則務廣而無窮，而先賢祀享、諸生講誦之地，盡取而不留一區，其必有不得於心者矣！此三焗之志也。江南後學方苞記。

絃歌臺記　代

陳州城外西南隅，相傳孔子絕糧處，舊有祠曰阨臺。明嘉靖中，巡按御史某更名絃歌。祠屢修屢廢，客以告余；因遣人鳩工飭材，營葺俾復其舊。經始於康熙五十一年某月某日，告訖於次年某月某日。

州之人士備述其川原林麓之勝，因董役者以請記於余。余思之經旬，而未得所以爲言之義焉。將陳夫子之德與道與？則乾坤之容，日月之光，不可繪畫；且語之至者，已備於前賢矣。將謂茲臺爲邑人所瞻仰與？則今天下郡州縣學皆有夫子廟堂，過者不戒而肅恭，亦不係乎茲臺之存毁。至於川原林麓之觀，又不足道也。

是役也，特以至聖遺蹟所留，有以告者，則不得任其終圮。故第書所緣起，以及畢工之月日云。

重建陽明祠堂記

自余有聞見百數十年間，北方眞儒死而不朽者三人：曰定興鹿太常，容城孫徵君，睢州湯文正，其學皆以陽明王氏爲宗。鄙儒膚學，或勦程、朱之緒言，漫詆陽明以釣聲名而逐勢利。故余於平生共學之友，窮在下者，則要以默識躬行；達而有特操者，則勖以睢州之志事，而毋標講學宗指。

金陵西華門外，舊有陽明書院，不知廢自何年。講堂學舍，周垣盡毀。其餘屋圍者居之，繚以厠匽。欲聲其罪，則其人已亡；欲復其舊，則費無所出。乾隆十一年，貴州布政使安州陳公調移安徽，過余北山，偶言及此，遂議興復。逾歲五月告成，屬記之。蓋公乃余素以睢州志事相勖者。其尊人鳴九先生承忠節、徵君之學，爲教於鄉國。故公於茲祠，成之如此其速也。

嗟乎！貿儒耳食，亦知陽明氏揭良知以爲教之本指乎？有明開國以來，淳朴之士風，至天順之初而一變。蓋由三楊忠衰於爵祿，以致天子之操柄，閹部之事權，陰爲王振、汪直輩所奪；而王文、萬安首附中官，竊據政府，忠良斥，廷杖開。士大夫之務進取者，漸失其羞惡是非之本心，而輕自陷於不仁不義。陽明氏目擊而心傷，以爲人苟失其本心，則聰明入於機變，學問助其文深，不若固守其良知，尙不至梏亡而不遠於禽獸。至天啓中，魏黨肆毒，欲盡善人之類。太常、徵君目擊而心傷，且身急楊、左之難，故於陽明之說直指人心者，重有感發，而欲與學者共明之。然則此邦人士升斯堂者，宜思陽明之節義勳猷、忠節、徵君、文正之志事爲何如，而已之日有孜孜者爲何事，則有內愧而寢食無以自安者矣！又思陽明之門如龍溪、心齋，有過言畸行，而未聞其變詐以趨權勢也。再傳以後，或流於禪寂，而未聞其貪鄙以毁廉隅也。若口誦程、朱，而私取所求，乃孟子所謂失其本心，與穿窬爲類者。陽明氏之徒，且羞與爲伍。是則陳公重建茲祠之本志也夫！

郡志載前輩焦弱侯重修書院記，略云：「創建者，海門周公，時攝京兆。厥後與參黄公嗣事，乃成之。」今茲重建，費大於作始。公惟不詰屋與地私相授受之由，而官贖之，價從其柢。鳩工庀材，並出祿賜。邑侯海寧許君助之，屬役於紳士，不由胥吏，故不日而事集。經始於乾隆十一年季冬，訖工於十二年仲夏。方苞記。

鹿忠節公祠堂記

定興鹿忠節公致命於城西北隅，邑人就其地爲祠。曾孫某葺之，列樹增舍，俾子孫暨鄉人志公之學者，得就而講習焉。

余嘗謂：自陽明氏作，程、朱相傳之統緒，幾爲所奪。然竊怪親及其門者，多猖狂無忌，而自明之季以至於今，燕南、河北、關西之學者，能自豎立，而以志節事功振拔於一時，大抵聞陽明氏之風而興起者也。昔孔子以學之不講爲憂，蓋匪是則無以自治其身心，而遷奪於外物。陽明氏所自別於程、朱者，特從入之徑塗耳；至忠孝之大原，與自持其身心而不敢苟者，則豈有二哉？方其志節事功，赫然震動乎宇宙，一時急名譽者多依託焉以自炫，故末流之失，重累所師承。迨其身既歿，世既遠，則依託以爲名者無所取之矣。凡讀其書，慕其志節事功而興起者，乃病俗學之陋，而誠以治其身心者也。故其所成就，皆卓然不類於恆人。

吾聞忠節公之少也，即以聖賢爲必可企，而所從入則自陽明氏。觀其佐孫高陽及急楊、左諸公之難，其於陽明氏之志節事功，信可無愧矣。終則致命遂志，成孝與忠，雖程、朱處此，亦無以易公之義也。用此知學者果以學之講，爲自事其身心，即由陽明氏以入，不害爲聖賢之徒。若夫用程、朱之緒言，以取名致科，而行則背之，其大敗程、朱之學，視相詆訾者而有甚也。

公之生平，耿著於天壤，蓋無俟於余言。故獨著其所以爲學之指意，使學者知所事而用自循省焉。是則公之志也夫！

修復雙峯書院記

容城孫徵君，明季嘗避難於易州之西山，學者就其故宅，爲雙峯書院。其後徵君遷河南，生徒散去，爲土人侵據；其曾孫用楨訟之累年，始克修復，而請余記之。

余觀明至熹宗時，國將亡，而政教之仆也久矣，而士氣之盛昌，則自東漢以來，未之有也。方逆奄魏忠賢之熾也，楊、左諸賢，首攖其鋒，前者糜爛，而後者踵至焉。楊、左之難，先生與其友出萬死以赴之。及先生避亂山谷間，生徒朋遊棄家而相保者，比比也。嗚呼！諸君子之所爲，雖不能無過於中，而當是時，禮義之結於人心者，可不謂深且固與？其上之教，下之學，所以蘊蒸而致此者，豈一朝一夕之故與！

夫晚明之事，猶不足異也。當靖難兵起，國乃新造耳，而一時朝士及閭閻之布衣，舍生取義，與日月爭光者，不可勝數也。嘗歎五季縉紳之士，視亡國易君，若鄰之喪其雞犬，漠然無動於中。及觀其上之所以遇下，而後知無怪其然也。彼於將相大臣，所以毀其廉恥者，或甚於臧獲；則賢者不出於其間，而苟妄之徒，回面汙行而不知愧，固其理矣。明之興也，高皇帝之馭吏也嚴，而待士也忠。其養之也厚，其禮之也重，其任之也專。有不用命而自背所學者，雖以峻法加焉，而不害於士氣之伸也。故能以數年之間，肇修人紀，而使之勃興於禮義如此。由是觀之，教化之張弛，其於人國輕重何如也？

余因論先生之遺事，而并及於有明一代之風教，使學者升先生之堂，思其人，論其世，而慨然於士之所當自厲者。至其山川之形勢，堂舍之規，興作之程，則概略而不道云。

將園記

由正街之西有廢墟焉，先君子嘗指以示余曰：「此吾家故園也。汝曾大父自桐遷金陵，實始居此。其後定居土街，宅出質，園無主。長廊曲檻，軒亭花石，遂盡於居民之毁竊，而荒穢至此。」

先君子好爲山澤之遊，既老不能數出，居常鬱鬱，乃謀復是宅。宅已六易主，久之議始成，以甲申七月入居。因步園之舊址，繚以百堵，隔居民之漱浣者。然後出池之淤以實下地，而清流匯焉，堰之使方，圃其四周。池東有獨樹，蔭三丈餘，甃其下，可列坐，風謖謖，雖盛夏不留蚊蠅。先君子日召故人，歡飲其間。將俟其成而名之曰將園，取詩人「將父」「將母」之義也。

越三歲而先君子歿，始克於池之東北隅構四室，奉老母居其北，而余讀書其南。又數年復於池東南隅爲堂，敞其中，櫺其左右，而翼其西偏以臨於池。廡堂之東，上屬於四室，編籬穿徑，列植竹樹。每飯後，扶老母循廡至南堂，觀僕婢蒔花灌畦。或立池上，視月之始生，清光瑩然，不知其在城市中也。

南堂成於庚寅之春，其西翼尚未畢工。辛卯十有一月，余以南山集牽連被逮。又二年出獄，蒙聖恩召入內廷編纂。老母北上依余，每夏日，輒語內御者曰：「池中荷新出，柳條密蒙，桐陰如蓋矣。」

余出獄之次年，宅仍他屬。又三年，園亦出質。乃記所由始，示兒子道希，使知此大父母精神所憑依，而余之心力嘗竭焉，毋淹久於他姓也！

泉井鄉祭田記

兄百川暨弟椒塗卜葬於泉井之西原，墓側有田十八畝，買爲祭田。壬辰，使馮氏甥榮收其入，兼以契付之，使築室而定居焉；以守薪木，俾吾子姓祭者有所休止，而記之曰：

余同產凡八人，而女兄弟五：姊適鮑氏、曾氏者，前母姚孺人出也；適馮氏者，妹適鮑氏、謝氏者，並余兄弟，吳孺人出也。自余毀齒及成童，先君子尤窮空。冬無緜，日不再食者，旬月中必再三遘。時鮑氏姊已出室，而先兄侍王父於蕪湖，兩妹尚幼，同之者實兩姊及弟椒塗，而先君子課余及弟誦讀甚嚴。馮氏姊獨勤力定省，供子職，烹爨、縫紉、灑掃，執僕婢之役，門以内皆賴焉。余家貧，而馮氏尤甚。姊年二十有六，姊夫綏萬始入贅。其後余遊四方，綏萬助兄治余家事近十年。兄歿，余又共事焉。姊在室時，余兄弟三人更疾不瘳，凡四三年。雞初鳴，余每寤，望見燈光熒然，則姊已起治藥物矣。

余年二十有三，始能備饗飱而弟卒。又九年己卯舉於鄉，歸自京師，踰年而兄卒。又七年丙戌中禮部試，歸踰月而姊卒。姊先卒之數日，余往視。榮及兩女甥皆在旁，姊顧之慘然。余曰：「吾生而存，若輩無飢且寒。」

又五年辛卯冬十有一月，余以南山集牽連被逮，將至京，守隸防夫伺甚嚴。或曰：「入則不可以生矣。」余懼與姊言之終棄也，乃於逆旅夜爇燈作書寄兄子道希，使以茲田歸馮氏。

會逢天子仁聖，不遽用吏議，而不肖之軀延於獄中者又踰年。聞戚友多咎余，曰：「田以祭名，而使異姓主之，可乎？」余亦惑焉。雖然，是舉也，先兄及弟之魂魄必嘉與之。且人事無常，使子孫守之，遂能永保不失乎？今以方氏祭田，而使馮氏子孫食其入，執其契，雖不肖者莫敢相授受，安知非茲田之所以久存也與？若他年道希克昌其世，以他畝易而歸之，義無不可。遂書之，俾刻石於墓左，時康熙壬辰十一月望後六日，在獄思忞齋。

赫氏祭田記

古者治教禮俗莫重於宗法，周官：「以九兩繫邦國之民：五曰宗，以族得民。」其爲天子繫屬斯民，權亞於牧長，義並於師儒。降至春秋，去國者多以族行。幷兼者欲誘其遺民，則爲之致邑立宗。故先儒謂宗法之廢興，與國勢爲表裏，此之故也。三楚、吳、越、閩、廣山谿之間，聚族而居者，常數千百家，而宗法無一能行。蓋古者公卿大夫，祿皆足以仁其族，而四民各有職業。其待大宗之收恤，不過鰥寡孤獨廢疾無大功之親者而已。後世家無恆產，人無常業，盎無儲、枷無衣者，比肩而立，而欲大宗之收族，不亦難乎？飢寒之不恤，而執法以繩不類，孰聽之乎？惟吳郡范氏有義田以養其族人，故宗法常行，無或敢犯。余嘗以風並世士大夫，間有慕效者，不再世而子孫族人瓜分其義田而摽棄之。然後知范氏宗法久行，非以其義田之多，乃文正、忠宣之德行功業足以覆露其子孫，以陰爲之保定，故食其福者七八百年而未有艾也。

康熙癸巳冬，余自南書房移蒙養齋，時與顧用方論喪祭之禮及古宗法，赫君赫若有意於余言。其母李孺人卒，期年內，飲食寢處，不背於禮經。其始仕，祿入甚薄，即大治兆域，建墓側饗堂。每語余曰：「范氏義田，吾有志焉而未逮也。」後二十餘年，乾隆戊辰，余已告歸，而君爲山東布政使。以書來告曰：「先王父入關，隸正黄旗，受寶坻田五百八十畝，以授吾父暨叔父。吾父以公事出典二頃，餘八十畝，歲時具牲醪，常苦不充。及將終，以授某曰：『小子勖哉！奉先合族，無忘吾志。』某兄弟四人，伯兄早世；季弟永泰後叔父，而叔父亦卽世。某監寶泉局，始克歸先父出典之田，以大半給三弟永寧，餘入祭田。及永泰得官，喟然曰：『亘嫂衣食於兄，我爲叔父後，而喪葬兄力任之，乃坐享遺田，心不能安，請以歸於公。』時某續置龍虎莊五百五十畝，乃以分給寧、泰，而祖遺五百八十畝盡爲祭田，以其餘周族姓。此永泰之義，某終未益尺土也。今以非材，承乏東藩，將謹身節用，歲有增益，如范氏義田，以繼先人之志。望先生作記，俾時自砥淬。」

嗚呼！人性皆善，用此知謂古禮必不能行於今，皆自暴棄之誣言也。赫君不忘父命，遂足以發其弟之義心，而又能曲成其義。使公卿大夫之設心皆若此，而宗法不能行，仁讓不能興，吾不信也。使三楚、吳、越、閩、廣聚族而居者，其亘室富人皆能踵其事，則居常飢寒足以相恤，遇變鄉邑可以共保，禮俗成而民氣固，其有輔於國家之治教，豈淺小哉？

赫居東，値歲大祲，未數月，以太僕寺卿內召。其增益義田終能滿志，吾不敢知，然就其已事，固足爲爲人子孫與兄弟居之楷法矣。赫嘗言：「自服官以後，凡余所云，無一不拳拳於心。」若果能然，則豈惟義田；文正、忠宣之軌跡具在，庸詎爲吾儕所不可幾及哉！

仁和湯氏義田記

仁和湯少宰西厓置義田如干畝，以贍其族人，式法一取之吳郡范氏。少宰卒於京師，其子學基將御匶以歸，請余記之。

傳曰：「尊祖故敬宗，敬宗故收族。」先儒嘗歎宗法不行，則民俗無由淳，國勢無由固。然其所以不行者，有說焉：古之時，大功同財，而有祿者必仁其族。其平時飢寒相恤，死病相救；故有事則聚族而謀，犯難去國，以其族行，而莫之敢貳也。自秦人子壯出分，後世沿以爲俗；期之兄弟，能不異居與財者，鮮矣。故士大夫家累鉅萬，其親屬或不蒙其潤澤，況族人乎？是以平居相視如途人，甚則號呶詬誶，而莫之能禦。吳、楚、閩、越山澤鄉邑之間，族聚者常千百人，而宗法無一能行，此之故也。

余嘗至吳郡，聞范氏之家法：宗子正位於廟，則祖父行俛首而聽命，過愆辯訟，皆於家廟治之。故范氏之子孫，越數百年，無受罰於公庭者。蓋以文正置義田，貧者皆賴以養，故教法可得而行也。

嗟乎！世之厚自封殖者，徒以私其子孫耳。然易世以後，貨以悖出，而子孫無一壠之植者多矣。文正置義田，以贍其族也，而子孫享之者，垂七百年。天道人事之類應而不忒學基請記其事，豈惟揚父之美，亦欲其族人羣相勖於范氏之家法也。

少宰家無羸餘，所遺於子若孫者，尙不及義田之半，可謂能厚其本根者矣。如此，不可爲愚者之炯鑒哉？

遊豐臺記

豐臺去京城十里而近，居民以蒔花爲業，芍藥尤盛，花時，都人士羣往遊焉。余六至京師，未得一造觀。戊戌夏四月，將赴塞門，而寓安之上黨，過其寓爲別。曰：「盍爲豐臺之遊？」遂告嘉定張樸村，金壇王篛林，余宗弟文輈、門生劉師向，共載以行。

其地最盛者稱王氏園，扃閉不得入。周覽旁舍，於籬落間見蓓蕾數畦，從者曰：「止此矣！」問之土人：初植時，平原如掌，千畝相連，五色間廁，所以爲異觀也。其後居人漸多，各爲垣牆籬落以限隔之，樹木叢生，花雖繁，隱而不見。遊者特豔其昔之所聞，而紛然來集耳。因就道旁老樹席地坐，久之始得圃者宅後小亭而憩休焉。少長不序，臥起坐立惟所便，人暢所欲言，舉酒相屬，向夕猶不能歸，蓋余數年中未有醼遊若此之適者。

念平生鈍直寡諧，相知深者，二十年來凋零過半；其存者，諸君子居其半矣。諸君子仕隱遊學各異趨，而次第來會於此，多者數年，少亦歷歲移時，豈非事之難期而可幸者乎？

然寓安之行也，以旬日爲期矣。其官罷而將歸者，則文翰也。事畢而欲歸者，樸村也。守選而將出者，劉生也。惟簵林當官，而行且告歸。計明年花時滯留於此者，惟余獨耳。豈惟余之衰疾羈孤，此樂難再；即諸君子蹤迹乖分，栖託異向，雖山川景物之勝什百於斯，而耆艾故人，天涯羣聚，歡然握手如茲遊者，恐亦未可多遘也。因各述以詩，而余爲之記云。

遊潭柘記

康熙戊戌夏四月望後七日，余將赴塞上，寓安偕劉生師向過余。會公程可寬信宿，乃謀爲潭柘之遊，而從者難之，曰：「道局窄不利行車，窮日未可達也。」少間，雲陰合，厲風起，衆皆以爲疑。寓安曰：「車倍儎，雨淋漓，詰旦必行。」既就途，果回遠，經碅磧，數頓撼。薄暮抵山口，而四望皆荒丘，雖余亦幾悔茲行之勞而無得也。入山一二里，徑陡仄，下車步至寺門，而山之面勢始出，林泉淸淑之氣，曠然與人心相得。時日已向暝，乃宿寺西堂。質明起，二子披衣攀躋，窮寺之幽與高；降而左，出寺循山徑東上，求潭柘舊址。泉聲隨逕轉，蘙薈密蒙，如行吳、越溪山中，遇好石，輒列坐，淹留不能進。日將中，從者曰：「更遲之，事不逮矣。」余拂衣起，二子相視悵然，計所歷於山，得三之二，去潭側二里，竟不能至也。昔莊周自述所學，謂與天地精神往來。余困於塵勞，忽睹茲山之與吾神者善也，殆恍然於周所云者。

余生山水之鄉，昔之日，誰爲羈紲者？乃自牽於俗，以桎梏其身心，而負此時物，悔豈可追邪？夫古之達人，巖居川觀，陸沉而不悔者，彼誠有見於功在天壤，名施罔極，終不以易吾性命之情也。况敝精神於蹇淺，而躄躄以終世乎？

余老矣，自顧數奇，豈敢復妄意於此？而劉生志方盛，出而當官；得自有其身者，惟寓安耳。然則繼自今，寓安尙可不覺寤哉？

再至浮山記

昔吾友未生、北固在京師數言白雲、浮渡之勝，相期築室課耕於此。康熙己丑，余至浮山，二君子猶未歸，獨與宗六上人遊。每天氣澄清，步山下，巖影倒入方池；及月初出，坐華嚴寺門廡，望最高峯之出木末者，心融神釋，莫可名狀。將行，宗六謂余曰：「兹山之勝，吾身所歷，殆未有也。然有患焉！方春時，士女雜至，吾常閉特室，外鍵以避之。夫山而名，尙爲遊者所敗壞若此！」辛卯冬，南山集禍作，余牽連被逮，竊自恨曰：「是宗六所謂也。」

又十有二年雍正甲辰，始荷聖恩，給假歸葬。八月上旬至樅陽，卜日奉大父柩改葬江寧，因展先墓在桐者。時未生已死，其子移居東鄉；將往哭，而取道白雲以返於樅。至浮山，計日已迫，乃爲一昔之期，招未生子秀起會於宗六之居而遂行。白雲去浮山三十里，道曲蕼，遇陰雨輒不達，又無僧舍旅廬可託宿，故余再欲往觀而未能。既與宗六別，忽憶其前者之言爲不必然。蓋路遠處幽，而遊者無所取資，則其跡自希，不係乎山之名不名也。既而思楚、蜀、百粵間，與永、柳之山比勝而人莫知者衆矣；惟子厚所經，則遊者亦浮慕焉。今白雲之遊者，特不若浮渡之雜然耳；既爲衆所指目，徒以路遠處幽，無所取資而幸至者之希，則曷若一無聞焉者，爲能常保其清淑之氣，而無遊者猝至之患哉！然則宗六之言蓋終無以易也。余之再至浮山，非遊也，無可記者，而斯言之義則不可沒，故總前後情事而並識之。

蒼溪鎮重修三元觀記

高淳張彝歎嘗持所爲募修三元觀疏示余曰：「俟其成，子必記之。」余詫焉，彝歎曰：「古者射鄉、酺蜡、讀法憲禁、計耦興鋤各有地，春秋祈報各有典祀，而後世並無之。此地爲宣、歙羣流入吳之要會，自開永豐、太平諸圩，民懼水敗，憼而聽於神。凡歲時修築分植屬役，旱潦啓閉水門，皆合衆成言於此，則過而存之，不亦可乎？」又曰：「吾鎮俗近古，無商賈奇羨、遊觀伎巧之誑耀，民安拙業而士者亦通於農，若因農祀之節會，寓以古法，則禮俗可興。惜乎吾衰，而志力有不逮也。」余聞而慕之，因屬彝歎爲購旁舍，將移家而相資以待老。

康熙辛卯，余構禍北徙。又七年戊戌而彝歎赴詔，道卒於山東。又六年雍正甲辰，余蒙恩除旗籍，給假歸葬，而觀適成。蒼溪士人錄前後疏記以來，曰：「此彝歎之志也。」

按疏記：「漢末吳將周瑜駐屯於此，瑜歿，權立觀以褒其功。及北宋以永豐田賜蔡京，乃重建加崇侈焉。茲圻正殿，棟陰署『赤烏二年重建』。其始修在明成化三年，越萬曆三十二年，越崇禎十四年，凡再修。」

夫自明中葉至今僅百餘年，修而復圮者三；而自漢至明千餘年無廢興，事理有不當然者。蓋重建於京，修者醜之，故原其蹟之自瑜而署以赤烏也。此雖類不學者爲之，然卽是可徵其俗之近古矣。

惜乎彝歎既歿，余復拘綴，無緣一至其地，究觀其學者耕者之禮俗也，乃約略而爲之記。其川流之支湊，及觀名、神號所元，則彝歎之疏具矣。

記尋大龍湫瀑布

八月望前一日，入鴈蕩，按圖記以求名蹟，則蕪沒者十之七矣。訪於衆僧，咸曰：「其始闢者，皆畸人也。庸者繼之，或摽田宅以便其私，不則苦幽寂去而之他，故蹊徑可尋者希。」

過華嚴，鮑甥率衆登探石龍鼻流處，余止山下。或曰：「龍湫尚可至也。」遂宿能仁寺。詰旦，輿者同聲以險遠辭。余曰：「姑往焉，俟不可卽而去之，何傷！」沿澗行三里而近，絕無險艱。至龍湫菴，僧他出。樵者指道所由，又前半里許，蔓草被徑。輿者曰：「此中皆毒蛇、貍蟲，遭之重則死，輕則傷。」悵然而返，則老僧在門，問故，笑曰：「安有行二千里，相距咫尺，至崖而反者？吾爲子先路。」持小竿，僕李吉隨之，經蒙茸，則手披足踏。輿者坦步里許，徑少窄，委輿於地，曰：「過此，則山勢陟仄，決不能前矣。」僧曰：「子毋惑！惟余足跡是瞻。」鮑甥牽引越數十步，則蔓草漸稀，道坦平，望見瀑布。又前，列坐巖下，移時乃歸。輿者安坐於草間，並作鄉語，怨詈老僧曰：「彼自耀其明，而徵吾輩之誑，必衆辱之。」

嗟乎！先王之道之榛蕪久矣，衆皆以遠迹爲難，而不知苟有識道者爲之先，實近且易也。孔、孟、程、朱皆困於衆厮輿，而時君不寤，豈不惜哉？夫輿者之誑卽暴於過客，不能譴呵而創懲之也，而懷怒蓄怨至此；況小人毒正，側目於君子之道以爲不利於其私者哉？此嚴光、管寧之儔，所以匿跡銷聲而不敢以身試也。

題天姥寺壁

癸亥仲秋，余尋醫浙東，鮑甥孔巡從行，抵嵊縣，登陸問天姥山。肩輿者曰：「小丘耳，無可觀者。但山下有古樹，介寺基與園圃之間，園者將薪之，僧以質於官，不能辨也。雷破而中分之，木身煨燼者十之七，自上科至下根，斬然離絕近三尺。其旁之依皮而存者僅矣，而枝葉蔚然，於今數百年。」至山下，果如所云。即而視其樹，則中焦者可爪而驗也。鮑甥曰：「嘻，咄哉！李白之詩，乃不若輿夫之言之信乎？」

余曰：「詩所云，乃夢中所見，非妄也。然即此，知觀物之要矣。天下事必見之而後知，行之而後難。凡以意度想像而自謂有得者，如趙括之言兵，殷浩之志恢復，近世浮慕陸、王者之談性命，皆夢中語也，而味者多信爲誠然。若目擊而心通，或實有師承，則人雖微，其言不可忽，如臨清老人之分河流，蜀木工之解『未濟』是也。物之生也，若驟若馳，吉凶倚伏，顛倒大化中，當其時不自覺也，惟達者乃能見微而審所處。假而兹樹非殘於雷火，必終歸於薪爨，是震而焚之，乃天所以善全其生，而使之愈遠而彌存也。」

鮑甥曰：「斯言也，不可棄。」遂書於壁，使覽者觸類而得其所求思焉。

遊雁蕩記

癸亥仲秋望前一日，入雁山，越三日而反，古蹟多榛蕪不可登探，而山容壁色，則前此目見者所未有也。鮑甥孔巡曰：「盍記之？」余曰：「茲山不可記也。」永、柳諸山，乃荒陬中一丘一壑；子厚謫居，幽尋以送日月，故曲盡其形容。若茲山，則浙東西山海所蟠結，幽奇險峭，殊形詭狀者，實大且多；欲雕繪而求其肖似，則山容壁色，乃號爲名山者之所同，無以別其爲茲山之巖壑也；而余之獨得於茲山者則有二焉：前此所見，如皖桐之浮山，金陵之攝山，臨安之飛來峯，其崖洞非不秀美也，而愚僧多鑿爲仙佛之貌相，俗士自鐫名字及其詩辭，如瘡痏瘢然而入人目，而茲山獨完其太古之容色以至於今。蓋壁立千仞，不可攀援；又所處僻遠，富貴有力者無因而至，卽至亦不能久留，搆架鳩工以自標揭，所以終不辱於愚僧俗士之剝鑿也。

又凡山川之明媚者，能使遊者欣然而樂；而茲山巖深壁削，仰而觀俯而視者，嚴恭靜正之心不覺其自動。蓋至此則萬感絕，百慮冥，而吾之本心乃與天地之精神一相接焉。察於此二者，則修士守身涉世之學，聖賢成己成物之道，俱可得而見矣。

封氏園觀古松記

封氏園盤松偃臥如蓋，南北橢隴可半畝，爲京師古蹟，而余獨未嘗見。康熙壬寅秋，寓安將南歸，邀余及若霖同往。時餘暑未退，遊者雜至，壺觴交譁。余三人就陰坐井欄，移時然後去。

雍正元年癸卯冬，寓安復至京師，踰年二月將歸，曰：「吾十至京師，蹉跎竟世，曩吾之歸，不謂其復來也；今吾之來，不謂其復歸也，獨幸與古松得再見耳。」時新知又得舒君子展，而若霖改官吏部，無餘閒，期以二月既望，先後集松下。余與寓安、子展前至，林空無人，布席列几案，坐臥及飲酒疏數惟所便拾，誦九歌、樂府古辭，日入星見，而若霖不至。翼日相期再往，則薄暮矣；甫至，厲風起，遽登車，歸飲於子展氏，坐方定，而風止。莊周云：「物之生也，若驟若馳，無動而不變，無時而不移。」以一日之遊，而天時人事不可期必如此，況人之生，遭遇萬變，能各得其意之所祈嚮邪？

余始見茲松，惟南枝色微黃，餘皆鬱然；及再過而瘀傷者幾半，雖生意未盡，非完松矣。茲松之植也五百餘年，其榮枯乃在間歲中，而余適見之。豈其蹟之將湮而神者俾借吾輩之遊以傳於後邪？見於文，所以志茲松之遭遇，以爲不幸中之幸也。

金陵會館記

京師之有會館，乃鄉先生建立，以便後進之貢成均、試京兆、禮部、守選於吏部者；自明以來，雖小郡邑，選舉者稍衆，必爭爲之，而金陵無有。

康熙二十二年，羅大理集衆力，建館於正陽門之東，以爲仕者商者歲時聚會之所，門堂外羣室不過數區，赴公車者暫止而不可久留。吾友宥函既成進士，欲別建焉而力不逮也。雍正五年春，告余曰：「鄉人某有故宅在城西南，捐以爲館，雖修治不易，然其基立矣。」因勤以爲己任，逾年，宥函自翰林簡臺中，尋以老疾告歸，而館之工役粗畢；又市宅後棄地垣而合諸館，以待繼事者之恢拓焉。夫金陵爲東南大都會，數百年以來，鄉先生之貴盛者不少矣。宥函起寒素，官文學淸要，爲日甚近，而能就此。以斯知事之集，惟其志之確，不惟其力之強；又以見任事者果能設誠以爲之倡，自有以感人心之同而成所務也。宥函以作始之艱，慮其久而隳，乃集衆議：「凡應舉及守選者入居，皆量資完葺；其貴盛者，則無問入居與否，必重有所出，以待修治恢拓之大用。」公定條例以屬館人，而出入則士大夫共稽之。夫凡物之情，方其作始，多畏難惜力，而曰：「非吾一人任也。」及安受其成，則又以謂「吾直寄焉」，而不復爲之計久長，此凡事所以難成而易敗也。凡會於斯者，皆吾儕之將出任國事以爲民依者也。果能以宥函之心爲心，則豈獨茲館之不廢哉！其當官守道，必有以異於比俗之人矣。

築子嬰隄記

自三楚、吳、越之漕，皆由江湖淮以入於河，而兗、豫諸水之下流復會於河、淮。淮南諸州數困於水，而秦郵與寶應最劇。寶應之田，汙下近湖者，爲積水所陷，十有六七。惟漕河之東附隄地稍高，邑仰食焉；而緣隄故有含洞，時蓄洩以便漕；河水暴上，則隄下之民被災尤劇，有將穫刈而沉沒無遺者焉。於是邑民於隄外更築隄，束內隄洩流以歸湖，而界首之東，有隄曰子嬰爲大。

歲丙子，淮南諸州大水，邑人已重困。其明年七月，禾將登而甚雨驟至，子嬰隄潰。潰之夕，邑士大夫之醼者罷，商旅之行者止，鄉邑之民往來號呼者聲塡於道也。於時張侯以夜半冒風雨至隄上，相度形勢，爲書告治河長官，請閉含洞數日，使民得修隄；而淫雨連月不止，隄數築數潰，而隄下之禾盡沒。其冬，邑大饑，下郡粟猶不足以振焉。又明年爲今戊寅，隄下之民以禾沒，築費無所，更不敢復言修隄事。張侯召之曰：「方秋時水潦降，含洞開，工費而築不堅。今築以春，勞費不及半，而計其功當倍蓰。」乃官市隄下田數頃，益拓其故址；爲籍屬隄下占田者，徵役千二百，身行築者。經始於二月朔後六日，歷三旬，隄成。邑人熹，如旣有年。

余聞鄭、宋之間，連數百里往往爲廢墟。古者用彈丸之地，兵車玉帛，四出而不匱，蓋人私其土，而無遺利也。自郡縣法行，吏視其官如傳舍，川澮田疇不治，災患不謀，則土利多廢而民生蹙。有治民事甚於民之急其私如張侯者，不可沒也已！時余客淮南，邑人請書其事，遂記之。

重建潤州鶴林寺記

余少遊名山入古寺，見佛相，肅拜之禮亦不敢施，而羇窮遠遊及難後多與學佛者往還，乃悟退之之親大顛，永叔求天下奇士不得而有取於祕演、惟儼輩，良有以也。亡友劉古塘云：「佛之理吾不信，而竊喜其教絕婚宦，公貨財，布衣疏食，隨地可安；士之蕭散孤介而不欲違其本心者，往往匿跡於其中。故朱子亦嘗謂『彼家有人』。」

歙州程生崟，少從余遊。生生長素封之家，而倜儻少俗情。早歲成進士，歷官兵部郎中，會世宗憲皇帝董正吏治，創立會考府，擢領司事。時生年方壯，兄弟衆多，母夫人壽始及耆，而告歸色養二十餘年不出，以至母夫人之終而生老矣。生家淮陰，侍母不敢旬月違離，時遊金、焦、北固，尋蘇子瞻、米南宮遺蹟，得徹機上人於黃鶴寺故址荒原破屋中。蓋寺燓於康熙五十八年，殿宇蕩然，僅存傾圮小樓三間。徹機自幽、燕南遊，支拄而栖之，志在興復。程生感焉，次第修築，數年，殿宇、門廡、寮房、齋廚略具。

乾隆丁卯，余年八十。首夏，生趣余爲金、焦之遊，留樸被寺中。蓋知余少壯遠遊，不得在二親側；三十年來，恆宿外寢；生辰令節，必避居郊原野寺，不受子孫觴酌也。將歸，生言必得余爲之記，始饜徹機之志。蓋以佛之徒有見於前賢之記序者，其名常不沒於學士大夫之耳也。次年五月，余與生送故人於瓜渚。徹機帥其徒涉江就余，窺其意，欲得余文甚迫而口不言。余動於其誠，又回憶平生悲憂危蹙，未有從容山水間，身心中一無繫累如往歲之遊者，不可以不識也。

重修清涼寺記

寺在潤州南門外黃鶴山下，本東晉時竹林寺。相傳宋武帝微時經過，有黃鶴翼蔽之祥，土人遂以名其寺與其山。唐初馬元素禪師發名於此。一燬於唐末薛朗、劉浩之亂，再燬於明永樂中，今茲三燬，而重建工畢於乾隆十有二年季春。其東偏子瞻竹院，生猶將嗣事焉。六月朔日，方苞記。

先兄嘗言：「自明中葉，儒者多潛遁於釋，而釋者又爲和通之說以就之，於是儒釋之道混然；儒而遁於釋者，多倡狂妄行，釋而慕乎儒者，多溫雅可近。」余行天下，每以是陰辨儒、釋而擇其可交者。

雍正二年，請假歸葬，卜兆未定，不敢即私室，寓北山僧舍。會黃山老僧中州率其徒來居清涼寺，數與往還。中州之來，踰月而寺火，惟存西北隅小屋三四間，嘗謂余曰：「造物者蓋以新之責老僧也，俟其成，公必記之。」及乾隆七年，余歸里，更往觀焉，則盡復其故而煥然新。中州博學工詩賦，所至薦紳富商爭湊之，故興之如此其易也。其徒燭淵、緯林嗣守之，亦以文學爲學佛者倡，每相見，必舉前語索記。

又五年丙寅夏六月望後五日，余疾作，夜不能寐，偶憶先兄語，晨起而記之，以釋諸責；且以示學儒者愼毋陰遁於釋，獨宜念其能篤信師說，以興作艱重爲己任，而卒以有成，吾儕對之宜有愧色也！其肇工落成之日月，用材之凡數，樂輸者之姓名，一僧自記之，以列碑陰可矣。

良鄉縣岡窪村新建通濟橋碑記

沛上人初至京師，居禁城西華門外道旁小菴，遂興其地爲禪林，敕賜靜默寺。一時王公貴人多與之遊。康熙六十一年，余充武英殿修書總裁，託宿寺中，與之語，窺其志趨，乃遊方之外而不忘用世者；遂淹留旬月，自是爲昵好。

上人本師在安肅，又嘗興壽因寺於良鄉；每經岡窪村，閔行旅涉河之艱，偶見車僨馬傷，遂竭貲聚建石橋。石工别耗之，功不就。久之，郡丞經過，氾詢而得其情，將詰治，乃獲訖工，時雍正三年三月也。越十年而請余爲碑記。余嘗見上人居母與兄之喪，沉痛幽默，雖吾黨務質行者，無以過也。

營田之興，庸吏建閘障水於安肅之瀑河。每歲伏秋，流漂數十里，村落阻饑。上人見往來寺中者，輒指畫形勢，及士人蕩析離居狀。語聞於河督顧公，奏復其舊。內府有疑獄，大小司寇奉命讞決，衆會於寺以待事。中有以深刻爲能者，上人危言以怵之，聞者莫不變色易容。噫！使夫人而有官守，其急民病、直言抗節當如何？朱子嘗病吾道之衰，而歎佛之徒爲有人。其有以也夫！

茲橋去京城四十里而近，乃冠蓋往來之衝，故志上人成此之艱，并及其志行。俾儒之徒過此而寓目者，有以觀省而自矜奮焉！乾隆二年八月，方苞記。

〔清〕方苞著
劉季高校點

方苞集

下

上海古籍出版社

方苞集卷十五

頌銘

聖主親征漠北頌 康熙三十五年

皇帝撫臨天下，三十有五年，悉治方內，冠帶之民，興教慕德，百嘉邕遂，萬物皞皞。四海外國蠻夷族部之君長，梯浮索引，候風潮，踰嶺隘，稽顙疊跡而來獻見者，馳驛相望。惟乙亥之秋，西北虜嗇噶爾丹恃所處僻遠，佩強稱兵，蹂躪北徼諸部臣屬內附者，經冬涉春，駐兵田牧。諸部震恐，蕩析離居，奔訴闕下。皇帝哀矜，不忍棄之覆幬之外。又慮黠寇猘狂，毀我藩衞，邊郵日駭，漸爲百姓勞費，將總六師親征之。於時內外文武小大之臣，鮮不惶疑震恐，謂：「虜居絕塞，道路所次，山谷曠莽阻深，宜且命將出師，不宜勤乘輿。又其俗遷徙無常居，恐大軍深入，逐捕無所得。」萬口一聲，交章懇請。

皇帝內斷於心，丙子春二月，以費揚古爲撫遠大將軍，率師由西道，刻日進勦。詔陝西將軍孫思克出師據土刺河，斷虜歸路。三月初吉，皇帝總六師，由中道出次古北口，詔曰：「朕念士大夫卒校勞苦，自今以始，朕日御一餐，與六師共之。」初羣臣慮塞外道逴遠，少水泉，蜚輓阻艱。及車駕出塞，雨雪間作，而芻糧次第達師中。所至疏磵鑿井，甘泉湧溢，士馬饒給如內地。始知上神略廣運，諸事經畫豫備纖悉無遺也。

五月丙辰，師次拖林。越數日，進逼黑盧倫河。虜聞王師天降，震慄喪氣，日夜引遁。癸亥，皇帝親部署諸軍，倍道追逐。丙寅，車駕過河朔，至拖諾山。虜棄廬、裘、甲兵、老弱宵遁。訊之俘人，云：「當過巴顏而西矣。」上曰：「虜遁而西，適與西師遇。朕親經畫，兩路兵食毋乏，虜可草薙而禽獮矣。」戊辰，皇帝班師，命將軍馬思哈率精兵逐北。是日，虜至昭水。將軍揚古、將軍思克兵俱會，敦陣奮擊，虜軍大敗。自未達酉，斬截無算，俘獲子女畜物以億計，餘黨潰散。庚午，西師奏捷行在。諸王大臣表請降明詔，祭告天地、宗廟、百神，宣布中外。制曰：「可」。

臣伏見聖謨深遠，爲海內元元計萬世之安，屏斥羣議，創非常之原。躬涖行間，率先士卒，抗威萬里沙場之外，殲刈累歲驕悍狡黠之虜。自出車餽糧，整屯按部，以曁設策制謀，厲兵熸寇，事無小大，悉出神策廟算，論效收功，如指諸掌。遂使普天之下，窮荒不毛之域，尺地寸土皆歸版輿。上及飛鳥，下及淵魚、惴耎肖翹之物，莫不若其性。自漢、唐以來，未有躋登茲盛者也。臣苞方遊太學，未獲瞻塞上旗旄之光，聽軍前凱歌之聲。伏讀明詔，懽忭蹈舞，謹拜手稽首而作頌曰：

巍巍我皇，至仁天覆。陰陽蒸陶，萬物在宥。綱紀昭明，德施磅礴。海隅蒼生，飲食宴樂。四海外國，莫不懷柔。齎贏奉贄，以後爲羞。蠢兹醜虜，自懟其生。背義作慝，以干大刑。擅興戈鋋，陵我北徼。自秋徂春，猖狂襲盜。謂居窮荒，天威不及，故集蝥蠹，逞其毒螫。

皇帝曰：「咨！虜爲不道。凡兹屬國，惟予怙冒。蛇豕不除，善良曷育？朕親行師，是絶是忽。」惟時在廷，小大惶悸。交章請留，至於再四。聖志不疑，神明默運。三方布師，以制虜命。乃命揚古：「汝行自西。批其肘腋，使賊不支。」乃詔思克：「斷其歸道。拊背扼吭，使虜噎媢。」乃撰吉日，乃詰兵戎。六師張皇，我皇在中。分部授律，緜緜翼翼。發如川流，屯如山立。陰山沍寒，土結不毛。我皇戾止，豐草如苕。龍沙曠莽，潢汚潦濁。我皇戾止，靈泉噴躍。芻糧雲屯，車徒接武。馬騰若驕，士勇可賈。遂次拖林，遂逼盧倫。如鼓洪爐，以鑠鈎金。虜衆愕眙：「道無水泉。士馬百萬，豈來自天？」始梟而張，卒鼠而竄。倉皇西奔，雜蹂紛亂。皇麾六軍，倍道逐角。雷動風行，直窮拖諾。虜遁益西，遇我西師。禽驚挂絡，獸駭觸機。三師同心，祗遵天策。短甲步戰，踔厲淩越。飛[illegible]霧散，火戟星馳。從横擊刺，所向皆靡。羣醜敗績，禽獮草薙。自未達西，俘獲千億。凡兹方略，我皇自設。功成萬里，若合符節。萬衆凱歌，一人有慶。日月照爛，山川霽潤。黄耇頒白，兒童稚齒。式瞻皇容，載笑載語。升中吉士，薦馨清廟。飲至論功，垂恩渙號。乾端坤倪，寸毛尺土。皆歸版圖，我皇之武。銷鋒灌燧，育我黎蒸。蕃祉壽善，我皇之仁。

萬年寶曆頌 康熙六十年

臣聞尚書之言君道也，曰：「作之君，作之師。」自二帝、三王以後，雖有賢君，能兼盡作師之道者鮮矣。惟我皇上徇齊敦敏，既夙具於聖性；體道務學，又時切於聖心。故自御極以來，至今六十年。凡四海內外，無一民一物，不安其性命而共樂乎聖德之高深；朝廷草野，無一官一士，不仰荷甄陶而終不能窺聖學之萬一。兼盡乎作君作師之道而建其有極，未有如我皇上者也。

臣又竊觀聖德聖學，既與往聖同符，而因時立事，功德之隆，更有特出於千古者。自古人君開創者多武功，守成者多文德。惟我皇上以守成而兼開創，武功則威震於八荒，文德則光被於四表，蓋前世所未有也。自古人君寬仁者或過於優柔，聰察者或近於刻核。惟我皇上以大知而行至仁，如天地之無不容，如日月之無不照，又前世所未有也。用此疆宇之廣博，民物之阜安，政教之洽浹，河海之清晏，無若今日者。臣草鄙賤士，昧學少文，蒙覆載之宏恩，趨走內廷，歷有年歲，近光服教，最爲深切。竊惟我皇上盛德崇功，嘉言善政，雖積簡充棟，未能殫盡。謹綜其大要，拜手稽首而獻頌曰：

在宥天下，惟我聖皇。應時首出，萬物皆昌。如天之運，健行有常。如地之載，容保無疆。一章

皇殷於民，以勤以殖。惟六十年，心如一日。大綱既舉，細目咸飭。運之方寸，周於八極。二章

我皇之武，知勇天錫。首芟三孽，察罕繼剔。遂郡臺灣，海氛永息。戎臣受成，所向無敵。三章

親挈大漠，六師如貫。巨寇立殲，獨由聖斷。西戎襲盜，帝命遏亂。決勝萬里，如持左券。四章

我皇之文，聰明天亶。溯源洙泗，羲文是纘。經史百家，無幽不闡。象數聲律，無微不顯。五章

大哉王言，如綍如綸。詩諧雅頌，文繼典墳。奕奕天章，出類離倫。雲輝日耀，鳳舞鸞騫。六章

我皇之仁，徧覆蒸黎。登之袵席，育以繁滋。議蠲議賑，小祲不遺。豐年賜復，屢徧天涯。七章

矜疑緩獄，德命時行。猶頻肆赦，體天好生。河流衝激，淮甸靡寧。三巡相度，昏墊以

平。

八章

我皇之智，包羅宇宙。一日萬幾，雲行川溜。求民之莫，幽隱必究。察吏之疵，每如發覆。

九章

遴選必親，其難其慎。守令監司，每勤清問。發科興賢，嚴抑倖進。激濁揚清，莫不竦震。

十章

郊壇親饗，前世所難。我皇昭事，歷久彌虔。冬至大報，春始祈年。先期宿戒，終日乾乾。

十一章

肅雍在廟，孝享惟誠。元聲既得，用薦德馨。備物盡志，慈闈是承。年躋艾耆，孺慕猶形。

十二章

至誠不息，無逸作所。宵旰勤政，罔間寒暑。帳殿旌門，奏對日舉。亦有清暇，攷文稽古。

十三章

躬行儉樸，萬方之儀。衣無纂組，椽不雕幾。素食一御，爲民禱祈。常留有餘，以惠嘉師。

十四章

光天之下，至於海壖。四民熙熙，以養以恬。兒童稚齒，壽者蒼顏。齊心同祝，天子萬年！

十五章

曰仁者壽，聖德日滋。惟恭則壽，聖敬日躋。于萬斯年，我皇之禧。我皇之禧，萬民其憙！十六章

聖主躬耕耤田頌 雍正元年

惟皇帝御極之元年，聖德廣運，庶政聿修，敷天之下，萬官儓醜，咸就法度。乃以仲春元辰，躬臨耤田，展事先農，秉耒三推，登臺以觀終畝。於時風日布和，隰原增潤，羣工師師，甸徒濟濟，近光者仰德，遡聽者嚮風。臣竊惟我皇上應天以誠，故志氣之動，足以格穹蒼；勤民有本，故典禮之行，足以通衆志。伏見聖德懋勤，凡郊廟典祀，必躬必親，至治馨香，感於神明。茲復躬耕帝耤，以供粢盛。乃書所謂「明德惟馨」，非徒薦以黍稷也。

我皇上夙寤晨興，憂勞萬民：江南積逋，賜免者數百萬；江西額徵，豁除者百餘萬；河北五路間有水旱，發帑振廩，冠蓋相望，惟恐事有中阻，澤不下究。凡此愛民重穀，肫懇無已之聖心，久淪浹於臣民之膈臆；故茲耕耤禮成，自朝有著位以及城市郊野兒童耇老，莫不式歌且舞，思見德化之成。粵稽自古好禮之君，莫不稽古典文，以爲民紀；然未有如我皇上實心實政，足以和通天人之際，而與古典禮相應者。

臣幸際千載難遘之昌期，又夙荷天地生成之大德，銜恩撫躬，欲報靡由。顧惟謭陋，不

足以罄盛德之形容，而踴躍懽忭之實情，則有不能自秘者。謹稽首頓首而獻頌曰：

天佑衆萬，篤生聖皇。基命宥密，以勤萬邦。百神其享，惟德之常。下民其依，惟政之臧。

風行雷動，奠此垓埏。邦經既正，百度無愆。乃舉舊典，命我田官。農祥正中，陳修耤壇。

昫昫吉土，兆彼南郊。潔粢豐盛，明禋用昭。升中燔燎，薦以蕭茅。神所憑依，是先是勞。

土穀之修，六府所亟。萬事本原，蒸民粒食。康功田功，皇躬是飭。兆民之倡，四方維則。

春陽載舒，土膏脈發。保介既諮，協風應律。皇耕一墢，班三以訖。凡百有位，敬共無斁。

音官相告，樂動惟宮。太史有占，雲物其豐。蒸蒸甸徒，襏襫就功。載笑載言，皇儀有顒。

惟天監德，應感無私。皇情所注，神動天隨。谷風習習，興雨祁祁。近自畿甸，周於海隅。

自南自北，自東自西。三時不害，我稼如茨。我稼如茨，兆民其熙。兆民其熙，我皇之禧。

聖主親詣太學頌 雍正元年

臣聞二帝、三王所以陰隲下民而使各得其恆性者，以能兼立乎君師之極也。有虞敎胄，直温寬栗，帝親命之。在周文、武之興，辟雍鐘鼓，並見於雅歌。詩人推原，以爲東西南北，無思不服，實由於此。古者天子視學，大昕鼓徵，興秩節以事先師，而春秋簡不帥教者，亦親涖焉。蓋以至尊而盡禮於先師，所以見尊德樂道之誠；以一士之不帥教，而天子乃親聽之，所以使震動恪恭而不苟以自棄也。我皇上涖政之初，卽詔崇至聖先師祖考，五世並加王爵。以三月朔日，躬臨太學，特諭：「大小諸司，凡公牒祝辭，並稱『詣』學，不得言『幸』。」釋菜禮成，乃御經筵，宣恩旨。越日，復頒聖訓，誨誘諄諄。庶官庶士，靡不感勵。

臣竊惟天有四時，春秋冬夏，風雨霜露，無非教也。我皇上至敬至誠，凡郊廟典祀，必躬親薦饗，終日乾乾；皆所以教羣士，使知持身守道之則也。秉決庶政，日昃不遑，宵旰餘閒，猶披文史；皆所以教羣士，使知治業赴功之準也。激濁揚淸，閉邪褒正，使有司絕苞苴之徑，諸生杜干謁之私；又所以教羣士，使出入於太學者，必思無愧於孔子之門牆也。蓋皇上常以身教而董之以實政，誠兼盡乎作君作師之道，而揆之虞廷之教胄，周室之作人，有若合符契者。豈特躬親釋奠，合樂稽經，爲臨雍盛典與？臣昧學少文，不足以敷揚閎休，然葵藿之微，不能不向太陽而傾心者，物性之自然也。敬撰頌言，用附於巷舞衢歌之末云爾。其辭曰：

惟天牖民，建極有常。作君與師，人紀是張。煌煌壁雍，四方之綱。天子照臨，人文其昌。

五帝建德，成均是崇。三王之化，於論鼓鐘。我皇敬學，表正自躬。先聖後聖，其揆則同。

九有乂安，萬官承則。政教既行，典文可式。率民以耕，南郊之耤。範士以禮，澤宮是卽。

優崇先聖，王及高曾。視學曰詣，義以正名。乃親釋奠，典禮攸行。乃布經筵，大義是宏。

明新共貫，治平馴致。聖有微言，皇成至治。精一執中，心傳無二。皇實操此，以制萬事。

禮樂政刑，罔非至教。況睹天顏，近光有耀。褒嘉儒先，是崇是報。廣開賢路，是來是勞。

宮縣具奏，雅聲洋洋。我皇在中，顒顒卬卬。三階肅肅，圜橋蹌蹌。被此休烈，羣思奮揚。

干羽之舞，苗頑效誠。在泮獻馘，淮夷是懲。文德誕敷，武威益行。開我明堂，四荒畢庭。

聖主躬耕耤田頌 乾隆三年

粤稽成周之禮，天子耤於南郊，冕而朱紘，躬秉耒；陽官司事，甸人終畝，以共天地宗廟百神之祀，以先衆庶兆民，使皆震動恪恭於農。方是時，典禮明肅，有不耤者，史必書之。秦、漢以後，即事用希，有其舉之，亦著於史册。

然臣聞：惟仁人爲能饗帝，惟孝子爲能饗親。蓋殫心而奉之以禮，然後可以交於神明也。又聞：應天以實，感人以誠。使無仁孝懇敬之實，則潔粢秉鬯不足以薦馨香；無恤民重穡之誠，則修禮設儀不足以通衆志。我皇上躬履至道，三年縞素，仁孝愫乎黎蒸。每遇郊廟社稷之事，儼恪嚴恭，有孚顒若。自御極以後，豁海内逋賦、有司虧帑，凡數百千萬。濱江沿海，沙壅水徙，及下地久荒，壅於上聞者，旁諏廣詢，悉除其額征。每遇歲祲，振廪截漕，發帑移粟，蠲除租賦，多者至二百餘萬。是以山陬海聚，父老、子弟、幽閨之女婦，咸知聖天子恤己之誠也。允矣休哉！即此爲承祖敬天之實事矣。

三年仲春，擇吉躬耕。時久不雨，及期，雲陰合，時雨降。京都士庶，靡不欣躍。臣備員禮官，叨直禁近；雖以頹齡弱足，未能扈從齋宮，瞻穆穆之容；中心勤企，謹拜手稽首而爲頌曰：

惟天迪保，右序我皇。統承列聖，道繼三王。克仁克孝，學與性成。比終三節，一如禮經。對越郊壇，有孚殷薦。春露秋霜，愾聞僾見。雨暘風雪，時廑皇情。祈年望歲，迫於耕甿。農祥正中，除壇於耤。乃擇元辰，命我司穡。土膏脈發，陽氣其蒸。法宮淳濯，玉輅斯行。一墢親耕，班三以徧。百禮具成，德輝顯見。音官省土，律應惟宮。太史占物，雲光兆豐。協氣潛滋，隰原霶潤。庶官庶士，舉手相慶。父老扶杖，衢歌巷舞。兒童婦女，爭相告語：「我皇敬天，天自不違。我皇勤民，民長有依。」

厚德載物，奠茲九宇。解澤旁流，化爲甘雨。至仁普覆，如天斯穹。以鼓以鼜，達爲和風。天視天聽，自我黎蒸。民志丕應，天休可徵。川嶽降神，陰膏應候。神倉充溢，陳因相覆。玉齍鬱鬯，明禋以升。上帝其饗，列祖時馨。近自郊圻，遠彌薄海。百穀順成，歈豳樂愷。自今伊始，耕九餘三。食時用禮，婦子其耽。百室皆盈，戶眞可外。賜復賜酺，無勞賑貸。含哺鼓腹，樂我太平。無咎無呻，皇心載寧。

聖主臨雍禮成頌 乾隆三年

蓋聞孔子爲萬世帝王師，以能開萬世之屯蒙，而道濟天下也。自秦以後，一姓代興，規模草創，必先尊禮至聖，以繫天下之人心。繼世賢君，莫不臨雍講學，憲老乞言。蓋天下之民，知孔子之道伸，則萬事皆得其理，而太平之澤將目見而身被之也。

臣竊惟尊禮至聖之實，在信其言而行其道。孔子所以告君者，具在中庸問政之篇。我皇上御極以來，修德體道，於九經之宏綱要指，無一不實踐焉。故能以浹歲之間，使四海蒸黎慕義懷仁之心勃然而興起。蓋由聖資敦敏，好古典學幾二十年，於孔子之道，求之切而信之深。故本於皇躬達於政教者，如是其誠且篤也。用此質諸先師，實在天之靈所深嘉而厚望者，豈特大昕鼓徵，爲圜橋所觀聽哉！

乾隆三年季春朔後一日，皇帝躬詣太學釋奠，禮成，親講中庸之首章，堯典之首節。蓋自邃古以來，盡性命之理，建中和之極，行於當時而位天地育萬物者，功莫盛於堯；垂於萬世而明大道彰至教者，德莫盛於孔子。是乃我皇上夙心所祈嚮。自志學之初以及御天之日，戒慎奉持，惟恐有須臾之離，用以上格天心而下通民志者，故嘉與天下臣民會歸於有極也。茲與孔子所傳：體達德，致達道，以行九經而一本於誠者，實相表裏。臣伏念臨雍之禮，舊史所書，典文具備；辭人所述，體製各殊，炳炳乎無以尚矣。臣學蕪年耄，語不能文，謹據所見，敷陳質言，特著其信而有徵者。頌曰：

昔在孔子，賢於堯、舜。匪德能優，惟功之盛。堯仁如天，一世之幸。尼山木鐸，千秋金鏡。一章

天祐下民，我皇篤生。夫子之道，逮我皇而大亨。至仁肫肫，學與性成。秉持六經，踐以躬行。二章

智以成仁，善繼善述。大孝之光，治殊道一。仁以生勇，心純事實。以道成身，久而不失。三章

敬禮師傅，收恤耆儒。一言片善，采納無虛。若逢顏、孟，次或程、朱。尊德樂道，當更何如！四章

敦敍懿親，德心普被。盪滌宿愆，坦然無忌。羣公三事，凡百有位。推誠備禮，豈惟祿賜。五章

惠保蒸黎，予寒予饑。憂民如疾，愛之如私。德以撫順，信以招攜。窮荒僻徼，覆幬無遺。六章

九經三德，先師所傳。我皇得之，時乘御天。先師有志，皇實成焉。以考以質，宜無間

然。七章

月吉辰良，皇親釋奠。惟秉德馨，肅將嘉薦。先聖之揆，後聖時憲。精意所通，羹牆如見。八章

聖言深閟，教思孔誠。四表上下，格以欽明。中和之致，位育之徵。原於性命，戒懼所成。九章

庶官庶士，敬而聽之。惟皇之極，卽自得師。是訓是行，先師鑒兹。勉爲貞臣，毋負昌期。十章

喜雨說

雍正八年春三月，時雨不降。僉曰：「天胡不雨？我皇上施大德，諭有司：『凡官吏負贓，虧公帑，事在三年以前，發於八年二月恩諭未頒之日者，具以聞。有說者，與豁免。』繼自今，官吏脱囹圄，反鄉里，與父母妻子相保聚者，無慮數千人。免徵比，恬然安其生業者萬千家。承追之吏不至愁居慴處，爲他人受罰。又詔：『近畿五百里内旗丁，私質所受官田於鄉民，而不能歸其故價者，官爲之償。』懼罪者免於法，無田者復其業，歸田者懷其資，連鄉比户婦子懽呼，若沈疴之去其體。天胡不雨？」

夏四月，皇帝親卽齋宮祈請，未明而起，日一膳。士大夫相見，必色憂。余曰：「無憂也。吾君憂民若此，天必順焉。」既而小雨時霑塗，望後十日，陰雲隆施，入夜密雨，連朝及暮，四野具足；旬未終，復大雨，浹旬又雨。衆相慶。余告之曰：「一方之旱，憂之小者耳。一時之雨，喜之暫者耳。吾君閔雨，至日不再食。既雨，會令節，吾儕小人，莫不招朋儔，爲一日之樂；而吾君不自暇逸，罷水嬉，日警庶官，釐百度；所以基命宥密，而爲四海臣民之慶者，視時雨之降，恩澤之施，尤大且遠矣。」聞者皆心愜。則又告之曰：「不雨而憂，雨而樂者，細民之情也，非士大夫之志事也。念吾君之閔雨，至於日不再食；則承事而牧民者，所以致其忠利，當何如？念吾君治政勤民，不肯一日自暇逸；則人臣之夙夜匪懈，忘身忘家，而無懷安，無賴寵也，當何如？此之謂事君之禮、志學之誠也。吾病且衰，無力之可輸，爲悚爲愧而已耳。惟衆君子交勉之！」既以語於人，因退而書之以自警焉。

多福硯銘

我皇嗣服，治如砥平。皇有敷言，衆心載寧。訓迪有位，惟吁惟咨。勤思民隱，其寒其飢。一日二日萬幾，心營手勑，惟爾必在側。皇歛多福，用敷錫於億兆羣生，而錫爾嘉名。天章奕奕，於萬斯年，爾終以無泐。

方苞集卷十六

哀辭

徐詒孫哀辭

康熙辛未，余始至京師，卽與詒孫善。嘗怪其才足以立事，而於仕進泊如也；學足以立言，而於論述頹如也。間與同舍，夢中數悲嘯，或摽辟而呼。余驚起問故，則垂涕而不言。叩其鄉人，乃知其父惑於所嬖，母得心疾。每欲以義理廣之，語相近，輒以他說格余。癸酉冬，自京師歸其家。余始寓書，告以君子之遭變也，在審其身之所處。鯀之殛也，禹未嘗身殉於羽淵；而匡章之行，不見絕於孟子，況未至此極者乎？使徒若焦若熬，以喪其精爽，而於身之所處，或未盡焉，非君子之所尙也。

戊寅冬十有一月，余客澄江，舍側有方池。夜夢詒孫赫然起自池中，面泥淖，瞪目無言。覺而心惡之。次年秋七月，歸金陵，得詒孫凶問，果以余見夢時死。詒孫之歸也，母癲益甚。父閉之，加束縛焉。詒孫日夜號泣而從，數歲亦得心疾，昏昏不辨人事。一夕，自投門外小溪中。

始詒孫去京師，余送之歧路間。既與儕輩登車，復返下車，執余手而號慟曰：「惟子知我，何當歸？吾與子得更相見足矣。」其後詒孫一至金陵，余適在外，竟不得再見。余一子新殤，意殊不自得。及聞詒孫死，出門西鄉，號而哭之，不復覺子死之痛矣。

詒孫姓徐氏，諱念祖，池州青陽人，年四十有四。內行潔修，文章冠郡邑。聞其死者，知與不知，皆爲流涕。其辭曰：

生常自慹兮，吾知子艱。死非其所兮，人終汝憐。仁孝之鬱兮，爲惑爲癲。孰使至此兮，彼蒼者天。

駙馬孫公哀辭

駙馬孫公諱承運，遼東人也。其先將軍思克爲國扞城，顯功名於秦、隴。康熙三十有五年，上親征厄魯特噶爾丹，三路並發。將軍以西師絕漠扼之，殲其魁，其部由是遂亡。駙馬爲童子時，召見，即許以尚主。

駙馬生貴甚，而性樸厚出於自然。瀋陽范恆庵、白山祁學圃每道其爲人曰：「以不學爲恨，聞過而能改，未有如斯人者也。」

己亥孟夏，吾友左未生自江東來省余，會余將祗役塞上。恆庵言於駙馬，使延未生偕行以便余。駙馬先就見，擇日以騎迎，使者曲跪將命。及門，主人先俟於門外。歷門階必揖，三讓升堂，使子某出拜。曰：「孺子非能師先生也。吾少失學，欲先生講以所聞耳。」駙馬以扈從，先至上營。五月朔，未生繼至，越八日，忽襜車裝載過余曰：「駙馬遘厲疾，一夕死矣。」因太息曰：「吾固知斯人之不長也，臥一室，寧謐如儒生。每薄暮下直，雖甚憊，必手一卷，問難移時。室無聲色狗馬珍異之觀，門無獻技請事之客，世胄中幾見此乎？」

駙馬年始三十有一，形貌偉然。其折節務學，蓋不甘以勳戚終，而將益振前人之功緒。故其卒也，未生、恆庵、學圃哀慟皆逾常，雖余亦不能自克也。其辭曰：

嗟蔓草之叢生兮，朝緪芟而夕滋。何芝蘭之旖旎兮，日數溉而猶萎？彼受氣之有厭兮，此剝喪其焉懟？軫予懷而不釋兮，予不自知其所爲。

劉北固哀辭

康熙四十七年秋七月，吾友北固歸自廣東。余與其弟古塘溯江候於桐，過期不至，而得凶問。嗚呼！昔吾先人與劉氏世好；以行輩，北固尊於余，而與余爲兄弟交。北固生於桐，余生六合，繼而遷江寧，未相面也，而所學之趣同。稍長，朋試於有司，名必相次也。及遊四方，與士大夫往還。善於北固者，多余昵好，而嫉余者，間波及於北固。與北固居，或此唱而彼和，或辨論相持，雜以誚讓，而胸中所懷，無毫髮間隔，未嘗覺其爲兩人。北固終世爲羈於京師，而余往來流滯者亦十年。每愁思無聊，或中有所得，輒思見北固。計旬日中，必再三宿其寓齋。余疲疴困憊，恆先就寢，而使北固誦詩、歌、古文，臥而聽之。靜夜聲朗然，率以爲常。他時客異地，歸休於家，獨居私處，未嘗不念此樂也。北固體素強，邇年頓衰。余既東歸，再書責之，恐其負夙志而羈死於遠方，北固感焉！其遊廣東，蓋將次第爲歸計，而謀所以終老者，乃不幸竟道卒。其喪之還，子還、适與古塘往迎。余以故未得偕，欲哭於其殯之次，亦未得也。因爲文以攄余悲，俾其子薦告以妥靈焉。其辭曰：

謂子之歸兮，終吾生以後先。痛一言之未接兮，遂閉影於重泉。宦與學其交悔兮，命奄忽而不延。吾語子非不早兮，胡因循而致然？

宣左人哀辭

左人與余生同郡，長而客遊同方，往還離合踰二十年，而爲泛交。己丑、庚寅間，余頻至淮上，左人授徒邗江。道邗，數與語，始異之。其家在龍山，吾邑山水奇勝處也。每語余居此之樂，而自恨近六十，猶栖栖於四方。余久寓金陵，亦倦遊思還故里。遂以辛卯正月至其家，左山右湖，皋壤如沐，留連信宿，相期匝歲定居於此，而是冬十月，以南山集牽連被逮。時左人適在金陵，急余難，與二三骨肉兄弟之友相後先。在諸君子不爲異，而余固未敢以望於左人也。

壬辰夏，余繫刑部，左人忽入視。問何以來？則他無所爲。將歸，謂余曰：「吾附人舟車不自由。以天之道，子無恙，尋當歸。吾終待子龍山之陽矣。」及余邀寬法出獄，隸漢軍，欲附書報左人，而鄉人來言：「左人死矣！」時康熙五十二年也。

龍山地偏而俗淳，居者多壽耇，左人父及伯叔父皆八九十。左人貌魁然，其神凝然，人皆曰：「當得大年。」雖左人亦自謂然，而竟止於此。余與左人相識幾三十年，而不相知；相知踰年而余及於難，又踰年而左人死，雖欲與之異地相望，而久困窮，亦不可得。此恨有終極邪？辭曰：

嗟子精爽之炯然兮！今已陰爲野土。閉兩心之所期兮，永相望於終古。川原信美而可樂兮，生如避而死歸。解人世之糾纆兮，得甘寢其何悲？

武季子哀辭

康熙丙申夏，聞武君商平之喪，哭而爲墓表，將以歸其孤。冬十月，孤洙至京師，曰：

「家散矣！父母、大父母、諸兄七喪，蔑以葬，爲是以來。」叩所學，則經書能背誦矣，授徒某家。冬春間數至，假唐、宋諸家古文，自繕寫。首夏，余出塞，返役而洙死巳浹日矣。

始商平有子三人，余皆見其孩提以及成人。長子洛爲邑諸生，卒年二十有四。次子某，年二十有一，將受室而卒。洙其季也。憶洙五六歲時，余過商平。常偕羣兒喧聒左右。少長，抱書從其父往來余家。及至京師，則幹軀偉然。余方欲迪之學行，以嗣其宗，而遽以羇死，有子始二歲。

商平生故家，而窶艱迫阨，視細民有甚焉。又父母皆篤老煩急，家事淩雜，米鹽無幾微，輒生瑕釁。然卒能約身隱情，以盡其恩，而不愆於義。余每歎其行之難也！而既羸其躬，復札其後嗣。嗚呼！世將絕而後乃繁昌者，於古有之矣，其果能然也邪？

洙卒於丁酉十月十日，年二十有一，槀葬京師郭東江寧義塚。余志歸其喪，事有待，先以鳴余哀。其辭曰：

嗟爾生兮震愆，罹百憂兮連延。蹇孤遊兮局窄，命支離兮爲鬼客。天屬盡兮煢煢，羌地下兮相從。江之干兮淮之汭，繄先靈兮日延企。魂朝發兮暮可投，異生還兮路阻修。孺子號兮在室，永護呵兮無失！

阮以南哀辭

始余兄弟應童子試，即聞阮君以南名於閭巷間。及入庠序，與君後先，時相見稠人中，而未狎也。其後余遊燕、齊，倦而歸，則先君子故交零落幾盡，而新知中惟阮先生汝咸經過最密。叩之，則君之父也。

君所居近市，曲巷小橋，逶迤而入，四面環陂塘，老屋數間，蔽翳於叢篁高柳中。入其門，如在山林之隩。方盛暑，風謖謖穿戶牖。坐有頃，必加衣。自仲夏入秋，日未旦，先君子即披衣就阮先生，夜定，然後歸，率以爲常。君率妻子力作，殺雞屠狗，具肴蔬，未嘗乏絶。阮先生既歿，君於門側市藥，而授生徒於堂上。先君子旬月猶三數過君，余兄弟隨行。每至，君必散生徒，輟其所事，置酒酣嬉，終日而罷。由前之爲，君以樂其親也。由後之爲，則以便余兄弟之情而不肯逆也。嗚呼！君可謂順於親而篤於友者矣！

君既免喪，時謂余：「子知交在四方。朋儕多資子以餬其口，而獨遺余何也？」時余私計：先君子栖遲寡懽，惟君居近而意愜。故獨難之，以滯君之行。及先君子歿，而余及於難。又踰年而君死。追念平生遊好傾心向余，而余無纖毫之報者，莫如君。乃哭而爲文以志余哀。

君諱夢鰲，江寧人，卒於康熙某年，年五十有一。余聞其喪，次年之某月日也。其辭曰：

忠養不匱，心之競也。蹇以無年，亦其命也。重施而蔑以稱，獨余之病也。

李伯子哀辭

李習仁字長人，吾友恕谷長子也。戊戌春，余命子道章就學於恕谷。歸言習仁耕且學，孝友信於其家。今年春，恕谷歸自江南，率習仁過余，俾受業。其承親，事師，交友，跬步皆在於禮，而行之甚安。白門翁止園見而嘆曰：「子弟中未見如斯人者也。」

恕谷少游浙東西，樂江介土風；南中士人，亦聞其風而慕之。故率習仁往相宅。其乘車，習仁御，騎則執鞭以從；恕谷與諸公論學，左右其間，南士皆傾心焉。恕谷以母老，未能定遷。會其友內人南行，使習仁與妻附舟先之。至天津，疾作，將暫反。比登車，曰：「吾父志此久矣！疾當愈，何反爲？」還舟。又數日，疾革。其妻出視。命之曰：「勿泣！此外艙，汝不可久留。」夜將半，氣絕，惟小童在側，時康熙辛丑八月望前一日也。

昔明道程子誌其子邵公，謂「賦生之類，雜糅者多，而精一者間或值焉，則其數或不能長」，夫自古聖賢之生，鮮不爲帝王、公侯、卿相，澤流世嗣者，而程子之言若是。豈如衆人之激於所遇邪？蓋深觀造化之消息而有以窮其變也。余杪秋自塞上歸，聞吾友劉古塘長子將冠而殤。南中子弟，無與比並者。慘慟未平，而習仁之訃繼至。嗚呼！以恕谷、古塘之躬行，日暮途窮，而天奪其良子。以二子之資材間值，而不能延其一日之生。此余所以易哀爲憂，而終之以懼也。

習仁自成童有巨人之志，既冠，立課程自檢，晝所爲，夕必籍之。卒年二十有四。妻宋氏，始有身。其辭曰：

嗟爾幼志，離羣匹兮，善承親心，嗣道術兮。晝耕夜誦，六藝畢兮。性栗而温，儀有壹兮。煢煢南行，志決壯兮，知命不惑，死無悢兮。任道有徵，識祈嚮兮。斯人則亡，予復何望兮？

張彝歎哀辭

吾友張彝歎名自超，高淳縣人。康熙五十七年，天子命公卿舉積學篤行之士，司空徐公以自超對。詔下江南守土吏，齎送赴闕。余私獨喜，計日以待其至。南中故人爭趣之曰：「子抑心自強，此行也，倘其慰方子之思！」俄而傳遽至，則道卒矣。

始自超以母老，高祖以下惟一身，而久無子，不敢仕進。癸未成進士，長洲韓公將以館職薦，踵門辭。需次當得縣令，不就。嘗遊金陵，關中白玫玉適至，介余請見，而彝歎難之，卽日駕而行，曰：「吾鄉人也，而世有相慕用者，吾無死所矣。」及余遘難，徐公出撫浙，而彝歎往爲義學師。余心詫焉，而未暇詰其所以然。其被徵也，天下士皆以多徐公；及道卒，又以咎公，而意其言之出於余。金陵翁止園聞而嘆曰：「嗞，咄哉！使彝歎爲浙行者，我也。」

彝歎踰六十無子，而前卒之三月，妾楊氏有身。衆皆曰：「是必生男。」彝歎之生也，余旣譜其行，與崑繩、言潔、古塘爲四君子傳。茲故不具，而獨最其死生離合之迹，以志余哀。其辭曰：

名之不可耀兮，惟子杜其幾。義之各有時兮，惟子識其宜。惟大專之槃物兮，數少全而多奇。守丘園以竟世兮，而卒死於爲羇。曰：德人其必祀兮！亦豈余之所敢知？

王瑤峯哀辭

君諱宗華，字瑤峯，歙縣人。學儒，試輒擯；通醫方，恥以自名。年四十餘，以親老無養，授徒京師。

康熙癸巳，余出刑部獄，供事內廷。吾母衺疾，而京師無良醫。當塗吳穎長曰：「吾友王君通醫，匿而不試；吾今與子過之。」既相見，再拜致辭。許諾。君館內城，去余居十里。余繼遷海淀，愈遼遠。君市馬，與主人要曰：「吾友母老疾，旬日中必再三往視；若難之，當辭去。」主人重君，曲聽焉。每過余，或驟雨及之，淋漓徧體。其隆冬晨至，冰霜結鬚眉，面色異常。余對之慘動，心忡忡；君言笑晏然，恐余不自克也。每歲孟夏，余役塞上，迫冬始歸，倚君如兄弟。吾母疾作，聞君至，卽自寬。及將終，衆醫皆曰：「可療。」君獨曰：「疾不可爲也。」

去年冬，君持所爲文及詩十數篇示余，曰：「視世士何如？」余讀竟太息，謂曰：「如君之方，苟試之，必大行；有餘資，歸而市田宅，事親從兄，以竟所學，當與古之人絜高下。子何恥於爲醫？」君感焉，將散生徒，僦屋市藥，事未就而死。

先卒之旬日，余夜歸。家人曰：「王先生來，自言胸中如有物，遲子不出，暮而歸。」余家僮一僕，方臥病，將俟其間使問君，而黃君際飛以書來，言君死矣。叩之，君疾作，卽歸自余家之夕也。嗚呼！君視吾母之疾猶母，而君疾余不視，君死余不知，聞君之喪，竟不得一昔之期撫君之棺而哭也。余之恨於君者，有終極邪！

君鄉人袁某與際飛紀其喪，權厝某丘，而報君之兄弟使來迎。際飛亦因穎長而得交於君者。君卒於丁酉三月望後二日，年五十有二。無子。妻某氏，早卒。親老，而余不能爲之謀。雖恨於君，莫可如何。其辭曰：

子之旅兮，吾與子依。子之歸兮，吾爲子期。養則不遂兮，死而爲羇。絶天隔地兮，此志長賫。懷文服義兮，蔽遏而不施。混俗自閉兮，行與心違。靈魂營營兮，何去而之？意氣焄蒿兮，結我涕洟。乾坤莽蕩兮，惟余汝思。千秋萬歲兮，人當汝知。

和風翔哀辭

乾隆元年六月，天子命修三禮，以閣部之長董其成，而余亦濫廁焉。各舉所知，余言十有二人於鄂、張二相國，翰林四人而外，固請而得之者惟和生。生，單門也，家世農田。生六七歲，父母求之不在側，迹之，常凝立村塾外，曰：「吾甚慕諸童子誦書者。」以爲誑，試於塾師，則論、孟已耳熟矣。少長，或聚徒古寺中，因請爲諸生洒掃，衆食飲之以受書。法公淵若，余故人也。雍正二年，余得假歸葬。公督學，按部至江寧。叩吾廬，謀分校者，遂就見吾友古塘而請焉。試事畢，古塘謂余：「吾得和風翔，此役不虚矣。」越日來見。因勸生棄時文，篤志於諸經，而屬雲臺山人翁止園以淬礪之。會山西梁君裕厚欲重訂朱子儀禮經傳通解，挾其書至江南，與止園討論，借力於生者蓋半焉。

生幼學書，不能躬耕，而志在通經，業科舉者，無所取之。親老，家窘空，居常戚戚。及部檄至，聞之色喜。卷書裝歸，告其親曰：「兒茲行，館餐於方氏。歲秩百金，半給家用，半市近宅之田。三年歸，可不耕而食，終吾生於聖籍矣。」越日而疾作，逮余聞之，已踰月矣。急致參苓，道希將命至其家。生披衣而起，曰：「吾固知公之不能忘吾疾也。吾學當成，二親免寒饑，疾當愈。」止園繼以醫至，和齊責之，未熟而生死。余與生惟南歸時一相見，未嘗從余遊也。余年已逝，病日滋，諸經未竟之緒，將以屬焉，而今已矣。

生諱風翔，字宇清，上元縣人，世居蔣山之陽，卒年三十有四。妻某氏，無子。辭曰：

嗟爾童年，趨獨異兮。勞辱苦辛，惟學之嗜兮。業將就而聞彰，儵賫志兮。衆萬叢生，惟天所寘兮。窮泉有知，毋悔毋懫兮！假而隸農，二親亦中棄兮。

僕王興哀辭

康熙丙申六月十八日，余在熱河，夢僕王興至自京師，視其貌，聽其聲，皆不類。詰之，則自謂「我某人也」，再三云，覺而心動。又數日，家書至，興以是日死。

興爲嫂張氏家僮，歲丁卯，從至余家。性愚蒙，少慮。余嘗以事督責，退而大聲向其曹訟言余過。將抶之，既而舍之。因語家人：「是與處困約，履顛沛，當無他腸。」從余館某家，天久雨，以私錢市製屨，甚自惜，俄而失之。數月，主人家僮某著以出。余識之，命索取。

復曰：「彼不告而持去，若索之，彼何所施面目，寧已也。」自余遘禍，奴僕皆散去，黠者盜財物。其尤無能者，雖勉相依，多桀驁；惟興執事如平時。今年春二月，余晨起，怪其面目異常，疑有疾。曰：「無有也。」越三日，其女音暴死。又兼旬，遂遇疾。

興邇歲益昏憒，咫尺間不辨人言語，作事多傎。余時忿詈。河間王振聲見而止余曰：「子毋然！彼受詈，意色循循，純實人也。」余少戒，而未能盡止。自其女之死，始決意不詈，而疾遽作。念興在余家三十年，衣食未嘗適口體，患難相依，其得免余詈者，僅四月餘耳。因爲哀辭，以志吾悔。其辭曰：

衆知時以集菀，汝劬躬而守枯。果違天以離愍，孰謂此其非愚？

婢音哀辭

婢音，僕王興所生也。九歲，入侍吾母，洒掃浣濯如成人。稍長，於女事無不能。奉事八年，未嘗以微失致呵詰。其羣居，未嘗笑嬉妄出一語。

余蒙難，家人御吾母北上。音隨吾妹，日夕相扶持。或以事暫離，吾母輒問：「音兒安在？」吾母臥疾踰年，危篤且兩月，親者不敢去左右。爲糜粥，供水漿，治藥物，皆音任之，不失晷刻。

余家貧，多無炭薪。晉獨身居西偏空室中，夜四鼓臥，鷄鳴而起，率以爲常。性剛明，容止儼恪，雖故家女子中寡有，余每心詫焉；乃竟以厲疾夭，年十有七。先數日，晉晨入，短衣不蔽骭。爲市布以更之，未及試而歿。舉室惻傷，人如有所失焉。乃爲文以哀之。其辭曰：

惟茅葦之漫漫兮，芝孤生而易殘兮。石礦堅以磊磊兮，玉精融而多毁兮。非造物之無章兮，乃汝性之不祥兮！

祭文

祭顧書宣先生文

嗚呼！大雅蕪塞，不絕如線。公復云亡，來者何見？古惟哲人，以道相持，降而文學，猶其流支。陸相登韓，道光於唐。程、張、蘇、曾，顯以歐陽。假無二公，二代曷述？羣賢繼武，茲塗無閡。

余試禮部，實出公門。公嘉余文，或有違言。公謂「斯文，惟某能然。所舉不遂，甘棄一官」。既發其覆，果匪異人。滿堂動容，僕隸同喧。與公朋齒，宿號知音。得以至公，兩無愧心。老親趣余，歸裝在途。公使來追，斬鞅道隅。余不反顧，懼公見督。公以書來，詞温意渥。公尋使楚，命余速西。余時腹悲，冬以爲期。忽承凶問，帶絰長號。紼輤帷荒，尋駐江皋。余入太學，公實朋試。公既日顯，余每自避。辱公交余，惟恐不親。鈍直可貴，公知獨眞。十年三接，違離日遠。誼重心勤，結懽則淺。公之詩篇，已足自壽。在公無悲，獨爲世疚。

古稱善人，天地之紀。余所師友，蓋可屈指：大理質行，宛平高公裔。秩宗經術，長洲韓公菼。侃侃少宰，太原姜公橚。守官不屈；窮在下者，劉、徐二生，言潔、詒孫。經明行修，吾道之楨。後先一紀，壯胉老終。匪余恩私，懼世瞽聾。楚山峛崺，邗水嗚咽。涕泣陳詞，肝腸斷絕！

祭張文端公文

嗚呼我公！爲國宗臣。終始一節，帝用忱恂。公如元氣，運物無迹。審機正軸，功無與匹。其志其事，異世可知。寸心耿耿，獨承恩私。余幼泥古，孤行自尙。病俗流從，誤矯以亢。伊余先世，與公有連。衆附恐後，余避不前。北試京兆，牒過禮部。公比羣士，謂宜獨步。凡在列者，湊公稱師。余獨自外，接以常儀。謂公余棄，公心以傾。始脫文貌，喻以平生。

歲在協洽，蒼龍南御。公來長干，獲侍旅寓。謂「國得賢，如室有木。子果能駕，吾推子轂」。余謂「公已！小人有母。衰疾相依，獨身無輔」。公鑒其誠，悄然不怡。謂「子固爾，我心則違」。感公拳拳，中如有物。余豈能賢，公知恐辱。

余籍春官，由顧與陳。陳咸進士，實出公門。余既南還，謁公里第。北面升堂，始正大義。公在林泉，亹亹翼翼。至忠體國，心懷宸極。私爲世喜，公志未衰。孰期踰歲，遂乘東維。公自禁密，經體贊元。明農待老，人無間言。「於人無愧，在天曲全。」先儒所稱，公實應焉。在公何悲？邦國之痗。況於知故，能無心劌？嗚呼哀哉！

祭王崑繩文

嗚呼！子生於天，余謂非偶。嗟同衆萬，視猶芻狗。子之心胸，函山振海。子之議論，風驚雷駭。豈惟在今，志亦無古。英光浩氣，今歸何所？

世士虛憍，外張中餒。古所云狂，子差可擬。少隨父兄，陸沈自喜。匿跡淮壖，行歌燕市。志以貧移，傾身菽水。外取所求，中以自鄙。顧視儕輩，如塵如秠。可者數士，謬及於余。未見而親，久益不疑。行身務學，以謀以咨。天與屯蹇，異徑同歸。夙心並負，次且路歧。

丙戌之春，揖我長辭：「二親丘首，惟吾所之。窮山絶壑，形駐影隨。雖子知我，跡亦難窺。」解手三歲，別語依依。念子孤直，諒不余欺。乾坤浪莽，會面何時？忽叩吾廬，驚喜相顧。曰「余迴車，將農將圃。聞子之鄉，巖深川互。我行我遊，子先我路。我耕我耘，子偕我作。我文我史，子訂我誤」。高酣連旬，忘晨與暮。越歲爲期，並從所務。始春過余，杪秋復至。中固前期，志氣益厲。孰期分背，遂歸虚無。委衾旅舍，妻子莫扶。款款友生，視衿與襦。傲然乘化，其色于于。子少自則，管、葛與衡。晚希顔、孟，其志亦誠。行與心違，蹉跎竟老。遺書在篋，其半惟草。臨風灑泣，氣盡心孤。子止於此，況於吾徒？嗚呼哀哉！尚饗！

祭滄洲陳公文

嘻乎陳公！履道方夷。命忽隕墜，斯人之悲。公材天植，遭遇亦奇。屢困而亨，終鬱不施。始令西安，繼調山陽。端緒已兆，所部稱良。及再作守，皆由特舉。義聲先路，户歌衢舞。旬時風動，期月政成。嘉師怙恃，姦豪易行。公治一方，譽流千里。游談奮袂，心矜色喜。再忤大府，必擠之死。先皇鑒照，獄詞無浼。公之在理，士民洶洶。輟耕廢業，號泣而從。或奉壺飧，或持腶脯。謂「公良食，公無我苦」！罷歸内殿，稽編文史。四海望公，如痿思起。

觀察霸昌，聖心復倚。天語親承，古賢是擬。河決武陟，害延近畿。千村流漂，漕轉不時。皇帝曰「咨！汝予肱股。往巡往宣」，遂攝大府。公入大府，百政皆清。蠹祛工實，賦役有憑。三舉監司，罔非民譽。父老泣言：「自今保聚。」惟嗣天子，大孝親賢。乃實授節，以肅政權。歲漕既畢，躬臨決河。相基命植，程工别科。告功有期，民勞其愒！孰謂公身，先與世棄。

公之屢試，久者踰年。晚而大任，俾公獨肩。謂宜永年，以宏開濟。而功未成，歿猶賫志。邦國之瘁，黎蒸之窮。其在于公，高朗令終。衆心難饜，直節易虧。惟公炯炯，終始無疵。完公令名，闕世實用。彼蒼有知，能無悔慟？有心有耳，莫不惻傷。況於知舊，憯裂中腸。嗚呼哀哉！尚饗！

祭左未生文

余於故里，兄事者三：宋、劉賫志，今君亦熠。始聞君行，矯亢異俗。及余得交，但見可欲。臭味之同，如流斯匯，憂思苦病，見君卽解。余出余歸，行蹤每合。惟宋與劉，未若君習。

余之在難，君未及唁。誓言拳拳，生必再見。果踐前期，崎嶇自致。黃髮素髭，其容則睟。余出塞門，君亦繼至。磧色灘聲，朝昏相慰。始秋南轅，邅迴燕市。經涉冬春，余行復啓。謂君趣駕，秋以爲期。孰知背面，遂至於斯。

君訃之至，君喪已歸。號痛窮天，膈臆敗摧。計數吾儕，動屯行蹇。惟君怡愉，履道坦坦。學同志同，命豈能懸？老而羈死，理亦宜然。死者之恨，生者之憂。泯矣終古，欲訴何由？嗚呼哀哉！尚饗！

祭白侯文

余聞君訃，往歲之秋。時在塞垣，心填百憂。盡室北徙，邅迴在途。沈疴疊嬰，顧影心孤。燕、秦懸隔，莫通喪紀。欲寄一言，寸心難理。公私薄遽，以夕以晨。昏昏莫辨，經涉冬春。傳車祗役，夜宿蘧廬。君來見夢，執手踟躕。告余將歸，余不能止。相持驚寤，心怛不已。

與君爲友，歲逾星紀。以古爲要，善終如始。君令於桐，余爲部人。義相然信，若弟與昆。吏疵民瘼，有言不違。行危語盡，君亦余規。余之在難，君未得面。傳君踰年，寑食惓惓。

孰云交契，遂止於斯。絶天隔地，永無見期。聞君喪歸，已閉埏門。魂既安宅，來存故人。

君有悌弟，子姓皆良。戚然首丘，順彼大常。我心之悲，惟君則喻。幽明殊路，終古誰訴？昧旦聯辭，晨告於野。明水瓣香，有淚如瀉。

與黄玉圃同祭尹少宰文

嗚呼！高山大原，聚日星河嶽之氣，以生良才。根株已中乎繩墨，棟梁可任，而雷火爲之災。是乃陰陽之錯行，實爲天地之大閡。

嗚呼元孚！慨余暮年，所得士友。信道篤而務仔肩名教者，子最淳誠，而交期則未久。子自中州入副臺長，始得相見，而踰年即分手。余既南還，子歸養母，歲時通書，惟禮經是叩。

往歲仲秋，子持使節，盡屏儀從，徒步以相從。問何以然？則賢母遺命：必躬親杖屨，若睢州之於夏峯。余愧非其人，辭未得致，已稽首而扶筇。再過吾廬，上下千載，始知古人之志事，已蟠結於子之心胸。

兹孟秋望後，吾友玉圃將以監司入覲，約汎舟於北湖。前期二日，薄暮來告，兹遊宜罷，博野遽殂。行者爲之心惻，而況於吾徒？降中庭而東面，三踊號而淚枯。亟相過以問故，則遘瘧寒之疾，以望前四日按臨松泖，越翼日而含珠。

玉圃再起，治在祥符，子爲大府。班隨旅見，栗階以趨。子獨加禮，釋辭自下，若後進之接師儒。二司心詫，動色睢盱。玉圃南移，子適視學三吳。會其以疾在告，就視臥榻，握手踟躕。感念往事，蒿目相對，竟夕而長吁。

嗚呼元孚！子之當官，實心實政，所至而愛遺。子之在戚，居處飲食，一應於喪期。子之造士，閑邪養正，引洛、閩之綱維。而常自慙碌碌，無一事能踐高賢烈士之迹，使尚論者，千載而有餘思。余謂世有斯人，天或將降以大任，但恐歲不吾與，不獲親見其功施。孰知乃先得子之凶問，臨風而涕洟。

余困衰疾，玉圃事羈，弔唁弗躬，嗚咽馳辭！豈惟吾儕之私義，實爲斯民斯道重此憂悲。子宜知之！嗚呼哀哉！尚饗！

祭張母吳夫人文

嗚呼！夫人之年七十有一，又得良子以養生送死，抑又何悲？而余聞夫人之凶問，不覺衆欷而嗚唈者，蓋爲其子自超痛也。

今年春，自超成進士。或欲薦以館職，自超曰：「某之舉於鄉也，吾母愀然曰：『汝無所用此！吾第欲汝得妾以子，而常在吾側耳。』」自超歸而從命焉，而妾入室之夕，夫人以卒。嗚呼！世俗之人願其子舉甲乙、歷科第，而死不恨者衆矣；而天漫以畀自超。有子以繼世，匹夫匹婦之常也，而於自超難之。自超終當有子，而獨不得早歲月，以傷其垂死之母之心。

嗚呼！禹之仁孝也，而痛之以羽淵；周公之弟也，而阨之以管、蔡；以至君臣夫婦朋友之間，其賢者不必相遇，而不賢者巧作之合以生惡。故先兄有言：「乾坤之闢，始於屯而終於未濟。蓋天地之氣有盈竭，數有純奇；物生所值，雖造物者亦不可如何也。」

嗚呼！爲父母而得見其子之成立者寡矣！見其成立，而子於兄弟、夫婦、子姓之間苟有恨焉，則無物足以解其憂，而致孝與敬，適足爲親心之累。故余不獨爲自超痛，又以爲凡爲父母與爲子者痛也。因書之，以馳奠焉。

方苞集卷十七

家訓

己亥四月示道希兄弟

禮「有百世不遷之宗」，以收族也。「有五世則遷之宗」，「親者屬也」。遭家震慜，今在金陵者，獨先君逸巢公後耳。詩人之述古公者，曰：「緜緜瓜瓞，民之初生。」言將絕而復屬也。故繼逸巢公者，於桐爲小宗，而在金陵則世爲大宗。宗子非有大過不廢，廢則以子承；無子，支子以序承。雖有貴者，別爲小宗，不得主祭。

自逸巢公以上，祖之宜世祀者五：始遷於桐者曰德益公；建文朝死節，配享正學先生祠者曰斷事公；德重於鄉者曰東谷公；起家爲大夫者曰太僕公；始遷金陵者曰副使公。餘親盡則祧。

古者，大功同財異宮。不異宮，不能各致養於其親；不同財，則戚屬而飢寒之不恤矣。桐俗，子壯則出分。先君始命余兄弟循禮經。憶亡妻與嫂有違言。先兄命之曰：「汝輩日十反脣，披髮摶膺季高按：「披髮摶膺」，据左氏成公十年傳應作「被髮摶膺」。無害。但欲吾兄弟分居異財，終不可得耳。」

兄子道希幼羸，每疾，亡弟椒塗中夜抱持，匍匐行。弟早夭。兄常曰：「吾更生子，當以道希嗣。是弟所嘗抱持也。」今道希爲宗子，以其弟道永嗣。

余兄弟三人。兄子二人，一嗣椒塗。余一子道章，亦相與爲三人。道章之生也，後先兄之卒凡五月，先兄猶及知其孕也。每曰：「異日汝子與吾子，相視如同生。」道章生年十一，以余罪，繫旗籍，與道希、道永不能生相養。其服之相爲，宜從期。退之不云乎，「受命於元兄」，此可以義起也。

大功以上，同財同居，則共祀祖禰；異居皆祭於繼祖適子之家。適子雖貧，宅左右必別爲三室：中室爲龕四級，奠高、曾、祖、禰木主，歲二祫，卽從俗用清明孟秋之望。先期散齋二日，致齋一日。主祭者齋於西翼室。兄弟子姓各齋於外寢。生辰、忌日，奉主特祀於東翼室。考妣之忌，齋期如二祫。生辰，散齋、致齋各一日。祖考妣之忌如之。生辰，齋一日。高曾祖妣、伯叔兄弟之忌如之。妻、兄弟子婦各祭於其寢。妻、長子，忌日齋。冬日至，祭於宗室，上及不祧之祖。宗子散齋三日，致齋二日。羣子姓如二祫。共大宗者，歲一合食。共高祖者，再。共曾祖者，三。凡合食，必於宗祠。

副使公始至金陵，居由正街，後遷土街。舊宅轉六姓，逾五十年康熙乙酉，余始復先人居，而治其西偏舊圃爲將園，先君時燕息焉。辛卯遘難，宅仍他屬，園亦出質。道希兄弟異日必復之爲宗祠。今於土街宅後，暫治三室如前法。

小功異財，勢不能同也。家之乖，恆起於婦人。米鹽淩雜，子女僕婢往來讒訴，易至勃谿。雖期之兄弟不可保，況小功以下乎？聖人制法以民，非賢者所宜自處也。往時，清㵎白玟玉過余。其兄子仲傑侍，近五十，成進士矣，斂約如成童。叩之高、曾以下，同居者五世。子婦無異衣食，雖蓄私財，無所用之。玟玉之兄，吾邑宰也，而治家司財幣者，則玟玉之妻。其妾與子婦，弗之詫也。蓋禮教之能移人若此。此非並世之人乎？小子識之！

古之祭者，前期必齋，喪必異居食。祭不齋，無以交於神明。喪不異居食，則衰麻哭泣，皆作僞於其親。先王制喪食，於老者疾者，既葬而後猶有寬假焉，而復寢之期，則斷不可易。蓋人之情，食粱肉而悽然念所親者，有之矣；御內而不忘哀，未之有也。在禮，期終喪不御於內者，祖、父母之外惟妻，而餘皆止於三月。非厚於妻，而薄伯叔兄弟也。先王立中制節，故法必計其所窮。妻一而已，假而本支繁衍，死喪相繼，皆終期不御於內，則人道爲之曠絕矣。故稍寬之，使中人可守。非謂寡兄弟者，必不可節欲以伸其恩也。記曰：「齊衰期者，大功布衰九月者，皆三月不御於內。」用此推之，則正服大功，以浹月爲期；小功緦麻，終月可也。其始婚，則小功以卒哭之後爲期，禮文具矣。余過時不娶，妻之父母趣之。

時弟椒塗卒始七閱月，余入室而異寢者旬餘。族姻大駭，物議紛然。遂廢禮而成婚，至今恨之。茲爲家則：食飲、衰服，或因事而權其宜；惟御內之期，自緦麻以上，必以所推爲斷。夫舅與甥，恩之最輕者也。然女兄弟方痛不欲生，苟有人心者，能即安于燕寢乎？大功以上，則視骨肉之衆寡而加隆焉。記曰：「小功皆在他邦，加一等。不及知父母與兄弟居，加一等。」此先王稱物之情，而使之自厚於人道者也。齋期已前具。民無恆產，財匱而事劇，不能壹稟古制也。

凡恩之賊，多由婦人志不相得。禮之敗，多由與私親男子時相見。聞之長老：桐俗淳厚時，家僕終世給事，未嘗見主母。近則稍有違者，皆以相見爲渥洽。金陵亦然。吾母疾篤，天子加恩賜醫。醫者曰：「定法：必視面按脈，乃復命。」余白之母。曰：「我雖老，婦人也。可使醫者面乎？」余曰：「君命也。」母閉目，命搴帷，顏變者久之。既而曰：「雖聖恩高厚，然繼自今，勿更使吾疾上聞矣。」今與子姓約：凡來婦者，父母歿，不得歸寧。非遠道，還母家，毋過信宿。其親伯叔父、同父兄弟、兄弟之子至吾家，相見於堂，食飲於外。從兄弟、母之兄弟，相見於外。嫂叔禮見，惟吉凶大節，同室相糾察，有失則者，男婦不得與於祭。

兄弟宗族之相疾，近起於各私其妻子，遠則貧富貴賤之相耀也。吾幼時聞之父祖：上祖有官御史者，巡按江西，道桐，歸祭於宗祠。自監司以下皆來賓。主祭者，侍御之從兄也，爲庶人，不得服輿馬。侍御以騶從，僕隸擇駿者乘。侍御軼而先，急下，拱立道左。及祭畢，從兄西向立，命取杖。衆皆進曰：「吉禮成，執事者有不共，願以異日治之。」曰：「過由執事者，則舍之矣。」侍御遂自弛冠服，伏地受杖。杖已，曰：「吾不予杖，是使汝負詬於鄉鄰也。且汝惟心懈，故至此。汝持使節，一路數千里待命焉，而心常外馳，能無誤人身家事乎？」侍御怡色受教，冠服禮賓。兄弟各盡懽。嗚呼！此吾宗所以勃興也。近世骨肉恩薄，其賢者乃以文貌相屬，而汎汎然如途人。盛衰之本，爲子孫者，可以鑒矣！

楊樹灣高莊東谷公遺田，太僕公所受分也。五傳至余兄弟，以遠家金陵，艱輸運，棄其十之六，惟主莊尚存。余丁亥歸故鄉，見其基勢爽塏，繞宅喬木尚七十餘株。老僕曰：「此東谷、太僕所嘗棲止也。」因復其半。今並以爲祭田，未復者當次第復之。以歲入十之二供祀事，餘給子孫之不能嫁娶、葬埋及孤、嫠、老、疾者。其法一取之吳郡范氏。不謂之義田者，徒爲吾兄弟之子孫計耳，非能如古人之收族也。每見士大夫家累巨萬，不聞置義田；即祭田，亦僅有而少豐焉。俄而其子孫已無一壠之植矣。范文正公父子置義田三千畝，以贍族人也，而子孫享其利者六七百年，以至於今。昔太僕公分田之籍，手記曰：「吾增置田三百五十畝，橐中白金千有七百。此非吾官中物也，乃朋友餽遺、汝母勤儉而致之。」太僕公仕宦四十年。當明神宗朝，巡按者三；掌河南道時，兼攝七道御史事，所積僅如此。嗚呼！父有田宅以遺其子，乃汲汲然自明，惟恐子之意其得於官而心鄙之也。上之教，下之俗，所以相摩而致此者，豈一朝一夕之故哉！茲田之在吾家，亦近二百年矣。然則欲子孫長保其田宅，亦非德與禮莫能持也。

副使公葬繁昌縣西門外楓樹嶺，去桐與金陵各三百里而近。余鄉欲與其地士大夫聯婚姻以便祭掃而不得也。墓旁有祭田，未籍分產，四叔父楓麓收其入。播遷之後，諸弟貧乏，必將斥賣。道希兄弟當勉力以原價歸諸從父，而勒石，永爲祭田。先君受分，多取瘠產。庶祖母王孺人膳田，本議身後均分，後獨以歸四叔父。楓嶺祭田，不問其歲入。汝輩當體祖父之志，勿謂此公產，不肯以價取，而致屬他姓也。

陳莊、胡莊及高淳租，每歲終，通計而三分之，以其一給道章於北。非敢棄先兄之命也，分隔異地，慮子孫或有不肖而大爲之防也。昔聖人之制男女之禮也，皆以禽獸爲防；而兄弟同財異財，亦以中人爲準。蓋計其所窮，使不肖者可守耳。

弟椒塗之歿也，未娶。兄泣曰：「吾弟兄三人，當共一丘，不得以妻祔。」兄疾革，嫂與道希環而泣之，兄屢斥去。正命之夕，惟余在側，未嘗以道希、道永屬。吾兄弟篤愛如此，子孫其式之！

甲辰示道希兄弟

己亥歲，議以道永嗣弟林，林嗣伯父履開公。先兄之爲宗子也，先祖命之矣。道希之爲宗子也，先君知之矣。若以林嗣履開公，則林及道永當相承爲宗子，先祖之所未命，先君之所不知，非後之人所敢議也。今第以道永嗣林。履開公則置墓田，三支子孫世祀勿替，而祔食於祖。

吳郡范氏義田計口授糧，俾愚者怠於作業，非義也。五材百物，民皆用之，必各有職業，交能易作，然後其享之也安。無故而坐收其利者，天所禍也，且勢不能周。吾家祭田，營宅兆，供歲祀；有餘，量給不能喪葬者；有餘，以振鰥、寡、孤、獨、廢、疾不能自存者；有餘，以助貧不能受學者；有餘，春糶而秋糴之，累其貲以廣祭田。其怠於作業而貧窶者，不得告貸。

己亥四月，諭以高莊爲祭田，因司諭公久葬故鄉，雖以陰流入墓起攢，仍當卜兆於桐耳。今奉柩至金陵，則高、曾、祖、考無一葬故鄉者矣。高淳二百畝，乃我二十年傭筆墨，執友張彝歎爲購置者。惟用爲祭田，於義爲安。一水可通，子孫歲收穫，可近就繁昌，展副使公墓。將爲記，勒石台拱岡，兼注縣册。俾世守之，不得私擦棄。

自副使公以下，道希爲宗子，凡出自副使公者，宜宗之。而從祖父查林府君、從父楓麓府君返故鄉，吉凶赴告，不得以時通。今定居金陵者，惟先君之子姓耳。道希之世嗣，當爲百世不遷之宗，雖有異爵者，祗事焉。

自先兄與余無私財，道希、道永、道章亦式焉。率是道也，雖五世十世可也。然先兄早世，吾質行不若古人，安能必子孫常守家則乎？先兄命道希、道永與道章兄弟，相視如同生。今道希、道永有子皆早殤，惟道章一子始孩。異時與羣從相視如大功之兄弟，不得析居異財。後此則仍禮經，聽其大功同財，而以親者相屬。

金陵上田十畝，一夫率家衆力耕，豐年穫稻不過三十餘石，主人得半。乾暴減十二，米之得六石餘，以給下隸之食與衣，不贍也。程子曰：「吾輩暨妻子僮僕，皆不耕而食，不織而衣，更不治經謀道，則爲世大蠹。」可不畏哉！計中人之家，主人一身調度，必殫上農夫五家之力。妻子一人所費，役三家。僕婢半之。吾家親屬及僕婢，近四十人，常役上農夫百家。終歲勤動，以相奉給。果何德以堪之？今與汝輩約：僕婢惟老而無歸者勿遣。傭者散之。少壯各任以事，能則留，不則縱舍，俾自食其力。

古無奴婢，事父兄者，子弟也。事舅姑者，子婦也。事長官者，屬吏也。惟盜賊之子女乃爲罪隸，而役於官。九職：「臣妾，聚斂疏財。」季高按：「聚斂疏財」，据周禮大宰，應作「聚斂疏材」。

質人，掌人民之質劑。蓋士大夫之家始有之，如後世官賜奴婢，亦以罪沒耳。戰國、秦、漢以後，平民始得相買爲奴。然寒素儒生，必父母篤老，子婦多事，然後傭僕賃嫗，以助奉養。金陵之俗，中家以上，婦不主中饋、事舅姑，而飲食必鑿，燕遊惟便。縫紉補綴，皆取辦於工；仍坐役僕婦及婢女數人，少者亦一二人。婦安焉，子順焉，蓋以母之道奉其妻而有過矣。余每見農家婦，耕耘樵蘇，佐男子力作。時雨降，脫屨就功，形骸若鳥獸。然遭亂離焚剽，則常泰然無虞。蓋其色不足貪也，家無積貨可羨也。雖盜賊姦宄，不能不留農夫野婦，耕織以供戰士，而刦辱繫虜，斬刈無遺者，則皆通都大邑縉紳富室之子女也。人事之感召，天道之乘除，蓋有確然而不可易者矣。吾家寒素，敝衣粗食，頗能外內共之，而婦人必求婢女，猶染金陵積習，吾甚懼焉。道希兄弟其與二三婦其勉之！恐余不幸而言之中也。

憶昔姻家有婦惰姑嚴而不相中者，其子頗是其婦。母患之，語余曰：「吾兒所憚者，子也。子爲我訓之！」翼日，余至其家，子婦敬聽。告之曰：「凡爲人子，暱其妻而不責以事父母，是以娼女待其妻也。世有與娼女交而望其孝於吾父母者乎？凡爲人婦，暱其夫而不順於舅姑，是以估客待其夫也。世有娼女而致孝於估客之父母者乎？」歸至家，姑姊妹皆責余曰：「不畏其深怨乎？」余曰：「彼深怨，則心已爲之動矣。」編於家訓，子將娶，則審以喻之。

古者自王后以及列士之妻，皆躬織紝，而庶人以下，則衣其夫。王后之禮職，女史糾之，而監以王之師傅。民家之女功，鄰長稽之，而達於鄉、遂之長。一日廢其職，怠其事，則過愆集之。如是，則貴者安得恣睢以適己，賤者尙敢勃谿於舅姑之側乎？今之士，古之庶人也。繼自今，凡來婦者，縱不能衣其夫，衣裳必自製；以屬工人者，値勿給。

先兄之命曰：「弟林既冠，未娶而夭。吾與汝生常違離，異日三人必共一丘。」康熙辛巳，葬兄於泉井，以弟從。自余遘禍北徙，道希危疾，連年累歲。術者曰：「此陰流入墓之效也。」余始不信，忽夢兄臨大淵，躍入自沈。通書南中，命道希啓墓，鑿土三尺見水，乃起柩權厝，以待卜兆。古者邦墓有定所，民以族葬有定位。自形家之說興，而其術頗有奇中者，何也？管子地員篇：凡泉之淺深，可按視所見之土以測之。豈中原土厚水深，司空之法未亡，相民宅者，皆能脈土以定兆域，而未可以例山澤沮洳之地與？吾友李君岱雲、黃君退谷、劉君梧岡，儒者也，而篤信形家之術，謂：「穴有暈，下三棺則暈破而水入。」余迫於公程，行有日矣。道希兄弟若懲前事而畏形家言，則兄與弟共塚，而余他日別葬，於義亦可。但毋與婦人合，以墮先兄之命。

古者命士以上，祿皆足以仁其族。故晏子相齊，三黨及國之賢士皆取給焉。後世祿薄，仕者無義取之財。吾先人雖宦族，而故鄉遺田，皆上祖力耕而致之。金陵之俗，婦人多外夫家，內父母家。耗貲產於私親，而子孫無一椽之庇者，踵相接也。子欲順於母，而不恤母族，非義所安。然必身所自致，然後得專。以上祖之所遺，兄弟子姓之所賴，而偏厚焉。家之睽，必自此始。其有喪葬不舉，急難無告者。竭妻子之私財以佐之；無有，則與兄弟審度而助之。妻之族亦如之。

婦人之性，鮮知大義。兄弟同財，則怠於家事，委積蓋藏，坐視耗蠹。甚者，爭爲侈靡。吾子孫之以大功同財者，苟不能同爨，則均其歲入，而各私爲奉養。豐年存十之二，儉歲十一，公貯之以備喪葬婚嫁；猶愈於離居析產，不肖者甘蕩棄，而兄弟不得問也。吁，薄矣！清澗白氏四世同爨，婦人服用有經，雖母家送嫁服物亦貯公所。繁昌徐季子同產五人，兄弟有子二十餘。季子年二十二，喪妻及子，遂鰥居治家事。兄弟之子耕者、賈者、授徒客遊者，絲粟不入私室。男女少長近百人無違言。余杪秋遇其兄之子於魯港，具言如此。然則子弟有不可教者，父兄其省諸！婦人有不可化者，男子其省諸！

己酉四月又示道希

示道希：旬月以來，我胸氣結塞如有物，食飲日衰，左股蹩縮，蓋痛受命於兄，垂老而棄之也。痛道永不能以義懸衡，汝惑焉，我爲大親而不能正也。

三叔父之沒也，汝父泣曰：「吾三人生常違離，弟中道夭，吾與若逡死皆有恨。弟未娶，無子女以寄吾愛。異日吾兄弟當同丘，不得以妻祔。」遂以告於大父、大母及汝母、叔母蔡氏，以爲成命。是約也，豈惟億叔父之靈，亦陰以釋大父、大母之隱痛也。汝父及叔父合葬二十餘年矣，非以陰流入墓而起厝，汝兄弟能發掘而以母祔乎？大父大母之終，第知叔父與汝父之魂魄相依，而不知其終判也。

「百歲之後，歸于其室。」尤婦人所切心，而卜兆泉井時，汝母無幾微見於顏面，是心知汝父之義，而欲成其美也。汝母之終也，汝父起厝復數年矣，亦嘗教汝兄弟借父之命而以己祔乎？今而違焉，豈惟戕父之心，抑亦毀母之義矣。

昔朱子斷「濮議」，以爲「試坐仁宗及濮王於此，則決知其不可。緣衆人以死後爲無知，故惑亂耳」。試立汝父於此，見汝兄弟違命而遂非，痛疾將何如？孔子曰：「汝安則爲之。」我衰疾隔遠，生世幾何？不復贅語矣。道希得札，依古族葬，而少變以從宜。卜兆將甸，可論公居中，先兄、亡弟同穴居右，先嫂、亡妻同穴居左。故存此札，以志其不違父命，由篤信予言，且以解戚友之惑也。自記。

壬子七月示道希

來札稱鮑甥孔學及汝女壻吳生元定、光生大椿學誦益專以慤，乞言以進之。夫學非專且慤之難，貴先定所祈嚮耳。

己卯之冬，余信宿河間令孫岵山署中。值迎春，部民效伎於庭。植雙竿，繫索而横之。有女子年可十四五，緣竿而升，徐步索上，舞且歌，不側不墜。俄設重案，臥而仰其足。衆舁五鈞之甕，以足承轉而運之如丸。良久，然後衆掣而下。觀者皆色然駭而雜以譁笑。余獨閔且懼焉。夫索横於空，猿狙之所不能履也。五鈞之甕，壯夫所難負戴，而弱女以足盤之。蓋利重稽而竭其心與力以馴致焉耳，不重可閔乎？

君子之學，所以復其性也。三才萬物之理，生而備之，而古聖賢人所以致知力行以盡其性者，具在遺經。循而達之，其知與力，可以無所不極。然其事不越人倫日用之常，非若横索而履之，與以足運甕於高空之危且艱也，而有志於斯者則鮮焉。蓋謂是非有利於己之私，而無可歆羨焉耳。

故學誦之專且慤：有以爲名與利之階者矣。有思以文采表見於後世者矣。又其上則欲粗有所立，資以稍檢其身，而備世之用焉。又其上則務復其性者，是也。三生者，吾何以進之哉？達吾言，而使自審處焉，可矣！

家傳　誌銘　哀辭

大父馬溪府君墓誌銘

苞先世家桐城，明季，曾大父副使公以避寇亂，之秣陵，遂定居焉。吾父出贅，留滯棠邑凡十年。苞生六年，大父司訓於蕪湖，吾父始歸秣陵舊居。計此生，惟大父承公事至秣陵，苞應試皖桐，道蕪湖，得暫相依，其時可稽日可數也。

江南土薄，葬非其地，水蟻必宅焉。故高祖太僕公家桐城，越十餘年而葬秣陵。曾大父家秣陵，越數十年而葬繁昌。大父之終也，吾父及叔父御柩歸桐城，以大母權厝秣陵，數十年而未得葬也。及遘宗禍，近支皆北徙。諸弟倉卒葬大父及叔父母於所居之梁莊已十年，而術者曰：「陰流入壙矣，禍猶未已。」啓之信然，復出而攢焉。

今天子嗣位，布大德，赦吾宗還鄉里。苞蒙恩給假，歸葬父母。復奉大父柩，自桐城來秣陵。痛少時以家貧，迫生計，未得時依大父。及冠後，從錢飲光、杜于皇、蒼略諸先輩遊，始知大父文學爲同時江介諸公所重。大父官蕪湖，兄舟實從，凡七年。每語余曰：「大父之仁也，曾王父未葬，一飯不忘。春秋時享及令節良辰，未嘗不嘘唏終日。」嗚呼！大父之葬，未卜何期？而苞自忖，則生世無幾時矣！乃略敍改葬之由，以付兄子道希而待事焉。大父處境順，無由爲卓絶之行，而官甚微，士皆務科舉之學，教之所及亦淺，故不敢漫述，惟自痛咎愆之積而已。

大父諱幟，字漢樹，號馬溪。年十一，入安慶府學。以歲貢生，爲蕪湖縣學訓導，遷興化縣學教諭。告歸，卒於蕪湖，時康熙丁卯七月也，年七十有三。大母吳孺人早世，葬江寧縣南周村，穴甚狹，不容合葬。子三人：長伯父，諱綏遠；次吾父，諱仲舒；次叔父，諱珠麟，庶祖母王氏出也。女七人，皆適士族。以某年某月某日，葬於某鄉某原。銘曰：

營之艱，宅之寧，以庇我後生。

台拱岡墓碣

先考妣既卜葬於台拱岡之七年，不肖子苞始得請假，歸視窀穸。雍正二年五月望前二日，至自京師。郊宿，越翼日丙辰，展墓。卜日，得六月丁酉。穿穴視燥溼，始反土而定封焉。

嗚呼！昔我先妣姚孺人早亡，吾父更出贅。時外祖官罷客死，家貧。內御者一人，老不任事。吾母縫紝浣濯，洒掃烹爨，日不暇給。吾兄弟疾病啼號，則吾父保抱攜持焉。五歲課章句，稍長治經書、古文，吾父口授指畫焉。其後自棠邑遷金陵，益窶艱。己巳、庚午間，日食始能再，而弟林死。苞與兄舟客燕、齊，歷歲移時，不得一歸省，歸則計日以行。至庚辰，誓不更違二親遠遊，而逾年兄又死。每當弟與兄忌日、生辰，及春、秋、伏、臘令節，吾母先期意色慘沮，背人掩涕，過旬猶不能平。吾父則召親賓劇飲，號呶以自混。或遊郊野，沈瞑然後歸。自苞省人事，未嘗見吾父母有一日之安也。

吾父之歿也，宅兆未營，而不肖子以南山集牽連赴詔獄。會宗禍，有司奏宜族誅。聖祖仁皇帝哀矜，並免罪，隸旗伍，而命苞給事內廷。戚友御吾母以北，衰病纏連。不肖子服公事，晨入夜歸。又自首夏至杪秋，必祗役塞上，不得在視起居寒燠。吾母之歿也，會返役，得視含斂，而喪南還附漕船，不獲躬扶柩至潞河。以人事之常計，此生不得復見先人之塋墓矣。故據戴記境外不俟之禮，使兄子道希、道永奉大父母柩，以戊戌二月壬寅葬於南鄙石嘴之台拱岡。

如天之福，今皇帝嗣位，推廣先帝遺德，恩詔特原牽連入旗者，赦歸鄉里。吾祖宗塋墓有主，而不肖子得視窀穸，負土以終事。且承聖制，謂以苞故而宥及全宗。吾父母而有知也，其戴聖主無涯之德，而爲不肖子悲喜當何如？故敬告以妥靈，且碣於原，俾世世子孫，知謹身寡過，爲匹夫而常守塋墓之難也。吾父生平，宋潛虛既論次爲家傳。吾母之喪，故江寧太守長沙陳公鵬年適在京師，豫爲銘幽之文。其言視不肖子苞爲可徵信於後世，故弗更著焉。

先考字南董，號逸巢。生於明崇禎十一年十一月十六日寅時，卒於大清康熙四十六年十月初四日亥時。先妣姓吳氏，知同、光二州、同知紹興府事諱勉長女。生於崇禎十五年正月十五日子時，卒於康熙五十四年十二月初九日午時。子三人。女五人。伯氏、仲氏，姚孺人出。姚孺人從葬祖姑趙恭人墓側，距今七十有五年矣，不敢遷祔新阡，懼魄體之動也。七月朔後五日，男苞述。

先母行略

吾母姓吳氏，先世莆田人，後遷京師。外祖諱勉，爲名諸生，貢成均，知同、光二州，同知紹興府事。以直節忤其地權貴人，罷官，流轉江、淮間。於吾宗老塗山所，見先君子詩，因女焉。

吾母生而靜正，誠意盎然，終身無疾言遽色。五六歲時，外祖每曰：「吾宗衰，此女乃不爲男兒。」遇經、史中女事，必爲講說。及歸先君子，不及事姑，或語及先王母，輒哽咽欲淚。前母姚孺人遺女二。次姊少桀傲，母呴濡久而悔悟，勉爲孝敬。

先君子中歲尤窮空，母生苞兄弟及女兄弟凡六人。一婢老不任事。縫紝、浣濯、洒掃、炊汲，皆身執之。方冬時，僅敝絮一衾，有覆而無薦。旬月中，不再食者屢焉，而先君子喜交游，江介耆舊過從無虛日，必具肴蔬，淹留竟日。母嘗疽發於背，猶勉強供事。十餘年，無晷刻休暇，而先君子性嚴毅，絲粟不治，客退，必詰責不少寬假。母益篤謹，無幾微見於顏面。及先君子將終，惻然曰：「與若共事五十年，若於我，毫髪無愧也。」

母性孝慈，而外祖父母及舅氏皆客死；繼而吾弟早夭，兄及姊適馮氏者復中道夭。默默銜悲憂，遂成心疾。六十後，患此幾二十年。每作，晝夜語不休，然皆幼所聞古嘉言懿行，及侍父母時事，無涉鄙倍者。卧疾逾年，轉側痛苦，見者心惻，而母恬然，時微呻，未嘗呼天及父母。既彌留，苞及小妹在側，無戚容悲言，恐傷不肖子之心也。生平未嘗一語詈僕婢，而能使愛畏，不敢設欺詐。卒之後，內御者老幼悲啼，過於子姓，不可曲止焉。男苞泣血述。

沈氏姑生壙銘

姑次居六，繼室於沈氏，嫁愆期，年二十有六矣。夫故失愛於父，常孤行遠遊。姑年三十有一而夫死，無何舅亦死，羣叔離異，獨挈幼女及前娣之子以居。子將冠又死，而女贅陶氏子良，遂依焉。

先君子於諸姑貧者月有餽，而姑未嘗言貧，被服必潔以完。苞客遊，家居日稀，曾不知姑之艱也。姑老矣，偶祖內襦，補綴無間咫搧者，因泫然曰：「此未足言也。吾始寡，沈氏以爲贅疣。居荒園，日夕擷野蔬，聚落葉而炊之。每陰雨，則持二孤以泣。時汝祖老，汝父貧多累，故不敢告，以重父兄憂。至於今，於吾爲寬矣。」苞自倦遊歸，喪葬婚嫁無虛歲。又女兄弟五人，皆貧不能自存。雖知姑之艱，未暇爲謀。常私自忖，以爲生養死藏，吾終當任之，而今無望矣。

苞難後，姑見家人必號痛。今年春以書來，曰：「吾居世幾何？將竄於夫之兆。姪銘之，及吾之見也。」先君子女兄弟凡十人，今其存者，惟姑與小姑耳。姑年七十餘，苞淹恤無期，而今乃誌姑之生壙，尙何以舉其辭邪？

姑之夫諱某，武舉人。其卒也，距今康熙己亥，四十有一年。墓在江寧縣某鄉某原。

銘曰：

嫠終世，婦事畢。百歲之後歸其室。

兄百川墓誌銘

兄諱舟，字百川。性倜儻，好讀書而不樂爲章句文字之業。八九歲誦左氏、太史公書，遇兵事，輒集録，置給衣中。避人呼苞，語以所由勝敗。時吾父寓居棠邑留稼村。兄暇，則之大澤中，召羣兒，布勒左右爲陣。

年十四，侍王父于蕪湖。踰歲歸，曰：「吾鄉所學，無所施用。家貧，二大人多無絮衣。當求爲邑諸生，課蒙童，以贍朝夕耳。」踰歲，入邑庠，遂以制舉之文名天下。慕廬韓公見之，嘆曰：「二百年無此也。」自以時文設科，用此名家者僅十數人，皆舉甲乙科者。以諸生之文而横被六合，自兄始。一時名輩皆願從兄遊，而兄遇之落落然。江西梁質人、宿松朱字緑以經世之學，自負其議論，證嚮經、史，横從穿貫。聞者莫不屈服，而兄常默默，退而發其覆，鮮不窒礙者。苞謂兄：「盍譬曉之？」曰：「諸君子口談最賢，非以憂天下也。」

兄長余三歲。兒時，家無僕婢，五六歲即依兄臥起。兄赴蕪湖之歲，將行，伏余背而流涕。其後少長，即各奔走四方。余歸，兄常在外；兄歸，余常在外。計日月得與兄相依，較之友朋之昵好者，有不及焉。兄常曰：「吾與汝得常家居，俾二大人無離憂。春秋佳日，與二三同好步北山，徘徊墟莽間，候暝色而歸，吾願足矣。」及庚辰四月，余歸自京師。七月，兄歸自皖江而疾遂篤，未得一試斯言也。

弟林先兄十歲卒，兄欲於近郊平疇買小丘自爲生壙，而葬弟於其側。辛巳四月，余爲弟卜地於泉井，夢土人云：「伯夷今葬是。」余不忍廢兄之命，遂以次年三月十六日，遷弟柩與兄幷葬其村之北原。兄歿於康熙辛巳年十月二十一日，年三十有七。娶張氏。子道希、道永。銘曰：

不若于道者，天絕之。胡體其所受而至于斯？矧材與志，古固有不遂而又何悕！

弟椒塗墓誌銘

吾弟既歿且十年，吾與兄奔走四方，尙不能爲得一丘之土，而兄亦以憂勞致疾，卒於辛巳之冬。踰年春，始卜葬於泉井之西原，而以弟祔焉。

自乙卯以前，吾父寓居棠村。弟始孩，依母及羣姊，而余依兄。戊午後，兄侍王父于蕪湖，而弟復依余。自遷金陵，弟與兄幷女兄弟數人皆瘖痏，數歲不瘳，而貧無衣。有壞木委西階下。每冬月，候曦光過檐下，輒大喜，相呼列坐木上，漸移就暄，至東牆下。日西夕，牽連入室，意常慘然。

兄赴蕪湖之後，家益困，旬月中屢不再食。或得果餌，弟託言不嗜，必使余啖之。時家無僮僕，特室在竹圃西偏，遠於內。余與弟讀書其中，每薄暮，風聲肅然，則顧影自恐。按時，弟必來視余；或弟坐此，余治他事，間忘之矣。

弟性警敏，雞鳴入市購米薪，日中治家事。客至，佐吾母供酒漿。日入誦書，夜參半不寐。體素羸，吾與兄數戒之不得，竊恨焉。果用此致疾。方弟之存，家雖貧，父母起居寢食，毫髮以上，弟皆在視，得其節。弟歿，吾與兄勤志之，輒復遺忘。吾父喜交遊，與諸公夜飲，或漏盡乃歸。旬月中，間者僅三數日耳。弟恆令家人就寢，而已獨候門。及余繼之，則困不支矣。

弟疾起於丁卯之冬。時余與兄避難吳中，弟偕行，咯血，隱而不言，血氣遂大耗。其卒也，以齒牙之疾，蓋體羸不能服藥也。先卒之數日，余心氣悸動，父命避居野寺。弟彌留及夢中呼余不已。嗚呼！昔之人常致死以勤禮，余未有大疾而廢焉，悔與痛有終極邪！

弟初名棠君，後更名林，字椒塗。卒於康熙庚午三月初四日，年二十有一。銘曰：

天之於吾弟吾兄酷矣！使弟與兄死而余獨生，於余更酷矣！死而無知則已；其有知，弟與兄痛余之無依，毋視余之自痛而更酷邪！

鮑氏姊哀辭

鮑氏姊幼名且，前母姚孺人出也。吾母繼室，姊七歲。苞之生，姊年十有二矣。時吾父寓棠村，家無僕婢，獨以苞屬姊。絕乳，食必啼。姊抱持，且行且食之，食竟乃止，遂以爲常。

姊夫，鮑氏庶長也。君母嚴，姊敬事焉，因以庇所生之姑。有姒恣睢，負嫡勢相陵。兩家僕婢嘖嘖。姊於弟妹，未嘗一語及之。父母有問，則稱嫡姑均愛。姊歸三歲喪夫。逾年，一子殤。撫姒所生女，久之又撫其子，皆深愛如己出。既老，相視泛泛，姊嘿然也。一日，蹙而不能興。苞赴詔獄，姊適送女越境，無由語訣。又十有四年，蒙聖恩許假歸葬，而姊臥疾已經年矣。每見苞，則嗚咽不可止。用此，過旬乃敢一往視。比北上登程，五旬有五日而姊卒，時雍正三年三月二十九日也。

苞性劣而遇屯，於父母兄弟尠不遺恨者，而未若姊之深。苦不能悉，生不能依，疾不能養，又無子女以寄其愛。嗚呼！苞其若此心何哉？姊夫卒以瘵，既葬，仲復羸疾。其家用俗忌，發而焚焉，未知兆安在？聞姊喪，命兄子道希相視諏度，然後以姊祔。歲將除，問未至，無以攄吾哀，乃涕泣而爲楚言。其辭曰：

幼而苦辛，乃義之服些！天命早寡，亦未云酷些！崎嶇隱憫，遭是則獨些！既息以死，猶淹衾褥些！胡爲大年，俾饜此毒些！

鮑氏妹哀辭

雍正六年秋八月朔後三日，始聞鮑氏妹之喪，距其卒百二十有七日矣。兄子道希懼余盛夏病不勝哀，故緩告。

妹爲先君第四女，渾厚靜默，於先母爲近。幼共饑寒，諸姊嫁後，佐母治家事。歸鮑氏子季昭。其伯兄孟虎，即伯姊夫也，早夭無後，家以漸落。仲尙能少蓄藏，及季受室，則掃地無遺。與仲分日供二親及亘嫂食。姑夙愛仲婦。及晚歲，每語人曰：「季婦良苦，值主饋，吾食飲常得節。」適伯姊之終，困牀席累歲，妹侍尤勤。

嗚呼！自吾弟吾兄早世，女兄弟五人各窶艱。惟馮氏姊及妹有子，而馮氏姊中道亡，伯姊次之，今妹又次之。其存者：謝氏妹羸疾經年，弗瘳；仲姊歸曾氏者，蹩而弱足。顧念死者生者，尙安用久留此衰疾羈孤之身於人世邪？

余竟世爲羈；屬有天幸，父母兄弟及馮氏姊之喪皆會余歸期，得親含斂。惟伯姊及妹，過時然後聞。抑自伯姊以前，每有凶咎，無在側與否，必先見其魄兆，而妹獨無。豈余混混塵事中，不復能自存其清明之氣邪？抑心之精爽至是而消亡邪？乃爲文以攄余哀，俾道希薦告於殯宮。其辭曰：

嗟予同氣，性和壹兮！命則坎屯，鮮安吉兮！汝雖貧約，家室寧兮！惟是戚屬，涕淚盈兮！二昆瘥札，兩姊嫠兮！存者三人，疢阨兼兮！鄉予在難，慘未別兮！老母北轅，痛永訣兮！昔歲生還，相慰撫兮！送我階庭，遂終古兮！生叢百憂，如縢紲兮！死果無知，解此縣結兮！

謝季方傳

此先生妹適謝氏者，標題與秦仲高一例。先刻誤改謝氏妹，今正之。壬子十月，鈞衡識。

先君子五女，妹生最後，適謝氏子師錫。其祖國初督學山西，饒於財，子姓習侈縱偷苟。妹始嫁，家中落而未盡，妹夫尚多紈袴之好。妹性簡默貞靜，不相中，時被陵暴，戒女從者勿聞於二親。余間訊之，含淚終不言。數年中，舊業盡摽，薪米半吾家嘗給。妹夫嘗遘厲疾，危在旦夕，余往視。妹私謂余曰：「死生命也，恨無子。本生姑在堂，而兄公小叔皆貧不能自存。將若之何？」蓋懼身無依，歸母家，而不能顧其姑也。

余難後，供奉蒙養齋。妹送母至都門。每孟夏余出塞，迫冬始還。老母起居，惟妹是依。間語苞曰：「汝妹名寧壽，今果送吾老。古云：『初生所命，多爲終身徵兆。』理果有是哉！」母終，遺衣物付妹。妹南歸，盡棄以買妾，生一子。自是以後，每隆冬，常質繭衣複孺，忍寒凍，而不忍妾與孺子饑。余命道希兄弟：計口計日致米蔬薪膏，供億其家，而奉妹於吾家。妹忽忽不適。問故，曰：「吾不與家人共寒饑，心不能安。」一歲中，必數歸視，未旬日，衣裳鮮在笥者矣。先人家則：肉食有常期。妹每言不喜茹腥，而取其錢市果餌以食孺子。

嗚呼！女子處饒樂而家室和平，易爲賢耳。昔先君子不治生産，而好交游。家無僕婢，吾母踰五十，猶日夜從竈上埽除，執苦身之役。然先君子所交，皆楚、越遺老，鄉邦俊人，古義尚可以自慰也。若妹之艱貞，則幾於易所謂「明不可息」者矣。其事雖族姻，妹不欲使聞知，而余乃筆之書。蓋天下後世欲明婦順者，不可不更備此規軸也。

嫂張氏墓誌銘

嫂姓張氏，江寧人。年二十，歸吾兄。先君喜交游，四方耆舊及里中執友相過日數輩。自嫂歸，兄督就中饋，老母始少得休息。余受室，妻蔡氏從嫂供事，多不逮，用此志不相得。及蔡氏亡，二女依嫂以居，少者痘。先母語余：「女證危，氣息觸人不可耐。世母保抱攜持，意色不厭，亦人情所難也。」

自先君歿，冢婦持家。余以老母盥饋及家事數責讓，嫂常含怒。及余遘難，盡室北遷，幼女復依嫂以居。撫之，不異於所生。吁！此雖嫂之明，抑吾母淳德及吾兄身教之所漸漬也。

余兄弟三人，弟林未娶而夭。余與兄奔走衣食，生常違離。兄將終，遺命：「三人必同丘，婦皆别葬。」康熙壬午，兄及弟卜宅泉井之西原，近二十年。以陰流積壙，起厝復數年，而地不可得。

雍正六年正月，余在京師。兄子道希訃母喪，且請誌。以文律按之，婦從夫，宜附誌，而兄有成命，嫂當别葬，則特誌無妨也。兄既有前誌，而嫂葬無期。余衰羸，恐不逮事，乃豫爲誌，以慰道希兄弟之思。

嫂年六十。卒以雍正五年十二月十二日。子二：長道希，次道永。女一，適喬氏子。嫂素無疾，邇歲諸孫盡殤，又爲姻家所累，家益落，隱憂自懟，馴至大疾。嗚呼！是重可哀也。銘曰：

從夫教，義克明。有子而良，終延世以蕃昌。

亡妻蔡氏哀辭

妻蔡氏名琬，字德孚，江寧隆都鎮人，以康熙丙戌秋七月朔後二日卒。在余室，凡十有六年。

自己卯以前，余客京師、河北、淮南，歸休於家，久者乃三數月耳。自庚辰至今，赴公車者三。侍先兄疾踰年，持喪踰年，而吾父自春徂秋，必出居特室，余嘗從焉。又間爲近地之遊。其入居私寢，久者乃旬月耳。余家貧多事，吾父時拂鬱，旦晝嗟吁。吾母疲痾間作。吾與妻必異衾裯，竟夕無言。妻常從容語余曰：「自吾歸於君，吾兩人生辰及伏臘令節、春秋佳日，君常在外。其相聚，必以事故不得入室。或蒿目相對，無歡然握手一笑而爲樂者。豈吾與君之結歡至淺邪？」

余先世家皖桐，世宦達。自遷江寧，業盡落。賓祭而外，累月踰時，家人無肉食者，蔬食或不充。至今年，余會試，注籍春官。歸踰月而妻卒。妻性木強，然稍知大義。先兄之疾也，鷄初鳴，余起治藥物。妻欲代，余不可。必相佐。又止之，則輾轉達曙，數月如一日也。壬午夏，吾母肝疾驟劇，正晝煩瞶不可過，命妻誦稗官小說以遣之。時妻方娠，往往氣促不能任其詞。余戒以少休。妻曰：「苟可移大人之意，吾敢惜力邪！」

余性鈍直而妻亦戇，生之日未嘗以爲賢也。既其歿，觸事感物，然後知其艱。余少讀中庸，見聖人反求者四，而妻不與焉，謂其義無貴於過暱也。乃余竟以執義之過而致悔焉。甚矣！治性與情之難也。

蔡氏在江寧爲儒家。妻生男二人，皆早殤。女二人。其卒也，逾未彌月，蓋自懟以致疾也。年三十有七。于是流涕爲辭以哀之曰：

惟在生而常捐，乃既死而彌憐。羌靈魂其有知，併悲喜於余言！

兄子道希墓誌銘

道希，吾兄百川長子也。性淳一。兒時，果珍在前，不予不求索。多病，苦藥物。予視之，則斂容而飲。大父母愛之，每以忘其憂。年十七，入縣學，課試必高等。以家禍，遂棄舉業，力持門戶。

余初被逮，偕縣令蘇君以特召白吾母。及邀寬法，老母北上，終不知余之在難，以道希能巧變以安大母也。時弟妹皆幼，內憂外患，獨身當之，遂得危疾，連年累歲。吾母卒後。入省余者再，疾皆動。每切戒毋更至。及終母喪，迫欲依余。余發家書，必申前諭。乾隆元年，詔舉孝廉方正。四年冬，旅見，上有褒語，命仍應制科。會弟道永通判京兆，僕隸設詐得財，事發，朋謀誣汚主人以自脫。道希氣噎；及聞其弟受刑，自日未中以至於昏。大慟，遂沉篤。厥後大小司寇親訊，卒得昭雪，而道希疾不可振矣。

自先兄與余依古禮經定齋期喪次。余雖在外，遇期、功，道希必率諸弟出次。始成童，喪余妻，啼號如失怙恃。大母及余設辭多方，不能曲解也。余子女五人，愛道希或過於同生。其卒也，年五十有四，在余側不異爲孺子時。余視之亦如孺子。平生無一言一動，使余心隱然不適者。茲來盡室以行，蓋將送余之終，而余乃視其棺斂。其妻子又以道永之禍，窘急遄歸。余惡能無恨哉？然於道希繾綣依余之心，則可以無恨矣。

道希卒於乾隆六年正月十八日。妻岳氏，工部主事岳康女，有賢行。生子仁，聰明和順，十歲而殤。女二人。繼室以其妹，無子，以道永之長子惟敬嗣。某年某月某日葬於某鄉某原。銘曰：

雖離憖以終世，實無忝於所生。我憑當心，兩弟在旁。安歸泉塗，汝毋惻傷！

兄子道希婦岳氏墓誌銘

雍正九年九月望後二日，日既夕，余歸自海淀，渴且饑。會兄子道希婦岳氏訃至，家人進糜粥，甫入口，氣上逆而止，夜不能寐。蓋悲余在難，顛危困迫，惟道希首當之，而婦實共之。又念道希貞疾垂老，既喪其良子，而又亡其妻，益無以安其身也。

岳氏來婦，先兄之歿久矣，事余極恭順，而事姑之禮或未詳，余時督教。及余難後，越十有三年得假歸葬，則姑姊妹翕然稱冢婦之良。岳氏有子曰仁，生十年而殤。其生及殤，余皆未之見也，而聞其聰明淳篤，秀出於衆。其夭也，家人咸爲感傷，而忍心者，或用以相詬誶，冢婦常示之以默。衆尤以爲難。

余自有知識，見族姻里閭以及四方所傳聞，凡婦人之邪惡而作慝於夫家者，動數十年無止息。甚者名辱家毁，而其身乃康強而考終。其賢者，非貧病無子，則不得於夫；其當於夫必早寡，或中道而隕其生。嗚呼，咄哉！

余生世幾何？自先祖暨先兄、亡弟，皆以陰流入壙，出而攢，已逾十年。若亡妻，若兄孫仁，若嫂氏，先後權厝近郊者，纍纍焉。岳氏之葬，未卜其何年也？憫其賢而無子，又不得與夫偕老，故豫爲誌銘以畀道希，且以紓其哀。岳氏，四川涪州人，工部主事康之女，卒於八月望前一日，年四十有六。女二人。銘曰：

生無逆於倫，死有思於人，亦何恨乎無身。

兄孫仁壙銘

兄子道希有子曰仁，余北徙後始生於金陵。昏昏塵事中，未暇詰其性質何等也。雍正元年，吾宗邀恩赦，除旗籍。秋八月，將遣妻子南歸，祭告於考妣。既餕餘，南書至，則仁死矣。余感而疾，逾月弗瘳。蓋先兄之子二，而在孫惟仁，曾祖副使公以後之宗子也。其父之書曰：「兒弱植，自四五歲得氣疾，旬月必作，痛苦不可忍。少間，則不待督課，而盡志於書。生十年，通四書、毛詩。每叩疑義，輒困其師。夕返內舍，數舉經說，以開姑姊妹。死之日，自恨曰：『仁，不孝之子也。自今吾父母、大母弗得寧矣。』」

嗚呼！仁之生，適當吾宗禍氣之興。其父母震動播越，則受氣之不完，固其理也。然造物者既不欲假以生，而特賦以清明醇懿之性質，何爲其然哉？

仁生於康熙五十三年三月，以雍正元年八月殤，葬於江寧南門外。銘曰：

家禍寧，爾命傾。繄神者之不弔，而畀以毒余之中情。

七思

兄百川先生

憶生小兮棠之鄙，兄束髮兮余毀齒。招羣兒兮布行陣，據岡陵兮畫營壘；比受書兮心開，莘野、傅巖兮神往來。聞四鄉兮捐瘠，憂旱蝗兮忘寢食。既移家兮白門，兄侍祖兮蕪江墳。念二親兮背膺胖，語含悽兮夜達旦。

既浹歲兮來歸，歎愚迷兮不自知。親長艱兮子職失，顧外此兮安所恤？勤俗學兮召生徒，盎無儲兮椸無襦。各掉臂兮分馳，心搖搖兮天一涯。杳祁寒兮暑雨，温凊常違兮後難補。暫飲水兮啜菽，依庭帷兮勿再出。兄返棹兮秋清，喜相持兮心暗驚。上高堂兮強笑語，疾已纏身兮瘀心腑。困藥石兮經年，志氣清明兮命不延。謂正終兮毋黷，將絓纊兮猶齊遫。誘二老兮安眠，喻妻兒兮勿前。瞑移時兮忽張目，申余戒兮情尤蹙。

嗟童稚兮相隨，動止因依兮不暫離；視燠寒兮戒走趨，恩勤如母兮義兼師。長飢驅兮僕僕，痛乖分兮苦相勖；存夜氣兮懼梏亡，警畏途兮虞莽伏。恨余頑兮弗醒，終擿埴兮冥行。疎周防兮罹罪罟，憂病母兮離鄉土。負親恩兮悖兄訓，撫寸心兮難自問。永思騫兮百感集，腸繚轉兮嗟何及！

弟椒塗

兄始赴兮鳩茲，余心孤兮類狂癡。母挈弟兮畀余，寢食相依兮漸坦夷；弟垂髫兮能內事，左右無方兮達親意。吾翁夜遊兮星斗闌，弟唫誦兮待更殘。迓親賓兮拂几席，竈下煎和兮助母力。

嗟余繼兄兮數行遊，弟居守兮憺無憂。歲己巳兮秋雲黮，宵濟澄江兮幽夢感。荆榛四塞兮塗冥冥，連山赤黑兮延火炁。余呼弟兮毋前行，弟赴火兮如紘驚；叫天觸地兮悲塡膺，忽寐覺兮心怦怦。竭來歸兮歲將畢，弟果遘兮齒牙疾；厲熏心兮苦自匿，懼骨肉兮憂思逼；涉季春兮月生魄，命遐終兮阨鬼伯。

哀吾生兮負人紀，恨於弟兮無倫比。饑缺食兮寒思緜，縈苦辛兮夜不眠。惜寸晷兮繹經書，每發問兮心開余；余卞急兮多馮怒，弟愉婉兮徐相喻。謂行修兮德可成，嗟中道兮隔幽明。當沈疴兮正瞑眩，余懷憂兮體忽變。重愛身兮輕失義，既彌留兮忍相避。弟卒前六日，余外腎忽蹙縮入腹內。爲醫者所嚇，避居野寺。痛入天兮悔莫釋，死自罰兮終何益？余庚戌立秋前二日，疾病作。遺令：斂時袒右臂。

伯姊

余髫角兮未生齒，持負嘘呵兮屬伯姊。姊年先兮一紀，動息無違兮宮事理。幼學步兮奔騰，重強負兮危能升；姊俄瞬兮心經，食爲吐兮櫛爲停。

逮纁袡兮辭姆，承兩姑兮心獨苦。介恃嫡兮競横，冢婦撝謙兮不敢並；時歸寧兮母有問，稱姑慈兮似無愠。年過二十兮卽爲嫠，侍食重闈兮逮事祖姑。苦抑悲。姑旋亡兮子并夭，昏夢悲啼兮寤辟摽。中歲長齋兮祝嫡姑，宵旦依依兮臥起扶。

幸有妹兮四妹亦歸鮑季子。爲宛若，謂餘生兮將有託。夫之弟子兮弟之女，嗣爲婚姻兮力機杼；門內團欒兮聚親屬，菽水能供兮得安處。大命至兮天時懟，晝立清庭兮忽顚躓。

枕席吟嚘兮累年歲，初言譫兮既魂悸。

嗟余告歸兮姊在牀，語不辨兮淚盈眶。每一見兮增悲瘁，不經旬兮不敢視。迫公程兮作死別，及半途兮姊萎絕；痛在世兮常生離，永負心兮更何說！

仲姊

姊墮地兮前母亡，母鞠育兮懷閔傷。恩雖勤兮教未執，女事煩勞兮多不習。既有家兮不相中，賴姑慈兮尚無鬩。中歲姑亡兮家益落，竟世飢寒兮常嗃嗃。姊夫既耄兮病沈堙，五易春秋兮伏枕茵。竭蹙宵晨兮併百憂，年過七十兮影無儔。天難呼兮惟自愍，力敝心灰兮命亦盡。

嗟姊疲瘵兮復踰年，地闊天長兮心目懸。念先妣兮歿賚志，惟姊存兮愛可寄；伯姊殂兮姊繼之，痛骨脈兮更無遺。有女新嫠兮生事窒，吾身後兮宜勤恤。

三姊

昔吾父兮不憂貧，拚掃炊烹兮母實親；兩姊出嫁兮家無人，姊孩稚兮備艱辛。弟妹啼號兮強飭力，夜倒衣兮晝忘食；剝啄聲喧兮庭有客，趣殺蔬兮理盤槅；嗟余兄弟兮常危疾，姊在視兮時銜恤。勤藥物兮籲神靈，每竟夕兮燈熒熒。

年逾二紀兮復愆期，入贅期周兮始授綏。姊夫歲出兮守閨窬，養公姥兮尤勤劬。米薪強半兮母家索，潔饋食兮甘糠覈。苦遭長叔兮性儃僈，養不顧兮偏工譏。稚子寒衣兮不蔽膝，謂兄嫂兮餘私積。朝進食兮暮加衣，姑含怒兮滋乖違；膈噎經年兮隱自悲，命在須臾兮畏母知。

弟早熠兮兄繼萎，余天涯兮身係羈。念姊仁恩兮常惻惻，心欲報兮無終極。余盛夏兮始來歸，姊初秋兮與世辭。志長賫兮更誰訴，情寃見兮惟泉路。

妻蔡氏

之子歸予兮歲將暮，獻歲燕南兮就知故。吾父吾兄兮書問傳，定省温恭兮介婦賢。暑霑襦兮寒栗膚，隨冢婦兮饋中廚。日月相踈兮歸路遠，十載崎嶇兮轡三返。誓言息足兮守故丘，兄攖危疾兮母沈憂。予茫洋兮若無歸，妻左右兮事無違；晝娛姑兮誦古記，夜助我兮歛荆燧。時方娠兮苦無力，氣弱心孤兮強自飭。

哀吾生兮長卒卒，逐公車兮復再出。丙戌首夏兮經邗溝，生徒請業兮爲淹留。願假園林兮奉老親，四序皆宜兮景物新。歸告高堂兮欣有託，入室申言兮理行槖；秋期近兮一葦杭，自今與女兮同安樂。謇將言兮容忽靦，「吾與君兮結懽淺。別常淹久兮見常稀，會當行兮事或舛。」嗟斯言兮竟成讖，閱月身亡兮若弦翦；二親含慼兮顏不開，稚女求哺兮淚常泫。

踰歲旻天兮降鞠凶，吾父康强兮命亦終。衰麻釋兮刑禍延，闕木索兮復連年。寬刑書兮編禁伍，母依子兮來江滸；望關河兮阻深，衰疾煢煢兮遡風雨。念吾妻兮若未死，寢食扶將兮尙可倚。妻早逝兮免憂煎，獨予身兮積疢愆。

兄子道希

春陽兮載歊，白日兮昭昭；而杳杳兮即長夜，患吾心兮若焦。而出腹兮呱呱，吾二親兮色愉；比齒生兮含粒，盡室歡忻兮相告語。時風咳兮寒瘠，嗟余弟兮重煩勞。安汝眠兮畏汝驚，保抱終宵兮圈豚行。

歎門祚兮衰殘，失所怙兮常欒欒；及受室兮歲三遷，祖重承兮泣血漣；既脫衰兮余遘難，宗禍延兮天屬散；內機辟兮外罝罦，狐晝鳴兮鬼夜鬫。顧四海兮一身多，母妻呻吟兮弟妹哦。望何門兮投止？竄窮山兮伏戎起。

陰霾靖兮皇穹開，精已銷亡兮憂未弭；愛子溘兮朝露，痛春暉兮不再駐；恃孝婦兮同心，思子隨姑兮卽長暮。挈家累兮依所親，冀桑榆兮志少伸。駭驚風兮折雁翮，氣噎塞兮橫胸臆。兄心摧兮弟叢棘，弟未死兮兄幽隔。而父而母兮兆南岡，妻對娫兮子在旁。魂營營兮識路，望江天兮隱雲樹。

先君子同產八人。乾隆三年，姑適曾氏者歿，惟叔父、小姑尙存。叔母早世，叔父感傷，欲倣楚辭作七思，含意聯辭，輒氣結而中止。今年正月，兄卒於京邸。叔父哭之慟，兼旬夜不能寐，始爲兄成一章。浹月中次第屬草，命永編錄。問序次之義，曰：「男女異長，諸姑出室，不可以齒序也。」「叔母亞諸姑，何也？」曰：「不以服之重輕，先天屬也。」「置季姑適鮑氏者何也？」曰：「有子，年近六十，處境順，哀辭已前具矣。」「大父大母無述焉，何也？」曰：「自古無子別父母之詩。陟岵作於中途，但言父母思己，而不言己思父母。唐人作觀別者，不自言離其親，不忍言也。親亡而自痛自責，則義盡於蓼莪矣。」「騷之義隱深，其辭惝恍而彬蔚，茲則易之以直樸，何也？」曰：「至親不文，修辭之體要則然。」乾隆六年四月望前二日，道永識。

方苞集卷十八

雜文

兩朝聖恩恭紀

康熙癸巳年二月，臣苞出刑部，隸漢軍。三月二十三日，聖祖仁皇帝硃書：「戴名世案內方苞，學問天下莫不聞。」下武英殿總管和素。翼日，偕臣苞至暢春園。召入南書房，命撰湖南洞苗歸化碑文，稱旨。越日，命著黃鐘爲萬事根本論。越日，命作時和年豐慶祝賦。上告諸翰林：「此賦，卽翰林中老輩兼旬就之，不能過也。」嗣是，每以御製詩文、御書宣示南書房諸臣。將命者入復，輒叩曰：「苞見否？」間與大臣侍從論本朝文學，及內閣九卿所薦士，必曰：「視苞何如？」是歲八月，移蒙養齋，校對御製樂、律、曆、算書。書奏，數問曰：「苞承校否？」壬寅夏，臣苞隨蹕熱河。六月中旬，命回京充武英殿總裁。浹日，發御製分類字錦序，命校勘。衆皆曰：「上文字皆命諸臣公閱。獨閱者，惟故大學士孝感熊公賜履，桐城張公英耳。」

冬十有一月十三日，聖祖登遐，我皇上嗣位。廷議恩詔，皇帝手書數條下內閣。其一「以族人罪犯牽連入旗者，赦歸原籍。」時八旗合詔條者，惟戴名世案，而獄辭例不得援赦。刑官特請下九卿更議，卒蒙恩赦。雍正元年三月二十五日，臣苞拜箚謝恩。莊親王傳上命語苞：「朕以苞故，具知此事。其合族及案內肆赦，皆由此。其功德不細。」臣苞驚怖感動，不知涕泗之何從也。

始戴名世本案牽連人，罪有末減，而方族附尤從重。獄辭具於辛卯之冬，五上，五折本。逾二年癸巳春，章始下，蒙恩悉免罪，隸漢軍。苞伏念獄辭奏當甚嚴，而聖祖矜疑，免誅殛，又免放流。臣身叨恩待，趨走內廷近十年，教誨獎掖，雖無過親臣，蔑以加也。此聖祖之仁，所以如天，而皇上肆赦臣族，揆之聖祖遲疑矜恤之心，實相繼承。顧臣何人，任此大德？自惟愚陋衰疾，欲効涓埃之報，其道靡由。謹詳紀顛末，俾天下萬世知兩朝聖人之用心，蓋不欲一夫或枉其性云。

聖訓恭紀

雍正元年，臣苞蒙特恩，赦許歸籍。二年，請假歸葬，蒙恩給假一年。既事，以三年三月望後九日抵京師，詰旦具箚，恭謝聖恩。莊親王、果郡王入奏，上憐臣苞弱足，特命內侍二人，扶翼至養心殿。入戶，再進，跪御坐旁。垂問臣苞疾所由及近狀。臣苞喘喙，氣不能任其聲。上曰：「汝心飫朕德，復何言。聽朕告汝：汝昔得罪，中有隱情。朕得汝之情，故寬貸汝。然朕所原者，情也。先帝所持者，法也。先帝未悉汝情，而免汝大刑，置諸內廷，而善視汝，是汝受恩於先帝，視朕有加焉。如汝感朕德，而微覺先帝未察汝情，不惟虧汝忠，亦妨朕之孝。汝思朕德，即倍思先帝遺德，則汝之忠誠見，而朕之孝道亦成。」於時臣苞心折神竦，追思前事，感念聖恩，有懷哽咽，不能置一辭。中間聖訓洋洋，不能悉記，未敢敘述。最後聞天語甚明：「朕惟以大公之心，循道而行，無非繼述先帝志事，汝老學當知此義。故明告汝，俾汝知朕心，俾天下咸知朕心。」於時臣苞氣少定，始克仰而言曰：「欽承訓辭，雖古聖人之言，無以過也。」上顧內侍，命取供御茶芽二器賜臣。臣苞三拜稽首。聖容若矜閔曰：「朕觀汝行步良難，雖供事，亦稱汝力，毋自強，時復自將息。」臣苞愴動，伏地不能聲。上徐命內侍翼以出。

臣伏念：自我皇上御極以來，凡所以敬天勤民，涖官修政，以推廣先帝遺意，而播諸制詔，發於訓誨者，皆實與典誥同揆。即茲所以訓臣苞，使天下萬世爲臣子者聞之，皆將凛然於君父之大義，而興於忠孝。所以矜恤臣苞者，使天下萬世孤微阨窮之士聞之，莫不愾然於聖主之德意，而發其中誠，豈非中庸所稱「言而世爲天下則」者乎！

越數日，有旨：「凡特召見及督、撫、提、鎮入朝親聆訓諭者，必敘述繕寫進呈，恐有舛誤。」臣苞以白衣領事，未敢自比諸臣。大學士張廷玉曰：「聖恩深渥，不得以無位自嫌。」乃宿齋敬識，以俟彙進而附諸臣之末云。

通蔽

譽乎己則以爲喜，毀乎己則以爲怒者，心術之公患也。同乎己則以爲是，異乎己則以爲非者，學術之公患也。君子則不然：譽乎己則懼焉，懼無其實而掠美也。毀乎己則幸焉，幸吾得知而改之也。同乎己則疑焉，疑有所蔽而因是以自堅也。異乎己則思焉，去其所私以觀異術，然後與道大適也。蓋稱吾之善者，或諛佞之虛言也。非然，則彼未嘗知吾之深也。吾行之所由，吾心之所安，吾自知之而已。若攻吾之惡，則不當者鮮矣。雖與吾有憎怨，吾無其十，或實有四三焉。與吾言如響，必中無定識者也。非然，則所見之偶同也。若辨吾之惑，則不當者鮮矣。理之至者，必合於人心之不言而同然。好獨而不厭乎人心，則其爲偏惑也審矣。

吾友劉君古塘，行直而淸。其爲學，常自信而不疑，心所不可，雖古人之說，不苟爲同也，而好人之同乎己。夫古人之說不能强吾以苟同，而欲人之同乎己，非心術之蔽乎？知君者，猶以爲自信之過也；不知者，將以爲有爭氣也。君與吾離羣而索居久矣，會有所聞，書以質之。

表微

顧侍御用方窮時喪耦，十有一年弗娶。既得仕，納徵於李氏。會先帝之喪，踰歲弗親迎。或詫焉！其官適罷，曰：「吾貧未能也。」既而起家爲戶部郎中，擢御史，掌長蘆鹽政，歲賜數千金。詫者滋多，曰：「吾迫公事，未暇也。」其娶以雍正三年冬十有一月望後一日。推其心，蓋謂三年中不宜有空月也。問焉而不自褋，不以人之所不能者愧人，又其厚也。先帝始崩，守官者各次其守。余次於佛舍。將歸，語二三君子曰：「在禮，公等居倚廬，宜再期。今旬未三終，歸至家，止於外，不入室焉，其可也。」聞者皆變色易容。蓋俗之偷，以禮爲徒觀衆人之耳目也久矣。古之人，事君猶事父也。謂制以義而不敢違，是薄於德，於禮虛者也。若用方者，其明於禮意乎！傳其事與言，俾事君者有省焉。

釋言

余在江南，卽聞北方之賢者曰李君剛主。及與久故，益信其爲人，而其鄉人雜然議之。嘗叩其親故：所病於剛主有徵乎？曰：「是家貧，以適四方造請，干州郡而取饒焉。妻無子，乃別居。倉廩充溢，而食必粢糲，子婦執苦身之役。親之喪，赴弔者渴飢，皆之逆旅而求宿焉。賢者固若是乎？」

余告之曰：「吾聞剛主躬耕，善稼穡，雖儉歲，必有收；未聞以干請也。士友所共聞知者：明、索二勢家延教其子，不就。直撫安溪李公稱其學行於天子，不往見。諸王交聘，每避而之他，乃以干請釣錙銖之利乎？至於食必粢糲，妻妾操作，而子婦從之，則李氏之家法也。親賓能遠赴其喪，何惜旅宿？剛主居湫隘，家無僮婢，創鉅痛甚，而責以供具，不亦難乎？其與妻別居，則余嘗叩之矣。曰：『是多言不順，吾常隱焉。有女早寡，而主張更嫁。吾不忍見，故使別居，既乃合併，而陰絕焉。』絕之者何？生異寢，死異穴也。合併者何？生同宮而衣食之，死則葬埋之也。此古應出而不行之禮，未可以病剛主。」聞者語塞而色猶疑焉。他日以語剛主，剛主曰：「人心不可謂，子安以辨爲哉？韓子云：『動而得謗，名亦隨之。』謗而無名者，衆人也；名而無謗者，鄉愿也。雖然，美疢不如惡石，謗言彰，吾滋懼矣。名則諸君子之過爾！」因并識前語，作釋言。

明史無任丘李少師傳

康熙辛未，余始至京師。華亭王司農承修明史。四明萬季野館焉，每質余以所疑。初定列傳目錄，余詫焉，曰：「史者，宇宙公器也。子於吳、會間，三江五湖之所環，凡行身循謹、名實無甚異人者多列傳，而他省遠方，灼灼在人耳目者反闕焉，毋乃資後世以口實乎？」季野瞿然曰：「吾非敢然也。吳、會之人，尙文藻，重聲氣，士大夫之終，鮮不具狀誌家傳。自開史館，牽引傳致，旬月無虛，重人多爲之言。他省遠方，百不一二致，惟見列朝實錄，人不過一二事，事不過一二語。郡、州、縣志，皆略舉大凡，首尾不具。雖知其名，其行誼事迹，不可鑿空而構，欲特立一傳，無由摭拾成章。故凡事之相連相類者，以附諸大傳之後；無可附，則惟據實錄所載，散見於諸志。此所謂不可如何者也。」

乾隆六年，余將告歸，任丘李法孟以其高祖少師公神道碑、墓表，乞爲傳，余已諾而未暇爲。及歸，檢篋笥，惟法孟手書尙存。中言少師邊功著明史韃靼傳，生平大節，則同邑孫文正公贈公子恆麓序可徵。余考明世邊患，與國始終，而韃靼部最劇。韃靼之患，正、嘉間最劇；惟萬曆初，俺答歸順，苟安者二十年。及奢力克有貳心，而套部、海部、松部並起，雜番數十種皆乘間猖狂，出沒塞下。西寧以東，甘、涼、洮、岷，歲無寧居，關中人心搖搖。自二十三年少師總制三邊，諸部入寇者必挫傷，大失所欲。再出師，分道襲擊，復松山故地。山、陝恃以無恐者近十年。其規爲方略，必有可爲後法者。文正稱公「功成身退，以出處係天下安危」，則立身之本末，進退之時義，必可與古賢爲伍。又曰「奉身如奉玉」，則又謹於小物，而百行具完。今見於韃靼傳者，不過命某將禦某寇，出某道擊某部。其克敵制勝之謀猷，無一見焉。是乃季野當日所僅得於實錄，雖欲摭拾，莫由成章，而歎爲不可如何者也。觀文正序公子恆龕視事北司，鋤豪蠹，扶忠直，若置身度外，與少師同符。是恆龕事亦宜附公得書，而公乃無傳。嗚呼惜哉！

余感公事，追思季野所云，故並著之。以見爲人子孫者，於先祖之德善功烈，鮮不欲發揚張大，以爲光耀。或居下處幽，而無以自通，國家宜著爲功令：凡讜言聞於國，實德施於民，以及庶士、庶民仁孝節義過越於尋常者。子孫、鄉人得實陳行跡於郡守。郡守考核，書二册，一下學官，一升翰林典籍。俾作史者得兼陳詳較而中懸衡焉，庶幾輕重不失其倫。公名旼，號汝溪。他日若得其碑銘及表，終當爲傳以詳之。

記夢

康熙甲午立秋日，余在熱河，夢偕先兄隨先君過尙默陳先生故居。同集者，攝山汪丈、清傳楊君。將飲酒，他客朋至，忽覺已歸土街草堂。先君指畫，將營西偏，爲燕息之齋。俄而寤。

先君性豪曠，不可一日無友朋。常以寅及巳讀書，午及申爲山澤之遊，歸而飲酒。憶自六合遷金陵，同好者，前輩則杜濬于皇、杜岕蒼略，執友則王裕成公及陳先生。招呼遊談，雖風雨之夕無間。時余九齡，先兄年十一，常奉盤匜侍酒。自兄年十四，侍王父於蕪湖。其後與余皆餬口四方，涉歲移時，乃得歸省。兄歸，余常在外；余歸，兄常在外。又計日爲行期，故每侍先君與諸先生醼集歡樂之餘，私心愴動。雖先君亦然，而不忍言也。

自先兄夭枉，余始不敢遠遊，而二杜及王皆前歿。獨陳先生尙存，而先君少所知汪丈自南郊遷北里。楊君託末契，遊從最密。時余以窮空，復數爲近地之遊，又計偕者三。其家居，淩雜米鹽不可解脫。追念平生侍先君與諸公醼集時甚少，而與先兄偕，則尤加少焉。計惟童子時爲然，爾時已知其樂，而不知其後思此之悲也。自先君下世，汪丈亦歿。楊君老而窮，走四方，而余禍發於不虞，以辛卯冬十月赴詔獄。將行，陳先生蝺蹶嘔血縣門外。今寒暑復四易，先生近八十，計此生不得再相見矣。

余旣編籍旗下，上哀矜，使以白衣廁館閣校勘。自痛丘墓無主，故雖病且衰，而黽勉從事。蓋以天子仁聖，猶萬一冀幸焉。記曰：「霜露旣降，君子履之，必有悽愴之心，非其寒之謂也。」今茲以秋之始，感於夢寐，而得依父兄之側，從先人之居，豈其幾之先見者與？抑積思所結，而未必其有應也。因書以徵於後焉。陳先生名書，汪丈名泳思，楊君名修，與王先生皆金陵人。杜公兄弟爲黃岡人。康熙五十三年六月二十九日記。

記百川先生遺言

先兄百川先生曰：「處士則有虛聲，鄉鄰親戚則有私毀譽。若民之於上，利害切身，不謀而同，故吏自一命以上，名不虛作。人不可以好名相疑。己不可怙過，而謂民言不當。」

有合葬其父母及前母者，以位次問先生，曰：「神道尙右，而程、朱所言皆尙左。朱子葬其妻，存東畔一位，則尙左明矣。若三柩同葬，依古禮，則父當中，前母右，繼母左。如尊左，則父當中，而左右易位。若父與前母旣葬，父左，則新祔者次於右；父右，則新祔者次於左。」又曰：「周禮大司樂有享先妣之樂，在享先祖之前。故鄭康成謂周以后稷爲祖，而姜嫄無所配，是以特立廟祭之，謂之閟宮。斯干之詩曰：『似續妣祖。』箋曰：『妣、先妣，姜嫄也。』商頌亦溯源於有娀，皆諸侯不敢祖天子之義。以是推之，庶子於生母，當別葬。韓魏公葬生母胡氏柩，退嫡母尺許。趙炳族葬圖說引以爲據，非古也。」

答問

兄子道永重修南郊漢前將軍關公廟。問曰：「自書傳以來，至忠大勇，英略蓋世，且卓見聖人之道，而死於非命者，莫過於公與岳忠武。故浩然之氣，長震動乎萬世之人心。然公之廟，無地無之，而忠武之祠，則連州比郡，或無一二。又公之神，常若充滿徧布於宇宙，而時見其精爽。其大者，示威於戰陣；其小者，凡有禱問，其應如響，而忠武無是也。是有說與？」余應之曰：

「自周衰，戰國諸君糜爛其民；至暴秦，而生民之類幾盡矣。漢高祖出之於水火之中，治尚寬大，有天下者垂四百年。自武帝而外，桓、靈以前，雖有庸君，患不及民。民之思漢也深，則激於公之忠義者切。又東漢之末，士大夫多明於義理而重名節。故諸葛武侯遺書，搜錄而表章之者，乃晉氏也。其書所謂賊，即時君之祖宗。以是觀之，則公遇難時，魏、吳之士民，羣聚而祠之，其君臣必見爲當然。故震動宇宙而結聚於人心者，深固而光昭。忠武爲秦檜所戕，身死而檜之餘恨猶未解。吏民畏檜之威，直至檜死乃敢訟言忠武之冤。孝宗朝，始得立祠於鄂，而屢世相臣，姦庸相繼，多主和議，偷安以保妻子，大率與檜同心。故忠武之義氣，雖不沒於人心，而祠祀則寥寥焉。此事勢之自然，於二公無加損也。

「夫神者，依人而行。舉億兆人之精神，皆專嚮於公，則公之神自隨地而監照之。忠武即間有祠祀，未有就而禱禳祈報者，則其神何由與之相應而有所徵驗哉！昔孔子夢見周公，不聞堯、舜、文、武並見於夢，則神明之感通，由於生人精神之結聚明矣。故凡禱祈於公，行汙而所問之事非正者，簽辭多不應，以其精神不足以相感召也。」

既以告道永，因思此義亦宜存天壤間，乃筆之。

爲秦門高貞女糾舉本引

高貞女，吾師大理卿宛平公同產弟頤侯次女也。許嫁秦氏子文照，舅姑前歿。雍正五年春正月，文照死。貞女請衰絰歸秦氏，代夫承重事祖姑。其父大駭，招余陳禮經以喻之，志不移。遂以二月朔歸秦氏，時年二十有二。其舅之側室李氏感焉，誓守節，與貞女同臥起，於今六年矣。

大理兄弟三人，惟季有子。大理卒，家散。季又卒，其子流滯新樂。及頤侯卒，繼室暨幼女貧不能自存。貞女父黨，無一人可倚，而其夫之叔父子正，持手而食，養母，畜妻子，旁及兄之側室、子婦，力不能支。余歲時過秦氏，見貞女敝衣菜色，或冬無棉，而意色常和以安。

嗚呼！天屬之情，秉彝之性，惟遘閔凶、備危苦而後庶一見之。如貞女之守志，李氏之慕義，子正之窶艱而不棄其親，皆人紀所賴以維繫也。恨余力不足以振之，乃告於友朋及大理之知舊姻親，各出其力爲舉本，付里中士大夫重然諾者，主子貸，爲貞女衣裳綫纊之費，終則棺斂焉。傳曰：「人之于天也，以道受命。」若貞女，其殆庶幾無負於所受者歟？敬而恤之，豈惟大理之親舊生徒義不可以苟止哉！

檄濟寧諸生會課 代

蓋聞風教之興，士能宿道，而民胥效焉。文章者，道藝之餘也，而即末以窺其本，十可四三。某自陳力河壖，學殖荒落，而少所講肄，未能盡忘。茲承乏鄒、魯之鄉，竊欲觀於國風。魯多君子，況近聖人之居，而漸其流澤者乎？今以某月某日與諸生期於州學，合堂陳藝，各盡所長，俾得寓目焉。

移山東州縣徵羣士課藝文 代

蓋聞齊、魯之間之於文學，自古以來，其天性也。文者，學之枝葉；制舉之文，又其近者爾。然以效聖人賢人之言，則心之精微達於辭氣者，固可以得其崖略焉。某備官漕河，不與民治，而發徵期會，政令所及，州邑凡三十，東夏文獻之區，計過半矣。竊欲觀於國風，以窺尋羣士之所藏。謹擇四書題二，五經疑義各一條，願切磋究之。毋以某懵學寡聞而有遐心也！

方苞集集外文卷一

奏劄

請定經制劄子

伏惟我皇上御極以來，發政施仁，敦典明教，無一不本於至誠惻怛之心；用此期歲之中，四海喁喁，嚮風懷德，人心之感動，未有過於斯時者也。但土不加廣，而生齒日繁，游民甚衆，侈俗相沿，生計艱難，積成匱乏。欲其衣食滋殖，家給人足，非洞悉其根源，矯革敝俗，建設長利，而摩以歲月之深，未易致此。臣聞三王之世，「國無九年之蓄曰不足，無六年之蓄曰急」。下逮六國紛爭，且戰且耕，猶各粟支數年。漢、唐以後，歲一不熟，民皆狼顧，猶幸海內爲一，挹彼注兹，暫救時日。然每遇大祲連歉，君臣蒿目而困於無策者，比比然矣。蓋由先王經世之大法墜失無遺，故生民衣食之源日消月削而不自知也。孔子見衞國之庶，首曰「富之」，孟子謂「聖人治天下，使有菽粟如水火」。至聖大賢豈肯漫爲游言，以欺當時而惑後世哉！臣嘗通計食貨豐耗之源，詳思古今政俗之異，竊見民生所以日就匱乏之由，實有數端，矯而正之，卽漸致阜豐之本。但人情狃於所習，立法之始，必多爲異說以相阻撓；

愚民無知，亦未必皆以爲便，而斷而行之，三年以後，饑寒之民可漸少，十年以後，中家資聚漸饒，二十年以後，則家給人足，而仁讓可興矣。臣伏見我皇上憂民之切，體道之誠，毛舉一二事之利弊，未足以輔盛治，故竭愚忱，陳積漸足民之法，分條敍列，伏候聖裁。

臣聞「古之治天下，至纖至悉也，故蓄積足恃」。蓋必通計天地生物之多少，與用之之分數，而後民生可得而厚也。民以食爲天，而耗穀之最多，流禍之最甚者，莫如酒。故周公之法，天下無私酒，卽官亦不得擅作，必有事而後授酒材，所謂「事酒」是也。民間祭祀、冠婚、老疾所用，則鄉遂之吏主爲之，而小司徒掌飲食之禁令，又特設萍氏之官以幾酒、謹酒，其嚴如此。漢法：三人無故飲酒，罰黃金一鍰。文、景詔書，於酒醪糜穀蓋諄諄焉。至明洪武務絕其源，遂禁民種糯。及明中葉，燒酒盛行，諸穀皆爲所耗，至於今未之能革也。竊計天下沃饒人聚之地，飲酒者常十人而五，與瘠土貧民相校，以最少爲率，四人而飲酒者一人。其量以中人爲率，一日之飲，必耗二日所食之穀。若能堅明酒禁，是兩年所積，卽可通給天下一年之食也。其藏富於民，較古耕九餘三之數而更益其半焉。但民愚無知，一旦盡用周官之法，不無駭詫。若季高按：「若」字上疑脫「不」字。先嚴燒酒之禁而他酒仍聽其作。蓋西北五省燒酒之坊，本大者分鍋疊燒，每歲耗穀二三千石。本小者，亦二三百石。燒坊多者，每縣至百餘。其餘三斗五斗之穀，則比戶能燒。卽專計城鎮之坊，大小相折，以縣四十爲率，每歲耗穀已千數百萬石。北方平壤，無塘堰以資灌漑，生穀之數本少；且舟楫鮮通，猝有荒歉，輸運艱難，而可使歲耗千數百萬石之穀哉！自聖祖仁皇帝以來，無歲不詔禁燒鍋，而終不可禁者，以門關之稅不除，燒麯之造、市肆之沽不禁，故衆視爲具文。禁示每下，胥吏轉因緣以爲姦利，不過使酒價益騰、沽者之耗財愈甚耳。禁之之法，必先禁燒麯，兼除門關之稅，毁其燒具。已燒之酒，勒限自賣；已造之麯，報官注册；逾限而私藏燒麯燒具、市有燒酒者，以世宗憲皇帝所定造賭具之罰治之，縣官降調，不准級抵。特下明詔，嚴勅天下督撫，責成守令，則其弊立除矣。

其爲異説以相撓沮者，約有數端：必曰：「除天下門關酒税，則歲不下十數萬。」不知專除燒酒之税，未必如是之多；即果如是之多，但能使菽粟陳因，水旱無憂，則所省賑荒之庫帑倉儲，亦不少矣。或曰：「口外軍前，嚴冬沍寒，非此難禦。」其然，則弛禁於口外；内地已造之麯，許領官批，運至口外，自賣盡而止。口外所造麯酒，則不許入塞。如此，則耗穀無多，而用亦不缺矣。或曰：「一旦行此，則失業者多。」不知燒酒非擔負私鹽比也。貧民朝不保夕，盡禁私鹽，將敺而爲盜賊。若燒酒之坊，則非中家以上不能辦也。燒具雖毁，錫鐵木材仍可他用，其資本可别爲懋遷，何傷於其人之生計哉！或曰：「燒酒雖斷，彼改造他酒，穀仍不能無耗。」不知他酒非富民不能家造，非多本者不能成坊，苟失其法，則味敗而本折，故業此者稀。又其價高，貧民併數日之資不能一醉，則久而自止矣。燒酒盡斷，則西北五省，歲存穀千餘萬石。東南十省，以半爲率，亦千餘萬石。即造他酒者較多，所耗不過十之一二耳。周官之法，「不耕者祭無盛，不樹者不槨」，「不績者不衰」。周公當重熙累洽、年穀順成之日，而使天下有祭無盛、葬無槨、喪無衰者，豈故欲拂人之情哉！不如此不足以齊衆阜財而使長得其樂利也；而況酒之耗民財，奪民食，廢時而失事者乎？且隸卒貧民，於燒酒尤便，因此起爭鬭，興獄訟，甚且相殺傷，載在秋審之册者，十常二三，而可無重禁乎？自古矯弊立法，創始最艱，而在今日則甚易。蓋我皇上愛民憂民之實心、恤民之實政，深山窮谷老稚男女無不感動，則令出而民無所疑，自非兇頑下愚不敢犯也。若變通周官、漢、明之法而盡用之，眞可使菽粟如水火。然治教必積漸以興，若符節然，不可以先時而發，故臣亦未敢豫陳。伏乞勅下門關：核查三年內燒酒及其麯稅實數，報部以憑定議。

臣聞善富天下者，取財於天地，而愚民所習而不察者，奪農家上腴之田，耗衣食急需之費，未有如烟者也。民用之最切者莫如鹽，丁男匹婦食鹽之費，日不及一錢，而弱女稚男之烟費則倍之。自通都大邑以及窮鄉下戶，老少男女無不以烟相矜詡，由是種烟之利獨厚，視百蔬則倍之，視五穀則三之。以臣所目見：江南、山東、直隸上腴之地，無不種烟，而耳聞於他省者亦如之。又種烟之後更種蔬穀，皆苦惡不可食，敗國土而耗民財，視酒尤甚焉。而禁之則甚易，限期示禁，凡種烟者，以其地入官，別給貧民耕種，罰及左右鄰，有司失察者降調，則立可斷矣。但聞塞外軍前苦寒之地，嶺南瘴癘之鄉，行旅風雪之晨，烟亦有小補焉。若詔定經制：塞外弛禁，惟不許入塞。各直省郡、州、縣城內隙地，亦得種烟，則以禦瘴癘，資行旅，有餘裕矣。城以外尺土寸壤，皆植五穀百蔬。通計海內，歲增穀亦不下千餘萬石。則雖烟稅國所損什一，而民所益千百，月計不足，而歲計有餘矣。伏乞敕下門關，核查烟稅報部，以憑定議。

昔孟子欲明王道以平治天下，所反覆申明者，農桑而外，不過雞豚狗彘、魚鼈材木之無失其時。蓋自聖帝明王御世之經，下逮霸國能臣救時之策，舍此別無根柢也。周公之法：凡山澤皆不授於民，官爲厲禁，使民守之，而竊木者加刑罰焉；水蟲別孕，則川衡身駐其地以守之。蓋大懼愚民竭取而生長難蕃，與盜竊者之無所畏忌也。臣所目見，齊、魯、燕、趙沿河傍山沮洳沙土之區，彌望而無樹。及扈從聖祖仁皇帝巡行口外，山隈林麓，灌栵連叢；入口內，則大山廣阜，彌望而皆童。臣生長江介，素稱魚米之鄉，而以邇年較臣弱冠時，則薪炭魚蝦價皆三倍。蓋緣有司怠於民事，凡盜樹竊魚，一切置之不問。用此林麓池塘少遠於宅舍，民皆荒棄；以雖出資本，而數寸之魚，數尺之木，皆不能生殖也。又約計州縣田畝，百姓所自有者，不過十之二三，餘皆紳衿商賈之產。所居在城，或在他州異縣，地畝山場，皆委之佃戶。佃戶租課不淸，歲更時易，豈肯爲業主守護？而盜竊公行，官置不問，業主亦不肯空棄資本。用此蕪廢恆產，坐失土利。伏乞我皇上著爲功令，俾督撫嚴飭州縣，專委佐貳官分界管理。凡業主鄉居者，督令自勤樹畜；而其居城鎭及他州異縣者，令業主出本樹畜，而佃戶嚴爲守護，分其樵漁之利。佃戶竊取，業主訟之，官必究。他人盜竊，佃戶訟之，官必究。小有爭，則鄉約保長平之；旣成訟，聽之務得其平。則民皆爭先而勸作矣。至於山麓河壖道路之非民業者，官種之。民間沮洳沙土之不殖穀麥者，亦勸之種樹，官爲厲禁，而使自巡綽，則十年二十年之後，材物漸饒，而民之生計日易矣。

臣生長安、池，流寓江寧，皆湖廣、江西上游米粟所滙聚。海關未開，新米上市，每升制錢五文，食物皆賤。及海關旣開，洋船每至，蘇州沿江諸鎭，米價騰貴，登、萊亦然。文武官弁以及胥吏兵丁，皆有陋規。世宗憲皇帝時始禁海關出米，然所出較少，而未能盡絕也。故至今豐歲，沿江新米，制錢必八九文。又百貨及紗、羅、紬、緞、葛布、夏布出洋，於民用尙無大損。惟棉布，則窮民所以禦冬也。一夫不耕，或受之饑，一女不織，或受之寒，而可使內地男耕女織之粟布，日流於洋外乎？伏乞皇上勅部定議：無論內商出洋，及洋商入市，每船一號，計人口及往返程期，每人糴米日二升爲率，則雖遇風濤阻滯，經時累月，亦綽有餘裕矣。其放米逾數，及私放棉布，守關胥吏兵丁，重懲不貸；官弁降調，督、撫、提、鎭亦有處分。則粟米之存積日多，止計松江、蘇州、常州三郡，出洋之棉布流轉内地，可多被數百千萬窮民矣。

嘗考自周以前，經籍所載，中原平壤，雩祀之外，别無救旱之方。故桑林之禱，雲漢之呼，雖聖賢之君，莫可如何。凡周官溝、洫、澮、川之制，禮記導達溝瀆、完隄防、謹壅塞之令，皆以防水患也。是以禹貢首言「濬畎、澮，距川」，而孟子亦曰：「七八月之間雨集，溝、澮皆盈，其涸也，可立而待也。」則專以通水道明矣。

臣數十年中目見耳聞，北直、山東、河南，大率水災爲多。東南之田，則惟恃通川之支河，障水之大圩，依山傍田之塘堰。苟能興作，則雖遭屢旱，鄰畔皆焦，而此田蔚然。臣前奏凡通川大河及大塘大堰，民力不能自浚築者，宜於儉歲，官爲興作，因以食其民，已蒙聖恩允行。但州縣之吏，訟獄催科，日不暇給，常恐以他事自撓，非淳德長才，安肯爲民興利？伏乞皇上切諭直省督撫：凡西北五省下流不通時困於水災之地，東南十省支河通溉及大塘大堰宜浚築者，准紳士耆民具實呈報，擇賢能練事之員相度詳議；工大者具奏，勅部定議；其小者則豐年勸民浚築，官爲監視而鼓舞之；荒年則官爲興作，以救民飢。如此則西北除害之半，而東南獲利之全。循數推理，數年之後，所在蓄積漸多，而災患之小者，不足以困之矣。

臣苞所陳五條，皆民間日用細微之事；然通計物材民用生長撙節之分數，則植基甚廣而取數多。驟視若迂遠而無近功，然漸而行之以久，皆有一二可徵之實效。蓋天地之生財有數，不在官則在民。民生之用物有經，少所損卽多所益。昔聖祖仁皇帝念天下無事，常以三年之內，輪免天下地丁銀兩三千二百餘萬，屢告廷臣，欲永以爲例。及西邊設戍，遂不能再行。我皇上御極以來，所免臣民應追之銀，應徵之賦，約計已千餘萬。海內臣民雖感戴聖恩，淪肌浹髓，而欲其一旦富實，固不能也。惟廣開生物之源而節其流，俾菽粟日多，畜產豐饒，百物皆賤，致銀錢雖艱，而足衣食則易，然後可積久而致富安也。

臣非不知致治之要，在官恥貪欺，士敦志行，民安禮教，吏稟法程。然是數者，不可以法驅而威禁；必萬邦臣庶，無貴賤貧富，各守其分，而仰事俯育，寬然無憂；然後牖之而易明，導之而易赴。伏惟我皇上審察詳議而斷行之！臣不勝戰汗悚冀之至。

請定徵收地丁銀兩之期劄子

奏爲請定徵收地丁銀兩之期，以紓民困事：邇年徵收地丁銀兩，四月完半，十月全完，此於國課無分毫之益，而農民苦累；不可不急推大行皇帝聖恩，援雍正八年寬徵川、陝之例，以廣皇仁而紓民困也。

蓋自三月至六月，正農民耕田、車水、刈麥、插秧之時，舉家男婦老幼雜作，兼僱閒民助力，尚恐後時；乃令奔走鄉城，經營借貸，伺候官府，延接吏胥，以奪其時力，爲累大矣。計一州一縣，富紳大賈，綽有餘資者，不過十數家或數十家。其次中家有田二三百畝以上者，尚可挪移措辦。其餘下戶有田數畝數十畝者，皆家無數日之糧，兼樵采負販，僅能餬口，正當青黄不接之時，而開徵比較，典當無物，借貸無門；富豪扼之，指苗爲質，履畝計租，數月之間，利與本齊。是以雖遇豐年，埸功甫畢，而家無儋石不厭糟糠者，十室而七也。

在有司初爲此議，不過慮歲有豐凶，四月已徵其半，則後此徵收爲易耳。不知秋成果有四分五分，小民本不作拖欠國課之想，而守土之吏亦不容其拖欠。若在三分二分以下，則我皇上視民如傷，方且憂其流殍，蠲租賜賑，豈忍豫斂其財，而不顧其後哉！且農忙停訟，盛夏減刑，聖朝舊制；而每至四月，則一州一縣，所比日數百人，笞責以五七十爲率；若過四月，則備加笞責，以備折減之數。近聞闖撫所參縣令，至有用夾木以比較者。蓋惟限以四月完半，青黄不接，窮民束手無措，故忍受肌膚之痛至於此極也。臣伏念自大行皇帝時，寬陝西、四川徵收之期，六月完半，十一月全完；數年以來，未聞其有逋賦，則少寬徵收之期，於國課分毫無損可知矣。

更有請者：舊制二月開徵，六月停徵；八月開徵，十月全完；次年五月奏銷。原不定所徵分數，是以有司得各視土之所出，以爲所徵多寡先後之分。故河北五省，種麥甚多之地，麥熟可徵十之四五；江、淮以南，種麥甚少，則雖二月開徵，而完至三四分者，不過商賈紳衿饒裕之家；其餘中家，不過一分二分；大約皆八月開徵，歲終全完耳。至於江、浙賦重之州縣，則次年五月奏銷以前，皆完賦之日也。自國初行此，八十餘年，非遇水旱之災，未聞大虧國課。自有司變爲四月完半，十月全完，每月俱定分數徵比；曾未數年，而中家漸貧，貧民益困。至於江、浙賦重州縣，則雖限以四月、九月，終不能如期完納，而常有逋賦也。如謂各省有春夏調發之軍需，則宜於上年錢糧內，豫爲撥定，本年春夏所徵，又不足恃也。

凡此無益國事而徒爲民困之實，有心者皆知之，有口者皆言之，非臣一人之私見；若蒙竟復舊制，則膏澤之及民益深，將見民生日厚，而國賦之徵收亦益易矣。伏乞斷自聖心，勿下廷議，特頒諭旨，大沛恩施。謹奏。

請定常平倉穀糶糴之法劄子

爲請定常平倉穀糶糴之法，以便官民事：欽惟大行皇帝深恤民艱，允釐吏治，覈天下常平倉穀，使無虛冒，定存七糶三之法，出陳易新。此洵視民如子，誠求惠保之至意也。而有司奉行失宜，必待穀價既貴，各州縣始得申詳府、道、藩、臬、督、撫，請定官價，並示開糶之期；一處文未批發，不敢開糶。不知平糶本以利民，而穀貴早晚無常；若商販衆至，則旬月之間，價復大減，是以胥吏得借此要索。苟或上官失察，批發後時，穀貴之期既過，不獨窮民不得邀平糶之恩，而官定之價且不能充。有司當此，欲不糶，則紅腐可憂；欲賤糶，則秋糴難補。投足兩陷，罰無所逃，誠可矜憫。

且惟河北五省，地勢爽塏，風氣高燥，倉穀數年不壞，存七糶三之法，尚可遵行。若江、淮以南，地氣卑溼；民間三二百石之倉，每遇伏暑，稻必發熱，若不盤倉，米多折碎，味亦發變，價值大虧。五嶺以南，但逾一年，底面即有霉爛。若通行存七糶三之法，則南方諸省，每至數年，必有數百萬石霉爛發變之穀。有司懼罪，往往以既壞之穀，抑派鄉戶，強授富民；是化有用之物爲無用，本以利民，而轉重以爲民累也。

伏乞我皇上特頒諭旨：嚴飭南方各省督撫，驗察州縣存倉之穀，不用盤倉，三年全然不變，然後可歲存其半；兩年不變，則糶七存三；但逾一年，底面即有霉爛，則春盡糶而秋糴之。其或年歲大歉，本州縣及鄰境穀皆騰貴，春糶之價，不足以糴充原數，則詳明上司，銀交郡庫，俟次年有收，或鄰境豐穰，如數補糴。至河北五省，儻遇歲歉，春夏穀貴，亦聽各州縣詳明上司，不拘糶三之例。督、撫、司、道、郡守，止於歲終，實覈入倉之數；一至開春，一任各州縣照所定存糶分數，隨時發糶。永杜詳請定價示期之弊竇，則胥吏絶無要索之因，窮民實邀平糶之澤，現在有司可無變爛賠補之累。新舊交代，永絶彼此相持、忿爭告訐之風。揆之大行皇帝深恤民艱，允釐吏治之至意，始曲盡而無遺憾。

至於穀之存倉則有鼠耗，盤量則有折減，移動則有脚價，糶糴守局則有人工食用；春糶之價，即稍有贏餘，亦僅足以充諸費。更祈勅諭督撫：嚴飭監司、郡守，歲終稽查，但穀數不虧，不得借端要挾，使有司別無過慮，庶幾中材可守，無累於民。若有廉能之吏，實心愛民，適逢秋糴價賤，贏餘較多，詳明上司，別貯一倉，以備歉歲發賑。督撫按所積穀數彙題，量加紀錄、加級，以示鼓勵。此臣積年博訪周諮，灼見情弊，而後敢入告者。伏乞聖鑒施行！

請復河南漕運舊制劄子

爲請復河南省漕運舊制，以甦民困事：查河南漕糧，除河以北州縣舊徵本色外；河以南之祥符等五十州縣，共應徵米十三萬六千七百餘石，自雍正六年至今，概徵本色於運次交兌。河以南各府州縣俱遠水次，又中隔黄河，厥土墳壤，一經雨雪，牛車淖陷，日行不能十里；而漕期刻不容遲，雇夫盤駁，價且十倍，中家破産，貧民鬻子，恆由於此。是以聖祖仁皇帝深念民咨，於康熙二十二年，改令全漕折銀解部；而有司胥吏陰爲阻撓，多方扇惑，至二十九年，復徵本色。三十二年，以民終不便，折徵銀兩，官爲採辦。五十八年，撫臣楊宗義題請：「附近水次之衞輝、彰德、懷慶三府，並開封府屬附近水次之州縣，仍徵本色。其不近水次之歸德、河南、南陽、汝寧四府，及汝州、開封府屬遠水州縣，照常令民間折銀，交糧道在衞輝府水次官爲採辦。」格於部議。刑部尚書張廷樞以讞允珽獄，奉使河南，小民籲號屬路。復具疏題請，又格於部議。聖祖仁皇帝盡絀羣議，特旨允行，民皆感泣。雍正六年，督臣田文鏡題請通省全徵本色；以衆心洶洶，尋題五百里以外，陝、靈等九州縣，改徵折色。蓋已心知其悞，特以變法未久，不敢盡反其前議耳。其實祥符等四十二州縣，雖較之陝、靈等處略分遠近；而不通運道，中隔黃河，民間輸輓之苦累則一也。

謹查浙江漕米，寧、紹等八府，不分遠近，均以中隔錢江，例徵折色，解交糧道於嘉、湖水次採買兑運，行之經久，民咸稱便。今河南祥符等五十州縣，中隔黃河，與浙省情形無異，應將應徵漕米十三萬六千七百餘石，悉照從前折徵定例，解交糧道在衞輝水次官爲採買。衞輝乃豫省糧倉總滙之區，其附近小灘、李家道口、楚望等鎮，鄉米雲集，足敷辦漕之數。

再查河以北滑、濬、內黃等州縣，向止額徵銀兩，不收粟米；而其地與運道水次甚近，宜令將應徵銀兩酌半改收粟米，就近運送通倉，以充遠水州縣糧數所不足。至於豫省漕糧，衆議皆謂京、通各倉不敷支放，是以改徵本色。今豫東兩省，每年運倉粟米五十八萬石；而支放官兵，歲需不過三十餘萬石，加以薊糧四萬石，共需粟米不及四十萬石；每年除支放外，尚約計存倉二十萬石。是卽將祥符等五十州縣米石徵收折色，於天儲未嘗有損，而國計民生均有裨益，是乃聖祖仁皇帝二十二年初改折色之本意也。河以南數百萬生靈所仰望聖主高厚之恩，無過於此。伏乞皇上睿鑒施行！

請備荒政兼修地治劄子

爲請推聖恩以備荒政兼修地治事：皇上御極以來，至孝深仁，遠猷善政，下通民志，上順天心，時雨時暘，百產殷阜，豐穰相繼，不卜可知；但以四海九州之大，雖堯、舜之聖，不能保其無一方一隅之偶歉也。臣往年十月初五日，伏讀聖諭，摘發督撫及州縣報荒不實情形，洞晰無遺。本年二月初一日，臣等於通州，恭迎聖駕。臣到行幃，諸臣已先進見而出，宣告臣苞，陝西督臣劉於義奏摺，皇上硃批：「古語『救荒無奇策』；皆由庸臣見小惜費，不肯實播上恩。」聖謨深遠，足以破前古之疑，而垂教萬世。又准廷議，獨存捐監一項，以備賑恤，勿充他費。凡此，皆古昔聖王「視民如傷」，「如保赤子，心誠求之」之實政也。臣苞竊思救荒宜豫，故周公設保章氏之官，以星土之法，五雲之物，先期而知「水旱降豐荒之祲象」以修救政。雖其法無傳，然每至夏末秋初，則水旱豐歉之情形，十可八九得矣。舊例：報荒必待八九月後，衆口嗷嗷，情狀顯見，然後入告。是以聖祖仁皇帝、世宗憲皇帝每聞荒報，立下諭旨，開倉發帑，截漕通糴，惟恐後時。然被災之民，朝不及夕，而奏請得旨，動經旬月，流殍者已不知其幾矣。故備荒早，則民無流殍，而國費亦不致過多；救荒遲，則勞費十倍，而功猶不能一二。此古今所同然，賢愚所共曉也。

伏乞皇上勅下督撫，嚴飭州縣，凡有水旱，五六月卽據實詳報；七月中旬卽核定災傷分數并乏食人數，造册上聞。蓋一州一縣之中，田有高下，傷水傷旱，被災亦有淺深。但得實報無欺，則災小之地，不過量免被災之戶本年正供錢糧十分中幾分；發常平倉穀，招商通糴；勸諭富民，挑塘築堰，賑恤孤寡無告者，而災可弭矣。其災大者，則許動庫金，修城浚隍，整理倉厫官署，以招集附郭貧民；於四鄉相度支河、橋梁、大塘、大堰，招集各鄉士人，官給廪穀，使任浚築；惟老弱孤寡力不能任土工者，乃計口給粟，則爲數無多，易周而可久。自古救荒之政，莫善於興工築，而其事宜早；若待民已飢疲，則雖壯者，亦力不能勝工築矣。

更有請者：古者城必有池，故易曰：「王公設險，以守其國。」周公立司險、掌固二官，「以通守政」，所恃惟溝樹耳。凡國都暨近郊、遠郊，必設溝、樹三重，鄙邑一重。蓋無池則城不可守，故孟子曰：「鑿斯池也，築斯城也，與民守之。」詩曰：「築城伊淢。」池與淢，即周官所謂溝也。本無城而創作，則起土而溝形已具矣；本有城，則以築外垣，使附城之民得保焉；即春秋傳所稱郛與郊保也。不獨通川之地，浚溝即以爲池；即地不通川，而溝深三丈，則行潦所滙，聚城市之流澌，必成淖淤，可以限戎馬之奔馳，制盜賊之逋遁。春秋、戰國時，有連數國之師，攻彈丸小邑，而不能入者，有溝以爲限，有樹以爲蔽，則守禦易而圍攻難也。自秦人墮城平塹，漢、魏以後，盜賊猝起，破州屠邑，千里無留行。蓋古法盪滅，州縣或無城，或有城而卑且惡，或城雖可憑，而無溝、樹以爲阻固耳。詳稽前史，證以近代所見聞，苟城堅而有溝、樹，守禦得其方，雖敵強援絕，莫能驟拔也。聖人安不忘危；則國家閒暇，城堡溝樹之政，宜及時修舉明矣。

更有請者：吳、楚、蜀、越、嶺徼之地，皆賴川流塘堰以灌秔稻，不專恃雨澤。明太祖嘗慮民間不敢擅開支河，而大塘、大堰又有民力不能自興築者，洪武二十八年，官開天下支河九千二百有奇，興塘堰四萬九百八十有奇，民皆利之。伏乞皇上勅下督撫，令各州縣詳詢耆民，躬自踏看，凡通川之地，可開支河；沮洳之區，可興大圩與大塘、大堰，宜創作修復者，一一詳報。督撫核查審酌，并估計工程，於一年內陸續造册具題存部。北五省塘堰、圩堤可興者少，則查千家、數百家之鎭集，宜開溝渠、築垣堡者，亦造册具題存部。但遇減收之年，即及時興作，以聚窮民；其要地城池，則豐年以次治之。數十年之後，天下郡州縣治及大鎭大集，莫不有外垣溝樹之阻，平時可以備盜賊，有事可以固疆圉。天下河道橋梁、圩堤塘堰無不修治，可以助人力所不逮，補旱潦之或偏，一舉而衆善備焉。至於溝樹之地，雖不能無廢民田，而當荒歉之年，官給原價以買之，民之懽忭踴躍，與受我皇上之賑賜等。所慮者，官費用之不充。然聞從前捐例，通計監生一項，歲不下五七十萬；今諸例盡閉，則此項所入必較多；而下覘民氣，上驗天心，自今以往，荒祲必漸少；且審度緩急，量歲入而次第舉行，亦不患其不充也。通計每年賑荒工築所餘，以興逼近洞苗出入各州縣之城堡溝樹，而沿邊要地次之，吳、楚、蜀、越、嶺徼之支河、圩堤、塘堰次之，北方大鎭集之溝垣次之，海內要地之城池次之；然後僻小者以次而徧焉，然後吳、楚、蜀、越、嶺徼之大村鎭亦以次而徧焉，然後北方之小鎭集亦徧焉。其餘散居山澤及二三十家自爲聚落者，聽民自便。蓋吳、楚、蜀、越、嶺徼之支河、圩堤、塘堰先修，則農收倍多；北方鎭集之溝垣先修，則盜賊易詰。故興作之序次如此。

臣夙負罪愆，荷聖祖仁皇帝矜容之德、特達之知，又荷世宗憲皇帝宥及全宗，擢居今職；又荷皇上再召入南書房，臣陳三事，皆蒙俞允。故敢冒言國政之大者，伏候皇上裁察！

謹奏。

論禁燒酒事宜劄子

欽惟我皇上特降諭旨：永禁燒酒。此誠經國之大猷，足民之本計，備荒之實政也。嗣因孫嘉淦條奏，發王大臣九卿公議。所見不同，各爲一議，並陳御覽。復發北省督撫公議，所議次第奏到。本月二十四日，九卿復齊集會議，謂不宜禁者十之七八。在諸臣，惟慮開燒鍋者之失業；而臣所慮者，則在燒鍋屯穀既多，雖遇豐年，米價亦貴，而窮民艱於得食。諸臣所慮者，大豐之年，穀賤傷農，故爭言惟儉歲宜禁；而臣所慮者，則在儉歲，雖禁亦無穀可積，儻遇災荒少劇，雖不惜國帑，亦無穀可糴，終不能救窮民之流殍，而廑聖主之憂勞。臣一介寒儒，年力衰殘，初列班聯之末，雖竭誠無隱，而終不能解異議者之惑，故敢直陳於聖主之前。伏念自漢、唐以及元、明，流民起而爲盜賊，皆由饑饉。我國家運方郅隆，毋庸慮此，而蓄積備荒之道，自不可以不豫。即如雍正八年，河南衞、彰等處旱荒，田文鏡匿而不報。九年二月，世宗憲皇帝訪聞，立遣侍郎王國棟馳驛往賑，盡發數年所積倉穀五十餘萬石，兼截漕糧以散之，穀尚不敷；乃折銀以代穀，而無穀可糴。惟中家素有儲蓄者，尚能自保；其餘得賑而免於流殍者，十之三；其就食他省者，雖荷先帝仁恩，命所經州縣，廩給資送；而轉死於疾病者，尚不可勝數。此天下所通聞也。伏乞皇上徧詢謂燒鍋不可禁之諸臣：設更有如雍正九年衞、彰等處之旱荒，將何以贍之？儻有如漢、唐、宋、明一二千里之水旱，皇上卽不惜數百萬帑金以賑之，而水路不通之地，雖有米糧，將如何轉運？况鄰省亦無積穀乎？諸臣果有善策，卽聽開燒鍋之禁；若並無其策，則臣願我皇上熟計審處，斷自聖心，勿以浮言而阻實政也。

至內外諸臣前後條奏，言燒鍋不宜禁者，其大指不過二端，其細目不過八條；臣謹一一剖析於後，伏乞皇上存臣所奏，俟王大臣九卿議上時，一一察驗，彼此相參，則孰爲中乎事理，當乎人情，自無能遁於聖鑒矣。

一則謂：「驟禁燒鍋，恐失業之民多。」不知開燒鍋者，非大有資本，不能具房倉什器，屯積粱穀。此種豪民，卽不開燒鍋，亦可用其資本經商行賈，何患失業？凡城市村鎭賣燒酒者，多與油鹽雜貨同一店，雖不賣燒酒，他貨未嘗禁其市賣，亦並無失業之虞。惟大路之旁，間有搭草棚零沽於行旅者，此不過百分之一；然燒酒雖禁，黄酒豈不可以零沽？則慮民失業，乃似是而非之說，明矣。

一則謂：「恐穀賤傷農。」果爾，則周公「耕九餘三」，爲厲民之政；孟子「菽粟如水火」，爲亂政之言矣。史稱唐太宗時，斗米三錢，民行萬里，不持尺兵，用致刑措；而我朝康熙三十年前後，臣時往來京師，米麥之價，僅及近歲之半。彼時百物皆賤，家給人安，未聞以穀賤傷農。目今卽令民間歲歲積穀，行之以久，尙未必能復康熙三十年前後之舊；而諸臣豫以穀賤爲憂，實臣之所不解。然則穀賤傷農，爲似是而非之說，明矣。

一謂：「穀糠不以造酒，則無糟以飼六畜。」此乃情理所絕無者。夫穀糠，去其精華以爲燒酒，其糟粕尙可以飼六畜；則精華尙存之穀糠以飼六畜，必更肥碩，此物理之最易明者。若謂必爲糟而六畜乃食，則是未經造酒之穀糠，委之於畜，畜竟不食也。其誰信之？

一謂：「高粱有味澀者，止可餵養牲畜。」卽就所言，北五省大家小戶，六畜需用高粱之處正多。且李衛前奏：「宣化一府，瘠地所出高粱，味雖微澀，値荒歲，百姓亦頗賴以充飢。」則是高粱無不可食之明證也。

一謂：「禁止燒鍋，則當先禁燒麯。」此說是也。但謂「凡鎭市開廠造麯，耗穀累千萬石者，在所必禁；而民家自曬燒麯者，則聽之」，此說乍看似爲近情，其實積少成多，耗穀與開廠等。小民逐利，旣開其端，則人人皆託名自用而無以禁之；是向之聚造於一處者，今特使分造於各州各縣各鄉各鎭耳。是名爲禁而實縱之之術也。

一謂：「高粱難於久貯。」其說甚爲荒唐；且五穀未有不可久貯，久貯則未有不生蛀蟲、略有損壞者。小民歲蓄，每家不過數石、數十石，收藏曬晾甚易，非有成千累萬之相因也。卽富戸糧穀豐盈，有累千百石者，每歲皆可推陳易新，豈坐而視其損壞乎？卽據尹會一所奏，亦只云：「大約朽蛀則是，亦難直斷以不可久貯也。」其爲影響之說，明矣。

一謂：「嚴禁燒鍋，則私燒者多，必致比戶擾累。」不知惟開燒鍋，難於密秘，雖高牆深院，氣味必達於外；不比私造賭具，銷燬制錢，可藏匿而爲之也。地方官果肯實力奉行查禁最易，豈有比戶擾累之弊。

一謂：「禁燒酒，則造黃酒者必多，轉致費耗糯黍精鑿之穀。」殊不知黃酒不可久擱，尤不可致遠，車載則色惡而味變；又深春、炎夏、初秋，皆不可造。且價高而難以充量，飲燒酒數兩者，非黃酒三二觔不得一醉；卽有中人之產，亦豈能用十倍之資以縱飲？窮民則不禁而自不能沽。所省民間飲酒之費，十居六七。又其顯見者也。

一謂：「嚴禁燒鍋，恐胥吏乘此以擾民。」不知前此惟陽奉陰違，或開或禁，故有司胥吏得緣爲姦利。若通行禁止，官能守法，民自知畏，更何緣以擾民？見今直隸、山東嚴禁燒鍋，已經數月，未聞擾民，別生事端。其明驗也。

一德沛奏稱「膏腴之土，植無用之材，已屬暴殄；況登場之穀，爲亂性之資，又自古及今，皆知其不可者」等語，是其意謂不可不禁也；而又慮「州縣官有刑名、錢穀之責，千、把總有操防、訓練之司，不得不委之兵役、番捕，恐愚民受其侵擾」，此則爲有司所蔽惑耳。國家設守土之官，以察民間之疾苦，興利除弊，皆須必躬必親，實心爲之經理；若除刑名、錢穀、操防、訓練外，一切委之兵役，則不可以任州縣之寄，爲百夫之長矣。

伏念燒鍋之禁，聖祖仁皇帝、世宗憲皇帝所屢申也。所以陽奉陰違者，皆由不肖有司及本地勢紳，有所利而爲之護持，是以胥吏土豪得因緣以爲姦利。今聞聖主特諭永禁，則有司、勢紳百方巧說，以惑九卿、督撫之聽，九卿、督撫以言者衆多，遂謂此衆人之公言，而不知其爲不肖有司及勢紳之私意也。若千百萬窮民之苦穀貴而望禁燒鍋，則何由達於九卿、督撫之聽哉？臣區區之心，不勝激切仰企之至！

請禁燒酒種烟第三劄子

竊惟自古開創之初，臣主一心，萬民畏法，故變更制度，縱横任意，立見成功。承平之後，百吏因循，姦民抏巧，而欲更化善治，必得其機會，因勢以利導之，然後無沮格中廢之患。故唐之中葉，議復府兵，久而無成。會吐蕃以牛運糧至原、蘭，牛無所用。李泌建議以爲急市其牛，可得六萬頭，以給沿邊戍卒，開墾荒地，願留者給爲永業，則府兵漸次可復。但需急爲之計，過旬月則不及矣；而當時不能用，讀史者莫不痛惜焉。

乾隆二年，皇上特降永禁燒酒諭旨，以九卿、督撫各持一議，久而未定。今年三月，復降諭旨，命禁躧麴。前月中，又特命嚴禁燒鍋。聖主至仁至明，爲國家樹根本之道，洵億萬世生民之福也。臣之愚心，竊謂永禁燒鍋，惟此時爲易。臣前年奏請先禁河南北五省者，以南中粟米尙多，恐愚民不知其宜禁也。今江南旱荒，浙江、福建米價騰貴，江西、湖廣多米之地，亦幾倍於前；若以此時特頒諭旨，布告天下，各省俱行永禁，則民心感說，可以不勞而定。蓋前此在內之公卿，不過牽於莊頭之厚利；在外之督撫，不過惑於有司、胥吏之浮言，又恐有虧關稅。今見萬民飢殍，聖主憂勞，則九卿、督撫，必不忍飾浮說以相阻撓；卽莊頭、土豪，亦不敢干功令而犯衆怒。明年春夏當無異議，至秋冬卽大有農收，皇上堅持而申喩之，則此法可永定矣。

九卿中言禁之未便者，惟孫嘉淦、尹繼善，二人非有私意，乃所見實然。但孫嘉淦止知燒酒永禁，以此營生者，一時不無失業之苦；至永禁以後，利益溥徧，則未嘗籌及。卽如今年孫嘉淦請弛躧麴之禁，各省督撫未有以爲是者，可知人心之公，自有不能曲徇之是非也。況去歲直隸地方嚴禁燒鍋，業已半載有餘；山東則自始至今，未嘗弛禁。兩省之民，未聞以此爲病；則謂擾民而難禁，乃胥吏、有司之姦言，而督撫誤信之，明矣。尹繼善曾與臣言：「非謂燒酒不宜禁，乃謂愚民習便，無法以禁絕之。」然行之於此時，則無貧富賢愚，皆知其宜禁矣，此正可以永禁之機會也。至於種烟所減之粟米，較之燒酒所耗，亦十分之六七，而禁之又不若燒酒之難。蓋種於田野，半歲乃成，不可掩藏；無俟嚴刑峻罰，第拔其苗，扑責其人，卽不敢再犯矣。如謂：「八旗祭祀，舊制必用燒酒；兵丁巡夜，寒冬難盡禁烟。」則特開古北口一路，塞外燒酒與烟，官給印票，許載入京城，則可給矣。如謂：「廣西、雲、貴瘴厲之地，烟微有補。」則飭督撫查明瘴癘州縣，聽民於山澗種烟，不得出境販賣，而永禁於平地，則亦可以兼濟矣。

前直督李衞曾奏稱：「宣化府地方所產高粱，有味苦者，惟凶年乃以充飢；豐年宜聽其燒酒。」則卽如所奏，豐年聽其燒酒，而不許出境販賣可矣。昨閱邸報，見甘撫元展成奏稱：「甘肅苦寒，嚴冬風雪，口外兵民，非此不足以資温煖。」卽如所奏，凡沿邊及口外駐兵防守之地，自十月聽其燒酒，二月嚴禁。其餘州縣，則概行禁止可矣。且臣積年確訪，宣化一府，所以種苦高粱獨多者，以燒酒利大，運販遠方爲便也。若不許出境販賣，則所種苦者日少，而不苦者日多。儻遇荒歉，宣化一府之高粱，不需官移而商自轉販鄰封，以濟飢乏矣。至元展成所奏「窮民裋褐不完，必借杯酒以敵寒威」，尤屬巽言；果身無衣，腹無食，杯酒豈足以禦晝夜之寒威？果有餘錢以酤酒，則積兩月之酒價，可得寒衣以禦三冬矣。至於商旅，則用酒無多；黃酒本無禁令，而必欲用燒酒以耗至可寶貴之黃米何意乎？況自漢、唐以至元、明，皆苦邊地少粟，多方運餉；而於春秋和煖之日，多作無用生事之燒酒，以耗有用難致之軍糧，可乎？且以宣化一府之私利，西邊數鎮之嚴寒，而廢四海九州之長利，釀生民之隱憂，撓國家之本計，可乎？

但永禁之法，若不毀燒鍋，不除烟酒關稅，終非拔本塞源之計。伏望我皇上斷而行之！如羣臣尙有異說，伏乞皇上詰問：「除禁酒禁烟，更有何法可使粟米日多？」令其陳奏。庶幾諸臣爲百姓思之，爲皇上思之，而知顧私利之非忠，執淺見之誤國也。

更有請者：凡羣下所奏，若實有當於事理，則祈我皇上特旨行之。蓋以人情熟於揣摩，且多嫉妬，知議出羣下，則思多方以破壞之。臣伏見我皇上敬天仁民之實德，虛己樂善之實心，洵可以興三代之治；而羣下之結習不除，則雖我皇上日夜憂勤，而庶政終難於興起。至於開源節流，乃自古聖王使菽粟如水火之常經。上腴之田半變爲烟圃，五種之美半化爲糟醨，民間積貯日少；若疊遇水旱，雖盡發太倉、常平之積粟，費數十百萬之國帑，實不能徧濟千百萬之窮民，思之令人寒心。卽如目今各路凶荒，向使民間多留一石之粟米，較之官爲採買輸運，所省國帑，不止一倍。若目下早定一日之大計，則後此可早釋我皇上一日之憂勞；而諸臣猶以永禁燒酒爲未便者，眞愚臣之所不解也。

臣今年血氣日衰，初寒，則晨夕戰慄，飲食日減；誠恐一旦遂塡溝壑，則諸臣阻撓之淺見，國家久遠之深憂，不得復達於聖主。謹罄竭愚忱，盡言無隱，伏惟鑒察！謹奏。

請除官給米商印照劄子

臣閲邸報，兩江督臣那蘇圖奏請：「備荒宜照去年部議定例，凡米船過關，卽詢明係往被災某州縣售賣，免其納税，給與印照；責令到境呈送地方官鈐印，於回空過關時，呈驗查銷；如偷運别省，並沿途先行糶賣，將寬免之税倍追治罪。」已蒙硃批「照所請速行」在案。仰見我皇上愛民深切，不緩須臾；督臣仰體聖德，計畫周悉。

但所稱查照定例内有急宜變通者，凡販米客商，逐貴去賤，本不待教而喻。凡米價貴賤，視被災淺深；災淺者價貴，災深者價必尤貴。若必限定到某處糶賣，不可改移，假如沿途米價更貴於所報往賣之處，則此地之飢困，必更甚於彼地。客商不敢違法而擅賣，貧民嗷嗷待哺，必欲強買，竊恐爭奪搶攘之患，必更叢生矣。大凡米價騰貴之地，一遇客商湊集，價必稍減；此地稍減，又爭往他所。聽其自便，流通更速。若價昂既不敢賣，價減又不得不賣，商賈用本求利，必視此爲畏途而觀望不前。

又地方官鈐印一節，卽官長不敢留難，而胥吏隨處需索，往返再三，視納税費增數倍。更有慮者，客商挾資往來江湖，多隱秘其蹤跡，惟恐生人識其面目，所以防盜賊之拘執拷索也。若使出入官署，投批請印，人人知其爲商，尤所深懼。臣少時授經四方，時附客船，深知此中情事，故敢冒陳愚見。伏乞皇上特降諭旨：凡米船過關，免其納稅，聽憑轉運本省地方隨處售賣，不許偷運別省。庶大商小販人人踴躍爭先，而民食可少濟矣。謹奏。

論山西災荒劄子

臣本月十五日閲邸鈔，始見御史楊嗣璟奏山西歲歉，奉旨：「著巡撫石麟速行明白回奏。」仰見聖心憂民之切。但州縣既匿荒不報於先，而大吏又失察於後；今奉旨查問，恐地方官不無多方掩飾，幸免罪愆之弊。萬一石麟回奏，未能盡實，再遣大臣往查，非越月不能上聞；而被災之民朝不保夕，恐難久待。伏乞我皇上卽召山西在京大小臣工凊問，俾各陳所知，如與御史所奏相符，則求特遣忠實大臣前往，會同巡撫覈查被災淺深之地，卽照直隸、山東之例，一體動帑賑濟，庶被困飢民，不致流離失所。我皇上視民如傷，四海蒸黎感戴聖恩，皆如赤子之仰父母。故敢竭其愚忱，不勝激切悚惶之至！

方苞集集外文卷二

奏劄

請矯除積習興起人才劄子

臣聞人臣之義，國爾忘家，君爾忘身。士大夫敦尚氣節，東漢以後，惟前明爲盛；居官而致富厚，則朝士避之若浼，鄉里皆以爲羞。至論大事，擊權姦，則大臣多以去就爭；臺諫之官，朝受廷杖，諫疏夕具，連名繼進。至魏忠賢播惡，自公卿以及庶官，甘流竄，捐腰領，受錐鑿炮烙之毒而不悔者，踵相接也。雖曰激於意氣，然亦不可謂非忠孝之實心矣。惟其如是，故正、嘉以後，國政僨於上，而臣節砥於下，賴以維持而不至亂亡者，尚百有餘年。臣竊見本朝敬禮大臣，優恤庶官，遠過於前明；而公卿大臣抗節效忠者，寥寥可數；士大夫之氣習風聲，則遠不逮也。

臣少遊四方，所至輒問守土之吏之爲民利病者。無何而大病於民者，已列薦章矣；民所愛戴者，多因事罷黜矣。叩其故，則曰：此富人也。非然，則督撫之親戚故舊也。非然，則善於趨承詭法逢迎者也。其罷黜者，則以某事忤某上官耳。間有貪殘而被劾，循良而得舉者，則督撫兩司中必有賢者焉，而亦寥寥可數矣。至於九卿，乃九牧之倡，萬官庶事之樞紐也。督撫、臺垣之條奏，特下九卿，必國體民生所繫，猶叩樹本，百枝皆動，而可或有差忒乎？以臣所聞見，凡下廷議，其爲督撫所奏請，則衆皆曰：此某部某長官所交好也。或上方嚮用，未敢駁正也。已而議上，則果謂宜從矣。其爲科道所條奏，則衆皆曰：原議，某所建也；其事，某某所不利也。已而議上，則果謂必不可從矣。同官中卽有持正而力爭，各部院卽有心知其非不肯畫題者，而其議之上達自若也。其保舉僚屬，半出私意，亦不異於外吏；但偪近輦轂，耳目衆著，出於公道者，尚可參半耳。是以聖祖仁皇帝中年以後灼知此弊，刑誅流錮以懲姦貪，拔擢矜全以勸廉吏，而親信清公樸實之人。世宗憲皇帝敬承此意，極力廓清，宵旰孜孜，惟務發外吏之欺蒙，破在廷之結習。十餘年間，少知畏法，而終未革心；蓋由營私附勢之習深，而正直公忠之人少也。我皇上至誠惻怛，諄諄開諭，可謂深切著明矣，而特旨薦舉；服在大僚，尚或引用富人以便身家。在外督撫，多以報荒爲難；而州縣又以匿荒爲自安之計。其有不肖者，每遭歲歉，轉日夜徵比，以迫蹙貧民，冀邀蠲免，因緣爲利。此風不改，則皇上日夜憂勤於上，而治教禁令不能不墮壞於冥昧之中；尚安望百度之皆釐，實德之及下乎？

臣伏讀三年中前後諭旨，於臣所陳之積弊，亦既洞晰於聖心，而思有以矯革之矣。然所以矯革之者，則有本統焉。文、武之政，非其人猶莫舉；而「知人則哲」，帝堯猶難之。治道之興，必內而六部、都察院，各得忠誠無私、深識治體者兩三人，然後可以檢制僚屬而防胥吏之姦欺；外而督撫、兩司，每省必得公正無欲、通達事理者四三人，然後可董率道府，辨察州縣，以切究生民之利病。能如此者，乃有才、有識、有守而幾於有德者也，雖數人、十數人不易得，況一旦而得數十人哉？然不如是，終不可以興道而致治。孟子云：「猶七年之病，求三年之艾也。」自古聖君賢主未嘗借才於異代，亦惟我皇上勤心以察之，依類以求之，按實積久以磨礱之，信賞必罰以勸懲之而已。

所謂勤心以察之者，一則明辨部議、會議是非之實也。凡一事之興廢，其利害常伏於數轉之後。故雖周公之聖，猶有仰而思之，夜以繼日而未得者；況庸常之人，雜以私意，而揣摩瞻徇乎？而姦邪文法之吏，每能巧飾偏辭，變亂是非，言之鑿鑿，使觀者難辨。孔子所以惡佞之亂義，惡利口之覆邦家也。是以唐、宋以來，凡廷議，皆以宰相斷決之，以學士參議之，以給事中駁正之。自明中葉以後，姦相擅權，毒流天下。聖祖仁皇帝時，亦有以招權籠賄，家累鉅萬者。賴聖明剛斷，同時罷黜；而自是以後，潔己自好者，皆以避權爲安；內閣擬票雖有兩簽，從未有摘發部議之非而奏請改議者。古者御史之外，別設給事中，專駁宰相成議，上及詔旨；而南宋以後，舊典寖廢，以故朱子屢歎之。以臣所聞見，聖祖仁皇帝、世宗憲皇帝暨我皇上，時有盡屏廷議而獨斷其行止者；命下，必大服衆心。故臣愚以爲凡部議、會議有關於國體民生者，勿遽批發；必再三尋覽，以究其事理之虛實，意見之公私。微有所疑，必召平時聖心素信其忠誠無私、通達事理者，盡屏左右，每人而獨問之，參伍衆說，然後內斷於聖心。此卽虞舜好問、好察，以輔其惟精惟一之學，而孔子所歎爲大智也。臣伏見皇上於部議，從者十九；於九卿兩議，大抵從其列名衆多者；道路之口，頗有未協。聖心如天，或以爲主議者衆，必人心所同；而不知其實乃本部一二人之私意，或九卿中一二人之偏見，怯懦瞻徇者，明知其非，而不敢辨也。抑又聞用人之道，惟知之爲難。凡人之智識，必叩之而後知其材勇，必試之而後見其忠邪誠僞，必久與之習而後得其眞。太公望，文王之師也；武王用之，猶反覆窮究，相與問答者凡數萬言。管夷吾，齊國之望；鮑叔牙所深知也；桓公用之，猶每事諮度，相與問答者凡數萬言。方今四海九州萬事百度皆總歸於六部，而決於卿貳五六人；每日文書到部，最少亦一二百件。苟一事之失其理，則姦心必滋於蠹吏，實害必被於兵民；此卽五六人皆至公至明，虛己和衷，日夜講求，尙慮其有失誤；而我皇上，於六部卿貳中，灼知其才識，深信其忠誠者，凡幾人乎？古聖王「用人惟己」，必先勞於求賢。臣伏願皇上，惟盛暑嚴寒，宜安養聖躬，不可過勞；外此少有餘閒，卽延見廷臣。凡六部、都察院奏事，披覽之下，微有所疑，卽召見問訊，使各陳所見。聽其言語，則明昧可知矣；觀其氣象，察其心神，則公正私曲大略可見矣；即有利口而飾爲伉直，邪媚而貌類恪恭者，以我皇上之至誠至明，久與之習，必有呈露於幾微而不能自揜者矣。其餘京堂、科道，條陳屢合事理，翰林敷奏，深當聖心者，亦宜愼選其人，俾輪班侍直。事有疑難，隨時召問，以習察其志行，而劑度其材能。至於大僚中已爲我皇上所深信者，尤宜朝夕燕見，與議論天下之事，以窮究其底蘊；果能忠誠無私，而又通達事理，則於同官百吏，皆能助皇上以檢察而得其實矣。

所謂依類以求之者，天下惟君子與小人，性情心術，如冰炭之不相入。小人所悅，必諛佞側媚者，雖有才智而爲國患更深；樸直清愼者，雖無才智，尚可奉公守法，竭力自效。是以周公立政之篇所三致意者，惟勿用憸人，而求吉士，以勱相國家而已。所謂憸人，諛佞側媚而有才智者也；所謂勱相樸直清正之士，雖才智不足，而率作策勵，尚可以有輔於庶政也。自古有君子而誤信小人者，斷無小人而能進君子者；故求賢之道，必以其類爲招。保舉舊例，臨時按品秩資格，俾各舉一二人。法本無懲，而人多難信。我皇上於在內之九卿，在外之督撫，深信其忠誠無欲者，必各有數人。伏願特下密旨，命盡舉所知，而別其材之所宜，然後考覈試驗，而次第用之，比之按資格以汎舉者，必爲得實；而聽請託、利身家之結習，不禁而自除矣。

所謂切實積久以磨礱者，自漢、唐以後，雖仍六官之名，而職事多非周官之舊矣。而就今功令所宜秉承者，則吏部之職，非獨按籍呼名，循例黜陟也；其實在使請囑者望風而自止，巧法者百變而難欺。戶部之職，非獨謹守管鑰、會計出納也；其實在明於萬貨滋殖之源，生民實耗之本。禮部雖奉行舊典，而事有特舉，必當酌古準今，可爲後法；且寅清端直，無玷其官。兵部之實，在輯將校之驕氣，以綏靖兵民；消禍變於無形，以折衝萬里。刑部之實，在時情罪之寬嚴，以砥維風教；辨四方之僞獄，以震懾職司。工部之實，在識海內山川之形勢，以知疏鑿之宜；覈水土人功之等差，以定工程之度。至於都察院之設，本以肅朝廷之綱紀，儆百吏之官常，劾中外文武大臣之不法；而自副都御史郭琇排擊要人以後，五十年來，未聞力爭國家之大事，斥指大吏之非人者，不過掌行過文書而已。然則此職蓋幾於虛曠矣。伏願我皇上於部、院卿貳，必愼簡忠誠，而以明達者佐之，辨其材之所宜，而各責之以實，使日夜訓勵其僚屬，而隨時以進退之；則中材以上，咸自矜奮，數年以後，公正之風可作，而練達事理者亦漸多矣。

所謂信賞必罰以懲勸者，凡中人之志行，多以獎進激勵而成。平時主部議者，不過正卿中一二人；主會議者，不過九卿中皇上所嚮用之數人。順從緘默者，長得自安；據理直言者，必遭忌嫉。積習爲常，所以靡靡日趨於瞻徇，而非果竟無人也。倘我皇上時時延見，一一考驗，忠誠者篤信之，明達者褒嘉之，懷私者廢斥之，庸昧者退罷之，則旬歲之間，勃然而興起矣。世宗憲皇帝於大計保舉之員贓罪敗露，督撫降調，司道革職，條例甚嚴，而奉行不實；惟奉特旨獨舉一人者，降調甚多，而督撫、司道之計典無聞焉。蓋以所舉衆多，不能盡詰，而姑從寬貸耳。用此賂請陰行，舉劾顛倒，無所顧忌。若一依雍正六年定例，執法不移，則孰敢徇私任意以自累乎？自耗羨歸公以後，州縣之繁劇者，養廉至千數百金，猶不足以延幕客、辦公事；在內諸司，雖蒙加俸一倍，猶不足以僦屋、賃僕、秣馬、供車。伏願通計天下之耗羨及經賦所餘，詳加籌畫，必使州縣得備其公事，諸司得贍其身家；然後一犯贓私，嚴法不貸。其聲績顯著者，則時賜金帛，進爵秩而使久於其任。如此，則凡爲吏者，皆得俯仰寬然，潔己以奉公，孰肯苟且行私，以自取終身之墜陷乎？信能行此四者，則忠良有恃以不恐，姦邪有術而難施，中外大臣日夜孜孜，以進賢退不肖爲己任，庶司百吏皆知奉公守法、潔己愛民之爲安。數年之後，衆正盈廷，官守經法，民無倖心，雖大艱猝投，無難共濟，而況舉先王足民之大經，布前代屢驗之良法，尚何慮其阻撓廢格，縱私生事以擾民乎？至於民食既足，則當漸爲禮俗之防。官常既修，則當實講教士之法。內治既定，則興屯衞於邊關，設軍田於內地，使精神可以折衝；立制防於海嶠，謹治教於苗疆，使患害消於未兆：皆宜次第修舉。而臣不敢以爲言，誠以積習不除，人材不足，官常不立，則爲之而必不可成，成之而必不可久也。

凡所陳奏，皆臣五十年來所耳聞目見，確知其狀，不得不入告聖明者。臣老矣，生世無幾時；如以臣言爲可用，伏望留臣此摺，以驗羣情，以考治法，時復賜覽。如用臣言，而無利於民，無益於國，雖臣死之後，尚可奪臣之爵命，播臣之過言，以示懲責也。昧死上陳，不勝悚息瞻企之至！謹奏。

擬定纂修三禮條例劄子

臣竊惟明初五經大全，皆各主一人之說，且成於倉卒，不過取宋、元儒者一二家纂輯之書，稍摭衆說以附之；數百年來，皆以爲未盡經義，不稱大全之名。是以聖祖仁皇帝特命重修四經，頒布學官，昭示羣士。然惟周易多裁自聖心，所取至約，而前儒未發之藴，開闡實多，故特名折衷。餘三經，則曰彙纂。我皇上躬履至道，重念先聖遺經，未盡闡揚，詔修三禮，乃漢、唐以來未有之盛事；而三禮之修，視四經尤難。蓋易、詩、書有周、張、二程以開其先，而朱子實手訂之；典、謨以下，亦抽引端緒，親授其徒。胡氏春秋傳雖不免穿鑿，而趙、啖、二陸、劉、孫、胡、程之精言，採錄實多，諸經大義，已昭然顯著。故折衷、彙纂但依時代編次先儒之言，而不慮其無所歸宿也。陳澔禮記季高按：「記」字下據陳澔原書脫「集」字。說，自始出卽不饜衆心，詆議紛起。周官、儀禮，則周、程、張、朱數子，皆有志而未逮，乃未經墾闢之經；欲從大全之例，則無一人之說以爲之宗；欲如折衷、彙纂，但依時代編次羣言，則漫無統紀，學者終茫然莫知其指要。必特起凡例，俾大義分明，而後兼綜衆說，始可以信今而傳後。

臣等審思詳議，擬分爲六類，各注本節、本注之下。一曰正義：乃直詁經義，確然無疑者。二曰辨正：乃後儒駁正舊說，至當不易者。三曰通論：或以本節本句參證他篇，比類以測義；或引他經與此經互相發明。四曰餘論：雖非正解，而依附經義，於事物之理有所發明，如程子易傳、胡氏春秋傳之類。五曰存疑：各持一說，義皆可通，不宜偏廢。六曰存異：如易之取象，詩之比興，後儒務爲新奇而可欺惑愚衆者，存而駁之，使學者不迷於所從。庶幾經之大義，開卷了然，而又可旁推交通，以曲盡其義類。

伏惟我皇上聖學崇深，剖析經史，通微抉奥；故敢略陳愚見，仰求聖誨鑒定施行，以便排纂！爲此謹奏。

奏重刊十三經廿一史事宜劄子

乾隆三年十二月十五日，大學士兼管翰林院事張廷玉、福敏奏稱：「重刊經、史，必須參稽善本，博考羣書，庶免舛譌。武英殿爲內府藏書之所，就近校閱，實爲便易。今擬於編檢內選派六員，咨送到殿，俾校勘刊刻會於一處，則錯誤可免，而書易成。」奉旨：「依議。編檢六員恐不敷用，着添派庶吉士六員。欽此。」臣等卽通知莊親王，令武英殿監造等查庫內存貯書籍，並無監板十三經、廿一史。

竊思經、史，惟宋板字鮮遺譌；目今不惟宋板難得，卽明初刻本亦少。臣生平所見，惟嘉靖以後之板，已屢經改補，無三五頁無遺譌者；而現今監板，更剝蝕無一完善可憑以校對。伏祈皇上飭內府並內閣藏書處，徧查舊板經、史；兼諭在京諸王大臣及有列於朝者，如有家藏舊本，卽速進呈，以便頒發校勘。幷飭江南、浙江、江西、湖廣、福建五省督撫購求明初及泰昌以前監板經、史，各送一二部到館，彼此互證，庶幾可補其缺遺，正其錯誤。

更有請者：自唐初孔穎達、賈公彥等所引十三經及傳註，並周、秦間諸子，已多譌誤；宋、明刊刻，未經訂正；我皇上博極羣書，倡明經學，臣等當詳悉校勘，一一開列，進呈御覽，酌定改正，昭示來茲，庶幾此書刊布，度越宋、明，以副我皇上嘉惠後學至意。

又前翰林院侍讀學士何焯曾博訪宋板，校正前漢書、後漢書、三國志遺譌。臣曾見其書。並求下江蘇巡撫，向其家索取原書，照式改注別本送館，原本仍還其家，毋得損壞。其餘校勘事宜，具列於後，伏候聖裁！

一，校勘經、史與見修之書不同；見修之書，卽有遺落，可增删上下文，以就合之。經、史行世已千數百年，遺落一句數字，卽需重刻數十板，勞費甚大；必更番校對，一字無譌，始可寫樣；必樣本對清，始可登板。若限期催促，一部未成，又發一部，必多錯誤。

一，翰林院送到編、檢六人，奉旨添派庶吉士六人；臣等擬擇原在殿編校翰林十二人，合同分派。先對十三經，互稽經、傳，以考舛誤，限八月內將底本對完，臣等細加斟酌，繕摺進呈。然後次及史記、前漢書、後漢書、三國志，四史皆有注解，亦宜詳勘。以下諸史，則參伍舊本，增改落字錯字，加功較易矣。

一，舊刻經史，俱無句讀；蓋以諸經注疏及史記、前後漢書辭義古奥，疑似難定故也。因此纂輯引用者，多有破句。臣等伏念：必熟思詳考，務期句讀分明，使學者開卷了然，乃有裨益。

一，前明所刊經史，每卷之首，止列校刊職官姓名，而漢、唐先儒，轉附第一行每卷之下；且或止稱某氏，或具姓名鄉里，或幷詳官階封邑。諸經諸史，款式各殊，聞彼時書出，卽衆議譁然。其後馮夢禎爲國子監祭酒，重刻史記，始變其例，衆以爲是。今擬倣其例，王大臣監修校勘，列於目錄之前，漢、唐先儒列於每卷之前，分校諸臣列於每卷之末。卷內若有遺譌，則分任其責者，無可推諉，庶幾各竭心力。又在殿翰林內，有詹事府正詹事陳浩，左庶子周學健，翰林院侍讀學士呂熾，編修朱良裘，行走年久，向來一切編校之事，承辦居多；今擬將諸翰林所對經史，仍派令此四人分領，以專其責，合併聲明。惟一，刻字之板，材有老穉，乾久之後，邊匡長短，不能畫一，故自來書籍，止齊下線。惟殿中進呈之書，並齊上線，臨時或烘板使短，或煑板使長，終有參差，仍用描界取齊。數烘數煑，板易朽裂，凡字經剜補，木皆突出，散落再加修補，則字畫大小粗細不一，而舛誤彌多。經史之刊，以垂久遠，若致剝落，則虛糜國帑。伏乞特降諭旨：即進呈之本，亦止齊下線，不用烘煑，庶可久而不敝。爲此請旨，欽定程式，以便遵行。謹奏。

請定庶吉士館課及散館則例劄子

昔宋臣蘇軾進言：河北五路，乃自古豪傑之場，其人可任以事；然欲使之治聲律，讀經義，與吳、楚、閩、蜀之人爭得失，則惟有不仕而已；請特爲五路別開仕進之門。蓋因爾時以詩賦設科，河北五路雖有直方魁傑之材，而自達靡由，爲可惜也。國家會試以南北中路分額，士多爭論，功令屢更；乃定議分省計卷，欽定名數，此誠至均至平之法。惟翰林一職，專司文學；河北五路及邊徼遠省與選者甚稀。臣自有知識，竊見內閣九卿出於翰林者，十常七八。蓋因職親地近，材識志行之美，易達於天聽；若散在州縣，則或掛於事故，或抑於上官，雖有介節長才，或趦趄以終老。故天下士尤以翰林爲清華，而恨不得與。本科進士已經朝考，我皇上復命王大臣選擇以備引見，此作育人材公溥詳慎之至意也；而朝考取備庶常之選者，三十有六人。江南、浙江、江西、湖廣四省數已三十，其餘僅六人耳。豈吳、越、三楚而外，材識志行可以登清華、列侍從者，竟無其人與？徒以聲律辭章，素所不習者多耳。選館之期，伏乞聖明少爲留意！

至於教習庶常，臣請嗣後江南、浙江、江西、湖廣、福建，仍課以詩賦。其餘各省，則專治本經義疏及資治通鑑綱目所載政事之體要。散館之日，試以所專課各二篇，其兼通者，亦得自著所長而不相強。如此，則東南之士益留心於經濟之實用，而河北五路以及邊方之士，亦不至困於聲律之末藝，可以陶冶羣材，使爭自淬礪。蓋政事文學，皆人臣所以自效，而政事之所關尤重。使海内昭然知我皇上取人，不專以文辭，而必求其實濟。則有志之士，當益思自奮於聖明之世矣。

天下之事，苟有偏重，則積重積輕之勢以漸而成，而弊亦隨之，惟聖主能見其微；故臣敢冒陳末見，上瀆聖聰。謹奏。

論考試翰林劄子

爲冒陳末見，以備採擇事：我皇上特降諭旨，親試翰林，俾有學有識者，得自見於聖明之朝，而鄙樸無文者，不能冒濫；誠陶冶羣材，磨礲激勸之至意也。但如雲、貴、川、廣諸省，地本荒遠，學少師承，詩韻文律，俱非所諳；是以聖祖仁皇帝、世宗憲皇帝每值選擇庶常及散館之期，於諸省恆多寬假；非特鼓其向學之志，亦懷柔遠人之一道也。

伏乞我皇上於雲南、貴州、四川、廣西及陝西、湖南諸省，其文義荒疏應加罷斥者，較他省稍爲矜恤，概賜引見，相其材質，分別改任，以示優容。蓋其地登朝之士，較中土爲稀；苟有膺清華之選者，卽鄉邦之衆望屬焉。儻蒙格外垂恩，不惟可廣教思於無窮；亦可使邊荒之民，奉揚皇仁，感激勖勵。臣不揣愚昧，上瀆聖聽，不勝戰慄悚息之至！

請正孔氏家廟祀典劄子

欽惟我皇上躬履至道，復先聖之喪紀，考三禮之遺文，事關名教，莫不周諮詳議，以求其當，洵好問好察之至意也。前副都御史臣陳世倌奏請加封崇祀先師前母，奉旨九卿議奏。臣愚陋之見，與九卿所議未能畫一；又忝列禮官，值茲鉅典，不敢不敬陳末議，以候聖裁。

謹按：啓聖王娶於魯施氏，生九女；其妾生孟皮，有足疾；既老，求婚於顏氏。顏父問三女，孰能往？先師母最少，對曰：「從父之制，將何問焉？」見於家語，見於史記注，見於闕里志，其言歷歷可據。家語爲東漢時孔氏所出家藏書，至王肅而顯。朱子學庸集注，乃晚年所定，於哀公問政章，兩引家語；總注云：「按孔子家語亦載此章，其文尤詳，蓋子思删其繁文，以附於篇。」據此，則子思未作中庸以前，孔氏原有家語之書明矣。朱子又嘗曰：「孔叢子乃後人所僞作。家語蓋王肅編古錄雜記，語或有疵，然非肅所自作。」夫所謂有疵者，謂引大戴禮帝繫姓及雜記墳羊與骨節專車之類耳。至先師之生母、前母，肅豈敢妄爲搆造？則其爲孔氏之舊聞明矣。朱子之言炳著如此，而或欲據此以爲朱子不信家語之徵，不亦誣乎？若史記注之正義、索隱，則取諸孔安國、馬融、鄭康成、何休、杜預、范寧、賈逵、服虔諸儒。周以後之書，莫古於遷史，而孔子世家所載先師父與先師母顏氏配合，甚爲誣妄。又云：「孔子不知父墓，乃其母諱之。」故注引家語「施氏生九女，其妾生孟皮，有足疾；既老，求婚於顏氏。」以辨史記所傳之謬。若以家語施氏之事爲非眞，則是以遷史所傳爲可信矣，此又人人知其不可者也。至於闕里志所據，本於祖庭廣記，乃孔氏世守之書。假令啓聖王元配施氏，稍有疑似，何以自著於家乘而不之削邪？

然而孔氏家廟至今無施氏之主者，蓋亦有故。緣唐哀帝天祐二年，朱全忠逆亂，天下分裂。孔氏之洒掃戶孔末作亂，殺先師四十二代孫光嗣，而自爲曲阜令，孔氏苗裔幾絕。是時光嗣子仁玉生始九月，其母張氏挈之逃匿外家；比九歲，魯人以聞於梁，梁始命仁玉嗣位。仁玉孤幼童昏，復立宗祊於危難搶攘之餘，其祀顏氏而不及施氏，豈可以爲典要哉！

仁玉以後，蹈常習故，不復自反其初，而歷代以來，則亦但知崇祀先師於太學膠庠，無由知其家廟並無施氏之主也；而諸臣多謂：「顏氏篤生先師，不可以施氏之主位於其右。」此大非也。先師母顏氏，明於大義人也；觀其聞父命而請行，則持身一稟於禮，而無俗情可見矣。身膺先師之封典，秩祀二千餘年，而與啓聖王相守至老之施氏，竟不得祔於廟；不獨先師愍然心傷，而先師母顏氏之心，亦有缺然不自得者矣。

我朝重熙累洽，至世宗憲皇帝及我皇上之世，如周家之制禮作樂，大備於成、康。故曲阜令孔毓琚既申詳撫臣陳世倌以請於前，世倌今爲副都御史又復以爲請；誠以數百年來未舉之曠典，欲及聖明之世，以補其廢闕也。昔程子答友書嘗言：「若前母無子，似宜以生子之母配。」朱子深以爲非，謂「宜遵唐禮，以前母與生母並配」，此萬世之定論也。況我朝封典，必先前母而後及生母。今明徵於經傳之載紀，折衷於朱子之定論，揆以先師、先師母孝敬之仁心，斷以我國家之令典，施氏之應受封於朝，設主於廟，義無可疑者。況本乎孔氏子孫之自請，必其實有不安於心者可知也。陳世倌前奏，未經部允，今復陳奏，則其爲人心之不可以已者，又可知也。臣愚以爲應特勅錫封施氏，與顏氏並祀寢殿，以昭我皇上錫類之仁恩，邁古之盛典。

臣一介寒微，非好與諸臣爲同異以瀆聖聽，誠以此事繫海內之觀瞻，關萬世之公議，不敢不詳悉慎重，苟徇衆議。我皇上聖學崇深，必有以察臣言之是非。臣不勝戰慄企瞻之至。謹奏。

請以湯斌從祀文廟及熊賜履郭琇入賢良祠劄子

伏惟世宗憲皇帝特詔：故御史陸隴其從祀孔廟。故工部尚書湯斌，又荷我皇上特恩，賜謚文正，補入賢良祠。頃讀聖諭：求直言極諫之士，首舉隴其爲標準。兩朝聖主尚德褒賢，非獨二臣之榮，乃邦家之光也。

臣竊思湯斌實學躬行，與隴其相匹，而立朝大節，則尤彰顯；故五十年來，學者號稱湯、陸。或謂其講學之書，雖宗朱子，而亦間取陸、王。殊不思陸、王之身，已從祀孔廟，而乃以議斌，義無所處。

又世宗憲皇帝特建賢良祠以褒前厲後，而故大學士熊賜履、左都御史郭琇尙未得與，想當時禮官未有以二臣生平入告者。竊思賜履當四輔臣柄國時，獨上萬言書劾之；是以聖祖仁皇帝甫親大政，即擢居輔弼；專以尙書、周易及朱子之書啓沃聖心；及晚年再起，立朝則不附權要，私居則泊若寒儒，可謂終始不渝矣。郭琇首發柄臣之朋黨姦欺，聖祖仁皇帝赫然震怒，同時罷斥，朝政爲之淸明，善良由茲坦步，其功最著。竊觀賢良祠諸臣，有遠不及二臣，但以廉靜勤慎而得定祀者矣；而二臣不與，海內公論多以爲疑。

臣聞古昔聖王操三重之道，可進退百代，以制祀典。故唐、虞以前，稷祀句龍，至成湯而易之以姬棄，其明徵也。伏乞我皇上，勅下內閣、九卿定議，俾湯斌從祀孔廟，則可以昭本朝理學之昌明；俾熊賜履、郭琇入賢良祠，則可以爲公卿臺垣之模楷。此海內有心有口者之公言，非臣一人之私議也。

論九卿會議事宜劄子

爲敬陳末議，以覈事實，以肅風紀事。伏惟我皇上布德彰教，興利除弊，所以惠保黎蒸者，聖心所運，無遠不周；羣下所陳，雖微必錄。臣每自念，生逢不世出之聖主，愧無嘉謨以勷盛治。近在九卿班，見有二事，返之愚心，欲緘默而有所不安，故敢敬陳，以備採擇。

一，九卿會議宜少爲變通，以責實濟也。凡發九卿會議，必因事體重大，或理有疑難，故博稽於衆，期詢謀之僉同；其或意見各有所主，本許並陳，以俟宸斷，此執兩而後用其中之道也。邇來値奉旨發議事，主稿之部先期將原奏傳送九卿；及期會集，則主稿之部書吏將原奏宣讀一過，隨將所議之稿宣讀一過，卽以次送九卿畫題。聚三四十員之九卿，而取決於俄頃之間；未議之先，既不知主稿者如何定議，俄頃之際，豈遂能耳順心通？則是有會議之名，而無其實也。亦間有一事而再議三議者，亦不過主議數人相與商論，餘惟旁觀受成而已。在九卿受皇上深恩，豈敢以雷同附和，苟且塞責？但啓口而有言，無答之者，並無辨之者，不過聽其自言自止；而畫題者，已紛紛相繼矣。

臣愚以爲自今以後，凡有會議事，宜令主稿之部先行定議，然後移送九卿，俾得從容審度；如所見相同，卽於移稿之上畫押，送還主稿之部，不必更行齊集；如其中尙有數人未協所議，則主稿之部專會同未協各員至公所詳悉商酌，以求其是；其或必不能同，則異議者，將所議斟酌畫一，畫押送主稿之部，使並列上奏，以俟聖裁。蓋凡物之理，偏舉其一端，皆可以言之成理而不見其罅漏；兩端並列而相形，則可否立見矣。是非之心，人所同有，主議者能平心以察異己之說，則必無護前自用之失；知異己之說可並達於宸聽，則不敢不虛公詳愼而偏執所見。如此，在諸臣既得各抒其敬事之心，而皇上亦可以收兼聽並觀之益；且可藉是以知諸臣之明昧，自不敢以不當理之浮言上煩聖聽矣。

一、詹事、科道，應照舊例，使與會議也。查本朝典例：九卿而下，詹事、科道，並列會議班，所以盡衆人之思慮，以求事理之至當，非具文也；而十餘年以來，批發會議事件多止及九卿，而詹事、科道不與。臣以爲國家大事，諮詢不厭其周，九卿而外，未必無一得之可採者。況詹事班資清要，不日卽列九卿。科道本屬諫官，唐、宋以來，雖制誥皆得封駁，官雖卑而專司言責；於天下之利弊，朝政之缺失，大吏之過愆，皆得抗言不諱；使凡百有位，莫不嚴憚於臺諫之風裁，所以立制防、達壅塞也。我皇上虛懷從善，每諭大小臣工以時納言，不必嫌畏；何獨九卿所議之事，不使臺垣諸臣得與其末邪？且諸臣與議事之班，則觀其所見同異，卽可以驗其才識；而有心於國是者，亦得以熟練政務，則卽此可爲陶冶人才之助矣。自唐、宋以來，國家大事，以臺諫抗言維挽救正者，史不絕書。卽我朝百年以來，科道與會議之班，未聞以狂迂之見阻撓國事者，亦其明驗也。請復舊制，詹事、科道仍與會議班。其有卓見與主稿之部不符者，亦得隨九卿之後公同商酌，畫一（季高按：「畫一」疑爲「畫押」之誤。）並奏，以候聖裁。如此則小臣咸思自奮，而我皇上明目達聰之用，未必不少裨萬一也。

臣愚昧之見，偶有所懷，輒敢輕吐；誠以生際聖明，土壤細流，或可裨山海之崇深，於此而不思自效，是上負聖恩，而內欺本志也。臣不勝悚慄企瞻之至！

謝授禮部侍郎劄子

本月二十四日，內閣傳旨，授臣苞禮部侍郎。聞命惶悚，無以自容。念臣夙負罪愆，蒙聖祖仁皇帝赦除，特命內廷行走。又蒙世宗憲皇帝不次拔擢，於雍正十一年，授臣內閣學士。臣以步履維艱，非扶翼不能趨走，具列下情，求別簡賢才以充閣職。蒙降諭旨，命臣勿理閣務，專司書局。凡御門朝賀大典，臣不能隨班趨直，俱荷矜容。我皇上御極，召臣侍直南書房，憐其衰疾，恩慈備加，至優至渥；朝夕趨走，亦不責以常例。殊恩疊被，每自恨毫無報稱；尤恨弱足，並不能與諸臣隨班供職。撫心內怍，對衆汗顔。今復蒙恩，授臣卿貳。伏念秩宗爲典禮之司，臣廁其間，非惟職事難供，抑且有玷國體。伏乞鑒臣老病，別任賢才，仍令專力書局，不勝至願！若聖意不可更易，臣自忖衰疲，力可勉强自奮於聖明之朝者，惟胸有知見，不敢不從諸臣後罄竭愚忱，以仰報聖恩於萬一。其一切筋力自効之事，仍祈曲賜寬恤，庶不至顚頓失儀，自取罪戾。爲此恭謝天恩，瀝陳愚悃，無任感激待命之至！

辭禮部侍郎劄子

臣以一介寒儒，罪累衰殘之餘，疊荷殊恩，擢居今職；常思竭誠殫力，上報主知。但夙抱足疾，已二十餘年。自閏九月下旬，左體偏痿，時復拘攣；兼以心膂首痟，畏寒氣喘。計一日之內，能強起伏几者，不及一二時。雖題奏之稿，循例披閱，亦不能詳細審度與諸臣面議；至於一切行稿，竟不能辦。自知於部務毫末無裨，而書館承修之事，轉皆底滯。

竊思三禮之書，自前世未經釐正，而周官之蠹蝕尤多，雖經程、朱論定，以爲非聖人不能作，而莽、歆所增竄未嘗辨明，羣儒所交攻未嘗駁正。聖經深遠，衆說混淆，折衷義理，信今傳後，事實不易。臣用功四十餘年，尚未能得其會通；若不及臣精神猶可勉強之時，早完此書；恐衰疾日深，昏疲益甚，討論不能精密，前後或有牴牾，則重負我皇上委任之專，而虛此盛典。

伏乞曲鑒愚忱，解臣部職，別簡賢能，俾臣得專力致勤於禮書，按日分功，兼理武英殿事務，及評選時文，勘定一統志，教習庶吉士等事；庶部務不致虛擔，而諸事得盡實力，非敢以老羸而萌引退求閒之私意也。且臣忝廁卿班，而不能親理部務，不獨撫心自愧，抑且爲清議所不容；叨榮書館，而不能切究聖經，不獨職事有虧，抑且懼後儒之指摘。反覆思之，惟有據實陳情，上告於聖主。伏乞俯賜俞允，臣不勝激切悚息之至！

進四書文選表

食禮部侍郎俸、教習庶吉士臣方苞謹奏：乾隆元年六月，欽奉聖諭，命臣苞精選前明及國朝制義，以爲主司之繩尺，羣士之矩矱。臣本無學識，又迫衰殘，恭承嘉命，爲愧爲恐。竊惟制義之興七百餘年，所以久而不廢者，蓋以諸經之精藴，匯涵於四子之書，俾學者童而習之，日以義理浸灌其心，庶幾學識可以漸開，而心術羣歸於正也。

伏讀聖諭：「國家以經義取士，人心士習之端倪，呈露者甚微，而徵應者甚鉅。故風會所趨，卽有關於氣運。」至矣哉！聖謨洋洋，古今教學之源流，盡於是矣。臣聞言者，心之聲也。古之作者，其氣格風規，莫不與其人之性質相類。而況經義之體，以代聖人賢人之言，自非明於義理，挹經史古文之精華，雖勉焉以襲其形貌，而識者能辨其僞，過時而湮沒無存矣。其間能自樹立，各名一家者，雖所得有淺有深，而其文具存，其人之行身植志，亦可概見，使承學之士，能由是而正所趨，是誠聖諭所謂有關氣運者也。

臣敬遵明旨，別裁僞體，校錄有明制義四百八十六篇，國朝制義二百九十七篇，繕寫成帙，並論次條例，恭呈御覽。伏望萬幾之暇，俯賜删定，俾主司、羣士，永爲法程。臣無任戰汗隕越之至！謹奉表恭進以聞。乾隆四年四月初三日。

凡例：

一，明人制義，體凡屢變：自洪、永至化、治，百餘年中，皆恪遵傳註，體會語氣，謹守繩墨，尺寸不踰。至正、嘉作者，始能以古文爲時文，融液經史，使題之義藴，隱顯曲暢，爲明文之極盛。隆、萬間，兼講機法，務爲靈變；雖巧密有加，而氣體苶然矣。至啓、禎諸家，則窮思畢精，務爲奇特，包絡載籍，刻雕物情，凡胸中所欲言者，皆借題以發之；就其善者，可興可觀，光氣自不可泯。凡此數種，各有所長，亦各有其蔽。故化、治以前，擇其簡要親切，稍有精彩者。其直寫傳註，寥寥數語，及對比改換字面，而義意無別者，不與焉。正、嘉則專取氣息醇古，實有發揮者。其規模雖具，精義無存，及剽襲先儒語錄，膚殼平衍者，不與焉。隆、萬爲明文之衰，必氣質端重，間架渾成，巧不傷雅，乃無流弊。其專事凌駕，輕剽促隘，雖有機趣，而按之無實理眞氣者，不與焉。至啓、禎名家之傑特者，其思力所造，途徑所開，或爲前輩所不能到。其餘雜家，則偭棄規矩以爲新奇，剽剟經、子以爲古奥，雕琢字句以爲工雅，書卷雖富，辭氣雖豐，而聖經賢傳本義，轉爲所蔽蝕；故別而去之，不使與卓然名家者相混也。凡此數種，體製格調，各不相類；若總爲一集，轉覺尨雜無章。謹分化、治以上爲一集，正、嘉爲一集，隆、萬爲一集，啓、禎爲一集。使學者得溯其相承相變之源流，而各取所長。至於我朝人文蔚起，守洪、永以來之準繩，而加以變化；探正、嘉作者之義藴，而挹其精華；取隆、萬之靈巧，啓、禎之恢奇，而去其輕浮險譎。兼收衆美，各名一家，合之共爲一集。前代之文，總四百八十六篇。國朝之文，總二百九十七篇。昔宋臣曾鞏嘗稱：詩、書之文，作者非一，相去千餘年，而其所發明，更相表裏，如一人之說，惟其理之一也。況制科之文，詁四子之書者乎？故凡所錄取，皆以發明義理，清眞古雅，言必有物爲宗。庶可以宣聖主之教思，正學者之趨嚮。

一，唐臣韓愈有言：「文無難易，惟其是耳。」李翺又云：「創意造言，各不相師。」而其歸則一。即愈所謂「是」也。文之淸眞者，惟其理之「是」而已，即翺所謂「創意」也。文之古雅者，惟其辭之「是」而已，即翺所謂「造言」也；而依於理以達乎其詞者，則存乎氣。氣也者，各稱其資材，而視所學之淺深以爲充歉者也。欲理之明，必溯源六經，而切究乎宋、元諸儒之說；欲辭之當，必貼合題義，而取材於三代、兩漢之書；欲氣之昌，必以義理洒濯其心，而沈潛反覆於周、秦、盛漢、唐、宋大家之古文。兼是三者，然後能清眞古雅而言皆有物。故凡用意險仄纖巧，而於大義無所開通，敷辭割裂鹵莽，而與本文不相切比，及驅駕氣勢而無眞氣者，雖舊號名篇，概置不錄。

一，有明正、嘉以前先輩之文，有極平淡簡樸而淸古可味者，惟間存一二。蓋必天資最高，變化於古文，久乃得之，非中材所能做效也。啓、禎雜家餘習，至於國初，猶未能盡滌。一時名稿中，頗有膾炙人口，而按以文律，求以題義，則未能脗合，不可以爲法程者，必嚴辨而愼取之。至鄉、會試闈墨，則有其文未爲極致，而章妥句適，脈理淸晰，亦間存一二；俾中材之士，得量其力所能至而取道焉，庶不致茫無畔岸，而誤入於歧途也。

一，先輩名家小題文，多備極巧心；但美不勝收，且非鄉、會場程式，茲編不錄。其單句有實理可發揮，及中截數句，承上起下，轉關過脈者，或上全下偏，下全上偏者，仍自入選。

一，向來程墨、房書、行書各有專選，今總爲一集。惟程墨於本篇人名下註記，餘不細加區別。間有生前未與甲乙科，而文已行世不可泯沒者，亦併登選，俾皓首窮經之士，無遺憾於泉壤焉。

一，文章之道，與年俱進，故曹植自言其文，必隨時改定。每見名家文稿，多晚年自訂，或生徒編輯，往往有與初本絕不相類者。故凡其人見存者，文皆不錄。

一，文之義蘊深微法律變化者，必於總批旁批揭出，乃可使學者知所取法。然題有定理，理無二致；其中指要，若已經前人闡發，不可復易，則仍舊承用，以原評二字別之。

一，前人流傳名篇，間有字句率易，義理或未妥者，向來各家選本，多有節删互異之處，今擇其尤當者從之。其未經諸選摘發而稍加改易者，亦間有之。至於全文俱佳，語句偶訛，難爲改易者，必細摘出，亦恐貽誤後學。

方苞集集外文卷三

議

修祖陵廟寢議

乾隆元年二月初二日奉上諭：祖陵廟寢宜重加丹雘，特命臣等稽古禮文。謹按禮記：「春秋修其祖廟。」周官守祧職掌守先王先公之廟祧。其廟則有司修除之，其祧則守祧黝堊之。蓋古者近廟每祔必新，故專舉修除；祧或久而剝漶，故專舉黝堊。其實臨祭則祧必修除，歲遠則廟必黝堊，亦互相備也。言黝堊，則丹雘可知矣。春秋書魯「世室屋壞」。左傳曰：「書不共也。」公羊、穀梁傳曰：「譏久不修也。」然則年代久遠，牆垣棟桷，皆宜審察而謹修之。宗廟之禮然，則山陵廟寢不應異義。請勅下工部：擇堂司官明愼者，周視詳度具奏。謹議。

喪禮議

欽惟我皇上仁孝性成，踐行古昔聖王之道，致喪三年；再下明詔，命羣臣詳稽典禮。

此在聖躬爲至德，而教孝作忠，實化民成俗之要道也。

臣等謹按：夏、商之禮，自孔子已歎其無徵。周衰典廢，后王不降德，司徒不縣象，籍藏故府，黎獻無聞，是以諸侯喪禮，孟子亦未之學。漢興，河間獻王得邦國禮五十六篇上之，而武帝便安秦儀，莫能承用；自東漢、魏、晉、六朝以逮唐初，羣儒議禮之文，尚有引用者，而其書遂亡。自是以後，皇王喪紀，類皆隨俗傅會，隱情失義，與禮經不應。用此顯學之儒，深惜庸臣淺識，雖有賢君，不能將順其美，坐使天經地義，曠絕不行。猶幸先聖遺文，散見周官、儀禮、戴記及七十子所傳述者，猶未盡泯。臣等謹詳考經傳，參互相證，擇其無戾今制而可存古義者，條具以聞。

竊惟我皇上徇齊典學，凡聖經賢傳及儒先所論辨，聖心洞然，具見其表裏。伏望立中制節，定爲本朝國恤之經；俾四海臣民，惟皇之極，觀感率由，自飭厥性，永永年代，守爲典法。臣等無任悚息待命之至！

禮記王制：「喪三年不祭，惟祭天地社稷，爲越紼而行事。」蓋天子承統於天，爲祖宗守社稷，故雖親喪，可暫以私屈也。謹議：二十七月內，天地社稷之祭，皇上躬行，暫用吉服，終事而釋。

周官大宗伯：「王若不與祭祀，則攝位。」量人職：「凡宰祭與鬱人皆受斝歷而皆飲之。」

天地社禝，既親承事，宗廟之祭，胡爲不可以親也？古者，父爲繼祖之子斬，祖爲適孫齊；統之上承彌重，則哀之下逮彌遠。故緣祖考之心，達孝子之義；雖既葬，時祭不可廢，而使宰宗人將事焉。謹議：既葬，宗廟時祀，前期以聞，命諸臣攝祭。

周官小宗伯之職：「大田，帥有司饁獸於郊。」「軍將有事，則與祭有司將事於四望。」「大裁，及執事禱祠於上下神示。」肆師之職：「與祝侯禳於畺及郊。」餘小祭祀，大祝小祝將事，不惟宅憂可使人攝也。謹議：自朝日夕月以下，凡外祭祀，前期以聞，遣官致祭。

禮記閒傳：「斬衰三升，既虞卒哭，受以成布六升，冠七升。」禮有以故興物者，衰杖經帶是也。故漸易而輕，使哀情象之。謹議：百日以後，皇上衣青絹，裏以縞，冠裏亦如之，加青緯，帶從衣。

禮記喪服四制：「父母之喪」，「十三月而練季高按：「練」字下，據相臺岳氏家塾本禮記喪服四制，脫「冠」字。」。檀弓篇：「練，練衣，黃裏縓緣。」此小祥之易服也。謹議：小祥之後，皇上衣青紬，裏絹淺藍，冠緣亦如之。

禮記閒傳：「又期而大祥，素縞麻衣。」玉藻篇：「縞冠素紕，既祥之冠也。」謹議：大祥之後，皇上衣元青緞，裏以縓，冠裏亦如之。自受服易青，至大祥，朔月月半之奠或朝夕上食，仍用白衫，冠無緯，終事而釋，大祥後不復服。

儀禮士虞禮：「中月而禫。」禮記閒傳：「禫而纖，無所不佩。」謹議：皇上禫祭後，衣藍緞表衣，石青冠、朱緯，帶、佩畢具。

古者，三年之喪，二十五月而畢；後世加以二十七月，何也？禮記喪大記：「禫而從御，吉祭而復寢。」蓋既禫居外寢，婦人可從而與執事矣；然必更四時吉祭，始復內寢。吉祭之期，寬以浹月，然後無茀逮，故於古有加焉。謹議：二十七月內，元旦冬至，不受朝賀。遇大典陞殿，暫服吉，終事而釋。

春秋之義，臣子一例。故曰：「事君猶事父也。」儀禮喪服傳：「君，至尊也。」「父，至尊也。」禮記昏義：「爲天王服斬衰，服父之義也。」古者，端衰無等。謹議：自齒朝以上，冠衣宜從上所服；在師中，則仍其常服。

禮記雜記：「大夫次於公館以終喪，士練而歸。」疏謂邑宰之士，歸其所治邑也。又曰，「大夫居廬，士居堊室」，尊卑外內之有別，蓋以稱情而責其哀敬之實焉。謹議：文臣在京四品以上及翰林科道，在外兩司以上，中外武臣二品以上，皆終喪不得嫁子娶婦，下此以周期爲限。本身則終喪不得娶妻，聽樂宴賓視此。謹議。

貴州苗疆議

臣聞貴州羣苗，與他省世有土司者異；蓋散居谿谷，彼此不相統屬。寨大者不過三五百家，一戶中丁衆力強，則小戶服焉；此戶衰弱，又別推衆強者爲頭目，萬不能爲大害於州縣。聞近日守土之官，以苗人傷殘病死，地多空虛；議募人屯田，乘其衰弱，而據其要害。以臣所見，惟熟苗所居，與州縣壤接，建堡興屯，扼其要害，可以制生苗之出入，誠爲有益。若生苗所居，山峻谷深，地勢陘隘，難立城郭，而山徑四通，萬不可招募屯田。蓋天地之德，本宜並育並容；況奪其世世生長之地，絕其妻子衣食之源，使無以自存？雖目今救死扶傷，未敢妄動；而少少生聚，則必奮死以相爭奪，阻兵殘殺，終無已時。至於從前已經設兵戍守，如清江、丹江等處，止宜擇水路深通，湖南之粟可方舟而下，廣西之粟可溯流而上者，增兵開鎮，據其中央，臨制四旁。每年兵糧，皆自他省載運。其地若全無苗民，則量招屯戶，與戍兵相倚爲氣勢；若尙有苗民，則止於戍兵住宅前後，各留地二畝，以種菜蔬；外此仍還土苗耕種，聽通商旅、列市肆。其水路不通，與通而灘淺不利船行之地，則戍守之兵盡數撤回。其與鎭戍鄰近及水路之旁，土苗百家以上，則擇其爲衆苗所信服者，授以百總之職，置土兵五人；二百家以上，則置把總，土兵十人；三百家以上，則置千總，土兵十五人；皆照綠旗兵弁賜俸給糧，而絲粟不取於苗。其不願者，亦聽之。如此，則近苗慕歸附之利，遠苗無侵擾之害，而苗疆可永遠安定矣。

我皇上深識遠見，盡除苗地租賦，誠和輯苗民之要道。但新改歸流之苗，以納租爲苦；而歸附熟苗，尤苦差役。聞各省苗疆，不獨欽差及本地上司，往還路過，搬運行李，盡役熟苗；即家丁、書役、承差出入亦然；是以熟苗不得自營生業，深爲苦累。宜著功令：惟欽差量定夫役，其餘官員，俱照內地雇夫，不得空役熟苗。至於戍守之兵，舍熟苗無人運糧，山谷崎嶇，盡一人之力，不過負米三斗，食至戍所，存者二斗，交糧之後，歸途竟無糧可食。如此而不思變計，則未得生苗之地，先大傷熟苗之心；熟苗離心，則生苗之地，恐終難久據。臣所以請水路難通之地戍兵盡數撤回者此也。

又環苗疆大小村落，皆宜勸土人築堡，開壕種樹，冬日習武，而量減其租賦。於一堡之中，擇二三雄武老成爲衆所信服者爲堡長，給以頂帶，比樂舞生，有司加禮，朝廷間歲小加恩賞，則到處皆有土兵，緩急足恃，視養綠旗當差之兵，更爲得力，而所費無多。此所謂爲難於其易，圖大於其細也。

塞外屯田議

自古控抱關塞，制馭戎狄，莫善於屯田。蓋省運餉之費，則國用易充，而民力不至於疲；且以農夫爲戰士，則習飢勞，耐寒暑，筋骨堅強，緩急足恃。今準噶爾外雖歸順，其心尙不可知；必廟謨早定，戰守有備，將材士武，然後精神可以折衝，不敢妄動。

臣聞塞外開墾之地已經注籍者，自□□以西至歸化城，東西將及五萬頃。臣請即籍其現在耕農爲衞卒，無論兄弟、親戚、奴僕，必家有餘丁三人，然後許其受田；以正身爲衞卒，而餘丁力耕，盡免其租賦。未墾之地，則召募山、陝邊民；官予牛、種，立房舍，歲給銀糧，期以三年地熟，然後使自食其力。環歸化城三百里内，凡有可開之田，漸次召募開墾，務可養衞卒二萬家。

伏乞我皇上先遣滿、漢大臣宅心公平、材識出衆者二人，巡視規度，以地之肥瘠爲差，凡正卒一人，所授之地必可給十二三口衣食；農功畢，則帥餘丁開濠築堡，二三月農功未興亦然。十一月至正月，則聽其結件，不拘人數，入山步圍；則數年之後，塞外正卒得二萬人，並羡卒得勝兵八萬。口内之兵，可以有缺不補，漸次減半。部署既定，然後擇大臣一員爲屯田經略。歸化城以東，設屯田兵道三員；其西其北，各設兵道一員，武弁至參、遊而止，聽兵道節制；鄂勒昆戍守處，設都統一員，聽經略節制。

環歸化城三百里内，衞卒必半有妻子；每年七月，發萬人赴鄂勒昆，更番戍守。其有險可依之地，則造立土城；水草甘美，則隨處築堡、建墩，以通烽火。凡田連二三十頃，必於西北畔開濠種樹，當要路者至兩三重，則居者有蔽而寇不能測，永爲金湯之固矣。

至於歸化城以東已墾之田，有係諸王大臣及各旗官弁産業者；環歸化城可開之地，有蒙古駐牧者。以皇上之命，量其所值，賜以金帛，自無所難。爲國家建萬世之業，不可以惜官費用也。

臺灣建城議

臺灣府治建城，衆議皆以爲難。然不過慮其土疏，地時震，雖成易毁，工役甚大，勞費無已時耳。不知設守重洋與內地異，而臺灣變亂皆自內作，非禦外寇比也。其地之門戶曰鹿耳門，近府治，號稱天險，港容三舟，旁皆巨石，鋒稜如劍戟，舟行失尺寸，頃刻沈沒；內設礮臺，所恃以爲固也。然往者王師平鄭克塽，近平朱一桂，皆乘風潮，水高港平，衆艘奔赴，毫無阻礙，大兵一入，卽獲安平港。巨舟斷賊去路，而招撫府市人民，南北路農商聞風絡繹細載而至，相依以自保。物力既充，軍氣自倍。賊戰不能勝，守無可據，惟散而逃耳；追而躡之，隱死無地，故旬日可坐定也。曩令朱一桂有城可據，收府市人民財物以固守，南北路隔絶不通，大兵雖入，攻之不拔，坐守安平，曠日相持，兵罷食盡；欲由鹿耳門饋餉濟師，則風潮不便，勢難更入，智勇俱困，自拔之不能，遑言克敵哉！

若謂築城以禦外寇，則又闇於形勢者也。兩征臺灣，皆先整兵，泊舟澎湖之南風澳，以候風潮；風潮之便，歲不過一時，時不過數日，若盜賊竊發，或外番窺伺，泊舟於澎湖，則夕至而朝捕之矣。

至南北二路，可通之地雖多，然如南路之蟯港，北路之八掌溪、海翁港、鹿仔港、甲西、二林、三林、中港、竹塹、蓬山，惟小舟可入。其巨港大舟可入者，不過南路之打狗、東港，北路之上淡水；其次則北路之笨港、鹹水港耳。地遠府治，縱有外寇，不取道於此，備設礮臺，增益汛兵，朝夕巡視足矣。大洋之中，舟難久停，循數推理，絕無萬有一然之慮也。

凡闇於事理之人，妄議建置更革，未有不滋後患者。國初以海賊入寇，議於海船可入處，下梅花樁。不知黃河入海，氣力峻猛，海船必不能溯流而上；妄於雲梯關下樁，覆舟敗葦遇樁而止，壅以濁流，數十年後淤爲平地。海口路塞，淮、黃泛溢，聖祖仁皇帝親巡，再三指授方略，費國帑鉅萬，僅乃復通。松江海潮出入之地，舊有戈船，底繫鐵索鐵菱、三角小錨，朝夕乘潮出入。不知所事，或奏罷之。其後沙停成港，海潮大入而不能出，漂流崇明、太倉諸州縣六七萬家。蓋害伏於無形，非明者不能見也。今議臺灣築城，毋乃類此。若不早遏，後此悔不可追矣。

江南閩廣積貯議

傳貴本小有不同，蓋先生初稿也。今從王本。厚子云：方氏家譜所載同此。鈞衡識。

周官以荒政聚萬民，其十有一皆庶政，足以寬民者也；捐上所有以予民者，僅居其一，曰「散利」，「縣都之委積以待凶荒」是也。而其本計，則在五黨之相賙，司稼之均民食，士師之通民財，易所謂「勞民勸相」也。三年耕則有一年之食，九年耕則有三年之食，所以積於不涸之倉，藏於不竭之府也。

然古之爲積貯者與今異。古者上公營國，不過九里，而民皆散處於中田。故管子曰：「野與市爭民。」言其聚散之數，相倚爲多寡也。自井田廢，而民之聚者不可散，歷世相仍，通都大郡有人滿之患。其尤聚者，如江以南之金陵，嶺以南之番禺，其土之入，所贍者十之一。又如閩南諸郡，崎嶇山澤，地狹而人衆，其土之入，所贍者三之一。是不待天爲之災，苟有風潮之阻，遠方之粟不至，寬者數月，劇者旬時，而民已坐困矣。捐上所有以賑之，當其時則不易徧，屢而行之，則不可繼。故今之計，莫若使民自爲積；民自爲積，而後事可常也。

令牧民者，比次境內中家以上，使家爲囷倉。秋冬之交，遠商麇至，中家計日而自備其食，富民倍之，其上三之，其上五之。歲十一月，官稽其入；二月而出之，聽其自糶，富者斥其餘，不失十二之利，而貧民皆有所恃矣。所患者，胥吏之紛擾，與不肖有司之假貸，而若是者，可責之大吏也。

雖然，此一切之計也；察萬貨息耗之情，則固有其本焉。以中人爲準，日再食不過一升，鹽費不過一錢；而酒之耗數倍於米，煙之耗數倍於鹽。故上腴之地，皆爲煙圃，五種之美，半化爲糟醨，此東南之公患，而在人聚土狹之區，則更劇也。若嚴斷二者，其於民食，可益三之一，此世所目爲迂闊鄙瑣之談也。然古之治天下者，至纖至悉也，故蓄積足恃，蓋分數明也。雖周公之建典，管子之易政，亦若是而已矣。

渾河改歸故道議

渾河改歸故道，其名甚美；而切究事理，則其患有來年即可徵驗者，有十年之後不可救藥，而今尚伏於無形者。

蓋始爲此議者，但見五十年前渾河時漫於固、霸，秋稼雖傷，麥收常倍，民咸利之。不知爾時本無隄岸，任其漫流，故二三百里間，雖不廢耕稼，而室廬甚少。自改故道入勝芳淀，往時濁流游盪之地，民皆定居，村堡相望，勢難遷徙。今雖令民自築護村土埝，而無竹木石菑，卑薄壚疏，不惟難禦伏秋之漲，即春夏水潦少昌，固南霸北之民，已不免蕩析離居之患，此情勢已見，萬口同咨者也。

爲此議者，但見永定河未開以前，水至固、霸，則泥沙盡停，而清流會白溝河以入淀，數百年淀無停淤，以爲改復故道，當與昔同，而不知水勢地形，今昔迥異。蓋河隄未築，任其游盪，力緩勢散，故泥沙盡沈，而會於白河者皆清流，又有深廣數百里之淀以容之，故久而無患。及隄岸既立，水束力強，奔騰洶湧，泥沙難定。且見今金門閘壩之外，固南霸北，良東永西，不過百里，視當年容水之地，僅得四分之一。則伏秋汎漲會入白河者，必不能無泥沙。白河力弱，則先淤白河；白河力強，則必淤淀內。白河淤，漲過猶可開通；淀內淤，人力萬難挑濬；十年之後，全淀盡淤。自渾河入勝芳淀後，淀已淤十之六七。子牙河所挾畿南衆水，渾河所挾塞門衆水，不能入淀，必橫穿運河。不惟漕運難通，而沿河之地，城郭人民皆一朝而化爲巨浸矣。

聞自建金門閘後，渾河已半行三角淀外，惜下流仍入淀中，恐終不能無淤塞耳。必就渾河下流，別開河道，引入淀之流盡行淀外；按圖揣度，惟由東沽港，北至青光，以下會大清河，可以達津入海。然必於上游引玉帶河爲尾水以刷泥沙，新河兩旁堅築泊岸，岸外寬作遙隄，以防異漲；然後無潰溢以淤淀、湍悍以穿渾河之患。

古人治水，至險艱之地，焚石鑿山，必開通而後止。今淀外之地，不過高下不齊，用力不至若此之艱難也。如慮工費浩繁，以改復故道爲簡便；則未知伏秋汛漲，近河村邑告災請賑，將無虚歲。即置黎民之死病於不問，而國家勞費，正自無窮，是所謂以冥冥決事也。

黄淮議

黄河有六七十年以前久釀之患，淮河、運河有二十年來積漸因循隱伏之患。黄、淮合流，東至雲梯關入海，相傳從前關下即海口。國初以防海寇，下樁雲梯關，覆舟敗葦遇樁而止；河流旁漱淤沙，漸移漸長；迄今由雲梯至海口，約二百四五十里，中有青沙、夾沙，又有仰面横沙正當口門，俗稱鐵門檻灘。康熙三十五年，童家口決。河督董安國以海口淤淺，别開馬家港引河，導黄河由小河入海。姦民王繹之利黄水能腴己田，倡議建攔黄壩，堵截河流；三年後始知其害，拆壩而受病已深，且壩址尚存，下流愈淤愈高矣。三十九年二月，河督于成龍堵塞馬家港口。六月，復決；建議留二十丈口門，至今未閉。河分二道，流愈緩，沙愈停矣。此久釀之患，萬口所同咨也。

康熙六十一年，河決朱家海。黄流入洪澤湖者逾年，湖底日墊日高，而人不悟。數年前拆磨盤墩，建新閘，改故道。每歲伏秋，黄流倒灌清江浦以入運河；河身日墊日高，人雖知之而偷安目前，以至有今日，此所謂積漸因循隱伏之患也。洪澤湖之底日高，則無以受長淮聚匯之衆流；運河之底日高，則無以受清口之暴漲；故連年皆患伏秋水大。其實非水大也，乃湖、河底皆淤墊，容水之地少耳。洪澤數百里之淤墊，雖神禹復生，無道以疏瀹。清浦運河秋冬閉閘可濬，而在此時，亦不急之務，以雖濬而地狹，河淺不足以洩洪澤之異漲也。黄、淮上流既無法可施，惟海口深通，下流暢洩無壅，然後上流可免衝決。

方今急務，莫如乘霜降水落，即急築馬家港口，此口原寬二十丈，今衝開百餘丈，每遇伏秋，倒漾佃湖支河之內，瀰漫無際。安、海、阜三州縣隄內居民，頻年水患甚劇，若得閉塞，亦可以甦數州縣之民。使河流不分，則勢猛而新沙不停。倣古戈船之法，急作方底淺舷之船二三十號，船尾左右各立兩柱，底繫鐵索鐵菱、三角小錨。於鐵門檻上流兩岸，排竪鉅石，設轆轤。每船用篾纜廂索八條，分繫船尾四柱，繩結轆轤。人挽篾纜，乘流下灘；過灘三五丈，即轆轤人挽而上，分班復下。灘沙雖堅，屢經菱錨爬搔，急流乘之，不過旬月，必次第開通。此費少而功大，實奇策可用。若鐵門檻沙離海口尚有三五里，則只須每船多三五健卒，乘流直下；隨轉舵赴岸，引纜而上，兩岸轆轤繩纜并不必用。萬一沙堅如鐵，掛菱錨而不動，則港口既閉，引河可以挑濬。馬家港引河至出洋處，約一百四五十里，現在通流。宜即開闢此河，使深廣與大河等，束以遙隄。挑築既畢，便引全黃之水直注新河，而堵塞舊河；可使二瀆安流，百年無變，舍此别無救敗之策。

但開通馬港，恐淮安、海州境内諸水無歸，則宜於鄰河趨會之處，别開支河，總匯入海州之漣河，會同入海，然後有利無害。雖工費必數百萬金，而錫數百萬生靈以數百年安瀾之福，每歲省修築之費數十萬，收淹没田禾蠲免之正賦數十萬，每遇異漲，省賑濟之帑粟數十百萬，日計不足，歲計有餘，明者當能辨之。

方苞集集外文卷四

序

周官辨序

凡人心之所同者，卽天理也。然此理之在身心者，反之而皆同；至其伏藏於事物，則有聖人之所知，而賢者弗能見者矣。昔者周公思兼三王，以施四代之政，蓋有日夜以思，而苦其難合者。以公之聖而得之如此其艱，則宜非中智所及也。故周官晚出，羣儒多疑其僞；至宋程、張二子及朱子繼興，然後知是書非聖人不能作。蓋惟三子之心，幾乎與公爲一，故能究知是書之精蘊，而得其運用天理之實也。

然三子論其大綱，而未嘗條分縷析以辨其所惑；故學者於聖人運用天理廣大精密之實，卒莫能窺，而幽隱之中，猶若有所疑畏焉。蓋鄭氏以漢法及莽事詁周官，多失其本指；而莽與歆所竄入者，實有數端。學者既無據以別其眞僞，而反之於心，實有所難安；故其惑至於千數百年而終莫能解。苟非折以理之至是，而合其心之同然，則是經之蠹蝕，終不可去。夫武成之書，周人開國之典册也，守在官府，傳布四方，不宜有譌；而孟子斷爲不可盡信，亦折之以理而已。

余懼學者幸生三子之後，而於是經之義，猶信疑交戰於胸中，是公之竭其心思以法後王者，將蔽晦以終古，故不得已而辨正焉。孟子曰：「能言拒楊墨者，聖人之徒也。」以余之淺見寡聞，豈足以有明；而志承乎三子，則知道者或猶能察其心，而不以爲妄也夫！

春秋直解後序

始余治春秋，惟與學者商論，而不敢筆之書。乙未、丙申間，衰病日滋，雁門馮衡南、河間王振聲趣余曰：「凡子所云，皆學者所未前聞也。子老矣，設有不諱，忍使是經之義蔽晦以終古乎？」余感焉，爲著通論九十六章，分別其條理；而二子少之，曰：「是誠學者之所治也，必合舊説，節解句釋，然後蒙士喻焉。」

踰歲而書成，凡通論所載，悉散見于是編，而不復易其辭。蓋余之爲此，非將以文辭耀明于世也，大懼聖人之意終不可見焉耳。其義非學者所習聞，復變易其辭，使反覆以求其端緒，曷若辭之複而易熟于目哉？昔墨子之著書也，言多不辯，恐人之懷其文而忘其質也。是則余之志也夫！

湯文正公年譜序

同年友湯之旭，每言其祖潛菴先生之歿，垂數十年，而編年之譜未就，以所難者，事信而言文。余告之曰：「譜與誌、傳異體，惟事之信，言雖不文可也。」乾隆七年首夏，公之叔子沆以時賢所爲狀誌、傳記，屬余編定且序之。時余告歸，行有日矣，乃以付武進楊椿農先。冬十月，沆使使奉書以譜來，去取詳略，一無所苟。

公之生平，顯著於世人之耳目者蓋具矣。抑余因公譜之成，而歎聖祖仁皇帝大知至仁，乃前世所罕見也。自古忠良生亂世，事暗君，困於姦邪，而危死於非罪者無論矣。周亞夫之勳庸，申屠嘉之正直，而殺之者，漢景帝也。宋眞宗，亦繼世之賢君。寇平仲以股肱心腹相臣，爲丁謂所逐，遲之又久，而後以目中不見爲疑，不甚可怪乎？當秉鈞者疾公如寇讐，要結九卿臺垣，乘間抵隙，巧發奇中，必欲擠之死地，而聖祖終不惑於讒言，以全公之終始。豈非易所稱「大君之宜」，記所謂「聰明睿知，足以有臨」者乎？

自古小人構陷忠良，暗昧姦欺之迹，必待世遠人亡，野史、家乘流傳而後暴著。惟公之歿，則同時士大夫訟言柄臣之陰賊，羣小之朋從。長洲汪琬爲誌銘，四明萬斯同、慈谿姜宸英作傳記，大書深刻，無所還忌。其他各述所聞，播於四方者，不可選紀。此雖諸君子砥廉隅，不能自闕其義心，實由聖祖仁皇帝淵然深識。公歿未幾時，構公諸臣，同時罷黜，有以大作其公正之氣，而不爲權勢所懾威，故茲編有所據以徵其信也。逮我世宗憲皇帝特命設公神位於賢良祠。我皇上賜謚文正，御製碑文，「誠意正心，先憂後樂」，布在制辭。然後公之志事，依日月之光而益明，而聖祖之至德，二聖之繼承，就此一事，已卓然可爲萬世法。故終之旭之身，未敢爲譜，而今乃出之。

至公之生平，其顯者，已略具是編；而僉壬朋謀作慝，久散見於時賢之傳述而不忘於天下之人之心，余無庸更置一辭也。

文昌孝經序　代

不艷于利，不怵于害，生有不取，而死有不去，此士大夫之所謂奇節美行也。然觀春秋內外傳所紀，厮輿賤士往往確然必伸其所志，而以死生利害爲甚輕。蓋先王之道，有以立民之命，其漸之也深，雖更衰亂，而其流不息如此。

自戰國、秦、漢以來，士君子之族，正誼明道而不雜于功利，千百年數人而已。北宋諸儒之興，始卓然有見于人性之本，而深探先王以道立民之意。其言善之當爲，未有及其利者也；言不善之當去，未有及其害者也。使人皆得其利以爲善，惡其害而不爲不善，則世亦可庶幾于治。而君子之爲説，斷然不出于是者，以爲不正其本，則當天道之駁而不應，而人事之可以冒得而苟免也。其爲善之心，可易以趨利而爲不善；去不善之心，可易以避害而無術以移之。朱子有言：「今之學者，割股廬墓，皆爲爲人。」嗚呼！非窮理盡性，而能爲是言與？

余令上元踰年，邑人汪珂刊其所藏文昌孝經，而請序于余。發之，則明宰相丘公濬、王公鏊所傳述也。謂宋西山眞氏蓋深取焉；而自敍爲諸生得第之事，以爲神明之應。嗚呼！其信然與？孝之道，傳所載孔子、曾子之言備矣。二公以文儒遭時行志，有教化之責，固宜明先王之道，使民盡性以立其命者也；而區區于是，豈好事者所託而非其眞與？舍聖人、賢人之言，而徵諸鬼神，取人所自盡之孝，而論其感應，吾知眞氏之必無取于是也。

雖然，世之知命而不惑者，鮮矣。無所慕而爲善，無所畏而不爲不善，士君子之族，其果能是哉？而令之職，民無秀頑，皆當訓之以道。是編所載，通明易曉，雖山農野老，婦人小子，皆能諷于口，入于耳，而動于心。有欲布之，余安得而阻其意也？

傳信錄序

古之所謂學者，將明諸心以盡在物之理而濟世用，無濟于用者，則不學也。古之仕者，自下士以往，皆實有可指之功以及物；故其食于上也爲無愧，而受民之奉也安。自學廢而仕亦衰，博記覽，騖詞章，囂囂多言而不足以建事平民，是不知學之用也。治古聖賢人之說，斂然爲儒者之容以取世資，而出于身者不必然，是不知學之本也。故其仕也，不大刻于民，則自以爲無愧，而人亦諒之。其遇事而惘然不知所措，與失事之理以枉于人而自以爲安者，皆是也。

朱子曰：「凡事之難，以通曉于事者之少也。知其分寸而一一以應之，則人無欺慢而事易集。」夫周之季世，先王之教衰矣；而自公、卿、大夫以暨小臣、隸、圉，當官治事，而井然不紊者皆是也。豈材之獨盛于古，而通曉于事者之多歟？毋抑其所學者然歟？

會稽章君惺村爲江南都使司，政教所及，吏士翕然。尤善治獄，雖老姦宿豪，從容以數言折其機牙，莫不畏服。屢董大役，嚴明無犯，而役者懷之。蓋其存于心者，隨在恐背于義理，而又明于在物之數。誠所謂知其分寸，一一而應之者也。使非局於官之所守，則其功之及于物者，豈可量歟？君居官甚貧，而下車卽治明道先生祠，功訖，費逾千金。暇時輒採古人嘉言善行，手錄而藏之。蓋其設施之所自者，非苟然也。然君語人，每曰：「吾未知學。」此君之學，所爲不類于今人歟？

習于君者，集其治政處物之方，可以觸類而有所開通者，曰傳信錄，行於世，而以余之善于君也，請文以弁之。余傷夫學者之昧所以也，屬序其文若詩，而謝不爲者已數年矣。兹所以云者，感君所學之能濟世用，而非以其相好之私也。

徐司空詩集序

詩之用，主于吟詠性情，而其效足以厚人倫、美教化。蓋古之忠臣、孝子、勞人、思婦，其境足以發其言，其言足以感動人之善心，故先王著爲教焉。魏、晉以降，其作者窮極工麗，清揚幽眇，而昌黎韓子一以爲亂雜而無章。蓋發之非性情之正，導欲增悲，而不足以感動人之善心故也。唐之作者衆矣，獨杜甫氏爲之宗。其于君臣、父子、夫婦、昆弟、朋友之間，流連悱惻，有讀之使人氣厚者。其于詩之本義，蓋合矣乎？

司空徐公以忠孝大節，著聞海內，餘三十年。余晚而得交，朝夕同役，居常斂然。其交友盡義，處衆直而温，雖隸卒惟恐有傷，踰年如一日也。嗚呼！觀公之接物如此，則其於君臣、父子、夫婦、昆弟、朋友之間，端可知矣。間出所爲詩示余，卽境以抒指，因物以達情，悲憂恬愉，皆發于性情之正；而意言之外，常有沖然以和者。蓋公生平，夷險一節，務自刻砥，以盡其道，而無怨尤，故其詩象之如此。孟子曰：「誦其詩，讀其書，不知其人可乎？」異世以下，誦公之詩，而得其所以爲人；忠孝之心，可以油然而生矣！

考槃集序

衆人之於仕宦，常逐逐而不休者；彼上之不求所以自致于君，下之不思所以負責于人，而惟其身之利焉。故操之則慄，舍之則悲。君子難進而易退，非以爲名也，所見者大。故其進也，常覺其志之難稱；而其退也，如釋重負然。昔歐陽公生北宋之隆，遭時行志，功見而名立。自世人觀之，不可謂非仕宦之滿志者矣。及讀公思潁詩，然後知公之胸中，固有欲然不自足者也。古之君子，自待厚而不欺其志者，類如此。

渭師范公，家世將相，嗣宗職，當官侃侃。常從天子出征絶域，以材武名師中。及凱旋論功，遽引疾。衆皆詫焉，而不知公之竭心奉職，與勇于乞身，其道固相爲表裏者也。公夙好詩，及退休，益寄情焉，集平生所作，名曰考槃，蓋素志然也。公詩格律必依于古，而意思閒遠，翛然自得。「譬諸草木，枝葉必類本。」觀公之行身有方，視仕宦如脱屣，則其詩之不類于衆人，有以也夫！此與前篇依傳貴本。王本有徐蝶園詩集序，前數行即此文，至「自待厚而不欺其志者類如此」止。下云：「徐公蝶園方少壯，爲憸人所構，罹刑禍，毁身家，百折不回，顛沛勞辱，處之若素。及晚歲，與余交，則已被上知遇，出秉節鉞，入參帷幄，信用體貌，班聯中莫與比並；而自視常缺然，惟以過不得聞爲憂。非自待厚而不欺其志，焉能及此乎？間出其詩，屬予序。觀其前無哀怨之音，暨其後無懽愉之言，而仁孝忠誠，時溢於筆墨之外。

蓋其性行，亦於斯可見矣。傳曰：『譬諸草木，枝葉必類本。』此之謂也。抑吾觀歐公之思潁也，豈期退休以待老，而務自暇逸哉？良以居高位，受主知，任天下之責，而大懼德業之弗終耳。故吾序公之詩，而備論平生之志事，以示後之讀其詩者，而又以使公益勵其初志焉。」案此文前後語意洽浹，於徐公亦相稱，不知何故又以前段改序范詩，而別有徐司空詩序一首？或此二首，先生所塗去而改爲彼一首歟？鈞衡識。

蔣詹事牡丹詩序

余性好誦古人之詩，而未嘗自爲之。蓋自漢、魏到今，詩之變窮，其美盡矣。其體製大備，而不能創也。其徑塗各出，而不能闢也。自賦景歷情以及人事之叢細，物態之妍媸；凡吾所矜爲心得者，前之作者已先具焉。故鶩奇鑿險，不則于古，則弔詭而不雅；循聲按律，與古皆似，則習見而不鮮，以此知詩之難爲也。惟心知其難，又嘗欲得期月之閒一力取焉，以試其可入與否？而卒未暇也。

康熙丁酉仲夏，詹事蔣公以其所爲牡丹詩百篇屬余序。發而讀之，犂然有當于余心。蓋余之所難于詩者，詹事已備悉之，故能則于古而與之不相似也。是變窮美盡而復有所入者也。故其意義多前人所未及，而一物之微，詠之至于百篇之多，而莫有自相因襲者焉。余于詩，畏難而不敢試者，有年所矣。今詹事苦其心以力取之；余時得而觀之，以足吾意，樂何如也！今而後，余益可絕意於爲詩矣。

楊千木文稿序

自周以前，學者未嘗以文爲事，而文極盛；自漢以後，學者以文爲事，而文益衰，其故何也？文者，生于心而稱其質之大小厚薄以出者也。戔戔焉以文爲事，則質衰而文必敝矣。

古之聖賢，德修於身，功被於萬物；故史臣記其事，學者傳其言，而奉以爲經，與天地同流。其下如左丘明、司馬遷、班固，志欲通古今之變，存一王之法，故紀事之文傳。荀卿、董傅，守孤學以待來者，故道古之文傳。管夷吾、賈誼，達於世務，故論事之文傳。凡此皆言有物者也。其大小厚薄，則存乎其質耳矣。

魏、晉以降，若陶潛、李白、杜甫，皆不欲以詩人自處者也，故詩莫盛焉；韓愈、歐陽修，不欲以文士自處者也，故文莫盛焉。南宋以後，爲詩若文者，皆勉焉以效古人之所爲，而慮其不似，則欲不自局於蹇淺也，能乎哉？

時文之於文，尤術之淺者也，而其盛行於世者，如唐順之、歸有光、金聲，窺其志，亦不欲以時文自名。吾友楊君千木，才足以立事，義足以砥俗，聽其言，觀其貌，不知其爲文士也。及出其所爲時文，則窮理盡事，光明磊落，輝然而出于衆。蓋其心與質之奇，不能自祕者如此。既爲論定，因發其所以，使學者知所務焉。

何景桓遺文序

余嘗謂害教化敗人材者無過於科舉，而制藝則又甚焉。蓋自科舉興，而出入於其間者，非汲汲於利則汲汲於名者也。八股之作，較論、策、詩、賦爲尤難。就其善者，其持之有故，其言之成理，故溺人尤深，有好之老死而不倦者焉。余寓居金陵，燕、晉、楚、越、中州之士，往往徒步千里以從余遊。余每深矉太息，以先王之教、古人之學切於身心者開之。始聽者多惘惘然；再三言，其精神若爲之震動。惜其人皆散處四方，不獲久與之居，而觀其誠有所變化也。

歲辛卯，以事返桐，光甥正華持一編示余，曰：「此何生景桓文也。吾女弟歸於生，生不幸早夭，垂死屬某曰：『方子與吾生同鄉，而未得一見其人。子能使序吾文，死不恨矣。』」發而視之，其持之有故，其言之成理，蓋其心力嘗竭於是而有得焉，無怪其至死而不能釋然也。

夫死生亦大矣，生中道夭，不以爲大慼，而獨惓惓於制藝之文；蓋科舉結習入人之深如此，而況先王之教化所以漸人於性命者哉！使移生所以好製藝者而大用之，則守死善道，不足爲生難，此古之人材所以強立而不返者衆歟！生與余生同鄉，又嚮余之篤如此，惜乎吾不及其生之時而相與往復其議論也。序其文，所以恨余之不遇生也。

喬紫淵詩序

余兒時見家君與錢飲光、杜于皇諸先生以詩相切劘，每成一篇，必互相致；或閱月踰時，更索其稿以歸而更定焉。余慕其鏗鏘，欲竊效之，而家君戒曰：「汝誦經書、古文未成熟，安暇及此？且爲此，非苟易也。」年二十，客遊京師，偶爲律詩二章。數日，涇陽劉陂千忽相視而嘻曰：「吾有所見子詩。信子之云乎：『藝未成而襮之，後自悔焉，而莫可追也。』子行清文茂，内外完好，何故以詩自瑕？吾爲子毁之矣！」余自是絶意不爲詩，或以詩屬序，則爲述此，而以不知謝焉。

丁丑夏，授經白田，喬君紫淵請序其詩，三數而未已也。余雖心知其工，而猶持前説以謝焉。君書識古法，余愛而索之，因録漫興一章示余。其次聯云：「文章幾輩誇行遠，性命初知有苟全。」余誦之瞿然，若登高山，履危石，臨百仞之淵，而足垂在外也。蓋是時，余方治春秋，辨正註家之紕謬，而自爲義例。生徒朋游有來叩者，爲陳其義，往往侃然自任，以爲必傳于後無疑，而君因以詩諷也。嗚呼！其用意爲不苟矣。

昔歐陽子以「勤一世盡心于文字爲可悲」，蓋深有見于遼遠而存之難；而近時浮誇之士，不求古人所以不朽之道，而漫爲大言，將以惑夫世之愚者。君之意若歐陽子所云，則望我厚也。其以浮誇者見疑，則責我嚴也。且中有疑而正告焉，非交友忠而不務爲道諛者，能如是與？余因是欲序其詩以爲報，而未嘗面許之。

又數年至今壬午，君來金陵，謂余曰：「子終不序吾詩，豈吾詩不足以序乎？」余于詩雖未之能也，而其得失則頗能別焉。家君有言：「孔子論詩曰：『可以興，可以觀，可以羣，可以怨。』漢、魏以來，作者非一，情無貞淫，事無大小，體無奇正，辭無難易，其傳于後者，必于是微有合者也。」君一爲詩，而使余數歲之中，苟發言而怵然，苟廢學而惶然，余于是得興觀焉。其爲賜大矣！君既開余以道，余安得而靳其言也。

隱拙齋詩集序

仁和沈生椒園，少喜爲詩，嘗受業于鄉之耆長舊有位人，月鍛季鍊，其詩遂工。大江以南稱詩者，多歎以爲莫及也。已而來京師，能詩之聲日著。京師之人亦無與相甲乙，如在江南時。今又學于余，顧其意若有不安于其所已學者而求進焉。余韙其意，而竊自歎非其人也。

雖然，嘗聞之矣：先王採詩之法行，不獨士大夫能爲詩；閭巷之間，氓隸之賤，以至婦人女子，率意歌謠，咸可觀焉。今十五國之風具在，可考而知。顧其後列國諸侯、卿、大夫燕饗聘問，其所稱引況喻，率不出三百五篇之詩，無一人焉自爲詩以相贈答者。孔門七十子之徒，皆異能之士，而許其可與言詩者，僅賜與商。由是言之，詩之爲道，淺者得淺焉，深者得深焉。生思進乎其所未學者，卽于詩焉求之其可矣。

噫！今之士爲詩者多，未嘗爲生之學而輒自喜者尤多。然則如生者，人第謂其詩莫能及，抑又何也？雍正庚戌八月朔日，桐城老友方苞。

古文約選序例　代

太史公自序，「年十歲，誦古文」，周以前書皆是也。自魏、晉以後，藻繪之文興。至唐韓氏起八代之衰，然後學者以先秦盛漢辨理論事，質而不蕪者爲古文。蓋六經及孔子、孟子之書之支流餘肄也。

我國家稽古典禮，建首善自京師始。博選八旗子弟秀異者，並入於成均。聖上愛育人材，闢學舍，給資糧，俾得專力致勤於所學；而余以非材，實承寵命，以監臨而教督焉。

竊惟承學之士必治古文，而近世坊刻，絕無善本。聖祖仁皇帝所定淵鑒古文，閎博深遠，非始學者所能徧觀而切究也。乃約選兩漢書、疏及唐宋八家之文，刊而布之，以爲羣士楷。

蓋古文所從來遠矣，六經、語、孟，其根源也。得其枝流而義法最精者，莫如左傳、史記，然各自成書，具有首尾，不可以分劙。其次公羊、穀梁傳、國語、國策，雖有篇法可求，而皆通紀數百年之言與事，學者必覽其全，而後可取精焉。惟兩漢書、疏及唐宋八家之文，篇各一事，可擇其尤，而所取必至約，然後義法之精可見。故於韓取者十二，於歐十一，餘六家，或二十三十而取一焉。兩漢書、疏，則百之二三耳。學者能切究於此，而以求左、史、公、穀、語、策之義法，則觸類而通，用爲制舉之文，敷陳論、策，綽有餘裕矣。

雖然，此其末也。先儒謂韓子因文以見道，而其自稱則曰：「學古道，故欲兼通其辭。」羣士果能因是以求六經、語、孟之旨，而得其所歸，躬蹈仁義，自勉於忠孝；則立德立功，以仰答我皇上愛育人材之至意者，皆始基於此。是則余爲是編以助流政教之本志也夫！雍正十一年春三月，和碩果親王序。

一，三傳、國語、國策、史記爲古文正宗，然皆自成一體；學者必熟復全書，而後能辨其門徑，入其窔穾。故是編所錄，惟漢人散文，及唐、宋八家專集。俾承學治古文者，先得其津梁，然後可溯流窮源，盡諸家之精蘊耳。

一，周末諸子精深閎博，漢、唐、宋文家皆取精焉。但其著書，主於指事類情，汪洋自恣，不可繩以篇法。其篇法完具者，間亦有之，而體製亦別，故概弗採錄，覽者當自得之。

一，在昔議論者，皆謂古文之衰，自東漢始，非也。西漢惟武帝以前之文，生氣奮動，倜儻排宕，不可方物，而法度自具。昭、宣以後，則漸覺繁重滯澀，惟劉子政傑出不羣，然亦繩趨尺步，盛漢之風邈無存矣。是編自武帝以後至蜀漢，所錄僅三之一；然尚有以事宜講問，過而存之者。

一，韓退之云：「漢朝人無不能爲文。」今觀其書、疏、吏牘，類皆雅飭可誦。茲所錄僅五十餘篇，蓋以辨古文氣體，必至嚴乃不雜也。既得門徑，必從横百家，而後能成一家之言。退之自言，「貪多務得，細大不捐」是也。

一，古文氣體，所貴清澄無滓。澄清之極，自然而發其光精，則左傳、史記之瑰麗濃郁是也。始學而求古求典，必流爲明七子之僞體。故於客難、解嘲、答賓戲、典引之類皆不錄，雖相如封禪書亦姑置焉。蓋相如天骨超俊，不從人間來。恐學者無從窺尋，而妄摹其字句，則徒敝精神於蹇淺耳。

一，子長世表、年表、月表序，義法精深變化，退之、子厚讀經、子，永叔史志論，其源並出於此；孟堅藝文志七略序，淳實淵懿，子固序羣書目錄，介甫序詩、書、周禮義，其源並出於此。概弗編輯，以史記、漢書，治古文者必觀其全也。獨錄史記自序，以其文雖載家傳後，而別爲一篇，非史記本文耳。

一，退之、永叔、介甫俱以誌銘擅長。但序事之文，義法備於左、史；退之變左、史之格調，而陰用其義法；永叔摹史記之格調，而曲得其風神；介甫變退之之壁壘，而陰用其步伐。學者果能探左、史之精藴，則於三家誌銘，無事規橅，而自與之並矣。故於退之諸誌，奇崛高古清深者，皆不錄。錄馬少監、柳柳州二誌，皆變調，頗膚近。蓋誌銘宜實徵事迹，或事迹無可徵，乃敍述久故交親，而出之以感慨，馬誌是也。或別生議論，可興可觀，柳誌是也。於永叔獨錄其敍述親故者，於介甫獨錄其別生議論者，各三數篇。其體製皆師退之，俾學者知所從入也。

一，退之自言：「所學在辨古書之眞僞，與雖正而不至焉者。」蓋黑之不分，則所見爲白者，非眞白也。子厚文筆古雋，而義法多疵。歐、蘇、曾、王亦間有不合。故略指其瑕，俾瑜者不爲揜耳。

一，易、詩、書、春秋及四書，一字不可增減，文之極則也。降而左傳、史記、韓文，雖長篇，句字可薙芟者甚少。其餘諸家，雖舉世傳誦之文，義枝辭冗者，或不免矣。未便削去，姑鉤劃於旁，俾觀者別擇焉。

明御史馬公文集序

有明御史馬公經綸奏議、雜文、詩、語録凡十卷，其孫騏集録而屬余序之。

公之仕也，適當神宗晚節。上怠於政而君臣不交，邊方軍紀漸蠱蠹於幽昧之中；而朝士大夫邪正之黨禍孽方萌，未知勝負之所在。公於此時遇事直言，每有所救正補益，而卒以此蒙大譴而奪其官。

昔吾高祖太僕公事神宗，居御史臺，與公先後數年，在朝極論時事，與夫巡按楚、豫，所設施於治所者，皆人情所難。公與吾祖當日之居臺中，號爲中正和平，不務矯激以收時譽，而所言所行之卓卓如此。使當教化陵夷、士節不厲之時，而有一於此，其功名震乎人心，而文章播傳於宇宙，當何如者？然則當時士大夫之砥礪名行而守官者概不慙於其職，不可以想見哉？

夫教化之興，非一世之事也。三代之衰，自公、卿、大夫以至甿、隸，皆知守道與官，而以死生之際爲甚輕者，先王教化入人之深，而萬物皆有以立其命也。遷謫放流，人情所畏惡，毒肢體，濱死亡，士大夫之危辱莫甚焉！而明時臺之以言事廷杖者接踵，而蹈之如歸。蓋高皇帝以廉恥禮誼爲陶冶，士自居庠序之中，而已知上所以待之不苟矣。進而歷於朝廷，益凛然上之所以相屬，與己之所以自處者。故方其盛時，上下清明，幾無一職不得其理。至於神宗之季，亦少貶矣，而士大夫之居清要，矜節行者，十常八九。雖不足以語于三王之盛，而要豈漢、唐所能望哉？惜乎！神宗不能審察于邪正之間，如公類者，非惟不用其言，又顯棄其身，而其後明政卒以黨敗也。

公詩文俱有典則，而論學之語，尤洞然見斯道之大原，非剽襲於口耳間者。然則公之排擊僉壬，至於顚頓而不悔，皆有所由然，非激於一時之意氣而以爲名也。今駢能暴公之遺文，而吾祖所論著，經兵火，書皆散亡。今其存者，獨實錄所載章奏，然亦略矣。故余敍公之遺文，豔然於纂述之無由，而嘆斯文之傳，亦有幸有不幸也。

甯晉公詩序

辛未、壬申間，余在京師，與吾友崑繩日夕相過論文；而崑繩所與交善者，多與余游。是時崑繩客觀齋寧君之家，而其弟晉公愛余甚厚，間以其北游詩詒余曰：「吾所爲詩，未嘗以示京師之人。吾欲子與崑繩序而藏焉。」崑繩既有言矣，余應之而未暇以爲。嗣是相見，必以爲言。余曰：「凡吾爲文，遲速未可以期，待吾意之適，而後得就焉。吾與子朝夕游處，而以事羈於此者且數年，何患余文之不就哉？」是時，京師人多乞余文者，余時時勉應之。獨以謂序寧子，不宜苟。又計其時之多暇，以爲爲之當無難，而不知浸尋觝滯至於久而未之就也。

癸酉之秋，與晉公朋試京兆，竟事，相見王氏宅。顧余曰：「子許序吾詩，今踰年矣。吾非以競於世士，將歸而示吾鄉之人與子弟焉。吾自吾之鄉聞子，吾鄉之人多慕子之爲人，而吾今與子爲兄弟交。子無言，惡知吾與子之交如是哉？旬日後各當歸散，會見不識何時，吾安能待子！」余聞之悢然，急歸旅舍爲序。序方成，未以示晉公，而以事南還。及家，胠橐發書，檢數年客游所爲文，未嘗有所脫落，而獨序晉公者不與焉。

又逾年而觀齋自潁來金陵，遽相省。問晉公息耗，則聞其歸而貧且病益憊。退而甕然，顧念從事朋游以來，鄉曲之人好之者蓋寡；而海內之士或聞其風聲氣烈，一見相信如骨肉兄弟。平時游處往還，無間朝夕，疾困憂喜相聞。一旦蹤跡離異如參商，思其形貌辭氣，則胸氣爲之繚轉。又以余之窮於世，而凡世之術業志趨與余同，而心誠有愛於余者，其迍邅坎坷必與余類，若晉公者，所見皆然。吾以慨於心也。

晉公夙好余文，故書此遺之，以開其心。至其詩，則徒能記憶其工，而論之未得以詳也，崑繩之文備矣。

張彝歎稿序

余年十四五，從先兄百川與里中及近縣朋友往還，問其人可與久要者，則稱古塘、彝歎二君子。問其文可相拔以至於古者，而先兄難之；有頃而言曰：「亦二子也。」余疑焉。蓋是時二子之文，實無以異於衆人也。兄曰：「余察於二子之爲人矣：劉直樸而有恆，張儻朗而不僞。語曰：『高言不止於衆人之心。』猶斥鹵磽瘠，不能生良材也。故質美，則必能務學；而文之成，常肖乎其人。古人之文淺深純駁，未有不肖其人者也。其不肖者，非其人之未成，則其文之未成也。若二子者，有其本矣。」其後，兄與余俱年長，奔走四方，朋游中相親信者漸廣，而不相見則思之深，相見久而不能捨去者，未有如此兩人也。

古塘初爲鏗鏘絕麗之文，其後沈潛於六經之訓義，而歸於簡實。按其義，不當於聖賢之意者，亦寡矣。彝歎之文凡數變，皆能闡事理，窮人情，其境無不開也，其體無不備也。蓋二子能務學以成其文，而卒各肖其爲人如此。

余與二子居，議論則相抵，文章則相駁，往往詰難紛糾，彼此各不相下，必先兄出一言折之，乃各得其意而無爭。彝歎家高淳，去金陵二百里，而古塘與余兄弟孤行遠游，蹤迹常不得合併。獨辛巳歲，先兄與余家居，而古塘歸自楚中，彝歎亦以事數至金陵。時先兄已負疲疴，獨二子至，輒據几談笑，怡然終日，殊自樂也，而先兄竟以是年冬齎志以歿。自先兄之歿也，余愴然無所依，獨與二子相見，則心暫開；而二子之思先兄，幽痛隱默，亦僅次于余也。

今年秋，彝歎舉于鄉，總其所爲文數百篇，使余與古塘決擇而刊布之。古塘欲獨存其近歲淡樸深老者六七十篇，而余慮膚于學者不能知也，欲兼存其少作以誘進蒙者，而古塘持之。惜乎吾兄亡而無所取正也。

余心氣敗傷，家事紛擾，竟未得備覩其文，而爲之決擇，聊爲序其大意如此。其取舍評論，則多出於古塘云。

劉巽五文稿序

己巳冬，余自督學宛平高先生澄江公署歸，過無錫，訪先儒東林講學遺址，因就其杖者張君秋紹而求其邑人之可交者。秋紹曰：「吾邑劉氏有二賢士：一曰言潔，今貢入成均；一曰巽五，爲諸生。」因與秋紹就巽五於其居。其爲人沖和平易，容婉而氣清。退謂秋紹：「是有東林人遺意也。」後隨宛平公至京師，介鄉人宋潛虛以交於言潔。其爲人剛大嚴毅，使人一見而斂其邪心與驕氣。退謂潛虛：「是其氣象，儼然東林人也。」言潔愛余如兄弟，在京師踰年，旬日中未有不再三見者。間問其世系，則與巽五同出自光祿本孺公，蓋東林賢者之子孫也。言潔幼工時文，在京師則專爲古文，稿成余必見之；而巽五之時文，亦多流播四方。余嘗私評二家之文，或剛大而嚴毅，或沖和而平易，又莫不各象其爲人也。言潔行身爲學，介然不苟同於流俗。余與潛虛每擬之高、顧諸公，而不幸中道以歿，則所以繼光祿之傳，而推大其鄉先生之遺業者，獨在巽五矣。

余與巽五皆宛平公所取士，又同舉於鄉，而不得時見。今年秋，巽五授經金陵，始熟而察焉：其爲學，其行身，與言潔異其外而同其中者也。巽五爲諸生時，其課試之文，已布於四方。成進士後，有制義二集並行於世，而巽五自擇其尤者彙爲一册，而屬余序之。巽五之學，於經、史、百子無不淹貫，而以爲時文，故其擇之也精，其語之也詳，雖其外不爲驚人之言，而理精體正。時文之可久存而不敝者，必此類也。

言潔嘗勸余盡棄時文之學以治古文，而余授經自活，用時文爲號以召生徒，故不能棄去以減耗其日力，而兩者皆久而無成。閱巽五是編，未嘗不爽然而自失也。

朱字綠文稿序

余自與朋友往還，未有先於字綠者。其始相見也，在丙寅之春，朋試於皖江。時余爲童子，字綠爲成人，而以時文之學相得，爲兄弟交。其後壬申，余授徒京師，而字綠亦至自山東。余時學爲古文，文成必以示字綠，而字綠亦出其贈醫某一篇示余。余曰：「子才可逮於作者，盍遂成之？」字綠曰：「吾多事未暇也。」

又其後丙子，聞字綠定居於杜谿而往就焉。字綠方築室而未成，見余至，忻然曰：「吾幸有數椽之庇，百畝之殖，可以老於是矣。子年方壯，儻不爲時所棄，則資我於山中，以卒吾業，而亦以成子之名，豈不快哉！」出其數年客遊之文，則所蓄愈厚，而其光輝然而不可遏矣。

又其後辛巳，字綠來白門，其所著書，已數十萬言。余始見之甚喜，繼復大駭，久而慙且懼也。字綠曰：「子毋然！物之至者不兩能。吾時文之學，亦不逮子。」余曰：「是所謂家有琬琰，而羡人之瓦缶以爲富者也。且子獨不屑爲此，子爲之，亦當勝余。」時字綠棄時文而不應有司之舉者已數年。或勸其入京師，就決於余。余曰：「子之學成矣，而力有餘，雖復爲此無害。吾門祚衰薄，而家事多累。子昔曰我當出而子處，今子當出而我處。」因舉字綠前所以語余者，以屬字綠；而字綠北行，果踰年而成進士。復與相見京師，謂之曰：「子果用吾之言乎？」字緣曰：「子之言皆信。吾時文之學，亦可敵於子矣。」余索視之，自媿不如；三復而審究焉，則不如遠甚。

夫字緣之年長矣，其用功當艱於余，而其古文之學，數年而成；時文則數月而得其勝，雖其資材有過人者，亦用心與力之篤且專，故能成功若此之速也。余得於天者既劣，而復因飢寒疾病憂患以廢日力而敝其精神，豈獨慙於字緣，雖欲所就之比於中人，不可得也。字緣自訂其時文百三十篇，屬序於余。因念與字緣爲交之始末，而歷其進學之難易；而又以嘆夫治道術者，苟毋怠而止，皆可以造其極，而世之不能盡其才者，衆也。

余西麓文稿序

昔吾師宛平高公視學江南，士之尤當公心者，於吾鄉則苞與齊生方起，於歙郡則汪生鴻瑞、余生華瑞。嘗語余曰：「子之文，深醇而樸健；齊生之文，從容而典則；汪生之文，幽渺而參差；余生之文，微至而切實。苟勤而不已，皆于斯道能有聞焉者也。」又曰：「凡吾所取于二三子者，非徒外之文也；觀其言軌於道而氣不佻，其於人亦概乎能有立者也。」苞從先生游，蓋十年餘；凡三至京師，皆就學先生之家。每歷歲踰時而至先生之所，必曰：「子曾見於某乎？抑有聞於某乎？」

癸酉冬，余自京師歸，遊宣、歙。見余生於祁門之西郭，而未暇叩其所藏也。乙亥，再入京師，而汪生適至，與持所業以正於先生。先生忻然而喜，因爲汪生道齊生、余生。踰年余以事南還而汪生留。又三年至今庚辰正月，余復至京師而汪生以客死，浹旬而先生歿焉。見齊生於先生之喪次，相視飲泣而不能語。蓋余與齊生皆於己巳侍先生于江州，違隔而不見者，越十年矣。

余將歸，而齊生以文屬余序，余愴怳不能就其詞；至金陵而余生亦以其文來，所造益深於曩時，各有變化，而大意不越先生之所云也。夫先生向之所許於吾數人者，蓋有所試以知其將然，爾時未之能也。今二子之所造，則庶乎能實先生之所云矣。獨恨先生所望於吾數人者，非徒外之文，乃二子之文成，而先生已不得見焉。而汪生者，其身既死，其文亦散失而不可收。則余於二子之文，豈能默然而已哉！故書以示余生，且遺齊生，以志先生所望於吾黨者，蓋不止於是也。

伍芝軒文稿序 代

往者丁卯之歲，吳中士人論天下乙科選首之文之稱其舉者，皆曰浙東伍生。索而視之，犂然有當于余心也。又數年，余奉詔至闕，而生尙與其曹偕計吏于京師。余既已訝其久而未遇，而生以其業朝夕請。余然後知余向之所得于生者，猶未足以既生之實也。

夫上之人莫不欲下無遺才，而才者不必收；下之人莫不務精其業，而精者不必遇。豈眞有莫之爲而爲者邪？生始一舉而駕浙東八郡之士，何其易也？而今蹇不進者且十年餘，又何難歟？然生用此學日以富，文日以奇，充然溢于中而輝于其外，則生之屈未始不爲伸也。漢、史傳諸儒，或久不得舉而明經義，蓋古而然矣。今生于世尙未爲無所遇者，而其才猶不能盡伸如此。其他一無所試以枉其才者，可勝道哉！

溧陽會業初編序

古者教民必有其地，所以聚其耳目心志而使之一也。與同業者，非兄弟姻親，則鄉鄰熟識。其行既得相觀以善，而詩、書、六藝之文，鄉先生長老旦旦而言之，而子弟耳熟焉；各竭其資材以相鑽礪，故其入之也易而漸者深。後世所以教民者既非其具，而所號爲庠序學校者，不過有司按期以涖，而士不得朝夕從事焉。故事雜言龐，而志益以苟。其間學與道之代張，反出於私有所承，而非以從上之令也。

夫經學始於漢而盛於宋，其間老師宿儒自召其徒以講誦之，故其學者各以爲己所私得而惜其傳；而施於事，見於言者，亦能不易其所守。自帖括之學興，而古人所以爲學之遺教墮壞盡矣。

然當有明盛時，其能者頗於經義有所開闡，而行身植志，亦不苟同於流俗之人。及其中葉，尤尚文社，連州比郡，必擇衆所信服以爲之宗，其旨趣各有所歸而不可易。與同業者，文學志行之顯於時，則榮之若身有焉；而瑕敗者，恥之若身與焉。雖其所學與古異，而一其耳目心志以相鑽礪，而惜其所私得者，猶之古也。

今世之爲時文者，其用意尤苟，以爲此以取名致官而已，其是與非不必問也；而余聞見所習，則宜興、溧陽之間，其學者猶兢兢然重之。蓋其地僻，罕舟車商賈，而多桑麻之業。其學者羣萃州處，耳目心志一於是，而以爲不可苟焉，亦其習尚然也。

今年春，余客澄江。宜興儲君禮執示以在陸草堂課文，用意多不苟。其尤者，氣質雅近古文；而今溧陽狄太史向濤，復聚其子弟鄉人課文，遠問於余。發而讀之，其材雖各有所就，而幷沐浴於古，以發其英華，波瀾意度，大略與在陸草堂之文相近也。

余多病少學，於時文尤踈，誦諸君子之所爲，嘆賞其工而已，豈有足以相益者哉？諸君子之鄉，薦紳耆儒多深於文律者。太史之文固嘗流通當世，足爲楷法；而儲氏有老師曰同人，太史昔與同學，而在陸諸君所取衷也。壤地相接，諸君子往而問焉，必有相得而益彰者。若余則勞苦憂病，患日力之不足；有晷刻之暇，必併力於先儒解經之言，而其所得，往往與科舉之士所守者異道。以故朋游間多見謂迂誕，而莫與翻覆其所疑。諸君子若於是有取焉，則余固願褰裳而前以相質也。

跋

跋先君子遺詩

先君子自成童，卽棄時文之學，而好言詩。少時耕牧樅陽黄華，有江上初集；既而遷於六合，有棠村集；康熙甲寅還金陵舊居，有愛廬集；庚午後有漸律草；辛巳後有卦初草；計三千首有奇。先君子弱冠，卽與宗老塗山、邑人錢飲光、黄岡杜于皇遊。諸先生皆耆舊，以詩相得，降行輩而爲友。諸先生名在天下，當世名貴人立聲譽者，皆延頸索交；而先君子遊於酒人，日與山農野老往來酣嬉，用此窶難，衣無著，日不再食。諸先生或爲諸公道之。卽動色相戒曰：「公毋累我，使以詩爲禽犢。」廣陵人鄧孝威嘗於杜于皇所見先君子詩，以入詩觀二集。先君子再致書，必毁所刻而後止。晚歲，小子苞請錄諸集貳之。弗許，曰：「凡文章如候蟲時鳥，當其時不能自已耳！百世千秋之後，雖韓、杜作者，以爲出於其時不知誰何之人，獨有辨乎？且諺曰：『人懼名，豕懼壯。』爾其戒哉！」

先君子既殁四年，而苞以南山集牵連被逮，下江寧縣獄。制府命有司夜半搜書籍；江寧蘇侯夕至，諭婢僕「凡寫本皆雜燒」，而諸集遂無遺。惟姊夫曾退谷口熟五言律五百六十三首，斷句二百四十五聯；又於里人篋藏壁揭者得各體九十八首。

嗚呼！苞以冥頑，玩先君子所戒以禍其身，終不得歸守丘墓，而先君子平生精神日力之所寄，又以不肖子之故而灰燼焉。苞之罪上通于天矣，乃涕泣取所得遺詩，校錄鋟諸板，以志悔痛，且以廣先君子之戒於無窮也。

書高素侯先生手札後二則

己巳夏四月，余以歲試見知於先生。秋七月，招入使院，辛未，從遊京師，先生軫其飢寒，開以德義，一出入，未嘗不詰所有事也；所與往還，未嘗不叩其爲孰誰也。蓋自癸酉以前，未嘗旬月去乎先生之側，而凡所爲文，先生皆指畫口授焉。

甲戌後授經四方，閱月踰時，先生通書，必索所爲時文，蓋知余素厭此而督之。丙子，試京兆罷歸，將不復應有司之舉，悉散所爲時文於生徒朋游，獨先生所點定，不敢棄擲，並數歲中手札，巾笥而置之先世藏書櫝中。

戊寅，先生以書督應鄉試，己卯果得舉，將請先生序其文以行於世；至京師而先生已寢疾，數進見，未忍言。入試於禮部，未竣事而先生歿，歸至家，發向所藏，則與遺書並朽蠹矣。余文以散在生徒朋游間，收之尙得十七，而先生所論次，無一存者。余天資蹇拙，尤不好時文，累日積久以至成帙，皆先生督責敦率以爲之，而先生所講授，反不得少留集中，以誌師弟存歿之誼，此余所以日夜悔痛自責而無以容也。

是書乃戊寅見遺，命就鄉試者，以得之最後，未入巾笥中，故得獨存；而今丙戌六月朔後七日，復於散帙中得之。時生徒朋游以余登會試榜，彙刻前後所爲時文，因以冠於簡端，並記先生所以切劘之意，以見余時文之學之所自，而先生筆墨素不肯假手於人，故評訂之語皆不敢妄託焉。

先生孝弟之行，自鄉人及朝士大夫皆載其言；而才識卓然，足爲物所倚賴，則有待而未施，故世無知者。余於誌銘既陳其大略，至於處己待物，博大敦篤，粹然有古賢之風，叢細之事，無不可以法後學。

苞生長山澤，獲事先生，時甫去父母膝下，絕不知交際中所謂世情者；徒見書傳所載古人語言行事，以謂直可推行。於時先生四十。爲文以壽，謂：「古之君子，愛其人也，則憂其無成。孝弟者，人之庸行；而先生所表見於世，尙未有赫然如古人者，苞大懼先生之無成也。」先生命張於庭。踰月，語余曰：「生所與交，愼毋以文贈！」余請其故，先生曰：「今之贈言者，以爲禽犢也；而生所陳皆古義，恐重爲尤。」余未答。先生曰：「吾有所試也，世不可與莊語。日生所以壽我者意良厚；而吾客見之，皆謂吾有不肖之行，而爲生所譏切也。」余曰：「何弗撤也？」先生曰：「吾正欲使諸公一聞天下之正議耳。」

余始至京師，下帷先生之廬，夜讀書，有童奴砉欻爲鬼聲，余惡而抶之。越日，先生遍召府中童奴，指曰：「某某有過，生爲吾抶之。某某，使吾弟鞭之，是尤頑梗，生恐不足以創也。」自是府中童奴皆慴，莫敢忤余。又踰年，始聞余所抶乃太公侍者。太公恚余之妄，讓先生甚切。先生恐童奴恃此以無禮於余，又恐余時親抶之，以損太公之歡也。

余臥齋在兩宅中間，其東爲先生賓醼之堂，其西爲太公燕私之齋。僕某遘厲疾，公移余於西齋。京師人言是疾善傳染，致湯藥者隔簾牖而委之，溲溺並積，久之臭達於外，近者不堪，余議僦屋以遷焉。先生急止之曰：「吾賓從可暫謝出入，謹避其惡，無傷也。吾聞疾甚者不可以變更，震蕩之，無生理矣。」數月竟瘳。

先生之心厚於仁，而能盡在物之理如此，凡余所不及聞知者，可類測也。使天假之年，而得展所蘊於世，雖赫然如古人者，豈不足以致哉！以此知古之發名成業與無所顯於時者，皆會其所適而然，未可以既人之實也。余以重得先生遺跡，追念夙昔所感被於先生者，因並志之，又以見余之所師於先生者，蓋不徒以文術也。

刻百川先生遺文書後

先兄六歲能爲詩，十歲好左氏、太史公書，未冠通五經訓義。旦晝治事，暇則與朋游徜徉郊原墟莽間；夜誦書，或危坐達旦不寐。叩所以，不答也。爲諸生，自課試外，未嘗爲時文。苞每遠遊歸，出所爲詩歌古文及詁經之言相質，先兄亦不喜，曰：「古之爲言者，道充於中而不可以已也。汝今自覺不能已乎？」同學二三君子曾刊先兄課試文曰自知集者行於世，先兄弗快也。

乙亥、丙子授經姑孰、登、萊間，學子課期必請文爲式，遂積至百餘篇；而與朋游往還酬贈亦間爲詩歌古文，常錄爲四册，貯錦篋中。苞請觀，未之出也。曾出以示溧水武商平、高淳張彝歎，旋復收匿，蓋恐苞與二三同學復刊布之。

辛巳冬十月，先兄疾困。苞偶以事出，入戶，見鑪灰滿盈，退問侍側者，則錦篋中文也。自先兄之歿，四方同學愈思見其遺文，遍索於生徒朋游，僅得二十篇，因與前集並刊布焉。蓋時文雖先兄所不好，而其發之必有爲，所謂充於中而不可以已者，亦於是可見矣。

癸酉，余客京師，先兄郵寄十餘篇相示，內丘王君永齋持去。姪道希云：「庚辰春，蕪陰夏君虎文相過，别時手一册與之。」今二君皆歿，其子弟若能求索得之以暴於世，不獨先兄之心神賴以不泯，亦可以見其父之能知言而取友也。詩歌古文竟無存者，獨嘗爲督學磁州張公賦絡緯一篇，擬南樓讌集序一篇，載江左文選。廣師說一篇上長洲韓公，朋游間多有之。因附錄，以見先兄之蓄於中者有待而未發，而偶發者又自以爲不足而焚滅之，使學者因是以想其所用心焉。

附刻弟椒塗遺文書後

弟椒塗，少穎悟。以余與兄困于諸生，授徒在外，家君命視米鹽，而弟暇竊觀書。余與同臥起，往往寐覺，弟猶伏几；體素羸，余與兄恐致疾，每爲文，必怒之，未嘗一給視。久之，弟亦不敢自出。將卒，始出制義二十餘篇，曰：「吾心力嘗困于是，異日尚爲吾存之！」余與兄封識，不忍發也。又數年發之，始知其已得慶、曆諸公奥祕，以文少不成帙，未可單行。今擇其尤者十篇，附在先兄遺文之末。

弟性情質行，略見余所爲誌銘，故並列簡端，以志余兄弟三人少小相依之艱，中道別離之痛，而余單獨一身無以奉二親之歡，所以計處身心者，獨難也。

書先君子家傳後

此亡友宋潛虛作也。潛虛少時文，淸雋朗暢；中歲，少廉悍；晚而告余曰：「吾今而知優柔平中，文之盛也，惟有道者幾此，吾心慕焉，而未能。」然世所見潛虛文，多率爾應酬之作。其稱意者，每櫝而藏之，曰：「吾豈求知於並世之人哉？度所言果不可棄，終無沈沒也。」是篇，其中歲所作；自謂稱意，櫝而藏之者。潛虛死無子，其家人言：櫝藏之文近尺許，淮陰某人持去。或曰尙存。或曰已失之矣！嗚呼！是潛虛所自信爲終不沈沒者，其果然也邪？

書諸友公祭先母文後

此光生正華作也。正華於余爲彌甥。戊子，余歸故里，見其時文異之。遂從遊龍眠山中。一日晨起，讀莊子齊物論，未朝食已成誦。試以他書，日誦萬言。因與至金陵，以女甥妻之，入贅于馮氏。數年中，徧誦五經及周、秦間諸子書，於古文詞皆得其門徑。余北徙，復來相依。授徒歷數家皆不合，衣敝履穿，而歲時必少有所蓄以遺其親，妻子之生計弗問也。戊戌冬，館某家，資用始少給，而髀下腫，踰歲七月竟死。

正華美鬚髯，狀貌偉然，見者皆爲動容，而賦命之薄至此。賤貧固不足道，使造物者不奪其年，其學之所就，豈可量歟！孔子曰：「秀而不實者，有矣夫。」嗚呼惜哉！

書時文稿歲寒章四義後

憶辛未秋，余初至京師，偶思此題，成四義；言潔、潛虚、諂孫三君子深許之，遂訂交。余每以事出，必詣三君子；三君子以事出，必過余：問辨竟日，往往廢其所事而歸。壬申冬，言潔還錫山，引余至其寓，教以植志行身之事，相語至夜半，已寐復起，坐達旦。既歸後，余客涿鹿，又遺書過千言，示余以所處。

癸酉秋，諂孫還青陽。余與共乘單輪席車出郭門，已交手背行近半里，諂孫復下車呼余，立道旁哭失聲，曰：「吾與子會見不知何時，或數年，或十數年，不終隔絶足矣！」諂孫在京師時，不三數日必宿余寓，酒罷往往無故悲嘯，夢中或大哭。余驚起而諂孫尚未寤。詰之，則終不肯言。既歸，余見青陽人，問徐子悲憂窮蹙之故，乃知其天屬遭遇，蓋古聖賢人所難處者。余恐其以恨苦殞生，再致書喻以徒死無益，而諂孫已成心疾矣。再答余書，漫言他事，不及所以。去年冬，余在澄江，夢見諂孫，面積垢，向余赫然無言。心怦怦不能自克，尋復自解，以謂夢寐之事，不足深究。踰歲七月歸金陵，而潛虚來告余曰：「諂孫死矣！有吳生者，至自青陽，言其心疾至昨歲轉劇，泣笑類顛者。一夕張燈，書數十紙不休。妻子問故，曰：『告吳君：此書致我友宋子、方子。』既又索書展視，一一自焚之。開戶出，若將便溺，久不返。妻子怪而迹之，則已死村外小溪中，頭面泥漬。」時余一子始殤，意忽忽不樂。及聞詒孫凶問，出郭西向號而哭之，不復覺子死之痛矣。

言潔先三年丙子以疾卒。余與潛虛俱在燕南。其邑子邵君義書客金陵，偶心動，歸往省之。既瞑復蘇，惓惓以不得見余與潛虛爲恨。義書爲余言，未嘗不流涕。言潔蓄道德而有文章。余意其爲天所生以扶樹道教之人，而不得竟其業以死，此理數之不可究測者。然觀荆公之銘深父，則古嘗有之。若詒孫之孝弟純明，粹然有儒者之質行，而死於非命，則自書傳以來，吾未之見也。使天下不知詒孫之所以死，則無以白詒孫之志；使天下知詒孫之所以死，又恐傷詒孫之心。此余與潛虛所以幽痛而不敢言也。

言潔、詒孫皆有子，雖幼，頗能承父學。恨余與潛虛困窮無聊，未有以扶進而存恤之。欲刻其遺文，亦未得就。近以坊人刊余文稿，檢舊篋得此四義，覆閲之，詞義甚粗鄙。然念得交于三君子自此始，因不自棄。

四義向者自寫兩通，一言潔閲，一潛虛、詒孫閲，以硃墨別之。言潔閲者，留北平方允昭所，數年索歸，崑山張闇成持去。潛虛、詒孫閲者，内丘王永齋持去，而允昭、闇成、永齋先後皆奄忽矣！念之終夜氣結，晨起志之。時己卯十一月朔日，船過寶應書。

記時文稿行不由徑三句後

余已巳歲試，受知宛平高素侯先生。辛未後，從入京師。先生命閉特室，勿與外通。大司成新安吳公謂先生曰：「吾急欲識此生！吾擇生徒之尤者，與子弟會文，生能過我乎？」余以疾辭。又數日召飲酒，再三辭。公因自訪余於寓齋，余因先生以謝曰：「某名掛太學，而部牒未過，以賓客見，義不敢也；以生徒見，又非所安，請稍俟之！」

公以癸酉二月，禮先於余。秋闈畢，余始報謁，仍執不見之義，而公愛余益厚。公卿間或問太學人材，必曰：「有方生者，將至矣！耿介拔俗之士也。吾未得見而知之最深。」用此，見居門下者，皆若有憾焉。

是題乃所以試教習諸生者，余偶擬作。篇末云云，蓋感公知己之義也。及余名過牒，而公已去太學，尋歸道山，竟未得一見。每與公子東巖兄弟言之，未嘗不氣結良久也。

題舒文節探梅圖說

以芳潔之物自比其體，原於橘頌。公之遭遇，衆皆見爲芝蘭之萎折，而公乃自比於西山之梅，託根僻壤，含華結實，得自全其臭味。振古忠良求仁取義之心，皆可於公言見之。

方苞集集外文卷五

書

與鄂張兩相國論制馭西邊書 傳貴本作與鄂張兩相國，王本作與蔣張兩相國，

文中略有字句不同。三相國皆先生至交，一書蓋通與三公，而標題特舉其二，故偶有不同，觀傳貴本與清河書卽正集與蔣相國論征澤望書可知。今標題從傳貴本，文從王本，以文義王本詳備，且傳貴本世既共見，王本世未見也。集中新刻，凡與傳貴本小有不同者，皆據王本也。鈞衡識。

苞聞出位之謀，先聖所戒。然古者國有大事，謀及庶人。周官小司寇「掌外朝之政以致萬民」，王與三公六卿「以敍進而問焉」。蓋以食土之毛，皆有忠君憂國之心；而詢於芻蕘，所以盡天下之耳目思慮以廣忠益也；而士之義又與庶人異，學先聖之道，仁義根於心，視民之病，猶吾兄弟之顚連焉；視國之疵，猶吾父母之疾痛焉。故先王之制，使士傳民語；則己所欲言得自達於君，或因公卿大夫以達可知矣。荀卿論將，以爲「事莫大於無悔，

至無悔而止矣，成不可必也」。

往歲西師坐失機宜，僕先事爲公等言之而卒如所料，其可悔者非一事矣。主將不能料敵制謀，偏裨不能決機應猝，而宿兵絕塞，日引月長。苟非吾君吾相先定其規模以固根本，而徐俟孽賊之瑕釁，則異日之悔，且有不止於是者。苞荷兩朝聖主如天之恩，辱兩相國知愛，不以衆人相視，苟知而不言，是虧仁而悖義也。故敢冒陳其大體，惟詳擇焉！

一，古者守在邊塞，而本朝之守在四十八家；故謂澤望小醜，無事誅鋤，皆愚儒也。懸軍深入，士馬力竭，彼更遷徙鳥舉，則我師不戰而自屈。且山谷阻深，徑路盤互，設以偏師截我輜重，其害將不止於無功。此有心者所同知，有口者所共言，無煩瀆告。苞所慮者，守非其法，與無守等，且將爲國宿憂，而別生瑕釁耳。古之制馭戎狄者，必設間示弱，誘使深入，而後能一舉而踣之。姑勿遠引，聖祖仁皇帝親征噶爾丹，惟誘至昭木多，故西師得而邀擊之也。往年之事，儻主將好謀，偏裨材武，用昔人易將減竈之法，設伏警備而大創之，則其氣奪，其謀沮矣。卽來寇者他部，使孽賊聞之，亦足以折其姦心。明者不悼往事，苟能懲此而定兵謀，易前轍，則未必非我國之福也。軍志曰：攻不足者守有餘。今若易攻而爲守，則用其兵之十三、用其財之十五而泰然矣。十取其三，則兵精；以財之五養兵之三，則士宿飽而能力戰。賊不至則以休吾力而盡之於溝樹壘屯。賊至則以逸待勞，以銳擊罷，既得人和，又乘地利，可使匹馬隻輪不返。是謂廟謨，精神可以折衝者也。

一，往年之事，循數推理，造謀者孽賊，而寇掠者非盡孽賊之部也。嚴冬沍寒，地鮮宿草，冰堅無泉，安能舉大衆行數千里而襲人哉？必青海鄰近諸番，深怨年羹堯誘殺其族類，陰附孽賊，聽其指使而伺間竊發。宜詰實於軍將邊吏，而赦其欺蔽之罪；且周諮博訪邊人歲市於諸番者，必具得其迹。其然，則必以銳師進勦，殲厥渠魁，以彰天討。但國威既立，即可肆赦脅從，開以恩信，使畏威懷德而悔心漸萌，乃可長久。語曰：「強不能偏立，智不能偏謀。」若欲斷絕根株，恐不能盡其種類，是愈堅孽賊之黨而益吾敵也。

一，自孽賊跳梁，先帝命設守於阿爾太，以護西北舊屬諸部；設守於巴里坤，以鎮青海新附諸部。近聞大軍所駐，過此各千餘里，按以兵法，急宜撤還故地。蓋以言進勦，則去賊界尚遠，而馬力既竭之後，輓輪倍難，所謂行百里者半於九十也。邇聞變法，糧至察汗瘦兒交卸，更易車馬轉運到軍，其地之人甚以爲苦，恐亦未可長久。以言設守，則我軍撤回千餘里，賊若來寇，亦更遠千餘里。其力愈疲，其心愈孤；而我師得還久駐之地，衆心安定，氣勢自倍。兩軍各設左右翼，去大軍百里，駐以偏師，爲犄角之勢。並築城堡，壕壘再重，可樹則樹之，近泉則溝之，壕外錯設梅花阬與品字阬。賊至，則所寇之地固守；而無寇之軍更番出勇士數人，篝火緄礮，夜再三擊其營，使驚起即潛歸。賊晝夜不得休息，兼旬之內未有不遁者矣。遁而截其歸途，或衝其肘腋，內外夾攻，不盡殲必大創矣。此所謂帝王之兵以全取勝者也。

一，兵不在多而在精，況遠戍荒徼，勢不能多，但使將得其人，士皆壯猛，衣糧倍加，樂佚輕戰，則一可當十。假而飢寒羸怯，雖多無益。且慮心怨氣餒，臨敵恐駭，一隊奔潰，合軍搖心。阿爾太之地，羣山盤紆，徑路回互；我軍設守，則形勢可據；賊欲來寇，則顧盼慟疑。又喀爾喀諸部與彼世仇而託我宇下，便於徵調。戍守之兵，大軍五千，左右翼各二千足矣。巴里坤地勢平曠，餉道少近，大軍可萬人，左右翼可四五千人，以情勢揆之，戍守之地，賊必不敢再窺。主閫外者不徒尙健勇，必得有文武材略識大體者駐阿爾太，則於西北舊屬諸部千里之內，其酋長之智愚，卒伍之勇怯必周知之，嘗試劑度而勤撫馭，俾緩急能爲我用；駐巴里坤，則於青海諸部及近邊雜番，必開以威信，使知作慝則勢必翦除，順服則永得安集；而又嚴關塞互市之禁，使其貴賤男女日用必需之物，非誠附於我，必不可得。則賊黨日披，而我軍之勢愈壯矣。

一，徵兵滿萬，不如召募數千。內地且然，況遠戍荒徼，不獨各路徵兵心孤意怯，即召募於山、陝腹內，亦不可用。惟極邊之民，耐寒習苦，天性勇鷙，披甲戴胄，負糒嚙冰，日中而趨百里；用以守禦，則忍飢勞而能力戰，閒居無事，則習耕種而利興屯。但人情非得厚利及有配耦，不能使久居危苦之地。凡應募之兵，實係壯勇，在軍則受兩人衣糧；其有父母妻子，本州縣歲給口糧；五年番代，仍補沿邊行伍；與其家鄰近者，且賞銀五十兩爲資本，以贍室家。其有願取妻子長住屯所者，以兩口爲限，官爲裝載；到屯之日，計口給銀，俾轉資於獨身而倍受衣糧者。十數年之後，屯田大興，丁男漸衆，應番代者，卽以在軍丁男充補。田廬相望，姻親作伍，愛護身家，衆心成城，便爲金湯重鎮。兩地主將，必任沿邊宿將久著威名者。偏裨必屢經戰陣或素有謀略者。小校簡之行伍，能服百人，始得爲百夫之長。如此則爵必稱材，而人思自奮矣。巴里坤兵將專用漢人，而以忠實滿大臣一人贊畫，賜衞卒百人。阿爾太則用滿甲士千並妻子以往，如各省駐防之兵，而使重臣將之，宗室郡王監之。其餘兵將，亦用漢人。凡耕戰責之漢將；撫馭西北諸部，責之滿將；而勑以彼此一心，協規併力，毋得掩功推過，則蔑不濟矣。

一，塞外凡有山之地，其旁卽可耕種。又民物所聚，則天地之氣應之而燠。熱河風氣早寒，及聖祖皇帝每歲駐蹕，商農輻輳，末年遂與內地無異。山腰澗側皆宜四種百蔬，其明效也。阿爾太山谷迴互，最宜屯田。巴里坤雖無高山大陵，尙有平岡小阜，旁近土魯番之地，水泉皆熱，頗宜秔稻。且無山之地，但築短垣，高至尋丈，蔽遮西北疾風，以護新生弱植之苗，卽可有穫。但人情習于偷惰，而官吏視爲具文，故未得其效。凡利之所在，人皆貴、育。宜著功令：應募之兵，除例給衣糧外，但能力耕有穫，歲終加賞，以多寡爲差。所收高粱、菽、麥可充軍食者，官出倍價以糴之。其餘蔬穀，聽其以土性所宜，自畜犬豕雞鶩。官吏將校有敢侵牟强丐者，毫髮以上，必置重典。如此，則貧者襁負而至，併力爭時，而土利可博矣。數年之後，屯積既饒，饋餉可減。

又關中沃野千里，古稱上腴，加以河泉可資灌溉，故土人稱：水田百畝，可當山田四五百畝，值歲旱荒，且勝一二千畝。聞鄭、白二渠及寧、靈、涼、肅舊興水田，外如終南沿山州縣與鳳翔之岐山、寶雞，甘州之秦、涼、洮、岷，山泉川浸，可引溉者甚衆，但創始疏鑿，非民力所能任。若設專司，選能吏，依山瀕河，所在相度，發國帑，就農隙，爲民通渠引泉，則水利可倍。關中粟多，然後增價招商，而漸致之塞上；塞上粟多，則轉運軍前；較之輓輸於他省及陝西腹内，道齎減半。此似費而實省，暫勞而久逸之術也。

一，自古制馭羌戎，惟恃茶、絲、布、帛、銅、鐵諸物；聞西北諸部，惟澤望絕遠，不仰給於中國；其餘蒙古雜番，非此無以爲養生送死之具。年羹堯領川陝，所以能使戰士盡力而民不困於供億者，徒以私人販茶、布於諸番，所獲不貲耳。古者，欲責邊將成功，必使大饒於財。蓋不饒於財，無以養奇策之士，則不足於謀；無以恤戰士，則難作其氣；不能厚雄毅過人之士，則不能責其臨敵奮死以爲倡。況縱間諜，鉤敵情，非有重賞深恩，能使出入於死地而不貳乎？今出奇計，宜禁一切出口之貨而立四市：西北諸部，則立市於阿爾太；青海諸部及雜番，則立市於巴里坤；縱商賈轉貨，而官司之，非歸附本朝者，不許互市，則近我諸小部，不招而自來，不約而自固矣。其東北舊屬諸部，則立市於東邊；西南徼外諸部，則立市於四川、雲南邊界；皆略計來市各部人口衆寡，而量出之，無使多取而轉販。阿爾太、巴里坤市租，卽賜主將偏裨，使繕戎器，厚養戰士，所謂事一而兩得者也。所慮道里踔遠，途多侵盜，商旅不前，則仍於山、陝沿邊酌立二市；而歲撥三邊市稅以賜兩軍各數十萬金，然後諸用不匱。但設立稅格，寧輕毋重；嚴飭市司，寧寬毋刻。但使商賈爭趨，番戎總至，所獲自贏。從來司關嚴刻，則正稅難充，寬恕則遠近爭湊，轉得奇羨。此恆物之大情，不可不察也。

一，管子曰：「堂上遠於百里，堂下遠於千里，門庭遠於萬里。」此言壅蔽之傷國也。凡事皆然，況行師萬里之外，使士出入死地，而軍情不得上達可乎？李牧守趙邊，市租皆輸幕府，日擊數牛以饗戰士；所以守不可搖，而戰則大克也。往年進勦，士衆日不再食，飢羸疾困；凡解衣糧、軍器、火藥歸自軍前者，言人人同，而主將不以聞。其後我皇上明目達聰，量增口糧，然猶未能盡飽也。春夏之交，阿爾太軍前羣馬驚逸，卒伍飢死數千，言人人同，而主將不以聞。西北諸部，惟丹津王効忠本朝，諸部轉心嫉之。喀爾喀徹臣汗部曲六百餘騎，自軍前背主潰回，遇丹津王部落，殘殺婦孺，劫掠牛馬，不能盡驅者，猶刺傷之；諸部坐視不救，聽其載妻子什物從容遠去，則衆情居可知矣；而自軍前來者，私語親故，皆憂形於色；及至公所，則言四十八家樂從征調。人情如此，凡事可以類推。陝西承辦軍需，十七年矣。聞往年造車買騾，民間所費，逾官價六七倍不等，我皇上得盡聞乎？猶賴聖恩，屢蠲田租，故民力雖竭，心猶能諒。苟曠日持久，勞費不息，或遇水旱，實可寒心。蓋壅蔽者，凡事之大患，而軍情尤甚；此弊不除，雖有深謀至計，無所用之。二公必切言於上：凡先事蒙蔽，後乃敗露，或訪聞得實者，必置一二人於重典；然後遣文臣有器識者參軍事，遇要事得陳奏，與主將副將參相制；然後情實得聞，而措注可無悮也。

一，我皇上聖明天縱，所以決計進勦，聞因俄羅斯、荷蘭諸國環澤望之西北者，皆與孽賊有隙而應本朝，時不可失。以情理揆之，疑奉使者甘言取好而非其實也。往年徹臣汗部落叛逃，聞收匿者卽俄羅斯。俄羅斯久與我互市，猶陰險若此，則其他可知。聞孽賊所畏惟俄羅斯，歲納貢獻。或與俄羅斯要約：「能禁孽賊侵盜，然後互市可常，不然則止。」亦牽制之一策。若謂我師深入，諸部實心相應，共爲犄角，疑未必然。

一，古者官立監牧，以頒馬政。我國家疆圉無外，公私耕戰之馬，皆資於口外。邇來武弁空糧，革除殆盡，犒軍繕器，苦無餘財。宜出自聖恩，凡大小武臣願販馬於蒙古諸番以自資給者，不拘馬數，入塞過關，毫釐不稅。其餘商民出口販馬，亦大減稅額。且於山、陝邊鎮，酌立馬市三五。勑諭近邊蒙古雜番，期以四月九月將馬赴鎮，具數報官；任與兵民交易，亦毫釐無稅。嚴飭鎮將，約束牙販，不得希圖小利，遇馬到者多，勒減馬價。若兵民不能盡買，官給時價，盡數收留，散布軍屯。蓋一次失利，則來者漸稀。但得馬到者多，則耕戰有恃，官民交利。且良馬盡入中國，卽番勢漸弱，欲爲寇盜益難，而附屬中國，不得不固矣。

一，聞大西洋去荷蘭國不遠。西洋國俗所不可缺者，惟內地之茶。不識俄羅斯、荷蘭諸部亦賴茶以愈熱疾否？果爾，則與西洋人要約：「旣久與中國互市，必爲我通荷蘭諸部，俾與我同心，探賊東來，卽出兵以乘其虛。果能摧破賊軍，或牽制使不敢動。我國歲以金幣、名茶、凡所寶貴之物酬之。」若受吾約，則賊必相猜而不敢輕動。西洋人若不用命，卽不許互市，必深懼而求得其要領矣。又茶之爲物，輕細易運。凡閩、廣海關出茶，宜有定數，不得多載，以防轉販。

一，從前因罪發往邊外屯田職官吏民，宜以聖恩赦宥，輕者還籍，重者安置別省。蓋士大夫素知禮義，繫心室家宗族，當無異志。若凶狡小人，孑然一身，寒苦飢羸，必懷怨忿。竊恐日與番戎往來，黠者誘之，或潛探軍情，或逃奔爲用，異日必爲邊境生釁造禍。漢之中行說，宋之張元、李昊，亦前車之鑒也。

昔唐太宗、元世祖皆百戰而得天下，智略如神，將良士武，師行有律，異代莫及焉。太宗之征高麗，世祖之征日本，或土壤相接，或舟楫可通；然且殫力竭財，亡衆無功，以成大悔；徒以攻守之勢殊，客主勞逸之情異耳。

苞於西域山川形勢及軍中情事，未得備悉，第就傳聞一二，以意揣度，自多未中。然循數推理，斷可信者，則攻守之本計耳。苟欲刻期進勦，窮其窟穴，則形勢甚難，恐未能必達。昔年額倫特之師，可爲明鑒。若未能必達，而更懸軍深入，運餉倍艱，經年累歲，無傷於賊之毫末，而我已重困。萬一四十八家心離於征調，秦民力竭於徵輸，諸番窺伺，別生事端，何以善後？二公不於今日懇悃開陳，以定廟謨；異日情見勢屈，聖主責言，將何辭以對？謂計慮不到，則非所以副委任之專；若知而不言，更非至忠體國之義。即今衆口嗷嗷，愚者直歸怨於二公；其明者則深望二公之能轉移而或無由自達，或可以達而不言。

苞臥病兩月，氣息厭厭，自念生世幾何，既爲知己懷憂，而喑默自便，則愧負此心。故於伏枕呻吟之隙，日記數語，涉月而後其略粗具。欲藉手於二公，以報兩朝聖主如天之德，而亦以答二公夙昔知愛之深。曾子曰：「鳥之將死，其鳴也哀。」惟鑒其忱，恕其愚直而審聽之！

與鄂少保論治河書

考工記云：「善溝者，水漱之。」明嘉靖中，潘公季馴以治河顯名，論者以比禹功。其實不過引山東駱馬諸湖之水入黃河東北岸，以盪其沙；引洪澤湖之水自清口入黃河西南岸，以盪其沙；用是黃、運安流百有餘年。

自康熙初年，總河靳公開中河，以避糧船溯黃而上百八十里風波之險，於漕運實便；而清水之出東北岸者下移百八十里，地平而流緩，不能復刷北岸之沙；由是河身日墊而高，歲加黃堤以防其決。繼事者莫知省憂，以致康熙三十年後，黃水倒灌，清口淤塞，下河州縣歲被其災。聖祖仁皇帝指授方略，命張公鵬翮塞高堰諸壩，疏清口引河。四十餘年漕運客商皆便，此其前鑒也。

一，自靳公奏請：自淮安至揚州，運河止宜每歲加堤，不必挑濬，永著爲例。淮揚士民萬口同聲，謂堤與城並，人將爲魚鼈，怨詛百端。某嘗譬曉之曰：「靳公，知河道者也。舊制：冬三月，閉天妃閘，以濬運河。以黃、運河身相等，故可濬耳。自中河既開，徐州以下，北岸無漱黃之清流，河身日高，安得不每歲加堤以防潰決乎？黃河加堤，而運堤不加，則自黃入運，勢如建瓴，清水雖大，亦不能敵黃，而濁流之灌運必矣，況又濬而深之乎？」其土人終迷不悟。不料有倡濬運之謀者，而其害立見矣，此目今運河病證之最難救療者也。將來必仍每歲加堤，如靳公初議，然後其患可除。然非增築堤基，廣厚加倍，其上難更加堤，雖強加之，亦難成而易潰，此理勢之必然也。

一，明時有欲洩洪澤湖之上流，自盱眙鑿通天長、六合，出瓜埠入江者，潘公季馴以爲中亘山麓，必不可開；況上流洩，則清口入河之水弱，而不足以敵黄。此百年以前之形勢也。自康熙末年，河決武陟入洪澤，而湖之淤墊幾半矣。目今湖水小則不足以敵黄，大則漫高堰而衝下河諸州縣，漕運亦爲之阻。若上流可洩於江，則開建石閘十餘所；水小卽下板實土，蓄水以敵黄；水大則量開閘板以洩暴漲，實此時之良策。但開鑿山麓甚難，必數年而後成功；苟可行，不宜畏難而蓄患也。

一，水土之性，必土著耆民，乃究悉其原委。明潘公季馴自言：嘉靖中，受命治河道，憂懼無措，所至，卽進羣叟與長年三老而問之，乃知河性喜故；三已四起，終以此成功。兩年來淮、揚土人皆言：新開河口閘壩，乃故河督靳公曾用之而未見其利者。其後張公鵬翮再三審度，始定舊閘，黄、淮相安四十餘年。自開新閘，害已立見，萬口咨嗟；倘可專己護前，而置漕運之險艱、下河數百萬生靈之阽危於不問乎？黄、淮異漲，必在伏秋。春末夏初，水勢中平，卽新口舊口皆可通行，亦不足恃。試思有明中葉，潘公季馴承淮、黄並決之後，修復故道，而安瀾者百有餘年。康熙初，靳公易之，别開新河，釀成河身日高俯臨城郭永不可救之患。遂寧張公亦承河防大壞之後，修復清口故道，而河沙漸散，海口復通，後人守之，安瀾者已四十餘年。奈何堅信一二愚妄人之言，而欲掩已見情形，行且夕難保之危道乎？目今兩河衆兆皆言：大有益於河者，莫過於張公所築磨盤墩，宜急復之；最有害者，莫過於新築之攔黃壩，急宜毁之。河督仁明，豈難從民所欲；特恐造謀之愚妄人復進浞言，變亂是非，以虧賢者之德業，宜苦口以忠告之！

與鄂相國論薦賢書

聖主求賢之論，殷切感人；但其中尚有宜分别者：如湯、陸二先生，湛心聖學，深明古賢以道事君之義，誠難多覯。若陳璸，不過絶包苴，守官碌碌，無一事可稱。彭鵬晚節，且私利身家矣。目前已蒙上知者，如徐士林、王安國，宜任正卿。陳德榮、魏定國、晏斯盛，久練吏治，使爲巡撫，可保境内和寧。雷鋐、陳仁熊、暉吉，列於九卿，遇大事必能陳義不苟。凡此八人以視陳璸，必有過之無不及也。其告歸不出者，如西安太守王紹文；沈於下僚者，如莊亭陽之勁直，王之銳之孝友純篤，鍾晼之澹然名利，黄世成之好學砥行；如或進用，以視陳璸，必有過之無不及也。

其他不知其才識志行而不受一錢如李梅賓者，尚不一而足。以某一人所灼知如此，果能實心搜揚，何患無人？古之人豈能借才於異代哉？九卿不言無怪也，公若不言，恐聖主自此有忽視天下士之心，所關不細。望必上章列奏，或進見面陳。存此論於天地之間，卽異世而下，可使人聞風而興起。且使蔽賢者內自慙而外懼公議，中材勉於爲善。非公不能用此言，非某不敢以此聞於公，惟鑒之！

寄言

康熙六十一年，河決朱家海，漫入洪澤湖。時滄洲督河，僕告以障塞黃流入湖之口，急於塞決河。滄洲深以爲然，而尋卽世；繼事者遂以黃流入湖而淸，湖中見田數千頃爲瑞；則此時已成不可治之疾矣。

今淮、揚、徐、泗之民，惟知歸怨於高公拆磨盤墩，開新閘；不知淮流漲溢，成於洪澤之淤墊者十之七，增於淸口運河之淤墊者十之三。士人之議及友人之書附覽，望博咨審察！若果有當，則以至誠開導任事者，告以萬口同聲，而吾兄亦實見其宜然，萬不可言聞之於僕。緣高公移閘拆墩時，淮、揚士民積薄爲厚、聚少爲多而言其誤，洋溢於京師。僕與高舊好，再書爭之，而事已垂成，不得已以告於吾君。西林出視河，又切言早宜修救。不意西林至淮，旬月中水落波平，轉謂僕所言不實，以至有今日。目今舍土人所建三策，雖神禹復生，無能爲謀。蓋非利害切身，積久考驗，不能灼知水土之情；非實有與民同患之心，不能以身任利害。

僕見惡於九卿要人，自廷議北河始。僕謂：非於淀外別開一河，導濁流直達海口，則憂無可弭。要人曰：「子書屋中人也。顧總河、李宮保之明達，久諳河事，吾輩乃絀所奏而用書屋中議，如無成功，孰任其咎？」僕曰：「其然，諸公連章治某之罪可也。」不得已乃私於用方。及西林鄂公參用僕議之二三，數年中幸無大決。及直督決計復霸州、固安故道，則不崇朝而災及於田廬矣。蓋故道本不當改；既改，至數十年後，地形、人事、物理大異於前，必不可復。用方解任，與僕相見於京師，乃曰：「吾今而知子淀外開河之議，終不可易也。」夫以用方之實心爲民，與僕相信之深，尙不能全用僕議於涖事之初。蓋隱伏之害與創建之法，惟水土爲難先見。

若吾兄不能得於同事者，則惟直陳於聖主。除蒸黎之沈憂，建百年之長利，雖以身任怨惡可也。且既入事中，此時不言，他日情見勢屈，聖主責言，可以不知謝乎？況衆口嘵嘵，安知無以上達者？餘不贅。

與謝雲墅書

南歸時未得晤語，接手書并贈詩，氣意懇悃，惻惻感人，至援皇天，信斯文之不絕。三數誦之，不覺胸氣勃然發動。僕十年來，辛苦不休，屢摧折不以悔退者，幽默中實以此自恃，不意自足下發之也。僕學與時違，加以性僻口拙，與世人交，不能承意觀色，往往以忠信生疵釁。在京師數年，見其文，好之而不非笑者寡矣；知其文，不苦其人之鈍直而遠且憎之者，又寡矣。足下獨相察于幽默之中，而愛之厚如此，何用心與世人確然異向也！

然僕竊有懼焉：古之能以文章振發於世者，多出於賤貧、羈旅、憔悴之人，非以其心無所繫於事，用功專而日力暇乎？賤貧、羈旅、憔悴未有如僕，而用功之不專，日力之不暇，亦未有如僕，是僕徒抱古人之憂，而失其所可樂也。僕以窘窮，授經客游以自活，近十年矣；資求於人，不得任胸臆，雞鳴而起，憊精越神，舍己所務，以事人之事。其得執古人書，沈潛反覆者，計唯山行水涉、旅宿餘閒，與夫嚮晦獨坐，人事歇息之候耳；而又嬰久痼之疾，每作輒數月，坐起眠食，昏憊不得寧，世間百物人情所喜好者，賤貧、羈旅、憔悴之身既一無所覬，獨於古人之書，自謂可以飽足其嗜好與世無爭，而其艱難不獲行意，至於如此，彼造物者之苦其生，亦甚矣哉！

夫古之人固有崇高顯榮，事業功德光著於身，而又得優游于文學，以永其沒世之名者矣。蓋天之所與，不惜多方以致其厚如此；則所薄者，惡知不徒以坎坷屯塞苦其生，而幷不使發憤於文章，麤有所立以自表見哉？僕恐足下之望僕者深而所以信天者太過，未見其誠然也。

僕以十月下旬到家，八日復飢驅宣、歙間，風雪寒苦，臘月來歸。開春將遊吳中，幷棹浙東、西，未審與足下繼見何時？胸中之思，不能宣盡。頓首，頓首。

與劉函三書

苞白：自君侯出官廬陵，僕顚頓東歸，潛伏荒江，與外事隔絕；邇來京師，始知君侯到官數月，旋復棄去。歡豫忭蹈，不能自名。僕旣于今人中得君侯，而中心疑者復四三年，乃今釋然，大暢夙昔慕用之心，而悔小人隱度之不當。君侯，君子也；敢不究悉所懷。

始者與君侯相見江淮間，得聞所以去官之由。後遇池陽徐生，爲言其邑劉侯悼爲吏者不得行意，動以戕賊其民，視去其官如機阱。僕聞而慨然，以爲不使不仁加乎其身，乃今復有其人。及至京師，遂與二三同儔，交相傳說，奮顏攘臂，稱于多人之中，以醜頑鈍叨穢之徒。旣而君侯復至京師待補；諸君驚愕，走問于僕，日四三人。僕雖爲君侯解于諸君，而私心惴惴，竊懼君侯之不實吾言也，遂爲文以道前事之善，且要言焉；屢置懷袖中，相見則蹙蹜不敢出，非敢以世俗人疑君侯，僕竊有所懲也。

僕自客遊以來，所見當世士大夫不少，與之虛言理道，或論他人出處去就，其言侃然；其狀毅然，雖好疑者不忍謂其欺。及觀其臨事，或至近之理，蔽而不察；微小之利，繫而不舍。今君侯當官，而僕以棄官爲文，好忌諱者見之，必以爲不祥之言；而今而後，始可出吾文以相示矣。君侯實爲君子，而僕自虧知人之明，僕以愧于心；然君侯之言可以復于僕，而僕之言可以信于諸君，數歲以來，所願望而不可必得者，此也。聞君侯定家金陵，與敝廬相違數武；惟鄰是卜，僕今得所歸矣。杪冬到家，相見不遠，先此馳候，不宣。

與某書

僕與吾子，孩提遊處如兄弟。自僕餬口遠方，十年不再三見，而吾子所以交僕之道，若異于往時。豈僕有所得過邪？疑焉而不敢請，非所施於吾子與僕之間也。

往者僕在江南，聞吾子入京師，處虞山翁尚書門下，名譽籍籍公卿間。乃僕至京師，或告曰：「子知某所以交於尚書之道乎？有某人者，於尚書言無不行，素嫉子。某於稠人中，數詆子怪僻謬妄以啗之，其人果欣然願交，以此得志於尚書。」僕曰：「怪僻謬妄，吾或有之，吾友偶道其實耳！」既而告者同詞。僕退而思曰：「記不云乎？管子困時，嘗欺鮑叔，叔終善遇之。吾友親老，家窘空，倘書力能振之，徒用我爲質，以苟慰某人者耳！其心豈非我哉！」既而見吾子相歡如平生，遂不復疑。

乃者褐甫謂余：「某短子，每顧我而瞿然。」大山亦云吾子言僕好忌克，與人相鎮以名。僕聞而惕然！子短僕於他人，僕何敢疑？二君子之言然，則子眞以僕爲不肖矣。僕誠不識子之所謂名者何也，「君子疾沒世而名不稱焉」。修身立言以有望於後，則百世之人不可欺，雖忌克無所用也。若雕文騁辭，以誑時無識者而取譽焉，又可以爲名乎？且忌雖不肖之心，其發必有由，未嘗田弋，豈忌獵者之有鶉豣哉？吾子其未之思乎？憶兒時與吾子嬉戲北山之陽，坐草間歌呼相屬，未嘗知有學問文章，今乃以名相鎮邪？僕與宋、劉二君子，雖以道義相砥勵而爲交，未若吾子之久故也。僕有不善，吾子豈不可面責之，而必借二君子之言以相警哉？僕與吾子非可以離異之交也，不敢匿所懷，惟吾子示之！

與喬紫淵書

僕生平不喜爲人序詩，今爲足下強發之，以囊者詩句相規之切，以爲報也。篇中有一二須自明者，在足下好古，晰于文律，豈復有疑？恐時人怪之，可持以解其惑耳。

昔歐陽公嘗自發所以爲文之意，而深恨困于羣愚。然所辨皆立言之意，愚者昧之，無怪也。近人好爲詆訶，凡稱謂之一定與字句之裁于古者，己所未講，皆極詆不疑，誠可歎也。子者，男子美稱。秦、周以前，風氣質古，儕伍得爲君臣之稱，故諸子之書，有稱時人曰某子某子者。唐、宋以後，討論益密，凡口語呼子，代爾汝也。筆于書，非其師不稱某子；不則其生平道術所宗，無泛施者。僕曾爲朋友作文稱某君，或譖以爲薄且疎之之詞；不知王介甫序其舅詩蓋君之，韓退之稱柳君、崔君，乃子厚、斯立也。「所」字義兼虛實，童子習訓詁者所共知。僕庚辰試禮部文，有「同功異所」，乃荀子正名篇語。而一時譁囂，謂以虛字斷句，如見怪物，不崇朝而徧于都下。足下所目見也。夫諸子之書，閱者或不經意；若「所」字斷句，則五經四子中可按者以十數，卽不本于荀子，而以意爲之，亦無可深怪也。篇中「吾有所見子詩」，以實字用，本史記趙世家。時人見此，僕毋乃又負前者之謗邪！

僕又嘗與同學張彝歎過時輩齋中，几上列某君文集，極推其經學。僕信手翻見其輓詩，以龍輴作仄韻，詫之。其人自護，因稱曰：「引用之誤，雖古人有之。」僕曰：「六朝詞人有之，唐、宋作者，吾未之見也。」其人求勝不已，詰朝過我曰：「韓子送陸歙州序『專而不咸』，曹成王碑『剜黃梅，鏺廣濟』，使今有此，子其或怒之！」僕曰：「『不咸』見左傳，又見國語，又見諸子書，不可悉記。管子小匡篇『剸令支，斬孤竹』，韓師其意也。況此類卽意爲之，亦造言之奇，非引用之誤。」世人少見多怪，有爭氣而不可與辨如此。僕非畏此輩人譏訕，偶牽連及之，以發足下之笑耳。然足下能謹藏吾文而勿以示世之人，則愛我尤厚矣。引筆不覺盈紙，無復檢局，惟鑒之！

與吳東巖書

苞白：前月中聞足下南歸，一書附遞卒馳候；接手教，具悉別後動止，甚慰。又聞褐甫諸君欲刻足下所爲時文，此僕私懷所素蓄也。僕許序足下之文數歲而未報者，非敢慢也；凡吾爲文，必待情與境之自生而後能措意焉；重其請，則發之愈難，是以久而觝滯；而今則雖欲爲之，而勢不可也。

僕往在京師十年，以時文序請者，未嘗一應。蓋謂文所以立，義與意也；時文之爲術淺，而蘊之可發者微，再三序之，其義意未有不雷同而相襲者矣。況局於情勢，違其心，以枉是非之正而交相蒙，尤立言者所禁也。

自癸未爲朱君字綠、張君彝嘆創爲之，遂不能復卻；數月中所作至十餘篇，雖不敢過違其心，而困於義意之無措者屢矣。其許而未及爲者尚倍之，而謝不爲者不可勝數也。因此爲戒，以正告於朋齒：非特著一書，義意有可開闡者，不敢承命爲序。守此而不變，已數年矣。今若爲足下復發之，是資未爲者以相責之分，而後更無以謝也。足下與僕交厚而文又甚工，人將疑僕有擇而爲之；其視發於他人，得過必甚焉。或謂僕當爲足下作序而遷其時日，既而思之，亦欺德也。文之意義，必緣情與境而生；使僕爲此於數歲之前，其情與境必有所發矣；今既過而追之，則情與境非眞而義意無由立也。

足下淹貫經史，所注古詩、子、史，皆卓然可以行世；僕出荒言以附不朽，未爲無日。若時文之工，則曩與褐甫篇疏而句訂者不少矣，又安以序爲哉？僕生平自期，無不復之言；深悔爲此不早，致負諾責。惟足下愛我之厚，當能鑒察，不宣。

與熊藝成書

辱書，命序所爲時文，僕邇年自禁：非特著一書者，不爲作序。非敢要重，緣以時文來屬者多，力有不給，非此無以免責讓也。所惠教，檢閱一週，既駭且歎！足下齒甚少，足不出戶庭，而觀所爲文，已似深練於世事者；取材之博，用意之精，雖與老師宿儒較其毫釐分寸，無不合焉。以僕之久故，亦未知足下所造能至於是也。

然古人有言：「善養生者，在鞭其後。」爲學亦然。僕始見虞山陶子師，示以時文。子師曰：「吾不願子爲此，吾亦無暇爲子決擇也。」僕曰：「子奈何號爲時文之家而言若是？」子師曰："固也。惟予如聽虎者變色而心知其痛也。惟予如賈者遇盜於中山而盡失其資，故呼後人以勿由，而不覺其聲之疾也。世之人材敗於科舉之學，千餘歲矣，而時文則又甚焉。唐、宋文家世所推者八人，自蘇洵外，未有出三十而不登甲科者也。蓋天將誘之以學，必使其心泰然無所係戀，而後功可一也。其英華果鋭不銷鑠於叢雜猥鄙之物，然後氣不挫而精盛強。苟無七君子之遭，則決而去之，如洵可也。"僕時心感其言，顧如傭隸，備極困辱，終不能離其故地；日思自脱，以至於今，而犬馬之齒已不後於子師見語之歲矣。每恨所學無似，輒悔不用其言，遇朋游中資材日力足以有爲者，必舉以告之，而聽者多漫然，蓋其所難在決而去之也。

今足下爲天所相，而與七君子者同其遭，使僕不發此於足下，則爲失人；足下聞此如衆人之漫然，則亦爲失言矣。以足下之鋭敏，苟用所盡心於時文者以從古人之學，僕任其將有得焉。異時特著一書，藏之名山而使僕序之，則僕亦可挂名簡端而無所還忌矣。僕與足下非一日之好，故敢發其狂言，幸勿以示外人！

答劉拙修書

承示馮君詩説，命質言其當否？想因僕于朱子詩説有所補正，恐其異趣，故以試之，此吾兄盛心也。僕說詩雖有與朱子異者，而所承用，皆朱子之意義。至馮氏紕謬，本不必爲吾兄陳述；然往聞吳中人甚重其學，姑因吾兄所舉，少發其謬，俾宗之者有省焉。

馮君之言曰：「朱子說詩，只成山歌巷曲，絕不似經。」異哉！雅、頌、二南，就令鄙俗人說之，豈能使成山歌巷曲若變風之鄙俗者！必曰此經也，皆合于韶、武，則朱子所云不知以教何人，用之何等鬼神賓客者也！又曰：「詩人不以比、興分章，如朱子則所謂興者，皆重複無謂。」朱子說詩，以意義切附者爲比，其全無交涉與少關而不甚切者爲興，未聞以複者爲興也。詩人雖未嘗先以比、興分章，而及其既成，則或出于比，或出于興，不可比而同。至複而不厭，則本文固然，楚辭及漢、魏詩人猶師用之。馮君縱不解，亦不得爲朱子罪。其他無稽之談，尤背誕不足與辨也。僕嘗謂：經者，天地之心，說之果當，則必合于人心之不言而同然者；而世人多曰吾欲云云，所以病也。

僕曾見楚人某，于廣座中議論風發，詆朱子無纖完，座人無不變色動容者。僕徐進曰：「君所不足朱子者，可實指乎？」其人首以變易小序爲言。僕曰：「請舉毛詩義，若者如彼，若者如此，而君自決焉！」至十餘發，僕避席而請曰：「其然，則繼自今願君毋詆朱子！凡君所可，皆朱子之說也；所否，則小序也。然則朱子之說，合于人心之不言而同然者，明甚矣！」其人意阻，竟酒默然。凡馮君之說，皆此類也；乃小序與朱說兩無所用其心，而漫言以欺世者也。

僕生平不喜道人文字短長，以馮君所言關于經義，又爲吳中學者所宗，恐波蕩後生，故質言之。有不當者，望吾兄反覆焉。

與白玫玉書

僕少誦書史，竊慕古豪傑賢人，求之鄉里間，惟劉君古塘、張君彝歎，有狷者之操，因就而友之。然嘗惜其規模過隘，長遊四方，所見當世知名士不少，未有如古所云者，而二君子且倜乎遠矣。及與足下相見至再三，退而自喜，以爲乃今始見三秦豪傑，而二君子常疑焉。及僕禍起倉卒，大吏中夜閉門會鞫，勢若湯火，近者糜爛。足下微服，冒衆隸相調護；既就逮，爲紀家事，拮据藥物，以供老母，逾年如一日；二君子始以僕爲知人。

今賴天子仁恩及於寬政，二君子及衆戚黨作計御老母而北，已於二月下旬抵京。故特馳報，俾足下胸中痞結早得消釋也。

方秋中，僕在塞上，忽聞賢兄下世，蠹然心傷，寢食不能自克者久之。念賢兄忘長吏之勢，與僕爲布衣交，勸善規過，孜孜若不及。戊子、己丑間，僕數歸故里。吏事之暇輒相呼，言笑連晨夕，今遂成異世事。詩曰：「相彼雨雪，先集惟霰，死喪無日，無幾相見。」古之人當朋友燕樂之時而豫計及此，有由然也。

足下久無四方之志，然望以僕故，附知交車馬之便，一至京師。足下試思與僕訣江寧縣獄時，意中料僕作何狀？今幸不死，又免四裔之投，相去三千里，豈可使此生不再相見邪？僕知足下聞吾言，將中夜以興，傍徨衢路而不能自已也。僕鬚髮已白十之五六，想足下尚不至此，願努力自愛。西望於邑。頓首，頓首。

與劉古塘書

得手教，隨奉答。首夏復致書并古文付徐于皇，想尋已徹。前示云去年曾兩賜書，訊之于皇無有也；而僕寄兩札後，絕無音耗，殊不可解。退之嘗怪時人，有耳不自聞其過，每用自懼。願與二三君子交警之。

近聞彝歎去浙，叩所由，乃以書院課文，吾兄每易其次第；及封入俾自定，則久而不發。吾兄天資孤直，僕所心畏，然亦有用意過當者。以彝歎之智，豈猶不能定課文之高下？果有不當，豈不可面商而顯易置之？彼爲人師，不能主決課文，尚何顏面立於諸生之上邪？

又聞徐中丞爲彝歎買妾，而深拒固辭，尤可駭痛。僕爲此進規于彝歎屢矣，皆曰：「無其資。」今得賢者代爲部署，而復避去，何以見先人于地下邪？僕于彜歎切直之言已前盡，不敢復致書；吾兄尚宜自引過而申勸之！二君子行誼，僕無能爲役，而改過之誠，交友之忠敬，則有可相觀而善者。願足下平心察之，兼以語彜歎。止園近者行身植志，頗能堅定否？爲我道：薄遽不暇別爲書，所欲切劘，即所進于二君子也。

與劉紫函書

昔見吾兄居季弟之喪，隤然氣盡；得長籍凶問，即爲吾兄憂。今子之病，吾昔日所屢經也。若之何，若之何！每念窮愁抑塞以及疾病憂患，在吾輩處之，頗無甚難，而造物者必使天屬凋喪，以糜爛其心腸，則降罰亦稍過耳。

吾兄所遇，信爲慘痛，然尚其順而常者。若僕邇年爲人數中不足置之人，死不足塞責，而又不可即死，猶逐逐衆人中，語言飲食，每見天日之光，輒悚然自愧畏，所以措置此心者，不大難乎？行身至此，尚欲抗言先聖之經以示來者，即此自覺愚妄，無羞惡之心。但念先世四百年爲清門，一旦以別族疑罪，盡室播遷，不得奉丘墓；惟於斯道粗有所明，使後世讀其書而知其所承學於祖父者，猶或可覆蓋前行之惡耳。

來示云：「子弟中近頗有好古者。」此不獨爲劉氏光，即蒙者所述，亦庶幾有所付託矣。

長籍到官已七月，僕作誌時，未得其詳；其可傳者，幸明示之，當更表而碣焉。古人修辭，貴立其誠，以聞之晚而覆書之，與前誌不相悖也。會見無期，惟各努力自愛。東望於邑，如何可言。

與陳滄洲書

南豐曾氏所謂蓄道德而有文章者，當吾之世，惟明府兼之。先母得銘，不肖子所藉以覆蓋者多矣。前所呈行狀，尚有未盡者：先母性惻怛，僕婢負罪，必求其情而得其所可矜。苞兒時，見婢某竊蔬材匿戶下，以告，母徐曰：「彼自需用耳，非竊也。」苞兄弟三人，弟早夭，兄亦多病。歲已卯，苞舉于鄉。母泫然曰：「汝兄弟倦遊始歸，汝自今又不得恆在吾側矣。」里中某官，母七十，歸爲壽，踰月，其母趣之北上。吾母聞之曰：「是謂不有其子也。」苞與亡兄以窮乏，常客遊燕、齊，母積憂思，晚歲成心疾；每作，必命苞扶持，登城東北望，惘惘不能歸。蓋苞兄弟遠行時，母心神逐而往也。誌銘每事必詳，乃近人之陋，古作者每就一端引伸，以極其義類。兹更舉數事，恐或有感發，非以多爲貴也。

與徐蝶園書

首夏一札寄候，想尋已徹。某夏中病幾困，入秋始少閒，然髮鬢黑者無幾莖矣。行與心違，俯仰內疚，不復自置人數中，想亦知己所心惻也。

浙中水災得上達，足覘賢者能急民病。救荒之政，古人多有，然某所目擊無益而有害者，莫如設廠作粥。蓋飢寒之民離家就食，晝暴夜露；或遭風雨，必成疫厲；不若用曾子固之説，計所應得，一舉而賑之，尙微有益也。

每見大府賓客家僕出在外，必生口語；近聞北新關倂歸節下，勢不得不遣人分守津隘，所望時加督察。蓋往時關吏，自府、道以上皆得糾詰，商民大刻，尙可訴之大府，今倂歸大府，則無一敢言者矣。儻付託非人，則課滲于隸胥，而怨歸主者，所關不細。大君子設施必各有條理，而蹇拙之人尙復云云者，恐利權所集，壅蔽者必多方也。

楊孝廉三炯以不得志於禮部，自効南河，洗手奉職，屢障險隄；自河督以下皆知其才，而委署題補，輒歸捷足者，蓋積習使然。不識可昌言以達之否？當官幹實之才，耳目中甚少如楊君者，守一職則能一職，在一方則利一方。今將老矣，而蹉跎不進，大君子愛惜人材，爲國家樹根本，不當以爲分外事；故敢私布之，非爲楊君謀也。

與龔孝水書

蒙語王生，諭以不宜過舉先儒之名，不勝刻著。僕以治經與胡公所見多別。又怪其於召陵之盟，謂齊桓能以禮下楚，庶幾王事。於紀、魯禦寇之師，責以憤然與戰，非已亂之道。竊疑曲學阿世，心不能服，而口不覺象之。然及聞誨言，考公生平志事，若揭日月而行。愧悔之深，若負瘡痏。蓋未詳古人本末，而妄生疑議，乃心體之病，非口過也。自今當痛懲艾，仍望時時訓迪，抑其邪心。庶幾不至冥行而自以爲得也。

與王崑繩書

苞頓首：自齋中交手，未得再見。接手書，義篤而辭質，雖古之爲交者，豈有過哉！苞從事朋游間近十年，心事臭味相同，知其深處，有如吾兄者乎？

出都門運舟南浮，去離風沙塵埃之苦，耳目開滌；又違膝下色養久，得歸省視，頗忘其身之賤貧。獨念二三友朋乖隔異地，會合不可以期，夢中時時見兄與褐甫輩抵掌今故，酣嬉笑呼，覺而怛然，增離索之恨。

苞以十月下旬至家，留八日，便飢驅宣、歙間，入涇河路，見左右高峯刺天，水清泠見底，崖巖參差萬疊，風雲往還，古木、奇藤、修篁鬱盤有生氣，聚落居人，貌甚閒暇。因念古者莊周、陶潛之徒，逍遙縱脫，巖居而川觀，無一事繫其心，天地日月山川之精，浸灌胸臆，以鬱其奇，故其文章皆肖以出。使苞於此間，得一畝之宮，數頃之田，耕且養，窮經而著書，胸中豁然，不爲外物侵亂，其所成就未必遂後於古人。乃終歲僕僕，向人索衣食；或山行水宿，顛頓怵迫；或胥易技係，束縛於塵事，不能一日寬閒其身心。君子固窮，不畏其身辛苦憔悴；誠恐神智滑昏，學殖荒落，抱無窮之志而卒事不成也。

苞之生二十六年矣，使蹉跎昏忽，常如既往，則由此而四十五十，豈有難哉！無所得於身，無所得於後，是將與衆人同其蔑蔑也。每念茲事，如沈疴之附其身，中夜起立，繞屋徬徨。僕夫童奴怪詫不知所謂。苞之心事，誰可告語哉？吾兄其安以爲苞策哉？

吾兄得舉，士友間鮮不相慶，而苞竊有懼焉。退之云：「衆人之進，未始不爲退。」願時自覺也！苞邇者欲窮治諸經，破舊說之藩籬，而求其所以云之意；雖冒雪風，入逆旅，不敢一刻自廢。日月迅邁，惟各勖勵，以慰索居。苞頓首。

與劉言潔書

僕北發時，曾寓書褐甫以問，未得息耗，心常懸懸！僕以四月中旬至京師，曩者南中故交，分散殆盡；出見諸少年佻達輕靡，爭玩細娛，逐微利，終日羣居，漫爲甘言鄙詞以相悅，僕於其間，噤不得發聲。因念與吾兄同在京師時，見時輩剽竊浮華，以干時譽，蹙蹙然惡之，不謂今之所見，更異于昔也。

五月中去京師，授經涿鹿，所居左山右城，岡巒盤紆，草樹蓊翳，四望無居人；鳥鳴風生，颯然如坐萬山之中，平生所樂，不意于羈旅得之。暇時登城，遙望太行、西山，氣色千變；下視老農引泉灌畦，天全而氣純，意欣然慕之。因悟十年來好古學文，辛苦勤厲，古人或無以過；而所得未有若古人之可以久而不亡者，道之不聞而不有諸身之過也。道之不聞而其言傳，自古至今未有一得者也。身則無是而強爲聞道之言，則其出也不能如其心；而其傳也，人能知其僞。卽以僕身言之：去膝下色養而思以所得于外者爲親榮，皆古人所明戒而躬自蹈之。其他行身處世，道載古聖賢人之書，口則誦之，心則知之，而行則背之者甚衆。如此而不悔悟，不獨古聖賢人所羞，雖欲其身無媿于山農野人，將不可得；旣以自懼，亦願吾子之思之也。

僕先世有遺田二百畝，在桐山之陽，歲入與佃者共之，故不足給衣食。使能身負耒耜，藝麻菽，畜雞豚，便可贍朝夕之養，伏陝潛深，而疲疴疊嬰，筋骨脃委，不能任力作；獨行遠遊，乞食自活，窘若傭隸，有終身不息之役。聞子之鄉有先民遺風，子弟敦樸；儻爲招學子數人，稍有所資，以釋家累；且息于近地，漸可爲歸山之謀。君子成人之美，況吾兄愛我甚厚，當不以爲後圖。苞頓首。

與賀生律禾書

賢到官學，計已浹月，學子中聰明秀傑有志於通經希古者，頗得三數人否？所留四書文一帙，已閱一過。大概有所感觸而後爲之，借題以發攄胸臆，明季幾社、復社前輩文多如此；其後行身強半有氣骨。但以賢之銳敏，宜乘年力方盛而盡之於經書、古文，庶幾濟於實用而垂聲於世，亦當十百於時文。即官學中亦宜擇其少有志者，使各治二經，治詩者兼春秋，治書者兼三禮，暇時講問資治通鑑所載歷代政教賢姦已事，管夷吾所云「多備規軸」也，異日人材必由此出。餘不宣。

與顧震滄書

近世治經者有二患：或未嘗一涉諸經之樊，前儒之說罕經於目，而自作主張以爲心得，不知皆膚學舊說，前賢已辨而絀之矣。或摭拾陳言，少變其辭氣而漫無所發明。吾子寄示春秋大事表，凡漢、唐、宋、元人之書，皆博覽而慎取之；其辨古事，論古人，實能盡物理卽乎人心，此僕所以許爲之序而不辭也。而負諾責以至於今，則有說焉：鄢安溪李文貞公周易通論初成，屬余序之；愚自忖于易概乎未有所明，覺虛爲讚美之言，無質榦可附以立也。高淳張彝歎少與余共治春秋，及書成，以道遠難致，要言他日必爲之序。今僕治儀禮，九易稿而未能盡通。若舍己所務，究切李、張之書，則力不能給；後二故人所屬，而先新知之請，則心不能安。故南歸後，新安程起生晨夕相見，而所著易通，至今未序也。

若天幸儀禮之業得終，李、張二書既序，當次第及之。太倉顧玉亭亦言有詁釋古書數種，欲寄余訂正；聞其身近已淹忽，歐公所云「勤一世以盡心於文字」，洵可悲也！不識其書已成否？吾子與久故，宜問其家人。餘不宣。苞頓首。

與韓慕廬學士書

自昌黎韓子有言：「莫爲之前，雖美弗揚；莫爲之後，雖盛不傳。」士之取名致官，有所希於當世者，莫不挾此以要於王公大人，王公大人不得已而強應之。前與後兩非其人，而交相蒙，以苟爲名。或迹勤而意不屬，或交合而道無可稱。苞竊恥之。

往者壬申與同邑錢先生飲光道遇楚江，言閣下有書，極贊苞所爲文。苞心識焉。昔歲客遊京師，適會閣下敦召至闕。逡巡踰年，未嘗敢以足迹接乎堦墀。閣下以大雅之業，剗刮俗學，振起吳會之間。數十年以來，絶徼荒陬被儒服者，莫不挾册咨嗟，望若雲漢。其在京師，布衣羈旅之士，尤欲得一言之譽，矜而誦之，以自張於朋齒。獨苞與閣下，未見而相知，積數年之久。幸而合併於一地，其勢可以相通，而猶逡巡於一見者，蓋自懼所學之無成，而無以厭屬乎好我者之意也。

其後宋子潛虚爲言：閣下辱問，至於再三。不獲已以其未成之業，質於左右；而閣下乃深進之，以謂深山窮谷尚有能者，掩匿潛藏而無所窺尋其聲迹，或未可知；至於耳目所及，無能敵者。苞聞之，怵然不克於心。夫天下賢人君子而於我有溢美之言，雖或有所試以知其將然；而既以重遠之事屬我，則在我懼其不堪，而其人亦將卹焉憂我之無成。苞自童稚，未嘗從黨塾之師，父兄命誦經書，承學治古文。及年十四五，家累漸迫，衣食不足以相通，欲收召生徒，賴其資用，以給朝夕，然後學爲時文。非其所習，強而爲之，其意義體製，與科舉之士守爲法程者，形貌至不相似。用是召謗於同進，屢憎於有司，顛頓侘傺，直至於今，而幼所治古文之學，日亡月削，寖以無成。

語曰：「物之至者，不兩能。」三數百年以來，古文之學，弛廢陵夷而不振者，皆由科舉之士力分功淺，末由窮其塗徑也；而時文之行，必附甲乙科第而後傳。終始有明之代，赫然暴見而大行者，僅十數人；而此十數人者，皆舉甲乙、歷科第者也。其間一二山谷憔悴之士，窮思畢精，或以此見推於其徒，發名於數十年之間，而若存若亡，侵尋沈沒以歸於盡。蓋由其用無所施於他事，非舉甲乙、歷科第，科舉之士常棄而不收；不能自張於其時，安能有所傳於其後邪？夫時文之學，欲其可以傳世而行後，其艱難孤危，不異於古文；及於既成而苟不爲時所收，則徒厲其心而卒歸於漫滅，可不惜哉！

若苞之爲文，其不篤於時以自困躓，效巳見於前事矣。常欲決然捨去，自放於山林，不復應有司之舉，以一其耳目心思於幼所治古文之學；而家窮空，資求於人，使斯言一出，便爲怪民，當時無所用其學，生徒不欲聞其言，雖欲爲黨塾之師，鉤章斷句，以贍朝夕，且不可得，其不亦難乎？

抑又有難者，「誨人不倦」，古之道足於己而思以同其所得於人者也。若苞者方當從師務學之不暇，而違心拂志以事此者，且十年餘。每當發書翻覆，生徒小大更起問業，廢輟數四，不能終卷。講畫既畢，神志眊然衰竭，如物緘封不可復出。日復如此，何由得見古人情狀？

苞有先世遺田百餘畝，在桐山之陽，歲無旱潦，可食家人之半。使更得相知有氣力者少潤澤之，使其身寬然無求於人，便可屏百事，抱書窮山，以竟其所志。顧世有力者旣不相知，而相知深者又力不足以振之。混混塵事中，傯然若終身之虜，雖欲不爲衆人以沒世，不可得也。私心所蓄，素不敢爲世人道，偶然感發，不能自已，言非其量，惟閣下愛我之厚，進我之勤，當不以爲狂惑。懇悃之私，不能宣備。苞頓首。

與慕廬先生書

逾歲以來，未得以書問自通，緣家兄疲疴，饔飧無暇；不意昊天不弔，遂使不得延其一日之命，以亥月二十一日泯焉長逝。先兄之生也，三十有七年。自成童以至於今，於古聖賢人之道，無分寸之不合，而獨困於修短之數。此天不欲封殖善人，使人之類有知，於先兄何恨？獨令生者無以自處此心耳。

先兄於苞，自六七歲時，卽同臥起，課以章句，內有保母之恩，外兼師傅之義。乃自少有知識，卽各奔走四方，閱歲踰時，然後得一歸，歸又不能並時。其並時，則豫懷離別之恐，欣暢未畢，感慘繼之。庚辰五月，苞歸自京師。七月，兄歸自桐城，舊疾漸已。私心自喜：以爲兄疾不至大困，而藉兄之疾以羈係此身，旬歲中可以幷依庭闈，從容食息，以安神形；而數歲獨學所蓄疑義私旨，因得從兄講問。不意踰月而瘥，踰歲而極，而兄弟之分，遂止於斯也。嗚呼酷矣！

閣下所知，獨先兄課試之文耳，此最所不措意也。其少之所蓄，蓋將以萬物之不被其功澤爲憂。其於文章，蓋不得已而託焉耳；而傳、誌、記、序，固已可錯於柳、歐之間。每誦經書，輒得疑義，尋端竟委，開通奧賾，皆前人所未嘗云。苞嘗以說經見推於朋齒，皆先兄之餘論耳；而不肯自爲書，每曰：「世士苟有論述以欺並世愚無知人特易耳，求其精氣之久而不亡，暉光之日新而不晦蝕，非所受之異而積終身之力以盡其才，未可以苟冀也。吾與汝幸年少，當更以數年經紀衣食，使諸事略定；然後結廬川巖，以二十年圖之，或可自擇其有能所立否耳。」苞嘗意天之生兄，必非無爲；豈謂中道而摧之如此。每出見市人有首有趾蠢然羣動者，不可計數；而兄乃不得與此輩共處天日之中，老氏所謂造物之不仁，斯爲甚矣。

計苞此生無日不在辛苦憂患中，然未嘗以自懟者，以有吾兄共事二親耳！天若更以他凶害加於其身，固受之怡然；乃獨使與兄中道而相捐，不已極邪！老親旦暮強爲開顔，或側聞中夜而啼。時見幼孤羣呼笑嘻，此心蠹然如劇；步趨庭闈，形影如值；坐對書史，或觸手迹，感平時授受之意，心神慘沮，不能終卷，繞屋徬徨。自今以往，不惟世俗所謂功名，視猶泥滓；即夙昔妄意古人立言之道，而曾竭其不肖之心力者，亦棄之如遺迹矣；而又有不可已者，小妹適謝氏孤子，其家貲累萬，皆爲姻家馬姓所奪。妹及其家人數口，衣食於某兄弟者，蓋數年矣。近以先兄久疾，未得客遊授經，先世遺田百餘畝蕩棄已盡，不能復相顧。老親於慘痛之餘，增此沈憂，無以自解。妹姑王氏向者屢赴有司求直，輒爲馬姓所抑，置之不問。近聞制府廉靜無欲，此正孤寡有告、姦豪束手之日也，而大府例以此等爲細故，不加省錄。方今閭閻公患，無過豪強侵陵孤弱；所以然者，皆緣大府不加省錄，而州郡有司，則皆其氣力所能傾動也。大府若能時發一二，以警千百；則吏民折服，威風遠馳，所益不細。未審閣下能一爲誦言否？先兄彌留，猶欷歔及此；且命以告閣下曰：「知我無如公。公爲文以表吾墓，且爲了此，吾死不恨矣。」

兄生平無遺行，疾且革，愀然語某曰：「君子成身實難。吾自謂植志已固，乃昔督學邵某以非刑加我友劉君；吾將率諸生倡大義攻之，既而恐嬰暴人之怒，委蛇中止，至今恨此。」兄生平大端可爲學者標準甚衆，苞既誌銘，將納諸壙，敢請閣下表而揭之阡。誌銘別錄敬呈，其語多流俗人所驚，幸勿以示人！方寸瞀亂，言無倫次，伏惟鑒察！

與徐貽孫書

苞白：去年五月中，自褐甫處得吾兄手書，云池陽賈人持來。比欲作書相報，違隔久遠，所懷蘊積，措筆不知所從。越日而賈人遽歸，日延月滯，以至於今。想吾兄久不得吾息耗，意中殊不自得也。

苞嘗歎近世人爲交，雖號以道義性命相然信者，察其隱私，亦止借爲名聲形勢。其確然以道相刻砥，見有利，止之勿趨；見有害，勉之勿避；諒其人之必從而後無悔心者，無有也。顧念朋好中，獨吾子能行此於苞，獨苞可行此於吾子耳。

苞與吾子性各僻隘，才用不宜於時，苟逐衆人汲汲取名致官，雖倖獲之，適足以來時患，其所志者，終豈可得哉！私計己所得爲而不爭於衆者，獨發憤於古人立言之道，以庶幾後世之傳。然所爭愈大，則其成也愈難。自有載籍以來，志節功業光顯耿著之人，纍纍相望；而文章之傳愈久而彰者，數十百年中往往而絶也。豈其爲之者之不衆歟？毋亦所積者薄而精氣不足以自存也。苞向謂吾子才可逮於作者，相期以此事自任。蓋謂能盡其才，所得當有不止於是者；若據所已至，不獨苞之無似；即吾子之果異於衆人者，亦未見也。

苞近者自悔向所學，皆登枝而捐其本，背源而涉其流，久之當就蕪絶。用是自創，即欲抱經窮山，以求古聖賢人之意，而家累係牽，日爲事物淩雜所困。吾兄居遠州部，夙少人事，宜以數年掃除百務，聚古聖賢人之書，沈潛翻覆，使其義意貫達於心，然後擇性所喜好而力可以幾者，專治其一體，窮探力索以𨏥其徑塗，然後行之不息，以待其久而至焉。人生少壯而老，事境參差百出，轉相糾纏；其得從容無爲，委身於問學者，常無幾時；失而不爲，則終不可復。且聰明智慮，當其時濬而導之，使有所載以出，則終以不亡；時過而昏，不能復爲我用。苞之生二十八年而吾子加長焉，使侵尋玩愒，年倍於今，而所得於中者，與今無異；雖欲不與世俗愚無知人混混以沒世，豈可得哉！

又凡骨肉天屬，雖古聖人、賢人不可奈何，竭吾心而正其道可也；而悲憂窮蹙以苦其生，則君子亦無取焉。憶在京師，與吾子時起居，怪子意色間時有不自得者。因爲我敍述平生遭遇，搤腕欷歔，若無所樂其生。時時如此，恐致疾病他患；且蹙然茶然，意緒日以隳敝，將不能復發憤於詩、書以自强。吾子勉之！日覯古聖賢人之書，則知所以自處。有所業而孜孜以望其成，亦可藉以自理其心而通其鬱塞也。語云：「交淺不可言深。」若苞之交於吾子，若此者豈不可得而言哉！

吾子書云：「欲往廬陵，省其令劉君。」聞劉已去官，想此行可已。苞以朝夕不能自贍，仍將北遊託所知者，旬日間必發，恐吾兄不曉，故留此以報。賤貧屯塞，各竭蹶以謀其身，非以事故，適然會合，不能特賃舟車以相存顧；一朝解手，終不知繼見之期，惟各淬厲，毋自同於衆人，其義乃不相負。苞白。

與章泰占書

苞白，泰占足下：僕自少習爲時文，四方君子所以不棄而願與爲交，徒以時文爲可也；而僕與諸君言此，若見瘻疣而代爲不適者，雖謂僕匿情以翹明，無以解焉，而僕非敢然也。計人之生，自離童昏，聰明思慮可用於學問文章者，不及三十年，過此則就衰退；其端緒既得而充長以俟其成可也，及是而致力焉，則勤而無所矣。自時文之學興，雖速成而悔悟早者，無慮已耗其半；可用，獨向衰之半耳。孟子謂「人皆可以爲堯、舜」，孔子稱「十室之邑，必有忠信」者，謂性命之理，我固有之者也。至從事于學問文章，則才有能有不能；苟限於天，雖勤一世以盡心，無所益也；而才之庶幾者，多爲世味所溺，以自畫於章句無補之學；又或心知其不足事，而束於父兄之命，雖欲捨去，而其道無由，至能悔悟自決，則已後而失其時矣。此近世之學可比並於古人者，往往而絕也。

足下資才可從事於斯，向之所學亦少有可藉，而身復無所牽制，使能絕意於時文以從所當務，雖古人不難至；所難在足下之自決耳。僕嘗恨往者心力誤役，以至時過而不可追也。每遇以術業相商者，不憚盡言極辨以起導之，而聞者多不信。今發此於足下，則無慮不見信也。足下之學，向者蓋兩用之，而於此非未嘗一涉其樊者也。使由是而致一焉，將有味乎吾言。不然，而他日如僕之悔，亦有以信僕之不妄矣。足下於時文，以視並世知名者，誠無所先後；然苟欲窮其徑塗，如明時唐、歸諸君子，非更以十數年之力，未敢爲足下信之也。移此以一於古人之學，則所進豈可量哉！且以諸君子之才而所學未有若古人之卓卓者，力分而不能兩達也。安知其不用此爲悔，而足下乃欲復蹈其轍乎？語曰：「無告不知。」足下宜可以知此，而僕不言，則爲失足下。至僕不序人詩文，其義具答吳東巖書，並以奉覽。所惠教，如命點定，不敢逆相委之意也。區區之懷，言不備宜，伏惟鑒察！

與劉大山書

辱手教，命序新編時文。僕不爲詩文之序已數年矣，況自先君卽世，肝疾愈劇，脅脊偏痛，經絡瘀傷，惴惴焉惟不能保其軀命是懼，尙安能含意連辭而就其說邪？

來示云：「是編之文，世多不好。」此無怪其然也。僕始於南中見之，意謂吾兄之文自當異於衆人，況覽三數十篇，猶未悉其精蘊也。後至京師，每自爲是題，必取吾兄所爲較之，然後知用意之深，其辭與理確然不可易也。每欲逞思力以出於吾兄所云之外，而皆多駢旁枝之義，然後心折意阻而歎爲不可及，出語朋游，則已有謂阿其所好者矣，以僕與吾兄之昵好而又夙所敬畏也。然閲是編，至三數十篇而有所未喻，必待自爲以相較而後知之，況衆人之寓於目而不求其意者乎？

自古文之不斂於永久者，往往當其時則鬱焉。韓、杜之文其暴見而大行，乃在北宋中葉。近世歸有光，同時人亦不相知。蓋言之出於己與顯晦於世，非偶然也。

吾兄前稿始出時，不旬月而徧於天下；然僕從朋游几案間竊窺之，其所篤好，大抵皆少時氣勢充溢聲容鏗麗之作耳；其達於理而辭無枝葉者，十不一二取焉；是吾兄前者之文，雖舉世人好之而未必能知也。然則今此所爲，苟有知者，何必舉世人皆好哉！

抑吾更有疑焉，自有知識，所見同學諸君子，凡以時文發名於世者，不惟其身之抑塞，而骨肉天屬多伏憂患，遘慘傷，使其心惄焉若無以自解；獨吾兄所遇近順，而亦微有不快於心者，豈區區者而能爲祟邪？抑獵取古聖賢人之言以取資於世，而踐於身者不能實，是謂欺德，而爲造物者所不祐邪？吾兄行身之篤，素信於友朋，而僕猶以是爲言，蓋古人之相切劘，不嫌於嚴且密，至於文之不諧於俗，乃其所以逾遠而存也，復何惑哉！

幽憂無聊，獨思與平生故人相見，而散在四方，無一數晨夕者。有南來人幸時示我音耗，以通遠懷，兼語二三好我者。言無倫次，伏惟諒察！

方苞集集外文卷六

紀事

湯司空逸事

國朝語名臣，必首睢州湯公。公自翰林出爲監司，年四十，從孫徵君講學夏峯，質行著於聖主，而卒困於僉壬；其致怨之由，相構之迹，雖門人子弟或不能詳也。

公巡撫江蘇時，執政明珠有家隸，言事多效，公卿震懾，所至大府常郊迎；過蘇，畏公威聲，弗敢謁。自監司以下，朝夕候其門。公聞，使召之，將命者用故事，以客禮請。從騎數十至轅門，顧謂左右：「主人出迎何遲也？」久之，辟大門，傳呼。大驚，窘迫，脱厮輿服被之，入至階下，見公南面坐，乃跪而聽命。公曰：「汝主與吾同朝，聞汝來，故以酒食犒汝。」命門卒爲主人。其人慙沮，即日去蘇，歸訴之，謀致難於公。而公聲績甚焯，上方鄉公。念公在外，無從得事端，會東宫出閣讀書，乃爲上言：「湯某以理學爲時所崇，輔教太子，非某不稱。」上然之，遂以詹事徵。

公之內召也，比郡士民爭以農器什物塞水陸道，不可行。公示諭：「吾在外，不能爲父老德。往者屢請核減浮糧，並爲廷議阻。今入見天子，且面陳之。」余相國國柱者，執政私人也。得此以告曰：「曩議，皆上所可也。『善則歸君，過則歸己』，而市於衆以爲名，使上知此，立蹙矣。」比公至，語已上聞，而公未之知。進講東宮，首大學「財聚民散」數則。畢講，東宮入侍，上問所肄，具以聞。上曰：「此列國分疆時語也。若海內一統，民散將安之？試詢之！」公具陳秦、隋土崩狀，且言：「一統而民散，禍更烈於分國時。」上聞，猶諒其忠。會靈臺郎董漢臣上書，指斥時事及執政大臣。下內閣九卿廷議。執政惶悚，不知所爲，議與同列四服待罪。王相國熙繼至，貌甚暇，徐曰：「市兒妄語，立斬之，則事畢矣。」執政曰：「上閱奏至再三，親點次，類嘉與之，奈何君言若是？」王笑曰：「第以吾言入，視何如？」時公爲宗伯，最後至。余相國述兩議以決於公。公曰：「彼言雖妄，然無死法。大臣不言，故小臣言之，吾輩當自省。」國柱曰：「此語可上聞乎？」公曰：「上見問，固當以此對。」執政入奏，國柱尾其後而與之語。命下，董漢臣免議。自是上滋不悅公。

戊辰，余國柱宣言：「上將籍公內府，爲旗人表率。」時公以興作，度材於通州。某月某日日下晡，忽返，招鄉人某官與語。客退，獨坐一室；嚮晦，語家人：「吾腹不寧。」夜半遂歿。

既歿踰月，上與諸大臣語曰：「吾遇湯某特厚，而怨訕不休，何也？」衆曰：「無之。」上曰：「廷議董漢臣，彼昌言：『朝無善政，君多失德，大臣不言，故小臣言之。』尙不爲怨訕乎？」衆乃知公爲執政及國柱所傾也。非上寬仁，夙重公，含怒而不發，公以此無類矣。

公之以執政家隸生釁也，余聞之蘇人蔡忠襄之子方炳及其族子又韶。其以董漢臣之議見誣，聞之相國桐城張公英、安溪李公光地。余國柱與執政比而傾公，聞之冢宰錢塘徐公潮。公之死，聞之孫徵君之孫淦。公之孫之旭，余同年友也。叩公遺事，皆未之前聞。恐久而衆說異端，故著其所聞於目擊公事者。

湯潛菴先生逸事

此篇，厚子自湯公年譜錄出。所敍康熙時詔免田租與王本小異，而文較簡明。今從蘇錄，而分注王本之不同者於內。鈞衡識。

睢州湯公內召時，吳人已建生祠，刻石紀德政；其歿也，巷哭里奠，薦紳學士爭爲誄表傳記。其家有狀，有誌銘，有編年之譜，而德教在民，及詐不信之先覺，耳目衆著，足爲萬世標準者，尙逸四事焉。公巡撫江蘇時，上言：「歲祲免租，民困少蘇而已；必屢舉於豐年，富乃可藏於民。免當年之租，半中飽於有司胥吏，故每遇國有大慶或水旱形見，不肖者轉急徵以待賜除。必豫免次年，然後民不可欺，吏難巧法。」聖祖皇帝深嘉與之，遂定爲經法。康熙年間，特諭戶部：「自今以往，海內農田正賦編折銀，通三年輪免一年，周而復始。直省均以徧皆豫免，不問豐凶。」王本：「遂定爲經法」下云：「凡免地丁編折銀，必於前一年頒諭。康熙三十年十二月，特諭戶部：各倉儲積，計足供用，應將起運漕糧，逐省蠲免，以紓民力。除河南省明歲漕糧已頒諭免征外，湖廣、江西、浙江、江蘇、安徽漕米，自三十一年始，以次各蠲免一年。其後雖以西邊事起中輟，而大訓炳然，籍藏於故府，聖子神孫，當重熙累洽之餘，必將繼志述事焉。是公之訏謨，實受其福者，非一世也。

淮、泗漲漫，山陽、鹽城、寶應、高郵、興化、泰州、如皐七州縣，蕩析離居。上南巡，命濬海口以洩積水，勅于成龍主工植；尋以廷臣議使受靳輔節制。成龍議：工費八十餘萬。輔議：海口沙淤，非起高郵車邏鎮築高堤，束內水高丈餘，不能出海，費二百七十八萬。上召輔及成龍面詢。成龍力排輔議，淮南士大夫，懼傷墳墓田廬，亦廷爭之。乃命尚書薩木哈，學士穆成格，會公及總漕徐旭齡合勘，兼問七州縣耆老云何。輔議本執政主之，至是上心頗是成龍。廷臣知輔議勢不行，欲并罷成龍功役。淮南士民言海口不宜罷工者十八九。謂宜并罷者，亦十之一二，使者意嚮之。公力爭。使者曰：「公言，吾當口奏。」及公內召，上語及海口。公對：「開一丈有一丈之利，一尺有一尺之利。」上愕然曰：「爾時汝胡不言？」公乃具陳前事。詰旦，召二人與質對。二人強辨，公徐曰：「某故知有此。汝行後，卽彙士民呈牒並某議，具文書印册存漕臣所。漕臣亦如之，存巡撫所。檄取，旬日後可覆視也。」二人語塞。上怒，立罷之，而發官帑，遣工部侍郎孫在豐往濬下河。

公里人有受業公門者，以黃門奉使過蘇謁公，曰：「吾師方嚴，孰敢以事請？但東南鹽政大病于商民，已聞知否？」公曰：「吾不知。」因條舉數事，每發，公詰難正言其非。乃出謝商人曰：「吾師素明達，獨於茲事未諳，見謂無一可行。」比使歸踰月，次第禁革，壹如所言。黃門每語人曰：「吾師至誠，而或以術馭人，賢者固不可測也。」

蘇之巨室有優，恃容儀，每闖入民宅。多見貌相悅而與之私。或結黨行強，所犯累累，有司不敢詰。聞公至，數月不出。公使人微迹而得之，痛予杖，戒毋傷筋骨；嚴伺守，故瘡將合，更薄笞；朔望縛載以徇於市及四郊；久之膚剝見骨，逾半歲始瘐死。由是奇邪浮淫者心悸，相勸改前行。蓋公之誠明仁勇，皆自學問中出，故道足以濟物，而政無所偏，即此四事，已足徵公治法之全矣；而記述者乃逸之，以是知紀事纂言，非於道粗有所聞，不能無失其體要也。

余遊吳門，與蔡忠襄之子方炳善，告余以勢家深心疾公之由。客京師，見四明萬斯同傳慈谿姜宸英逸事記，備載搆公者之陰謀巧言，而狀誌、年譜皆闕焉。或事相牴，或大體合而節目有異同，乃徵於桐城張文端，安谿李文貞，長洲韓宗伯，錢塘徐冢宰，皆曰：「三君子之言，信而有徵。」蓋公未嘗以語家人，而士大夫各述所聞之顯迹，亦未能究悉其所以然；故語焉而不詳耳。乃並著之，俾公之子孫就而求索，以上之史館，而三家之子孫，亦藉是以不歿其先人所傳述也。

安溪李相國逸事

康熙己亥秋九月，余臥疾塞上，有客來省，言及故相國安溪李公，極詆之；余無言，語並侵余。嗟乎！君子之行身固難，而遭遇蓋有幸有不幸也。

憶癸巳夏四月，余出獄供奉南書房。一日，上召編修沈宗敬至，命作大小行楷。日下晡，內侍李玉傳諭安溪公曰：「朕初學書，宗敬之父荃實侍，每下筆，即指其病，兼析所由；至於今，每作書，未嘗不思荃之勤也。」公因奏對曰：「此即成湯改過不吝之心也。苟自是而惡直言，則無由自鏡矣。」時上臨御天下已五十年，英明果斷，自內閣、九卿、臺諫皆受成事，未敢特建一言；惟公能因事設辭以移上意，故上委心焉。每內閣奏事畢，獨留公南書房，暇則召入便殿，語移時。

是日公晨入，上諮及民情，公對曰：「方三藩播亂，民心搖搖，未知所歸。今上恩德顯信於天下矣。往歲閩中旱荒，郡吏不能體上意，所發帑粟多乾沒。民飢且死，獨歸怨於所司，而鮮不信上之志在矜卹者。」嗣問礦事，對曰：「今議開礦以甦民困，請著令：止土著貧民無產業職事者，許人持一銚，而越境者有誅。則姦民不致聚徒山澤，以生事端矣。」議遂定，一時大豪輦金謀首事者，皆齧指自悔。

先是江寧太守陳鵬年爲大府所劾，吏議當大辟。無何，上問江督，公對曰：「當官勤敏無害，其犯淸議，獨劾陳鵬年一事耳。」戴名世以南山集下獄，上震怒。吏議身磔族夷，集中掛名者皆死。他日上言：「自汪霦死，無能古文者。」公曰：「惟戴名世案內方苞能。」叩其次，卽以名世對。左右聞者無不代公股栗，而上亦不以此罪公。江督噶禮與巡撫張伯行互糾，獄辭久不決，上忽罷噶禮，尋拏戮焉；公實贊之，其語祕，世莫能詳。以余所聞見如此，公之設心，豈猶夫世之容悅者與？

然自公在位時，衆多誚公，旣歿，詆訐尤甚。蓋由三藩播亂時，公適家居，以蠟丸獻入閩策，賊平，以編修擢內閣學士，忌者遂謂公始固有貳心。公恐爲門戶之禍，故不能無所委蛇。及得君旣專，常閉門謝客，所往還及顯然薦達者無多人。由是衆皆深怨，引繩批根，播揚於遠邇。然公方柄用時，朝夕入對，上所諏度，惟尙書、周易及朱子之書；而一時海內所號爲廉吏，無論公所習與否，皆得安於其位，則其實迹固有可按驗者。自公告歸未旬月，而忌者首攻公所薦舉，以爲傾公之地；因揚言公恃上恩，植黨以要權重。微上信公之深，禍且不測矣。故公再入，專務韜默，及踰年身歿，上出前後三章付內閣。然後知公始至，卽出苦言以求退也。

嗚乎！公之設心如此，其於時事無所補救，而得謗乃過於恆人，此古之君子所以難於用世，而深拒夫枉尺直尋之議也夫！

敍交

余性鈍直，雖平生道義之友，亦多疑其迂遠不適於時用；志同而道合，無若朱公可亭者，而交期則近。雍正元年，公爲冢宰，禮先於余。是年冬，語余曰：「上將用我矣！子尙有以開予？」余曰：「某何知？」公曰：「吾知子乃鄭公孫僑、趙樂毅之匹儔也。子毋隱！」

次年二月，余請假歸葬，始以周官餘論十篇之三示公。及還，相國張公曰：「高安持子周官論至上書房手錄，曰：『當吾世有此異人，而上竟不聞知可乎？』我數以子病久痼止之。子將若何？」余急過公，正告曰：「今上信大有爲而士大夫結習未除，凡吾所云，必君相一德，衆賢協心，然後爲之而可成，成之而可久。不然，上求以誠心而下應以苟道，民不見德，反受其殃。公志果大行，異日以告於吾君而次第布之，不必知自僕也。」

乙巳春，公以實畿輔一篇致怡賢親王，合辭請開畿輔水利。余謂公曰：「近畿積水無歸久矣，必以數年疏決支河，俾伏秋潦漲，下流無壅。然後規下地，擇良有司，官治一區以爲民表，使民豔其利而爭自營之。苟少違其節次，動必無功。」其後爲之數年，果利害相半，公由是益信余言。自是以後，凡吏疵民瘼，辨賢抑姦，胸中所知見，壹爲公盡之。且告以海内大事宜及時注措者，莫如復明初大寧三衞，兼求唐韓重華屯田故蹟，自歸化城西連三受降城以達於寧夏，及經略苗疆，控制臺灣三事，因盡出餘論七篇，公皆慨然引爲己任。會西事方殷，度無暇部署三方；而公尋遘沈疴，久而弗瘳，嘗力疾拜賜。有旨命公毋勤，自後即有錫賚，免拜受，毋至宫門。用此不得上言。嘗告漳浦蔡聞之曰：「吾伏枕吟呻，望溪至，輒心開而氣揚；欲於天下事有所轉移支柱，微斯人莫屬。子謹志之！」聞之疾將革，猶掩涕重言以勖余。余困於憂虞，屢欲告歸。公固止之，曰：「譬如巨室虚無人，雖老疾者偃臥其中，盜賊猶有戒焉。吾輩三數人尚可以疾自引去乎？」

及先帝登遐，今皇帝嗣位，公適奉命巡視海塘，自中途召還。時上方孜孜求治，凡民心所願欲與善良沈抑者，數月中設張搜擢，計日無虚。衆皆謂發其端者必公，而公與余朝夕南書房，未嘗一言及此。聖孝性成，依古禮經致行三年之喪，諸王大臣屬余草具儀法；及制詔將頒，復速余赴雍和宫討論；公常左右之，惟恐余言之不盡用也。

乾隆二年，公舊疾復作。余就公榻前，相視泫然；將行，公蹶然而興，以手拄頤曰：「子所言三事及九篇之書，吾未嘗一日忘。以聖天子布德推誠，維世礪俗，謂子所云禮義之明，人材之興也有日矣，而吾將泯焉，命矣夫！子性剛而言直，吾前於衆中規子，謂子幸衺疾支離，於世無求，假而年減一紀，尚有國武子之禍。欲諸公諒子之無他，而不以世情相擬耳。賓實既沒，吾病不支，子其懼哉！」

公卒以九月十有八日。前二日，余在直房，日方晛，天氣清和，俄而陰雲起，風沙蒙霧，忽心動，曰：「公疾其變節乎！」使人問之，果然。賓實之疾之將革也亦然，相去始浹旬耳。吁，異哉！始余與公一見如久故，自戊申以後，公行步亦艱，約相送下堂盡階而止。先帝之喪，公與余同次內閣，雖入政事堂，衆既退，坐必下余，行必後余，余懼衆人之聞也。公曰：「衆爭爲市道交，即此可示之以禮矣。」

余經說公手訂者過半，嘗序周官析疑、春秋綱領二書，以示聞之曰：「周情孔思，不圖二千餘年後，乃有如親受其傳指者。吾嘗謂望溪灼見大原，學皆濟于實用，其斯以爲根柢夫！」嗚呼！公今已長逝矣！自公殁後，余行身益不敢自苟，惟公於九原之下與余心相鑒照耳。

曩公臥病連年，每謂：「吾身後之文，子當任之。」余既序公增纂戴記，公曰：「吾於古文，未之學也，而以意爲之者，亦數十百篇，方自削斲，異日子終訂之。」及公既殁而家人未嘗以二事屬余，故獨敘次爲交之始末，以志不忘久要之言。其平生忠孝大節，實德顯功，嘉言懿行，概弗著於篇；蓋公之行迹，宜列於國史，而狀與外碑壙銘已具，義不得私爲之傳云。

記長洲韓宗伯逸事

癸未春正月，余以計偕入都，會慕廬韓公將扈從南巡，往省焉。衆賓在堂，獨肅余就西序，坐始定，即謂余曰：「吾與子之相知不淺矣！然子終謂我何如人邪？」余曰：「公爲人，天下之士盡知之，況某邪？」公曰：「世人多好吾文，吾文不足言。或目爲曠達，亦似之而非也。吾立身尚能粗見古人之繩墨耳！吾爲亞卿，未嘗一至官正之門也。吾爲學士，未嘗一至執政之門也。自趨朝外，輿馬未嘗入内城。吾好朋游，常與酣嬉淋漓。然貳冢宰，歲未再終，發吏之姦，爲永禁者七百餘事，錄諸版。是誠沈飲人邪？」余曰：「上於公意倦矣，而公不告休何也？」公曰：「剛當位而應，與時行也。吾後而失其時矣，徒滋譴訶耳！」余曰：「雖然，進退有禮，譴訶非所避也。」是歲公果再告，再被詰責，而卒死於官。

始上遇公最渥，自爲宗伯，屢與孝感熊公同召對，忌者謂公旦暮且入相。會江南布政司張萬祿虧庫金三十餘萬。制府阿山上言非侵牟，費由南巡。或謂張於制府爲姻家，上震怒，下九卿議。御史大夫某曰：「山之罪在大辟，無疑也。」公正色曰：「果有連，其情私，而語則公也。且斯言得上達，所益不細。」忌者增語上聞，公由是日替。公天性與物無町畦，而睢州湯司空數語人曰：「表裏洞然，不可奪以非義，惟韓公耳。」上嘗親試翰林，欲黜者二人，時公與法公良同掌院事，命劾奏。公謂法公曰：「姑緩之，此民譽也。」越日，法入見，上怒，命削職，隨本旗供勞辱事。衆皆趣公，公曰：「法以吾言至此，而吾乃苟免乎？」又數日，召公詰責，公徐曰：「此二人於院中不在應斥之列，文雖不工，惟上寬假之！」上霽顔，爲公曲止焉。

公鄉試出崑山徐司寇門，及徐與重人相失罷官，而傅臘塔節制兩江，承意興大獄搆徐，凡素居門下者爭避匿。公適在籍，獨盛輿從，朝夕至門，且爲别白於在事者。公嘗乘小舟徜徉郊野間，會縣令出，隸卒爭道，覆公舟，比登岸，衣裘盡濡，戰栗移時，戒從者無聲，竟不知爲公也。

余見當世名貴人能自忘其勢者有矣，而能使人忘其勢者，則未之見也。惟與公習，並忘其爲顯學人。然用此世皆目公爲曠達，而不知其植節守義深固而不可移也。余與公相知深而聚處日稀，及見公誌狀，凡可以不歿於世者，概乎其未有見焉，乃記公言而略道其所知。公自癸未春，遂不復與余相見，薄遽中忽標白其平生，若豫以相屬者。吁，異哉！

記徐司空逸事

余始至京師，長洲韓公、安溪李公皆爲余道蝶園徐公之爲人。時余方奔走衣食，而公顯躓於宦途，無因緣相見。

癸巳春，余出刑部獄，蒙恩召入南書房，嗣移蒙養齋，與公一見如舊相識，共事十年，始灼知公所祈嚮，具得其往事。

公始仕，會明珠、索額圖執政，以利權相傾，各樹羽翼。中朝士大夫，非陰自託，各有主張，宦不得遂。當是時，顯與爲敵者，惟潛菴湯公、環極魏公。柴立中央而無所依附者，韓、李外可指數也。索額圖生而盛貴，性倨肆，有不附已者，常面折顯斥之。明珠則與其黨深相結，異己者陰謀陷之，而務謙和，輕財好施，以招來新進及海內知名士。公爲庶常，李公掌翰林院事，嘗薦公及德公格勒，上時召見，講論經義。德公嘗扈從巡行，明氏使人奉萬金爲裝。固辭裝已治，無所用之。公散館，第二等，例以科道用。索額圖惡公不附己，奏改部屬。用此，明氏尤欲致公。公爲童子，試京兆，與明氏子成德名相次；成進士，同榜選庶吉士。屢相招，皆不就。爲部屬時，以公事見，珠必偏贊於廣衆中。及改官中允，遷侍講，上一日詢公之爲人，珠以誠實對。選講官，列薦名先於學士，公終不一至其門；而德公以揲蓍陳言，大惡於珠。天久不雨，上命筮，遇「夬」，問其占，進曰：「『澤上于天』，將降矣；而卦義五陽決一陰，小人居鼎鉉，故天屯其膏，決去之卽雨。」上愕然曰：「安有是？」遂以珠對。時索氏已挫於珠矣。

始上親政，方沖齡，額圖首建謀，黜輔臣專横者，百僚懾伏。而珠善結左右親近爲腹心耳目，其黨徧布中外。雖有賢者，慎自守，不求親媚而已，終莫敢齟齬。惟康熙十有七年，京師地連震，上晝夜坐武帳中。魏公環極直入奏：「天變若此，乃二相植黨市權，排忠良，引用僉壬，以剝黎蒸之應。」繼之者則德公。用此名震天下，而珠亦駭遽不自安。

自是以後，蜚語時上聞。謂：公之父爲兩江制府麻勒吉僚屬，黷貨不貲。公與德公比，議朝政。適靈臺郎董漢臣上書言時事，多所指斥。下內閣九卿。大學士勒公德洪、尚書達公塔哈及湯公謂書中「豫教太子，崇節儉」宜施行；而衆陰撓之，駁議至再三，以湯公尤珠所深疾也。由是衆口喧騰湯公不欲上親教太子，覬爲師傅，公與德公亦然。先是上嘗詢公：「所學視德格勒孰優？」公自陳遠不逮也。至是復舉廷臣某與公相衡，而德公奏公遠過之，請上面試。忌者遂言公及德公交相推引，湯公實陰主焉。

越日，召試尚書陳公廷敬以下文臣十二人於乾清宮。公與德公方屬草，有旨責讓。德公遂於試文後申辨，公詩亦未成。上命同試諸臣校勘，衆相視無言，而湯公獨以公文爲是。又命廷臣公閱，湯公執前言，且謂德公品學素優，不宜以文字黜。是日，翰林院奏劾，德公削五級留任。時湯公爲東宮講官，上遂命爲師，而公亦爲皇子師。

珠復使所親謂公：「此非福也！惟歸誠於執政，或少安。」公不答。是秋，上御瀛臺，教諸皇子射，公不能挽強。上怒，以蜚語詰責，公奏辨。上震怒，命扑責。被重傷。命籍其家，父母皆發黑龍江安置。然上意終憐公，其夜命醫二人治其瘡。翌日，復召詣皇子書堂。時大雨，裹瘡至宮門，跪泥中，見御前侍衞，即號泣求轉奏：「臣奉職無狀，罪應死。臣父康謹，當官數十年，籍產不及五百金，望明主察之！且臣父母皆老病，臣年正壯，乞代父謫戍，尙能勝甲兵，盡命力。」衆皆掩耳而去之。有闕公名保者，最後至，斥公而入，盡以公言奏。上立赦公父母，則已繫檻車就道矣。及諸途，觀者夾路，皆感泣。遂復公官，仍侍皇子。

冬杪，翰林院奏德公私刪起居注，有旨問公知否。會太皇太后升遐，各以尉二人、甲士二十人監守於私室。次年二月下獄。始至，即以雙木訊。公旁逮也，撞擊數十，脛大如股。禁親屬家僕毋通。席地臥，求水漿不得。獄卒刻時以至，提木索而搖之。毒痛，自分必死。適侍衞某入視族姻，公辨其聲，大呼曰：「上命問我，非欲殺我也。」其人就視，出謂典獄者曰：「此人死，我必入告。」由是家人得入進食飲，而湯公亦以教東宮，議董漢臣事得咎。

桐城張文端相國嘗語余曰：「偉哉華野郭公，人傑也。往時蜚語數聞，所陷有至死而不知其故者。科道糾參，同僚舉首下西曹，可使無罪者死於非刑，而上不知其所以死。賴公訟言，聖主剛明，故至於今，王道蕩蕩，吾儕得甘寢達旦耳。」蓋謂湯公及公與德公事也。起居注，故事數易稿，然後登籍。德公所刪易，及未登籍之稿。公晨夕教皇子，守官分局，無由與知，而獄辭上，當德公大辟，立決；公監候，秋後絞。上特旨改德公監候，公免死，鞭一百，荷校三月。妻子入辛者庫。逾年，公主出降科爾沁。公一子一女；主旗務者遂以公女媵。時德公遇赦出獄，歸本旗；遂使盡室以從。公不善騎；某公主疾，或請於上，遣公往視，相去千餘里，刻日反命。從者二人，一道斃。公入反命，出昏踣，兼旬不起。蓋自郭公劾奏，珠雖落職家居，而所引用，已盡列要津。每承意觀色，以求饜其忿好；又善事勢貴，與相應如影響也。

珠既老，其黨亦漸散。安溪李公日見親信。上亦久而察公之忠誠，歲壬午，復用爲內務府會計司員外郎。是秋，充順天鄉試主考。壬辰，以內閣侍讀學士副左都御史趙公申喬爲會試總裁。尋遷內閣學士兼禮部侍郎。特旨出辛者庫，復旗籍。甲午，巡撫浙江。丁酉，遷左都御史兼掌翰林院事。逾月，晉工部尚書，教習庶吉士。自乙酉冬，李公入相，上萬幾之暇，時召入獨對，同列無與班者。李公南還，公繼之，恩遇幾與比並。

公與人敬以和，貴賤老少如一。長翰林數年，物望所歸，鮮不薦達。老而篤學，共事蒙養齋，暇即就余考問經義。時江浦劉無垢、泰州陳次園常在側，交口而責余曰：「有是哉！子之野也。徐公中朝耆德，且爲諸王師。子抗顏如師，而誨之如弟子，可乎？」余應之曰：「吾以忠心答公之實心耳！子視公遂出孔道輔下乎？」諸王侍衞中，有年逾三十始讀大學，而請余講以所聞者，至秦嗇，作而言曰：「所云一个臣，吾視徐公良然。」嗚呼！即是而公之誠於中而動於物者，可見矣。

上晚而信公甚篤，嘗賜詩，稱爲同學老友。時太夫人四體猶康彊，屢朝皇太后於慈寧宮，禮賜備至，而德公已老死徼外矣。然其部大人皆敬信，將校尊事之，身死猶善視其子孫。公爲余言之，未嘗不慘悽而顏變也。

記開海口始末

自明萬曆中，潘公季馴以河沙流塾無常，非人力所能濬，而引泇、沂、淮水以盪之。於是河、淮安流，漕運無壅者百餘年。國初，鄭成功之亂，治東南海防，凡入海津隘，皆下巨木爲樁。河流高，性湍悍，海舟本不能逆流而上，而在事者不察，下木雲梯關。久之，覆舟、漂楗、薪蒭之入海者，經此輒凝滯而沙乘之，由是海口隘，河流壅，洪澤湖漲，而下河七州縣咸被其災。

康熙二十三年，臺中相繼言：河正道雲梯關海口既日隘，非別開天妃石閘海口，不能洩湖流之漫於七州縣者。上南巡，問淮、揚水患，河督靳輔奏：「宜用臺臣言。」乃命兵部尚書伊桑阿相視，奏：「河臣議是。」上以兩河難兼理，別命安徽按察使于成龍董其役。

始，議開海口，執政明珠實陰主之，定計屬役於河督。及別設官，大失所望；而于成龍名受河督節制，實相牴牾。輔乃上言：「宜罷海口之役，而別開大河自車邏鎮築橫堤抵高郵，洩洪澤湖水於堤內。自高郵東築長堤二，歷興化白駒場東所洩水以入海。請發帑銀二百七十八萬。俟堤成，丈七州縣故沈水之田，凡在額外者，官鬻之以補帑。」疏入，廷議多是河臣言。

自明珠執政，其黨余國柱等導以陰收天下利權。凡督撫、提鎮、監司，有不出其門者，遇事輒陰沮之。自九卿、六垣、臺中，皆樹私人。所欲興建及斥逐，則臺垣執奏。所欲引用，則九卿保任之。其已被上知而不附己者，陰使他人毀之而若弗聞也者。海口設官，既違執政本謀，遂銳意別興是役。私議留帑銀百萬於內，自國柱及其黨皆取分焉。由是衆議莫敢齟齬，而上命訊淮、揚人官京師者。

寶應喬侍讀萊、山陽劉選司始恢聚其鄉之齒朝者而告之曰：「是役也，工未成，其害二；既成，害又二。河延三百里，堤內廣百有五十丈，非壞圩隴、毀村落、掘墳墓不可堤。河行磬折，可東可西；民貪緣以避其害，官吏要挾以牟其利。令下之日，七州縣之民，鬨訟無寧晷矣。害一也。凡里甲雇役，人日七十。功令：官給四十，實不能半。往例歲修，邑役數百人，數月而罷，猶病不支。今三工並興，邑役萬人，是歲加賦錢二千餘萬。害二也。工未成，水中之田，民田也。魚可捕，菰蒲可採。工既成，則河督之田也。濱河地瘠，率三四畝而當一，或十而當一，以起稅法。一旦據額丈量，而沒其餘於官。奪其田之十七八，而責以故稅，民尚有遺類乎？害三也。往者，漕河之堤雖屢決，而河廣不過十丈。今並注洪澤諸湖之水於百有五十丈之河，獨恃新築一線之堤以爲固，而堤高於民居。城郭人民化爲巨浸，可計日而待。害四也。且湖流東注高、寶，則不能西出清口，河當日淤而病漕。」議遂定。

越三日，淮、揚朝士十一人，詣左掖門上四不可議。上意以爲然。執政進曰：「此搢紳意也，尚宜詢之小民。」又數日，上命工部尚書薩木哈、内閣學士穆成格會江蘇巡撫湯斌、總漕徐旭齡問民所欲，時執政知輔議勢不能行，因欲並罷海口之役。二人復命，稱：「百姓欲兩罷之。」而湯公尋内召。上問海口，公力言宜早開。上大驚，召九卿，俾二人與湯公面質。二人巧說。公曰：「我故知此事重大，汝行時，即書民狀及疏稿各二通，一用巡撫印存總漕所，一用總漕印存巡撫所，可覆視也。」二人始相視語塞。上大怒，立奪其官，而以工部侍郎孫在豐督濬海口，時二十五年六月某日也。秋八月，甄别翰林，掌院學士庫勒納以喜事奏奪喬萊官。又二年，聊城郭公琇爲御史，劾罷輔及在豐。江南總督董訥、總漕慕天顏亦交章論輔，輔疏辨，因互相劾，並下刑部。在豐與諸公皆降調，而海口工用不成。

始，輔開中河，實便於漕，而潘公成法亦自是而變。車邏鎮大河雖未開，而先是已開減水壩於高堰，以洩洪澤湖伏秋之漲。由是淮水力弱，不能出清口以盪河沙；而河沙倒入湖口及漕河，所在墊淤。後十餘年至丁丑、戊寅，漕河數決，湖益漲，而下流不通。七州縣之民陷溺者，不可計數。上親授方略，命尙書張公鵬翮往治之。塞高堰諸壩，濬清口，出湖流以盪河沙。雲梯關海口故道始漸深廣，而河患暫息焉。

記所聞司寇韓城張公事

大司寇韓城張公自視學江南，擢少宰，列於九卿，即以明決敢言任事著聲。其始爲司寇而罷也：以提督九門陶和氣勢方熾；司寇齊世武阿附，摭其讎人死刑獄。公持不可。因此譖公。踰年先帝燭其姦，誅和氣，投世武於荒。乃思公，以大司空徵。既至，改司寇。公感先帝灼知，益以國是自任，而衆亦知先帝信公。凡部事，主斷者十之七；九卿廷議，待決者亦過半焉。

公性沈毅，凡朝議，親故、門人、子弟雖有問不告。性骨鯁，爲世所駭異，及利澤廣被於衆者，尙載人言。

先帝春秋高，諸王門下人，或因緣詭法。有以負債訟淮商及吏民者，命闕逮。公正言折將命者，合堂變容。公意色愈堅，事竟罷。誠王屬長，以文學信任，朝夕上側。王府孟倘曾斃甘肅平民，事達部。王再三切諭不得聞於上。而公具以實奏。衆皆危之，公恬如也。

今天子在藩邸，優人徐采嗾傭者捶殺人，部議以傭抵，公獨奏：「采罪在不宥。」事下九卿，是公議者，獨趙司農申喬。及上嗣位，褒勵諸大臣，謂公伉直。無何，逮采於西邊，以故罪繫獄，俟秋決。天下悚然，誦聖德焉。

西事方殷，急饋餉，大將軍入覲以爲言。內大臣定議：「各途守選及遷補並停止，專用捐貲運餉人，事可集。」已得旨，始下外廷。公曰：「此關國體，當以去就爭。」九卿會議數四，相視不言。公乃昌言：「惟捐納所分員缺，可避運餉人。其正途及遷補仍舊。」因手定奏議。執政使人謂少宰張公廷玉曰：「聞舉朝同議，獨張公阻之。不識何張公也？」少宰曰：「首議者，張公廷樞；然余吏部也，亦同此議。」少司寇張公大有曰：「我亦同議者。」於是士論翕然歸三張。遂寧張太宰鵬翮爲不適者久之。

公復起，事先帝凡十年。四方有大獄，必使公往成。大災、大工役，必使往視。所奏當及興罷，常合衆心。康熙戊戌，鎮將、守、令激閿鄉四縣民變。公奉命往鞫。時河南州縣，困於歲徵黃糧。中家以下，鮮不破產鬻子供輓貲。巡撫楊宗義疏請改折，而倉督及有司陰阻之。戶部、九卿皆曰：「毋庸議。」公歸，奏使事畢，因陳民艱，退而具疏。上爲斥羣議，特改諸州縣之遠水次者。

巢可託爲司寇，滯留謫發黑龍江應赦免者二百七十餘人。公謂宜檢舉，巢難之。會巢罷，公獨自檢受罰，而四家皆獲免，直隸、各省視焉。余嘗謂公：「前後朝議及出按諸大事，宜札記，異日付史官，乃本朝憲令，非爲公名也。」公曰：「吾議伸者，幾且忘之矣。」

公己卯主江南鄉試，己丑主會試，所登半名俊。爲九卿，任舉皆民譽，多未識面者。其終廢也，以陳夢雷久託誠王府，積罪惡發露。天子震怒，姑免死，發黑龍江，而公循故事，方冬停遣。又出其子使治裝。於時，人皆咎公。然觀過知仁，公之宅心易直，當官蹇然，而不以身之利害與焉，於茲亦見矣。

記太守滄洲陳公罷官事

長沙陳公滄洲，名跡尤著於江寧，始到官，榜於門曰：「求通民情，願聞己過。」未旬月而衆心翕然，期年政教大行。嘗以公事與諸郡守集議大府前，大府曰：「此公事也，費無所更，奈何？」衆無聲而注目於公。公曰：「吾官可罷，民賦不可增也。」議遂寢，而自制府及諸司皆受其病。

會上南巡，使公主辦龍潭行宮。故事：自左右、侍衛及閹、寺、隸、圉皆有餽，公一切不問。或以蚯蚓穢物置簟席間，越日車駕到江寧，召公詰問。先是予告大學士桐城張公迎見，上問江南廉吏，首薦公。及是詔問張公鵬年守官狀，公對曰：「凡良吏，才性治法，倘或有偏。惟鵬年，吏畏其威而不怨，民懷其德而不玩，士式其教而不欺，廉潔其末也。」上怒遂釋。江干壘石爲步，備車駕御舟觀水師；前期一日，始檄公治步，屬吏及胥徒皆惶急。公曰：「若皆有公事，按部無動，吾自辦之。」遂率子弟，躬運土石，士民從者屬路。詰旦步成，上由是益奇之。

公於官中不受一錢，羣商歲供數百金，市芻米給幕士。又嘗逐羣娼而以其地懸上諭；月吉，與吏民講讀。大府據此特糾，落職聽勘。檄下未移時，士民塡街巷，揭帛鳴鉦，環制府，問太守見劾之由，門者重閉，叫嘑不退。有司械繫數人，制府欲幷釋之，使謂曰：「汝偶行過此被繫邪？」皆曰：「非也，願入獄與太守同命。」及會鞫，以金木訊商人；商人曰：「歲餽自督、撫及州、縣皆有之，惟太守見卻耳。」有司以建亭於娼室故址懸上諭，爲大不敬，公罪當在大辟。一日，上問制府於大學士安溪李公，對曰：「臣嘗與同僚，廉幹果於任事，其失民心，獨劾陳鵬年一事耳。」上頷之。

公性彊直，不能屈意上官，於大府左右親近，視之蔑如，用此毀言日聞。同時韓城劉公蔭樞爲監司於江西，性行大類公，與公同時被劾。江西士民號泣匍匐，叩制府爲請命者以千數。制府故有賢聲，用此頗心悔之。獄辭上，上特原公，召入武英殿，尋以蘇州太守攝布政使，而劉公亦登用。於時天下知與不知皆爲二公躍喜，且歎天子明目達聰，於羣下是非功罪，一以道揆，而無成心也。

記張彝歎夢岳忠武事

張君彝歎之卒也，聞有異徵。踰歲，其邑子孔君端蒙至，曰：「彝歎爲諸生時，夢入古廟，見宋少保岳公與爲主客之禮，手文一簡，屬刪定，且曰：『吾更謚久矣，而世人多舉故謚，願先生正之！』將別，忽變色易容曰：『會相待於桃山矣。』彝歎平生，跡不出州郡。其貢成均，試禮部，恆閉戶不接一人。成進士，應除縣令，不就。既老，忽應徐中丞請，主杭州敷文書院。院中立碑，工以舊石至，按之，則岳公墓碑也。彝歎曰：『吾之茲行，有以也夫！』因告中丞以昔夢，補其文之缺漫而歸焉。中丞還朝，薦彝歎學行。詔下江南省：刻日齎送。行至桃山驛，憩廟旁，心動入視，果夢中所見。語從者曰：『吾死無日矣。』越三日，至茌平縣館驛，正衣冠，端坐而逝。」

余觀書傳所記，死而有前徵者衆矣。獨怪岳公志事與日月爭光，故謚之不類，何足爲公瑕疵，而乃耿然自標白也？嗚呼！我知之矣。世教之衰，不獨小人敢爲誣善之辭，即所號爲學者，亦多恣胸臆，以顛倒前人之是非。推其心，蓋謂彼人與骨已朽，而誰與證其得失也。觀公之見夢於張君者如此，則知自古仁人志士，其精爽實不沒於宇宙，以鑒照下人，而可任其誣枉哉？

昔朱子論南渡人材，謂：「公知義理，非韓、張所及。公以上，次第無人。」則嚮伏於公者至矣，而其門人乃有目公爲橫，而假託於朱子之言者。以公之志事與日月爭光，猶不能免此。況迹介隱顯，蔽于讒慝之口，而末由自列者乎？傳其事，使論古者有警也。

記姜西溟遺言

余爲童子，聞海內治古文者數人，而慈谿姜西溟其一焉。壬申，至京師，西溟不介而過余，總其文屬討論，曰：「惟子知此。吾自度尚有不止於是者，以溺於科舉之學，東西奔迫，不能盡其才，今悔而無及也。」時西溟長余以倍而又過焉，而交余若儕輩。

其後丙子，同客天津，將別之前夕，撫余背而歎曰：「吾老矣！會見不可以期。吾自少常恐爲文苑傳中人，而蹉跎至今。子他日誌吾墓，可錄者獨三事耳：吾始至京師，明氏之子成德延至其家，甚忠敬。一日進曰：『吾父信我，不若信吾家某人。先生一與爲禮，所欲無不可得者。』吾怒而斥曰：『始吾以子爲佳公子，今得子矣！』卽日卷書裝，遂與絕。崑山徐司寇健菴，吾故交也。能進退天下士，平生故人並退就弟子之列，獨吾與爲兄弟稱。其子某作樓成，飲吾以落之，曰：『家君云：名此，必海內第一流。故以屬先生。』吾笑曰：『是東鄉，可名東樓。』健菴聞而憾焉。常熟翁司寇寶林，亦吾故交也。每乞吾文，曰吾名不見子集中，是吾恨也。及翁以攻湯司空斌，驟遷據其位。吾發憤爲文，謂：『古者輔教太子，有太傅、少傅之官。太傅審父子君臣之道以示之，少傅奉太子以觀太傅之德行而審諭之。今詹事有正、貳，卽古太傅、少傅之遺也。翁君之貳詹事，其正實睢州湯公。公治身當官立朝，斬然有法度。吾知翁君必能審諭湯公之德行以導太子矣。』翁見之憮然，長跽而謝曰：『某知罪矣！然願子勿出也。』吾越日刊而布之，翁用此相操尤急。此吾所以困至今也。」時西溟年七十餘，始舉於京兆，又踰年成進士。適翁去位，長洲韓公菼薦於上，得上用。己卯，主順天鄉試，以目昏不能視，爲同官所欺，掛吏議，遂發憤死刑部獄中。

西溟之治古文也，其名不若同時數子之盛，而氣體之雅正實過之。至不能盡其才，則所自知者審矣。平生以列文苑傳爲恐，而末路乃重負汚累。然罪由他人，人皆諒焉；而發憤以死，亦可謂狷隘而知恥者矣。西溟之死也，其家人未嘗以誌銘屬余，而余困躓流離，與其家不通問者，計數已十有九年。姑傳其語，俾衆白於其本志之所蓄云。

書羅音代妻佟氏守貞事

節婦佟氏，羅音代之妻也。音代母微，始生即被棄，少司空陳一炳養爲己子，使妾蕭氏母之。既長受室，而司空歿。諸子爭產，以音代非陳氏子也，逐之，與母妻出居。或誑誘，貲產蕩盡，未幾疾卒，一子在襁抱。節婦母家貴盛，憐節婦年少，欲奪其志。歸寧，止之數月。一夕，脫身獨行，歸依其姑。其父母復使要之，則誓不復通。久之，益無以爲生。

學士敦公拜，司空故交也，少繼其小宗，與音代之父爲本生兄弟。蕭氏猶知之，使僕某往請。自司空之歿也，學士與其家人久不通問，至是始知音代死及節婦守志事。急過之，家徒四壁立，節婦與姑相向而泣，稚子在傍。學士曰：「吾兄之孫，兄子之婦，可依余。夫人，陳氏母也，義不可同宮。吾雖貧，請僦屋，繼米薪，自今無缺。但願婦志節有終，以成吾義。」節婦泣而受命。學士因就陳氏諸子，合要爲券，以稚子歸宗；使節婦育子奉姑居別宅。

初陳氏諸子逐音代時，屢謂學士曰：「此君之兄子也，貲產尚數千金，君收之，非無益於君者。」學士怒曰：「是謂我不成丈夫也。若此子貧無依，吾當引爲己任耳。」遂謝不與通，至是卒如其言。諸公用此皆高學士之義，而學士每語人以節婦之義，輒爲纍欷焉。

記吳紹先求二弟事

吳紹先，山西平陽府稷山縣人。少讀書，略解文義。十三喪父，十六喪母。有二弟：季年十一，與從兄偶出，遂絶蹤；又數年，仲以博塞失負逃。紹先負販以迹之，南出襄、洛，西歷劍州，東至黑龍江，積十有六年，卒同時而得之。

其求仲也，出塞抵寧古塔豪家，以情請，豪隘之。乃冒公人入軍府訟。軍吏庇豪，欲威懾紹先，以應對失儀，捶其面，血淋漓。紹先辭愈強直，卒白大帥，持其弟以歸。時仲冬沍寒，夜經大臥磯，行者皆墮指。紹先與弟相推挽，顧而曰：「此中人未有如吾樂者也。」比入塞，爪甲脫爛無存者。

至京師，待季偕行。知其事者，爭傳說公卿賢士間，多就而體貌之。紹先赧然，若無以容。衣敝履穿，或贈遺，終不受。有與同寓者，聞其哭失聲，就視之，則讀魯論父母之年章也。

嗚呼！人知有父母，則愛其同生。賢人君子知尊祖，則能敬宗而收族矣。聖人知崇如天，故能帥天地之性，視天下疲癃殘疾惸獨鰥寡，皆吾兄弟之顛連而無告者。若恩薄於同生，則是不知有父母，人之道不宜有是也；而俗之偷，昧此義者，蓋累累焉。故紹先所爲，甚庸無奇，而名稱以動於時。茲錄而傳之，亦將使昧者自循省也。

獄中雜記

是篇，傳貴刻本僅前一段；後四段及劉君所識，先生自記，皆得之於王本者也。鈞衡識。

康熙五十一年三月，余在刑部獄，見死而由竇出者日四三人。有洪洞令杜君者，作而言曰：「此疫作也。今天時順正，死者尚希，往歲多至日十數人。」余叩所以，杜君曰：「是疾易傳染，遘者雖戚屬不敢同臥起；而獄中爲老監者四。監五室：禁卒居中央，牖其前以通明，屋極有牕以達氣；旁四室則無之，而繫囚常二百餘。每薄暮下管鍵，矢溺皆閉其中，與飲食之氣相薄；又隆冬貧者席地而臥，春氣動，鮮不疫矣。獄中成法，質明啓鑰。方夜中，生人與死者並踵頂而臥，無可旋避，此所以染者衆也。又可怪者，大盜積賊，殺人重囚，氣傑旺，染此者十不一二，或隨有瘳。其駢死皆輕繫及牽連佐證法所不及者。」

余曰：「京師有京兆獄，有五城御史司坊，何故刑部繫囚之多至此？」杜君曰：「邇年獄訟情稍重，京兆、五城即不敢專決。又九門提督所訪緝糾詰，皆歸刑部；而十四司正副郎好事者，及書吏、獄官、禁卒，皆利繫者之多；少有連，必多方鉤致。苟入獄，不問罪之有無，必械手足，置老監，俾困苦不可忍；然後導以取保，出居于外，量其家之所有以爲劑，而官與吏剖分焉。中家以上皆竭資取保。其次求脫械，居監外板屋，費亦數十金。惟極貧無依，則械繫不稍寬，爲標準以警其餘。或同繫情罪重者，反出在外；而輕者、無罪者罹其毒，積憂憤，寢食違節，及病又無醫藥，故往往至死。」

余伏見聖上好生之德，同於往聖，每質獄辭，必於死中求其生，而無辜者乃至此。儻仁人君子爲上昌言：「除死刑及發塞外重犯，其輕繫及牽連未結正者，別置一所以羈之，手足毋械。」所全活可數計哉！或曰：「獄舊有室五，名曰現監，訟而未結正者居之。儻舉舊典，可小補也。」杜君曰：「上推恩，凡職官居板屋。今貧者轉繫老監，而大盜有居板屋者，此中可細詰哉！不若別置一所，爲拔本塞源之道也。」余同繫朱翁、余生及在獄同官僧某遘疫死，皆不應重罰。又某氏以不孝訟其子，左右鄰械繫入老監，號呼達旦。余感焉，以杜君言汎訊之，衆言同，於是乎書。

凡死刑獄上，行刑者先俟於門外，使其黨入索財物，名曰斯羅，富者就其戚屬，貧則面語之。其極刑，曰：「順我，卽先刺心，否則四支解盡，心猶不死。」其絞縊，曰：「順我，始縊卽氣絕，否則三縊加別械，然後得死。」惟大辟無可要，然猶質其首。用此，富者賂數十百金，貧亦罄衣裝，絕無有者，則治之如所言。主縛者亦然；不如所欲，縛時卽先折筋骨。每歲大決，勾者十四三，留者十六七，皆縛至西市待命。其傷於縛者卽幸留，病數月乃瘳，或竟成痼疾。余嘗就老胥而問焉：「彼於刑者縛者，非相仇也，期有得耳；果無有，終亦稍寬之，非仁術乎？」曰：「是立法以警其餘且懲後也；不如此，則人有倖心。」主梏扑者亦然。余同逮以木訊者三人：一人予三十金，骨微傷，病間月；一人倍之，傷膚，兼旬愈；一人六倍，即夕行步如平常。或叩之曰：「罪人有無不均，既各有得，何必更以多寡爲差？」曰：「無差，誰爲多與者？」孟子曰：「術不可不慎。」信夫！

部中老胥家藏僞章，文書下行直省，多潛易之，增減要語，奉行者莫辨也。其上聞及移關諸部，猶未敢然。功令：大盜未殺人及他犯同謀多人者，止主謀一二人立決，餘經秋審，皆減等發配。獄辭上中有立決者，行刑人先俟於門外，命下遂縛以出，不羈晷刻。有某姓兄弟以把持公倉，法應立決，獄具矣。胥某謂曰：「予我千金，吾生若。」叩其術，曰：「是無難！別具本章，獄辭無易，取案末獨身無親戚者二人易汝名，俟封奏時，潛易之而已。」其同事者曰：「是可欺死者而不能欺主讞者，儻復請之，吾輩無生理矣。」胥某笑曰：「復請之，吾輩無生理，而主讞者亦各罷去。彼不能以二人之命易其官，則吾輩終無死道也。」竟行之，案末二人立決。主者口呿舌撟，終不敢詰。余在獄猶見某姓，獄中人羣指曰：「是以某某易其首者。」胥某一夕暴卒，衆皆以爲冥謫云。

凡殺人，獄辭無謀故者，經秋審入矜疑，即免死，吏因以巧法。有郭四者，凡四殺人，復以矜疑減等，隨遇赦將出，日與其徒置酒，酣歌達曙。或叩以往事，一一詳述之，意色揚揚，若自矜詡。噫！渫惡吏忍於鬻獄，無責也！而道之不明，良吏亦多以脱人於死爲功而不求其情。其枉民也，亦甚矣哉！

姦民久於獄，與胥卒表裏，頗有奇羨。山陰李姓以殺人繫獄，每歲致數百金。康熙四十八年，以赦出，居數月，漠然無所事。其鄉人有殺人者，因代承之。蓋以律非故殺，必久繫，終無死法也。五十一年，復援赦減等謫戍，嘆曰：「吾不得復入此矣。」故例：謫戍者移順天府羈候。時方冬，停遣。李具狀，求在獄候春發遣，至再三，不得所請，悵然而出。

劉大山曰：望溪在獄，思老監惟各牖於壁間，氣可少蘇，使圬者計工費。同繫者曰：「居老監者，多生獄也。吾輩死人也，而憂生人氣鬱，奈聞者笑何？」及出獄未兼旬，蒙詔入南書房。數日，得七十金。刑部主事龔君夢熊引爲己任。禁卒、司獄難之，訟言於六堂曰：「牆有穴，大盜、重囚逸出，咎將孰任？」龔君曰：「牖函木格，囚何從逸？」乃具結狀，獨任其辜。牖乃成。望溪事無足異，龔君之義，則不可沒也。先生自記曰：其後韓城張公復入爲大司寇，靜海勵公繼之，諸弊皆除。仍有易官文書，以僞章下江西省者。其駁稿乃韓城公所手定；詰承行之胥，伏罪。命具奏，翼日即上本。司正郎請曰：「候參胥役，例發五城兵馬司看守。」公從之。胥以是夕遁，蓋未定罪人犯逸，司坊罰甚輕，而所得過望，故甘爲受罰也。又言：始至錄囚，有磨錢周郭取鉛者，事可立斷，而遲之二年，鉤致牽連佐證七十餘家矣。司官遞代，應參者至十數人。同官持之，中止。每歎恨人心抏敝，典獄者雖悉其聰明，致其忠愛，猶不能使民無冤痛也。

結感錄

康熙辛卯冬十月，余以南山集牽連被逮。江寧蘇侯奉檄至余家，時吾母老疾多悸。侯偕余入見，具言天子有詔，入內廷校勘，馳傳不得頃刻留。是日，下縣獄。侯朝夕入視，或夜歸，必就榻上相慰勞。時制府噶禮銳意窮竟根株，委某官搜余家書籍。侯聞，以暮先至部署，不使老母得聞。余北行値隆寒，爲具輿馬，所出皆庫金。余固辭。侯曰：「自吾爲吏於此，迫公事以虧庫金者屢矣！獨爲君累乎？」

侯始之官，卽不偕妻子，曰：「吾不能逢上枉下，歸有日矣。」江寧縣附省城，而所治屬蘇松巡撫。時巡撫儀封張公伯行，賢者也，而與侯亦不相知。緣是歲鄉試弊發，儀封公疏糾制府。制府委某官曁侯捕某胥。陰令某官置金某胥空舍中，隨發之以自解。侯實不知，而儀封公謂侯亦與聞其事也。甲午冬，有名貴人之官過蘇，余寄語儀封公：「蘇侯賢者，不得以制府事相疑。」而侯已以他事罷矣。侯名壎，字慕鞠，庚辰進士，福建南安人。

安徽布政使馬公逸姿，字駿伯，陝西咸寧人。先公在官死於寇，公以蔭起家。始至，嘗介吾友白君玟玉通問，願爲交。余謝不敢見。及余被逮，江蘇廉使以事出；制府命公攝理，督糧道李公玉堂佐之。公豫誡羣吏：「毋得縲絏。」每見余，貌必蹙，語必稱先生。李公亦然。時制府欲得戴氏他書以上，親鞫諸被逮者。公入言：「某，邦人之望。每大府及監司至，必禮於其廬而固辭不敢交也。雖在難，願公毋操切，以慰邦人之心。」制府實惡余，其後與儀封張公相構，掛余名彈章；而親鞫時，未嘗加聲色，則公力也。無何，廉使歸，亦欲得事端以自爲功，將以金木訊余；公力阻之，不可。乃正色曰：「朝命捕人，非鞫獄也。某，儒者，上所知名。今以非刑苦之，設犯風露死，孰任其責？」乃止。

遣解之日，公與諸司及部使者坐堂上，吏執籍呼逮人過堂下，加械畢。公起立離位，諸司次第起，使者亦起。公肅余升堂，手解余縶，謂使者曰：「方先生，儒者，無逃罪理。君爲我善視之！毋使困於隸卒。」既就道，使者每食，必先饋余，同逮者餘喙。就逆旅，必問安否。既至京，揖余曰：「吾在江南，惟馬公遇我獨厚；問何以然，則子之急也。子今至矣！爲我報公，子無傷也。」余告以未事時，與公實未謀面。聞者莫不嗟嘆焉。

張公丙厚，字爾載，號腹菴，甲戌進士，磁州人。壬申、癸酉間，余至京師，與相識；或間曰：「某甚輕君。」越數歲，相見於江南，始得自解說，而爲交亦未深也。

及余被逮，公適爲刑部郎中。時上震怒，特命冢宰富公寧安與司寇雜治。富廉直，威稜慴衆，每决大議，同官噤不得發聲。余始至，閉門會鞫，命毋納諸司。公手牒稱急事，叩門而入。問何急，曰：「急方某事耳！」遂抗言曰：「某良士，以名自累，非其罪也。公能爲標白，海內瞻仰；即不能，愼毋以刑訊！」因於案旁取飲，手執之，俯而飲余。長官暨同列莫不變色易容，衆目皆集於公。公言笑洒如。供狀畢，獄隸前加鎖，迫扼喉間。公厲聲叱之，再三易，仍用狹者。時事方殷，長官曰：「俾退就階墀，徐易之。」公曰：「下階終不得易矣。」既易鎖，親送至獄門，諭禁卒曰：「某有罪，彼自當之。汝輩如以苛法相操者，吾必使汝身承其痛。」是獄，朝士多牽連，雖親故，畏避不敢通問。公爲刑官之屬，乃不自嫌而訟言余寃，相護於公庭廣衆中。諸公自是乃服公之義也。旬餘，公以他事奪官。

始公年少尚氣，多聲色之好；及罷歸，益自刻砥，讓型於家，任卹比於鄉人。自成童至艾耋，背面皆稱腹菴公。以語余者，夏峯孫徵君之曾孫用禎也。

宋夢蛟字德輝，無爲州人。余被逮，戚友謀偕行者。懷寧宣左人曰：「吾友宋君適在此，可屬也。是達於事而無欺，勤力，嘗送其友妻子自成都下峽，凡逾月，不脫冠衣。」因與劉古塘詣君言故。時獄方起，多枝蔓。余在縣獄，制府命入視者，輒記姓名。衆恇懼。君聞言，即許諾。既行，易姓名尾余後；每就逆旅，則間厠左右；在途事無違者。君以辛卯十有一月，偕余至京師，次年秋歸視其家。時獄久具，聖主矜疑，每請決，輒留不下，未知決時；而君雅遊，以余故乞其家事，且帀歲矣。衆謂事不可待，請君且他圖，以十金遺君家。君即用爲資至京。又逾年三月，余出獄，隸旗下，事定乃辭去。

君貌甚昂，髮鬑皓然，嘗客司空熊公所，又與學士宋公有連，皆抗禮，遇事卽面爭。及偕余周旋隸卒間，甚自屈，與主逮部使者家隸朱某爲兄弟。將至京，使朱先致賂於梏扑隸。及至，卽日會鞫，余承罪免刑，無所用之。衆皆曰：「金不可得矣。」越翼日，朱以金來，曰：「宋君之義，胡可欺也。」

楊三炯字千木，諸暨人。辛卯冬，余在刑部獄，同繫者與君善，君入視，必與余相見，自通姓名，踰月未嘗一接語言；其後一語卽大相得。故事：凡讞重囚，必閉獄門，非在官者不得出入；君因置禁籍，冒羣胥入視。獄中地狹，自春徂秋，疫厲作，死者相望，穢氣鬱蒸，雖僕隸不可耐；而君旬日中必再三至，或淹留信宿，道古今，證以天道人事，慷慨相勖，雖余亦忽不知其身之危與地之惡也。

是獄成於辛卯之冬，而決以癸巳三月，獄辭五上始下。近畿有大姓，延君爲經師；君與要：「必吾友獄決，始可就。」凡五易期，至余出獄事定，然後去。當是時，君名動京師，士友皆延頸願交。是歲秋，特行會試，諸公爭欲令君出門下；君曰：「以是爲名，非吾心也。又因而利焉，鬻販之道也。吾恥之！」遂去京師，自是不復與計偕。

始部胥承行是獄者，以求索不遂，於余獨深文周內；無何，以他事黜。易一胥，常陰爲余，莫知其由。君去京師踰年，始知後胥君所謀置也，爲是竭其資。金壇王澍若霖云。

結感錄者，志辛卯在理時，諸公爲余德者也。余羸老蹇拙，雖報德不敢自誓也，惟感結於心而已。其故交如同里劉捷古塘、姊夫馮庚綏萬、清澗白斑玫玉、溧水武文衡商平、高淳張自超彛嘆、金陵朱文鑣履安、翁荃止園不在列。蓋感者以爲其道未可以得之也，若諸君子，則與吾爲友時，早見其然矣。今感而錄焉，是輕諸君子之義，而使古者爲友之道不明也。考之於經，凡諸父諸舅，道同而志相得者，皆名爲友；既爲友，則有相死之義，有復讐之禮，況急難相先後哉！

始余與清澗白君，一見如故交，與之語連日夜；至戚某詫焉，余笑曰：「假余以急難叩門，其坦相受者，必白君也；執而訴諸官者，必吾子也。」諸姻戚聞之，皆以爲過言；及余在難，戚某果避余若浼，然後信前言之不妄焉。

方苞集集外文卷七

墓表

禮部尚書韓公墓表

公姓韓氏，諱菼，字元少，江南蘇州人。少讀書，通五經義疏。性恬曠，好山水朋游，飲酒談諧，終日不倦，而處身特嚴，其所不爲，不可以禍福利害動也。自明亡，科舉之文，日就腐爛；公出，始漸復於古，世以比於昌黎，而公未嘗以此自喜。

公以康熙癸丑成進士，登朝不數年至學士。或嚇公使告歸，公怡然曰：「是吾志也。」居吳中十年，以詩歌古文開其鄉之後進，暇則與二三遺民徜徉泉石間。會有欲與公並起以爲名者，復召掌翰林院。未幾，由吏部左侍郎遷禮部尚書，旦暮且入相，同列忌之。適江南歲會，失庫金數十萬。督臣與典司者有連，上言「非侵欺，費由公事」。上震怒，下廷議。左都御史某訟言：「法當誅。」公曰：「是其情卽私，而言則公也。且上得聞此，其義足愧中朝士大夫，忍因以爲罪哉？」忌者益增其辭而以聞於上，公由是得罪。或謂公：「上每含怒詰責，諸大臣伏闕下，請罪累日，卽解。」公曰：「吾身可危，臣節不可辱也。」

始公未知名，崑山徐司寇乾學獨重公。及徐與要人相搆，罷歸田里。踰年，復起大獄，將盡鉤其黨。居門下者皆陰自貳，甚者，訟言攻之以自湔滌。公時告歸，獨旦暮造其門，且爲解辨於在事者。公之再起也，既爲人所擠，某謂公當辭職。公曰：「上怒未怠，書上，且重得罪。」余曰：「雖然，義不可以苟止也。」公再疏告，果蒙譴訶，由此愈臬兀。自余往還公卿間，其敢以古義相繩，與用余言而不疑且悔者，自公而外，吾未之見也。

公待士出於至誠，士有道藝而不伸，如疾病之附其體。余獲交，實公禮先焉。每聞余下第，必面責主司。及鄉貢，相見於京師，愀然曰：「是非子之幸也。子終不遇，學與行可成。」癸未正月，公肺病甚劇，飲酒不輟。余勸公少止。公曰：「子知我者，吾少不能自晦，崎嶇仕宦，碌碌無所建豎，負聖主之知。今老矣，常恐未得死所，以至再辱，壽考非吾福也。」是日，引余坐特室，自述生平甚詳。余愴然心動。後數日，公扈從南巡。公入余出，蹤迹相左，遂不得繼見。

公文學官績，宜列於史氏。其孝義質行，鄉人子弟皆有述焉，故不具載。獨著其進退大節，與余之所私得於公者。公三試，自鄉舉外，皆第一。博極羣書，而與人居，久之，皆忘其爲名貴人，乍接之，不知其蓄學問也。公夙好余文，得余筆札，必命諸子寶藏之。其葬也，家人未嘗以誌銘屬余，而余自表於墓之阡，從公好也。

公生於某年某月某日，卒於某年某月某日。妻某氏。子□人；其長者三人，已見頭角。以某年某月某日，葬於某鄉某原。其辭曰：

公之生也，衆以爲賢，而自視乃缺然。公之歿也，人爲之悲，而樂之其如歸。更千秋而萬歲，孰能察公之時義，而識其心之精微。

都察院副都御史巡撫貴州劉公墓表

康熙丙戌夏，江寧太守陳公鵬年被劾。士民鳴鉦擊鼓，撞搪呼號，叩制府，問太守得過之由者，日數萬人。衢巷壅塞，居民不得出入。於時江西父老挐舟東下，爲贛南道劉公蔭樞訟冤，亦數千人。遠近爭傳：爲民所依而獲戾上官者，同時而得二公。

其後十餘年，余給事內庭，聞劉公至自喀爾喀，賢士大夫皆拊髀雀躍。公年於是八十有六矣。韓城張大司寇，余鄉試座師也。數言公迫欲見余，而筋力不能自致。余迫公事，晨入暮歸，又城隔內外，踰年竟未得一見。又十餘年，關中朱永濤以所爲秉燭子傳示余；公之昆孫乃均繼以行狀求表墓。嗚呼！余與公生同時，心相鄉；旅同地，而不得一見。外碑之文，尚曷敢以辭？

公韓城人，字喬南。性樸直，無游移。康熙丙辰成進士，知蘭陽縣。所興革，大吏難之，終莫能奪。擢刑科給事中，丁内艱，既終喪，補戶科，章數十上，以抗直見知於聖祖仁皇帝。每會議，反覆爭執，數梗要人所欲保薦者。轉贛南道，郡守與城守將比，重門稅以浚民。公詰之，陽奉而陰違。乃置酒邀守與將，甫就坐；僕二人白：「奉命市麥、布，門者索稅，留質在門。」二人色沮辭塞，乃盡革之。米市額稅，溢數十倍。公得其記簿，別委人收之，籍盈餘，官買田以抵牙稅。勒石永禁。署按察使，有重獄，督、撫各持所見，公柴立其中央，遂以失出罷官。

癸未，聖祖仁皇帝西巡，公迎於潼關。上遙望，即曰：「此劉蔭樞也。」傳至行宮，奏對。公立起雲南按察使。各屬府、州、縣，例用親信人坐省，與院司家僕、胥吏交結，呼吸相通。公首革之。有造蜚語謀叛者。戮其渠，散其衆。姦豪屏跡，訟獄以稀。就轉布政使，除科場雜派，賑凶飢。所措注皆順民心。遷貴州巡撫。年逾七十，精力益強，凡章奏皆出己手。其地苗仲雜處，民多僑寓。自前明安播始禍，國初水西大閧，號難治。公至，撫軍民，和吏弁，洞苗以綏。四川遵義民疾其吏，赴訴於公。具以聞，郡守以下，削職者數十人。一時鄰省有司貪橫者，多恐懼易行；中人自修飭。監司大府轉相告戒，檢察所屬。道路咸載其言。黔多山少田，每歲鄰省協餉二十餘萬，稍愆期，營伍號呶。公請豫發二十萬貯藩庫，格於部議者三；密奏，特旨撥發。會紅苗猖獗，兵餉夙備，衆乃服公深識。撫黔五年，以老乞休。上温旨慰留。會烏蒙土酋與威寧土舍仇殺。川撫問故，諸酋不出。請以兵臨。欽命廷臣出會蜀、滇、黔督、撫、提、鎭於畢節，質其成。公先至，騶從數人，寓荒寺中。諸公繼至。正告曰：「此小吏可了事耳。」命千總一人往招，威寧聽命；而烏蒙恃險，且聞諸大帥皆集，恫疑，謀阻兵。公使諭之曰：「欲求生，早出質；若拒命，必滅汝。」劉公在滇、黔久，曾失一言之信於吏民酋長乎？」遂皆出，服罪解仇。私相語曰：「劉公眞天人也。」

其明年乙未，澤旺阿剌蒲坦掠哈密。公疏言：「小醜無用大師；但宜愼擇人，核名實，安內地，重國本。」有旨命公：「乘驛赴軍前，周閱詳議。」公卽日就道，抵巴爾坤，行視軍營，上書言事宜，凡數千言。上命更視雪山回奏。尋改命復原任。公再乞休，不允。至黔，士民攀援，如見父母。數月，有旨休致。未幾，下刑部。部議：阻撓軍務，罪死。再發博爾丹地方耕種。時年八十有二矣。居四年，召還京師。聖祖燕羣臣七十以上者，公首坐。諭曰：「劉蔭樞批鱗直諫，但不知兵耳。」世宗憲皇帝御極，召見，愀然曰：「卿，先帝大臣。朕欲大用，然汝年力實不能勝矣。」公遂薦孫勷、王沛憻、陳時夏、王璋四人。乃賜御硯、朝珠、白金還鄉。雍正元年九月，終於家，年八十有七。

公耄期好學不倦。在滇、黔各五年，以教養斯民爲己任。重儒官，廣學額，建書院義學，朔日月半，躬進羣士而誘迪之。軒車所稅，見農夫孺子，必諄諄勉以爲善去惡，雖苗羅亦然。其在滇，築池口六河閘岸，自是海水雖漲溢，無傷田閭。自贛南罷歸，倡建韓城南郭石橋，修石路數千丈。民不病涉，行旅晨夜無壅。其自黔入京，子弟請從。不許，曰：「死於道路，與家庭何異。」自塞外歸，鬢髮之白者，多變而黑。生兒齒二。蓋實能以義理養心，而不奪於外物也。所著春秋蓄疑四卷，易說二卷，宜夏軒雜著二卷藏於家。

始公與陳公滄洲並以罷官名聞天下。厥後陳公蒙召，入武英殿，起霸昌道，巡視南河，世宗憲皇帝實授河督；而公以衰老，不復任用，海內惜之。然滄洲自守江寧，復起攝江蘇布政使，再起霸昌道，多者浹歲，少則期年，未及有所設張。及總督南河，適當黃流橫溢，以死勤事，而不見其成功。轉不若公於壯盛久任監司、大府，義事仁心，得實播於民物也。劾二公者實爲制府阿公山。阿公敭歷中外，以廉公著稱。其始至也，使親信人訪察江西官吏。所至爭承迎，惟公若弗聞也者。毀譖日積，故因事以斥之。其惡陳公，則以不從其令，而公事滯壅。及聞二公爲民所戴，實深悔焉。故余因表公之墓而並揭之，使當路而操威柄者，知凡於己有拒違及左右親信所非毀者，賢人君子多出於其間，則卽是爲聽言觀人之準則矣。乾隆十年冬十有二月，桐城方苞表。

武強縣令官君墓表

君諱朝京，字子孟，泉州安溪縣人。家福村，近李文貞所居湖頭。康熙丙辰，耿精忠既就俘，而山海之寇復起。妖人蔡寅聚衆數萬，行過不供資糧者，輒以徇。官氏聚族而居，時君已舉於鄉，爲族黨之望。檄至，子弟家僮環泣，莫知所爲。君峻拒之，而戒衆保險。會沈陰，賊未至，爲李文貞鄉兵所挫，福村無擾，由是義重於鄉。逮其孫曾，故老語及君，猶肅然。

君始爲莆田教諭；郡守知文貞重君，聞君貧食，少食而多糜；俾攝縣令及鄰邑教官。家人私慶，衣食自是可少充；而在莆九年，盡室餔糜無改也。戊辰，遷晉州武強令。會遼陽于公成龍巡撫直隸，喜猛鷙吏，急催科，而君屏鞭扑；下牒詰責，不爲動。方是時，耗羨尚未歸公，有司皆謂己物也；而君獨自刻苦，用代貧民輸不及額者。終君之任，邑賦無虧。

君歿五十年，其曾孫獻瑤成進士，改庶吉士。歸葬其親，以表君之墓請，曰：「墓故有誌，皆泛語無可採者；而瑤所聞於父祖者略如此。」叩以不載誌銘之由，曰：「拒山賊，不敢尸名以蓋鄉里，先曾大父之志也。爲邑宰，則事多忤於大府，時于公貴盛，故銘者以爲難。」且曰：「瑤事先生久，未有妄語於前。武強近畿，士大夫可周諏也。鄉邦則耳目衆著，敢以疑事溢言，爲曾王父滋口實哉！」瑤之請有辭，其事皆有迹可稽，故不辭而爲之表。

君壬子舉人，卒年七十有二，墓在近村世雅山，妻某氏祔。子五人，獻瑤世受重，其父緝熙，大父式玫。系曰：

余方成童，見里塾中爭傳孝感熊公陳時事劾輔臣疏。睢州湯公之歿也，堯峯汪氏誌其墓，於姦僉構陷，直言無隱。其後二家文集，於疏中指要，芟薙無遺；誌則目存而空其籍。異哉！告君之言，銘幽之文，當其時無懼也；而事後乃欲泯其迹，不亦悖乎！自是以後，昧者遂奉爲標準。凡士大夫直節昌言，概不敢以著於狀、誌。不知爲狀、誌而薇晦其先人，不若無之爲愈；而綴文者言之無物，益膚庸不足以自存。故因表君之墓而並著之，使爲人子孫及受其請而筆之者，知所裁焉。

內閣學士張公夫人成氏墓表

吾友腹菴既合葬其考妣，而以書來曰：「先君子行迹應列于史氏，而誌于幽壚者既詳矣。惟吾母之所以劬躬勖後，有足著爲表儀而興起乎女教者，不可以無傳也。願子有表焉！」

謹按：夫人大名成氏，相國、太傅諱克鞏之子，前相國謚文穆諱靖之之孫，翰林院庶吉士尚若張公之冢婦，而內閣學士樸園先生之妻也。夫人少事父母以孝聞，既嫁，而舅姑安焉。所以養生侍疾送死者，一蹈乎禮經。樸園先生爲諸生得一意于文學，當官勤職不以家事自累，皆夫人之助也。二子：長丙謙，以篤謹聞於鄉；次丙厚，以廉公著於朝，亦夫人之教也。

張氏自大司馬湛盧公爲名臣；庶常公繼起，與夏峯孫徵君講學河、漳，士大夫遊中州者皆歸張氏。夫人自姑卒，以冢婦理家政，凡饋獻賓客以及僕御芻秣，毫髮以上皆得其宜。其後樸園先生官翰林，爲國子祭酒，視學江南，生徒朋游日進。丙厚成進士，官刑部郎中，所交多一時名雋。凡服用所宜，賓祭之式，雖千里外，夫人常爲之節制；而內自宗族姻黨以及廝輿婢妾，無不得其懽心。

歲癸未，樸園先生予告歸。丙厚自交城內召，需次於家，與兄丙謙日捧觴爲樂。時夫人與樸園先生年俱七十，諸孫繩繩，五世一堂。夫人忽悄然不怡。丙厚問故，夫人曰：「吾何所不足者？但物盛而衰，吾祖宗之積雖厚，而受報亦過豐矣。無隳先德，以長吾憂，在若輩耳！」嗚呼！夫人所見，豈不類於知道者歟！

夫人性惠和，好施與。聞二子能緩急人，或濟人于難，則𨚗然而喜。二子因時勉於善，以爲夫人懽。夫人病革，猶趣丙厚置義田千畝，以周宗族之無依者。夫人卒於康熙丙申九月二日，後樸園先生凡三歲，享年七十有九。

苞舉於鄉，樸園先生實司科試，爲門下生。又嘗館苞於使院；日接中州人士以及張、成二姓之族姻。故得夫人之事爲悉，而知丙厚之無溢言也。於是據所述，而表於墓之阡。

墓誌銘

明故兵部郎中劉公墓誌銘

崇禎十七年春三月丙午，賊李自成陷京師。越日，出殯東華門外。有明臣擗踊號呼以前，哭三日無停聲，伏地昏然且死。其家人迹之，而負以去。時衆方閧，竟莫知爲誰。其後李國楨死于山陵，一時遂爭傳爲國楨事；而習于國楨者，又按時日以推其迹，而以爲無有。

康熙己巳，余遊眞江，遇蜀人劉孟易，偶言明季事及此。孟易蹙然曰：「是吾先子也。甲申城陷，失先子所在。僕丘文求索數日以歸，則昏然迷人事矣。越日而蘇，卧疾數月，常忽忽自恨。賣卜燕市，居六年。病且革，泣而曰：『吾昔擗踊東華，見大行皇帝短衣裋襠；先后繼以小牀載至，鼻有傷痕；易棺再斂，藉灰掩紙而已。我死，斂用灰數斗，紙覆之。加於此者，子爲不孝，戚友爲不仁。』」因出公手書遺令示余。又十年而孟易改葬公于金陵，求銘於余。

余觀公之生也，不欲以此自暴；必不忍以垂死之言欺其子；而國楨之事，雜出于一時紀事之書，著于南渡褒卹易名之典，又非可苟冒也。豈臨于梓宮者公，死于山陵者國楨，而世傳爲一人事歟？此跡之衆著者，經時未久，而已難得其實如此。此古之人所以重于爲史而不敢自任也。然吾觀百家所記，往往同事而異其人；而太史公之書有一事再見，而彼此相抵者。豈非傳聞異辭，無所据以考其信，故並存以不廢歟？然則公之義又惡可沒哉！

公蜀邛大邑人，崇禎辛未進士，由司理累官兵部郎中。嘗讞大獄，陳時事，再忤莊烈帝，特命謫官。初娶金氏，生子孟鼎；再娶汪氏，生孟京及一女子；又娶傅氏，生一女一子。子卽孟易，女與前夫人子女皆在大邑，蜀亂，不知所終。公生於某年某月某日，卒於某年某月某日。前夫人已葬大邑，今祔者獨傅氏夫人，生於某年某月某日，卒於某年某月某日，與公合葬京師某原，今遷葬金陵某鄉某原，從公遺命也。銘曰：

胡守道執義，而仕再而顚？胡遭變砥節，而迹晦於人言？苟魂魄之不愧，諒無恨于重泉。

邵懿辰曰：「誌劉公，不著其諱，殊可怪。按：明史據魏禧言，辨國楨死義之誤，斷爲降賊後爲賊考掠死。則東華哭拜之爲劉公，明矣。」鈞衡曰：太學題名碑錄：崇禎辛未進士有劉養貞，四川夔州府大邑縣人。殆卽此人歟？

翰林院掌院學士兼禮部侍郎湯公墓誌銘

公諱右曾，字西涯。先世海鹽人，明永樂中遷仁和。祖瑞州太守，諱之奇，始中乙科。

父諱頤和，發聲庠序。公少異敏，既冠游京師，聲華壓儕輩，名貴人皆延頸願交。丁卯，舉京兆鄉試，弁國子生。戊辰，成進士，入翰林。庚辰，改刑科給事。由右通政歷光祿、太常卿遷通政使。特授翰林院掌院學士兼禮部侍郎。尋遷吏部右侍郎兼掌院事。

公在諫垣，所條議甚衆，而豫荒政，釐邊儲，緩燬鑄，糾督撫、監司養姦蠹民，其語尤著薦紳間。丙子，主貴州鄉試，丙戌，充會試同考官，皆廉公號得人。及視學中州，杜苞苴請託，絲粟不取之官中；勸學厲教，終事無一語可瑕摘。

其司通政，奉命副少司寇某赴廣東讞楊津叩閽獄事成，議傅法，同官拱手受成；歸報，果當上心。及貳吏部，其正乃白山富公、遂寧張公。二公夙廉辨有威稜，得公協心相助，甚歡；而遇事或異議，二公多黜己見以從公，未嘗以爲忤也。自富公督師西邊，惟公與遂寧公爲衆望所注；而遂寧公時承使以出，則公獨當之。公性明達，凡案牘涉目，即洞其姦弊。選人有挾大力者以要，必破其機關，使終不得遂。由是干進射利者皆蓄怨於吏部；而遂寧公在事久，見知於上深，莫可搖動，遂爭爲浮言以撼公。公早歲知名，交遊滿天下。在翰林十年，日與士大夫流連詩酒。及改官諫垣，列九卿，則閉門謝親知，孤立行一意。以故館中後進及羣士亦不能無望焉。辛丑六月，上命政府諭公：解部職仍掌院事。時公抱羸疾已踰年，入秋遂劇，次年正月竟卒。

始公以文學見知於上，院中擬撰祭、告、記、序之文，出公手或經改削，奏必稱善。其遷吏部赴熱河行在，上問公詩。以旅舍所作文光果七言律一章進。頃間宣示御製詩一章，目爲詩公。聞者驚羡，度公進用且不次，而十年不調，卒奪一官。以公恃上恩遇，不恤人言；又於故舊或不能無偏厚，而衆遂指目爲口實也。余與公交近四十年。公既顯，余勇於責善，或衆人所難茹，而公終不以是疏余。故憫其困於人言，不獲終上之恩遇，而略舉聞見所及，以傳信於來者。

公有至性，四歲時，瑞州疾篤，夢中驚呼或攫阿某去。卽應聲曰：「某在此。」自是不離寢榻。少孤，自隱傷。及貴，置義田以收族；所遺於子若孫者，不能校豐也。其詩既刻者曰使黔集，餘藏於家。

公生於順治十二年正月，享年六十有七。元配劉氏，誥贈夫人。子六人：在官、在藻、學植俱先公卒；學聚後公卒；今存者，學基、學顯也。女子五人，俱適宦族。以某年月日葬於某鄉某原。銘曰：

胡達之易而行之艱？謠諑抑报，其徒乃實繁。方其生也，宵壬以爲憤，而君子亦責之備；今其死矣，賢者爲之悕，而衆人亦有餘思。幽靈有炯，徵此銘辭。

彭訒菴墓誌銘

君姓彭氏，諱佑，字承吉，號訒菴。始祖宋東京留守參軍忠扈，隆祐太后南遷，遂居南昌。七世祖制使義斌，眞定之戰，與弟五人同日死，事載宋史，家聲顯江右。至明季，衣冠尤盛，諸父昆弟多顯仕。君既冠，而諸公皆次第罷歸。父禹功，尤砥學行，深藏不市。君遂力田以養，且耕且讀書，足跡不至城市。父母歿，年近四十，始有四方之志。

君才略過人，諸大帥爭致之幕府，而名績尤著于粵東。時三藩逆亂，君與寧都魏際瑞以策說平南王不合，遂遊諸方面間，而制府金光祖雅重焉。劉進忠畔，官兵合圍潮州，議繞營掘濠；而近營塚數百，居民洶懼。君詢知其俗多深葬。語光祖：「掘濠計誠便，第深廣踰常，民且以役死。莫如寬上狹下，如釜形，斜深丈許，即無傷墓中骨。」光祖稱善，因屬役於君。民大憙，未幾城下。君在軍數年，倦遊將歸。會海寇趙子龍犯肇慶，欲招之降而難其人，強君往，至則露刃相向。君屹然注視良久，曰：「若非濠牛街趙某乎？」趙屯胄涕泣，立解甲歸順。始趙居廣城，衆辱之于市；君解之，與白金爲生計，故一見而屈云。光祖將上功，用君攝監司，而君遂行。抵廣州，撫蠻滅寇將軍傅宏烈以書幣迎。謝曰：「公惟伉直，輕信人，勿蹈賊計！吾二親未葬，子幼，不復來分憂矣。」已而賊詭計約傅入營，果遇害。

君在軍，諸公所遺金幣，皆隨手散。至家解裝，僅買屋兩楹，田數十畝；而葬四世十喪，凡族姻及朋友之子不能殮不能娶者，多代營焉。生平志節伉慷，遇王公無所屈。履險歷變，坦然如平常。及家居，豪暴人侵淩詬誶，避之如畏然。

君近四十始出遊，旋歸；數年復出，至五十竟歸。始出遊，娶夫人郭氏，近四十矣。後舉四子及孫，皆登甲乙科，一子官翰林。君年九十有二，夫人八十有二，實親見之。夫人江寧名家女，善治家，子貴後猶勤內事，與君布衣蔬食，蕭然如故云。

君生明天啓癸亥七月二十三日，歿今康熙甲午九月十六日。夫人生崇禎某年月日，歿今康熙甲午某月某日。子廷典、廷謨，並戊子舉人；廷訓，翰林院編修；廷詔，癸巳副榜。女一，適士人。孫五：長元瑾，與廷詔同中副榜，貢太學。以某年月日，合葬某鄉某原。銘曰：

既挾策以干時，乃成功而不尸。嗟心迹之相判，繄惟君其自知。

顧飲和墓誌銘

君諱一本，字飲和，故編修江都顧公諱圖河三子。公以詩振聲淮、海間，登上甲，鄉人榮之，故諸子皆近文章。余會試出公門。公喪自楚歸，始見君江寧舟次，隨赴弔至君家。

君從諸兄後，退然未嘗一接語言。其後，君師吾友胡襲參。襲參言君好書，稟氣不類世俗人。

君娶于江寧龔氏。其俗不親迎，而母將女至壻家，爲苛禮以抑壻，一夕稽首至二十有四，妻之母坐而受之。古者九拜，稽首最重，非君父無所施，而數止于三。見于傳者，惟楚臣申包胥乞師秦庭，九頓首而坐，外此無有。唐顯慶禮：「子拜，父坐、母立受。」事妻之母隆于君父，最陋俗之宜革者。偶爲君舉之。君遂執禮以爭，婦家陳說百方，卒不可奪。余自是知君植志果異于衆人。

君家大橋，遠城市而多故家，族姻比屋居，林沼相錯。余每至君家，君兄弟常靜習宅後小園，竹樹蓊翳，誦讀聲鏗然。間引余過旁舍，亭廡籬落，泉石花蒔，無不可愛。余嘗謂君：「吾輩爲衣食謀，促促至衰老。學不殖而落，行溷于俗，皆此之由。子年少守先人田廬，諸兄持門戶，俯仰泰然。用此學古人之學而企其行，孰相難者？」君忻然，若有意於余言。自余遘難北徙，違離五六年，未知君所造竟何似？而君伯兄友訓以書來訃：君中暴疾死矣。

君侍母疾，服勤羸其躬。居父喪，毀瘠稱禮。邇歲約諸史之文，欲自成一書，絕筆于南史。卒之前夕，猶編錄不自休。友訓云。君生於康熙己巳三月，卒於乙未七月，年二十有七。子季炎，甫四歲。以某年月日葬於某鄉某原。銘曰：

有軏其萌，而或剔之；有坦其行，而頓踣之。惟縱浪于大化，孰究測之？

長寧縣令劉君墓誌銘

康熙五十三年冬，山陽劉長籍主余家守選，得廣東長寧令，索余文贈所處。余曰：「吾何言？世有不必見其政而知爲循吏者，子是也。俟子政成而書之，所言不更有物乎？」君曰：「然」。長寧去京師水陸數千里，計程當以次年仲夏抵治所；而杪冬見除目，則君死矣。辛未、壬申間，余初至京師。士友爭傳：太學生教習考滿，有恥干謁而黜于吏部者曰二劉君：一無錫劉言潔，一君之兄紫函也。時未得交紫函，而從言潔悉其爲人。及丙子，始識君於京師，一見如舊。蓋余以夙知紫函故親君，而君兄弟亦得余于言潔也。

君體羸，好讀書。善琴，得雅聲。余每疲疴，輒就君聽琴，一再鼓，心常洒然。其後往來南北，過淮必館君家，淹留信宿。君與紫函率子弟從問文章，酌酒引琴，每夜分猶不能罷。及君就選，余難後志氣益衰，老母沈疴，君主余家凡數月，而未得一聽君琴。君顧余促促，每悄然不樂。

將行，謂余曰：「粵東物產爲天下饒，而近羸敝。中家以下，舍姦盜無以爲生。由吏者皆以爲沃區，而多求以耗之也。吾幸有舊業，誓絲粟不取之官中。」而君之死忽焉，豈此方之民當困于貪殘，而不獲承良吏之休澤，亦有數存乎其間邪？

君晚學古文，常出數篇示余，簡而有意。故欲得余文甚切，乃竟不克及君之生而爲之，故誌其墓以慰君于幽，且以紓紫函之哀。君諱永祿，丙子順天副榜。生於康熙某年月日，卒於某年月日。妻某氏。有女三人，以弟之子某嗣。某年月日葬於某鄉某原。銘曰：

大原高陵生良材，尺截寸斲人所哀，況毁不用徒爲災。

誥封內閣中書張君墓誌銘

君諱丙謙，字爾牧，磁州人。自身以上數世皆顯仕，弟及二子舉甲乙科，而君未三十，即絶意仕進。君少與弟腹菴爲名諸生，鄉人屬耳目焉。張氏故華族，自君曾大父司馬公顯功名于河朔；大父庶常公與孫徵君講學潭、滏，爲海內士大夫所宗；父樸園公復官翰林。三世親賓造請醼餽無虚日，而家淸白，芻薪常不屬。君曰：「不可以憂我父母。」因自請治家，而使腹菴一意于問學。腹菴之舉京兆、成進士也，君如身有之。其守官中外，所至有能名，君如身致之。

江南佳山水，樸園公視學，君獨以持門戶留。及公偶抱疾，君聞馳省，時河北、山東大水，昏驅宵涉，剋日而至。公大懽，遂脫然愈。太夫人成氏在江南，遘末疾。其後樸園公予告歸，亦未疾，而公念國恩，必欲腹菴宣力于朝。君獨身調護二老人，在視眠食，毫髮皆節適。其不脫冠衣，久者至三月餘。及二親皆篤老，腹菴始得歸養，而君自是憊矣。君之卒也，後樸園公百五十四日。其疾也，以哭踊，足弱而顛。時君次子坦官京師，彌留中無一語及之。獨連呼曰：「負吾母。」

君性慈良，無畛域。里嫗疾。術者曰：「必哆囉呢大赤者，灰之以和藥，乃可療。」君聞，裂所服而予之。州尹某，無故相陵侮；適名貴人與君有世講，奉朝命過州；尹使人微伺；君語及之，終無一言毀傷。遂慙服。觀君之器量，使得施用，所就當何如？然迹其隨境而自力者，亦可以無恨矣。

君爲州學生，以坦仕，封內閣中書。卒於康熙甲午八月二十七日，享年五十有七。其先世名籍具有傳誌，故不載。前夫人劉氏，先君卒。以某年月日合葬於某鄉某原。子五人：長塏，辛卯舉人；次坦，壬辰進士；餘皆幼。女二人。銘曰：

寧竭注而無餘，抑深中而不見其所施？知德者鮮，惟君其近之。

李友楷墓誌銘

康熙己亥秋七月，余在塞上。同年友李聖木自安德以書來，爲其從兄友楷乞銘，曰：

「先君子與先世父，期之兄弟也，以先君子後小宗，爲大功之兄弟；而從兄少孤，先君子視猶子也。從兄無子，先君子以吾之子褒光嗣焉。以吾與子之交，故褒光願有請也。昔吾世父之歿也，從兄年十有一，事大母及母已能盡其懽，長而於族姻無間言。勤禮而務施，鄉之人無不愛也，每得時珍致遠物，必爭先以餉遺，死之日轉相告，如失其所依。先君子之喪，從兄立裳皆功布。或詫之。曰：『雖降服，猶大功也。』有姊適張氏病革，以幼子女屬焉，挈以還；女有歸，子授室，成家而後反之，年近五十矣。先從兄蓄德而隱於時，又不幸無年，微吾與子之交，法固宜銘。」嗚呼！果若所云，則友楷者，豈不誠鄉之良士哉！余與聖木違離久，而各衰病，重違其意。又念其平生，知義人也，豈以未有之善誣其兄哉？乃據所述而譜焉。

君諱栻，字友楷，先世商河人，自高祖始遷德州。曾大父諱大華，舉孝廉，爲武強令。大父諱誠明，即聖木本生祖也；父諱深，並州學生。母呂氏。妻趙氏。子即褒光。君生於順治己丑六月十有九日，卒於康熙丙子正月十有七日，以己亥九月晦日葬於城東老莊之新阡。銘曰：

生可樂，衆稱賢；死無憂，繼嗣延。銘以永世，亦何懟乎無年？

楊千木墓誌銘

乾隆二年夏四月，鍾君勵暇自淮南告千木之喪，乃帥子姪爲位，南鄉而哭。浹日，其子健書至，曰：「先君子之終也，遺令毋訃，毋作行狀，毋求誌銘。且命曰：『吾游好皆在遠方，訃則喪紀難通。吾官江、淮、河、濟，皆要綰水陸五會四達之區，其詛其祝，衆載其言久矣。族姻朋游間救患分災，養生送死，事微細不足播揚，且難爲受者地，非所以處厚。知我者，惟望溪先生。以死之時日告可也。』」

嗚呼！惟余知君所以命其子之意，而忍君志事之沈沒乎？余少以窮空餬口四方，常思得聖賢之徒而師友焉。既不可得，然後陰求負才能有濟於實用者；中歲始得長沙陳公滄洲及關中白斑玟玉，又其後得君。時玟玉已死，每爲滄洲道君之爲人。及君爲河官，而滄洲巡視南河，以書來告曰：「楊君信天下士也。」洪澤異漲，水冒高堰沒餜。君使吏卒更番楗葦茅以護堤，而身督教之，晝夜植立水中，凡四旬有七日。民以安堵，聲績自是顯著。遷運河同知，擢濟寧道。獄訟者爭赴焉，廉使所司案牘爲之稀。河、濟間至今皆曰：「河官而兼民治，實德在人者，惟閩中余公甸及楊公二人耳。」

君少慕俠客之義，常冒顛危，脫人於急難，而不拘小節，禮法之士多毀之。余以戴名世南山集牽連，始識君於刑部獄中。君名世友也，以計偕抵京，會獄起，卽止不去。有司以大逆當名世極刑，聖祖仁皇帝寬法改大辟，而衆猶蕩恐，刻日行刑，親戚奴僕皆避匿。君曰：「孰謂上必使人覘視者？其然，固無傷。」獨賃棧車，與名世同載，捧其首而棺斂焉。用是名動京師，諸公貴人爭求識面，謝弗通。以余盡室入旗，老母北上，復留踰歲。癸巳春，特開萬壽科，諸公皆注意於君。君喟然曰：「此之謂依乎仁而蹈利也！吾恥之。」遂趣裝赴南河自効，不復與有司之試。君爲河道時，以父入鄉賢牒上禮部，通書査侍郎嗣庭。嗣庭獲罪，籍其家，得君書，遂坐黜。君旣歸，匿迹郊野，平生知故造門不見。朱相國領京畿營田，思得能者自助，余以君對。君聞之，以苦言謝公。今天子嗣位，搜括羣材，有宿負者，多見湔滌。朱公曁余將合辭訟言於朝，而君疾已沈痼矣。嗚呼！才足以立事，而不侵爲然諾，尙有如斯人者乎？嗚呼惜哉！

君諱三炯，浙江諸曁縣人。少治時文，疎朗無俗調。中康熙乙酉科鄉試第三名，卒於乾隆元年十二月二十一日，年六十有七。父諱式金，縣學生。母某氏。妻方氏，繼娶余氏。子二人：次傳，先君卒。以某年月日，葬於某鄉某原。銘曰：

交不附勢，仕不墮名。託儒行而僞，孰與爲義俠而誠？蹇離尤以沒世，耿無昧於平生。

弟屋源墓誌銘

弟式濟字屋源，與余共高祖，以叔父都水公出嗣，無屬服；而余世母，則所嗣僉事公吳宜人之兄女也。故弟總角余即數見之。厥後叔母與吾母志相得，兩門子姓睦洽如同宮。

都水自守選，即挈家以北；而余往來京師，亦十餘年。時弟受學於吾友劉君北固。余與崐繩數息北固寓齋，辨論經史，衡量並世人材，弟嘗輟業傾聽。余間候都水，入北堂。弟適歸，備舉旬月中吾輩所言，參互以相質。移時，忽仆而瘖，目瞑齒閉，大驚宅內人。叔母搏膺而呼，久之始寤。翼日，余往視。叔母曰：「汝毋懼而自嫌，兒樂聞汝言，過於其師也。」

戊子舉京兆，己丑成進士，制義爲時所推，又以其間攻詩辭，名稱益著；而以南山集牽連，宗禍作，都水下獄。叔母在江南，弟經畫注措，皆中機會。獄辭上，邀寬法外流，自知不免，則多方以脫族人。始部檄至三司會鞫，天屬中有齮齕都水以求自脫者，並螫亡弟之嫠。余目擊駭痛，堂下隸卒皆心非而竊詈之。及抵戍所，軍吏議分戍黑龍江墨爾根各路。其人老無籍，恇懼不知所爲。弟曰：「無相猶也。」罄裝齎，稱貸於賈人以移其議，戍得無分。

都水盡室皆死於遼海，而弟亡於父母及妻之前。故聞其喪，親暱朋好若疾疢在身，疏逖者亦愴然而不適。然弟身後，長子觀永、次子觀承以孤童勤營於內地，而匍匐萬里以紀大父母、母、弟之衣食；此出彼入，歲相代以爲常；卒邀恩例，身奉四喪挈幼弟而歸，以定窀穸。弟之身郎存，所望亦至是而極矣。其在戍，篤志經學，所著易説未定稿六卷藏於家。祖諱兆及，山東按察司僉事，分巡濟寧道。父諱登嶧，工部都水司主事，有依園集、葆素齋集行於世。母任氏，歲貢生堡女弟，卒於康熙丁酉年二月，年四十有二。妻巫氏，平和縣令元東長女，卒於雍正己酉年正月，年五十有四。幼子觀本，在戍所生也。女一人。以某年月日葬某鄉某原。銘曰：

履顛危，義不疚；處怨惡，仁能厚。家雖湮，色養伸；死歸骨，隨二親。惟天命之無歟，知作善之不迷。

刑部郎中張君墓誌銘

君姓張氏，諱丙厚，字爾載，號腹庵，河南磁州人也。自曾大父司馬公以下，世爲名貴人。君年二十餘，舉甲、乙科。好射獵、飲酒、歌舞，盛服玩，而倜儻有奇氣。君父學士樸園公視學江南，余與魏忠節曾孫方旬同客使院。其後方旬夭死，父老子幼。余通書於君。浹月，而其父來告：「公子屬吾鄰郡通判，歲給三十金。去官乃止。」吾友崐繩歿，子兆符貧無依；時君罷官家居，余命抵君。君曰：「吾田可分，宅可割也。」立與百金，俾迎母妻。遠近親故孤嫠聞之，多盡室而往，君皆館焉。冗食者百餘人，家人苦供億。君曰：「吾平生妄費，惟此少近正耳。」

樸園公患君耗用，陰命君兄爾牧守藏。及爾牧病篤，始命君稽其數，而語不可辨。其繼室曰：「吾不知。」君遂不復問。樸園公及爾牧相繼歿。爾牧諸子異母，或不能平。君戒勉，而命各以意占田宅之近者腴者，而自取遠瘠，括餘財悉推予之。自是母子兄弟無間言。置義田贍族。鄉人緩急叩門，未嘗以有無爲辭。久之，無老稚背面皆稱腹庵公。

始君令交城，輦家財代貧民出賦。爲刑部郎中，凡勢家請屬，長官力不能支，則使君主斷，衆皆避之。年羹堯總督川陝，與君故，固請以往。盧中丞傳語：「將委署內地監司。」君曰：「吾田宅園林，聲妓圖畫，足以休老，何所不足者？徒以少負氣，世受國恩，常欲答兵絶塞，爲是以來。」江東方望溪以書責余曰：『子之西行，危若朝露。』今乃以監司屈邪？」時巡撫、總戎旅見羹堯，盡階則膝行以前，而君長揖，屹然衆人中，如是者三。遂自陳願咨部候補，尋卒於京師。

始君與余交，余常落落，而君暱就余。或構曰：「方君謂子紈袴，全無知。」厥後，君心賤其人，且覺其憾余，乃告余以構語。及余以南山集牵連被逮，至之日，冢宰富寧安與司寇雜治，命閉門毋納諸司。君手牒稱急事，叩門而入。問何急，曰：「急方某事耳。」因陳古義以勖富公，聞者莫不變色易容。語具余癸巳結感錄中。嗚呼！如君者，乃古所稱跅弛之士也，而不得一試其用，以顯功名。徒以貴遊豪侈，爲衆所譏；其知者，亦僅目爲任俠。故君遇非窮，年非促，而實賫志以歿。惟余知之，不可以弗識也。

君卒以雍正二年某月，享年五十有九。母戚氏，相國、太傅諱克鞏之子，前相國文穆公之孫也。妻崔氏早卒，繼室王氏。子長壬，次坱。女一，適宦族。君之父母及兄，余皆有表誌，故系世不具。以某年月日，葬於某鄉某原。銘曰：

命於衆爲豐，遇於材爲窮；行於俗多詫，志於古多同。吾爲君銘，信而有徵。

大理卿熊君墓誌銘

君諱暉吉，字孚有，號梅亭，江西瑞州府新昌縣人。雍正癸卯舉人，甲辰進士，館選授翰林院編修，沈靜無所知名。今上嗣位，詔編、檢以上及六部郎中皆得上書言事，不由通政司。一時傳君封事已付進奏吏，而愛君者，懼其不自量而有過越之言，代君徹還。由是衆始注目於君。其後上命翰詹科道，按日分班，箚進經、史附己意論說。君所進無膚言。乾隆二年，上親試翰、詹，君以侍講降原職。及庚申七月，復擢侍讀，轉庶子。十月，遷侍讀學士。蓋至是而君之忠誠，上已灼見之矣。辛酉，充日講官，召對，尋改通政司右通政。半歲中，遷太僕，晉大理卿。君久疾，自改官，益沈錮，以大理事殷，固辭且告歸。有旨在京養疾。用此雖列九卿，未嘗一日入官次，而衆信其必有以爲。

余自掌武英殿修書事及三禮館，皆引君自助。數日不見，卽缺然如有所失。君疾甚，猶矻矻錄余文不自休，見余言動，輒私記之。壬戌孟夏，余得告將行。始以其稿視余，時余已心慼君疾之必不起，而君體國憂民之志未嘗少衰。及余歸未浹日，而見君之遺疏。嗚呼！以天子之知人善任，而不獲良臣之助。以余之衰殘，幸得共學之友，而終無以寄其志事，其隱痛豈有涯哉！君之遺疏，士多手錄而篋藏之；而庸者則曰：「是乃公輔舊臣之言，疎遠新進豈宜及此。」嗚呼！此君之死，余所以重爲世惜也。

君生於康熙三十六年九月，卒於乾隆七年八月，年四十有六。曾祖迎龍，縣學生，國初邑被兵，遇賊，以身蔽父受刃，傷額角目睛，鄉人稱孝義。祖之震，學優不仕。父夢求，康熙己卯舉人，彭澤縣教諭。前母寧氏，母蔡氏。妻漆氏，繼室張氏。自祖考妣及妻，皆於君授侍講時，得封如例。子某某。將以某年月日葬於某鄉某原。來乞銘。銘曰：

言已進而或止之，仕已伸而疾已之。君之所蘊，世莫得而擬之。我求其儀，古藎臣其似之。

少京兆余公墓誌銘

君姓余氏，諱甸，字田生，福建福州府福清縣人也。自爲諸生，即以名義爲己任，好面折人，於善類操之尤切。用此，修飭之君子亦不樂與之居；同俗趨勢利者，聞其風豫懷疾心。

康熙丙戌，成進士。初試江津令。時西事起，澤望破藏，連青海諸番，謀窺川、陝。年羹堯巡撫四川，加正賦，通私茶，猶不足以奉戰士，多額外急征。檄再三至，君不應。乃遣內丁持印文告諭。自朝至日晡，君不出。使者譁。乃開門坐正堂，命反接。衆相視不敢動。君馮怒。乃共推曳，伏之地。投六籤，丞、簿皆曲跽爲請。須臾，士民集堂下者，數百千人。耆老數十升堂，以身蔽使者，告哀曰：「公何難棄官，但我民自今無怙恃矣！望哀赤子無依，寬使者法。」久之，乃命釋縛羈候。越日，使者因弁吏索原文。君曰：「還報大人，我所戴也。斥之，傷衆心；不去，百城玩令。」會行取，遂以君應。無子，閉門待劾，原文已間道付二三執友矣。」遠近驚駭。旬月，聲震京師。羹堯曰：「此民

入爲吏部主事。時冢宰張鵬翮久爲督撫，入掌諸部，號爲剛直。少宰湯右曾聰明辨察，吏不能欺。不惟官中無能異同，九卿廷議多取決焉。及君至，屢與齟齬，固植不移。凡

會議，直前爭辨，盈廷愕然，終不能屈也。主選二年，權要富人子求速化者，多爲所格。長官喜得君以有辭，而亦陰患其戇。間絀其議，君怒，求退甚力。吏胥大喜，私語求進者曰：「毋躁！此君將去，必可得也。」君聞之，條列文書達部及已駁議而未奏者十餘事，曰：「凡此皆作姦巧法，易爲所蒙。必上聞，吾乃去。」長官許諾。乃探懷中出告歸牒。旋丁父艱。既免喪，猶廬墓側不歸。集古金石法書，作隸篆行草，徧考諸史。與知故盤旋，若將終焉。湘潭陳滄洲每歎「並世無豪傑，並少趨死不顧利害人」，余以君告，曰：「斯人其次矣！其伉直，大類吾子。」及滄洲督河，首薦君爲兗寧道。士民聞君至，訟獄者爭赴焉，幾奪廉使之政。久之，廉使及巡撫所已弊亦赴愬於君。君剌得其情，反覆申列，必大當乃止。滄洲歿，齊蘇勒以工事劾君，士民相隨聽勘者數百千人。蘇勒巡工至君所部。父老結綵，手炷香，稽首於舫前，請登岸受萬民瞻拜。擁肩輿至廣原，升高座。聚者萬餘人，四面環拜，投香於地，高如丘陵。齊呼「還我余公！吾民萬世尸祝」。河督大驚，慰以寬言。衆皆涕泣，曰：「吾民愚，非得實據不敢退。」河督許拜疏，出矢言。衆乃散。世宗憲皇帝聞之，立召君入見。退語執政曰：「吾又得一直臣矣。」擢山東按察使。政聲少減於爲監司時，以君自始仕，意主以善感人。又謂近聖人之居，宜崇禮教，輕刑罰；不知頑梗不可遽化，故民未見德也。逾年，入爲少京兆。君歷官，皆盡革陋規。其陳臬，憐囚徒不能自衣食者，酌取商人歲餽三之一以貲給之，兼完囹圄；修學宫、書院，聚教羣士；委有司公用注籍。會繆沅勾察山東鹽政，列參君。解官出質，讞成，回籍追補；而閩人或私相訐摘怨家題楹詩句以爲怨望，乃君所書也。唐張籍詩：「有官止作山林老，平地能開洞壑幽。」有司欲假此自爲功，復致君於獄。事未白而卒。

君爲人，辭色雖厲，而虚中樂善，出於至誠。巡撫某嘗疏薦海豐令湯豫誠，擢知兗州府事。謁謝。曰：「此上意也。子見兗寧道自知之。」及見君，叩曰：「子與吾友望溪，何交也？」豫誠曰：「某知世有方子，方子未必知世有豫誠。」君曰：「吾蒙詔入覲，及郊。方以書來曰：『恐不得與子相見，山東廉吏，無如海豐。』子何道與相知？」豫誠曰：「某不知也。」君甚喜，已而相視泫然。君既殁，豫誠每流涕爲人道之，聞者感傷。歷官之地，父老子弟皆羣聚哭奠。

丙戌會試榜發，余以母病遄歸，未與殿試，同榜生俱未面。君入爲吏部，始造余，出所刻四書文，則序之者余也。作而曰：「甸之文，子宜知之。然子知吾文，未若吾之自知，故代子言。」遂相與爲友。其再入爲京兆，僦屋近吾廬，要言：公事畢必相過。余退直少暮，輒曰：「何爲是栖栖者與！」及出就理，執余袂而唏嘘曰：「吾平生臨大難不懼。此行自忖不宜有大咎，而心搖搖。豈吾氣衰，死期將至邪？」余曰：「聖天子在上，子何憂！」君曰：「中外狺狺，吾恐思見君而不再得矣！」又曰：「古之君子，達可行於天下而後行之。吾輕用吾身，以困於羣愚；終無以報君父，悔其可追？子愼毋再誤哉！」

君晚而有子，方四歲，君出質，余間日必往攜持。叩之閩人，今長成將冠矣。索君之行狀，久不可得。乃略舉人所共聞知，及與余爲交之始末，譜而銘之，以歸其孤。銘曰：

有虎負嵎，或編其鬚，甘爲攖𦆽，而得亨衢。既結主知，謂宜遠施。張辟四設，殁志長齎。斯民則直，士論惟公，令名無隕，是亦有終。

高素侯先生墓誌銘

康熙三十九年春正月，苞以鄉貢就試禮部，而吾師宛平高公遘疾危篤，踰月遂不起。畢含斂，浹旬而苞放斥，以事南歸。公之弟若子就而屬曰：「銘公者，子爲宜。」苞自惟草鄙樸學，少混迹於樵牧之間；知其異於衆人之爲人者，實自公始。所以教誨扶進周卹之勤，十年如一日。今其心之勤企而思報者，既無道可以自致；卽欲復接公之形貌辭氣，而道其憂喜合散之情，終不可得；而公往昔所篤好，惟苞之文章，苞忍不銘？公之仁孝大節與夫文學治行之美，自朝士大夫以及鄉里遠邇、所嘗臨涖之吏士皆耳熟焉；至於隱微所蓄積，則雖故舊未能究知，而公亦不欲自明也。

公少有至性，生十二年，而太公鵬飛先生以吏事被誣，謫瀋陽。公涕泣號呼，欲上書闕下，請以身代。衆皆駭遽譁笑，以爲孺子言，莫與承聽者。久之，志不伸。行訣時，泣曰：「兒不能發憤致身，使父生還；十年後當獨身依戍所，不復言歸矣。」自是日夜刻苦於問學，丙辰遂成進士，入翰林。會以地震推恩寬在法者。公請於朝，天子惻然感至情，詔許贖歸；而方是時，家無絲粟；乃涕泣曲跪，告於同官暨鄉人，傾身以營。踰年，而太公得歸。方是時，公仁孝之聲震天下，而終公之身，或有以此譽者，輒顏怍於外，蹙然若無以容。

公於身所處，確然識其定分，不可以利害奪也。於事物微見其端，卽知其後成敗得失。苞嘗謂公才識使盡出之，必卓然如古人之有立；而公常深自晦匿，守法循理，效其職而止，不爲峻激過越之行。苞嘗從容叩所以，公曰：「吾固知子之不能釋然于吾也。吾親篤老矣，困於憂虞者越數十年，而今乃有一日之安。吾所以自奮者，豈遂無日邪？」公侍太公，至壯且老，容色如嬰兒；動靜、作止、語默之間，所以承意觀色而處其宜，皆古禮經所未嘗云，而自公體之，乃知衆人之多忽也。公少善草書，詩詞雅健，有古作者風力，可傳於後，邇年亦不復置力。侍太公之暇，常居于內，問之僕御，則太夫人好公覽雜記，陳說其義，以爲歡樂，率以爲常故也。

太公出塞時，公貧無以爲生，晝則從諸昆弟坐列販鬻，夜中且泣且誦書，每達旦不自覺；嚴冬常服短布單衣。寢食迷節，氣滯腰脊間，遇勞苦憂煩輒作，凡二十餘年。己卯冬，太公考終。公方有疾，太夫人命勿備哭踊之禮。公強承命，而痛積於心，數日氣滯處，毒發如大盂。醫者入視，出而曰：「是氣結淤爲流痰，所注久遠，成形于內者，亦數年矣，法不可治也。」疾既篤，一日召苞入視。苞奉公之手，欷歔不自禁。公曰：「子無憂！某雖無祿，亦當終事吾母。」苞爲心開。乃踰旬，公竟卒。卒之晨，太夫人就視。猶強笑語，自述旦日所食飲，恐爲太夫人憂。

由公之歿，溯公之生。公之生也，爲無憾於天。而天之所以報公者，於公不爲無憾；於知公之始終者，不能使無憾也。公嘗分校禮闈，典試秦中，視學大江之南，號爲廉直不枉。由通政司右參議，五轉至大理卿；所司纖細，皆得其理。此當世所共知見，而應列於史氏之籍者，故不具載，而特詳其所獨知於公者。公娶夫人田氏，事舅姑一如公所以事父母。始歸時，太公未入塞。數年中，與公相對輒哽咽，未嘗笑語有寬容。先公兩月卒。公疾大漸，適值禮部試期，命苞入試，未得與公一言以訣。公平生以古義遇苞，而苞乃以世俗淺意，失師弟子始終之禮。苞之負公，悔有終極邪！誌公之墓，亦所以志余隱于不忘也。

公諱裔，字素侯，生於順治十年六月二十五日子時，卒於康熙三十九年二月十三日酉時。子二：長兆麟，順天府庠生；次蔭壽，早殤。女一，字鴻臚卿太原姜公長子某。某年某月某日，葬於某鄉某原。銘曰：

謂公不得于天，胡濟屯以亨，而天屬之復完？謂公能得於天，胡將母之不終，而壽命不得以少延？豈彼蒼之無知，抑將留終古之恨，以暴其仁賢！此蓋即正集內高公墓碣中所謂視喪畢爲銘歸公二弟者也。先生重作碣文時，或此稿已失，故有前銘不復記憶云云。今觀此文，較後作事詳備，而銘辭則同。因仿歐集瀧岡阡表之例，重刻此篇云。鈞衡識。

全椒縣教諭甯君墓誌銘

廣文甯君既歿之七年，其子世藻自潁以書來徵銘於余，曰：「吾父與母葬有日矣。南豐曾氏所謂蓄道德而有文章者，今之世莫如子。」宜余懼且慚而不敢任也。既又自念，與君之子世錫交幾二十年，故知君爲詳，而世錫今死矣。君之潛德隱行，夙昔既耳熟焉，而重以世錫兄弟存歿之誼，雖不文，曷敢以辭。

謹按甯氏本季亹之裔，籍通州，至明中葉始家於潁。自江之北以屬於淮，俗故朴陋，而風土人物推於古今者，潁爲最。自明以來，潁人以家法爲士大夫宗者，甯氏爲最；而以余所聞甯氏之稱耆德而爲典型者，君爲最。君之質行所以守於身施於家而化於人者，不獨君之子云，其鄉人及遠邇之習於君者，莫不云。

昔朱子嘗嘆歷代之人材，惟東漢爲最眞。其守官行法不避權倖者，前罹禍災而後者踵接焉；而余觀范史所載獨行之士，艱難危困，懇懇於人紀之中；與夫守卑官，安隱約，而盡其道以化於人者，不可勝數也。蓋自三王以道化天下，使人明於性命之理，故死生禍福不足以亂其心，而人道之當然者，勤以守之而不敢貳也。秦、漢以還，士之乘時而見功名者衆矣，而明於性命之理者蓋寡焉。獨東漢之興，五經之教盛行，故上之人雖弗能以道化，而士之潛誦默識以浸灌於身心者，久而深且固焉。雖於性命之理知之未必能盡，而其大綱之所守，抑可謂合矣。

君性篤於孝友，執親之喪，哀毁過禮。叔父在難，傾身以赴之，遂以毁其家。其爲諸生也，辭成均之選，而以讓其長老朋齒者至於三。其老不得志而司諭於全椒也，諸生化之。及移於譙，未至旬歲，而卒之日，市、野人攜扶而奠祭者塡於戶焉。世錫嘗爲余述君之質行，余以爲有東漢之風。惜乎！卒困於下，而施不光；而余之不文，又不足以傳君於永久也。雖然，君於性命之理，既自得之矣；則施與不施爲無間，而傳與否又曷足道哉？

君夫人李氏，性明謹，識大體，事親治家及訓子姓，於君皆有助。其卒也，先自知其期。

君諱擢，字益賢，生於明天啓癸亥五月十三日，卒於康熙丙子八月二十七日。夫人生於天啓乙丑十二月初四日，卒於康熙庚申九月十二日。子男七人。女一人。夫人以乙亥十二月晦前三日葬於潁南郊之臥龍岡。越九年爲今癸未臘月朔四日。下闕

方苞集集外文卷八

論

方正學論

道之不聞，與粗知其大體，而察之未精，操之未熟，其遇死生患難之交，未有不震於卒然而失其常度者也。若正學方公之事，吾惑焉。國破君亡，縮劍自裁以無辱可也。即不幸爲邏者得，閉口絶吭，不食而死可也。何故呫呫於口舌之間，以致沈先人之宗，而枉及十族哉？至燕王以周公自比，使聖賢之徒當此，必將曰：「王能爲周公，是某之上願也。即不能，一姓繼統，與仇敵相兼者異。王能卵翼吾君之子而比于諸孫，則海内悦服，而高皇帝之靈，實嘉賴之！」計不出此，而以輔其子爲言。是置其君之子於鼎俎之上也。燕王以盜賊之心，百戰而得天下。公誠望其取諸其懷而與之乎？故公之任剛而自謂不屈者，以聖賢之道衡之，正所謂震於卒然而失其常度耳。

抑公之事失於終，而始猶無病也。方晉之亡，中原裂於劉、石。劉廣武即能建國北蕃，以奉晉朔，不過與張、段、慕容等，於晉毫無加損；而崎嶇暴人之間，愎諫造怨，陷二親於死亡。此於道概乎其未有聞，而稱之者無異議。甚矣其惑也！夫廣武豈以是爲利，正學豈以是爲名者哉！而殺身不足以成仁。此君子之篤行，所以必先之學問思辨也。然則爲廣武者宜奈何？不能間歸於晉，則負耒耜而耕於野，庶幾身可全而親可保也。

送序

送馮文子序

往者長洲韓公爲吏部，聽事而歸，喟然歎。余問曰：「公何歎？」公曰：「昔有醫者，與吾故且狎。吾叩焉，曰：『人皆謂子之醫能殺人，何也？』曰：『非吾之醫能殺人也，而吾不能不使之罷而死也。吾固知吾術之不足以已其疾也，而不能不利其酬；不獲已以物之泛而緩者試焉。其感之淺而與吾方相中者，固嘗有瘳矣。其浸尋反覆久而不可振者，吾心惻焉，而無可如何。』今某地告饑，上命發粟以賑，而大農持之，下有司核所傷分數。夫民之飢，朝不及夕，而核奏議賑在三月之外，有不罷而死者乎？吾位在九卿，與其議而不能辨其惑，是吾負醫者之責也。」余曰：「公所見，其顯焉者耳。凡官失其職，而事墮于冥昧之中，皆足以使人罷而死，而特未見其形也。姑以所目擊于州縣者徵之：水土之政不修，而民罷死于旱潦矣；兩造懸而不聽，情僞失端，而民罷死于獄訟矣；弊政之不更，豪猾之不鋤，而民罷死于姦蠹矣。豈獨殘民以逞者，有殺人之形見哉？先已而後民，枉下以逢上，其始皆曰：『吾不獲已。』其既皆曰：『吾心惻焉而無可如何。』此民之疾所以沈痼而無告也。」

吾友馮君文子將令于禮縣，爲詩四章，自道其心與俗吏異。因舉昔之所聞于韓公及相語者以告之。蓋所望于良吏者，謂能已民之疾也。非徒不益之疾而已也。民之疾常伏于無形；而大吏之爲民疾者，復多端而難禦。令之職，環上下而處其中。下以致民之情，而上爲之蔽。慮于下者不詳，則爲民生疾而不自覺。持于上者不力，將坐視民之罷死而無如何。其術不可不素定也。君，韓公之門人也。能因是而自審其所處，則韓公之言，庶幾其不曠也夫！

送韓祖昭南歸序

昔長洲韓公再召，列於九卿。每廷議而歸，輒頹然自沮喪。余叩之，曰：「凡吾有言，衆若弗聞焉。將爲上別白之，則更有陰爲掣曳者，而其道必反矣。欲告歸，則上負吾君，而終亦莫能遂也。欲留，則內負吾心，而外赧於友朋。孰若曩者家居，浩然有以自得哉？」公諸子皆好文術，篤氣類；而仲子祖昭常在公側，故與公尤習。方公盛時，海內後進，皆以不與門牆爲恥，余季高按：「余」應爲「公」之誤。亦勤接引，而常患人材之衰，曰：「釣名之人，無賢士焉。孰是篤信斯言者乎？」

祖昭庚辰成進士，癸未散館，改官。甲申公歿，御柩以歸。營墓兆，建宗祠，敍譜牒。暇則手一編教誨子弟，凡二十餘年。今天子嗣位，詔修明史，公卿交薦。君至，歲再周，分纂列傳具完，因告歸。時君同年友多登要津。館中後進皆願君少留，而君意甚決。將行，余語之曰：「惟子爵祿不入於心，視人人信有間矣。然君子之志事，更有大且遠者焉。子之先君，常欲振起人材，爲國家樹根本，而深患馳逐於科名者莫能應。今子之歸也，能奉此意，學古人之學以成其身，以陶鑄鄉之後進，則所以成孝與忠者在是矣。若惟逍遙山水間，爲忘世自得之人，則非吾之所望於子也！子之兄自成進士，閉門而不出者，亦二十年矣。歸以吾言正告之！」

送吳平一舅氏之鉅鹿序

古者先王之世，既授田里以治民之生，而又區四海之所環，以衆建侯國，使萬物連屬其鄉而聚其氣。農夫耕於其土，士仕於其國，耕與仕俱不出於其疆。其有工、賈、宦、學、聘問、戍役之行者，特千百之什一，而又得以時還息。生其世者，率常父母兄弟白首懽然保聚，無一日離別怨思之苦；而族黨親戚亦得攜持結連，綢繆相渥洽以飽足其意。嗚呼！上之所以區畫計處以求便其民之私者，可不謂詳且遠與？民之所得於其上而不自知者，可不謂厚與？

自周之衰以接於秦，破井田，廢封建。先王之澤不流，民生迫蹙，而其氣日以乖散。農夫失其田畝，以傭而耕；卒有旱潦，無以繫屬其身，散而四方爲奴虜矣。商賈衆而財匱，得所欲者益寡；或疲亡於道路，去其鄉縣，飄零失業，而無所於歸矣。仕者失其田祿，或千百里繫官于朝，或散而出於荒邊側境，無舟車僕賃衣食之資；同居之親不得與偕，愁居愓處而嗟怨矣。至於士之學先王之道者，無庠序以遊其身，無廩給以贍其父母妻子，坎壈失職，羈旅浮游以謀衣食者偏天下。故雖天下無事，水火盜賊之警不聞，而民生搖搖，常有離散之形，跼蹐悲憂之思。一室之中，父兄子弟，自孩童至於白首，懽然保聚無相離者，十不一得焉；而況族黨親戚之睽離而不可合并者，豈可勝道與！其所從來者久遠，世未始以爲憂。然上之所以待民者薄，而心易搖；自前世所以可憂者，未嘗不在於此也。

辛未八月，苞與舅氏相遇於京師。踰年夏，舅將之鉅鹿。苞既爲文述二十餘年散聚悲懽之跡。舅因太息，顧苞而言曰：「吾窮於世，竟以遊老。每當山行水涉，寒暑冰雪侵加，飢疲困頓，忽忽不知此身當所投措。數年中，儻得好事者少潤澤之，亦欲息足金陵之野，敎誨子姪。且得與而翁而母朝夕相見。」苞因自念：以疾病之身，迫於窮餓，羈旅數千里外，缺然其心，不能一日以寧。其欲歸而事親從兄，耕田著書以自娛，與舅之志略同，未知何日以終遂也？卽吾與舅兩人之身，而皆不得自便其情若此；以視古之爲士者潔居美服飽食而從容於庠序者何如乎？其父母兄弟之保聚，族黨親戚之渥洽，不亦甚可慕悅矣乎！

嗚呼！自漢、唐以來，儒者皆以謂先王井田封建之制不可復行矣，況陵遲以至於今，豈尚有望與？豈天遂忍斯民之苦，而莫爲之所也？夫吾與舅所志非甚奢，私計或猶得以遂。然民之生迫蹙，其氣乖散，而不得以自便其情。豈獨吾與舅兩人也哉！

傳

康烈女傳

烈女康氏，通州人也。其父兄以糶糴爲業。女未嘗知詩書，獨聞世俗人所道古者忠孝節烈事，輒徬徨追慕，時時誦述之。幼許嫁鄰家張氏子京，時張氏尙富饒。後遷京師，益衰落。京父素無行。京長市肆，材故庸下，又貧不能自存。康氏戚黨轉相傳說，聞於女。女坦然無怨尤。其父兄私謀奪女，不與張氏。女乃正色持大義，詰責其父兄。久之乃止。

一夕，女夢張氏使者至，若將致命者，不知何祥，私以告其母。時兩家絕聞問已數年，忽京父至通，訃京已死。叩之，卽女感夢夕也。女乃於邑悲哀，素服號泣，請於母曰：「兒聞古之女子，有未嫁爲夫守義者，後世以爲賢。兒身雖未歸，心屬張氏久矣。願母載兒從夫喪！」其父兄大駭，斥之曰：「女乃狂邪！凡女所稱皆古事，豈今人所爲？」因環向女。女因掩涕，弛素服，更容貌以前，言動如平時。其家人稍稍皆散去。夜半乃閉戶，悉焚所製巾帶綦履，素服以練自結而死。女有妹，與同臥起。女死，妹寐未覺也。兩家議論者皆曰：以合葬爲宜。其父母乃持女喪，自通如京師，歸張氏，與京合葬郭西白石橋。時康熙三十一年。

初張氏家微細，至京父轉貧薄，又無行。其鄉人戚黨羞齒之。自貞女之死，京師皆竦動，薦紳士君子多爲歔欷，里巷感傷。好事者傳之圖，謳歌其事，喧騰兒童女婦間。於時京師之人，咸知東門張氏云。

贊曰：六經所著女子以節完者，於詩則衞共姜，於春秋則紀叔姬，外此無有。余嘗怪古者聖人、賢人至於倜儻怪偉非常之材不可勝紀，何獨其時女子之少奇也？余家金陵，見邑子楊瑞三妻方氏，溧陽唐生妻某氏，皆未嫁爲夫守義；而康女志不得伸，遂崎嶇不負其義以死。以余所聞見如此，是何奇女子之衆與！昔震川歸有光著論，以謂未嫁死夫，於禮爲非。取曾子、孔子所問答「女未廟見而死」之禮以斷。其辭辨矣。雖然，中庸不可能。世之不賊於德者幾何哉？以孔氏之道衡之，女其今之狂猥也與！

記

柏村吳氏重建宗祠記

大宗之法，祖廟既毁，宗室猶存；則是别子之廟，百世不廢也。後世宗祠之建，蓋取諸此；而宗法之能行者，百不一見焉。蓋古者國子弟、卿大夫之田祿，既足以仁其族，而四民各有職業。其待大宗之收恤者，不過鰥、寡、孤、獨、廢疾，無大功之親者而已。後世家無恆産，人無常業，衣食不足以自周者，比肩而立；而欲大宗之收族，不亦難乎！飢寒之不恤，而欲執法以繩其不類，孰能聽乎？惟吳郡范氏，七百餘年宗法常行，而無或敢犯，爲有義田以養其族故也。余嘗以是風並世士大夫，間有慕效者，不再世，而子孫族人幷其義田而廢之。然後知范氏子孫能常守宗法，以食義田之福。實賴其祖宗之功德學行，以陰爲之保定而延緜焉。抑又聞朱子之後之蕃育於閩者，歷世繼承，無貴者富者，而皆能崇禮讓，安貧而畏義。閩之人至今誦之。蓋道德之淵源，流風餘思之所感發，更非范氏諸賢之所能幾及也矣！

余平生不肯以文假人，而承修周官，甚賴吳編修紱能輪其力。紱以宗祠之記請，不可郤也。謹按吳氏系出宋進士師古，以刊胡銓劾秦檜奏疏，謫死袁州。其上祖曰國夫，劉宋時，以高行名於鄉，事見南史；環村十里，至今名高行里。而師古之孫政，寧宗時，都統興元，與金人戰黄牛堡，死焉。又六世至淛，明太祖時，以貢士爲後府經歷，見殺。終明之世，子孫不仕。及南都亡，以諸生、庶民殉國者，尚數人，豈非其先世義烈所漸者然與！

紱年六十有二，始以文學爲官。文正、忠宣之勳庸，非所敢望也。若朱子之道與德，則尤不可階而升。然則爲紱審所處，惟自強於忠孝，立名義以續其祖，使宗人暨後生聞而興起，庶幾延世以滋昌，而於宗祊爲有耀乎！吳氏雖故家，歷南宋以訖元、明，至紱始起家爲別子。故余因宗法而備論古今禮俗之變，以及啓後承先之時義，俾凡有尊祖敬宗收族之志者，皆知自審其所處焉。

祠之中廢也，主祏遷別宅。康熙丙戌，重建於故址，至辛丑，門塾始完。其堂廡之規制，興作之程期，領事之族人，紱自舉以列碑陰可也。

家訓

教忠祠規

古者五廟七廟共都宮，而各爲垣墉堂室。漢、唐以後，雖國禮未聞備此，況羣下乎？北宋文潞公知長安，得唐杜佑舊廟于曲江，一堂四室。郭先爽室論：「堂三楹者，中爲室，左右爲房。祭于東房，西虛不用，皆言高、曾、祖、禰之寢廟耳。」今自太學及海內郡、州、縣學祀孔子，皆位于堂之正中，闕里亦然。蓋天下之公祀，非孔氏所得專也。自是以後，漢關公，唐張睢陽，宋岳少保，凡忠烈先賢，皆正位于堂。教忠祠禮亦宜然。太僕公起家爲大夫，建小宗祠于桐。以對始祖故稱小宗，而於子孫則爲百世不遷之别子，故亦正位于堂；而緣二祖之心，春秋享祀，不忍祖考之無薦也，故室教忠祠左方，龕奉始祖至四世祖神版。室小宗祠左方，奉六世祖至十一世祖神版。時祭二祖，以屏障左方爲季高按：「爲」字疑衍。以薦，翼日仍僘以爲堂。

古者，祧廟主祏藏于夾室。故時祭獨迎四廟之主，祫于太廟。今二祠皆合堂比龕，而獨祀二祖，以子孫之不安，知二祖之弗順也。禮有祭，有薦，有奠，有告。薦、奠儀甚簡，告則惟用幣帛、皮、圭。程子祭遠祖，總設二位，以權制也。今師其意，春秋祭二祖，左室各設薦而不獻，廟季高案：「廟」字疑誤。東向。冬至祭始祖、遠祖，則左室不障，德益公東面，斷事公從昭穆之列，席下繼；六世分房之祖東面，太僕公從昭穆之列，席下繼。縟而右，各三獻，與時祭同。

古者，天子之卿、大夫，爵命視侯、伯。楚語：「諸侯之大夫特牛。」然今功令以太牢祀孔子，諸賢不得用，敢踰越哉！主祭者由正途官翰林、科道、郎中、知府以上者，乃用少牢，餘用特豕。無登仕籍者，則廪、增、附生以次主祭。入國學而不由庠序者，不得先。

古者，大宗百世不遷。然在禮必有祿而後可祭。安溪李氏有祿者奠獻、而宗子之位參焉。祝曰：「主祭孫某，宗孫某。」以宗子或無祿，或降爲農工，禮儀不能展也。太僕公子孫在金陵者兩支：副使公行三，宮詹公行五。副使公曾孫苞爲長，宗子惟敬尚未冠。苞宜主祭，惟敬再獻，長兄弟三獻。苞身後，子孫爵列相近，則三房主之。三房無爵，則五房有爵者主之。宗子有爵，支子雖異爵不敢干；支子爵列同，以行輩則少長，行卑齒少，雖有異爵不敢干，尊祖敬宗之義也。其爵列以甲科、乙科、薦舉、承廕、副、拔、歲、恩貢生爲差。武途降文途二等。官至提鎮者，降一等。捐貲入仕與武途同。司馬温公、程子、朱子家禮，四時皆祭。但漢人述王制：「天子犆礿，祫禘，祫嘗，祫烝。諸侯礿則不禘，禘則不嘗，嘗則不烝，烝則不礿。」楚語曰：「國于是乎烝嘗，家于是乎嘗祀。」周以前書，未見大夫、士多夏祭禮。今遵程子所定，春秋之祭，舉于仲月。冬至祭始祖遠祖，季春薦鮪，特著于禮經。故四月薦鮪，以當夏祭。其餘新物薦于家，凡俗節亦如之，奠而不獻。二祠惟朔望焚香，設茗飲。

古者，時祭日必卜，慮主人或感時疾，宜俟其間；或期大功之服，旬日未畢；或祖考先妣忌，不得干也。今以時憲書所宜當卜。冬至則或前或後，比時而擇之。古者祭必筮賓，立佐食，分上利下利，禮重事殷，非有贊者，主人不能致其恍忽，以與神明交。前期十日，公議子弟年二十以上，謹愼安重者四人爲上贊，四人爲亞贊。前期五日，徧告與祭者，皆出宿外寢。前二日，祭主、宗子宿祠左特室致齋。前一日，上贊佐祭主、宗子濯器視牲，宿祠左廂，詰旦共朝事。

祭之前日啓戶，子弟年十二以上者，洒埽堂室及庭；祭主、宗子卷簾拂塵，拭神版及匱；上贊助濯器，視牢肉。及期，夙興啓戶，上贊焚香燃燭，陳茗飲，設茅苴，爇柏葉；祭主、宗子三拜稽首，以酒灌茅苴，出闔戶。日中，殺羞具，啓戶，焚香燃燭，設長案，饌祭物。初獻進食，羞羊肉湆、豕肉湆。再獻進魚，雞鶩從。三獻進餈餌，陳茗飲。凡獻，上贊執爵以授獻者；亞贊陳祭物，奠而不授；獻者要節而拜。每獻畢，俱三拜稽首。吾鄉舊俗：嘉平二十四日及除夕，祭再舉。將獻，薦爇柏葉，焫蕭遺意也。以瓦盆實土，樹叢茅酹酒，灌鬯遺意也。朱子家禮：「設茅沙。」議者紛然。不知廟地必甓，以鬯灌甓，不能達于土。故依古茅苴之意，植茅于沙，取其潔白，謂沙亦土類耳。

古者，臣之於君，稽首至再而止。晉大夫三拜稽首以要言，楚申包胥九頓首于秦庭，重爲之禮以申固其請耳。朱子家禮：獻止再拜，降神辭神則四拜。蓋據儀禮：升成拜堂上，下拜，各一也。無升降而四拜，義無所取。古者，射、鄉、喪、祭，皆三拜。衆賓朝事降神，祭主、宗子三拜稽首。初獻爵，祭主再拜稽首。進食，再拜稽首。羞羊豕，再拜稽首。再獻，宗子再拜稽首。羞魚、雞、鶩，再拜稽首。三獻，長兄弟再拜稽首。進餈餌、茗飲，再拜稽首。將闔戶，祭主、宗子三拜稽首。有頃，啓戶徹，與宗人共食。春秋時祭，左室薦而不獻，祭主、宗子、羣子姓皆三拜稽首。冬至祫祭，偏獻遠祖，禮儀與時祭同。

古之祭者，必夫婦親之，以饋食獻薦，必待之以展事也。女子未嫁三月，教于公宮，非獨四德宜嫺，亦使講明乎尊祖敬宗之義，熟習夫禮相助奠之儀也。今祠距家四里，而所祀皆子姓高曾以上之遠祖。子婦分主祀事，事勢未便，忱亦不屬。嗣後來婦者，于春秋時祭後三日內，舅姑率以拜廟，焚香燃燭，設茗飲，爲講明大義。女將適人，先期或時祭後，或朔望辭于廟，儀與來婦同。妾之有子者，子將授室，亦如來婦儀，拜于廟；以承先啓後，亦與有責焉耳。惟再醮之婦，不得入祠。

二支子姓中，擇正直不苟者一人，以輔宗子。族姻朋友中，擇老成練事者三人以助之。惟敬嗣伯父爲宗子。道永兼掌兩房家事。道章亦兼掌道興家事，惟道興端居學誦。其生也，後二兄二十年，故命專掌祠禁以察違禮，糾邪惡，謹出納，久于其任，則家則可定也。

教忠祠祭田條目

四時祭薦，春秋墓祭，費不過六十金。蓮池既棄，子孫生計日蹙。余藥物及隨身用度，不得不取之祭田。余身後，除祠規所列經用，計每歲當餘二三十金，子孫錙銖不得私用。

積至百金，即付相信典鋪取薄息。至六七百金，則以買上等沖田，不可置雜業。十年後，可加良田一倍。凡田契官印後，房長即集宗子、衆子姓，會同族姻、友朋助理祠事者，敬書余遺命于契末，各署名字。隨鋟板，標「教忠祠續置祭田」。詳載畝數，錢糧，買價，并原契續本。置祭田後，每至十年，必總田契，呈太守。照今漳浦蔡公例，契縫加印，批縣注册存案。范文正公義田，子孫守之七八百年，不失家法，可謂善矣。但計口給糧，則不肖者或以長惰。古惟四民，使之交能易作，終歲所入，無以相過。蓋盡人之力，則財用不匱；順天之道，故安享樂利而無禍殃。戰國、秦、漢以來，并兼游食之民多。耕夫終歲勤動，穀始登場，廩無餘粟。織婦宵旦苦辛，身無完衣。浮淫之人，則安坐而享之。實與不祥之氣相感召，故每至大亂，遭殺戮蒙垢汚者，皆通邑大都雄鎮之貴家富人；荒村小聚，藿牖繩樞之細民，免于難者，十常八九，天之道也。

吾家蓮池，雖有祖命以畀首績科名者，而歸贖在余未舉于鄉之前，吾兄之心力瘁焉。桐城、廬江、高淳之田，余銖積寸累以置之。余賣桐、廬田，以建宗祠。以蓮池賣價置江寧沙洲圩田、木廠，併高淳永豐圩田爲教忠祠祭田。四時祭薦而外，以周子孫窶艱、嫁娶喪葬不能自舉者，以遵吾兄臨終「異居同財」之遺命。道希、道永、道章、道興之子女婚嫁，予五十金。再娶者減三之一，娶再醮者不給。妻及子婦成人之喪亦如之。諸孫行則予三十金。

力能自舉者不給。道章備歷艱難，子女衆多，故先期陸續給銀，使早營運，後此不得爲例。必待納徵有吉日，始付之，以防妄耗。

十年後，祭田加倍。同祖叔父楓麓府君之子孫嫁娶及喪，致十金。曾祖副使公之子孫半之。高祖太僕公子孫在金陵者，慶弔各一金。寡婦孤子，近親不能相養者，春秋各一金，製衣服。兄及余子孫疾淹久，給醫藥。延師于敦崇堂，以聚教貧者，飲食、膏火公給。其住居遠，子幼不能赴堂者，歲給附學之資四金，至年十五以上。不願來堂就學者亦聽，惟止其資給。寡婦孤子無生產，及近親不能相養者，公給衣食，俟其子成立而止。其讀書無成，能貿易力田者，各給三十金爲資本。怠荒其業而沒其本者，勿再給。

二十年之後，祭田又倍。楓麓府君子孫嫁娶及喪，致十五金。副使公子孫十金。太僕公子孫在金陵者，慶弔二金，孤寡衣服亦如之；在桐者各一金。兄及余子孫安分守業，口多而食寡者，量給口糧。女子寡而無依無子者，生養死葬公任之；有子而無依者，必教養之使克有成，非甚不肖，勿輕棄。

三十年之後，祭田又倍。則太僕公子孫在金陵者，慶弔三金，孤寡亦如之。在桐者一金。副使公子孫六十壽一金，七十壽二金，八十壽三金。斷事公以下七支，鄉試于金陵，致卷價一金，會試春官者十之。兄及余子孫歸試于皖者，給五金，鄉試倍之，會試春官者十之，不問其家之豐歉也。惟登仕籍者，必量力增置祭田，以仰答祖宗優異屬望之意。見今兄子道希嗣子惟敬爲宗子，其本生父道永爲房長。余長子道章、長孫超爲宗子，次子道興維持家法可三十年。三十年後，更得良子孫守之百年，則祭田增加可數倍于吳郡范氏。潤澤可徧斷事公之後七支。吾子孫尚憂衣食哉！豈惟受命于先人，事必宜終，卽爲子孫計，訏謨遠猷，亦無善于此者矣。

助理祠事三人，歲終各贈十二金，輪赴高淳收租。祠田歲收稻穀，除賣以供國課、祠祀、墓祭外，必留百石，以備凶荒之歲周子孫之困乏者。太僕公子孫在金陵之貧窶者，量貸之而免其息。貸而不歸者，再值歉歲，勿更給。

隨墓宜置祭田數畝，子孫秋收，可環視塋域。又宜計道路支湊，築室墓旁，逢雨雪可信宿。邵村、石嘴、二房莊三墓，相去皆十里而遙。石嘴墓左地勢寬敞。周村、石潭、沙場三墓，相去皆十里而近。沙場居中，必相楊姓村內，營爽塏地築周垣，構瓦屋七架者三間兩廂，五架草房四間。瓦屋中隔之，中爲堂，左室可居停，右室爲板倉。豐年，買稻百石。近墓農家貸種，每石歲取乾稻二斗爲息。歲歉弛其息之半。近村人來糴，每石照時價減四分。歲大祲，存百石爲舉本，餘盡散之近墓貧民。人性皆善，墓木庶無毀傷。

教忠祠禁

周官以鄉三物教萬民，以鄉八刑糾之。閭胥掌觵、撻罰之事。惟學校射飲，罰用觵。撻則施于庶民爲多。古者大宗、小宗皆有收族之責，白虎通義：大宗、小宗通其有無，以理族人者。而仕者祿皆足以仁其族，故教可行。荆楚、吳、越聚族而居，皆有宗祠；而自吳郡范氏而外，宗法無一行者。饑寒之不恤，而責以過愆，故其心不服，而勢亦不能行。凡茲祠田，皆余孤行遠遊，疾病屯邅，敝精神于蹇淺之文術以致之者，盡以歸祠。以歲入十之三供祠墓，遵先君遺命也。憶先兄疾革，命「二支子姓下逮曾玄，始得異居同財」，及吾之身，而不能禁其分析，每默以自傷。故用祭田經費所餘以合之，凡婚嫁喪疾不能自給者，使得取分焉；而立祠禁，違者撻之，以不資其乏困爲罰。且禁不得入祠，以斷事公不樂有此後人，亦非先兄與余之族類也。戒之！愼之！

孔子論刑罰之原，起于不孝，不孝生于不仁，不仁生于喪祭之禮不行。祭者，喪之哀慕不能忘，而申之以追養者也。喪禮而不行，則人道息矣。周官之法：不睦不姻，不任不恤，皆有刑焉。今吾于子孫，不敢求以人道之備也，惟喪禮必大爲之防而已。亦不敢責以喪禮之全也，惟入宿于內則閉不得踰而已。古者，三年之喪，非殯、奠、葬、祭，夫婦不相見。貧家米鹽瑣細，勢必相闕。惟宿必于中門之外，相語必以晝，不得入房室。犯者，不許入祠，撻四十，婚嫁喪疾費皆不給。古者，期、大功，並三月不御于內。禮廢既久，人性日漓。今酌定：期三月，大功浹月。犯者，不許入祠，撻三十，喪疾費不給。

父母忌辰前五日，率子孫與奠者齋宿外寢。祖父母、伯叔父、兄弟三日。高、曾二日。薦新俗節亦如之。以不潔之身而對鬼神，罪莫大焉。撻、罰與期、大功犯禮者同。

吳郡范氏宗法，行之七百餘年。鄉人有以事爭辨者，不之公庭而之文正祠堂。宗子雖襁褓，正位于上，掌祠事者四人奉之。苟不直，雖諸父、諸祖父行，解衣伏地受扑，以謝鄉人。故子孫奕世無受官刑者。此雖其家法之明，抑亦文正、忠宣德行勳庸，有以大服衆志，而儀式于後昆也。余碌碌竟世，閒居亦不自知其非；但每拜斷事公于正學祠，則身心怵然，自愧其鄙薄。故粗立祠禁，子孫有犯者。宗子及房長縛至祠右敦崇堂，撻如數，隨注籍。罰必行，不許入祠。有桀驁不服罪者，卽抱祠禁質于公庭，以不孝治罪。

古者既葬，君、大夫、父之友食之，粱肉不辟。今酌定：三年之喪期，不飲酒食肉；期之喪，浹月；大功，終月。違者撻二十。罰不行。

先王制禮：小功、緦麻，食肉、飲酒不禁。御內無明文，以期、大功準之，亦宜終月。姑姊妹之子女，恩非甚親也。然姑姊妹方痛不欲生，而晏然于閨房，于吾心無缺乎？妻之父母，義非甚重也。然妻之痛如斬如刻，而卽安于媵御，尙可責以致孝盡慤于吾父母乎？以此知緦、小功之喪禮，實亦不可廢也。然人道之薄甚矣！故撻罰不及。

生監與聞外人戶、婚、田土事，出入公庭；庶人不勤力治生，酗酒賭博，不許入祠，撻三十，喪疾費不給。充書役、皁隸及爲輿臺，亦如之。實心改悔，十年無過行。合族公議，許拜小宗祠。

宿娼或下漁色，其染惡疾，構釁亡身，不足惜也；而失先人之種姓于娼家，或父子兄弟聚麀而不可辨，惡莫大焉，雖改行，永禁不許入祠，撻四十，婚嫁喪疾費皆不給。

居官以陰很致富，雖幸免國法，不許入祠，宗族共屏棄之。非其罪而罹凶害者，雖罷斥，祭仍從其爵。

先兄卒時，道章方在娠。遺命：異日汝子與道希、道永相視如同生，服以期。乾隆六年，道希卒于京師。道興從余宿外寢六閱月，于古禮有加，以道希爲宗子，又寡兄弟也。甲子八月晦，道興之婦歿。道章長子超從余命，隨道興宿外寢三月。世世子孫當以爲式。爲父兄者，必以身帥之。

雜文

自訟

舒君子展告余曰：「聞之喬氏子：子之妻黨某云：『人之倫五，方君獨二而又半焉。既與於進士，而不廷對，是無君臣也。自始婚，日夕嗃嗃，終世羈旅，而家居多就外寢，是無夫婦也。一子形甚羸，而扑擊之甚痛，蓋父子之倫，亦缺其半焉。』」余聞而惕然曰：「其然！是不知余之恨於父母兄弟朋友也，久矣夫余之有欺德也。吾父剛直寡諧，常面詰人過。大吏有索交而不能拒者，與之言，時多傲慢。余每切諫。先君子甚鄙余，而竟爲曲止，然不怡者久之。先君子素無疾，及將終，遘疾若膈噎。是不肖子悖直自遂，而不能順親之驗也。余北徙，歲從駕塞上。繼室之父母無狀，吾母憂憤成疾。小妹及家人常覆匿。至彌留，始自言之。是余之處心，無以信於妹與家人，而戕吾母也。弟林疾將革。余以小疾，避居野寺不與斂，是愛其身而偝垂死之弟也。計數師友，則厚於余而恨焉者多矣。若某所疵，則有說焉。始之不俟廷對也，以母疾。再以父喪，既而及於難矣。責妻以禮，教子以義，不忍棄於惡也。相提而論，於亡妻小有過焉。後婦有罪，牽於親朋之俗議，不能決絕。平生隱慝，顧影自慚，心摧而志絕，無逾此者。書以自訟，俾吾子孫知教不行於妻子，則父母陰受其戕賊而不自知。且於父母兄弟，日自勉而常愆於禮；於妻子，日自省而常瀆於恩也。

擬除泰安州香稅制

古者，山川能出雲雨，則天子秩而祀之，而五嶽之禮尤崇，非朝命不得致祠。然王立大社，而州、黨亦各有社。則春秋禱賽，庶民各就其所敬信而竭誠焉，亦禮俗之可以情假者也。泰山舊有碧霞靈應宫，遠近瞻禮者，軌跡相望。例輸稅於州，乃許登山；歲約萬金，自前明相沿未革。朕思萬物出乎震，天地盛德之氣之所發也。故傳稱「觸石而起，膚寸而合，不崇朝而徧雨乎天下者」，惟泰山。則春祈秋報，黎庶輻輳，亦其情之不可遏者。若使力艱於輸稅而不得登山，非所以從民之欲也。其永除香稅！富民樂施，守祠者貯之；以待修葺舍宇，平治道塗，有司不得干預。勅到，鐫石樹祠，用垂永久。

禮闈示貢士 代

世宗憲皇帝特頒聖訓，誘迪士子：制藝以清眞古雅爲宗。我皇上引而伸之，諄諭文以載道，與政治相通，務質實而言必有物。其於文術之根源，闡括盡矣。然清非淺薄之謂；五經之文，精深博奥，津潤輝光，而清莫過焉。眞非直率之謂；左、馬之文，怪奇雄肆，醲郁斑爛，而眞莫過焉。歐、蘇、曾、王之文，無艱詞，無奥句，而不害其爲古。管夷吾、荀卿、國語、國策之文，道瑣事，述鄙情，而不害其爲雅。至於質實而言有物，則必智識之高明，見聞之廣博，胸期之闊大，實有見於義理，而後能庶幾焉。是又清眞古雅之根源也。

時文之爲術雖淺，而其從入之徑塗，用功之層級，亦莫不然。必於理洞徹無翳，而後能清；非然，則理無發明，爲淺爲薄而已矣。必於題切中，而後能眞；非然，則循題敷衍，爲直爲率而已矣。必高挹羣言，鍊氣取神，而後能古雅；非然，則琢雕字句，爲澀爲贅，爲剽爲駁而已矣。必貫穿經史，包羅古今，周察事情，明體達用，然後能質實而言有物；非然，則勦說雷同，膚庸鄙俗，而不可近矣。自科舉之法興，王、錢諸先正始具胚胎，謹守理法。至於唐、歸，然後以古文爲時文，理精法備，而氣益昌。其後金、陳、章、羅輩出，借經義以道世事，發揮胸中之奇。以及國朝諸名家，則取法於諸公，而稍變其壁壘。其於清眞古雅，質實有物，雖不能盡究其根源，未有不少有所得，而能發明於一時，垂聲于久遠者也。

夫文章之道，所以與政治相通者，蓋因此可見士人之心術。故柳宗元曰：「卽末以操其本，可八九得。」今與羣士約：以四書文爲本，其開講已盡通篇之義，更端再起，及塡寫排偶膚泛之辭於題不切者；經藝襲舊論，仍對股；表判直鈔坊刻；策不條對，而鋪敍古事以游辭結束者：概不錄。諸生祈嚮夙定，則勉盡其所長；師承或異，則繼自今，亦望灑心而各易其故轍焉！

方苞集集外文卷九

哀辭

舒子展哀辭

舒大成字子展，先世江西人，遷京師。自身以上，皆守閭閻。祖某，犯法出亡。父某，自投官司承罪，謫戍踰年死。母劉氏窶艱黽勉，使就鄰塾。年十三，補博士弟子。富室女焉，自居室奴婢資用皆饒給。既冠，成進士，入翰林。族黨榮之，而君常蹙蹙，每語所知曰：「吾豈若生田間，身耕，妻汲爨，以樂吾母也。」

某士文學實優，而爲鄉人所排，乙未會試，出君門，爲臺中所糾。用是十餘年，雖知君者不敢舉。君不得意，因肆力於詩，風格近唐人。及與余交，乃棄舊學，治毛詩、周官、戴記，矻矻恐後時。

君年少而意緒頹然，間脫冠，形神似老僧。嘗曰：「吾夙世必髡緇，每聞鐘聲鈴聲響，則惘惘然。造物者俾余一識宦婚之況耳。」

君卒以雍正四年季冬十有八日。是月之始，余得疑疾。君日夕冒風雪相視，一日不見而疾作，旬有五日遂不起。故在余尤難爲懷，乃爲文以哀之。其辭曰：

嘻。信人生之至酷兮，儻死者之無知。連蹇以當官兮，恂愁以居室。務學誦以自鎭兮，詎短期之已畢。有母煢煢兮，稚子嘻

余石民哀辭

自余有知識，所見人士多矣，而有志於聖賢之學者無有也。蓋道之喪久矣，人紀所恃以結連者惟功利，而性命所賴以安定者惟嗜欲。一家之中未有無亂人、無逆氣者。一人之身未有無悖行、無隱慝者。吾不識周、孔復生，其尙有以轉之否與？

康熙壬辰，余與余君石民並以戴名世南山集牽連被逮。君童稚受學於戴，戴集中有與君論史事書，君未之答也。不相見者二十餘年矣。一旦禍發，君破家遘疾死獄中，而事戴禮甚恭。先卒之數日，猶日購宋儒之書，危坐尋覽。觀君之顚危而不懟其師，是能重人紀而不以功利爲離合也。觀君之垂死而務學不怠，是能絕偷苟而不以嗜欲爲安宅也。始吾語君：「所以處患難之道信得矣。雖然，子有老母，毋以嗜學忘憂。」君默無言，而卒以膈噎。蓋其內自苦者，人不得而識也。

君提解，傾邑父老子弟出送郭門外，皆曰：「余君乃至此！」今君破家亡身，而不得終

事其母。吾恐無識者聞之，愈以守道爲禍而安於邪惡也。於其喪之歸也，書以鳴吾哀。

君諱湛，字石民，生於順治某年月日，卒於康熙壬辰四月十六日。其辭曰：

履道坦兮危機伏，人禍延兮鬼伯促。母遙思兮望子歸，子痍死兮母不知。身雖泯兮痛無涯。天生夫人也而使至於斯！

祭文

祭徐幼安文

嗚呼！物生誘然，惟氣所委，瘁榮淹速，孰知其紀？木爲犧尊，敢憚其災？中道折泄，是良可哀。

嗚呼幼安！誕茲淸門，靈根夙植，質厚材良，如珪如璧。克祗厥父，克恭厥兄，服勤盡瘁，以贏其躬。自嗟無恃，泣踊過禮，風哀雨思，卽遠猶毁。澡雪肺腑，肝膽披露，信于友朋，靡新靡故。沈疴疊嬰，經時歷歲，種學績文，未嘗暫廢。鬱爲菁華，厥聞滋盛，美見于人，中以自病。

在歲三月，士將朋試，君開特室，朝攻夕礪。作爲文章，劌心鉥目。形神瘀傷，恚氣積伏。秋風動容，謂宜少蘇，孰謂淹忽，就彼泉途。君有愛子，聰明秀異，先君而殤，甸未十易。親號于堂，婦啼在室，靈魂營營，繐帷淅淅。作善致殃，行者心惻，況于同盟，能無悱息！

大專槃物，生者喑噫，百年委形，一蛻以逝。壽夭相去，介若毫芒，苟有令問，死而不亡。君之文章，久籍藝林。君之氣誼，刻著人心。士友作誄，銘藏于幽，存順没寧，亦又何尤？嗟理則然，情胡能已！掩涕陳辭，以薦牲醴。

祭某公文

嗚呼我公！巖廊所資，應時而生，爲國羽儀。公貽前光，少有嘉譽，稽經諏史，日充以飫。弱冠登朝，趨承殿陛，惟慎惟勤，天子所異。爰自贊御，改官禁林，材與職稱，厥聲有壬。年未三十，遂歷班聯，藹藹吉士，惟冶惟甄。既領學士，復長御史，内秉絲綸，外持風紀。公在翰林，日宣聖訓，以育羣材，如物得潤。公司臺府，廉靜以鎮，祗躬率屬，莫不敬順。

歲更二紀，夙夜在公，乘輿所莅，惟公必從。天子倚公，股肱心膂，繼居鼎鉉，衆望所與。孰期大造，獨靳以年，中道脆促，命不少延。公中退然，如不勝衣，威儀自力，終日無斁。吾儕聯事，遊從久熟，精爽音容，悽其在目。公之訃聞，天子震悼，官治喪紀，諸王臨弔。恩數惟優，勞臣是報，萬口咨嗟，聚觀周道。良材之生，高山大原，文爲犧樽，天廟是陳。才用既伸，壽夭非遠，生浮死休，亦復何恨！嗚呼哀哉，尙饗！

祭彭夫人文

嗚呼！洪鈞坱圠，生物以屯，億變同則，誰非蠉蠕？隱窮憔悴，阨也如何？孰謂榮盛，而悲孔多！

嗚呼夫人！始歸彭氏，翁宦於黔，夫人居守，盡室南轅。踰歲迎取，徼路深蕪，往歌來哭，喪車在途。荒野墳圮，陰飈慄嘶，承凶萬里，泣涕漣如！巒瀧浮漂，楚山崱屴，霧宿風飧，斲冰積雪。山哀浦咽，狖嘯鬼呼，日夜號惕，以從其姑。未共安樂，已同憂毀，崎嶇苦辛，佐營喪紀。

天祐彭君，身亨道光，游從禁密，委蛇巖廊。魚軒載茀，竭來京師，黃厤攸錫，象服是宜。室家熙熙，日月緜緜，謂宜禔福，以安大年。鬼伯好禍，虐戾不仁，愛子雙札，空帷無人。天屬綴心，膈臆敗摧，歸寧母氏，以遺煩悲。行謂彭君：「我尙速來。」豈知永訣，命止於斯。夫人之生，榮祿悉備，而長轗軻，沒猶賚志。

彭君有文，述彼哀愍，惻然感人，聞者心軫。況於朋游，能無惻傷，馳辭致遠，以侑奠觴。

銘贊頌

象尺銘

體方直，經緯均相得，度己用此應無忒。

硯銘

磨而不磷，靜以守黑。

硯銘

廉而不劌，中心坦然。

澄泥硯銘

甄之陶之久益堅，琢之磨之好且完，善而藏之德乃全。

胡蘅洲像贊

而容盎然，而腹充然。豈野服以混俗，而遂能自隱其賢。

浮屠髻珠小像贊

俗之遊而衆之嘻，其心則畸；佛之徒而儒之師，其行不疑；吾不見其髡而緇。

北征頌

先生正集內，有聖主親征漠北頌。此乃恩露所輯，蓋亦先生當日代人作者。頌前有序文，以與正集頌前序文大恉相同，故删之，而特刊其頌辭。後一首，則本無序也。鈞衡識。

上天垂祉，陰騭下民，巍巍我皇，萬邦之君。光天之下，至於海隅，仁風翔洽，庶物熙熙。邇融遐暢，外薄窮荒，黄支、百棘，烏弋鳥章。慕思喁喁，延頸內向，駕海梯山，舟車相望。蠢爾虜酋，昏迷天紀，集彼兇頑，爲蛇爲豕。提兵跳踉，近我北徼，陵我屬國，肆其愚暴。謂鞭雖長，不及馬腹，經冬涉春，以田以牧。

皇帝曰咨：虜爲不順，背德梗化，自顛厥命。一夫横行，時予之責，覆天之下，曷敢有越。咨爾在廷，各敬爾司，朕張六軍，親往殲之。羣公上言：虜居絶地，川原莽互，風雪淩厲。遷徙鳥舉，不知東西，草蕪泉濁，敢勤乘輿？

皇衷淵塞，斷以乾剛，天策內運，以遏猘狂。乃命揚古：汝摧其西，以角以掎，與我踣之。乃詔師克，屯師土剌，絶其歸塗，使虜狼跋。乃繕鎧冑，乃總矛弧，乃峙糗粻，乃簡車徒。季春初吉，既類既禡，乘石既洗，琱輿乃駕。百官按部，六軍受律，萬旐央央，重英奕奕。義聲先路，士氣載揚，如川斯注，如機始張。陰山早過，瀚海飛渡，壁壘星羅，行宮雲護。泉甘草豐，士馬飽騰，天眷有德，百祗效靈。遂次拖林，虜勢大讋，進逼盧倫，播逃隱越。皇揮天戈，躬帥虎螭，逐北河朔，電擊風馳。虜棄老弱，氊裘車甲，晝伏夜奔，更蹂互踣。西過昭水，就我西師，如鼠入橐，如螳柱車。三帥協心，左右互角，長戟交横，短兵相薄。我士桓桓，大呼衝擊，虜衆不支，刃傷駼殪。流血潤野，布骸滿皐，虔劉斬刈，盡厥根苗。

三帥奏功，皇帝曰咨，蠢茲羣醜，實黠而愚。稂莠不鋤，嘉穀曷殖？故將天刑，與民休息。飲至於廟，策勳於朝，醫用九醞，鼎陳百牢。灌燧於邊，戢兵於府，萬官億姓，式歌且舞。

在事之初，羣言糾紛，惟皇明斷，制以一心。永淸大漠，收功萬里，刻日而還，如掌可指。九垓八紘，以莫不同，於鑠懿茂，我皇之功。

北征頌

天祐庶物，付畀聖皇，百嘉暢遂，受命溥將。以蓋如天，以容如地，仁涵九區，風馳四裔。在昔三叛，阻兵縱慝，威弧所指，煙沈燼滅。南收島逋，景員踰海，回首面內，羣寮樂愷。北際窮荒，悉臣悉主，弈布星羅，如藩如堵。

含生載氣，以莫不庭，蠢茲醜虜，爲螣爲螟。提兵叫囂，陵我藩服，襲盜貪惏，經時駐牧。我皇赫怒，乃詰戎兵，躬行天罰，以遏亂萌。衆言糾紛，皇心自定，斷制不疑，以發大命：咨爾在廷，子非宄武，孽芽不除，將尋斤斧。昔寇烏瀾，勢已成禽，縱之林藪，猖狂到今。

乃類皇穹，乃宜冢土，乃告師期，於宗於祖。三方命將，如羅載張，我皇發縱，控彼中央。七萃雲屯，五營星列，張皇若神，戒嚴有赫。黃鉞親把，元戎自涖，三辰耀光，百靈備御。乃出天關，乃臨大漠，鳶載前旌，鼙讙應角。爾徒爾車，惟皇第之，以屯以牧，惟皇示之。大庖不豐，飫及下卒，皇有恩言，朔風其燠。彼漠之外，黃沙赤磧，皇之至矣，水甘泉冽。彼漠之外，宿莽夏蕪，皇之至矣，春葭茁途。士有餘勇，馬有餘力，鋪敦瀚海，如行衽席。既逼厥疆，如探囊橐，猶布德威，通彼狂惑。虜昏不思，謂復可逃，禽奔獸竄，棄委倪旄。豈知聖皇，明見萬里，豫設三覆，是角是掎。西師受律，短兵迎擊，我武斯張，羣醜盡屈。折馘執俘，彌山竟壑，掩捕三時，一空其幕。自始出師，暨功之定，事無小大，皇心畢運。虔劉猾賊，永清絕域，時未十旬，既往而復。窮天所覆，悉地所載，昆蟲喙息，惟皇是戴。言灌我燧，言韜我弓，陽春煦溥，震旦攸同。萬物皞皞，垂祉自天，我皇樂胥，於萬斯年！

賦

七夕賦

歲云秋矣，夜如何其？天澄澄其若拭，漏隱隱以方移。試一望兮長河之韜映，若有人兮永夜而因依。彼其躔分兩度，天各一方。會稀別遠，意滿情長。欲渡河兮羌無梁，空鳴機兮不成章。叩角餘哀，停梭積恨，四序違以平分，寸心撫而不定。悲冬夜之幽沈，迷春朝之霽潤，覩夏日之方長，盼秋期而難近。

爾乃商聲淅瀝，素景澄鮮，重輪碾而尋地，破鏡飛而上天。漢影彌潔，宵光轉麗，翼聯烏鵲之羣，橋現長虹之勢，逝將渡兮水中央，若已需兮雲之際。於是躧纖步以輕揚，搴羽裳而潛泳，玉珮露融，羅紈冰淨，摛華星以爲璫，對明蟾而若鏡，笙竽則天籟紆徐，帷幔則綵雲掩映，素娥彷彿以行媒，青女飄颻而來媵，古歡更結，離緒重陳。望迢迢而愈遠，情眽眽而難親，幸宿離之不忒，際光景之常新，允惟茲夕，樂過千春。況復嚴更警逝，流光迅驅，別當久遠，來不須臾，念雲端之重阻，眷天路之無期，莫不願秋夜之如歲，悵秋情之如絲。

乃有繡閣名姝，璇宮麗女，徙倚階除，駢羅椒糈，閒耽時物之新，巧乞天工之與，愛秋華之臨空，快泠風之送暑，婉轉芳夜之歌，密昵長生之語，惜光景之常流，恐歡娛之無處。

況乃家辭南漢，戍縶幽都，望沙場之淒寂，憶庭草之深蕪，方擣衣而身倦，乍緘書而意孤，望星河之乍轉，驚日月之相疎。值天上之佳期，觸人間之別怨，立淸庭以無聊，痛河梁之永限。腸膠轕以爲轤，意氛氳而若霰，激長歌以心摧，展淸商而調變。

歌曰：樂莫樂兮相於，悲莫悲兮新別離。今夕兮不再，晨光兮已晞。重曰：秋夜良兮秋河皎，度秋風兮長不老。蓀一歲兮一相過，勝人生兮百歲多。

詩

惜抱軒文後集劉海峯傳云：「方侍郎少時，嘗作詩以視海寧查愼行。查曰：『君詩不能佳，徒奪爲文力，不如專爲文。』侍郎從之，終身未曾作詩。」又先生作喬紫淵詩序，自言：「兒時學爲詩，家君戒之。年二十客京師，偶爲律詩二章。涇陽劉陂千見之，曰：『子行清文茂，內外完好，何故以詩自瑕？吾爲子毀之矣。』自是絕意不爲詩。」蓋詩非先生所長，生平不多作，海內學者罕傳之。予刻先生遺文，其裔孫恩露錄家藏詩稿十五首見寄，義正辭雅。附刊之，俾學者見所未見，亦快事也。鈞衡識。

擬子卿寄李都尉

汎泭委驚湍，隈隈任所觸。大冶自鎔金，焉能順其欲。羈鴻隱朔漠，飛翔翼常縮。獨鶴棲瑤林，長鳴念谿谷。不聞鸞鳳音，時恐鷹鸇伏。百年會有盡，沈憂日夜續。寸心遙相望，萬里見幽獨。

裴晉公

不去爲無恥，不言爲不忠。正告中興主，漠然如瞽聾。以茲至晚節，心迹有異同。出入任羣小，將相如萍蹤。宮庭匿夭氛，邊疆多伏戎。宗臣在東洛，夕命朝可通。綠野餘清興，精神已折衝。安敢謀一身，高舉思明農。

明妃

漢帝惜豔色，明妃出後宮。曲中留哀怨，横塞詩人胸。蔦蘿隨蔓引，性本異貞松。衆口不瑕疵，多憐所遇窮。若使太孫見，安知非女戎？昭陽爲禍水，豈讓傾城容？

嚴子陵

君臣本朋友，隨世分汚隆。先生三季後，獨慕巢由蹤。眞主出儒素，千秋難再逢。故人同臥榻，匪直風雲從。孤高一身遠，大猷千古空。豈伊交尙淺？將毋道未充！臥龍如際此，焉敢伏隆中。

將之燕別弟攢室

詰旦將戒徒，獨步登山岡。淚枯不能落，四顧魂飛揚。往時重暫別，而今輕遠行。豈忘岵屺詩，言此裂中腸。死者不可留，何況客異鄉。家貧無儲蓄，老母甘糟糠。翁性嗜醇醪，客至羞壺觴。所恨爾長逝，出門增恫惶。爾能奉晨昏，細大無遺亡。長兄雖篤謹，不若爾精詳。日夕下山去，身世兩茫茫。

赴熱河晚憩谿梁

羣山作秋容，蕭然如靜士。月出烟光融，山空疑遠徙。解鞍步河梁，高天淨無滓。儻値身心閒，景物覩尤美。因羨耦耕人，銷聲向雲水。

薄暮自樅陽渡江赴九華

名山如勝友，未見意難忘。卽事得餘隙，扁舟下夕陽。閒情戀雲水，浪迹暫家鄉。身世何終極？空嗟去日長。

送楊黄在北歸

吾衰駒隙短，君去塞雲高。嘉會生難再，離心別後勞。風霜隨客路，藥餌仗兒曹。何日還三徑？音書附羽毛。

展斷事公墓二首

不拜稱元詔，甘爰十族書。壯心同嶽柱，寒骨委江魚。天壤精英在，衣冠想像餘。拜瞻常怵惕，忠孝檢身疎。

高皇肅人紀，義氣懍環瀛。作廟褒余闕，開關送子英。微臣知國恥，大節重科名。嗚咽窮泉路，應隨正學行。

川姑墓

欲踐曹娥迹，孤嫠誰保持？門纓中有變，節孝兩無虧。七十不環瑱，千秋作表儀。忠魂應少慰，有女是男兒。

輓李餘三方伯三首

盛夏軒車至，精強倍往時。誰知交手別，永與故人辭？六郡遲膏雨，三吳滿涕洟。衰殘失素友，愁病更難支。

金門同載筆，玉壘數遺詩。萬里面如覿，千秋事所期。官移臨震澤，天與豁離思。再會無私語，劬躬答主知。公既爲邦伯，翻稱門下生。自慙無道術，焉敢正師名？抱病仍求益，憂民實至誠。斯人若弦翦，終古志難平。

別葉爾翔

四海故人盡，爲君一繫舟。衰殘良會少，謦咳宿心酬。八十苦無食，千秋豈暇謀？自慙籌莫助，別後重離憂。

方苞集集外文卷十

尺牘

與陳占咸 大受

始春得手札，聞來使已回，是以久未得復。愚臥病閉門，一無聞見。惟鄉來衆論謂：十餘年間大府廉靜愛民者，未嘗無人，而多不能察吏，是以民不見德。凡爲吏者，三年以後，貪廉、仁暴、明昧，本難掩民口。其是非失實，大抵寄耳目者非其人。惟實按以政事，多採人言而參伍之，去其尤患民者，則百吏革心，而民實受其福矣。往者湯文正、于清端及目今德濟齋，所至得民譽，皆由於此。

又陳總憲在東夏時，曾有一事，至今民歌思之。濟寧州土棍聯衙蠹、武舉、劣生爲害。陳公訪聞，懲其尤者，放流二人。其餘六七十人，張榜通衢。令州縣註册，不能改過，仍與聞外事，即時申報，紐解治罪。至今屏息，雖欲爲患於鄉里而不能。此天下通患，不可不留心訪察也。

邇來頭目痛不可解，亦懶於作字，餘不贅。

又

得來示及與兄子某札，具悉賢者察吏安民，事事實心，且曲盡苦心。私懷欣暢。愚札所以汎言治體者，離鄉三十年，土俗民情之變易，末由深悉；卽有所聞，恐係愛憎之口，不可信也。賢既得之實見實聞，又能公聽並觀，不以耳目寄一二人，自各得其條理。近都下亦衆白於所劾之皆當矣。過嚴之疑，正由去重從輕，未能察君子之用心耳。凡治法莫如內寬而外嚴，目前尤爲要道。若不能大畏貪劣者之志，則遺實害於民。愚前亦聞過嚴之語而不以告者，深信其當如是也。聞今歲各屬秋成尙好，未審鳳、廬何似？言不盡意，臨風神溯。

又

凡大府清明嚴肅，而又能安靜，然後實德及民。賢自秉節鉞，官吏士民相安，卽此見眞實力量。但聞事無細大，必親裁決，自是古賢用心。昔武侯固然，但聞見中有倣而爲之者，久之則重以自困。蓋小者一一致詳，則大者或轉疏略。幕中必求得信心人，小事一以委之。然後精神休暇，日力有餘，可專一以治大事。

今移鎮江蘇，事雖煩，而臬憲陳公深鍊世事，實心爲民，一切刑獄，可不大費心力矣。運司朱公耿直樸實。蘇常道王公雖未知其吏治何如？而共事書局時，知有志爲好官。崇明總戎陳公，心術坦白，頗有識見，吏疵民瘼，可備諮訪。欲得州縣官仁刻、廉貪、昏明、敏罷之實，必先於道府中得二三公正誠信人，參伍其議論，考證所見聞，乃得無誤。下江風氣與上江異，士大夫、商旅、伎術人，聲息日至京師，如潛菴湯公，大服其心者甚少。儀封之廉公，尙嘖有煩言。顧用方專以公誠簡靜處之，數月中亦頗無異議。

愚今年來舊疾時作，幾不能支。悤悤不盡欲言，臨楮曷勝馳溯。

又

來書所言，事事皆處之得宜。至謂「歷事多，利害甚明，則受病卽在此」，眞古名賢語，可爲庸庸者藥石也。用方臨行時，愚囑一切吏疵、民病、漕運弊蠹，與賢商論，必大有益。昨力堂問救荒實政，亦告以誠心與賢經畫，必得其宜。力堂忠國愛民，直辭正色，爲中朝第一。別札中三條，以其行速，已告以大略，晤時，錄原稿付之，當與公同心。且聖主鑒其忠誠，或可爲斯民福也。陳札卽當作字封致，聞仲夏始得回。

又沿江居民大害，莫過於糧船東下。所過之地，遇蘆洲，則結束之柴，必搶大半。所駐之地近魚蕩塘偃，則恃衆強取，居民不能敵，有司不敢詰，即大府亦不能禁，以其爲別省之船。惟漕督嚴責運弁、運丁，尚可少斂戢。若訪於賢，亦望切言之。

愚自聞祖墓積水起攢，寢食不安，舊病竟難支，不知終作何狀？貫一事，古義可風。去臘已進周官，頗蒙嘉許。將以三月中告歸營葬。餘不宣。

又

先斷事公諱法，苞五世祖也。明洪武初設制科，中己卯鄉試，出正學先生門，爲四川都使司斷事。不拜燕王詔，本省羈囚。又以正學先生十族赴詔獄，至三江口自沈，尸骸不得，以衣冠葬，事載欽定明史正學傳。配享江寧南門外正學祠。專祠在桐城，有司春秋時祭；而自先太僕公葬金陵，子孫居江寧者，不能歸展墓拜祠。

苞擬建宗祠於江寧，名曰教忠祠。其地或於先曾祖副使公舊圃，或於壽州族祖震孺虎踞關山房。中室祀斷事公。西室祀始祖以下四祖。東室祀斷事公子某、孫某，爲分支之祖；太僕公之祖某公，爲積德累仁之祖。先太僕曾建小宗祠於桐城，子孫典守者竊摽棄之。今擬於三室之後，更作三室爲小宗祠，祀太僕公以下三世祖考。程子云：「凡士大夫皆宜祀高曾祖禰。」本世所通行，特太僕則不祧耳。教忠祠祭田二百畝在高淳縣，乃苞爲鄉貢士時所置。康熙壬午小宗祠祭田百五十畝在江寧，苞爲秀才時陸續購得，拙集中所記泉井祭田，其一也。瑣瑣必敍入者，以服官後未增一畝也。望賢爲作教忠祠記，而小宗祠及祭田亦附見焉。每見故家祭田，多爲子孫所鬻，而敝族并及宗祠。若得大府名碩爲記其事，則不肖者妄念不生，而買者亦有所顧忌。

苞平生夢多奇應，七月杪，夢或告我來年將委蜕。記文祈速就，及余之見。其勒石，則必俟賢總制鄰省後，不敢躁也。又明初方、景二公祠，宋楊忠烈祠皆在江寧南門外，相去不過百步內外。正學墓無古木。楊祠與墓數十圍木，姦民下闕

又

前一札託程世兄致，想已達。近聞王次山老先生丁外艱。古者三老在學。吳門老輩如韓祖昭、葉爾翔，皆精於時文，兼明古學；且人品端正，年近耄而視聽不衰。愚往年曾爲道其人，尙記憶否？若延爲義學師，實可不愧。望酌之！

又義學不宜專教府城貧士，貧士無才學者，始貪義學中飲食之費。宜用于清端遺法，移會學院，遴三十內外屢試前三名兼通經史者，更訾相其材質，于公所取，止屢試第一，不問古學。試以時、古文而後留之，則當有人材出。但彼時義學中資用甚饒，近則不能。如有高才積學而以授經

爲生者，必商度能以二三十金給其家，然後能遠出耳。于公所教四十餘人，以專課時文；其後未成進士而以舉人、拔貢者，不過十許人耳。若兼課以經學古文，而賢大府暇日時親臨，進諸生而告以行身植志之方，激發其志氣，則所成之人材，必有遠過於于公時詞章之士者矣。悤悤不盡欲言。

又

南歸後，得賢二札，大爲心開。每見士大夫平居陳義侃侃，及肩事任，遇小利害，輒自背其初心，而不顧人之非笑，滔滔者皆是也。賢能以義制事，當其時，不以世故人情亂心曲；既事，不以成敗利鈍生恫疑。此老生夙昔相期，而未敢必其果然者。今日見之，愉快爲何如！

憶昔安溪李公以直撫入相，余叩之曰：「自入國朝，以科目躋茲位者，凡幾？」公屈指得五十餘人。余曰：「甫六十年，而已得五十餘人；則其不足重也明矣！望公更求其可重者！」時景州魏君壂在側，退而曰：「斯人吾未前見。無怪乎見者皆不樂聞其言也。」三代以後，雖君臣志合，如孔明之遇先主，猶不能知無不言，言無不聽；安敢妄意伊、傅、周、召之事業。但既自獻其身，又荷主知，則宜有一二大節，使後世聞而興起。其次則訏謨壯猷，功在社稷。又其次則禦災捍患，實德及民。若碌碌奉其官，恥莫大焉。往歲徐、鳳、淮、揚水災，萬口同聲，謂能體聖主之心，父母斯民者，首濟齋德公，次吾友。安撫張公憂勤惻隱，而感頌未若二君子之殷；以鳳屬之災，未若徐及淮、揚之廣且酷也。是賢於三者，已一有得矣。然歷觀唐、宋名賢，必堅持此志，類之盡之，以終其身，然後奕世無疵焉。步山椒者，數盤以後，登陟愈艱。齊紈之潔，偶觸脂垢，雖數浣濯，不能去其暈。然則成敗利鈍，賢能不以爲憂，而不可不以此爲憂也。

先賢祠一簡，李老先生書一封，程世兄札一封，望驗收分致。餘則貫一能口云。臨楮不勝懷念。

又

每得手札，懷抱爲之一開。所慮人材日少，大吏以敢作爲能。或耽吟咏、薄案牘，使萬事隳壞於冥冥中。若左右輔弼有能入告我后者，尚可矯除。曾爲貫一切言之。邪人多易變，總由既得而患失；湯睢州亦不過能不變耳。愚與貫一常欲以睢州望賢，近來人望日重，可見人心之同。但行百里者半九十，洵有如來札所云耳。愚散體之文從不以示人，惟貫一輯得十八；賢慮其沈沒，古人之用心。當命兒孫鈔寫，冬初寄覽。諸經解說共九十餘萬言，必得一通人能寫能對，與愚同寓，有疑卽問，然後無譌舛；但非終年不能畢事。愚平生心力所竭，惟在別擇先儒經義。若能購善本，照樣删取點次，俾令嗣秀敏者治之；兼傳其學於湖南北之學者。其事大於存老生一家之說；其費適相等，不若舍彼而爲此也。

又黄岡杜于皇先生遺集，舊爲曹楝亭所得，後不知其所歸。滄洲竟世諏訪，未得其蹤。近金陵一貧家婦出一二册求售，索價百金，幷古文幾二尺許；雖無關於世教，亦百餘年來一文獻也。若能約貴鄉中有心者四五人共購之，各鈔一部，亦大快事，以久巳湮沈而復見也。

前使者至，當卽以子參參丁付之。昨巳付程世兄百金。據程云：往年係百九金，而來札止四金。俟程回蘇時再報。輿圖巳封付程。臨楮不勝馳溯。

又

仲秋出訪地師，兼尋舊友知醫者。地師他往，醫亦無效，脛腫如故，頭痛轉加，將若之何？連得二札，中云閱牘多則此心漸昏一則，乃古賢治心治事身體有得之言。國初圖大將軍海，羽檄旁午，觀書不輟。湯文正之在秦中亦然。與賢所見略同。其他論人論事，皆有深識卓見。近見羣賢志事，皆蜚搖無定。將來繼武睢州，惟賢是望耳！發來書籍收到。

儀禮經傳通解，印點甚難其人。別簡所條舉，留意辨察。餘不宣。

又

前九札，映垣自都寄到，云得之陳公裔孫。此札乃厚子自雷翠庭讀書偶記録者。今合刊之。鈞衡識。

知老生志事者，莫如貫一與賢。天幸兩賢並爲聖主所特知。望重自砥勖，爲國家擔當世教，爲天地保護生民，各竭力所能致，以歸潔其身。並告同學諸君子平昔不病老生爲迂闊者。此札閲過，即確寄貫一。

與魏中丞 定國

及門劉生大櫆者，天資超越，所爲古文，頗能去離世俗蹊徑，而命實不猶。弟舉以鴻博，已入彀，而或檢去之，兩中副車。今以親老，不忍遠離，止得暫圖教職。公見其文，自知其堯然而異於儕輩。弟復先言之者，以其數奇耳。其所著小稱集，謹以呈教。

與雙學使 慶

劉生大櫆不但精於時文，即詩、古文詞，眼中罕見其匹。爲人開爽，不爲非義，爲學慕中最難得之人。

與雷貫一 鋐

大臣體國，莫急於得賢。必舉能不詭隨、志在忠君利民者三四人，以告聖主。見西林，以此告之。方苞白。

與族子觀承

得來札，重承節鉞寵命，惟有恐懼。古賢獲自天佑而身名俱泰者，其根源皆自此一念始。興利除弊，施實德於民，乃所以答主知，而開子孫以五世十世之福。餘各一箋，惟審察之。姪言文集中尚有宜商論者。無緣相見，幸詳列一單封寄，餘不贅。望老人字。

又

序必姪親行書，刻本必歐字。原本皆淮上、江寧拙工所爲也。愚於祠堂之左，老屋數間，名曰敦崇堂。有楹聯欲姪書。俗稱姪，非古也。署伯父望溪先生命書，後但書名。酌之！餘不贅。望溪老人白。

又

連得手札，久之始作答，衰疲可知。清涼寺碑記未知有暇爲書否？又太僕公小宗祠，欲姪楷書，盥若曾相聞否？適潘道兄過我，乃我搜會試卷所得士，爲人老成開爽，告假葬親及其兄，返山陰，故附書通問，餘不宣。望老九月二十九筆。

又

得來札甚喜，所見與愚不謀而同。下糧道諭，曲盡事理，言中肯綮，皆稱量而出，非幕中人所能代也。略易文移中字面，便似古人敎令。以後凡有關治敎文字，必自爲之，久之便可成集矣。葉君增俸，不獨余心爲之一寬，以安老儒，實盛德事也。清涼寺碑記，行楷一聽擇便。江寧刻工甚拙，若得好手，於浙中刻之，一水易達也。望老白。

又

扁聯並嘉，卽付康在雙鉤鋟版。序內增入七十子之文一段，更覺醲至。此語老夫胸中常私以自勵，不意自姪發之。李漢序退之集，則以弟之子序伯父集，不用以改跋。餘列別簡，不贅。望溪期老人白。

又

望溪集偶鈔，如姪所云更定。再寄一部，並經、子七種。周官解辨，聖人經世之法；春秋通論，聖人斷事之義；乃擔當世道，爲國股肱者所宜用心，非經生之業也。

時人於喪禮，百不一行；非惟不行，亦竟不知。老夫痛之，故爲或問一書，甚有關於人紀，聖主大孝，實行三年之喪，顧用方總督漕務時，刻之淮上。三年前，閩中監司並讀經史子集二册，刻頒各州縣儒學。嗣後關中、河南、粤西中丞、學使、監司各鋟版以示諸生。姪若作一序，述尊公與老夫雖遠兄弟，而居相近，少小相親。及水部公官京師，延劉北固教尊公時文，而老夫適入試京兆。每過寓齋，尊公即從問經、史，或問及書後諸篇，手錄而藏之篋笥者過半。姪叨爲岳牧，宜慶聖上之孝治，故鋟版以示書院羣士及各州縣生童，將以助流政教，而亦以終先人之志事也。此書徧布於百城，則尊公之好學親賢，亦不沒於後世矣。

又　自魏中丞以下十札，皆厚子搜錄者。鈞衡識。

接來札，惻惻感人。兼旬以後，不得已仍治儀禮，營祠堂未竟之工築以自遣。惟夢覺，及清風朗月，尤難爲懷。靜思賦命坎屯，竟世在悲憂窮蹙中。自告歸，獨坐山耑，身心少覺安泰；故昊天不弔，俾餘生常戚戚耳。姪短札古雅，老夫皆篋藏。公餘隨意以小箋書平生稱心詩句，備各體字，俾裝册子，時一展視。復梅少司寇書，到日若已回京，望即命奏摺人確遞。王生語，盥若口之，餘不贅。期大功望老人白。

與從弟雪泉

雪泉曾孫某出示此札，前路殘缺，錄其後半如此，亦略見先生篤親之萬一也。鈞衡識。

楊樹灣田價，又從新債百餘金，尙未得成功。以鮑甥在省，樅陽存稻近百石，貴時不賣，近則不可賣矣。助叔父葬事十金。賣此稻時，鮑甥自送上。又命以十金付六弟，爲五弟典租四石。意欲明後年積至三十金，未知衰殘之軀，此志得遂否也？二兄又白。

與顧震滄

從春秋大事表錄出。

承示春秋表諸序，乃知老先生始仕而顚，乃天心玉成，使有得於古，有傳於後也。僕戒爲時賢作序三十餘年，今必破例爲之。老病不能爲揖讓之禮，故不見一人。先生若枉存，自當披豁泉石間。

答尹元孚 恩露藏本

得手教，一切具悉。爲母編年譜，古未之有；而太夫人志事與賢士大夫略同，乃婦女中特出之人，不惟今世希聞，卽在古亦罕見。則孝子創例以爲世法，播流海內，可興可觀，人不能訾也。如苦窶藹時事，皆瑣細不可條舉；則總計家道息耗，人事吉凶改移，或數年或十數年而括之曰：太夫人於是年幾何矣。此史記孔子世家義法也。略者略之，詳者詳之，唐、宋名賢年譜多如此，不必以前事簡略爲嫌也。望溪方苞白。

方苞集集外文補遺卷一

書後

記湯玉聲所書周官經文後

萬物之聚散，皆在周官，其端緒條理，不可以遽通也。余中歲始學焉，其職或分或聯；其事或列或否，或詳或略；其辭或損或益，或先或後；參差相抵，而精意與事實，皆具於空曲交會之中，而先儒多各就本文以爲之訓，故其覆之未發者爲多。程子有言：「春秋一字有異，或上下文異，則義必異。」是卽記所稱「屬辭比事」之教，而治周官者，所當取法也。昔朱子以「春王正月」不可遽通，遂絕意於春秋之學。及今攷之，周人卽以子月爲春，義具經文，顯然可徵。以斯知二經之微指隱義，非熟於本文，其端緒條理，不可得而見也。

余晚學周官，苦其難熟，欲書經文爲六册，日挾其一，俟公事之隙及服車中，時發而誦之，恨衰疲不能手書。間與寶應劉生道此，會湯君玉聲客劉生所，生因以相屬。逾月以所書天地二官來，余爲心開，自日中至嚮晦，玩而不能釋也。

湯君以善書著淮南，求索者跡交於戶，日不暇給。今爲余書六七萬言而不以爲煩，又探予之情而速就焉，自顧無可以得此於君者。倘天假余年，得補舊學之缺，俾是經未發之覆，次第開通而無遺憾，則君之就此，豈獨爲德于余者鉅哉！

書諸公贈黄尊古詩後

余自中歲以後，交遊日稀，雖當世知名士，或不聞其姓字。近益衰病自弛，親知故舊以文墨相屬，十無一二應者。雍正六年孟冬，寶應劉篁村持一軸一帙過余曰：「黄君尊古，奇士也，年今七十矣。少學繪畫，嘗獨身行萬里，徧覽海内山川面勢，以發其奇。名公卿賢士皆樂與之遊，爭爲文與詩以張之。獨自念與先生並世而未得面，必丐一言而歸老焉。」余固辭，篁村委而去。

歲既晏，偶展其軸，則高山深林，余意中所欲覯之氣象也。發其詩，平生執友並前輩知余深者，凡六七十人與焉。余生山水之鄉，幼而樂之。顧終身栖栖，比邑連郡數百里間，衆所熟遊，未得一遇目。每當舟車奔走，遙望林泉，中心輒惘惘然。又閲諸君子詩，其言笑音容，宛然余前，而無一存者。用此始而欣然，既而益愴然也。因書以附諸君子之語後。

黄君名鼎，虞山人。

書李雨蒼札後

吾友永城李雨蒼年七十有八，而好學不衰。乾隆二年冬以書來，言：「有孫廷直，聰明質仁，甫成童，徧誦五經，而夭死。念所學莫之能承，每發書，輒隱慼而中輟焉。」憶余出刑部獄，過所知，其人初授館職。飭之曰：「君自是可一意於古人之書矣！」作而曰：「吾不能，未敢爲違心之議也。」時人爭傳：余行後，某立招狎客，吹竽擊鼓，號呶竟夕，以祓除不祥。他日，以實叩之。曰：「果有是，敢匿情乎！吾輩於書，特陽浮慕之耳；若誠好之，不祥孰甚焉！」嗚呼！觀廷直之夭枉，豈得以斯言爲妄哉！

在昔吾弟椒塗及亡友張樸村之子直方、李剛主之子習仁皆然，求其爲之者而不得也。及觀程邵公誌，及知人之賦生精一者，間值而難久焉。又觀邵子所云，而知天之生人，其精神固不能以數聚焉。嗚呼！二子其知之矣！豈書能爲之祟哉？

記時文稿與於詩三句後

海寧許公視學江左，時余在京師。公遺宛平高先生書，稱爲江東第一能文之士。還江南，謁公于澄江，未嘗執諸生之禮，稱謂用後進所施於先達者。越日，公招飲。使院同謁者聞之大駭。余乃自悔失禮，而公愛余益厚，居門下者乃莫能先焉。

癸未，榜揭。公見韓城張先生言：「闈中得曠九號卷，淵懿高素，有陶、鄧之風，必海內老學。」細叩，則余文也。二場屬對工者，尚能舉其詞。余時南歸薄遽，未得繼見。踰歲而公出理北河，每見朋游，必屬曰：「爲我語方君：『家貧親老，乃爲舉世不好之文，以與羣士競得失，將以爲名邪？何所見之小也？』」今年入試禮部，易爲嚴整明暢之體。蓋感公相責之語，而自悔曩者辨義之未審也。此篇乃臨場揣摩之作，故并記所由，以識余之鄙劣，而數爲賢者所器重；蓋深懼其無以稱焉。

記時文稿有爲者譬若掘井一節後

此乙酉江南鄉試題，表弟鮑季昭文，抑於同考而爲主司所賞，刊入鄉墨，余未之奇也；攜入京師，潛虛、大山、北固皆嘆賞；安溪李公以爲天下奇才，當勉以著述。余歸寓覆視之，仍無奇。還江南，偶以三題課兄子道希，因自擬作；審察題義，取鮑作再三視：其首篇詞義俱拔出先輩之外。次篇理備法老，更無從出其範圍。惟三作精神未旺；因握筆爲之，含意聯詞，便覺其文亦親切有味，中幅竟沿其意，惟前後稍展拓耳。

夫以親戚暱好之文，再三審視，猶幾失之。世之司文章之柄者，未必有過人之明，而一不當意，遂棄如遺跡，他人善之，轉生娼妒，何其用心之不恕也？記此使聞者省焉。

書

與德濟齋書

臺灣未開，不過島夷一蟻穴耳；既開之後，沃野千里，粟溢泉、漳，物產豐盈，盜賊覬覦，故叛亂頻作，幸而速平，若措注失宜，不惟七閩之憂，乃濱海九省之劇患也。雍正□年，督撫請築郡城，僕爲駁議，視鄂、朱二相國。先帝尋改成命，特降明諭，以覺羣愚。乾隆二年，大吏復請，九卿中無一知有前論者；僕檢示，然後相顧愕然。公今作督，若不能遠慮，則終無可望矣。蓋郡城一築，設有變亂，官軍雖入鹿耳門，必坐困於賊，僕前議所已詳也。然計萬世之安，非削除鹿耳門之險，終無完策。

往者鄭克爽、朱一桂之平，王師皆連䑸澎湖之澳，以伺風潮；風潮時，激水高，港平，衆艘齊入，故功成於旬日。若賊先設守於澎湖，則我師不能暫停，況久伺風潮之便哉！其餘南、北路，不過打狗、東港、淡水、鹹水、笨港，巨舟可入；而大洋中舟無所泊，拒守甚易，攻入則難。若有雄傑多智數者，竊據其中，擁百萬之衆，粟支十年。我入則難，彼出則易，北至登、萊、天津、遼東，南至廣東，乘風帆皆旬日可到；豈獨閩、浙、江南前此數遭寇掠哉？

僕問之閩人，多云：「是乃天險，巨石互盤，下皆鐵沙，不可疏鑿。」此庸人之見耳。龍門、蜀江，上古皆能開通；況後世器械益備，人功益巧？山海關立鐵於海中，端溪之石，穿泉以取。鹿耳雖險，石出水面者，可火焚而醯解也。隱伏之沙，俾沒人下鑿，深丈有五尺，則無不可入之舟矣。公試集土人，叩以自鹿耳門通安平港，焚石鑿沙，廣五十丈，用人工帑金之數，懇切入告。先開門左右各二丈以爲式，然後次第興作，積以歲月，何患無成？其然，則如廣東之瓊州，少建城堡，分設州縣，永永無患。否則一旦有故，欲如前此候風潮而入，不可得也。

與陳中丞書

僕常痛自先兄歿，尋常言動，不復有所畏忌；自劉君月三、張君彝歎歿，雖有耳不得聞其過。忽得手書，責以循不肖子道章之妄舉。且誦且懼，爲感爲愧！欲具列所以，則不肖子無以自比於人；欲隱而不言，則僕之惡亦有難自任者。是以涉月經時，而無辭以對也。雖然，執事乃不肖子所宗師而僕之畏友也。敢匿情乎？

往年八月，僕遘熱疾，而醫者以爲寒，藥物誤投，幾死者數矣。至仲冬望後稍蘇，聞道章闈墨，見之始大駭，詰其故，曰：「此諤廷先生所刻同門卷也。先生削定首篇，章謂與後二篇不類，請存其眞，而以先生所定爲改墨。先生從之。「章未嘗自刻也。」問其出幾時，則已徧流於朋齒矣。是子也，愚而自用，卑幼而自尊，其顯過則不聽於師，而隱慝則不告於父，一舉而四惡備焉。此僕所以隱痛而不忍言也。然僕未前見其文，則有不待辨而明者。其首篇多誹語惡調，其誤用經書者四焉，使僕見之，肯衆播其謬醜乎？今經書誤用者，已屬諤廷先生改刻，其明徵也。

抑更有恨者，士競文術而忘行義，其邪惡藏於肺腑，欲洒而濯之，師不能得之徒，父不能得之子。不肖子聞經書之誤用，則目熒而色沮；而失禮於師，取憎於父，則未見其內慙而食不下也。往者，京師士友知僕時危疾，頗有私責章者，章聞之蔑如；及見執事教督之言，始知以冥行上累其父，乃稍有懼心焉。使過此以往，終不能悛，則不惟執事宜揮之門牆，僕亦將舉古放逐之禮，庶其困而悔乎！執事徐察其他行，而時以告僕，則爲賜大矣。

濟寧分手後，曾屬楊君致周官集注。邇年時復改易，將更寫，並所箸喪服或問及辨正周官、戴記、詩、書、子、史爲劉歆所僞亂者十餘篇相質。然非得信使，慮有浮沈，未敢輕付。言不盡意，勞積何如？

答翁止園書

往歲聞流言已達於山右，甚恨之，致書梁君以釋其疑，而杜謗者之口。不以告者，以吾兄之清介，而鄉人每反其事以相謗傷。不言其故，則無爲通書；直言之，又恐爭辨滋彰，如泥中之鬭獸。今年得兄子希及兒章家書，復告梁君：敍貼諸經，亦非吾兄不可屬。即以鄙意相聞，又附書家郵中以報，豈俱未達邪？

前後來示，僕再三推究，竟不識指意所屬。鄙意止就崑山刻本，存其可者，而不雜以注疏、大全，俾購者易得，而用功亦有節次，始事時已詳言之矣。至編纂，則通論大體者別爲一編，或弁於前，或附於後；章解句釋，各列本文下。此一定之法，吾兄所編易解，既有成式矣。所謂詳閱者，欲吾兄於僕所採，芟其支蔓，於己所增，明注其旁，又已詳言而屢屬之矣。不知吾兄所謂立一主宰，設諸條例者，更有何等義法？是以難於置對耳。

僕嘗欲每經匯漢、唐至元、明義疏爲一書。其通論大體最要者爲綱領，其次爲總論。章解句釋者，則分八類：首正義，次辨正，次通論，次考定，次考證，次餘論，次存疑，次存異，存異則加辨斥焉。但專錄崑山刻本，除去所載注疏、大全，則所謂綱領者絕無，而正義亦罕有，吾兄幸酌度！若正義尚多，則總論別編，不必標綱領。敍列八類於章句每條之下，不復以時代爲次，亦可使覽者開卷了然。自今先編春秋，次尚書，望切究之！不宣。

答劉月三書

連得手示，皆慮不孝子以哀致疾；此不孝子平日飾行隱情，以致久故如兄，猶未察其薄戾冥頑之實也。傳曰：「哀樂不失，乃能協於天地之性，是以長久。」故先王制禮，哭泣辟踊，所以達哀愠而安心下氣，於養生之道，非有所違。不孝子所內自恨而不容於心者，少壯無良，重微利而輕色養。計數生平，在二親之側，日月甚稀。繼又自作不典，使衰疾之母北來就養，未獲數歲之安而永棄其孤。不孝子心絕志摧，宜十百於恆人，而自忖乃不及十一，此心頑然與禽獸無別。故不敢匿情於執友之前，望語二三君子，使知不孝子不得復置於人數中，其辠殃不可少減。此義惟吾兄必灼見其然，是以敢私布之。

答梁裕厚書

聞足下南行，專爲排纂宋元經解，不獨信義著於朋齒，且使七百年先儒苦心耿著於世，而有功於先聖之遺經，非足下志力遠過衆人，豈易成此。來示欲並刻僕所删取五經大全，足覘所志閎遠。但大全行世近四百年，家有其書，且崑山刻本中所删取有不能遠過大全中所芟薙者矣，並刻之，恐轉生學者之疑。果能不惜工費，僕有批點補注史記、删定補注管荀二子，半大全之費，便可刻三書。其行世尤速，將期月而徧布於海内，可使學者因文以嚮道，益信經解之删爲不謬而争先欲覩也。

止園編次易説，尚未郵致。鍾勵暇從其父於江西，適有書至，尚未見足下手札。僕復書，期以事畢即過江寧。又聞中雷孝廉名鋐，頗好古，近官國學，聞此舉，自矢明春不得於禮部，將告歸共成之。其學識亞於止園，而徵勝勵暇。若有意相招，幸示復，便與要言。

此事非得二三人不能速成。僕始意總標全節，而序列各解於後，蓋恐細分，則有僅存經文而無解説者。既思小象傳無解者甚多。且此書本以補注疏、大全所未備，止列經文，亦可使學者知羣言放紛，皆黄茅白葦，多駢旁枝，而一無所取也。不如壹仍注疏編次、大全所分節段以便學者。已作札告止園，未審足下所見若何？惟切究之。

與梁裕厚書

發憤以十月朔閲崑山刻宋元經解删本，而事殷日短，涉月三日，始畢周易第一册。更清寫并原本寄覽，望校勘無訛，仍寄示。俟卒業，再議發刻。此書成，然後以僕所删大全，益以所擇注疏及折衷内羣儒語，及是編切要者，别爲一書，則此經之義訓粗匯矣。

止園用古易編次，其説雖本朱子；但孔子始作十翼時，文王彖辭、周公爻辭本各爲一編，安敢以己所作與先聖並列？後世既以程、朱及羣儒語注彖辭、爻辭下，則以孔子之傳近附彖、爻，俾先聖相承相變之義，後儒引伸辨難之辭，開卷了然，未嘗非治經之法。況自注疏、大全流布海內，學者日習而心安之久矣。今必分之，使覽者既畢爻辭，而後別觀孔傳，則前說遺忘，義意無由浹洽，欲尋其相承相變引伸辨難之意緒，則方觀於此，而又檢於彼，反耗精而費日。凡此皆立異求名，非灼知治經之體要而親嘗其甘苦者也。止園精神血氣日衰，仲秋抱疾，至今未全愈，大懼薄祜，未能久留於世，以觀是書之成也。悤悤，不盡欲言。

送序

送德濟齋巡撫甘肅序

孟子言：士能尙志而居仁由義，則大人之事備；而求仁取義，則自無願於膏粱文繡始。嗚呼！伊、傅、周、召之事業，不可以望之漢、唐以後之名臣，其根源以此而已。惟漢袁安、楊震、諸葛亮，宋王曾、范仲淹，天資近道，故其志亦毅然特出於二代。然皆家世儒素，初未染於膏粱文繡，及學之成，行之堅，則雖富貴而無改於前度耳。

吾友德公濟齋，系出太宗。少藝勇絶人，年二十，櫜弓韜劍，篤志聖賢之學，閉戶窮經三十年。其學尤專於易，所爲圖解，能引伸先儒之緒，而自發其心得。其躬行，則以養大體爲宗而實踐之。常避所應承公爵，俾兄子嗣焉。世宗憲皇帝知其賢，雍正十有三年，起家爲兵部侍郎。乾隆元年秋，出爲古北口提督。二年春，特簡巡撫甘肅。蓋以此地控制西域，固抱秦、隴，師旅初罷，民氣未復，而武備又不可弛，布德壯猷，非公莫屬也。

夫治法兵謀，要本於仁義。仁者愛人，則惡人之害之；義者循理，則惡人之亂之。一路數千里之間，牧民訓卒，不得不寄之令守將校；其中可信其愛人循理者，未必十四三，而當防其害之亂之者，十常六七。大府以一人穹然於其上，耳目思慮不能悉周，而左右親故，又未可深信。故朱子提舉刑獄，猶受誑於姦民，事久而後覺之。以公之篤於仁義，平生所實踐，設誠而致行之，吾既爲公必之矣。至於情僞百出變詐之設，能使東西易面，而人不知；必能深以通天下之志，幾以成天下之務，剛柔迭用，動靜不失其時；然後能極於仁之至義之盡而無憾焉。

昔孔子嘉管仲之功，許以仁而惜其器小。子產爲政，主於嚴猛，而稱爲惠人。又曰：「子產猶衆人之母也，能食之而不能教也。」以是參互而求之，則大道之行，三代之英。子所云有志焉而未逮者，其根源與氣象規模，皆可得而見矣。叔父嘗述先君子之言曰：「武侯學伊、傅、周、召，而近之者也，乃自比管、樂，不欲使時人驚怖。其功之未成，而道亦微缺，蓋其遇爲之。管仲才略，正與相匹，而本原則未清。子產之規模亦近之，而視武侯之志氣愾乎上下，則迥異矣，以悃誠不及也。漢袁邵公、楊伯起、李子堅，宋王孝先、范希文皆願學伊、傅、周、召者，其志事與武侯同，而才略則遜焉。此不及子堅，以非儒素耳。」道永識。

送張輅文省親序

余嘗遘瘧寒疾，幾死於羣醫。劉生大槐偕其友張君輅文至，曰：「此不知病之陰陽而方與脈反也。」和劑飲予，數日而愈。自是衰疾恃君以無恐。乾隆五年冬，君以再世窀穸未營，兼圖兄弟之孤嫠以安其母，請假歸省，乞贈以言。以君之久故而德於予，予言可苟易哉？

始君治舉子業，久不得入庠序，遊京師無所遇，自効於北河，浮沈卑散；一旦以相國西林公之薦，天子擢爲兵部職方司主事。計卽弱冠登科，歷州、縣，循階而升，爵秩不過與今等耳。相國之義，天子之恩，豈易稱哉？

凡國家設官分職，皆以除政之蠹，去民之疵也。譬之於醫，最上者，消疾於無形，其次，治之不失其方。若方與脈反，則日殺人而不自知。然醫者之失術，與仕者之曠官，事同而情則異焉：其視政之蠹，猶鄰有敝器棄材，謂匡而飭之，非吾事也；視民之疵，猶行見路旁之廢疾，心亦哀之，而謂非吾力所能及也；而凡可以謀進取便身家者，則思極慮周而無微之不達。蓋其精神心術併注於斯，則外此自有所不暇詳不能顧焉耳。嗚呼！醫之失術，衆共棄之矣；而巧宦者則陰敗其官，而衆爲之蔽，上莫由知。此政之蠹、民之疵，所以滋深而不可救藥也。

君行篤於家，信彰於友朋。果能以自力於家者，殫心職業；以無負於友者，勤恤民依；則豈惟加於容容者一等哉？余老矣，不獲見君志業之成。自今以往，守官守道，時以吾言反躬而實驗之！

墓誌銘

邵抑齋墓誌銘

君姓邵氏，諱惔，字抑齋。其上祖曰宋康節先生，高宗時，子孫南遷，居慈谿，明初自慈遷鄞，九世祖玉始舉乙科，遂世爲士族。

君父力學，不治生產，家貧。君童稚常與兄荷畚挾鋤，取草根以爨，息則倚樹倍誦所受書，既長，並爲名諸生；而君家居教授，以養二親，餘三十年，雖足不出里閈，常苦爲生徒羈，不得朝夕色養。其暫歸，左右無違。每夜分，父母趣就私室至再三，乃退。父母沒，逾大祥猶泣血，目病久不瘳。食於人，遇珍異，終身不茹，蓋私痛未之能以養也。

通周易、尚書、詩、禮，自漢、唐、宋、元諸儒義疏，以及周、秦以來成體之文，莫不研究，而皆用爲帖括，故其精光迥出於衆，一時名輩見者多傾心，而數困於有司。癸巳，始舉於鄉，畢禮部試，遘疾，遂客死京師。浙東西生徒聞之，號哭而赴弔者數十百人。

君既沒六年而子基成進士，官翰林。浙士大夫曰：「此其父務學敦行所鬱積也。」時余領武英殿修書事，請基自助。基操行不苟，乞余文以奠幽宫，懇款而有辭，乃敍而銘之。

君父諱梅，歲貢生。母顧氏，生四子，君其仲也。妻郁氏有賢行，能操作，躬盥饋，佐孝養，後君數年卒。君之卒也，基在鄞；孺人卒，基官京師；故雖宦遂，而恆以兹自痛。

君卒於康熙某年月日，孺人卒於雍正某年月日，以某年月日合葬於某鄉某原。銘曰：

克惇厥行，終蹇其生。惟學之遺，既沒而光亨。兹銘無溢，衆言可徵。

李皋侯墓誌銘

君諱淸江，字皋侯，安溪人，兵部主事訒菴公之孫，吾友抑亭三子也。

自文貞公治易、詩、書，季弟耜卿先生治三禮，而訒菴公徧覽九流百家之書，由是子弟皆興於學。自文貞伯仲通籍六十年間，親屬舉甲乙科者三十餘人。故余於李氏子弟，不問其文學，而獨考其實行及才之有以爲。

雍正五年，抑亭視學江西。君試禮部，一再見余，體恭而氣和，誠溢於言貌，不異子弟之承父兄，蓋心知其父與余深也。踰歲而得君之凶問。黄生世成，抑亭所貢士也，介抑亭以請業於余；常留使院，見君鷄鳴而起，夜分不息；檢攝官中文書、獄訟，以及賓從、隸圉米鹽凌雜，細大不遺。又以餘力論定試藝而刊布之。其卒也，父兄失所倚；院中士友莫不感傷，踰時而不能已。

嗚呼！余兄弟三人，弟性篤孝，兄則隱厚而剛明，惟余劣且愚；乃弟早夭，兄中道亡，而余獨存。自有知識，行遊四方，所聞見多如此。明道程子有言：「賦生之類，雜糅者衆，而精一者間或值焉，則其數宜不能長。」謂儲陰陽之精，而將爲成德者也；而以余所見，資才之少出其類者，亦多不及其成。豈凡書傳所紀，功見言立而有聞於後者，天之所畀，固非偶然，用此多不及其成而中毁與？是不可得而推也。

君既歿，黄生輯其遺文，言多成理者。卒年二十有六。妻萬氏聞喪，哀痛成病，浹月而亡。有子曰本端，方五歲。雍正八年九月初二日，合葬本鄉之卑烏尖山。其兄積齋請誌墓。銘曰：

力盡於父兄，愛遺於友朋，身之不祿，而行則有終。兹銘不斁，憯無隱於幽宮。

李世蕡墓誌銘

雍正七年秋閏七月二十一日，余暮歸，聞安溪李世蕡過余。越日往視之，則故疾作不能聲；再往視之，則憮以衾，將襲矣；乃啓其面，執其手而三號焉。

始吾見君於相國文貞公所，李氏子弟在側者多，不知其誰何。其後與君一昆友善，乃少辨君之名字。丁未春，君復至京師，就春官試。時仲兄世邠視學江西，君與伯兄世來居。無何，詔選翰林教諸王子，世來與焉。君獨居曲巷，入其室，圖書秩然。所手錄儒先語及周、秦以來古文凡數百帙。叩之，應如響。余欲別擇唐、宋雜家古文，屬君先焉；所去取同余者十九。見余周官之說，篤信之，時有辨正，必當於余心。其自爲說，去離舊解而於經義有所開通者以十數。

余病且衰，平生執友凋喪殆盡，得君恨相知晚，常悔曩者交臂失之，而君用此益傾心於余，旬日中必一再見。君之年長矣，家世貴盛，有子五人，其長者已露頭角，而每接余，貌肅而言恭，如見其所嚴事者。他日世邠曰：「吾弟性簡傲，於時聞人，相視恆漠如。」然後知君於余，蓋有不知其所以然者。

君以仲春遘末疾，甚劇；及夏，世邠至自江西，始能強步循階除，不出門庭者數月矣。

前卒之三日，疾若蘇，蹷而詒余；詰旦，氣動語閉，遂不起。其喪之歸也，余欲爲誌銘以付其孤，每執筆，則心惘焉如有所失而止；既踰歲，乃克舉其辭。

君諱鍾旺，康熙戊子舉人，卒年四十有六。所著周官說、詩古文雜録藏於家。曾祖諱先春，不仕，以好施能急人難聞鄉里；祖諱兆慶，歲貢生，遭亂，嘗入賊壘，以口辨活千人；並以文貞公贈光祿大夫。考諱鼎徵，康熙丙午舉人，戶部主事。妣莊氏。妻陳氏。子濟泰，雍正丙午舉人；道濟，己酉舉人；清翊，始受書；清翎、清栩幼。以某年月日葬於某鄉某原。銘曰：

進之蹟而學乃通，志之宏而業不終。嗟所命之自天，匪於君而獨然。

張巖舉墓誌銘

君諱若霖，字巖舉，相國贈太傅文端公冢孫，詹事府少詹事諱廷瓚之子也。余與二三君子余遊京師，與邑子劉北固并爲文端公所知。公日侍南書房，歸必嚮晦。余與二三君子過公，必信宿。時君未成童，見客，視端而容恪，非問不對。及少長，間就客問起居，意獨親余。

吾鄉之俗，士大夫既貴，必曲下於鄉人。蕞爾邑，族姻皆聚焉，弔唁、慶賀、饋問、造請無虚日，少疎忽，則責讓隨之，惟文端公終世無違言。方公暨少詹在朝，今相國實理家政。相國既達，少宗伯繼之，學士又繼之。君與從弟澂中繼學士分理，并不失家法，用此行比於鄉。

君家方盛隆，羣季舉甲乙科第，官翰林侍從及監司、郡守者相踵。君工制義，爲諸生，試輒高等，而壯年即不治舉業。敦睦族姻而外，閉戶寡交。良時佳日，或招同好，從容觴詠，有異客至，即默無言。余與君交四十餘年，雖朝夕會聚，不見親暱；或違離數年十數年一見，亦不見疏間；以事屬，則千里外應答如影響。余謬爲海內士君子所稱許，親交中行輩同、年齒近及年先於余者，稱謂多過自抑下，惟君終不易稱，用此益心敬焉。君之喪，不遠訃。余聞而惻傷，追憶平生故交，零落幾盡矣。乃自爲誌銘以歸其孤。

君卒於雍正十年五月晦日，享年六十。元配姚氏，江西縣丞諱某女。繼室姚氏，詹事府贊善諱士藟女。子三人。以某年月日葬於某鄉某原。銘曰：

未登而求降，執虚以守盈，吾以概其身之行。

墓表

黄耕山墓表

君姓黄氏，諱虞，世居江西贛州信豐縣新田鄉。贛介閩、廣，國初寇盜數駭。君父一爵屢帥鄉兵，捍禦有功。授以官，不就。君幼與羣兒嬉，獨據上座，無少長皆聽指揮。既成童，念家世農田，非自厲於學，無由發聲。篝燈夜誦，鄰父飯牛歸，叩其戶，始知晨光已啓。常慕范文正公之爲人，時誦其言，若將以自任者，聞者多不信。及爲諸生，淸學宫，明徵教官之罪，無可抵冒。諸生或與縣胥鬭，傷焉。衆訴之，語侵令，令怒，興大獄。君獨身爲衆受難，直於大府，乃信其才與志之有以爲。

嘗與吳門張大受遇於南昌，志相得，稱於慕廬韓公。因是入太學，有聲，而以疾未得試京兆。尋歸，教授近邑，從者數十百人。所至，必率門人子弟窮巖壑之勝；或夜深，從者皆色倦，而君長嘯星月中，益浩然自得。嘗遊鴉山，塗遇老父，異之，與語，留旬餘，終不道姓名。後每自稱詩、易之學，得於老父爲多。

君之孫世成及余門，數道先世事，請表祖墓。君之行既無所徵信，而詩、易無成書，故屢請而未之諾也。今年春來告曰：「成聞教於先生有年矣！先生視成豈全無知者，敢以無實之言欺吾師，誣吾祖，以召鄉人之訾謷乎？」乃略道其祈嚮及事之衆著於鄉而無所容其僞者，俾碣於阡，以示言之不可苟焉。

君字耕山，康熙二十五年拔貢生，卒於四十八年，年五十有六。所著墨耕堂集，藏於家。母陳氏。妻何氏，繼室俞氏。子四人：文汾，文澍，文沅，文浹。孫十人，世成，汾出也。

張文端公墓表 代李厚菴相國作

康熙五十四年秋，余請假歸葬，行有日。學士張君廷玉持其先人相國文端公行狀請碣。余成進士，入館閣，後公三年，而比肩趨朝凡數十年，雖不文，曷敢以辭？蓋自癸丑、甲辰，逆藩播亂，三方征討，凡出師運餉，制謀決勝，無一不斷自聖心，而上於是時，益孜孜於經、史之學，公首入直南書房。自昔經筵有常期，而上日御乾清門聽政後，即適懋勤殿，召公入講，辰而進，終酉而退，率以爲常，因賜第瀛臺之西。詞臣賜居內城，自公始。

公小心愼密，久之，上益器重，每幸南苑及巡行四方，未嘗不以公從。公自翰林歷卿貳，踐政府，雖任他職，未嘗一日去上左右。既爲禮部尚書，仍掌翰林院及詹事府詹事。蓋二職上所甚重，難其人，以爲非公莫屬也。

公莅官，隨地自盡，不務表襮；有所薦舉，終不使其人知，以是所居無赫赫之名。及觀南書房記注，然後知公在講筵，凡生民利病，四方水旱，知無不言。上嘗語執政：「某有古大臣風。」然則公之立身與所以自結於上者，可想見矣。

公爲人，忠實無畛域，自同官及後進之士，皆傾心相嚮。其家居，族黨、鄉鄰下逮僕隸，常得其和；雖姦僉小人，無所寄怨惡。用此，知與不知，皆號爲長者。然性實介特，義所不可，雖威重不能奪。與物無忤，而黑白較然。此則余之所獨知於公者也。

公立朝數十年，上委心始終無間，恪居官次，無頃刻懈惰，而自壯盛，即有田園之思，見於詩歌，往往流連不已。上亦曲鑒焉。年六十有三即致歸，嘯咏於林泉者凡七年，內外完好，身名泰然，自公而外，蓋未之多見也。

公桐城人，諱英，字夢敦。季高按：「字夢敦」，清史稿及國朝先正事略均作「字敦復」，與方文異。其父夢王敦而生則一。或謂其父初夢王敦誕一子，故字夢敦；殤而又夢敦誕英，故字敦復。其歿也，距今八年矣。世系、歷官、學行之詳，具載前諸公誌銘及神道碑，故不復云。某地某人述。

哀詞

喬又泓哀詞

吾友崑繩少時流轉江、淮，寓揚州之寶應近二十年。每言其地故家曰喬氏，而雲衢最賢。余倦遊，欲休足於近地，而喬君介夫招予，以丁丑五月至其家。崑繩適至，諸喬飲之酒，余與焉。坐有皤然白鬚眉者，余以爲雲衢，叩之則又泓也。介夫曰：「是吾家善人也。雲衢老，惟此子行不背於所聞。」

踰年春，予將歸，介夫曰：「子客此踰年矣，而未嘗一過又泓，又泓望焉。以吾爲能得此於子，願子之往也！」因偕往，飲酒歡。余偶敘述楊、左諸公逸事，又泓獨注視矍然。余忽心動，叩之曰：「君年未五十，鬚髮如此，血氣衰退也，抑中有不自得者邪？」君曰：「吾容雖不逮，中未衰也。」又曰：「吾見公晚，不日鄉試歸，尚欲就公聞所聞以自廣。」越日，介夫面來告曰：「又泓死矣。」

余因之有感焉。余近宗子弟數百人，質可任道者，獨吾弟林，而竟早夭。及行四方，歷齊、魯、燕、趙，所見聞士君子及閭閻之細民，其夭昏者，皆美良也。還江南，喪吾友言潔，益爲爲善者懼，而復見君之死。豈「賦生之類，雜糅者衆，而精一者間值焉，故不能久長」，程子所云，理固然歟？抑自生自泯於天地之間，造物者固一視之，而人於善者則不禁痛惜而見爲多歟？余聞君賢蓋踰年，與君交未旬日而君死，可哀也已！

君諱瑩，生於順治某年月日，卒於康熙某年月日。其辭曰：

胡君之作德心逸，而貌不侔年？胡君之四體不遺，而絕若翦弦？在蘿揭而早夭兮，懼椒蘭之蕪穢。亦微君之故兮，創余心其如痗！

尺牘

與顧用方尺牘

凡大府不受賄，不聽請託，一以理斷，老吏揣摩，十得八九。儀封張公撫江蘇。老吏詭稱幕客有小徑可通，曰：「本官受賄囑，乃能如約批斷，一字不移。」幕客擬批，本官或改易字句，無法可禁。但或行或止，或勝或負，或準或駁，如約所封財物，卽日判割。」用此，大得所欲，道路喧騰。公猶不信，曰：「凡事皆吾自決於心，姦何從生？」久益有徵，乃深悔之。

僕思得一法，先期出示曉諭：「向來姦胥有誑稱幕客小徑招搖詐財者。惟予於一切文書辭狀，俱手自批定，幕客不能參議。且立內號，凡所批斷未發以前，書吏無由聞知。定例：清晨先發示單，批辭逐一開明，實貼照牆。直至薄晚，始命巡捕官於大門外發批回文書。次日始發內單，使書吏登簿，並發所準辭狀，下行各屬。自今吏民毋聽誑詐，並不必探寫批語。」其後滄洲陳公、君璧魏公行之，弊果絕。

于清端公督兩江，數命田中軍傳諭屬吏，田抑揚其辭，而家累巨萬。其他督、撫、兩司，清正無私，而堂管、傳宣官假託取利者，不可勝數。宜除堂管，用愚蠢不識字人守宅門，而託道義之友或至親不容相負者監之。門外置雲板，凡屬官以公事求見，巡捕不得遏，卽時擊雲板，門外卽達簿記。或速或少遲，限日傳見。則此弊可除。

一，朝夕相見屬吏及書吏、僕從，萬不可少假以語言色笑。卽不聽其言，而外人多求自通者矣。

一，本城屬吏及巡捕官口角便利善會人意者，卽當遠之。雖不聽其言，外人數與之接，必謂能言事於左右。其人必乘間招搖，無從防備。

一，大府道在察吏，吏服民自安。然最忌者，寄耳目於左右親近。蓋小人無不好利，其是非必悖於公論。惟於辨事之明暗寬刻誠僞察之，而博訪於民言，乃可無誤。

一，進一善人，民未必遂受其利，以善人或無才，或不能盡行其志也。惟退不肖，則吏皆革心，而民免於害矣。但恐所謂賢不肖難得其實，必驗民所向背乃可憑。而欲知民之向背，亦難得其實；卽私行親訪，左右先必反售其詐術，莫若參伍於衆言。凡州、縣屬吏及教官，得暇必面見，必先問以地方利病。且明諭以泛詢非一塗，言若不實，將來卽以爲大計優劣。聽其言，觀其貌，其公私明暗可大半得矣。然後訪以鄰境之吏治民生，隨卽簿記。以三五人之言相參驗，則可漸得其實矣。

一，凡監司最惡文深，不顧吏民甘苦，專以己之進取爲急者。

一，言語樸直、不善承迎上司者，其中多正人，宜留神察之。

一，州縣有仁心、辦事平允者，宜恕其小過。

一，數年來，紳士頗畏法；而武斷鄉曲爲民害者，皆土豪光棍，以能賄通有司，結交胥吏也。自南宋以來，爲小民患者，皆在胥吏，天下同然。能確訪光棍衙蠹，一一置之重法，則政可行，民可安。

一，人命盗案，固當留心，而有司牟賄，多在戶分田土。有上控者，必親提數事，得其實情，則重懲有司。民間寃抑，庶幾可減。

一，特造小書屋於宅門旁，小圓窗緊對傳桶，高麗紙糊；旁開徑三寸小窗，陷以玻璃。私語可聞，闕目畢見。從內室作夾道，高數尺，直通此屋。無事則躬坐焉，有事時亦時命樸實人坐此，可使欲作私弊者，怵然爲戒。

與沈畹叔尺牘

賢居臺中，所由已得正路，當久而益堅。然讀書人心血不足，易至羸弱。退之云：「先理其心，小小病自當不至。」愚雖一生在憂患疾痛中，獾時時默誦諸經，亦養心衞生之術也。

又與沈畹叔

老生初謂賢温温文士耳。及服官，風采可畏愛，私心甚快，望益振拔。雖家貧祿薄，而有道者稱願曰：「有子如此，則所以慰賢尊於九原，而揚太夫人之清譽者，遠且大矣！」惟良食，善保有用之身。

又與沈畹叔

聲山吾故交，賢以身後文相託，從前未許作者，以多事無暇。且愚爲文，亦有數存其間，如夏重之誄，多年廢置，頃刻而成是也。但愚卽爲文，亦不能多述狀中語。惟聲山居禁近，無忌嫉心；歿後，公論在人。卽是表之足矣。二狀爲賢討論，附去。

聞見錄

先生此錄，蓋別自爲書，單氏祇得其不全稿也。今附文後。鈞衡識。

尹太夫人李氏，博野文學公弼之妻，副都御史會一之母也。公弼卒年二十有四，太夫人同庚。會一生始浹歲，家無舊業，勤身營衣食。會一九齡，出就外傅，四子之書及毛詩，太夫人已口授成誦矣。

自爲諸生登甲乙科，鄉人莫不稱太夫人之賢。及以吏部郎中出守襄陽，太夫人日夜勖勵，苟利於民，知無不爲。每遇旱暵，太夫人必躬禱，自暴於庭中，移時不起，久雨亦然，常應時而得所求。士民聞之，亦羣聚爲太夫人祠祝。由是會一治行日著，而太夫人賢聲亦遠聞。

會一雖洗手奉職，所歷皆膴仕，正祿及經賜甚豐。太夫人節儉，家用僅十二三。歲置義田收族。城中郊外並立義學，以教鄉之子弟。又以其餘潤姻黨，雖窮時族姻相視蔑如及有夙怨者，亦善待之；而子婦無私財，雖銖金匹帛，非請命不可得也。

會一政績尤著於河南。乾隆五年，開、歸諸郡五十九州縣同時大水，懇請發賑。流民所至，有司隨地而籍之，廪給以俟發春，資送反閭里。用此，民雖蕩析離居，未有踰鄰境而流亡於他省者。方是時，河南、北音耗日至京師，皆曰：「非獨大府賢也，太夫人惶惶惕憂，寢食靡寧，撫軍安得不竭心與力乎？」

四年冬，吕學士克昌、陳司農雲倬并告予：「太夫人見予禁烟酒第三疏，喟然曰：『吾閲邸報十餘年，未見如此奏章。如其言，十年後天下無寒與飢者矣。』」因北鄉再拜稽首。時予方輯聞見錄，寄語黄副使玉圃，錄太夫人德教。復書曰：「是中丞所心冀也，而太夫人難之，曰：『婦人無求名之義，吾前者乃感發於卒然，可因是以爲名乎？吾不願其聞於外也。』」

吁，異哉！太夫人之言然，則母教婦德，又微乎其末迹矣。傳其言，使吾儕爲義而近名者，時因之以自省焉。

汪起謚字書農，徽歙汪僉事思白第三子也。思白以文學名江介。仲子誠與余往還，雍正初令滎澤。巡撫田文鏡惡之，以朋黨劾，被逮。時起謚年近五十矣，無子，新亡其妻。聞報，卽倍道從兄赴獄，辭成，罪在大辟，幽繫凡七年。起謚每歲初夏入都，至十月秋審畢，歸視其母，誡家人以吉語相慰，俾無省眠餐。母年八十餘，至屬纊不知仲子之屢瀕於死也。起謚在都，非以事故拘綴，入獄侍兄日無間。每至勾決，旬日中意色似非人，見者莫不爲粲歔焉。數與余相見，非家事切身者不言。余重其行而不知其優於學也。雍正己酉，誠命就試京兆得舉，其闈墨有先正風格。癸丑春，誠瘐死。御柩歸，遂絕意進取，尋卒，以兄子某嗣。士友公誄之，易其名曰孝恭先生。

王裕號大江，江寧人。少不羈，忌者囑教官以劣行報。試之前夕始聞之，酣寢達旦。入試，冠其曹，遂獲免。柏鄉魏相國聞而異之，招至京師。初甚相歡，姍侮搢紳。久之，相國亦苦其亢傲。南還，土苴載籍，日夜沈飲。將老，著孟莊軼事以視先君子，曰：「此王氏之書也，故不襲孟、莊一語，而二子若相見，舍此無可言者。」先君子嘗戒苞兄弟曰：「毋視王先生爲放達人！吾與交久，爲諸生時過其門，時爲母滌褻器，見客無怍容也。」

方苞集集外文補遺卷二

讀書筆記

先生說經、史雜記數十則，得自高密單氏，并非全書。原本淩亂無序，蓋當日隨筆記錄者，故未編次。予略爲類其先後，正其脫誤，去其不必存者，名之曰讀書筆記。昔人謂前輩讀書，一字不肯放過，觀此可見先生讀書之苦心矣。因附刊之。鈞衡識。

易

五有不可以君位言者，旅與明夷之類是也。坤，純陰，五不可以君位言明矣。然或遭時之變，君方沖幼，天下事皆聽於攝主，雖居人臣之位，實執人君之權，故周公特取象於「黄裳」。黄，色之貴也。裳，衣之下也。象以黄者，執人君之權，而又有君人之大德，義取於位之尊，德之中也。象以裳者，守人臣之分，而常存事君之小心，義取於性之柔，地之道也。孔子復以「黄中通理正位居體」釋之，而義益顯矣。黄中義取於德之中，正位義取於位之尊，通理義取於德之順，居體義取於地之卑也。「美在其中」以下，又合「黄裳」之義而極贊之。盡此義者，其惟伊、周乎？霍光則剛而不中，亢而不下，禍災無所避矣，失「黃裳」之義故也。此條，單本標題讀易偶筆。先生是書已佚，蓋說易之僅存者耳。鈞衡識。

書

「底至齊信，用昭明於天下。」王巽功曰：謂至於成王能與文、武齊，而爲天下所信也。此說甚善。蓋羣臣可言「新陟王」，而康王不得爲是稱也。曰先王，則卽遠之辭，故以「底至」虛涵其義；而「齊信」則承上「丕富不務咎」而言，謂與文、武齊而信有此實德美功，用能昭明於天下也。

詩

蘇子瞻謂三良殉君，猶齊客之從田橫。蓋據應劭之說，其實非也。果爾，詩不宜曰「臨其穴，惴惴其慄」矣。

周官

周官太宰：「五曰刑典，以刑百官。」注家釋以刑罰，非也。荀子彊國篇：「刑范正。」又曰：「剖刑而莫邪已。」

禮記

古者，君薨而世子生，三日，少師奉子以衰見於殯宮。子拜稽顙，哭踊，少師實代之。則小子王受諸侯之朝，必攝主奉之可知矣。公羊成十五年傳曰：「文公死，子幼。公子遂謂叔仲惠伯曰：『君幼，如之何？』叔仲惠伯曰：『吾子相之，老夫抱之，何幼君之有？』」則自周公以後，世守爲憲典矣。先儒皆知周公負扆朝諸侯之妄，而未有以抱成王正之者。今證以家語、尚書、荀子，宜出明堂位於禮記，而凡言周公踐阼者，皆薙芟焉可也。

漢武帝畫周公負成王以朝諸侯之圖賜霍光，則自西漢以前，絕無周公踐阼之誣可知矣。負王於背，非所以爲儀，乃自後擁之，使王背負己，即家語所謂抱，荀子所謂屏成王，負扆而坐也。成王立，公跪而擁其後，故負扆耳。禮曰：「子始生，卜士負之。」始生之子豈可負於背？亦謂襁抱，使子面向前而背倚抱者，故謂之負耳。

朱子曰：「祖在父亡，祖母死，亦承重。」按禮記：「祖歿，而後爲祖母後者三年。」即父歿，而後爲母三年之義也。後世父在，爲母三年；則祖在，亦可爲祖母承重矣。

問居喪，尊長強以酒。朱子曰：「勉徇其意亦無害，食已復初可也。」按記曰：「既葬，君、大夫、父之友食之，不避粱肉，有酒醴則辭。」

問：祭殤幾代而止？朱子曰：「禮經無所見。」按祭法：王下祭殤五，諸侯三，大夫二，士庶人祭子而上。

或問：主祭者不可以祭及叔伯之類，朱子答之云云，倘恐未安？按禮：支子爲大夫，當立曾祖廟、祖廟於世嫡之家，而已獨得立父廟。庶子則父廟亦立於嫡子之家。士亦然。支子祖禰之廟，本不立於承曾祖嫡孫之家。朱子所謂「子不得祭其父母」，與「次日，令次位子孫自祭其祖父」，似皆祭於曾祖之廟。又以祖禰之廟皆立於承曾祖嫡孫之家，誤矣。

春秋

周官司服：「爲天王斬衰。」吳越語稱「天王」。說春秋者，謂孔子創制立名，繫王於天，誤。

春秋經：魯有二單伯，猶王使至魯者，有二榮叔，乃其子孫行次同，而因以爲號者。

莊元年：文姜去氏，以淫於同氣；又會濼，已明著姜氏，則孫齊雖去氏，而衆知其爲姜也。哀姜孫邾，若獨稱夫人，則不知其爲姜氏，而疑於邾女之爲魯夫人者矣。

莊十二年：「紀叔姬歸於酅。」胡文定謂「紀宗廟在酅，叔姬歸奉其祀」，非也。記曰：「舅沒則姑老，冢婦所祭祀賓客，每請於姑。」姑不主祭而屬之冢婦，以祭必夫婦親之故也。季奉紀祀，叔姬何與焉？案杜注：「紀侯去國而死，叔姬歸魯。紀季自定於齊而後歸之，全守節義，以終婦道。故繫之紀而以初嫁爲文，賢之也。」鈞衡識。

定八年：「從祀先公。」不言大事、有事，示陽虎所爲，而不出於公也。

左傳

僖五年：「泰伯不從，是以不嗣。」先儒或以泰伯不從，證太王有翦商之志，非也。仁山金氏、胡雙湖已詳辨之。

僖十五年：「晉侯使郤乞告瑕呂飴甥。」注：「瑕呂，姓。」非也。瑕，河上邑，蓋飴甥采地，而呂則其姓，故下稱呂甥。既舉瑕，復舉陰者，並食二邑，猶季子稱延州來也。

文六年：「引之表儀。」表謂會朝表著之位，儀謂動則威儀之節。

宣十二年：「軍行，右轅，左追蓐。」周官齊右：「王乘則持馬。」道右：「王出入則持馬。」鞌之戰，鄭丘緩爲右，曰：「苟有險，余必下推車。」則右轅者，謂過險及登阪下阪，右必下持轅以防傾側也。「廣有一卒」，謂二廣中每乘有百人也。「卒偏之兩」，謂偏旁相輔，每卒又補以二十五人也。

成二年：「先王疆理天下，物土之宜，而布其利。」物，物色之也。周官載師：「掌任土之法，以物地事。」

襄十七年：「晏嬰苴絰帶杖。」謂首絰要帶及杖皆苴也。注誤。案荀子注：「苴杖，謂以苴惡色竹爲之杖也。」鈎衡識。

襄二十三年：「美疢不如惡石。」當從蘇子瞻所引用作灸。國語：「厚味實腊毒。」故曰：「灸之美，其毒滋多。」

襄二十五年：楚「蔿掩書土田，度山林，鳩藪澤。」古者，山林藪澤，不賦於民，而官守之。故度其廣狹，鳩其民人，而爲之守禁。於山林言度，於藪澤言鳩，互相備也。註誤。

襄二十九年：「詩曰：『洽比其鄰，昏姻孔云。』晉不鄰矣，其誰云之？」據此，「云」當以稱說爲義。蓋小人私厚所親，其瑣瑣之姻婭，必甚稱其德美也。

昭元年：「茲心不爽，而昏亂百度。」茲當爲滋。

昭五年：叔孫昭子曰：「豎牛禍叔孫氏，使亂大從，殺適立庶。」注：「使從於亂」，非也。從，順也。立適，順也。殺適立庶，是亂大順也。

昭六年：「亂獄滋豐。」本周官訝士「四方有亂獄，則往而成之」。

昭九年傳：「豈如弁髦，而因以敝之。」弁即緇布冠。始冠之冠與始作之髦，皆置而不用；久則敝壞，故曰因以敝之。

昭二十六年：「齊有彗星，齊侯使禳之。晏子曰：『無益也……天道不諂，不貳其命。』」言天道不以諂媚，而改其所命之禍殃也。注誤。

定四年：「武城黑謂子常曰：吳用，木也。我用，革也，不可久也。」用木謂乘舟，用革謂乘革車。楚濟漢而陳，史皇以其乘廣死，以是知用革爲革車也。舟載資糧百物，故可久。車則芻秣脫駕，勞衆費材，故利速。吳舍舟於淮汭，資車糧於唐、蔡也。

哀公三年傳：「桓、僖災。」「命周人出御書。」蓋先王所賜之書，傳所謂典册是也。故司典者，命之曰周人。「自大廟始，外内以悛。」悛當作竣。齊語：「有司已於事而竣。」注：竣，退伏也。蓋退伏其所，以待上命。注誤。

公羊穀梁

公羊莊四年傳：「然則齊、紀無說焉。」承上文諸侯相見，「號辭必稱先君以相接」，而齊、紀則無可稱說，以有不共戴天之讎也。

公羊文季高按：「文」據宋刊本春秋公羊傳，應作「宣」。六年傳：「趙盾就而見季高按：「見」據宋刊本春秋公羊傳，應作「視」。之，則赫然死人也。」赫然，可畏怖貌。注誤。

穀梁昭四年傳：「慶封曰：子一息，我亦且一言。」謂子姑一息而不言，我亦且有言也。

國語國策

晉語士景伯如楚章：「夫以回鬻國之中。」中謂成獄之辭。周官小司寇「登中於天府」、「士師受中，協日刑殺」季高按：「士師」二句上脱鄉士二字。是也。

楚語左史倚相見子亹章：「倚几有誦訓之諫。」卽周官誦訓也。注誤。

趙策或謂建信君章：「葺之軸，令折矣。」令當作今。

魏策秦召魏相章：「舍於秦。」舍當作合。

韓策秦圍宜陽章：「是自爲貴也。」貴當作責。

史記

汲鄭傳言：刀筆吏「以勝爲功」，謂以求勝於民而自爲功也。又言御史大夫張湯「內懷詐以御主心」。御，迎也。詩：「百兩御之。」曲禮：「大夫、士必自御之。」

韓安國傳備載王恢之逗橈受誅，以安國盡護諸軍，追兵至塞，度不及而罷；及恢自度不敵而罷兵，安國皆與有責也。正與後文「及護軍後稍斥疏，下遷」相應，非枝贅也。

貨殖傳「夫天下物所鮮所多」，至「大體如此矣」，應移置「燕、代田畜而事蠶」下，此錯簡也。

漢書

景武昭宣元功臣表稱：「春秋列潞子之爵。」應劭以爲列諸會盟。雖經文未嘗檢校，唐以前經學之疎如此。

綱目

周安王十一年：「齊田和遷其君貸於海上。」和遷其君及命爲諸侯，皆不書大夫，與三晉之封異文，何也？和遷其君而求爲諸侯，不待書而知其爲齊臣。若命三晉，爲綱目立文之始。其逼君竊國之迹未前見，不書晉大夫，則不知其爲何人，而與建國以崇德報功者，無異矣。

赧王十年：「魏冉弑其君之嫡母，出其故君之妃歸於魏。」不書姓氏與謚者，姓氏無所考；謚則惠文后、悼武后，非名也。卽春秋不書吳君葬之義。

赧三十一年：「齊君地出走，其相淖齒殺之。」劉氏書法謂失地不書弑，非也。君父失地，臣子遂得相戕乎？蓋傳寫之誤耳。淖齒，楚所使相齊也；陳莊，秦所使相蜀也；而皆正其君臣之名，所以立人紀，絕詐諼也。赧三十四年：「楚謀入寇。」於楚書入寇，於韓書伐東周，破其例矣。

諸子

莊子人間世：「外合而內不訾。」言貌相承，而心漫不訾省也。

屈子離騷：「騰衆車使徑持。」舊說持當作待，非也。周官旅賁氏：「車止則持輪。」案今本作待，蓋後人所改。朱子注：「待，叶徒期反。」由未知此義也。鈞衡識。

淮南子道應：「此所謂筦子梟飛而維繩者。」管子宙合篇云：「不用其區區，飛鳥季高按：「飛鳥」據明本管子應作「鳥飛」。準繩。」此蓋引其言而字訛也。

淮南子稱婦人產子爲就草。北人臥炕，以草藉席；將產，則去席就草也。

淮南子曰：「禹勞天下而死爲社。」蓋周末雜家因商以後以棄易柱，而爲是說，與內外傳異，於他書無考，無稽之談也。

淮南子曰：「金目可以望遠。」古書多以音近而字譌，金當作晶，卽今眼鏡，以水晶爲之也。或曰：金石本一類，卽以金爲晶也。

荀子勸學篇：「爲其人以處之。」謂尚論古人，必設身以處其地也。注誤。

荀子修身篇：「庸衆駑散，則刦之以師友。」按周官巾車職：「凡良車散車不在等者，其用無常。」校人職：「駑馬三良馬之數。」此以車之散，馬之駑，比人之庸衆也。

荀子解蔽篇：「故口可刦而使墨云。」墨通作默，謂刦之使默使（季高按：此「使」疑當作「無」。）言也。

雜記

傳曰：謂吾姪者，吾謂之姑。退之以稱兄弟之子。似因史記竇田列傳「列跪（季高按：「列跪」，史記、漢書均作「跪起」。）如子姪」；但漢書承用史記作子姓，則本非姪可知矣。

儀禮小功傳注：「長婦謂穉婦爲娣婦，娣婦謂長婦爲姒婦。」據左傳叔肸之妻不聘，「穆姜曰：吾不以妾爲姒。」伯華之妻稱叔向之妻「長叔姒」，是娣姒皆據婦之年以爲大小也。而記曰「坐以夫之齒」何也？夫若再娶，則有列長而齒最少者矣。故坐以夫之齒，所以正夫家之位而彰公義；稱以婦之齒，所以明女德之順而洽私情；兩行而後各得其分也。

楚語：「士庶人不過其祖。」則庶人祭寢得兼祖，明矣。

周官：入於罪隸者，盜賊之子也。圜土所收教者，罷民也。歐公唐書刑法志引用合而爲一，誤矣。

柳子厚晉問以韓厥之言繫魏絳。

歐陽公瀧岡阡表：「劍汝而立於旁。」劍當作紉。今石本模糊亦作劍，蓋字形相近，文集既誤劍，故其子孫洗碑亦承誤而鐫之也。案曲禮「負劍辟咡詔之」，鄭注：「負謂置之於背，劍謂挾之於旁。」歐公蓋用此。容齋隨筆已言之，先生蓋未見也。今歐文則或易爲抱矣。鈞衡識。

史記、漢書所謂「起家」，乃罷官復就其家起之也。後人多誤用。

史記「株送徒」及入財爲郎，二事也。綱目合爲一事，誤。

朱子謂：「鄉、遂之兵擁衞王室，不使征行。」與周官不合。又謂：「都五百二十家，出七十五人，爲常調之兵。悉調者不用，用者不悉調。」皆不合。又謂：「遠郊二十而三等皆并雜稅。」不知周無雜稅也。

司馬相如長門賦：「妾人竊自悲兮。」二季高按：「二」字上應有「妾人」二字。字本管子戒篇。蓋古有是稱。

曹孟德對酒歌：「雨澤如此。」此當作比。

安世房中歌：「象來致福。」象謂周官象胥，掌傳蕃服之辭言於王者。

嵇康幽憤詩：「恃愛肆姐。」姐當作徂。謂恃母兄之愛而肆其所往也。

崔實政論：「馬駘其銜。」駘當作紿。即莊子「詭銜竊轡」之義。晏子曰：「吾見句星在房、心之間，地其動乎？」叩之天文家，未聞此語。

史記評語

盧召弓嘗言：「望溪先生評史記眞本，藏北平黃氏。」甲辰、乙巳之間，馬平王定甫買得史記評本，不著評者名氏；細察之，與望溪集中讀史記諸文，語意相應；知是望溪評而他人傳錄者，亟錄存之。望溪别有史記注補正，而兹評所開發尤多，學者由是可悟作史爲文之義法。宜編附文集，而記其所從得如此。仁和邵懿辰識。

五帝紀後具列三代世繫，陳杞世家後具列十一臣之後及三代間封小不足齒列者，乃通部之關鍵。陳、杞以後，不復總束，以衞、晉、鄭出於周，宋出於商，楚出於顓頊，越出於夏，趙、魏、韓瓜分於晉，田氏襲奪於齊，孔子出於宋，無庸更著也。五帝本紀。

左傳所載過氏滅相事，見吳世家，而夏本紀則無之。豈少康復位史遂弗籍而散見他説者，姑别出以傳疑邪？夏本紀。

敬王以後，赧王以前，二百年無一事；以史記獨藏周室，遭秦火而滅，所据獨左傳、國語、國策耳，此遷所以深惜之也。晚周事少，故詳錄國策，而義鄙辭佻，不似本紀中語，且與篇首嚴重深廣之體不稱；不若略取事實，芟其蔓辭，爲得體要。周本紀。

秦紀多夸語，其世繫事蹟獨詳於列國，而於他書無徵，蓋秦史之舊也。不載國策一語，體製遂覺峻潔；蓋由國史具存，有事蹟可記故也。秦本紀。

後世碑銘有序，本此。此載羣臣之語故繫後，後世序列時君事蹟故以冠於前，而私家之碑銘亦式焉；皆法以義起，而不可易者。泰山刻石無後語，封祠祀天，不敢列羣臣名爵也。下諸銘無後語，舉一以例其餘也，備載則贅矣。秦始皇本紀：「維秦王兼有天下。」

與李斯傳異；蓋傳聞不一，無所据以徵其信，故並存而不廢也。秦始皇本紀：「遣樂將吏卒千餘人至望夷宮殿門。」

楚與秦合兵由趙，而怨結於齊。羽之東歸，又二國首難，而其國事亦多端，故因與齊將田榮救東阿，入諸田角立之釁；於救趙，入張耳、陳餘，共持趙柄，以爲後事張本，然後脈絡分明。韓、魏及燕，於秦、楚、劉、項興亡，無關輕重，則於羽分王諸將見之。先後詳略，各有義法，所以能盡而不蕪也。項羽本紀：「項梁已破東阿下軍。」

高祖紀獨舉趙歇，而不及張、陳，則羽紀之詳以標前後脈絡明矣。項羽本紀：「當是之時，趙歇爲王。」

因寧昌使秦未還，而側入章邯之降，因邯之降，而追敍羽之救趙破秦。然後以趙高來約，遂承秦使未來；以襲攻武關，遂承攻胡陽，降析、酈。參差斷續，橫從如意，章法頗似左傳郄與鄢陵之戰。高祖本紀：「遣魏人寧昌使秦，使者未來。」

項羽本紀：高祖、留侯、項伯相語凡數百言，而此以三語括之。蓋其事與言不可沒，而於帝紀則不可詳也。高祖與項伯語，必載羽紀以見事情，則與留侯語，宜以類相從，故於留侯世家亦略焉。且留侯世家，實傳體也。既載「立六國後」問答，復載此，則辭氣近複，而體製亦病於重膇。羽紀則間架闊遠，不病於重膇矣。晉語：齊姜語重耳凡數百言，而左傳以八字括之。蓋紀事之文，去取詳略，措置各有宜也。高祖本紀：「會項伯欲活張良。」

劉、呂之禍，成於分王諸呂，故具列舊封，則後此地勢事情，了然在目；與秦記將敍孝公修政廓土，先列六國疆界及擯秦而不與盟同。長沙獨標非劉氏以功而王，正與呂氏無功相對。呂后本紀：「是時高祖八子。」

諸詔皆帝戰戰恐懼，克己循道，以懷安天下之大政。他書則各入本傳。觀此，可識本紀、列傳記事與言之義法。孝文本紀。

以下所敍列，視前諸大政爲小，故總束於後。韓、歐墓誌，多用此法。孝文本紀：「從代來，卽位二十三年。」

春秋之制義法，自太史公發之，而後之深於文者亦具焉。義卽易之所謂言有物也；法卽易之所謂言有序也。義以爲經，而法緯之，然後爲成體之文。十二諸侯年表：「約其辭文，去其煩重，以制義法。」

六國并於秦，史記爲秦所焚。所表六國事迹，獨据秦記，故通篇以秦爲經緯。六國表序。自漢以後，所用皆秦法。史公蓋心傷之，而不敢正言，故微詞以見之，非果以秦爲可法也。六國表：「傳曰：法後王。」

通篇以世數、年紀爲章法。桓叔受封紀年。武公得國紀年，卒又紀年。武公卽位，追敍其父、大父；悼公卽位，亦追敍其父、大父；故文公之立，覆舉獻公之子，因以爲章法。文公少而得士紀年，其出也紀年，入而得位紀年，因以爲章法。標齊威王元年，見亂臣不謀而同惡，乃天道人事之極變也。晉世家。

句踐先世無所考，子孫事亦甚略，實傳體也。范蠡謀吳霸越，具見句踐語中。其浮海以後事，不足別立傳，而史公惜其奇，故用合傳體附載於後，非常法也。句踐世家。

秦燒天下詩書，諸侯史記尤甚，爲其有所刺譏。故五國事迹，春秋傳、國語、國策外，見者甚稀，而趙先世事迹獨詳。豈與秦同祖，故簡、襄以前之史記無所刺譏者，特存而不廢歟？趙世家。

首舉天下大勢，傷天下不能用孔子也。次舉魯國禍變，傷魯不能用孔子也。孔子世家。

首舉收秦律令圖書，進韓信，鎭撫關中，而功在萬世可知矣。末記與曹參素不相能，而舉以自代，則公忠體國具見矣。中間但著其虛己受言，以免猜忌。雖定律受遺，概不著於篇。觀此，可識立言之體要。蕭相國世家。

條次戰功，不及方略，所以能簡。治齊相漢，止虛言其清淨，不填實一事。曹相國世家。

留侯「所與上從容言天下事甚衆，非天下所以存亡，故不著」。此三語，著爲留侯立傳之大指。紀事之文，義法盡於此矣。留侯世家。

六出奇計，陰謀也。其後避讒，僞聽呂后，亦陰謀也。故用此總結通篇。陳丞相世家。

絳侯安劉氏之功，具呂后、孝文本紀；故首敍戰功，承以「可屬大事」。其後獨載懼禍、遭誣二事。條侯亦首敍將略，後獨載爭栗太子之廢，抑王信、徐盧等之侯。其父子久任將相，豈他無可言者乎？蓋所記之事，必與其人之規模相稱，乃得體要。子厚以潔稱太史，非獨辭無蕪累也，明於義法，而所載之事不雜，故其氣體爲最潔也。此意惟退之得之，歐、王以下，不能與於斯矣。絳侯，則高祖預識其可任大事；條侯，則文帝決其可將兵。絳侯氣質之偏，則東鄉責諸生；條侯則顧命尚席取櫡。微小處亦間出相映，其法蓋取諸左氏。絳侯周勃世家。

「同母者爲宗親。」明其異於古之宗法。五宗世家。

著首傳伯夷之義，言卞隨、務光雖見於他說，而六經、孔子所不道，無從考信。言孔子謂夷、齊無怨，而觀軼詩之意，似亦不能無怨也。因伯夷餓死，而歎爲善者有時得禍，爲惡者有時得福。天道無知，此人情所以不能無惑也。言聖賢所重在行成名立，不以一時之豐瘁榮辱，而亂其德也。言人事無常，天道難知，卽沒世之名，亦有不可強者；或有所附而彰顯，或無所附而湮滅。其窮於當時，而又無稱於沒世者，尤足悲也。本紀、世家、列傳後皆有論，惟伯夷、孟、荀合傳與論而爲一，故無後論。伯夷列傳。

管仲之功，焜燿史籍，於本傳敍列則贅矣。其微時事，則以稱鮑叔者見之，此虛實詳略之準也。其書不可多載，故揭其指要；其事人所共知，故著其權略。晏子之事，亦人所共見，故本傳不復敍列，與管仲同；而總論其爲人，卽於敍次其顯名於諸侯見之，與管仲異；此章法之變化也。於管仲傳，舉鮑叔能知其賢；於晏子傳，舉其能知越石父及御者。「三歸反坫」正與「食不重肉，妾不衣帛」反對。觀此，可知文之義法無微而不具也。管、晏事迹，見於其書及他載籍者，不可勝紀，故獨論其軼事。管晏列傳。

孫武、吳起論兵，具有書。闔閭破楚入郢，北威齊、晉，武與有力；楚悼王南平百越，北幷陳、蔡，郤三晉，西伐秦，以相起；則武與起之戰功，不必言矣，故以虛語總括，而所載皆別事。孫臏在齊，田忌之客耳。其再破魏，主兵者皆田忌，故詳著其兵謀，此虛實之義法也。武與起之書，世多有，於論見之。臏之書則無傳焉，故於傳曰：「世傳其兵法。」楚之戰功，吳起實專之。吳則申胥、華登之謀居多，故曰「武與有力焉」，蓋古人之不苟於言如此。孫子吳起列傳。

荆蠻、吳、越更強，齊、晉伯統並絕，惜魯用孔子而不終也。伍子胥列傳：「孔子相魯。」

管子治齊，蕭何定律，皆略而不具，而詳記商君之法，著王道所由滅熄也。商君列傳。

馮驩事見國策，而語則異。蓋秦、漢間論戰國權變者非一家，史公所錄，與今傳國策異耳。孟嘗君列傳。

平原君所喜，策士也，而終以著書談道之士，因與虞卿著書相映。平原君列傳。

毛遂定從，雖不見國策，而辭頗近。信陵君傳，則全然太史公意趣。豈游大梁得諸故老所傳，而自爲敍次者與？信陵君列傳。

「是歲也，秦始皇帝立九年矣。」與晉世家終書「是歲，齊威王元年也」同義。春申君列傳。

樂氏多賢，故詳其前後世繫，因以爲章法。結趙破齊，具毅報惠王書，故敍次不得過詳。樂毅列傳。

李牧顯功趙邊久矣，至此始書，以相如病篤，趙奢死，廉頗奔，所恃惟牧也。書趙奢破秦後，即具奢始末。書李牧攻燕後，乃詳頗居魏、楚事者，牧誅而趙滅矣，更綴頗事於其後，則文氣懈惰；故頗事既終，而後著牧之始迹焉。頗奔牧將，事已前見，而覆舉之以爲前後之關鍵，兼著頗既亡，而牧又不能自安，趙之所以速亡無救也。趙奢、李牧將略，及趙括之敗，具詳始末。假而牧再破秦，頗破齊、燕，復一一敘列，則語蕪而氣漫矣。變化無方，各有義法，此史之所以能潔也。廉頗藺相如列傳。

惜諸人不能直諫，而繫以楚之削與滅，通篇脈絡皆相灌輸。屈原賈生列傳。

夏太后、華陽太后薨、葬，不應載不韋傳。以夏太后有「後百年旁當有萬家邑」語，史公好奇欲傳之，而以入秦本紀，則無關體要，故因莊襄王之葬，牽連書之；而莊襄王之葬所以見不韋傳，又以後與莊襄王合葬芷陽者，乃不韋姬也。但此等止爲文章波瀾而設，據史法則不宜書。呂不韋列傳。

觀史公所增易，乃知國策之疎。刺客列傳：「乃於邑曰：『其是吾弟與？』」

此篇乃太史公所自作，編國策者取焉，而芟其首尾。蓋以軻居閭巷間，事不可入國策；高漸離扑秦皇，在秦幷六國後故也。後論自言得之公孫季功、董生所口道，則非戰國之舊聞明矣。且先秦人敘事皆廉峭；紆餘曲暢，自史公作乃有此。好學深思者，當能辨之。田光之死，不載太子往哭，恐與樊於期事複也。刺客列傳荆軻事。

趙高謀亂入李斯傳，以高之惡，斯成之，秦之亡，斯主之也。其始迹入蒙恬傳，以蒙毅曾治高，當其罪死，而高因此有賊心也。李斯列傳。

漢初文臣，御史大夫與丞相並重。張蒼、申屠嘉兼兩職，故合傳。其餘爲御史大夫者五人，具有聲績，故列敍之。爲丞相者六人，皆無所發明，故總記其名，以爲娖娖備員者戒焉。漢興，爲御史大夫者五人，皆在張蒼之前。張蒼既相，而申屠嘉代之。故於蒼相淮南，預書「十四年遷爲御史大夫」，然後五人之爲御史大夫，脈絡相貫，而主客之分判然。蒼以前爲丞相者，名跡顯著，故不復言。嘉以後爲丞相者六人，別無所表見，故最其名氏，而以娖娖備員蔽之。別有見者，不列，皆義法之不得不然者。張丞相列傳。

賈與尉他語入南越傳，則傷國體，且紀其五君九十餘年事而漫及此，枝且贅矣。再使南越，語不復詳，恐複也。酈生陸賈列傳。

禮書痛漢用秦儀，三代聖制由是沈湮，而成之者實通。然時主之所用也，不敢斥言其非，故於後論隱約其辭，若褒若諷，而希世之汚，則假魯兩生以發之。篇首載秦二世之善其對，以爲面諛之徵也。末載原廟之立，果獻之興，著其憑臆無稽，以示所言漢儀法，皆此類也。劉敬叔孫通列傳。

盎忌刻，錯刻深，而鄧公持議平，故得善終，因以爲章法。其子修黃、老言，亦與錯學申、商相映。袁盎鼂錯列傳。

此篇側入逆敍處，酷似左傳。蓋以吳及六國之敗亡必牽連以書，設篇終更舉周丘之師及漢制詔，則爲附贅懸疣。故因敘吳兵之起，而及周丘之別出，因周丘之勝，而側入吳王之敗走，因吳王之敗走，而及天子之制詔。然後追敘吳、楚之攻梁及亞夫之守戰，吳王之走死，六國之滅亡，而弓高侯出詔書以示膠西王，亦自然而合節矣。凡此皆義法所當然，非有意側入逆敘以爲奇也。吳王濞列傳。

魏其、灌夫生平事跡並正敘於前，故武安事迹皆與魏其夾敘。其初起也，著魏其方盛，而卑事之。其益貴用事而下賓客，進名士也，以欲傾魏其諸將相。其讓魏其爲丞相也，以天下士素歸之而用以釣讓賢之名。其好儒術興禮度也，與魏其俱。其益橫益驕也，以言事多效，天下吏士皆去魏其而歸之。吏士去魏其歸武安，則魏其與灌夫相歡相倚之由也。武安益橫益驕，則怒魏其激灌夫之由也。中間魏其夫婦治具，旦及日中。與武安「往來侍酒，跪起如子姪」相對。灌夫尤敬諸士貧賤者，與武安折詘諸侯王，坐其兄南鄉相對。好陵貴戚有勢在己之右者，爲後爭酒罵坐張本，而魏其初致名譽及後鋭身救灌夫，則以「沾沾自喜多易」蔽之。章法蔽遏，俾覽者心怡目眩，而不知其所以然，所謂工倕旋而蓋規矩也。魏其武安侯列傳。

三語括盡安國平生。管子、韓非文有置樞紐於中間，以要綰前後者，後來惟太史公、韓退之能爲此。韓長孺列傳：「安國爲人多大略。」

以「恢奇多詐」，蔽弘之爲人。惟恢奇，故多詐，而天子以爲敦厚也。惟天子以爲敦厚，故不惟汲黯之詰不能動，卽左右佞幸之毁亦不能入也。其稱「人主病不廣大」，及陽屈於買臣之議，陰禍主父，徙董相，詐也；而使匈奴，還報不合上意；數諫通西南夷，築朔方，置滄海郡；汲黯廷詰，反稱其忠；使天子察其行而以爲敦厚，所謂恢奇也。黯詰以背約不忠，則曰：「知臣者以臣爲忠，不知臣者以臣爲不忠。」黯詰其儉以飾詐，則曰管仲侈擬於君，而桓公以霸；晏嬰下比於民，而齊國亦治。所謂「辨論有餘」也。淮南、衡山之反，泛引傳、記，使覽者莫識其意向；而究其隱私，則自引咎，以釋人主之慙。所謂習文法，而又緣飾以儒術也。凡此類，皆以恢奇行其詐也。天子報書：一則曰君宜知之，再則曰君宜知之；而其曲學逢君，飾詐不忠之實，不可掩矣。平津侯主父列傳。

史記所載賦、頌、書、疏甚略，恐氣體爲所滯壅也。長卿事跡無可稱，故獨編其文以爲傳，而各標著文之由，兼發明其指意以爲脈絡。匪是，則散漫而無統紀矣。司馬相如列傳。

備著淮南二王逆節，見漢法非過也。厲王反迹，皆於獄辭具之。故安之事既畢敍，乃曰「伍被自詣吏，告與淮南王謀反蹤跡如此」，而獄辭則甚略。觀此傳，益信淮陰之枉。始則詐而禽之，而告反者無聞也。既則詐而斬之宮中，而上變者無徵也。使果有蹤跡，何難具獄而明徵其辭哉？著以傳著，疑以傳疑，俾百世以下，可尋迹推理而得其情，此之謂實錄也。淮南衡山列傳。

循吏獨舉五人，傷漢事也。孫叔順民所欲，不教而從化；以視猾賊任威，使吏民重足一跡，而益輕犯法者，何如？子產既死，而有遺愛；以視張湯死而民不思，王溫舒同時五族，而衆以爲宜者，何如？公儀子使食祿者不得與民爭利；以視置平準、籠鹽鐵、縱告緡以巧奪於民者何如？石奢、李離以死守法；以視用愛憎橈法，視上意爲輕重者何如？史公蓋欲傳酷吏，而先列古循吏以爲標準。故序曰：「奉職循理，亦足以爲治，何必威嚴哉？」然酷吏恣睢，實由武帝侈心不能自克，而倚以集事。故曰：「身修者，官未曾亂也。」子產事具左傳，故略舉其成功。循吏列傳。

黯治東海，爲九卿，徙內史，居淮陽，不塡實一事，止虛言其性情氣象，略舉其語言，及君臣上下之嚴憚，遂使千載下可聞風而興起。必如此，乃與黯之爲人相稱。「黯學黃、老之言」，「好清靜」，正與武帝及諸臣好興事病民相反。「治務在無爲而已」。語近複，然前郡守之治，後九卿之治也，其體各異，故分言之，且與張湯「文深小苛」，武帝「分別文法」反對。「面折犯顏」云云，亦與公孫弘「懷詐飾智」、阿諛取容反對。此傳傷武帝有社稷臣，克知灼見，而終不能用也。篇首稱黯「以數直諫，不得久留內」，則進言多矣。爲右內史，守東海、淮陽，列九卿，事迹衆矣，而見於傳者止此。蓋非關社稷之計，則不著也。其直攻武帝之多欲，社稷臣所以格君也。矯節發粟以振貧民，奉使東越不至而返，諫征匈奴，迎渾邪，罪民匿馬及賈人與市者，社稷臣所以安民也。面詰弘、湯，責李息，社稷臣所以體國也。始仕爲太子洗馬，卽以莊見憚。及列九卿，與丞相、大將軍亢禮。致天子敬禮，不冠不敢見。社稷臣所以持身也。史公於蕭相國，非萬世之功不著；於黯，非關社稷之計不著，所謂辭尙體要也。黯之爲社稷臣，不獨莊助知之，淮南謀逆者憚之，武帝實自發之，而終不能用，則內多欲之故也。黯之爲人，不獨衞人憚之，大將軍賢之，卽武安侯亦不聞含怒，而弘、湯獨深心嫉之，欲擠之死。則弘、湯爲人，又出武安侯下矣。「人果不可以無學。」篇首稱黯好學，正與此語反對。以黯爲無學，故以儒術任弘也。汲鄭列傳。

寗成、周陽由之前，不過吏之治酷而已。趙禹、張湯而後，則朝廷之用法益刻，由上以爲能，而丞相弘數稱其美也。因湯與禹共定律令，而及其交驩，因交驩而及其爲人；以其後湯敗，天子使禹責之，因以爲章法也。故不與禹事連書，而入湯傳。「湯爲御史大夫七歲敗。」湯所以敗，事緒多端，非用此爲關鍵，則散漫無紀。「三長史皆害湯欲陷之。」句法與先揭「湯爲御史大夫七歲敗」同。禹與湯同起，而死在湯後，故牽連以書。縱守南陽，寗成奔亡，而其跡終焉，故敍列於此。「後一歲，張湯亦死。」湯誅在縱後，以天下事皆決於湯，故連書其敗露誅死之由，不暇書其年，至是始補記年歲也。尹齊與温舒相代爲中尉，而死又相次，故牽連以書。減宣出前早而繫於篇終，其死後也。禹、湯尚能貧，而周則家訾累巨萬矣。郅都尚能死節官下，不顧妻子，而周且爲子孫營窟，故以是終篇。酷吏列傳。

「大宛之跡，見自張騫。」漢伐大宛，在張騫死後，而此篇前幅，乃通西北諸國事。非此二語，首尾不能相應。諸國地勢道里，皆以大宛四面言之；列序諸國，皆牽連大宛，以爲征宛立傳也。「騫因分遣副使」云云，大宛之跡，見自騫使月氏；其兵端起於使西北國者稱宛多善馬，故用此爲關鍵。此篇前半記通使西北國，後半記以通使起兵端而終於伐宛，故因烏孫獻馬，預入後得宛馬，以爲中間之關鍵；而通烏孫乃騫本謀，故特書「自博望侯死後」與篇首相應，然後首尾脈絡，併相貫注。「烏孫多馬，其富人至有四五千匹馬。」二語非多駢，見烏孫富人有馬至數千匹，則其王以馬千匹聘漢女，未爲重幣，而漢君臣廷議，要以必先納聘始遣女，大辱國也。「使端無窮」，每遣齎金幣直數千萬，而所得僅此。與後「天下騷動，傳相奉伐宛」，而僅得「善馬數十匹，中馬以下三千餘匹」相應。大宛列傳。

此篇文氣類班孟堅，非褚少孫所能作。「余至江南」以下，義支辭弱，或少孫增入耳。龜策列傳。

嗜欲既開，勢不能閉民欲利之心，而反於至治之極，故善者亦不過因之、利導之而已。其次教誨整齊，猶能導利而上下布之。最下者與爭，以心計取之，所謂不加賦而國用自足也。古者，國有分土，民安其居，無遠商大賈，故略舉各地所出，此善者之所因也。「農而食之」云云，此因之、利導之之事，虞、夏以來之政術也。太公、管子，教誨整齊之事，王道之始變也。太公、管仲，富國之巧者也。計然以富家之術施於國，則少貶矣，故別之於太公、管仲。陶朱公、子貢、白圭，富家之巧者也。故並以能試所長許之。倚頓而下，則商賈之誠壹者耳。時富商大賈得與王者同樂，而封君低首仰給，所謂得勢益彰也；不敢顯言，故陰以子貢之事當之。謂子貢之所以顯聞，乃不以其學而以其財也。秦皇帝客巴淸，與尊卜式略同。漢興，海內爲一，舟車無所不通；故詳載行賈之地，道里疆界所湊，并及其民性質習俗。貨殖列傳。

韓厥陰德事，於傳無考。太史公自序。

方苞集附錄一

方苞年譜

蘇惇元輯

康熙七年戊申夏四月十五日，先生生於六合之留稼邨。

先生姓方氏，諱苞，字鳳九，一字靈皋，老年自號望溪。學者稱望溪先生，江南安慶府桐城縣人。見本集及方氏家譜、桐城志、上元志。始祖號德益，於宋、元之際，由休寧遷桐城縣市鳳儀坊。德益生秀實，爲元彰德主簿。秀實生謙，爲元望亭巡檢。謙生圓，爲元宣使。圓生法，明建文元年舉於鄉，爲四川都司斷事。永樂初，不具賀表被逮，行至望江，自沈於江，事載明史。法生懋。懋生瓘，成化元年舉於鄉。瓘生圭。圭生絅，國子監生。絅生夢暘，爲南安縣丞。夢暘生學尹，縣學生。學尹生大美。見家譜。大美字黃中，號沖舍，萬曆十四年進士，官至太僕寺少卿，是爲先生高祖。見桐城志及家譜。曾祖諱象乾，字廣野，號閒庵，明恩貢生，官按察司副使，備兵嶺西左江。明季避寇亂，僑居江寧府上元縣由正街，後移居土街。見桐城志及本集、家譜。祖諱幟，字漢樹，號馬溪，歲貢生。有文名，官蕪湖縣學訓導，遷興化縣學教諭。見桐城志及家譜。父仲舒，字南董，號逸巢，國子監生。好讀書，胸無畦畛。與黃岡杜于皇濬，杜蒼略岕，同里錢飲光澄之，族祖嵞山文諸先生唱和，所作詩三千餘首，以遺逸名。見桐城志及本集、沈廷芳所撰傳、家譜。前母姚氏。母吳氏，紹興府同知諱勉之女。吳公，莆田人，寓居六合留稼邨，逸巢公贅焉。見同知紹興府事吳公墓表。兄舟，字百川，長先生三歲，寄上元縣籍廩貢生。性孝友好學，以制舉文名天下。又善古文，而自以爲不足，疾革時，自焚其稿。早世，年三十七。後崇祀鄉賢祠。見兄百川墓誌及四君子傳、刻兄百川遺文書後、縣志、家譜。弟林，字椒塗，亦孝友好學，善時文，早夭，年二十一。見弟椒塗墓誌及家譜。

十年辛亥，先生年四歲。

父嘗鷄鳴起，值大霧，以「雞聲隔霧」命對，先生即應曰：「龍氣成雲。」見雷鋐所撰行狀及沈傳。

十一年壬子，先生年五歲。

父口授經文章句。見台拱岡墓碣。

十二年癸丑，先生年六歲。

隨父自六合歸上元。見吳處士妻傅氏墓表。

十三年甲寅，先生年七歲。

祖有舊板史記，父固藏篋中。兄百川時年十歲。百川偕先生俟父出，輒啓篋而潛觀之，故先生所得於史記者，多百川發其端緒云。見從弟辛元評書史記十表後。

十六年丁巳，先生年十歲。

從兄百川讀經書、古文。家貧甚，冬無絮衣，旬月中屢不再食，益厲學。其後兄爲講經書注疏大全，擇其是，辨其疑；相與博究經、史、百氏之書，更相勖以孝弟。見先母行略、兄百川墓誌、與呂宗華書及雷狀、沈傳。

始作時文，前輩一見輒異之。見杜蒼略評讀孟子。

十七年戊午，先生年十一歲。

兄百川往蕪湖，侍大父學署。太公課先生及弟椒塗誦讀甚嚴。先生嘗曰：「五歲吾父課章句，稍長治經書、古文，吾父口授指畫焉。」見台拱岡墓碣及百川墓誌。先生未成童，易、詩、書、禮記、左傳皆已能倍誦。見程崟儀禮析疑序。

二十二年癸亥，先生年十六歲。

隨兄百川求友閭巷間，交同里劉古塘捷。見劉古塘墓誌。

二十五年丙寅，先生年十九歲。

交高淳張彝歎自超。見四君子傳序。

太公攜歸安慶應試，交宿松朱字綠書，同里劉北固輝祖。見朱字綠墓表及四君子傳。過樅陽，宿草舍。晨光始通，錢飲光先生扶杖叩門而入。太公驚問，錢先生曰：「聞君有二子，皆吾輩人，欲一視所祈嚮，恐交臂而失之。」太公呼先生出拜，錢先生答拜；太公跪而相支拄，爲不寧者久之。見田間先生墓表。先生嘗曰：「苞童時，侍先君子與錢、杜諸先生以詩相唱和，慕其鏗鏘，欲竊效焉。先君子戒曰：『毋以爲也！是雖小道，非盡心以終世，不能企其成，而耗少壯有用之心力，非躬自薄乎？』苞用是遂絕意於詩。」見廌青山人詩序。

二十六年丁卯，先生年二十歲。

循覽五經注疏大全，以諸色筆別之，用功少者亦三四周。其後崑山刻通志堂宋元經解出，先生句節字劃，凡三次芟薙，取其粹言而會通之，二十餘年始畢。唐、宋以來詁經之書，未有聞而不求，得而不觀者；偶舉一節，前儒訓釋，一一了然於心，然後究極經文所以云之意，而以義理折中焉。年三十以前，有讀尚書偶筆、讀易偶筆、朱子詩義補正。見與呂宗華書及程崟所撰儀禮析疑序。

秋七月，丁大父憂。

二十八年己巳，先生年二十二歲。

夏四月，歲試第一，補桐城縣學弟子員，受知於學使宛平高公素侯。諱裔。七月，公招入使院。先生素不好作時文，後此皆高公敦率之。見書高素侯先生手札後及姚薑塢筆記。

二十九年庚午，先生年二十三歲。

春三月四日，弟椒塗卒。

秋，應鄉試。房考將樂廖公蓮山、諱騰煃。新鄉暢公素庵諱泰兆。得先生文，大異之，交論力薦，不售。見給事中暢公墓表。

冬十一月，娶夫人蔡氏。先是先生以弟椒塗卒，服未終，不娶妻；父母趣之，始娶。禮齊衰期，三月不御內。時七閱月，計已過時，先生猶不忍成婚，入室而異寢者旬餘。族姻大駭，物議紛然。先生乃勉成婚，畢生恨之。見與兄子道希兄弟書。

三十年辛未，先生年二十四歲。

作讀孟子文，杜蒼略先生見之，評曰：「前儒所未發，卻婦人小子所共知。方郎十歲，初爲時文，先兄卽勸以何不舍此而發憤著書？不意十五年後，所造至此。」見本集。秋，從高公素侯如京師，館於高公所。見書高素侯先生手札後。

交宛平王崑繩源，無錫劉言潔齊，青陽徐詒孫念祖。見四君子傳。

遊太學。安溪李文貞公諱光地。見先生文，歎曰：「韓、歐復出，北宋後無此作也。」長洲韓文懿公諱菼。以文名海內，見先生文，至欲自毀其稿。評先生文曰：「廬陵無此深厚，南豐無此雄直，豈非昌黎後一人乎！」當是時，巨公貴人方以收召後學爲務，天下士集京師，投謁無虛日。公卿爭相汲引，先生非先焉不往，於是益見重諸公間。見沈傳及韓公評語、家譜。

一意爲經學。先生入都，萬季野先生名斯同。獨降齒德與之交。季野告之曰：「子於古文，信有得矣，然願子勿溺也！唐、宋號爲文家者八人，其於道粗有明者，韓愈氏而止耳。其餘則資學者以愛玩而已，於世非果有益也。」先生於是輟古文之學，一意求經義焉。見萬季野墓表。

始讀宋儒書。先生嘗與劉拙修書曰：「僕少所交，多楚、越遺民，重文藻，喜事功，視宋儒爲腐爛；用此年二十，目未嘗涉宋儒書。及至京師，交言潔與吾兄，勸以講索，始寓目，乃深嗜而力探焉。

二十年來，於先儒解經之書，自元以前，所見者十七八。然後知生乎宋五子之前者，其窮理之學未有如五子者也。生乎五子之後者，推其緒而廣之，乃稍有得焉；其背而馳者，皆妄鑿牆垣而殖蓬蒿，乃學之蠹也。」見本集。

三十一年壬申，先生年二十五歲。

作高素侯先生壽序，舉蘇老泉上富鄭公書爲壽，懼公循致高位，而碌碌無所成。高公揭先生文於壁，觀者皆駭，多相戲曰：「碌碌無成，至爲門生姍笑。」先生請撤之，公曰：「吾正欲使諸公一聞天下之正議也。」見壽序及書高公手札後。

姜西溟先生名宸英。見先生文，乃曰：「此人，吾輩當讓之出一頭地者也。」見全紹衣祖望所撰神道碑及姜與王崑繩書。先生與姜西溟、王崑繩論行身祈嚮。先生曰：「學行繼程、朱之後，文章在韓、歐之間。」見王兆符所撰文集序。

三十二年癸酉，先生年二十六歲。

授經涿州。見書歲寒章四義後。

三十三年甲戌，先生年二十七歲。

秋，應順天鄉試，不售。見送吳東巖序。

三十四年乙亥，先生年二十八歲。

授經涿州。見與劉言潔書。

館涿州滕氏，疾屢阽危。見敎忠祠祭田條目序。

復至京師。見陳馭虛墓表。

三十五年丙子，先生年二十九歲。

居京師，館於汪氏。王兆符來從學。見查詹事墓表及王生墓誌。

交同里左未生待。未生乃忠毅公之孫也。見左未生墓誌。

作讀周官文。姜西溟見之，評曰：「余近四十，始遊諸經之樊。方子未三十，而所學造此。讀之，眼明心開，已而汗下。」見本集。

秋，試順天，報罷，擬不復應舉。見高素侯大理手札。

冬，南歸。見吳處士妻墓表。

三十六年丁丑，先生年三十歲。

授經寶應喬氏。見喬紫淵詩序。

三十七年戊寅，先生年三十一歲。

館寶應。

冬，學使滏陽張公樸園諱榕端。招至使院。見贈魏方甸序。

高公素侯以書督應鄉試。見書高素侯先生手札後。

三十八年己卯，先生年三十二歲。

舉江南鄉試第一，主考爲韓城張公景峯，諱廷樞。太原姜公崑麓。諱橚。房考爲□□宗公□□。見張公逸事及吏部侍郎姜公墓表。

三十九年庚辰，先生年三十三歲。

春正月，如京師，試禮部，不第。夏四月，南歸。見兄百川墓誌。

秋七月，兄百川自安慶歸，疾遂篤。見兄百川墓誌。

四十年辛巳，先生年三十四歲。

冬十月二十一日，兄百川卒。百川疾逾年；先生常雞鳴時起，視治藥物以進。見妻蔡氏哀辭。及兄卒，執喪過禮，過期猶不復寢。父曰：「親親有殺，與父在爲母無別矣。」先生自是殫心於所以制禮之義，有得，則以教諸子。見兄子道希喪禮或問跋。

四十一年壬午，先生年三十五歲。

春正月三十日，長子道章生，側室楊氏出。見家譜。

三月，葬兄百川、弟椒塗，各爲墓誌銘。其後以陰流入壙，起攢。見兄百川墓誌。

四十二年癸未，先生年三十六歲。

春，至京師，再試禮部，不第。交蠡縣李剛主塨，聚王崑繩寓，與剛主論格物。見李剛主恕谷後集。

四十三年甲申，先生年三十七歲。

秋七月，移居由正街故宅之將園。先是副使公遷上元，始居於此。其後定居土街，宅出質，園無主，遂盡毀。先生因太公年老，不能出遊，乃謀復是宅，至是入居。修葺浚築，有高樹清池蔬圃，太公日召故人歡飲其間。太公歿後，又構堂室，奉太夫人居之。每飯後，先生扶太夫人循廡觀僕婢蒔花灌畦；或立池上觀月出，而名之曰將園，取詩人「將父將母」之義也。見將園記。

四十五年丙戌，先生年三十九歲。

春至京師，遇李剛主於八里莊，再論格物不合。見恕谷後集。

應禮部試，成進士第四名。總裁爲大興李公山公、諱錄予。溧陽彭公竹如。諱會淇。房考爲江都顧公書宣。諱圖河。屆殿試，朝論翕然，推爲第一人，而先生聞母疾遽歸，李文貞公馳使留之不得。見雷狀、沈傳、家譜。

過揚州，有鹽商吳某求定明歲教其子，以百金爲贄；及抵江南，總督、藩、臬公延先生主講義學。先生乃返吳贄。吳曰：「非先生辭我，勢不能也。贄者，見也。已見何返？」先生不可，三往返，卒還之。見恕谷後集。

秋七月三日，夫人蔡氏卒，作哀詞。見本集。夫人歿後，薦紳慕先生名，競聯姻。相國熊文端公諱賜履。欲妻以女，先生謝之。又有鄭總兵，家巨富，欲妻之女，願以萬金助妝匳，使可贍九族三黨之餽問者。先生峻辭之。熊尚書一瀟，其子本爲先生同年進士。密謂先生曰：「鄙人有妹，家君願使侍箕帚。」先生曰：「盛意感甚！惟苞家法，亡妻偕娣姒日夙興，精五飯酒漿，奉卮匜二親左右。令妹能乎？」本咋舌無以應。見恕谷後集。

四十六年丁亥，先生年四十歲。

歸桐城省墓。見己亥四月示道希兄弟。秋□月，繼室徐氏夫人歸。夫人上元人，內閣中書時敏之女。見家譜。

冬十月四日，父卒。先生以母老疾，酌禮經築室宅之西偏以奉事焉，而不入中門。見劉古塘所撰喪禮或問序。

四十七年戊子，先生年四十一歲。

冬歸桐城省墓，便入龍眠山。見左仁傳及書公祭先母文後。

四十八年己丑，先生年四十二歲。

歸桐城省墓，便至浮山。見再至浮山記。

五十年辛卯，先生年四十四歲。

是年以後，潛心三禮，因以貫徹諸經。見王兆符評語。

冬十一月，以南山集牽連，赴詔獄。是時，左都御史趙公申喬劾編修戴名世所著南山集，語多狂悖。先生以集序列名，牽連被逮，下江寧縣獄；旋解至京師，下刑部獄。其序文實非先生作也。見本傳及結感錄、恕谷後集。

五十一年壬辰，先生年四十五歲。

在獄中切究陳氏禮記集說，著禮記析疑。其序曰：略，見本集。方爰書上時，同繫者皆惶懼，先生閲禮經自若。同繫者厭之，投其書於地，曰：「命在須臾矣！」先生曰：「朝聞道，夕死可也。」見沈傳及顧用方所撰周官辨序。

金壇王若霖澍間日入獄視先生，解衣般礴，諮經諏史，旁若無人。同繫者或諷曰：「君縱忘此地爲圜土，身負死刑，奈旁觀姗笑何？」見送王若霖南歸序。

著喪禮或問。其後劉古塘爲之序，稱其於先王制禮之意，有灼知曲盡而非傳、注所能及者，撥人心昏蔽而起其善端，莫近於是書。初先生居喪準禮，里中戚友有感而相倣傚者。古塘刊是書示朋友生徒，而江介服行者又漸多也。見古塘序及兄子道希跋。

五十二年癸巳，先生年四十六歲。

春二月獄決。先生蒙恩寬宥免治，出獄隸籍漢軍。先是獄具論死。聖祖矜疑，李文貞公亦力救之，獄詞五上五折本，至是章始下。三月二十三日，硃書：「戴名世案內方苞學問，天下莫不聞。」下武英殿總管和素。翼日，召入南書房，命撰湖南洞苗歸化碑文；越日，命著黃鍾爲萬事根本論；越日，命作時和年豐慶祝賦。每奏進，聖祖輒嘉賞再三，曰：「此即翰林中老輩兼旬就之，不能過也。」命以白衣入直南書房。見本傳、沈傳、兩朝聖恩恭紀。

遣人迎母至京寓侍養。見留保所撰名臣言行錄。

秋八月，移直蒙養齋，編校樂、律、曆、算諸書。先生與渾渚徐公蝶園諱元夢。承修樂律。聖祖命與諸皇子遊，自誠親王以下，皆呼之曰先生。時誠親王爲監修；王性嚴，承事者多獲訶責；先生侃侃不阿，遇事持正爭執。王敬之，乃延爲王子師。先生置王子座東向，己南面坐，始就講。見本傳、雷狀、沈傳、全碑及兵部尚書法公墓表。先生雖不與朝政，而密勿機務，多得聞之。是時李文貞公在閣，徐公蝶園尋以總憲兼院長，皆傾倒於先生；先生時時以所見敷陳：某事當行，某事當去，其說多見施行。先生苦口直言，不自知其數；雖不能盡從，而二公能容之。欲薦先生，則辭曰：「某本罪臣，不死已爲非望，公休矣！但有所見，必爲公言之，倘得行，則拜賜多矣。」見全碑。

周官辨成。先生在館中，徐公蝶園及混同顧公用方諱倧。時就問周官疑義，先生詳爲辨析。遇館中後生，則爲講喪服，聞而持行者數人。顧公與河間王振聲謂：「筆之書，然後可久存。」先生乃出其在獄所作喪禮或問。又爲周官辨，浹月而成。見顧用方所撰周官辨序。其自序曰：略，見本集。

五十四年乙未，先生年四十八歲。

春，刪定容城孫徵君年譜，書成，序之；尋作徵君傳。

冬十二月九日，母卒。先是疾篤，聖祖加恩，賜醫診視。見示道希兄弟。

五十五年丙申，先生年四十九歲。

冬，春秋通論成。先生自癸巳後，供事書局，公事之暇，輒致力於春秋、周官，前後幾三十年。見程崟撰儀禮析疑序。先生在書局，徐公蝶園日請先生講春秋疑義，每舉一事，先生必數全經，比類以析其義。顧公用方與二三君子謂：「非筆之於書，則口所傳能幾？且所傳者，遂能一一不失其指意乎？」屢敦促，始成此書。其自序曰：略，見本集。徐公每語人曰：「自程、朱而後，未見此等經訓，他日必列於學官。」見顧用方撰本書序。

五十六年丁酉，先生年五十歲。

秋，作四君子傳。其序略曰：略，見本集。春秋直解成。其序曰：略，見本集。

五十七年戊戌，先生年五十一歲。

春二月，命兄子道希、道永權葬父逸巢公、母吳夫人於上元南都季高按：「南都」據台拱岡墓碣，應作「南鄙」。石觜之台拱岡。見台拱岡墓碣。

命長子道章就學於李剛主。見李伯子哀詞。

五十八年己亥，先生年五十二歲。

夏四月，遇疾自危，作書示兄子道希字師范。兄弟：定祭禮，擬置祭田，定敎家之法。見敎忠祠祭田條目序。

五十九年庚子，先生年五十三歲。

冬十一月，周官集註成。其序曰：略，見本集。

十二月二日，幼子道興生，側室楊氏出。見家譜。

六十年辛丑，先生年五十四歲。

周官析疑成。其序曰：略，見本集。

冬十一月，聞李剛主長子習仁夭，乃作書與之。略，見本集。初先生與王崑繩論學，崑繩不信程、朱，盡發其失，且曰：「使百世以下，聰明傑魁之士沈溺於無用之學而不返，是卽程、朱之罪也。」先生曰：「子毋視程、朱爲氣息奄奄人！觀朱子上孝宗書，雖晚明楊、左之直節，無以過也；其備荒浙東，安撫荆湖，西漢趙、張之吏治，無以過也；而世不以此稱者，以道德崇閎，稱此轉渺乎其小耳。」崑繩聞先生言，終其身口未嘗非程、朱。其後先生出刑部獄，剛主來唁。先生以語崑繩者語之，剛主立起自責，取不滿程、朱語載經說中已鐫板者，削之過半。先生因舉顏習齋存治、存學二編未愜心者告之，剛主隨卽爲更定。至是先生復作此書與之。見李剛主墓誌。

六十一年壬寅，先生年五十五歲。

夏四月，扈蹕熱河。六月，奉命回京，充武英殿修書總裁。見兩朝聖恩恭紀及本傳。

雍正元年癸卯，先生年五十六歲。

以世宗嗣位，覃恩赦歸原籍。見本傳。先是滇遊紀聞案，先生近支族人皆隸漢軍，至是肆赦。上曰：「朕以方苞故，赦其合族，苞功德不細。」先生聞命，驚怖感泣，涕泗交頤。見本傳、雷狀、沈傳。

秋八月，宛平門人王兆符爲敍次文集。見集序。高安朱文端公諱軾。來定交，志同道合，無與比者。見敍交。

二年甲辰，先生年五十七歲。

春二月，請假歸葬親，蒙恩給假一年。五月十三日，抵上元，越翼日展墓。初歸，以卜兆未定，不即私室，寓居北山僧舍中，葬畢乃返。見台拱岡墓碣、清涼寺記、沈傳。

六月丁酉，祀台拱岡父母墓穴，負土定封。見台拱岡墓碣。

七月，作台拱岡墓碣。

八月，歸桐城，奉大父柩至上元，且省在桐各先墓；便過浮山，時左未生已故，弔其子秀起。見再至浮山記。

作書示道希兄弟，訓敎家法。

作大父馬溪府君墓誌。

三年乙巳，先生年五十八歲。

春三月二十四日，還京。召見，上憐弱足，命二內侍扶翼至養心殿；顧視訓慰者久之，有「先帝持法，朕原情，汝老學，當知此義」之諭。并賜茶芽二器。見聖訓恭紀及本傳。命仍充武英殿總裁。尋欲用爲司業，先生以老病力辭。見全碑。

六年戊申，先生年六十一歲。

冬，仁和沈廷芳來受業。先生曰：「師所以傳道授業解惑，生欲登吾門，當以治經爲務！」廷芳謹受教。先生以所著喪禮或問授之，曰：「喪、祭二禮，事親根本；世罕習者，生其研於斯！」見沈廷芳所撰先生傳書後。

七年己酉，先生年六十二歲。

夏四月，作書示兄子道希：葬兄百川，必遵遺命與弟椒塗同丘。道希得札，從命葬於蔣甸；大父司諭公居中，百川、椒塗同封居右，嫂張氏及夫人蔡氏同封居左。見示道希書並跋。其後復以陰流入壙，俱遷葬。見熊偕呂、佘東木時文序。司諭公遷葬江寧縣石潭菖蒲山見家譜。

八年庚戌，先生年六十三歲。

是年，議開博學鴻辭科。尋詔三品以上諸臣各舉學與行兼者。諸公問先生以所舉，先生以執友南昌龔孝水纓、歙縣佘西麓華瑞、遊好之久者嘉善柯南陔煜、淳安方文輈楘如四人應之。見送佘西麓序。

安溪官獻瑤來受業。見官獻瑤所撰讀經史文序。

寧化雷鋐見先生於漳浦蔡文勤公諱世遠。之齋。文勤卽命受業於先生，先生固辭，而答以儕輩之稱者三四年，後始受而不辭。見送雷惕廬歸閩序。

秋，疾作，命諸子曰：「如我歿，斂時須袒右臂。昔余弟椒塗疾革時，余因異疾，醫者令出避野寺。弟卒，弗獲視含斂，心常悔之，以此自罰也。」見七思注及沈傳。

九年辛亥，先生年六十四歲。

授詹事府左春坊左中允。見本傳。

與常熟蔣文肅諱廷錫。桐城張文和諱廷玉。兩相國論征澤望事宜書。

十年壬子，先生年六十五歲。

與西林鄂文端諱爾泰。桐城張文和兩相國書，論制準噶爾澤望事宜，凡十二條。西師征討多年，至是復猖獗。先生之意，欲爲嚴軍屯守，撫士蓄力，以待可勝之虜；勿爲輕舉深入，以邀難必之功。厥後鄂公奉命馳往軍前，傳諭大將軍；旋於十二月，奏請邊地屯田事宜五條，其間多採先生之論，奉詔從之。見文集及東華錄、惜抱軒集。

夏五月，遷翰林院侍講。見本傳。

秋七月，遷翰林院侍講學士。見本傳。

九月，長子道章舉順天鄉試。見家譜及桐城志。

冬十二月，與縣孫文定公諱嘉淦。以刑部侍郎爲順天府尹兼祭酒，勁挺不爲親王所喜；有自朱邸來，屬先生急奏劾之，當即以代孫公。先生拒不可。其人以禍怵之，先生以死力辭。不日，竟有劾孫公婪贓，孫公下獄。先生謂鄂文端公曰：「孫侍郎以非罪死，公復何顔坐中書？」於是鄂公以百口保之，孫公遂得免。見全碑及雷鋐鄂公逸事。

十一年癸丑，先生年六十六歲。

春三月，奉果親王敎：約選兩漢及唐、宋八家古文，刊授成均諸生。其後於乾隆初詔頒各學官。見本書并學政全書。

夏四月，擢內閣學士兼禮部侍郎，先生以足疾辭。命仍專司書局，不必辦理內閣事務，有大議，卽家上之。先生不能隨班趨直，俱荷矜容。先生感激流涕，以爲不世之恩，當思所以不世之報。然自是益不諧於衆矣。見本傳、全碑及謝授禮部侍郎劄子。

六月，敎習庶吉士。見本傳。

秋八月，充一統志館總裁。見本傳。奉命校訂春秋日講。見顧用方春秋通論序。

十三年乙卯，先生年六十八歲。

春正月，充皇清文穎館副總裁。見本傳。

秋九月高宗嗣位，有意大用先生。時高宗方欲追踐古禮，議行三年之喪，特下詔命羣臣詳稽典禮。王大臣令禮部尚書景州魏公廷珍偕先生擬議。魏公與先生爲金石交，以諮先生。先生因欲復古人以次變除之制，隨時降殺，定爲程式，乃作喪禮議。其略曰：略，見本集。魏公上其議，大臣有不便者，遂格不行。見全碑、江寧志。先生時領武英殿修書事，請於親王，就直廬持服，未再期，先生不出焉。見尹元孚墓誌。先生所敎習庶吉士，二十七日內，齋宿館舍，無敢飲酒食肉者，他部院未嘗有也。見汪師韓跋敎忠祠禁及家譜。

冬十一月，上請定徵收地丁銀兩之期疏，其略曰：略，見本集。又上請定常平倉穀糶糴之法疏，其略曰：略，見本集。又上請復河南漕運舊制疏，其略曰：略，見本集。三疏俱下部議行。見本傳及奏議。

乾隆元年丙辰，先生年六十九歲。

春，命再入南書房。見本傳、雷狀、沈傳。

三月，上請備荒政兼修地治疏，其略曰：略，見本集。

夏六月，上憐先生老病，命太醫時往診視。見本傳。上以先生工於時文，命選有明及本朝諸大家四書制義數百篇，頒布天下，以爲舉業準的。見本傳。

充三禮義疏館副總裁。見本傳。乃上擬定纂修條例疏，曰：略，見本集。又奏請出祕府永樂大典，錄取宋、元人經說。俱從之。見奏議及程崟儀禮析疑序。

秋七月，刪定管子、荀子成。是二書，先生少時嘗刪錄，茲復審定而序之。見本序。

冬，上請定經制疏。其略曰：略，見本集。

二年丁巳，先生年七十歲。

夏六月，擢禮部右侍郎。先生仍以足疾辭，詔免隨班趨走，許數日一赴部，平決大事。先生雖不甚入部，而時奉獨對；大除授幷大政往往諮先生，先生多密陳，於是盈廷側目矣。見本傳、全碑。

上請矯除積習興起人材疏。其略曰：略，見本集。

秋七月，教習庶吉士。見本傳。先生嘗慮辭章聲律，未足以陶鑄人材，轉錮其志氣，使日趨於卑小。欲倣朱子學校貢舉議，分詩、書、易、春秋、三禮爲三科，而以通鑑、通考、大學衍義附之。詩、書、易附以大學衍義；春秋附以通鑑綱目；三禮附以文獻通考。以疑義課試。當路者多謂迂遠；惟高安朱文端公、江陰楊文定公諱名時。所見相同，亦以違衆難行止之。先生猶欲發其端，乃上請定庶吉士館課及散館則例疏。其略曰：略，見本集。疏下諸臣議，格不行。見贈石仲子序及奏議。先生館課，不尚詩賦工麗，務覘人學識根柢；經刮目者，多克以名節自立，祁陽陳可齋相國名大受，字占咸。其一也。見雷氏聞見錄。

九月，疏陳九卿會議二事：一，九卿中有異議者，宜並列上聞，以俟聖裁。一，詹事、科道宜仍與九卿會議，所議不符，亦隨九卿議並奏。疏下總理事務王大臣等議，駁不行。見本傳。上請定孔氏家廟補祀先聖前母施氏祀典疏，又上請以湯公斌從祀孔廟熊公賜履郭公琇入賢良祠疏，皆格於廷議。見本傳及雷狀、全碑。

十二月，復以老病請解侍郎任，詔許之；仍帶原銜，食俸，教習庶吉士。見本傳。先是河督某夙與先生善，既而違衆議，開毛城鋪。臺、省二臣爭之，言其不便，坐下獄。先生言於徐公蝶園，爲上言：「不當以言罪諫官。」上卽日釋之。先生獨具疏陳河督之愎；河督大恨，亦思傾先生。禮部薦一貲郎入曹，親王莅部已許之，先生以故事：禮部必用甲科，不肯平署。會新拜泰安爲輔臣，起河間魏尚書爲總憲。忌者爭相告曰：「是皆方侍郎所爲，若不共排之，將吾輩無地可置身矣！」自是凡先生所奏疏，下六部九卿議，皆合口梗之。河督亦劾先生，禮部中又有挺身與先生爲難者。先生自知孤立，乃密陳其狀，且以病爲請焉。見全碑。

三年戊午，先生年七十一歲。

冬，過遵化州，訪鷹青山人李鍇，未遇。鷹青以詩投之。見李山人詩集序及鷹青集。

四年己未，先生年七十二歲。

春二月，詔重刊十三經、廿二史。先生充經史館總裁，乃疏請勅內府、內閣藏書處徧檢舊本，諭王大臣及在京各官家藏舊本，幷勅江南、浙江、江西、湖廣、福建五省督、撫購送舊本，詳校改正。又前侍講學士何焯曾博訪宋版，正前後漢書、三國志遺訛。請勅就其家索原書，照式改注別本，其原本給還。從之。見本傳。

夏四月，四書制義選成，奉表以進，命頒行天下。見本書。

五月，庶吉士散館，先生補請後到者考試。忌者劾之，謂有所私。遂落職。命仍在三禮館修書。見本傳、雷狀、沈傳、全碑。先生罷職，謂沈廷芳曰：「老生以迂戇獲戾，宜也。吾兒道章數以此諫，然吾受恩重，敢自安容悅哉？」見沈廷芳記先生傳後。先是丁巳秋，朱文端公疾革，謂先生曰：「子性剛而言直，吾前於衆中規子，謂『子幸衰疾支離，於世無求，假而年減一紀，尚有國武子之禍。』欲諸公諒子之無他，而不以世情相擬耳！賓實楊文定字。既歿，吾病不支，子其懼哉！」及今忌者媒孽，文端已先見之矣。見敍交。上意終思先生，屢顧左右大臣言：「方苞惟天性執拗，自是而非人，其設心固無他也。」見雷狀。一日，吏部推用祭酒，上沈吟曰：「是官應使方苞爲之，方稱其任。」而旁無應者。見全碑。

六年辛酉，先生年七十四歲。

春正月十八日，兄子道希卒。作墓志。見道希墓誌。

夏四月，作七思，感傷兄百川，弟椒塗，伯姊，仲姊，三姊，妻蔡氏，兄子道希也。見本集。

冬，周官義疏纂成，進之；上留覽兼旬，命發刻，一無所更。見雷狀、沈傳。

七年壬戌，先生年七十五歲。

春，先生以年近八旬，時患疾痛，乞解書局，回籍調理；上許之，賜翰林院侍講銜。四月，出都歸里，杜門著書，不接賓客；江南總督尹文端公諱繼善。踵門求見者三，皆以疾辭。見本傳、沈傳、全碑。

重爲司諭公及百川、椒塗卜兆。先是再卜葬，再以陰流入壙起攢。先生歸後，急求兆域，不以高年自寬，野處誠求，連歲而後成事。見熊偕呂、余東木時文序及方扶南詩集。

同武進楊農先椿考訂輯補湯文正公年譜，十月成，序之。

始營建敎忠祠於清涼山麓，幷將己所置田盡捐爲祭田，祀遷桐五世祖斷事公，以公殉節，故祠名敎忠。其側又建太僕公小宗祠，歲時率族人致祭。其祭田經費贏餘，則以周子孫窶艱嫁娶喪葬不能自舉者。定祭禮，作祠規、祠禁及祭田條目以示後人。略。見本集及家譜。先生嘗曰：「祭田乃余爲諸生、爲鄉貢士時，陸續購置，服官後，未增一畝也。」見與陳占咸尺牘。

八年癸亥，先生年七十六歲。

秋八月，尋醫浙東，因作天姥、雁蕩之遊，爲文記之。從行者爲鮑甥孔巡。見記文。

九年甲子，先生年七十七歲。

秋九月，長孫超舉江南鄉試。見家譜及桐城志。超係道章長子。

十年乙丑，先生年七十八歲。

夏六月，洛陽李餘三學裕來謁，時爲安徽布政使，未受印，屏騶從，造北山，叁户而入，執弟子禮，曰：「固知先生避客之深也；自獲見於先生，始知所以爲人之道。備官中外幾二十年，自省尚無負於君國，無慚於吏民，皆先生之教也。所懼民隱壅蔽，有過不自知。今適在先生之鄉，故甫入城，未受印篆而願聞緒論，望先生知無不言。」見李公墓誌。

十一年丙寅，先生年七十九歲。

冬十一月，歙縣門人程崟始爲編刻文集。見集序。

十二年丁卯，先生年八十歲。

秋八月，博野尹元孚會一來受業。時元孚視學江南，莅江寧。待諸生入闈，乃徒步，操几席杖屨，造清涼山下潭亭，執弟子禮，北面再拜，曰：「曩在京師，母命依門牆，先生固執不宜使衆駭遽。今里居無嫌，且身未及門，心爲弟子久矣。蒙授喪禮或問，吾母之終，寢處、食飲、言語，得無大悖，成身之德，豈有既乎？」先生辭不獲。越日，元孚又獨來；先生畏人疑詫，乃掃墓繁昌，入九華山避之。見尹元孚墓誌。

十三年戊辰，先生年八十一歲。

十月十六日，長子道章卒。見家譜及全碑。

十四年己巳，先生年八十二歲。

秋七月，儀禮析疑成。先生以此經少苦難讀，未經倍誦，恐不能比類以盡其義。又世所傳，惟注疏及敖繼公集說二書。其永樂大典中宋、元人解說十餘種，皆膚淺無足觀。國朝惟張稷若、李耜卿各有删定注疏，間附己意，發明甚少。先生大懼是經精藴未盡開闡，而閉晦以終古。故七十以後，晨興，必端坐誦經文，設爲身履其地，即其事，而求昔聖人所以制爲此禮，設爲此儀之意，雖臥病猶仰而思焉。有心得，乃稍稍筆記，十餘年來已九治；猶自謂積疑未袪，乃十治，早夜勤劬，迄今始成。見程崟序及劉大櫆祭文、雷狀、沈傳。

八月十八日甲午，先生卒於上元里第。疾革，數舉右手以示子孫，蓋以弟椒塗亡時抱歉，嘗戒子以斂時必袒右臂。子孫遂遵遺命以斂焉。見雷狀、沈傳。

先生貌怯瘦，身長，面微有痘斑，目光視人如電，膽弱者當之，輒心悸不能語。見熊寶泰謁先生祠堂記。爲人敦厚，生平言動必準禮法；事父至孝，父嘗曰：「吾體未痛，二子已覺之；吾心未動，二子已知之。」其先意承志如此。見潛虛集百川傳。事母尤孝，年四十餘，宛轉膝下如嬰兒。辛卯，以南山集案，逮赴詔獄。時母老疾多悸，先生偕縣令蘇君壎入見母，言：「安溪李公薦入內廷校勘，不得頃刻留。」拜辭出，即下獄。及癸巳事定，迎養北上，先生已召直南書房，居賜第，故太夫人至京，竟不知其事。見祭田條目及結感錄、道希墓誌、家譜。與兄百川弟椒塗相友愛，不忍違離；百川約曰：「吾兄弟三人，異日當共葬一，不得以妻祔。」見示道希。其後葬先生於江寧縣建業三圖沙場村龍塘辰戌兼巽乾向，與兄百川弟椒塗同丘。見家譜。先生每遭期功喪，皆率子姓準古禮宿外寢。見祠禁。先生痛兄高才不壽，後得任子恩，請授兄子道永。見沈傳。居家有客至，必令子弟奉茶，侍立左右；或宴會，則行酒獻肴，俾知長幼之節。見魏舒叔評沈廷芳所撰傳。每遇己生辰，必避居郊原野寺，不受子孫觴酌。祭田羨餘，以贍合族生徒；饋遺，輒予姻族之窶者。見沈傳。生平於貨財不苟受；金陵有王生執金爲贄求教，介某姻來，先生以金卽贈某姻。已而王生卒，先生曰：「教未及，安受其贄？」因自出金如其數，使人奠而不使某姻知也。又有某富人家貲百萬，遭喪，延先生點主，以百金爲壽。先生曰：「吾豈可屈膝於守財者墓耶？」嚴卻不應。見恕谷後集。先生自視常若下於恆人。見隸園藏獲愛親敬長一事一言之善，輒反躬自責，愧不能行。有以過規，則誠心以爲德。見張文和澄懷園集。長洲何屺瞻言古文推錢牧齋，與先生論不合。屺瞻好詆人短，朋游多苦之。先生獨喜聞其言，用以檢身。時置所著文於朱字綠所，使背面發其瑕疵；先生嘗嘆曰：「如斯人，未可多得也。」見讀管子文自記。先生與朋友，責善亦甚嚴，當其盡言無隱，多人所難受。故雖與昵好者，亦竊病其迂。見澄懷園集。先生自爲諸生，名輒動京師，雖在難時，王公皆嚴憚之。性剛直，好面折人過，交遊中宦既遂，必以吏疵民瘼、政教得失相責難。由是諸公頗厭苦之。見儒狀。惟朱文端公篤信先生言；先生所知見，壹爲公盡言之。見敘交。與諸大臣言，常以天下之公義、古賢之大節相砥淬，而未嘗一及於私。見澄懷園集。李文貞公以直撫入相。先生叩之曰：「自入國朝，以科目躋茲位者凡幾？」公屈指，得五十餘人。先生曰：「甫六十年而已得五十餘人，則其不足重也明矣。望公更求其可重者！」時景州魏公君壁在側，退而曰：「斯人吾未前見，無怪乎見者皆不樂聞其言也。」見與陳占咸尺牘。先生幼聰穎，好讀書，而尤篤嗜經學。其爲學，不喜觀雜書，以爲徒費目力，玩物喪志，而無所得。見留撰言行錄及沈傳書後。論學一以宋儒爲宗，說經之書，大抵推衍宋儒之學而多心得，名物訓詁皆所略云。見江寧府志。耄期猶嗜學，日有課程，治儀禮十易其稿。年八十，日坐城北湄園，矻矻不置。見雷狀、全碑。先生於六經皆有撰述，所尤用力者，春秋、三禮也。三禮中於喪禮尤研究精微；所著喪禮或問，學者以爲粹然同於七十子之文。見家譜。先生引誘後進，與之講論，娓娓不倦。見留撰言行錄及家譜。先生少與兄百川以時文名天下，世稱「二方」。其古文嚴義法，言必有物，必有序。論文不喜班孟堅、柳子厚。見韓文懿序及本集，全碑。嘗語人曰：「文，所以載道也。古人有道之言，無不傳之不朽。文所以佳者，以無膚語支字，故六經尚矣。古文猶近之，至於四六、時文、詩、賦，則俱有牆壁窠臼，按其格式，塡詞而已。以言乎文，固甚遠也。」見留撰言行錄。又訓門人沈廷芳曰：「南宋、元、明以來，古文義法不講久矣。吳、越間遺老尤放恣，或雜小說，或沿翰林舊體，無一雅潔者。古文中不可入語錄中語、魏、晉、六朝人藻麗俳語、漢賦中板重字法、詩歌中雋語、南北史佻巧語。老生所閱春秋三傳、管、荀、莊、騷、國語、國策、史記、漢書、三國志、五代史、八家文，賢細觀當得其概矣。」見沈傳書後。先生生平愼於文，不輕爲人作表誌，尤必於其人而難以情假也。先生所著書，仍有刪定通志堂宋元經解、春秋比事目錄、左傳義法舉要、史記注補正、離騷正義、聞見錄等書，皆不知其撰著年月，茲附及之。見本集。

夫人蔡氏生二子，早殤；生二女，長適廬江舉人宋嗣茨，次適上元生員鮑孔學。先生年三十三四尙無子，乃納側室楊氏，生二子，道章、道興；生一女，適金壇王金範，官蒲臺縣丞。繼室徐氏夫人無出。蔡夫人葬江寧縣石潭菖蒲山，與嫂張氏同丘。道章字用闇，號定思，揀選知縣，生七子：超、惟一、惟醇、惟稼、惟寅、惟和、惟俊。超爲英山敎諭。道興字行之，號信芳，安慶府學廩膳生，生四子：惟淸、惟恂、惟懿、惟憲。見家譜。孫、曾多爲諸生，或舉於鄉，至今不替，玆未備考焉。

方苞集附錄二

文目編年

康熙辛未（年二十四）：　讀孟子　書潘允愼家傳後

壬申：　高素侯先生四十壽序　送母舅吳平一之鉅鹿後序　康烈女傳

癸酉：　與王崑繩書

甲戌：　與劉言潔書　寧晉公詩序

乙亥：　與徐詒孫書　二貞婦傳

丙子：　聖主親征漠北頌　北征頌二首代　讀周官　與謝雲墅書　與萬季野先生書　祭徐幼安文

丁丑：　陳馭虛墓誌

年二十至三十：　書太史公自序後二首　書韓退之學生代齋郎議後二首　書祭裴太常文後　記時文稿行不由徑三句義後　與韓慕廬學士書　送馮文子序　高節婦傳　七夕賦

戊寅（年三十一）：　文昌孝經序代　築子嬰隄記　與閻百詩書

己卯：　書時文稿歲寒章四義後　贈魏方甸序　明兵部郎中劉公墓誌　徐詒孫哀詞

庚辰：　高素侯先生墓誌

辛巳：與韓慕廬先生書

壬午：與喬紫淵書　喬紫淵詩序　兄百川墓誌　弟椒塗墓誌

癸未：劉篤甫墓誌　全椒縣教諭寧君墓誌　祭張母吳夫人文

甲申：吳宥函文稿序

丙戌：與熊藝成書　書高素侯先生手札後　杜茶村先生墓碣　亡妻蔡氏哀詞

丁亥：與吳東巖書　傳信錄序　教授胡君墓誌

年三十至四十：書淮陰侯列傳後　跋石齋黄公手札　記百川先生遺言　記吳紹先求弟事　刻百川先生遺文書後　附刻弟椒塗遺文書後　答劉拙修書　與龔孝水書　與賀生嵂禾書　與劉函三書　與章泰占書　周公論　方正學論　朱字綠文稿序　張彝歎稿序　劉巽五文稿序　溧陽會業初編序　佘西麓文稿序　送劉函三序　張母吳孺人七十壽序

戊子（年四十一）：左仁傳　劉北固哀詞

庚寅：灌嬰論　鮑氏女球壙銘

辛卯：與劉大山書　何景桓遺文序　朱字綠墓表

壬辰：獄中雜記　大理卿高公墓碣

癸巳：湖南洞苗歸化碑文失　黄鍾爲萬事根本論失　時和年豐慶祝賦失　結感錄　與白玫玉書　禮記析疑序　周官辨序　絃歌臺記　泉井鄉祭田記　王大來墓誌　許昌禎妻吳氏墓誌　宣左人哀詞

阮以南哀詞

甲午： 記夢 長寧縣令劉君墓誌 封內閣中書張君墓誌

乙未： 書羅晉代妻佟氏守貞事 與孫以寧書 與安溪李相國書 與陳滄洲書 孫徵君年譜序 送吳東巖序 孫徵君傳 顧飲和墓誌 兵部尚書范公墓表 婢音哀詞 先母行略

丙申： 春秋通論序 將園記 內閣學士張公夫人成氏墓表 僕王興哀詞

丁酉： 春秋直解序 春秋直解後序 蔣詹事牡丹詩序 胡母潘夫人七十壽序 四君子傳 劉紫函墓誌 龔君墓誌 佘君墓誌 葛君墓誌 內閣中書劉君墓表 完顏保及妻官爾佳氏墓表 武季子哀詞 王瑤峯哀詞

年四十至五十： 左忠毅公逸事 記長洲韓宗伯逸事 轅馬說 記太守滄洲陳公罷官事 與徐蝶園書 與劉古塘書 與翁止園書 與劉紫函書 伍芝軒文稿序 儲禮執時文序 徐司空詩集序 蔣母七十壽序 修復雙峯書院記 彭訒菴墓誌 廣東副都統陳公墓誌 同知紹興府事吳公墓表 杜蒼略先生墓誌銘 武商平墓表 禮部尚書韓公墓表 祭白侯文 祭顧書宣先生文 祭張文端公文 余石民哀詞

年三十至五十： 讀古文尚書 讀儀禮 書刪定荀子後 讀管子 讀史記八書 書禮書序後 書樂書序後 詰律書一則 書封禪書後 書史記十表後 書史記六國世表序後 書孟子荀卿傳後 讀伍子胥傳 書儒林傳後 書刺客傳後 書陳氏集說補正後 書柳文後 書邵子觀物篇後 書朱注楚詞後 書歸震川文集後 原人二首 原過 先天後天圖說 釋言 高陽孫文正逸事 石齋黃公逸事

書曹太學傳後　書王氏三烈女傳後　書萬烈婦某氏事　吕九儀妻夏氏　與安徽李方伯書　再與劉拙修書　答喬介夫書　與程若韓書　與某書　漢高帝論　漢文帝論　蜀漢後主論　宋武帝論　于忠肅論　明御史黄公文集序　考槃集序　楊千木文稿序　巖鎮曹氏女婦貞烈傳序　王彥孝妻金氏墓碣　祭某公文　祭彭夫人文

戊戌（年五十一）：記姜西溟遺言　逆旅小子　送徐亮直册封琉球序　送王篛林南歸序　遊豐臺記　遊潭柘記　謝母王孺人墓誌　萬季野墓表　劉烈婦唐氏墓表　張彝歎哀詞

己亥：安溪李相國逸事　記張彝歎夢忠武事　書先君子家傳後　書公祭先母文後　四月示道希兄弟　送左未生南歸序　汪孺人六十壽序　李友楷墓誌　潘函三墓誌　巡撫福建黄公墓誌　沈氏姑生壙銘　吏部侍郎姜公墓表　駙馬孫公哀詞

庚子：周官集注序　左未生墓誌　季瑞臣墓表　祭左未生文

辛丑：萬年寶曆頌　明禹州兵備道李公城守死事狀　與李剛主書　周官析疑序　送黄玉圃巡按臺灣序　白玟玉墓誌　王孺人墓誌　李伯子哀詞

壬寅：翰林院掌院學士兼禮部侍郎湯公墓誌　羅烈婦李氏墓表

雍正癸卯：聖主躬耕耤田頌　聖主親詣太學頌　兩朝聖恩恭紀　王生墓誌　贈通奉大夫刑部侍郎黄公墓表　祭滄洲陳公文　兄孫仁壙銘

甲辰：示道希兄弟　再至浮山記　蒼溪鎮重修三元觀記　封氏園觀古松記　刑部郎中張君墓誌　朱

履安墓表　大父馬溪府君墓誌　台拱岡墓碣
乙巳：聖訓恭記　表微　別建曾子祠堂記　贈淑人尤氏墓表　鮑氏姊哀詞
丙午：左華露遺文序　劉古塘墓誌　顧友訓墓誌　陳依宣墓誌　沈孝子墓誌　韓城張公繼室王夫人
墓誌　王處士墓表　舒子展哀詞
丁未：陸以言墓誌　張樸村墓誌　廣文陳君墓誌　族子根穎壙銘　李世得墓表　劉中翰孺人周氏墓
表　曾孺人楊氏墓表
年五十至六十：江南閩廣積貯議　書老子傳後　通蔽　書孝婦魏氏詩後　湯司空逸事　記所聞司寇
韓城張公事　與呂宗華書　與徐司空蝶園書二首　答某公書　與李覺庵書　學案序　重訂禮記纂言
序　送佘西麓序　贈潘幼石序　贈淳安方文輈序　贈李立侯序　李母馬孺人八十壽序　李剛主墓誌
鄭友白墓誌　胡右鄰墓誌　梅徵君墓表　黃際飛墓表　祭王崑繩文
戊申（年六十一）：金陵會館記　釋蘭谷傳　工科給事中暢公墓表　趙處士墓表　中憲鄂公夫人撒克達氏
墓表　鮑氏妹哀詞　嫂張氏墓誌
己酉：記王巽功周公居東說　四月又示道希　送李雨蒼序　光祿卿呂公宜人王氏墓誌
庚戌：喜雨說　靑要集序　隱拙齋詩集序　送鍾勵暇寧親宿遷序　沈編修墓誌
辛亥：與常熟蔣相國論征澤望事宜書　廣州府張君墓誌　兄子道希婦岳氏誌
壬子：爲秦門高貞女糾舉本引　與鄂張兩相國論制馭西邊書　七月示道希書　贈宋西玒序　李抑亭墓

誌　工部尚書熊公繼室李淑人墓誌　汪武曹墓表　宋山言墓表　雷氏先墓表
癸丑：與一統志館諸翰林書　古文約選序並凡例代　翰林院檢討費君墓表
甲寅：禮部侍郎蔡公墓誌
乙卯：喪禮議　請定徵收地丁銀兩之期劄子　請定常平倉穀糶糴之法劄子　請復河南漕運舊制劄子
　東昌鄧嶧亭墓表
乾隆丙辰：請備荒政兼修地治劄子　擬定纂修三禮條例劄子　請定經制劄子　刪定荀子管子序　再送
佘西麓序　高烈婦傳　禮部尚書楊公墓誌　翰林院編修查君墓誌　高登善妻方氏墓誌　刁贈君墓表
秦仲高墓表　謝孺人葉氏墓表
丁巳：謝授禮部侍郎劄子　請矯除積習興起人材劄子　請定庶吉士館課及散館則例劄子　論九卿會議事
宜劄子　請定孔氏家廟祀典劄子　請以湯斌從祀孔廟及熊賜履郭琇入賢良祠劄子　辭禮部侍郎劄子　敍
交　寄言　送韓祖昭南歸序　良鄉縣岡窪村新建通濟橋碑記　楊千木墓誌　少司農呂公繼室王夫人墓
誌　田間先生墓表
年六十至七十：請禁燒酒事宜劄子　請除官給米商印照劄子　請禁燒酒種烟第三劄子　論山西災荒劄子
論考試翰林劄子　修祖陵廟寢議　塞外屯田議　渾河改歸故道議　臺灣建城議　貴州苗疆議　黃淮
議　記徐司空逸事　與孫司寇書　王巽功詩說序　李穆堂文集序　送張又渠守揚州序　送官庶常觀
省序　沛天上人傳　光祿卿呂公墓誌　弟屋源墓誌　刑部左侍郎王公墓表　吳處士妻傅氏墓表

年五十至七十：　謚法　湯潛庵先生逸事　書熊氏家傳後　記李默齋實行　書直隸新安張烈婦荆氏行實後　答申謙居書　答程起生書　與陳密旃書　與某公書　畿輔名宦志序　仁和湯氏義田記　孫積生傳　謝季方傳　理藩員外郎贈資政大夫席公神道碑　高仲芝墓表　余處士墓表

戊午（年七十一）：　聖主躬耕耤田頌　聖主臨雍禮成頌　禮部侍郎魏公墓誌

己未：　論重刻十三經廿一史事宜劄子　進四書文選表并凡例　鳶青山人詩序　送雷惕廬歸閩序

庚申：　知寧國府事黄君墓誌

辛酉：　書楊維斗先生傳後　書高密單生追述考妣遺事後　潮州知府張君墓表　吳宥函墓表　兄子道希墓誌　七思

壬戌：　論明史無任丘李少師傳　湯文正公年譜序　贈孺人鄒氏墓誌　大理卿熊公墓誌　陳西臺墓表　方曰崑妻李氏墓表

癸亥：　余東木時文序　題天姥寺壁　遊雁蕩記　記尋大龍湫瀑布　趙孺人翟氏墓誌　陳太夫人王氏墓表　林母鄭孺人墓表

甲子：　題黄玉圃夢歸圖　書烈婦東鄂氏事略後　答尹元孚書　熊偕呂遺文序　贈石仲子序　尹太夫人李氏墓誌　兵部主事龔君墓碣

乙丑：　安徽布政使李公墓誌　兵部尙書法公墓表　都察院副都御史巡撫貴州劉公墓表

丙寅：　重修清涼寺記　莊復齋墓誌　程贈君墓誌　少詹事查公墓表

丁卯：　重建陽明祠堂記　重建潤州鶴林寺記　江南布政使陳公墓誌

戊辰（年八十一）：　楊黄在時文序　赫氏祭田記　尹元孚墓誌　與黄玉圃同祭尹少宰文

年七十一至八十二：　書孫文正傳後　書盧象晉傳後　答問　與顧用方論治渾河事宜書　與鄂少保論修三禮書　與鄂少保論喪服注疏之誤書　與鄂西林少保論治河書　與西林相國論薦賢書　與來學圃書　答程夔州書　答禮館諸君子書　答禮館纂修書　與顧震滄書　教忠祠規并序　教忠祠祭田條目并序　教忠祠禁并序　柏村吳氏重建宗祠記　白雲先生傳　二山人傳　金陵近支二節婦傳　廬江宋氏二貞婦傳　光節婦傳　少京兆余公墓誌　禮部尙書陳公神道碑　贈右副都御史趙公神道碑　武強縣令官君墓表　和風翔哀詞

年歲未詳文目（多在五十以後）：　多福硯銘　讀大誥　讀尙書記二首　讀君牙冏命呂刑文侯之命費誓秦誓　讀二南　讀行露　讀邶鄘至曹檜十一國風　讀邶鄘魏檜四國風　讀王風　讀齊風　書周頌清廟詩後二首　周官辨僞二首　書考定儀禮喪服後　辨明堂位　書考定文王世子後三則　文王十三生伯邑考辨　成王立在襁褓之中辨　讀經解　書周官大司馬四時田法後　書辨正周官戴記尙書後　書蕭相國世家後　書貨殖傳二首　書漢書禮樂志後　書漢書霍光傳後　書王莽傳後　書五代史安重誨傳後　書韓退之平淮西碑後　書柳子厚辨亢桑子後　書李習之平賦書後　書李習之盧坦傳後　異姓爲後　書涇陽王僉事家傳後　記開海口始末　自訟　西鄰愍烈女　跋先君子遺詩　題舒文節探梅圖說　檄濟寧諸生會課代　移山東州縣徵羣士課藝文代　禮闈示貢士代　擬除泰安州香稅制代　答楊星亭書　與吳見山書

贈介庵上人序　鹿忠節公祠堂記　三山林湛傳　胡蘅洲像贊　浮屠髻珠小像贊　象尺銘　硯銘二首
澄泥硯銘

諸家評論

韓文懿公諱菼，字元少，號慕廬，長洲人，官禮部尚書。曰：「以一心貫穿數千年古書，六通四辟，使程、朱並世得斯人往復議論，則諸經之覆，所發必增倍矣。」評讀尚書記。

又曰：「義理則取鎔六籍，氣格則方駕韓、歐。」評時文。

蔡文勤公諱世遠，字聞之，號梁村，漳浦人，官禮部侍郎。曰：「其說皆前古所未有，而按以經義，揆之事理，無一不合於人心之同然，此之謂言立。」評周官辨僞。

陳恪勤公諱鵬年，字北溟，號滄洲，長沙人，官河道總督。曰：「望溪可負天下之重。觀其讀周官、儀禮、孟子、管子，可知所見閎廓深遠。此等文可徵其平易詳愼；不能平易詳愼，則閎廓深遠非眞，而用之必窒矣。」評書李習之平賦書後。

朱文端公諱軾，字若瞻，號可亭，高安人，官大學士。曰：「方子行身方嚴，出語樸直，衆多見謂迂闊；余獨知爲鄭公孫僑、趙樂毅一流人。每與之言，心終不忘。觀此等文，有志者宜深求其底蘊。」評讀管子。

又曰：「老謀雄略，一歸經術；未審韓、范規模，視此何似？」評與鄂張兩相國書。

陳文恭公諱宏謀，字汝咨，號榕門，桂林人，官大學士。曰：「望溪經說，不惟經義開明，可以蕩滌人心之邪穢，維持禮俗。」評讀國風。

張彝歎進士名自超，高淳人。曰：「探孔、孟、程、朱之心，擷左、馬、韓、歐之韻，天生神物，非一代之珍玩也。」評時文。

王或菴孝廉名源，字崑繩，宛平人。曰：「宋以後，無此清深峻潔文心；唐以前，無此淳實精淵理路。」評讀儀禮。

李恕谷學正名塨，字剛主，蠡縣人。曰：「門下篤內行而又高望遠志，講求經世濟民之猷，沈酣宋、明儒說，文筆衣被海內，而於經、史多心得，且不假此媕婀侯門爲名譽，此豈近今所能得者。私心頌禱，謂樹赤幟以張聖道，必是人也。」與先生書。

顧用方河帥名琮，滿洲人。曰：「方子之文，乃探索於經書，其宅心之實，與人之忠，隨所觸而流焉者也，故平生無不關於道教之文。」文集序。

胡襲參司業名宗緒，號嘉遯，桐城人。曰：「望溪說經文，宋五子之意皆在其中，而文更拔出六家之上。余嘗謂方子乃七百年一見之人，知言者當不以爲過其實也。」評讀儀禮。

全謝山庶常名祖望，字紹衣，鄞縣人。曰：「古今宿儒有經術者，或未必兼文章；有文章者，或未必本經術；所以申、毛、服、鄭之於遷、固，各有溝澮。唯是經術、文章之兼固難，而其用之足爲斯世斯民之重，則難之尤難者。前侍郎桐城方公，庶幾不愧於此。然世稱公之文章，萬口無異辭，而於經術已不過皮相之；若其惓惓爲斯世斯民之故而不得一遂其志者，則非惟不足以知之，且從而掊擊之，其亦悕矣！」

神道碑。

雷翠庭副憲名鋐，字貫一，寧化人。曰：「先生之文，非關道翼教有關人倫風化不苟作。」卜書。

沈椒園廉訪名廷芳，字畹叔，一字萩林，仁和人。曰：「先生其今之古人與？廷芳昔受經邸第，見先生著緇布小冠，衣緼袍，凭白木几，籑經不稍休；與門弟子講論肫肫，以六經之言質諸行；弟子若侍伏生、申公側，穆然起忠敬也。及立朝蹇諤，多與時牴牾，然天子獨鑒其心無欺，非先生之碩學忠誠，惡能得此哉？」傳贊。

又曰：「方先生品高而行卓；其爲文，非先王之法弗道，非昔聖之旨弗宣，其義峻遠，其法謹嚴，其氣肅穆而味淡以醇，湛於經而合乎道，洵足以繼韓、歐諸公矣。先生之文，海内或知宗之；特平生以道自重，不苟隨流俗，故或病其迂，或患其簡，且多謗之者。雖然，能擠於生前，而其人其學，卒不能掩於歿世也。」文集後序。

程夔震兵部名崟，歙縣人。曰：「先生之文，循韓、歐之軌迹，而運以左、史義法，所發揮推闡，皆從檢身之切，觀物之深而得之。不惟解經之文，凡筆墨所涉，莫不有六籍之精華寓焉，而無一不有補於道教也。」文集序。

姚薑塢編修諱範，字南青，桐城人。曰：「望溪文，於親懿故舊之間，隱親惻至，亦見其篤於倫理而立身近於禮經，有不可掩者已。」評文集。

韓理堂大令名夢周，字公復，濰縣人，官來安知縣。曰：「論文於程、朱未出之前，與論文於程、朱既出之後，其說不同：程、朱以前，聖道否晦，雖有一二豪傑之士窺見大體，未能使此理燦然較著於世；立言者苟持之有故，卽高下淺深醇駁不一，君子皆將取之，使學者擇焉。自程、朱出，而聖賢之道復明，學者舍是無以爲學，立言者舍是何以言哉？將背而去之乎，則適以自陷於淫詖；將以文爲小技而戲出之乎，則又可以不作矣。是故生程、朱之後，而謬援古人駁雜以自解，皆無當於斯文者也。望溪先生之文，體正而法嚴；其於道也，一以程、朱爲歸，皆卓然有補於道教，可傳世而不朽；其於所易忽者亦不苟，蓋可以識先生之所學矣。」書逸集後。

彭允初進士名紹升，號尺木，長洲人。曰：「少讀望溪方先生文，服其篤於倫理，有中心慘怛之誠，以爲非他文士所能及。」逸稿敍。

姚惜抱先生諱鼐，字姬傳，桐城人，官刑部郎中。曰：「望溪先生之古文，爲我朝百餘年文章之冠，天下論文者無異說也。鼐爲先生邑弟子，誦其文，蓋尤慕之。」集外文序。

又曰：「望溪宗伯與鄂張兩相國書論制準夷事，憂國忠友之情，則皆可謂至矣；於公平生風義，所關頗重。」跋與鄂張兩相國書稿。

方苞集附錄三

各家序跋

重刻方望溪先生全集序

六經四子皆載道之文，而不可以文言也。漢興，賈誼、董仲舒、司馬遷、相如、劉向、揚雄之徒，始以文名，猶未有文家之號。唐韓氏、柳氏出，世乃拼以斯稱。明臨海朱右取宋歐、曾、王、蘇四家之文以輩韓、柳，合爲六家，歸安茅氏又析而定之爲八，而後此數人者，相望於上下千數百年，若舍是莫與爲伍。自是天下論文者，意有專屬，若舍數人，卽無以繼賈、馬、劉、揚之業。夫自東漢以迄於明，其間學士詞人蟻聚蜂屯，不可計數；一二名作先後傳誦宇內者，亦如流水之相續於大川；而其爲之數百十篇，沛然暢然，精光炤人間不可磨滅，則自韓、柳、歐、曾、王、蘇外，終莫得焉。嗚呼，蓋其難哉！

余嘗聞其故矣：其所受者不優，無以軼乎衆也；其所入者不邃，無以遺乎今也；其所得者不廣，無以肆其用也；其所養者不充，無以盛其發也；其所踐者不實，無以立其誠也。日星之所以長明，江海之所以不竭，萬物之所以發生，古之精且神於文者，蓋必實有侔於此焉，非是不足以與於作者。是以古文之學，北宋後絕響者幾五百年，明正、嘉中，歸熙甫始克賡之。

然熙甫生程、朱後，聖道闡明，其所得乃不能多於唐、宋諸家。我朝有天下數十年，望溪方先生出。其承八家正統，就文核之，亦與熙甫異境同歸。獨其根柢經術，因事著道，油然浸漑乎學者之心而羽翼道敎，則不惟熙甫無以及之，卽八家深於道如韓、歐者，亦或猶有憾焉。蓋先生服習程、朱，其得於道者備；韓、歐因文見道，其入於文者精。入於文者精，道不必深，而已華妙而不可測；得於道者備，文若爲其所束，轉未能恣肆變化。然而文家精深之域，惟先生掉臂游行。周、漢、唐、宋諸家義法，亦先生出而後揭如星月，而其文之謹嚴樸質，高渾凝固，又足以戢學者之客氣，而澌其浮言。以故百數十年來，奉而守者，各隨其才學高下淺深，皆能蘄乎古不捩於正；背而馳者，則雖高才廣學，亦虛憍浮夸，半爲躍冶之金而已。

先生文集久行於世，第原編卷數未分，亦未用古人刻書首尾相銜之法；近復殘缺漫漶，而集外又多關係重要之文，世所未見。鈞衡既搜輯，乃貸金而全刊之，以快天下心目，并揭發先生明道與文之功，正告海內來者，知尊信而趨步也。咸豐元年辛亥正月，邑後學戴鈞衡謹序於味經山館。

原集三序

歲辛未，先君子與吾師及西溟姜先生同客京師，論行身祈嚮。西溟先生曰：「吾輩生元、明以後，孰是如千里平壤，拔起萬仞高峯者乎？」先君子曰：「經緯如諸葛武侯、李伯紀、王伯安，功業如郭汾陽、李西平、于忠肅，文章如蒙莊、司馬子長，庶幾似之。」吾師曰：「此天之所爲，非人所能自任也。學行繼程、朱之後，文章介韓、歐之間，孰是能仰而企者？」西溟曰：「斯言也其信！吾固知莊、馬之可慕，而心困力屈，終邈乎其不可即也。」先君子見朋好生徒，時時稱道之。兆符兒時即耳熟焉。既成童，遂命請業師門，迄今三十有三年矣。

雍正癸卯，兆符復至京師，懼吾師衰疾，請編年譜；手錄春秋、周官說及望溪文集，乃知吾師於曩言，實身肩而力取之，而凡有志者，皆不可以自畫也。吾師質行、經學、古文，後世自能懸衡；兆符不敢置一辭，恐不知者，以爲阿其所好也。經說則始窺其樊，恐言之未必有中。故敍次文集既終，敬識簡端，以俟後之君子。雍正癸卯秋八月望後三日，門人王兆符撰。

望溪方子，文學爲世所稱，而余與共事蒙養齋，入則合堂聯席，出則比屋同垣，晨夕居遊，無不共者，凡十有一年，始知其宅心之實，與人之忠。其於幼所誦經書，常陰取以自繩削，而亦以望於人。故居人上者，必告以汰侈之召災；事人者，必戒以諂佞之失己；爲子弟者，則警以孝弟之易虧；將仕者，則數舉貪人覆轍愧遺父母妻子之醜。用此，不好善者聞之，皆陰忌以爲刺己；中人以下，亦苦其行之難而見謂不情。每薄暮歸寓，必以此日過言過行諮余。間爲發其禮義之過中者。常怵然爲戒，每自言：「於人紀中，無一不愧負此心者。」孔子云：「能見其過而內自訟。」以余所見，惟斯人而已。凡行有奇邪者，於衆中相接，不交一語，而朋友有過，則盡言不諱。雖久故相知者，或不樂聞其言。然以文學相推，則知與不知無異辭。噫！是誠知方子之學與其文者乎！

方子嘗語余曰：「吾少好文而不好學，故終老無成。顏子不遷怒，不貳過，而孔子許爲好學。使吾能以好文者好學，雖愚且頑，概乎必有得於身矣。」嗟乎！非學之篤，而能爲是言乎？方子之文，乃探索於經書，與宅心之實，與人之忠，隨所觸而流焉者也，故生平無不關於道教之文。余共事時，愛而錄之者十之四，郵致者十之二，姑就篋中所存，編而錄之，異日當刊布，以示好方子之文而未知其學者。乾隆五年三月，混同顧琮撰。

崟與北平王兆符皆以成童從學於先生；兆符治經書、古文，而崟攻舉子業。先生命之曰：「此術之成，非潛心經訓，而假道於八家之文，亦未易遠於俗也。」時崟於韓、歐之文，亦粗知好焉。厥後兆符自天津奉母南遷，僑寓金壇，獨身就先生講問凡數年。歲時往來淮、揚，必發其篋，取所得先生經說古文而錄藏之，然亦未暇究切也。

及康熙癸巳，先生盡室北遷。崟適成進士，謂自是可肆力於經書、古文。而先生給事海淀，崟拘綴部曹，往還甚艱；又公私促促，少有餘暇，惟流覽漢、魏、四唐人詩，與懶性相宜，而先生素不爲詩，所業未敢以請。及雍正五年，崟以老母倚門，告歸侍養，則又欲聞先生之謦欬而不可得矣。端居無事，乃更發所錄藏而討論之，乃知先生之文，循韓、歐之軌迹，而運以左、史義法，所發揮推闡，皆從檢身之切，觀物之深而得之。不惟解經之文，凡筆墨所涉，莫不有六籍之精華寓焉。而先生學如不及，不知身之既老，每謂儒者著述，生時不宜遽出。

二十年前，崟嘗與二三同學刻周官集註於吳門，劉丈古塘刻喪服或問於浙東，龔丈孝水刻周官辨於河北。先生聞之，切戒「可示生徒，不可播書肆」。劉、龔二君子既歿，得其書者益稀；總督漕政御史大夫顧公惜之，復刻於淮南。每與崟言「先生經說，不可使沈沒」，間出所錄先生古文，則其半皆未前見，以兆符早世，而崟久離先生之側也。

乾隆壬戌，先生告歸。崟請編定古文，多散在朋友生徒間，失其稿者十且三四。謹就二家所錄及崟所得近稿，先鋟諸版，各從其類，而不敢編次卷數。俾海內同志知先生所作，無一不有補于道教，而苟有存者，不可不公傳於世也。乾隆十一年仲冬，門人程崟撰。

傳貴刻外集跋

先曾祖侍郎公望溪文鈔數十卷，實出門人王兆符、程崟所編集。其書之行於海內，固已久矣。傳貴幼時，則見家藏遺文十餘篇，不載於集。及長，遊歷四方，見有先公手跡遺篇，必粥產質物，期購得乃已。今所收者，蓋數十篇矣，恐久而散失，謹問序於當世名人而雕板行世。

或疑集外之文，必當時先公所芟棄，是不盡然。今集外與張相國論澤望事宜篇手書具在，而先公以爲緊要之文，自跋其後。然則集所不載者，蓋有當時不欲遽出以待後人之意，不盡先公所芟棄也。惟家藏于忠肅論，則文鈔所已刻。其書韓文一篇，文亦具刻於文鈔，第彼題云書祭裴太常文後云耳。

又考文鈔有答友書云「蒙諭爲賢尊作表志或家傳，賢尊惟以某事屈廷議」云云。今家藏文作與喬介夫書，稱其父爲賢尊侍講公，而所謂某事者，則謂開海口始末，而侍講奏對車邏河有四不可之奏議也，然其下文則不殊矣。凡此者，今率不更刊，而但著其同異如此。

當王、程編集時，文自爲篇，不用古人刻書首尾相銜之法，恐編後復有所增加也。今傳貴意亦正然，故刻書仍用其體焉。嘉慶十七年冬十一月，曾孫傳貴謹跋。鈞衡曰：此刻五十二篇內有書符節婦任氏家傳，即前集二貞婦傳。與清河書，即前集與蔣相國論征澤望書。蓋一時未檢對耳。又葛君墓誌銘、王彥孝妻墓碣已刻前集，傳貴所藏本蓋缺此二文。惟與喬介夫書即前集答友書。是跋自言「凡此類率不更刊」，而又刊入何也？

邵鈔奏議序

望溪先生奏議十九篇，自桐城桂林方氏家譜鈔出，惟江南閩廣積貯議一篇，先生曾孫傳貴刻集外文有之，而題目删去議字，餘十八篇皆前後刻所不載者。按：奏議既載入家譜，傳貴不應不見，而續刻未收，豈以文有未工而屏之，不使與諸用意之作相間廁與？

然自古奏議之體，皆取明白剴切，不矜琢鍊之工。觀韓、歐諸家集所錄奏劄類，俱較雜作稍似放筆爲之。蓋體裁不得不爾，而骨氣故在，識者自能辨察。且建白國家大計，忠君愛國之意，溢露言表，足以覘儒者之實用，胡可廢也？

上元縣志稱：先生當官敷奏，俱關國計民瘼。今觀請定經制等劄子煌煌鉅篇，乃經國遠謨，足與靳文襄公生財、裕餉諸疏並垂。餘亦直抒所見，不肯一字詭隨。生平端方嚴諤之概，可以想見。曩嘗病望溪集獨闕奏議一體，今喜得而錄之。他日當益搜先生遺文，重刻以惠學者，庶表區區私淑之志云。道光丁酉九月三日，仁和邵懿辰記。鈞衡曰：邵鈔奏議，吾鄉光方伯已刻入龍眠叢書。頃得太倉王君本，復增九首，中有請矯除積習興起人才一疏。煌煌大文，不知方譜何以失載？今以配經制劄子分冠一二卷之首，而各以類從。又攷先生敍交文內言：「朱相國稱：『子所言三事及九篇之書，吾未嘗一日忘。』」則先生所議，尚不僅屯田、苗疆等文已也。

王鈔逸文序

余舊有望溪先生集，爲其門人王兆符、程崟所編，凡二百五十九篇。壽州呂君敬甫所有，較多百廿二篇。其外集五十二篇刊於先生之曾孫傳貴，敬甫亦有之。

昨歲敬甫得初刻本於江寧書肆，出以示余，則余所無者幾半焉。敬甫未見者，則有六十四篇，而劄奏之文居多。敬甫檢其已有者贈余，余更鈔集之，曰望溪文補遺，則百廿二篇也。曰望溪逸文，則六十四篇也。外集則亦鈔之，而仍其名。并附於原書之後，而倍之得十二冊。吾不知已刻而復刪，已編而復減者，出自先生之心否？又不知外集之拾遺而補闕，有當於先生之心否？書此聊志是書之由來云爾。道光庚子七夕後二日，太倉後學王寶仁識於六安學署。鈞衡曰：二百五十九篇之本，初刻本也。程崟所謂就王、顧二家所錄及已所得近稿者也。多百二十二篇之本，程氏增刻者也。增刻本多寡，又微有不同，近日坊間所行祇是此本。王君稱「呂敬甫得初刻本於江寧書肆」，呂本不可見；觀王鈔本內，夾裝呂贈刻文數十首，乃初印樣本，上有朱墨筆校正譌字，且有加簽云「此板撤去」者。詳加參對，乃知呂氏所得，非初刻本，蓋程氏增刻初印樣本也。其撤板者，世遂不見。然則王君所謂逸文六十四篇，皆程氏所已刻，而傳貴所刻之文，亦間有程氏已刻者。是則海內之士所未前聞也。

恩露鈔遺文跋

先侍郎公遺文百餘篇，先曾王父厚堂公所手輯也。曾王父跋識其尾，謂：「奏劄之文，前曾鐫板，未編入集。以當日所奏，均發九卿議，其中有行有不行。議而不行，同時諸公率多齟齬不合，文出恐觸所忌。將俟遲之又久而後入集，而其板旋廢。其雜著遺稿數十篇，則得之家藏廢簏，蓋先公所刪汰，而亦有散佚於四方者。」恩露嘗展讀之，每繹一篇，覺義理充足於中，悉能闡明聖賢立身經世之道，足以垂範來學。每思補刊，艱於力之不逮，而此志固未嘗一日或去諸懷。

今年春，吾桐戴君存莊重刊全集，而搜羅遺文，蘇君厚子以書來告。戴君所爲，自是藝林公事，而爲人後者當之，有感激於中而不知所云者矣。敢不悉出所藏，俾世之景仰先公者爭覩爲快邪？因取家藏遺稿，錄出若干篇以寄。閱來書，凡已得者不復錄。恩露反復紬繹，是皆確爲先公之文無疑。蘇、戴二君最深於先公之文，其自爲搜致者，必能辨眞僞，嚴去取也。先是從大父勤之公外集之刊，皆經姬傳先生手訂。二君紹先賢之志事，知有後先同揆者矣。謹書數言於簡末，以愳小子之有志未逮，而感戴君之古誼有足多焉。咸豐元年夏四月，來孫恩露謹識。

蘇跋

惇元壯時，讀望溪先生文集，遂篤嗜之。購得新印本，其間有前已刻，而新本删去者，乃覓舊本錄補，并蒐緝未入集之文，隨時繕錄。尋友人邵映垣於方氏家譜中鈔出奏議、祠規。余亦並錄，且假方譜而讐校之。歲戊申，余授徒城中，見光律原方伯購得舊鈔先生文，假歸校閱。其文皆五十四歲以前所作，改竄塗乙之處，似爲先生親筆，其改本與刻本悉相同。乃錄出未見者數首，彙前後所得爲遺文一册，凡六十餘首。

去年秋，友人戴存莊毅然貸貲重刊先生全集，與余商訂體例，遂舉藏本并遺文授之。旋映垣寄來先生與陳可齋尺牘十九首。存莊又於王研雲學博處，假鈔奏議、雜文三十六首，多老年之作，皆程崟、道興前曾鐫板而撤去者。余又介方子觀騰書金陵，先生來孫恩露寄到詩十五首、文十九首，多少壯之作。存莊乃合傳貴所刻外集，編爲集外文十卷，合正集并余所編年譜刊之。於是海内可見先生文集之全，洵鉅觀也，亦快事也。

余久欲刊先生遺文，而力不能及。友朋中亦有擬刊先生全集者，而卒未能行。今樂觀成事，非存莊任事之勇，安能若是乎？至韓理堂所編逸集，任心齋所藏逸稿，高密單氏所藏遺稿，今雖猝不得見，然審思之，恐此集所遺者，亦不多矣。刊將竣，存莊屬爲遺文跋語。惇元於先生文，如菽粟水火之須，前編年譜，嘗序而論之。玆乃縷述輯錄顛末以識於後。咸豐元年辛亥五月十二日，邑後學蘇惇元謹書。

方望溪先生集外文補遺序

予刊望溪先生全集既成之秋，往揚州，道金陵，見湯丈雨生。雨生爲言：「寶應湯品三曾持望溪遺文冊子求題。」走訪之，則得記湯玉聲所書周官經文後一首。既屬徐懿甫膽書山東，求高密單徵君藏本；壬子春入都，過合肥得之，獲文十有九篇，讀書筆記數十則。邵映垣比部又摘先生史記評語歸予。既旋里，將合刊之，復檢得先生時文稿自記二則，與沈畹叔尺牘三通，彙爲集外文補遺。先生之文，至是搜羅殆盡，未必先生之所許也，而天下好先生文者，則莫不以爲快焉。其故何也？良由先生躬程、朱之學，本其心得，發爲經說、文章，義理精深醇正，多洽乎人心之不言而同然。乾、嘉時，漢學攷證家矜其強記博聞，往往以細故微誤，指斥先生經說并及文章；而卒其所自爲者，瑣碎支離、悖義傷道。其優者，亦第分學中格物之一端，於聖道爲識小，求其開通義理，周浹旁皇，如先生之有益於學者身心實用，不可得焉；而其文章餖飣滯拙，更無當作者。平心論之，宇宙間無今漢學家，不過名物、象數、音韻、訓詁未能剖晰精微，而於誠、正、修、齊、治、平之道無損也；而確守程、朱如先生者，多一人則道著於一方，遂以昌明於一代。先後承學之士，私淑之徒，猶能挹其緒餘，端其趨往，即用以讀漢學家書，亦能辨精粗，知去取，不流爲尾瑣無用之學。彼世之譏先生者，自謂能傲以所不知，而豈知彼之所知，以先生之學衡之，固不必其皆知者哉！

先生學行，歿宜祀于鄉也；而方其歿時，中朝媢嫉者多，鄉人未以爲請。予昨刻文集，蘇厚子以呈方伯李公，兼言未祀鄉賢。方伯欣然，命桐人舉請。予與厚子所爲，於先生無增益也，獨後進宗仰之衷，至是始慰焉爾。

映垣又爲細審刻本誤字，云「是書將傳久遠，必求毫髮無憾」。房掖垣、王研雲、蘇厚子亦先後讎校，今悉依而正之。單徵君名爲鏓，字伯平。所弆遺文，云得之其族祖紫溟公諱作哲者，望溪先生之弟子也。數君子者，皆有功於先生，不可以不附識也。咸豐二年壬子十月，後學戴鈞衡識。

望溪先生年譜序

鈞衡既刊望溪先生全集，遂取吾友蘇厚子所編年譜附後，梓既成，爲之言曰：年譜之作，昉於宋人。自後千餘年，世所謂大儒、文人歿後，類必有年譜附集。第作者或及其門，或年輩略相後先，從遊久故，或孫子述追祖考，乃能詳而無缺，信而不誣。若夫時代間隔，典冊亡徵，言之必不能詳，詳者未必無誤，此仁傑、興祖所致憾于靖節、昌黎者也。夫譜之不詳，與無譜等；詳焉不信，則如勿詳；詳矣信矣，爲之者或識不足以知其人之深，於學行大小重輕，繁簡失要，則猶不足以饜塞乎尊信者之心。

吾鄉望溪先生，舊傳其門人王兆符編有年譜；兆符卒先先生二十餘年，其譜缺不備，世亦絕未之見。以故習舉業者，第傳誦先生時文；治古文者，則奉以紹八家之統；治經學者，則謂大義炳然，非章句小生所及；而其修身立命，幽隱不欺，與夫忠國愛民，經世大體，則千百中無二三知者。再閱數十載，人遙風往，文獻就湮，承學之士，不過即所誦讀者，想像大略而已。又先生守道不阿，與世多梗。自安溪、長洲、江陰、高安諸公先後繼逝，同朝媒孽，快其嫉心。海內學者，苟無據以考其眞，將使讀先生書，信爲大賢君子，而無以解於當日傳聞；轉疑明道晰理如先生者，尙不無可議。或遂忞爲僞學，蠧聖道而壞人心，豈獨先生一身之顯晦已哉！嗚呼！此厚子年譜所由作也。

厚子於先生之學，信之篤而愛之深。其爲年譜也，積十數年乃成，博而不雜，瞻而有體；舉先生立身行己、出處本末、學問源流，一開卷昭然若揭；其爲功視周益公之於歐陽，李公晦之於朱子，劉伯繩之於山陰，殆有過焉。惟其初意在單行，故於先生經說、諸序及奏議，大者間錄全文，以諸家集後年譜例之，可從割削。然而厚子之意，則欲他年有子長、孟堅其人者，得是譜，卽已洞其質行經綸，毋待遍窺全集；又欲天下未見先生經說者，因是求讀其書，以與學向道；其用心可謂至矣！豈好爲漫冗複疊者哉？余故依而刊之，爲述大指如此。辛亥五月，戴鈞衡序。

方望溪先生年譜序

學不足以修己治人，則爲無用之學。文不足以明道析理，則爲虛浮之文。有行而無學，則其行無本。有學行而無文章，則無以載道而行遠。故孔子敎人行有餘力，則學文。又以「文、行、忠、信」四者並敎。然則學行文章，固不可偏廢也。

吾鄉方望溪先生，少時論行身祈嚮，曰：「學行繼程、朱之後，文章在韓、歐之間。」竊觀先生爲學，固徹上下古今，一出於正；而其學行大綱，則符乎程、朱之旨；至發爲文章，則又合四子而一之；其行足以副其學，其文足以載道而行遠。先生少日之志，固畢生力學而允蹈之，顧先生之著述行義未能盡顯。或知先生之文章，而不知其學行經濟；或徒愛其文之醇潔，而不知其文之載道；或知先生經學之宗宋儒，而不知其有心得之實。先生居官，雖未顯著政績，而其憂國之忠，直言奏議載於家譜，世所罕見。於大臣，潛挽朝廷大事頗多；在書局三十年，承修各書，亦皆頒列學官；其所以扶樹政教，嘉惠士林，實有古大儒名臣之風矣。

惇元壯歲，始知篤好先生之書，十數年間，常奉以爲師，愧未能希其萬一；而於先生遺文逸事，不憚集錄。惟先生門人王兆符所編年譜，及先生幼子道興所撰行狀，今皆無傳本。其他傳、狀、碑、銘，又不能具其學行之詳，用是惜之。竊嘗論近代大儒，宗法程、朱，精詳親切者，以楊園張先生之學爲最。宋以後文家，能合程、朱、韓、歐爲一而純正動人者，以先生之文爲最。昔曾增訂楊園年譜以備考鏡。年來因更搜輯先生學行，編爲年譜；庶亦自備楷模，又以俾天下學者知先生學行文章經濟之詳，并知爲文必以載道爲貴，毋徒爲浮靡奇詭之辭而已也。道光二十七年冬十二月，同邑後學蘇惇元謹序。

望溪先生文集跋

望溪先生文集初爲門人王兆符、程崟同輯。兆符早卒，其後增輯付刊者惟崟，今本標兆符同輯者，崟不肯沒亡友之善也。而亦隨時有所删削。故今世所行本，前後篇數多寡不一。然程氏親炙師門，其去取率奉先生意指，故世傳程本爲先生自定。今不敢以集外文廁入，謹就所見篇數最多之本，凡三百八十四首，爲分卷而排次焉。唐、宋八家說經之文，少者類入論辨雜著，多者別爲卷：歐集經旨，大蘇集經義是也。虞山錢氏編震川集，次經解爲卷首。先生湛深於經，爲之又多，故程氏首區爲冊。今從焉，爲第一卷。大蘇評史之文凡數十首，此外文家未有及先生多者。其題爲書後，可區爲類，程氏並讀子爲一冊。今亦從焉，爲第二卷。讀經，讀子、史，皆論議文，故以論說次焉。原人、原過等文，亦論說也，爲第三卷。古人作書，自敍大恉曰序，後世乃倩人爲之，然大抵發明書義，體近論說。姚郎中古文辭類纂以序跋次論辨，今仿焉，爲第四卷。書後、題跋，體一也，略與序同。序以加於書之成冊者，發揮全恉；書後、題跋，則隨舉一事一文而論之，次序後爲第五卷。陳義晰理，指事述情，書之所有事也。以承序跋，以啓贈序，爲第六卷。贈序始於唐，昌黎最工；自後作者皆有壽序，亦贈送之類。先生不多作，附贈序爲第七卷。傳者，傳也，傳其人之行實也。文人不爲達官立傳；所傳者，窮賤獨行之士、婦人方外之流耳。紀事，傳之別體，當依類而分編之。爲第八卷、第九卷。誌、銘、碑、碣，金石之文，體異傳而敍事同，應後傳與紀事。埋石壙中曰誌，立石墓上曰表，曰碑，曰碣。銘者，誌之辭也，碑碣亦可用之。表則無銘。先生爲之多，不能總爲一。分埋銘爲第十卷、十一卷，表與碑、碣爲十二卷、十三卷。集中禮部尚書陳公神道碑以下七文，先生初刻標題曰碑曰碣，後均改爲墓表。蘇厚子曰：「神道碑文體尊大，先生不肯標題。四品已下官用碣，高公官三品，例用碑不用碣，而碑文必詳備，此文簡略，稱表爲宜。茶村、王彥孝妻，俱不宜名碣。」余按：蘇說是也。但古人墓表，無用銘辭者。韓公鄭夫人殯表通體七字詩，無序，乃創體，不可爲通例。歐公瀧岡表，初稿未用四字詩，後改去之。惟龍武將軍薛君墓表末云「乃爲表于其墓，既又作詩以遺之」云云，亦未嘗標以銘曰。攷說文：「碣，石特立也。」張表臣曰：「碣者，揭示操行而立之墓隧也。」唐、宋文人多用之于處士、女流。隋志、唐會要俱云：「隱淪道素、孝義著聞者，雖無爵，亦聽立碣。」國朝通禮：「庶士得視九品官。」則茶村與王彥孝妻稱碣，似皆無礙。高公碣，先生私立，故不稱碑。且三文中俱明言碣，則止從文中所書爲是。今均依原題。附記蘇君之言，俾學者知標題之不可忽也。又集中杜蒼略墓文先標墓誌銘，後改墓表。攷文中有「卜葬某鄉某原、來徵辭」云云，則爲誌銘無疑。今亦入埋銘類焉。記亦碑文之屬；有紀事不以刻石者，其體自存也：次碑、碣爲第十四卷。勒頌于石，鏤銘于器，二者亦古金石文也；喜雨說意主于頌，兼有箴銘意焉：編爲第十五卷。哀祭源出三百篇，其體屈大夫開之，昌黎祭十二郎文散行不以韻，後人遂兩承之。然而韻其正也。次頌、銘爲第十六卷。示道希四書，程氏編入書類，鄙意隨事指示，與家訓同。先生篤于倫理，家傳、誌、銘、哀辭，至性發露，自來文人莫有及者，故程氏別分爲冊；七思亦哀辭也，義宜入：合爲第十七卷。文以類聚，有文少不能成卷而於諸類未合者，則以雜文統之，訂爲十八卷終焉。　鈞衡謹識。

望溪先生集外文跋

右望溪先生集外文十卷。其曾孫傳貴昔刻五十二篇，今芟複正集者，鈔四十七首；合以吾友仁和邵映垣所錄奏議，同里蘇厚子所輯遺文，共得八十九首。編既定，房丈掖垣來言：「六安司訓太倉王君研雲藏有先生逸稿」，介許叔平走書假鈔，復得不同者三十六篇。先生來孫恩露聞是刻，復自金陵寄來遺文十九首，詩十五章。乃並取諸君所搜尺牘附之，合得百八十二首。

原所以不入正集之故：蓋有先生割去不欲存者，有記論時事，顧忌不欲出者，又或散在他人未及收者。今觀與人才、定經制諸疏、與鄂張兩相國書，煌煌大文，求之古名臣，不可多得，餘亦關係國家大計。先生忠愛之忱，明體達用之學，舍是莫見。書諸公逸事，陰陽消長所係，不惟足傳懿節而已。餘亦隨事立言，類有裨於倫理、風化、學術。嗚呼！世之徒以文章供人愛玩者，後人猶且補佚綴殘，不遺餘力。矧先生有足傳於文章外者，爲之又矜慎不苟，可任散落也哉？邵君欲舉奏議及遺文佳者，合之正集。蘇君則欲盡所得，統編爲一，意謂奏議、逸事等文，不宜列之集外，恐讀者有所重輕。余則以爲正集，先生自定，當還其舊。茲亦不標外集、别集之名，但題曰集外文，俾讀者知此百數十篇，非盡先生所不欲存，即其不欲存者，亦非他文士所可幾也。

獨是先生遺文，恐猶不止於此。昔濰縣韓大令夢周、先生交子道興皆有輯本。韓本未刊；道興本交震澤任氏兆麟，亦未行世。今恩露所寄，未知即道興本否？合肥徐懿甫又言：曾於山東高密單徵君伯平所，見手鈔先生遺文甚夥。舉其所記文目，與王本多同。韓本、單本較以今刻，所遺當亦無多。然不得滙諸本而覽其全，不能無歉也。

更有憾者，先生經說，自坊行十數種外，尚有朱子詩義補正、讀易讀尚書偶筆，未見人間。昨懿甫寄到高密單氏所刊詩義補正，勸令重刊；以貸金不足，事有待。又先生生平窮極心力，自謂大有關於前賢後學者，莫過於刪錄崑山徐氏通志堂經解，此本想在人間。韓夢周云：「聞吳門書坊有刻本，此傳言之虛也。」海內儻有見其書者，力足，則爲傳之；不足，廣播聞以竢能者，是更予所望於同志之士也已。辛亥五月十二日鈞衡再識。

甌北集	[清]趙翼著　李學穎、曹光甫校點
惜抱軒詩文集	[清]姚鼐著　劉季高標校
兩當軒集	[清]黄景仁著　李國章校點
惲敬集	[清]惲敬著　萬陸、謝珊珊、林振岳標校　林振岳集評
茗柯文編	[清]張惠言著　黄立新校點
瓶水齋詩集	[清]舒位著　曹光甫點校
龔自珍全集	[清]龔自珍著　王佩諍校點
龔自珍詩集編年校注	[清]龔自珍著　劉逸生、周錫䪖校注
水雲樓詩詞箋注	[清]蔣春霖著　劉勇剛箋注
人境廬詩草箋注	[清]黄遵憲著　錢仲聯箋注
嶺雲海日樓詩鈔	[清]丘逢甲著　丘鑄昌標點

牧齋初學集詩注彙校	[清]錢謙益著　[清]錢曾箋注 卿朝暉輯校
李玉戲曲集	[清]李玉著 陳古虞、陳多、馬聖貴點校
吴梅村全集	[清]吴偉業著　李學穎集評標校
歸莊集	[清]歸莊著
顧亭林詩集彙注	[清]顧炎武著　王蘧常輯注 吴丕績標校
安雅堂全集	[清]宋琬著　馬祖熙標校
吴嘉紀詩箋校	[清]吴嘉紀著　楊積慶箋校
陳維崧集	[清]陳維崧著　陳振鵬標點 李學穎校補
屈大均詩詞編年校箋	[清]屈大均著　陳永正等校箋
秋笳集	[清]吴兆騫撰　麻守中校點
漁洋精華録集釋	[清]王士禛著 李毓芙、牟通、李茂肅整理
聊齋志異會校會注會評本	[清]蒲松齡著　張友鶴輯校
敬業堂詩集	[清]查慎行著　周劭標點
納蘭詞箋注	[清]納蘭性德著　張草紉箋注
方苞集	[清]方苞著　劉季高校點
樊榭山房集	[清]厲鶚著　[清]董兆熊注 陳九思標校
劉大櫆集	[清]劉大櫆著　吴孟復標點
儒林外史彙校彙評	[清]吴敬梓著　李漢秋輯校
小倉山房詩文集	[清]袁枚著　周本淳標校
忠雅堂集校箋	[清]蔣士銓著　邵海清校 李夢生箋

揭傒斯全集	[元]揭傒斯著　李夢生標校
高青丘集	[明]高啓著　[清]金檀注 徐澄宇、沈北宗校點
唐寅集	[明]唐寅著　周道振、張月尊輯校
文徵明集(增訂本)	[明]文徵明著　周道振輯校
震川先生集	[明]歸有光著　周本淳校點
海浮山堂詞稿	[明]馮惟敏著 凌景埏、謝伯陽標校
滄溟先生集	[明]李攀龍著　包敬第標校
梁辰魚集	[明]梁辰魚著　吴書蔭編集校點
沈璟集	[明]沈璟著　徐朔方輯校
湯顯祖詩文集	[明]湯顯祖著　徐朔方箋校
湯顯祖戲曲集	[明]湯顯祖著　錢南揚校點
白蘇齋類集	[明]袁宗道著　錢伯城校點
袁宏道集箋校	[明]袁宏道著　錢伯城箋校
珂雪齋集	[明]袁中道著　錢伯城點校
隱秀軒集	[明]鍾惺著　李先耕、崔重慶標校
譚元春集	[明]譚元春著　陳杏珍標校
張岱詩文集(增訂本)	[明]張岱著　夏咸淳輯校
陳子龍詩集	[明]陳子龍著 施蟄存、馬祖熙標校
夏完淳集箋校(修訂本)	[明]夏完淳著　白堅箋校
牧齋初學集	[清]錢謙益著　[清]錢曾箋注 錢仲聯標校
牧齋有學集	[清]錢謙益著　[清]錢曾箋注 錢仲聯標校
牧齋雜著	[清]錢謙益著　[清]錢曾箋注 錢仲聯標校

東坡樂府箋　［宋］蘇軾著　［清］朱孝臧編年　龍榆生校箋
東坡詞傅幹注校證　［宋］蘇軾著　［宋］傅幹注　劉尚榮校證
欒城集　［宋］蘇轍著　曾棗莊、馬德富校點
山谷詩集注　［宋］黄庭堅著　［宋］任淵、史容、史季温注　黄寶華點校
山谷詩注續補　［宋］黄庭堅著　陳永正、何澤棠注
山谷詞校注　［宋］黄庭堅著　馬興榮、祝振玉校注
淮海集箋注　［宋］秦觀撰　徐培均箋注
淮海居士長短句箋注　［宋］秦觀著　徐培均箋注
清真集箋注　［宋］周邦彦著　羅忼烈箋注
石林詞箋注　［宋］葉夢得著　蔣哲倫箋注
樵歌校注　［宋］朱敦儒著　鄧子勉校注
李清照集箋注（修訂本）　［宋］李清照著　徐培均箋注
陳與義集校箋　［宋］陳與義著　白敦仁校箋
蘆川詞箋注　［宋］張元幹著　曹濟平箋注
劍南詩稿校注　［宋］陸游著　錢仲聯校注
放翁詞編年箋注（增訂本）　［宋］陸游著　夏承燾、吴熊和箋注　陶然訂補
范石湖集　［宋］范成大撰　富壽蓀標校
于湖居士文集　［宋］張孝祥著　徐鵬校點
稼軒詞編年箋注（定本）　［宋］辛棄疾撰　鄧廣銘箋注
辛棄疾詞校箋　［宋］辛棄疾著　吴企明校箋
姜白石詞編年箋校　［宋］姜夔著　夏承燾箋校
後村詞箋注　［宋］劉克莊著　錢仲聯箋注
雁門集　［元］薩都拉著　殷孟倫、朱廣祁校點

長江集新校	[唐]賈島著　李嘉言新校
張祜詩集校注	[唐]張祜著　尹占華校注
三家評注李長吉歌詩	[唐]李賀著　[清]王琦等評注
樊川文集	[唐]杜牧著　陳允吉校點
樊川詩集注	[唐]杜牧著　[清]馮集梧注
温飛卿詩集箋注	[唐]温庭筠著　[清]曾益等箋注
玉谿生詩集箋注	[唐]李商隱著　[清]馮浩箋注 蔣凡校點
樊南文集	[唐]李商隱著　[清]馮浩詳注 錢振倫、錢振常箋注
皮子文藪	[唐]皮日休著　蕭滌非、鄭慶篤整理
鄭谷詩集箋注	[唐]鄭谷著 嚴壽澂、黄明、趙昌平箋注
韋莊集箋注	[五代]韋莊著　聶安福箋注
李璟李煜詞校注	[南唐]李璟、李煜著　詹安泰校注
張先集編年校注	[宋]張先著　吴熊和、沈松勤校注
二晏詞箋注	[宋]晏殊、晏幾道著　張草紉箋注
乐章集校箋	[宋]柳永著　陶然、姚逸超校箋
梅堯臣集編年校注	[宋]梅堯臣著　朱東潤編年校注
歐陽修詩文集校箋	[宋]歐陽修著　洪本健校箋
歐陽修詞校注	[宋]歐陽修著　胡可先、徐邁校注
蘇舜欽集	[宋]蘇舜欽著　沈文倬校點
嘉祐集箋注	[宋]蘇洵著　曾棗莊、金成禮箋注
王荆文公詩箋注	[宋]王安石著　[宋]李壁箋注 高克勤點校
王令集	[宋]王令著　沈文倬校點
蘇軾詩集合注	[宋]蘇軾著　[清]馮應榴注 黄任軻、朱懷春校點

玉臺新咏彙校	吴冠文、談蓓芳、章培恒彙校
王梵志詩集校注(增訂本)	[唐]王梵志著　項楚校注
盧照鄰集箋注	[唐]盧照鄰著　祝尚書箋注
駱臨海集箋注	[唐]駱賓王著　[清]陳熙晉箋注
王子安集注	[唐]王勃著　[清]蔣清翊注
陳子昂集(修訂本)	[唐]陳子昂撰　徐鵬校點
孟浩然詩集箋注(增訂本)	[唐]孟浩然著　佟培基箋注
王右丞集箋注	[唐]王維著　[清]趙殿成箋注
李白集校注	[唐]李白著　瞿蜕園、朱金城校注
高適集校注(修訂本)	[唐]高適著　孫欽善校注
杜詩趙次公先後解輯校	[唐]杜甫著　[宋]趙次公注 林繼中輯校
杜詩鏡銓	[唐]杜甫著　[清]楊倫箋注
錢注杜詩	[唐]杜甫著　[清]錢謙益箋注
杜甫集校注	[唐]杜甫著　謝思煒校注
岑參集校注	[唐]岑參著　陳鐵民、侯忠義校注
戴叔倫詩集校注	[唐]戴叔倫著　蔣寅校注
韋應物集校注(增訂本)	[唐]韋應物著　陶敏、王友勝校注
權德輿詩文集	[唐]權德輿撰　郭廣偉校點
王建詩集校注	[唐]王建著　尹占華校注
韓昌黎詩繫年集釋	[唐]韓愈著　錢仲聯集釋
韓昌黎文集校注	[唐]韓愈著　馬其昶校注 馬茂元整理
劉禹錫集箋證	[唐]劉禹錫著　瞿蜕園箋證
白居易集箋校	[唐]白居易著　朱金城箋校
柳宗元詩箋釋	[唐]柳宗元著　王國安箋釋
柳河東集	[唐]柳宗元著　[宋]廖瑩中輯注
元稹集校注	[唐]元稹著　周相録校注

《中國古典文學叢書》已出書目

詩經今注	高亨注
楚辭今注	湯炳正、李大明、李誠、熊良智注
司馬相如集校注	[漢]司馬相如著　金國永校注
揚雄集校注	[漢]揚雄著　張震澤校注
張衡詩文集校注	[漢]張衡著　張震澤校注
阮籍集	[魏]阮籍著　李志鈞等校點
陸機集校箋	[晉]陸機著　楊明校箋
陶淵明集校箋(修訂本)	[晉]陶潛著　龔斌校箋
世説新語箋疏(修訂本)	[南朝宋]劉義慶撰　余嘉錫箋疏　周祖謨等整理
世説新語校釋(增訂本)	[南朝宋]劉義慶撰　[南朝梁]劉孝標注　龔斌校釋
鮑參軍集注	[南朝宋]鮑照著　錢仲聯增補集説校
謝宣城集校注	[南朝齊]謝朓著　曹融南校注集説
江文通集校注	[南朝梁]江淹著　丁福林、楊勝朋校注
文心雕龍義證	[南朝梁]劉勰著　詹鍈義證
詩品集注(增訂本)	[梁]鍾嶸著　曹旭集注
文選	[梁]蕭統編　[唐]李善注
蕭繹集校注	[南朝梁]蕭繹著　陳志平、熊清元校注